Mic... ..o se movió,
pero observó a Caroline...

Él era perfectamente consciente de que sucedía algo más de lo que parecía, y estaba convencido de que ella ignoraba deliberadamente al menos un hilo de la conversación.

Por fin, relajada de nuevo en el diván, extendió las manos y preguntó directamente, "Bien, ¿cuento con tu ayuda?"

La miró fijamente a los ojos. "Con dos condiciones."

Un súbito recelo cayó sobre sus bellos ojos; parpadeó y le dio una mirada risueña. "Condiciones. ¡Santo cielo! ¿Cuáles?"

"La primera—es un día demasiado agradable para pasarlo aquí dentro. Continuemos esta discusión mientras damos un paseo en los jardines. Segundo"—sostuvo su mirada—"que te quedarás a almorzar."

Ella parpadeó lentamente; Michael estaba seguro de que desconfiaba de él físicamente. Temía acercarse físicamente a él.

"Muy bien—si insistes," respondió.

Luchó por contener una sonrisa. "Sí, insisto."

También por Stephanie Laurens

LA AMANTE PERFECTA

Próximamente por Stephanie Laurens

LA VERDAD DEL AMOR

La Novia Ideal

Stephanie Laurens

UNA NOVELA CYNSTER

Traducido del inglés por
Magdalena Holguín

rayo

Una rama de HarperCollinsPublishers

Esta es una novela de ficción. Los nombres, personajes, lugares y hechos sólo existen en la imaginación de la autora y no son reales. Cualquier semejanza a hechos, lugares, organizaciones o personas es puramente coincidencia.

RAYO/AVON BOOKS
Una rama de HarperCollins*Publishers*
10 East 53rd Street
New York, New York 10022-5299

Copyright © 2004 por Savdek Management Proprietory Limited
Traducción © 2006 por Magdalena Holguín
Extracto de *La Verdad del Amor* © 2005 por Savdek Management Proprietory Limited
Traducción del extracto de *La Verdad del Amor* © 2006 por Magdalena Holguín
ISBN-13: 978-0-06-085691-5
ISBN-10: 0-06-085691-2
www.rayobooks.com
www.avonromance.com

Primera edición Rayo: Febrero 2006
Primera edición en inglés de Avon Books: Marzo 2005
Primera edición en inglés en tapa dura de William Morrow: Marzo 2004

Impreso en los Estados Unidos

10 9 8 7 6 5 4 3 2 1

A mis cuatro compañeras "autoras pícaras"——
Victoria Alexander, Susan Andersen,
Patti Berg y Linda Needham——
no permanecería cuerda sin ustedes.
Con mucho amor,
SL

La Novia Ideal

Árbol de Familia

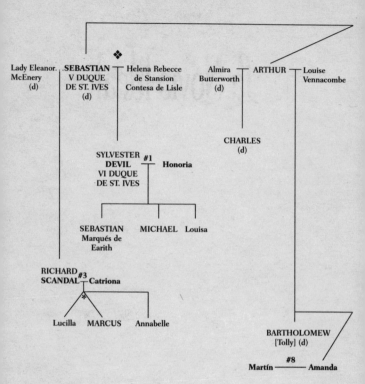

Lady Eleanor. McEnery (d) — **SEBASTIAN V DUQUE DE ST. IVES** (d) — Helena Rebecce de Stansion Contesa de Lisle

Almira Butterworth (d) — **ARTHUR** — Louise Vennacombe

CHARLES (d)

SYLVESTER DEVIL VI DUQUE DE ST. IVES #1 — Honoria

SEBASTIAN Marqués de Earith   **MICHAEL**   Louisa

RICHARD SCANDAL #3 — Catriona

Lucilla   **MARCUS**   Annabelle

BARTHOLOMEW [Tolly] (d)

Martín #8 — Amanda

Bar Cynster

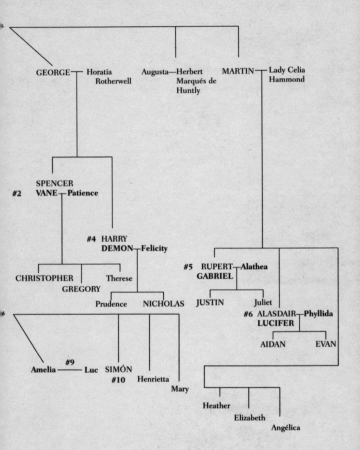

GEORGE — Horatia Rotherwell

Augusta — Herbert Marqués de Huntly

MARTIN — Lady Celia Hammond

SPENCER
#2 VANE — Patience

#4 HARRY DEMON — Felicity

CHRISTOPHER
GREGORY

Therese

Prudence   NICHOLAS

#5 RUPERT GABRIEL — Alathea

JUSTIN   Juliet

#6 ALASDAIR LUCIFER — Phyllida

AIDAN   EVAN

Amelia — **#9** Luc   **SIMÓN #10**

Henrietta

Mary

Heather

Elizabeth

Angélica

VARONES CYNSTER en mayúsculas   * Mellizos
NO APARECEN LOS HIJOS NACIDOS DESPUÉS DE 1825

CAPÍTULO

1

Fines de junio, 1825
Finca Eyeworth, cerca de Fitham en New Forest, Hampshire

*E*sposa, esposa, esposa, esposa.

Michael Anstruther-Wetherby maldijo por lo bajo. Aquel refrán lo había atormentado durante las últimas veinticuatro horas. Cuando se había marchado del desayuno nupcial de Amelia Cynster, había sonado al ritmo de las ruedas de su carruaje; ahora resonaba en el paso firme de los cascos de sus percherones bayos.

Apretando los labios, hizo girar a Atlas para salir del patio del establo y lo condujo por el largo sendero que rodeaba su casa.

Si no hubiese ido a Cambridgeshire para asistir a la boda de Amelia, podría estar un paso más cerca de ser un hombre rico. Pero la boda había sido un acontecimiento que ni siquiera consideró perderse; aparte del hecho de que su hermana Honoria, Duquesa de St. Ives, era la anfitriona, la boda había sido una reunión familiar y él valoraba los lazos de familia.

Los vínculos familiares le habían ayudado inconmensurablemente en años recientes, primero para obtener un cargo como Miembro del Parlamento para su distrito, y luego para forjar su ascenso por entre los rangos. Sin embargo, ésta no era la fuente de su agradecimiento; la familia siempre había significado mucho para él.

Al rodear la casa, una mansión sólida, de tres plantas, construida en piedra gris, su mirada se posó—como solía hacerlo siempre que pasaba por aquel lugar—en el monumento que se encontraba en el arcén, a medio camino entre la casa y la portada. Instalado contra los arbustos que llenaban los vacíos entre los altos árboles, como un fondo de contraste, la sencilla piedra había estado allí durante catorce años; señalaba el lugar donde su familia—sus padres, un hermano menor y una hermana—que llegaban apresuradamente a casa en un carruaje en medio de la tormenta, habían muerto a causa de un árbol que cayó sobre ellos. Él y Honoria habían presenciado el accidente desde las ventanas del salón de clase.

Quizás era sólo parte de la naturaleza humana valorar altamente algo que se ha perdido.

Impresionados y tristes, él y Honoria al menos se tenían el uno al otro, pero dado que él contaba apenas con diecinueve años y ella dieciséis, se vieron obligados a separarse. Nunca habían perdido el contacto—incluso ahora, eran muy cercanos—pero Honoria, desde entonces, había conocido a Devil Cynster y ahora tenía su propia familia.

Refrenando a Atlas cuando se acercó a la piedra, Michael se sintió agudamente consciente de que él no tenía una familia. Su vida estaba llena a reventar, su horario perpetuamente atiborrado; sin embargo, en momentos como éste, esta carencia brillaba con claridad, y lo aguijoneaba la soledad.

Se detuvo, observando la piedra; luego apretó los labios, miró hacia el frente y haló de las riendas. Atlas retomó el paso; al cruzar la portada, Michael se lanzó al galope por el estrecho sendero.

El sonido dantesco de caballos que relinchaban desapareció lentamente.

Hoy estaba decidido a dar el primer paso para conseguir su propia familia.

Esposa, esposa, esposa.

El campo se cerraba a su alrededor, lo envolvía en sus exuberantes brazos verdes, lo acogía en los bosques que eran para él la esencia del hogar. La luz del sol titilaba, destellaba por entre las hojas que se movían. Los pájaros llamaban y trinaban; aparte del susurro del dosel de verdor, no había otro sonido que puntuara el golpe de los cascos de Atlas. El estrecho y serpenteante sendero sólo conducía a la mansión, uniéndose a un camino más amplio que conducía a Lyndhurst, hacia el sur. No lejos de la confluencia, otro sendero se desviaba hacia el oriente y conducía al pueblo de Bramshaw, y a Casa Bramshaw, su destino.

Se había decidido por este curso de acción unos meses atrás, pero de nuevo los asuntos del gobierno habían exigido su atención y había dejado abandonado este proyecto... Cuando lo advirtió, se había detenido, se había concentrado y había elaborado un cronograma. A pesar de la distracción de la boda de Amelia, había seguido rígidamente el plan que se había impuesto a sí mismo y había dejado el desayuno de la boda a tiempo para conducir hasta allí. Hasta su destino necesario.

Dejando Somersham a media tarde, había pasado la noche en casa de un amigo en Baskingstoke. No le había mencionado la razón que tenía para dirigirse a casa; sin embargo, ésta pesaba en su mente, la apresaba. Había partido temprano y había llegado a casa a media mañana; ahora eran las dos de la tarde y estaba decidido a no demorar más. La suerte estaría echada, el asunto, sino terminado, al menos comenzado—medio arreglado.

¿Un asunto de elecciones?

Podría decirse que sí.

La pregunta de Amelia, su respuesta, perfectamente sincera a su manera. Para un Miembro del Parlamento que había llegado a la edad de treinta y tres años soltero, y a quien se había informado que estaba siendo considerado para una promoción al Ministerio, el matrimonio era definitivamente "un asunto de elecciones."

Había aceptado que debía casarse; siempre había pensado que algún día lo haría. ¿De qué otra manera podría formar la familia que ansiaba tener? Sin embargo, los años habían transcurrido; él se había encontrado inmerso en su carrera y, a través de ella y de su íntima relación con los Cynster y la alta sociedad, cada vez más consciente de la amplitud de experiencia que incluía el estado matrimonial, se había visto cada vez menos inclinado a casarse.

No obstante, ahora había llegado el momento. Cuando el Parlamento levantó sus sesiones por el verano, no tenía duda de que el Primer Ministro esperaba que él regresara en el otoño con una esposa del brazo, permitiendo así que se considerara su nombre dentro de los inminentes cambios del gabinete. Desde abril, había estado buscando activamente su novia ideal.

La paz del campo lo envolvía; el refrán *esposa, esposa, esposa,* aun lo seguía pero su tono se hacía menos compulsivo en cuanto mas se acercaba a su objetivo.

Había sido sencillo definir las cualidades que requería—belleza pasable, lealtad, capacidades de apoyo, tales como talento como anfitriona, y algún grado de inteligencia iluminada con un toque de humor. Encontrar un modelo semejante no fue tan sencillo; después de pasar horas en los salones de baile, concluyo que sería más sabio buscar una novia que comprendiera la vida de un político—aún mejor, la vida de un político *exitoso.*

Luego conoció a Elizabeth Mollison o, más exactamente, la conoció de nuevo pues, estrictamente hablando, la había conocido toda su vida. Su padre, Geoffrey Mollison, era dueño de una mansión de los alrededores, la Casa Bramshaw, y anteriormente se había desempeñado como Miembro del Parlamento por ese distrito. Deprimido por la muerte inesperada de su esposa, Geoffrey había renunciado a su cargo en el preciso momento en que Michael se acercaba al partido con el apoyo de su abuelo y de los Cynster. Había sido como un acto del destino. Geoffrey se había sentido aliviado de entregar las riendas a alguien a quien conocía; aun cuando tenían caracteres bastante disímiles—especialmente en lo que respecta a la ambición—Geoffrey siempre lo había alentado y se había mostrado dispuesto a ayudarlo.

Esperaba que lo ayudara ahora y apoyara su idea de casarse con Elizabeth.

Ella parecía estar extraordinariamente cerca de su ideal. Ciertamente era muy joven—diecinueve años—pero era también bien educada y sin duda había sido bien criada; por lo tanto, a su juicio, era capaz de aprender cualquier cosa que necesitara saber. Lo más importante, sin embargo, era que había crecido en una casa de políticos. Incluso después de que su madre muriera y su padre se retirara, Elizabeth había sido confiada al cuidado de su tía Augusta, Lady Cunningham, quien estaba casada con un diplomático de alto rango.

Más aún, su tía menor, Caroline, había desposado a Camden Sutcliffe, el legendario embajador británico ante Portugal. Aun cuando Sutcliffe había muerto dos años atrás, Elizabeth había pasado también algún tiempo en Lisboa con su tía Caro.

Elizabeth había vivido prácticamente toda su vida en hogares dedicados a la política y a la diplomacia. Estaba seguro de que ella sabría cómo manejar el suyo. Y casarse con ella fortalecería su posición, ya reconocidamente fuerte, en la localidad; probablemente, pasaría en el futuro mucho tiempo dedicado a los asuntos internacionales, y una esposa que mantuviera alimentado el fuego del hogar sería un regalo del cielo.

Mentalmente repasó lo que le diría a Geoffrey. Aún no deseaba hacer una petición formal de la mano de Elizabeth— necesitaba conocerla mejor y permitir que ella lo conociera. Pero dada la conexión entre él y los Mollison, consideraba que sería prudente sondear a Geoffrey; no tenía sentido proseguir si él se oponía a esta unión.

Michael dudaba que lo hiciera, pero sería mejor preguntar, mantener a Geoffrey firmemente de su lado. Si después de dos o tres encuentros Elizabeth mostraba ser tan agradable y dispuesta como parecía serlo en la ciudad, podrían avanzar hacia una propuesta y luego al altar, todo a buen tiempo para el otoño.

Calculador quizás; sin embargo, en su concepto, un matrimonio basado en aspiraciones mutuas y en el afecto, y no en la pasión, era lo que más le convendría.

A pesar de su estrecha relación con los Cynster, no se consideraba igual a ellos en lo que se refería al matrimonio; él era un tipo de hombre diferente. Ellos eran apasionados, decididos, altivamente arrogantes; aun cuando admitía ser decidido, había aprendido largo tiempo atrás a ocultar su arrogancia; era un político y, por consiguiente, no era un hombre dado a pasiones salvajes.

No era un hombre que permitiera que el corazón gobernara su cabeza.

Un matrimonio sencillo con una dama que se aproximara a su ideal—eso era lo que necesitaba. Había discutido esta perspectiva y específicamente la posibilidad de proponer matrimonio a Elizabeth Mollison con su abuelo, y también con su tía, la señora Harriet Jennet, una reconocida anfitriona de políticos; ambos habían apoyado su posición, en ambos casos con la típica mordacidad de los Anstruther-Wetherby.

Harriet había gruñido, "Me alegro de ver que Honoria y ese grupo aún no te han hecho perder la cabeza. La posición que tendrá tu esposa es demasiado importante para decidirla por el color de los ojos de una dama."

Michael dudaba que el color de los ojos de una dama hubiera sido jamás algo importante en la mente de un Cynster como un factor determinante para el matrimonio—los otros atributos físicos quizas . . . desde luego, contuvo su lengua.

Magnus había hecho varios comentarios rigurosos sobre la inconveniencia de dejar que la pasión gobernara la propia vida. Sin embargo, extrañamente, aun cuando lo animaba casi a diario a dedicarse a asegurar la mano de Elizabeth, durante la boda de Amelia en Somersham, Magnus había descuidado la oportunidad perfecta de presionarlo . . . pero, desde luego, existía la tradición de que todas las bodas celebradas en Somersham Place eran motivadas por el amor. Quizás fue eso—que el matrimonio que él estaba decidido a contraer, más aún, que necesitaba contraer, no sería un matrimonio por amor—aquello había persuadido a su abuelo a aferrarse a la sabiduría y, en aquella compañía, se había abstenido de hablar.

El sendero serpenteaba, camino a la Casa Bramshaw; una extraña impaciencia lo invadió, pero mantuvo a Atlas a un paso constante. Más adelante, los árboles eran más escasos; más allá de ellos, atisbando a través de los troncos de la espesa maleza, podía ver los campos ondulantes que bordeaban el sendero de Lyndhurst.

Un sentimiento de certidumbre se apoderó de él; era el momento adecuado para avanzar y casarse, para formar otra familia, crear la próxima generación, para arraigarse más profundamente y pasar a la siguiente fase de su vida.

El sendero era una serie de curvas; los árboles y la maleza eran lo suficientemente espesos como para ahogar los sonidos a cualquier distancia; para cuando lo alcanzó el ruido de un carruaje que se aproximaba velozmente y el golpe de cascos, el coche estaba casi sobre él.

Sólo tuvo tiempo de apartar a Atlas hacia un costado del sendero antes de que una calesa, fuera de control y a toda velocidad, doblara rápidamente la curva.

Pasó velozmente a su lado, dirigiéndose hacia la mansión. Con una expresión melancólica, pálida como la muerte, una mujer delgada luchaba con las riendas, intentando desesperadamente refrenar el caballo.

Michael maldijo y espoleó a Atlas. Llegó como una tromba detrás del caballo antes de que lo hubiera pensado siquiera. Luego lo pensó y maldijo de nuevo. Los accidentes de coche eran su peor pesadilla; la amenaza de presenciar otro se clavó como una espuela en su costado. Incitó a Atlas a avanzar.

La calesa estaba disparada, casi volando; el caballo pronto se fatigaría, pero el sendero sólo conducía a la casa—y llegaría a ella demasiado rápido.

Él había nacido en aquella casa, había vivido allí sus primeros diecinueve años; conocía cada palmo del sendero. Atlas estaba descansado; soltó las riendas y cabalgó con las manos y las rodillas.

Estaban avanzando, mas no lo suficiente.

Pronto el sendero se convertiría en el camino de entrada, que terminaba con una vuelta cerrada en el patio al que daba la puerta principal de la casa. El caballo tomaría la curva; la calesa no. Se volcaría, la dama sería lanzada...hacia las rocas que bordeaban los arriates.

Maldiciendo interiormente, espoleó a Atlas. El gran percherón respondió, extendiéndose, con las patas como centellas, mientras se acercaban, palmo a palmo, a la calesa que se agitaba salvajemente. Casi estaban a su lado.

Apareció súbitamente la portada, luego ya la habían dejado atrás.

No había tiempo.

Recogiéndose, Michael saltó de la silla a la calesa. Se aferró al asiento, se arrastró sobre él. Abalanzándose sobre la dama, tomó las riendas y las haló con fuerza.

La dama gritó.

El caballo relinchó.

Michael las sostuvo, con todas sus fuerzas. No había tiempo—el camino terminaba—para preocuparse por nada diferente de detener el caballo.

Los cascos resbalaron; el caballo relinchó de nuevo, se meció hacia un lado y se detuvo. Michael tomó el freno—demasiado tarde. El impulso hizo que la calesa girara sobre sí misma; sólo la suerte impidió que se volcara.

La dama fue lanzada a la vera del camino, cubierto de hierba.

Él fue lanzado detrás de ella.

Ella aterrizó boca abajo; él a medias encima de ella.

Durante un instante, no pudo moverse—no pudo respirar, no pudo pensar. Reacciones—miles de ellas—lo recorrieron internamente. El cuerpo delgado, frágil, atrapado bajo el suyo, delicado y sin embargo elementalmente femenino, hizo que se disparara su instinto de protección—sólo para desencadenar el horror y una furia incipiente por lo que casi se había revelado. Por lo que se había puesto en peligro.

Luego se agolpó en él el miedo, arremolinado, irracional y antiguo, profundo y oscuro. Lo invadió, se apoderó de él, estranguló todo lo demás.

Escuchó el ruido de cascos que se movían en la grama—miró a su alrededor. El caballo, resoplando, intentaba caminar, pero la calesa no avanzaba; el caballo se detuvo. Atlas se había detenido al otro lado del prado y permanecía allí mirando, con las orejas levantadas.

"¡Uuuff!"

Debajo de él, la dama luchaba. El hombro de Michael estaba atravesado en su espalda, sus caderas anclaban sus muslos; ella no podía moverse hasta que él lo hiciera. Rodó hacia atrás, se sentó. Su mirada cayó sobre el monumento de piedra, a pocos pasos de allí.

El terror de los caballos que relinchaban invadió su mente.

Apretando los labios, respiró profundamente y se puso de pié. Observó, con una expresión melancólica cómo la dama se volvía para sentarse.

Se inclinó, la tomó de las manos, y la levantó sin ceremonias. "De todas las estúpidas, *idiotas*..." Se interrumpió, luchó por controlar su ira, que volaba sobre las alas de aquel remolino de miedo irracional. Perdió la batalla. Poniendo las manos en su cintura, miró enojado a la causa de su furia. "Si no puede manejar las riendas, no debería conducir." Soltó las palabras, no le importó si la herían. "¡Estuvo a un paso de un grave accidente, si no de la *muerte!*"

Por un instante, se preguntó si ella era sorda; no dio indicación alguna de haberlo escuchado.

Caroline Sutcliffe quitó el polvo de sus manos enguantadas, y les agradeció a las estrellas haber llevado guantes. Ignorando el sólido bulto de hombre que reverberaba de ira ante ella—no tenía idea quién era; aún no había visto su rostro—sacudió sus faldas, sonrió interiormente ante las manchas de césped, luego ajustó su corpiño, las mangas, su chal de gasa. Y finalmente se dignó mirarlo.

Tuvo que levantar la mirada—era más alto de lo que pensó. Más ancho de hombros también... la impresión física que sintió cuando él aterrizó a su lado en el asiento de la calesa, mezclada con la que sintió cuando cayó sobre ella en el césped, le volvió fugazmente a la mente; la expulsó de ella. "Gracias, señor, quien quiera que sea, por su rescate, así haya sido poco elegante." Su tono habría agraciado a una duquesa—fresco, confiado, seguro y altivo. Precisamente el tono que debía usarse con un macho presuntuoso. Sin embargo...

Su mirada llegó a su rostro. Ella parpadeó. El sol estaba a espaldas de Michael; ella se encontraba a plena luz, pero el rostro de él estaba en la sombra.

Levantando la mano, se protegió los ojos y lo observó sin disimulo. Un rostro de rasgos fuertes con una mandíbula cuadrada y los planos duros, angulosos, de su propia clase. Un rostro de patricio de amplia frente, delimitada por cejas oscuras y rectas sobre ojos que el recuerdo coloreaba de un azul suave. Su cabello era abundante, marrón oscuro; el toque de plata en sus sienes sólo lo hacía más distinguido.

Era un rostro de mucho carácter.

Era el rostro que había venido a buscar.

Inclinó la cabeza. "¿Michael? Usted es Michael Anstruther-Wetherby, ¿verdad?"

Michael la contempló asombrado—un rostro en forma de corazón, rodeado por un nimbo de finos cabellos castaños, tan ligeros que flotaban, soplados suavemente como una corona de diente de león alrededor de su cabeza, sus ojos, de un azul plateado, levemente rasgados . . ."¿Caro?"

Ella le sonrió, evidentemente complacida; por un instante, él—todo su ser—se inmovilizó.

Los caballos que relinchaban callaron abruptamente.

"Sí, han pasado años desde que hablamos por última vez . . ." Su mirada se hizo vaga mientras evocaba.

"En el funeral de Camden," le recordó Michael. Su difunto esposo, Camden Sutcliffe, una leyenda en los círculos diplomáticos, había sido el embajador de Su Majestad ante Portugal; Caro había sido la tercera esposa de Sutcliffe.

Ella se concentró de nuevo en su rostro. "Tienes razón—hace dos años."

"No te he visto en Londres." Sin embargo, había oído hablar de ella; el cuerpo diplomático la apodaba La Viuda Alegre. "¿Cómo has estado?"

"Muy bien, mil gracias. Camden era un buen hombre y lo echo de menos, pero . . ." Se encogió levemente de hombros. "Era más de cuarenta años mayor que yo, así que siempre esperé este desenlace."

El caballo se movió, arrastrando en vano la calesa rota. Regresaron al presente y ambos se inclinaron hacia delante; Caro sostuvo la cabeza del caballo mientras Michael desenmarañaba las riendas y luego revisaba el arnés. Frunció el ceño. "¿Qué sucedió?"

"No tengo idea." Frunciendo también el ceño, Caro acarició la nariz del caballo. "Venía de la reunión de la Asociación de Damas en Fordingham."

El seco golpe de cascos hizo que ambos se volvieran hacia

la verja. Una calesa entró trotando; la corpulenta dama que la conducía los vio, los saludó con la mano y luego dirigió vigorosamente la calesa hacia ellos.

"Muriel insistió en que yo asistiera a la reunión. Ya sabes cómo es ella." Caro habló con rapidez, su voz ahogada por el sonido de la calesa que se aproximaba. "Se ofreció a llevarme, pero decidí que si debía recorrer una distancia tan larga, podría utilizar el viaje para visitar a Lady Kirkwright. Entonces partí temprano, asistí a la reunión, y Muriel y yo regresamos juntas."

Michael comprendió todo lo que le decía. Muriel era la sobrina de Camden, la sobrina política de Caro, aunque Muriel era siete años mayor que ella. Ella también había crecido en Bramshaw; a diferencia de ellos dos, Muriel nunca se había marchado. Nacida y educada en la mansión Sutcliffe, en el extremo del pueblo, ahora vivía en el centro de éste en la Casa Hedderwick, la residencia de su marido, a un paso de la entrada de la Casa Bramshaw, la casa de la familia de Caro.

Es más, Muriel se había elegido a sí misma como organizadora de la parroquia, papel que había desempeñado durante largos años. Aun cuando su forma de ser a menudo era abrumadora, todos, incluso ellos, soportaban su carácter dominante por la sencilla razón de que se desempeñaba bien en una tarea necesaria.

Con un elegante giro, Muriel detuvo su calesa en el patio delantero. Tenía una belleza un poco masculina, pero era ciertamente atractiva con su postura muy erguida y su cabello oscuro.

Miró fijamente a Caro. "¡Santo cielo, Caro! ¿Fuiste lanzada de la calesa? Tienes manchas de césped en tu vestido. ¿Te encuentras bien?" Su tono era débil, como si no pudiera creer lo que sus ojos veían. "Por la forma cómo partiste, nunca pensé que pudieras detener a Henry."

"No lo hice." Caro señaló a Michael. "Por fortuna, Michael estaba saliendo—valiosamente, saltó a la calesa y realizó la proeza necesaria."

Michael encontró su mirada y vio asomarse en ella una sonrisa graciosamente agradecida. Consiguió no sonreír a su vez.

"Gracias al cielo." Muriel se volvió hacia él, inclinándose un poco para saludar. "Michael, no sabía que habías regresado."

"Llegué esta mañana. ¿Tienes alguna idea de por qué se desbocó Henry? He revisado las riendas y el arnés y no parece haber una causa evidente."

Muriel frunció el ceño. "No. Caro y yo nos dirigíamos juntas a casa, luego Caro giró por este sendero. Sólo había avanzado un poco cuando Henry se desbocó y luego"—Muriel hizo un gesto—"partió disparado." Miró a Caro.

Caro asintió. "Sí, así ocurrió." Acarició la nariz de Henry. "Lo cual es extraño—habitualmente es un animal plácido. Siempre lo llevo cuando estoy en casa."

"Bien, la próxima vez que nos encontremos en Fordingham te llevaré conmigo, puedes estar segura de ello." Muriel la miró con sorpresa. "Casi tengo palpitaciones—esperaba encontrarte destrozada y cubierta de sangre."

Caro no respondió directamente; frunciendo el ceño, estudiaba el caballo. "Algo debió asustarlo."

"Posiblemente un ciervo." Muriel recogió las riendas. "Los arbustos son tan densos en ese trayecto que es imposible ver qué pueda estar agazapado en ellos."

"Cierto." Caro asintió. "Pero Henry lo habría sabido."

"Efectivamente. Pero ahora que estás a salvo, debo continuar mi camino." Muriel miró a Michael. "Estábamos discutiendo la organización del bazar de la iglesia y debo comenzar con los preparativos. ¿Supongo que asistirás?"

Él sonrió con facilidad. "Desde luego." Hizo una nota mental para enterarse de cuándo era el bazar. "Mis saludos a Hedderwick, y a George, si lo ves."

Muriel inclinó la cabeza. "Les daré tus saludos." Intercambió una graciosa inclinación con Caro y luego contempló la calesa de Caro, que obstaculizaba la salida del patio.

Michael miró a Caro. "Llevemos a Henry a los establos. Haré que Hardacre lo examine; quizás pueda sugerir algo que explique por qué se desbocó."

"Una idea excelente." Caro aguardó mientras él se inclinó y soltó el freno de la calesa; luego agitó una mano para despedirse de Muriel e hizo avanzar a Henry.

Michael verificó que la calesa no tuviese daños y que las ruedas giraran libremente. Una vez despejado el patio, se despidió de Muriel. Con una inclinación majestuosa, ella condujo su caballo hacia la entrada. Él se volvió para seguir a Caro.

Atlas continuaba aguardando pacientemente; Michael chasqueó los dedos y el bayo se dirigió hacia él. Tomando las riendas, las envolvió en una mano y luego alargó el paso. Acercándose a Henry del otro lado, miró a Caro—a la parte de su rostro que podía ver sobre la cabeza del caballo. Su cabello brillaba y destellaba bajo el sol, de manera completamente fuera de moda; sin embargo, parecía tan suave que sencillamente pedía que lo tocaran. "¿Piensas pasar el verano en la Casa Bramshaw?"

Ella lo miró. "Por ahora." Dio unas palmaditas al caballo. "Me desplazo entre Geoffrey, que vive aquí, Augusta en Derby, y Ángela en Berkshire. Tengo una casa en Londres, pero aún no la he abierto otra vez."

Él asintió. Geoffrey era su hermano, Augusta y Ángela sus hermanas; Caro era la menor, mucho más joven que ellos. Él la miró de nuevo; ella murmuraba para calmar a Henry.

Una extraña desorientación aún lo invadía, como si se perdiera levemente el equilibrio. Y tenía que ver con ella. Cuando se habían encontrado brevemente dos años atrás, ella había sufrido recientemente su pérdida; estaba vestida de luto y llevaba pesados velos. Habían intercambiado unas pocas palabras en un susurro, pero no la había visto realmente, ni había hablado con ella. Antes de eso, ella había pasado los últimos diez años en Lisboa. De vez en cuando la había visto de lejos en un salón de baile o se había cruzado con ella cuando se encontraba con su esposo en Londres, pero nunca habían compartido más que las habituales cortesías sociales.

Sólo había cinco años de diferencia entre ellos; sin embargo, aun cuando se conocían desde la infancia y habían pasado sus años de formación en esta zona restringida de New Forest, él en realidad no la conocía en absoluto.

Ciertamente no conocía la dama elegante y segura en la que se había convertido.

Ella lo miró—se dio cuenta de que la miraba—y sonrió con facilidad, como si reconociera una curiosidad mutua.

La tentación de satisfacerla creció.

Ella miró hacia delante; él siguió su mirada. Alertado por el sonido de las ruedas de la calesa, Hardacre, el mozo del establo, había salido. Michael lo llamó; Hardacre se aproximó, inclinándose con deferencia para saludar a Caro, quien lo saludó por su nombre y con una de sus serenas sonrisas. Mientras conducían la calesa al patio del establo, Michael y ella le explicaron lo sucedido.

Frunciendo el ceño, Hardacre miró con ojos expertos, tanto el caballo como la calesa y luego se rascó su calva. "Será mejor que me lo dejen durante una hora más o menos. Le quitaré el arnés y lo revisaré. Veré si hay algún problema."

Michael miró a Caro. "¿Tienes prisa? Podría prestarte un caballo y una calesa."

"No, no." Desechó el ofrecimiento con una sonrisa. "Una hora de tranquilidad será bienvenida."

Él recordó lo sucedió y la tomó solícitamente del brazo. "¿Te agradaría un té?"

"Sería delicioso." Caro sonrió más decididamente cuando puso su mano sobre el brazo de Michael. Despidiéndose de Hardacre, dejó que Michael la condujera hacia la casa. Sus nervios aún estaban agitados, temblaba; no era de sorprender y, sin embargo, el pánico de encontrarse en una calesa debocada ya estaba desapareciendo. ¿Quién habría podido predecir que aquel desastre inminente terminaría tan bien? "¿Es la señora Entwhistle todavía tu ama de llaves?"

"Sí. El personal de la casa no ha cambiado por años."

Ella contempló la sólida casa de piedra con su tejado de dos aguas y sus buhardillas. Caminaban por entre un huerto; la sombra moteada emanaba el dulce aroma de la fruta madura. Entre el huerto y la puerta de atrás estaba el jardín de la cocina. "Pero eso es lo que nos hace regresar, ¿verdad?" Lo miró y captó su mirada. "Que las cosas sigan iguales nos tranquiliza."

Él sostuvo su mirada por un momento. "No lo había pensado . . . pero tienes razón." Se detuvo para dejar que ella lo precediera por el estrecho sendero. "¿Permanecerás largo tiempo en Bramshaw?"

Ella sonrió sabiendo que él, detrás de ella, no podía verla. "Acabo de llegar." En respuesta al llamado de Elizabeth, su sobrina, quien estaba en pánico. Ella lo miró. "Espero quedarme aquí algunas semanas."

Llegaron a la puerta de atrás; Michael se inclinó para abrirla, consciente de ella al hacerlo—sólo de ella. Mientras la seguía al oscuro pasillo, dirigiéndola hacia el salón, advirtió no sólo qué femenina era, sino qué mujer era. Cómo le afectaba los sentidos, con su figura delgada y, sin embargo, llena de curvas, vestida de transparente muselina.

No había nada extraño en absoluto en el vestido; era la misma Caro quien era poco usual, de muchas maneras.

Al seguirla al salón, haló la campana. Cuando Gladys, la mucama, apareció, ordenó el té.

Caro se había dirigido hacia las amplias ventanas en el extremo del salón; sonrió a Gladys, quien hizo una reverencia y se retiró. Luego miró a Michael. "Es una tarde tan bella—¿nos sentamos en la terraza y disfrutamos del sol?"

"¿Por qué no?" Uniéndose a ella, abrió la puerta de cristales. La siguió a la terraza de piedra donde había una mesa de hierro forjado y dos sillas, colocadas perfectamente para captar el sol y el paisaje sobre los prados del frente de la casa.

Retiró una silla para ella y luego, rodeando la mesa, tomó la otra. Había una duda en sus ojos cuando los levantó para mirarlo.

"No puedo recordarlo. ¿Tienes un mayordomo?"

"No. Tuvimos uno, años atrás, pero la casa estuvo cerrada durante algún tiempo y él buscó otro trabajo." Sonrió. "Supongo que debo buscar uno."

Ella arqueó las cejas. "Sí." Su expresión afirmaba que un Miembro local ciertamente debería tener un mayordomo. "Pero si te apresuras, no tendrás que buscar lejos."

Él la miró interrogándola; ella sonrió. "¿Recuerdas a Jeb Carter? Dejó el pueblo de Fitham para entrenarse como mayordomo con su tío en Londres. Al parecer le ha ido bien, pero quiere regresar aquí para cuidar mejor de su madre. Muriel estaba buscando un mayordomo—de nuevo—y lo contrató. Desafortunadamente, Carter, como tantos otros antes de él, no satisfizo los exagerados criterios de Muriel, así que lo despidió. Esto sucedió ayer—actualmente está en la cabaña de su madre."

"Ya veo." Estudió sus ojos, esperando leer correctamente los mensajes en sus ojos azul plata. "Entonces, ¿crees que debo contratarlo?"

Ella le dedicó una de sus rápidas sonrisas cálidas y aprobadoras. "Creo que debes ver si te sirve. Lo conoces a él y a su familia—es honesto, el día es largo, y los Carter siempre fueron buenos trabajadores."

Michael asintió. "Le enviaré un mensaje."

"No." El reproche era suave, pero definitivo. "Anda a verlo. Pasa por su casa cuando estés cerca de allí."

Él encontró sus ojos, luego inclinó la cabeza. Había pocas personas de quienes aceptaba una orientación directa, pero los edictos de Caro en asuntos semejantes los consideraba indubitables. Ella era, en efecto, la persona perfecta—la persona indudablemente mejor calificada—a quien preguntar acerca de su relación con su sobrina, Elizabeth.

Llegó el té, traído por la señora Entwhistle, quien evidentemente había venido a ver a Caro. Ella tomaba su fama con calma; él la observó cuando dijo las palabras apropiadas, preguntando por el hijo de la señora Entwhistle, felicitándola por los delicados merengues presentados en la bandeja. La señora Entwhistle brillaba de satisfacción y se retiró, enteramente complacida.

Mientras Caro servía el té, Michael se preguntó si registraba siquiera su actuación, si era calculada o sólo le venía naturalmente. Luego ella le entregó su taza y sonrió, y él decidió que, aunque alguna vez sus respuestas habían sido·quizás aprendidas, ahora hacían parte de ella. Esencialmente espontáneas.

Era sencillamente su forma de ser.

Mientras bebían el té y consumían los bizcochos—ella mordisqueaba, él comía—intercambiaron noticias sobre conocidos mutuos. Se movían en los mismos círculos, ambos estaban extremadamente bien conectados tanto en el frente diplomático como en el político; fue sumamente fácil pasar el tiempo.

El arte de conversar cortésmente les venía con facilidad, fluía para ambos, una habilidad que atestiguaba su experiencia. Esencialmente, sin embargo, él se plegaba a ella; sus comentarios evidenciaban una comprensión de la gente y de sus reacciones que sobrepasaba la suya, que parecía más profunda y verdadera, que iluminaba sus motivaciones.

Estar al sol era agradable. Él la estudió mientras intercambiaban información; a sus ojos, la confianza que ella tenía en sí misma destellaba; no era del tipo que brillaba y relucía, sino una seguridad tranquila, equilibrada, que brillaba en lo que decía, que parecía surgir de la médula de sus huesos, infinitamente segura, casi serena.

Se había convertido en una mujer extraordinariamente tranquila, que emanaba una aura de paz sin hacer ningún esfuerzo.

Se le ocurrió que estaba transcurriendo el tiempo—lastimosamente, con tal facilidad. Puso su taza en el plato. "Entonces, ¿cuáles son tus planes?"

Ella encontró su mirada y abrió los ojos sorprendida. "Para ser honesta, no estoy segura." Había una pizca de humorosa crítica a sí misma en su tono. "Viajé durante algunos meses cuando estaba de luto, así que ya he satisfecho esa necesidad. Este año estuve en Londres durante la temporada—fue maravilloso ver viejos amigos, reanudar los hilos, pero..." Sonrió levemente. "Esto no es suficiente para llenar una vida. Me quedé con Ángela esta vez—no estoy segura todavía de qué quiero hacer con la casa, si quiero abrirla de nuevo y vivir allí, reunir mi corte como una especie de anfitriona literaria o quizás sumergirme en obras de caridad..." Levantó los labios, sus ojos bromeaban. "¿Puedes imaginarme haciendo alguna de estas cosas?"

El azul plateado de su mirada parecía tener varias capas—abierto, honesto y, sin embargo, con intrigantes profundidades. "No." La contempló, tan relajada, en su terraza; no podía verla sino como lo que había sido—la esposa de un embajador. "Creo que deberías dejar las obras de caridad a Muriel y una corte sería un escenario demasiado restringido."

Ella rió, un sonido dorado que se fusionó con la dorada tarde. "Tienes una lengua de político." Lo dijo con aprobación. "Pero basta de hablar de mí. ¿Qué hay de ti? ¿Estuviste en Londres durante la temporada?"

Era la oportunidad que había estado aguardando; dejó que sus labios se torcieran con tristeza. "Estuve en Londres, pero diversos comités y proyectos de ley me distrajeron más de lo que había anticipado." Explicó con detalle estos temas, contentándose con dejar que ella lo sondeara, que se hiciera una imagen de su vida—y de su necesidad de una esposa. Ella tenía demasiada experiencia como para precisar que él lo describiera en detalle; ella lo vería—y estaría allí para explicárselo y tranquilizar a Elizabeth cuando llegara el momento.

Había una sutil atracción en hablar con alguien que conocía el mundo y comprendía sus matices. Observar el rostro de Caro era un placer—ver cómo las expresiones se paseaban por sus rasgos, observar sus gestos, tan elegantes y graciosos, atisbar la inteligencia y el humor en sus ojos.

Caro, también, estaba contenta; sin embargo, mientras él la observaba, ella, detrás de su elegante fachada, lo observaba también y aguardaba.

Finalmente, él encontró su mirada y preguntó sencillamente, "¿Por qué te dirigías en esta dirección?"

El sendero llevaba a esa casa y sólo a ella; ambos lo sabían.

Dejó que sus ojos se iluminaran, le sonrió radiante. "Gracias por recordármelo. Con toda esta plática lo había olvidado por completo; no obstante, es muy oportuno que lo menciones."

Poniendo los antebrazos sobre la mesa, le lanzó una de sus miradas más seductoras. "Como lo dije antes, estoy hospedada en casa de Geoffrey, pero los viejos hábitos son difíciles de dejar. Conozco un buen número de personas de los Ministerios y embajadas que pasan el verano en el vecindario—organicé una cena para esta noche, pero…" Le dio una sonrisa compungida. "Me hace falta un caballero. Vine a pedirte que me ayudaras a equilibrar mi mesa—tú, al menos, puedes apreciar la necesidad de esto, para mi tranquilidad."

Él se vio encantado y tuvo que reír.

"Ahora bien," continuó ella, adornando sin piedad la invitación, "tenemos un pequeño grupo de la embajada portuguesa, tres personas de la embajada de Austria, y…" Procedió a esbozar su lista de invitados; ningún político digno de su nombre rechazaría la oportunidad de codearse con tales personajes.

No fingió hacerlo, sino que sonrió con facilidad. "Me encantará complacerte."

"Gracias." Le ofreció su mejor sonrisa; podía estar algo fuera de práctica, pero aún parecía funcionar.

Un ruido de cascos sobre la gravilla llegó hasta ellos; ambos miraron en esa dirección y se levantaron en el momento en que Hardacre conducía a Henry, otra vez con el arnés, hacia la calesa.

Hardacre los vio e inclinó la cabeza. "Parece estar tan bueno como la lluvia—no debía tener ningún problema con él."

Caro tomó sus cosas y rodeó la mesa. Michael la tomó del brazo y la ayudó a bajar los escalones de la terraza. Ella le agradeció a Hardacre y luego dejó que Michael la ayudara a subir al asiento de la calesa. Tomando las riendas, le sonrió. "A las ocho entonces—te prometo que no te aburrirás."

"Seguro que no." Michael se despidió y retrocedió.

Ella haló las riendas y Henry obedeció; con un estilo perfecto, trotó hacia la verja.

Michael la miró partir—y se preguntó cómo habría sabido que él se encontraba allí para invitarlo. Era el primer día en meses que estaba en casa y, sin embargo…¿pura coincidencia? O, puesto que se trataba de Caro, ¿había sido previsión?

Hardacre, a su lado, se aclaró la voz. "No quise decirle nada a la señora Suttcliffe—no serviría de nada. Pero ese caballo…"

Michael lo miró. "¿Qué le pasa?"

"Supongo que la razón por la que se desbocó fue que había sido golpeado por perdigones. Encontré tres lugares sensibles en el anca izquierda, como marcas dejadas por piedras de una honda."

Frunció el ceño. "¿Muchachos—por divertirse?"

"Una diversión peligrosa si se trata de eso, y debo decir que no conozco ningún muchacho de los alrededores que sea lo suficientemente tonto como para hacer algo así."

Hardacre estaba en lo cierto; todos los mozos locales vivían de los caballos—sabrían el resultado de tal estupidez. "Quizás haya visitantes de Londres en el vecindario. Jóvenes que no saben lo que hacen."

"Sí, es posible," admitió Hardacre. "De todas maneras, no veo que haya ninguna posibilidad de que suceda de nuevo, al menos no a la señora Sutcliffe."

"Seguramente no. Sería como si un relámpago cayera dos veces en el mismo lugar."

Hardacre se dirigió al establo. Michael permaneció un buen rato contemplando el sendero; luego se volvió y subió los escalones de la terraza.

Ya era demasiado tarde para visitar a Geoffrey Mollison, especialmente si el personal de la casa estaba atareado preparándose para la cena de Caro. En realidad, no era necesario, pues él mismo asistiría a la cena y vería a Geoffrey más tarde.

Sin embargo, su impaciencia había cedido; se inclinaba a considerar la cena de Caro como una oportunidad más que como una distracción. Un acontecimiento semejante sería el escenario perfecto para refrescar su memoria y profundizar su familiaridad con Elizabeth, su novia ideal.

Sintiéndose en deuda con Caro, entró a la casa—debía desempacar su traje para la noche.

"¡El enemigo está comprometido! Nuestra campaña ya comenzó." Con una sonrisa triunfante, Caro se dejó caer en una silla forrada de chintz en el salón de su familia en la Casa Bramshaw.

"Sí, pero, ¿funcionará?" Inclinada sobre la silla, bella como una imagen, en un traje de volantes con ramitos de muselina, con su largo cabello rubio anudado en un moño en la nuca, Elizabeth la miraba, con esperanza e inquietud en sus grandes ojos azules.

"¡Desde luego que funcionará!" Caro mostró su triunfo al único otro ocupante del salón, su secretario, Edward Campbell, quien se encontraba al lado de Elizabeth en el sofá. Un caballero sobrio, dedicado y confiable de veintitrés años, Edward no parecía el tipo de persona que atrajera a Elizabeth. Las apariencias, como lo sabía Caro, podían engañar.

Dejando que desapareciera su sonrisa, encontró los ojos de Edward. "Te aseguro que cuando un caballero como Michael Anstruther-Wetherby decida que tú eres la candidata ideal para el cargo de ser su esposa, la única manera de evitar tener que decir la palabra 'no' y aferrarse como una lapa a ella frente a la considerable presión que—no lo dudes—se ejercerá, es convencerlo, *antes* de que te lo proponga, de que ha cometido un error."

Aun cuando sus palabras estaban dirigidas a Elizabeth, continuó observando a Edward. Si la pareja estaba menos que firmemente decidida en su empeño, deseaba verlo, saberlo, ahora.

Cinco días atrás había estado felizmente instalada en Derbyshire con Augusta y esperaba pasar los meses del verano allí. Dos urgentes llamados de Elizabeth, uno a ella y otro a Edward, los habían llevado a las carreras a Hampshire vía Londres.

Elizabeth le había escrito, en pánico ante la perspectiva de encontrarse ante una propuesta de Michael Anstruther-Wetherby. Caro había creído que se trataba de una treta— conocía la edad de Michael y el círculo en el que se movía—pero Elizabeth le había referido una conversación con su padre en la que Geoffrey, habiendo verificado que Elizabeth no sentía ninguna atracción especial por ninguno de los caballeros que había conocido en Londres durante la temporada, había procedido a cantar las alabanzas de Michael.

Eso, Caro tenía que admitirlo, sonaba sospechoso. No porque Michael no fuese perfectamente digno de alabanzas, sino porque Geoffrey había buscado señalarlo.

Edward también había tenido sus dudas sobre la conjetura de Elizabeth, pero al detenerse en Londres, había visitado a ciertos amigos que, como él, eran ayudantes y secretarios de personas con poder político. Lo que había averiguado había hecho que llegara a casa pálido y tenso. El rumor era que Michael Anstruther-Wetherby había sido postulado para un cargo en el gabinete; parte de aquella postulación se refería a su estado civil y a la sugerencia de que debía cambiarlo antes del otoño.

Caro había permanecido un día más en Londres, lo suficiente para visitar a la formidable tía de Michael, Harriet Jennet. Habían hablado de esposa de diplomático a esposa de diplomático. Caro ni siquiera había tenido que mencionar el tema, Harriet había aprovechado la oportunidad para hablarle sobre el interés de Michael en Elizabeth.

Eso había sido suficiente confirmación. El asunto era, efectivamente, tan grave como lo suponía Elizabeth.

Caro dirigió su mirada hacia su sobrina. Ella misma había sido la novia de un diplomático, una joven ingenua de diecisiete años, embriagada por las atenciones supremamente delicadas de un hombre mayor—en su caso, mucho mayor. Ella, lo admitía, no había tenido otro amor en su vida, pero por nada del mundo deseaba un matrimonio semejante para otra joven.

Aun cuando nunca se había enamorado, sentía una enorme simpatía por Elizabeth y Edward. Fue en su casa de Lisboa donde se conocieron; ella nunca los alentó, pero para ella esto significaba también no oponerse a ellos. Si habrían de enamorarse lo harían y, en el caso de ellos, el amor en efecto había crecido. Habían permanecido fieles durante más de tres años, y ninguno de los dos mostraba signo alguno de flaquear en su afecto.

Ella ya había estado pensando qué podía hacer para promover la carrera de Edward, al menos hasta el punto en que pudiera pedir la mano de Elizabeth. Eso, sin embargo, no era el asunto de ese día. Era necesario primero ocuparse de la presunta propuesta de Michael. Ahora—de inmediato.

"Tienes que comprender," explicó, "que una vez que Michael haga su propuesta, será mucho más difícil conseguir que la retire, y aún más difícil para ti, siendo, como eres, la hija de tu padre, rechazarla. Nuestro mejor curso de acción es, entonces, asegurarnos de que nunca te lo proponga, y esto significa hacer que Michael cambie de parecer."

Con sus serios ojos marrones, Edward miró a Elizabeth. "Estoy de acuerdo. Es la mejor manera—la estrategia que más probablemente tendrá éxito con el menor daño para todos."

Elizabeth encontró su mirada, luego miró a Caro. Suspiró. "Muy bien. Admito que tienes razón. Entonces, ¿qué debo hacer?"

Caro sonrió alentándola. "Por esta noche, debemos concentrarnos es suscitar una duda en su mente sobre tu conveniencia. No debemos repelerlo de una vez, sino solamente hacer que se detenga y lo considere. Sin embargo, lo que hagamos no puede ser ni abierto ni evidente."

Entrecerró los ojos, imaginando las posibilidades. "La clave para manipular las opiniones de un caballero como Michael Anstruther-Wetherby es ser siempre sutil y circunspecta."

CAPÍTULO
2

Michael subió las escaleras de la Casa Bramshaw a las ocho
menos diez aquella noche. Catten, el mayordomo, lo conocía
bien; lo condujo al salón y dando un paso hacias atrás con deferencia lo anunció. Michael entró al amplio salón, donde se
produjo una mínima pausa en la conversación, sonriendo con
facilidad mientras que los ojos, y luego las sonrisas de la
concurrencia, se volvían hacia él.

Conversando con un grupo de personas al lado de la chimenea, Caro lo vio. Michael avanzó unos pocos pasos y se
detuvo, aguardó a que ella viniera a saludarlo, con un suave
crujido de su traje de seda color ostra.

"¡Mi salvador!" Sonriendo, le tendió la mano; cuando él la
soltó, ella se la puso con confianza en el brazo, volviéndose
para estar a su lado, mientras miraba a los invitados. "Sospecho que conoces a la mayoría de ellos, pero debo presentarte
al contingente de portugueses." Le lanzó una mirada de lado.
"¿Vamos?"

"Desde luego." Michael le permitió que lo condujera hacia
el grupo que acababa de dejar.

Ella se inclinó y murmuró, "El embajador y su esposa
están en un baile en Brighton, pero estas dos parejas son, si
es posible, aún más influyentes."

Caro sonrió cuando se unieron al grupo. "El duque y la
duquesa de Oporto." Con un gesto, indicó a un caballero mo-
reno con un rostro cadavérico y a una matrona alta, igual-

mente morena y altiva. "El conde y la condesa de Albufeira."
Otro caballero de cabello oscuro, pero bastante diferente del
primero—un hombre corpulento de ojos brillantes y con el
color subido de las personas amigas del vino—y una dama
de cabellos castaños, bella pero seria. "Y este es Ferdinand
Leponte, el sobrino del conde. Permítanme presentarles al
señor Michael Anstruther-Wetherby. Michael es nuestro
Miembro local del Parlamento."

Todos intercambiaron reverencias, murmuraron corteses
saludos. Soltando el brazo de Michael, Caro puso una mano
sobre el brazo del duque. "Creo que sería conveniente que
ustedes dos se conocieran." Con los ojos brillantes, miró a
Michael. "He oído el rumor de que, en un futuro, el señor
Anstruther-Wetherby pasará más tiempo en nuestros círculos
diplomáticos que en los puramente políticos."

Él encontró su mirada, arqueó una ceja, sin sorprenderse
tanto de que ella hubiese escuchado los rumores. Sin embargo, no le había revelado ese conocimiento antes en la
tarde.

Interpretando su intercambio como confirmación, el
conde pronto empezó a conversar con él; unos minutos más
tarde, el duque se les había unido. Sus esposas se mostraban igualmente interesadas; con unas pocas preguntas
bien dirigidas, pronto establecieron sus antecedentes y conexiones.

Él se contentó con alentarlos, escuchar sus opiniones
sobre lo que consideraban los aspectos más importantes de
las relaciones entre sus dos países. Ellos se mostraban ansiosos por sembrar las semillas adecuadas, por influenciar sus
opiniones antes de que se las hubiera formado realmente—o
más bien, antes de que escuchara las opiniones de los man-
darines de la Oficina de Relaciones Exteriores.

Caro tocó su brazo suavemente y se disculpó. Aun cuando
él continuó prestando atención al duque y al conde, era consciente de que Ferdinand Leponte la había seguido, reclam-
ando la posición de estar a su lado.

Además de intercambiar saludos, Ferdinand, a diferencia
de sus compatriotas, no había mostrado el menor interés en
él. Ferdinand parecía tener cerca de treinta años; tenía el ca-

bello negro, la piel oliva y era extraordinariamente apuesto, con una sonrisa brillante y grandes ojos oscuros.

Seguramente era un mujeriego—había algo en él que dejaba poca duda. Era el típico "asistente" de muchas embajadas extranjeras; parientes de aquellos como el conde, sus cargos eran poco más que pasaportes de entrada a los círculos diplomáticos. Ferdinand era decididamente un parásito, pero no era del conde de quien se proponía colgarse.

Cuando Caro regresó diez minutos después, y se interpuso ingeniosamente para sacarlo de allí y llevar a Michael a conocer a sus otros invitados, Ferdinand aún continuaba siguiéndola.

Disculpándose ante el resto de los portugueses, Michael encontró los ojos de Ferdinand. Se inclinó como si se despidiera. Ferdinand sonrió ingenuamente. Cuando Caro lo tomó del brazo y lo condujo al siguiente grupo, Ferdinand se puso al otro lado de ella.

"*No* debes burlarte del General," susurró Caro.

Él la miró y advirtió que le hablaba a Ferdinand.

Ferdinand sonrió, lleno del encanto latino. "Pero es tan difícil resistirme."

Caro le lanzó una mirada de reproche. Cuando se aproximaron al grupo que se encontraba al lado de las largas ventanas, ella comenzó a hacer las presentaciones.

Michael le estrechó la mano al General Kleber, de Prusia; luego al embajador de los Habsburgos y a su esposa, a quienes conocía.

El General era un caballero mayor, ostentoso y severo. "Es bueno que ahora haya paz entre nosotros, pero aún falta mucho por hacer. Mi país está muy interesado en la construcción de navíos. ¿Conoce usted bien los astilleros?"

Negando todo conocimiento de esta industria, Michael se movió para incluir al embajador en la conversación. El General señaló que Austria no tenía puertos y, por lo tanto, no tenía armada. Michael desvió la conversación hacia la agricultura, y no se sorprendió cuando Caro aprovechó el momento para conducir a Ferdinand hacia otro lugar.

Regresó sola unos minutos más tarde. Rescatando a Michael, lo presentó a los otros invitados—tres diplomáticos ingleses con sus esposas; un Miembro del Parlamento escocés, el señor Driscoll, su esposa y sus dos hijas; y un colega suyo irlandés, extraordinariamente atractivo, Lord Sommerby, a quien la señora Driscoll observaba de reojo.

Finalmente, con una suave sonrisa, Caro se volvió hacia el último grupo del salón. Saludó con la mano a su hermano con un afectuoso gesto; intercambiando sonrisas, Michael le estrechó la mano a Geoffrey. Era un hombre corpulento, de hombros caídos que acentuaban su aire descuidado. Aunque había sido el representante local ante el Parlamento durante años, una reunión de este calibre era, de alguna manera, algo que lo sobrepasaba.

"Entiendo que tú y Elizabeth se conocieron en Londres." Con una sonrisa afectuosa, Caro indicó a la esbelta joven que se encontraba al lado de Geoffrey.

Al fin. "Efectivamente." Michael tomó la fina mano que le extendía Elizabeth. "Señorita Mollison." Él la había visto cuando entró, pero había tenido buen cuidado de no mostrar un interés particular. Ahora intentaba captar su mirada, se esforzaba por calibrar su reacción ante él, pero aun cuando ella le sonreía alegremente y sus miradas se encontraron, no pudo detectar una verdadera atención detrás de sus ojos azules.

Se desviaron casi instantáneamente cuando Caro le presentó al hombre más joven, algo tímido, que se encontraba al lado de Elizabeth. "Mi secretario, Edward Campbell. Era el asistente de Camden, pero me acostumbré de tal manera a confiar en él que decidí que era demasiado valioso para dejarlo ir."

Campbell le lanzó una mirada como si quisiera recordarle que era *únicamente* su secretario. Le extendió la mano; Michael la estrechó, invadido por la urgencia de recomendar a Campbell que se mantuviera atento a Ferdinand. Reprimiendo esta urgencia, se volvió al asunto más urgente que ahora lo ocupaba: Elizabeth Mollison.

"Escuché que estás en fila para la promoción," dijo Geoffrey.

Michael sonrió con facilidad. "Eso lo decide el Primer Ministro, y no lo hará hasta el otoño."

"Siempre juega con las cartas escondidas. Entonces, ¿cuál

es la situación de los irlandeses últimamente? ¿Crees que te encaminarás en esa dirección?"

Intercambiar noticias políticas con Geoffrey era la pantalla perfecta para observar a su hija. Elizabeth se encontraba al lado de su padre y supervisaba ociosamente el salón; no mostró ningún interés en su conversación—más aún, parecía ignorarla. Caro tomó a Campbell del brazo y se dirigió hacia sus invitados. Michael se movió para observar mejor a Elizabeth.

Había algo que no parecía encajar...

Miró a Caro, luego a Elizabeth y después, subrepticiamente, advirtió los trajes de las otras dos jóvenes, las hijas de Driscoll. Uno era rosa suave, el otro amarillo pálido.

Elizabeth había elegido el blanco.

Muchas jóvenes solteras lo hacían, especialmente durante su primera temporada en Londres. Elizabeth la había completado poco antes y sin embargo...el blanco era un color que no la favorecía. Era demasiado blanca y, con su cabello rubio pálido, el resultado no era atractivo. Especialmente porque había elegido complementar su traje de gasa con diamantes.

Considerando el resultado, Michael frunció el ceño en su interior. Nunca se atrevería a sugerirle a una dama qué debía llevar; no obstante, era consciente de la diferencia entre una dama bien vestida y una que no lo estaba. En los círculos políticos, era poco frecuente ver una dama mal vestida.

Ver a Elizabeth como era le produjo cierta sorpresa. Además de que el blanco la hacía ver desteñida, la combinación de su traje virginal con el evidente fuego de los diamantes producía una impresión decididamente poco apropiada.

Miró de nuevo a Caro. La seda color ostra, plegada a la perfección, delineaba las seductoras curvas de su cuerpo; el color complementaba sutilmente su piel blanca pero cálida, su masa gloriosamente indómita de finos cabellos brillaba a la luz de las velas en una mezcla de marrones y dorados. Llevaba plata y perlas que hacían eco a sus ojos y a su curiosa tonalidad azul plateada.

Al mirar a Elizabeth, no pudo imaginar que Caro no le hubiese aconsejado una vestimenta diferente. Concluyó que, detrás del aire inocente de Elizabeth, había una voluntad bastante fuerte—o al menos lo suficientemente obstinada como para desconocer las recomendaciones de Caro.

Su preocupación interior se hizo más profunda. Una voluntad obstinada y terca—¿sería algo bueno? ¿O no tan bueno? ¿Una incapacidad de recibir consejo de personas evidentemente bien calificadas para ofrecérselo...?

Una serie de invitados había llegado tarde; Caro los acompañó, presentándolos a los demás. Mientras dos de los recién llegados conversaban con Geoffrey, Michael se volvió hacia Elizabeth. "Si lo recuerdo bien, nos conocimos en el baile de Lady Hannaford en mayo. ¿Disfrutaste el resto de tu primera temporada en Londres?"

"¡Oh, sí!" Los ojos de Elizabeth se encendieron; volvió un rostro brillante hacia Michael. "Los bailes fueron tan divertidos—me fascina bailar. Y todas las otras actividades también—bueno, con excepción de las cenas. A menudo eran tediosas. Pero hice muchísimos amigos." Sonrió ingenuamente. "¿Conoces a los Hartfords? ¿A Melissa Hartford y a su hermano, Derek?"

Se interrumpió, claramente esperando una respuesta. Él se movió. "Ah...no." Tenía la sospecha de que Derek Hartford resultaría tener veinte años y que Melissa sería aún más joven.

"Ah. Pues bien, se han convertido en mis mejores amigos. Recorremos juntos toda la ciudad, exploramos y paseamos. Y Jennifer Rickards a menudo nos acompaña también, así como sus primos Eustace y Brian Hollings." Elizabeth se detuvo en medio de su animada conversación y luego frunció el ceño, mirando hacia el otro extremo del salón. "Aquellas chicas parecen un poco perdidas, ¿no lo crees? Será mejor que me acerque y converse con ellas."

Con estas palabras, le lanzó una brillante sonrisa y se alejó, sin disculparse correctamente.

Michael la vio partir, sintiéndose algo...desorientado. Lo había tratado como a un amigo de la familia, alguien con quien no es necesario tener tantas ceremonias; sin embargo...

La seda crujía a su lado; el aroma de madreselva, débil y elusivo, atraía sus sentidos.

Miró a Caro mientras ella deslizaba su mano en su brazo. Caro siguió su mirada hacia Elizabeth; levantó la vista e hizo una mueca. "Lo sé, pero no debes creer que haya sido idea mía."

Él sonrió también. "No lo creí."

Mirando de nuevo a Elizabeth, suspiró. "Infortunadamente, se obstinó en lucir el blanco y, a la vez, estaba desesperada por llevar los diamantes—para infundirse valor. Eran de Alice, ¿entiendes?"

Alice era—había sido—la madre de Elizabeth, la esposa de Geoffrey. Michael parpadeó. "¿Valor?"

"No está acostumbrada a reuniones de este estilo, así que supongo que sintió la necesidad de animarse." Caro lo miró, su rostro expresivo y brillantes ojos a la vez burlones y comunicadores. "Es sólo una fase pasajera—parte de aprender cómo manejar este tipo de reunión. Pronto se sentirá confiada."

Desvió la mirada. Él contempló su perfil. ¿Había adivinado Caro sus pensamientos respecto a Elizabeth?

¿Debería hablarle, conseguir su ayuda...?

Se levantó en puntillas, estirándose para ver por encima de la concurrencia. "¿Es ese...?"

Él siguió su mirada y vio a Catten en el umbral de la puerta.

"¡Por fin!" Caro le lanzó una brillante sonrisa, retirando su mano de su brazo. "Por favor discúlpame mientras organizo las cosas."

La vio deslizarse hacia la entrada, desempeñando sin dificultad el ritual de la anfitriona de reunir a sus invitados de acuerdo con el orden reconocido de precedencia. Dada la abundancia de dignatarios ingleses, irlandeses y extranjeros, no era una hazaña fácil y, sin embargo, los organizó a todos sin una falla.

Mientras él se dirigía a ofrecer su brazo a la señora Driscoll, se preguntó cómo lo habría manejado Elizabeth.

"Bien, esperamos verlo en Edimburgo el año próximo." La señora Driscoll se sirvió unas judías verdes de la bandeja que sostenía Michael, luego la tomó y la pasó a los otros invitados.

"Me agradaría visitar Edimburgo de nuevo, pero me temo que el Primer Ministro tiene otros planes." Tomando el tenedor y el cuchillo, se aplicó a comer las carnes del quinto plato. "Cuando el deber llama…"

"Sí, bien, todos los que estamos aquí lo comprendemos."

La mirada de la señora Driscoll rodeó brevemente la mesa. Inclinando la cabeza, él también miró a su alrededor. Aun cuando lo veía como una oportunidad potencial para una de sus hijas, la señora Driscoll no se había mostrado abiertamente insistente; su conversación no había tornado un giro incómodo.

De hecho, su comentario era oportuno. Todos los invitados sabían cómo se hacían las cosas, cómo comportarse en este círculo selecto y algo esotérico, tan fuertemente influenciado por las vicisitudes de la política, tanto local como internacional. Se sintió más en casa, ciertamente más interesado de lo que se sentía en reuniones similares puramente sociales.

Entre la señora Driscoll a su derecha y la condesa a su izquierda, no le faltaba conversación. Toda la mesa estaba inmersa en un agradable murmullo. Mirando la mesa cubierta de damasco blanco, plata y cristal, advirtió a las chicas más jóvenes, Elizabeth y las dos hermanas Driscoll, junto a dos caballeros jóvenes y acompañadas por Edward Campbell, sentados en un grupo en el medio de la mesa.

Ubicada del lado opuesto de la mesa, Elizabeth estaba enfrascada en una discusión, describiendo animadamente algo, con las manos en el aire.

Michael se volvió para responder a una pregunta de la condesa.

Se volvía de nuevo hacia la señora Driscoll cuando una súbita carcajada atrajo todas las miradas—a Elizabeth.

La risa se interrumpió abruptamente; con los dedos apretados contra sus labios, la mirada de Elizabeth recorrió rápidamente la mesa de arriba abajo. El rubor invadió sus pálidas mejillas.

Una de las chicas Driscoll se inclinó hacia adelante e hizo

un comentario Edward Campbell respondió y el momento incómodo pasó. Los otros comensales regresaron a sus conversaciones. Uno de los últimos en hacerlo fue Michael; vio cómo Elizabeth, quien estaba ahora con la cabeza inclinada, buscaba su copa de vino.

La tomó, sorbió un poco, se atoró—intentó poner la copa de nuevo en su lugar y casi la vuelca. El ruido y la tos atrajeron de nuevo todas las miradas. Con la copa finalmente a salvo sobre la mesa, tomó la servilleta y ocultó su rostro en ella.

A su lado, Campbell le daba golpecitos en la espalda; su tos cedió. Él le preguntó algo—presumiblemente si se encontraba bien. Su rubia cabeza asintió. Luego se irguió, levantó la cabeza y suspiró profundamente. Sonriendo débilmente, dijo sin aliento, "Lo siento muchísimo—por favor discúlpenme. El vino me bajó por el camino equivocado."

Todos sonrieron con facilidad y regresaron a sus conversaciones.

Mientras hablaba con la condesa, Michael encontró que su mente divagaba. El incidente había sido insignificante y, sin embargo...

Su mirada recorrió la mesa hasta encontrar a Caro en la cabecera, enfrascada en lo que parecía una brillante discusión con el duque y el general. Si ella se hubiese atorado...ciertamente algo poco probable, pero si lo hubiese hecho, estaba seguro de que habría superado el incidente de una manera mucho más encantadora.

No obstante, como lo había dicho Caro, Elizabeth era joven.

Sonrió a la condesa. "Espero visitar su país en un futuro no muy distante."

Cuando los invitados se reunieron de nuevo en el salón, Michael continuó observando a Elizabeth, pero a cierta distancia. Seguía rodeada de las personas más jóvenes, dejando todas las tareas de anfitriones a su tía y a su padre, sin darle oportunidad de evaluar sus habilidades en este campo.

Se sintió extrañamente frustrado. Unirse al grupo de jóvenes...él sencillamente no era uno de ellos. Había pasado

mucho tiempo desde que eventos tales como las carreras de
carruajes dominaban su mente. Sin embargo, estaba decidido
a descubrir más sobre Elizabeth. Se encontraba a un lado del
salón, momentáneamente solo, preguntándose cuál sería la
mejor manera de realizar su objetivo, cuando Caro se apareció a su lado.

Supo que estaba cerca un instante antes de que llegara y lo
tomara del brazo. Lo hizo con naturalidad, como si fuesen
viejos amigos, sin barreras sociales entre ellos; se encontró
respondiendo a ella de la misma manera.

"Hmmm." Su mirada se fijó en Elizabeth. "Creo que necesito un poco de aire fresco y me atrevo a decir que Elizabeth
también." Levantando la vista, sonrió cálidamente, pero
había un brillo decidido en sus ojos. "Además, quiero sepa-
rarla de ese grupo. Realmente debería circular un poco y am-
pliar su círculo de conocidos." Apretando la mano en su
brazo, arqueó una ceja. "¿Te agradaría pasear un poco por la
terraza?"

Él sonrió, ocultando con cuidado la profundidad de su
aprobación. "Vamos."

Ella lo hizo, conduciéndolo hacia el otro lado del salón,
sacando a Elizabeth de su círculo de amigos con unas pocas
palabras suaves. Sin soltar su brazo, los condujo por las puertas de vidrio hacia la terraza inundada por la luna.

"¡Ahora!" Caminando rápidamente con Elizabeth por la
terraza, Caro la observó. "¿Te encuentras bien? ¿Te duele la
garganta?"

"No. Realmente está bastante..."

"¿Caro?"

El suave llamado hizo que todos se volvieran. Edward
Campbell se asomaba por la puerta de vidrio. "Creo que deberías..." Hizo un gesto hacia el interior del salón.

"¡Qué inoportuno!" Caro miró a Edward por un momento;
luego miró a Michael y después a Elizabeth. Soltando el
brazo de Michael, encontró la mano de Elizabeth y la puso
en su brazo. "Caminen. Hasta el final de la terraza al menos.
Luego puedes regresar y practicar encantando al general
para mí."

Elizabeth parpadeó. "Ah, pero..."

"Sin peros." Caro ya regresaba apresuradamente hacia el salón. Les hizo un gesto con la mano, sus anillos brillando. "Vayan—caminen."

Llegó al lugar donde se encontraba Edward. Tomando su brazo, entró de nuevo al salón.

Dejando a Michael a solas con Elizabeth, Caro suprimió una sonrisa. Era asombrosa. Michael miró a Elizabeth. "Sospecho que será mejor que hagamos lo que se nos ordenó." Volviéndola, comenzó a pasearse lentamente. "¿Estás disfrutando el verano?"

Elizabeth le lanzó una mirada resignada. "No es tan emocionante como Londres, pero ahora que la tía Caro está acá, habrá mucho más que hacer. Más gente para conocer, más eventos que asistir."

"Entonces, ¿te agrada conocer gente nueva?" Una actitud sana para la esposa de un político.

"Ah, sí—bien, mientras sea gente *joven,* desde luego." Elizabeth hizo un mohín. "Encuentro que conversar con ancianos o con personas con quienes no tengo nada en común es un fastidio, pero Caro me asegura que aprenderé." Hizo una pausa y luego agregó, "Aunque debo decir que preferiría no aprender en absoluto."

Le lanzó una brillante sonrisa. "Prefiero *disfrutar* las fiestas, los bailes, las excursiones y no tener que preocuparme por *tener* que hablar con este o el otro. Quiero disfrutar mi juventud, bailar, cabalgar, conducir y todo lo demás."

Él parpadeó.

Apoyándose en su brazo, ella hizo un amplio gesto. "Debes recordar cómo era—toda la diversión que ofrece la capital."

Lo miró, esperando que sonriera y asintiera. Después de dejar Oxford, había pasado la mayor parte del tiempo como secretario de hombres importantes; había vivido en la capital y, sin embargo, sospechaba que había habitado un universo paralelo al que ella describía. "Ah . . . sí, desde luego."

Se contuvo de decir que esto había sucedido hacía largo tiempo.

Ella rió, como si él estuviera bromeando. Al llegar al final de la terraza, se volvieron y regresaron. Ella continuó hablando de los maravillosos meses que había pasado en Londres, de acontecimientos y personas que él no conocía y por los que sentía poco interés.

Cuando se aproximaron a las puertas del salón, advirtió que ella no había mostrado ningún interés por él—por sus gustos, sus conocidos, su vida.

Frunciendo el ceño en su interior, la miró. Ella lo estaba tratando no sólo como a un amigo de la familia, sino peor, como a un tío. No se le había ocurrido...

"¡Por fin!" Caro salió, los vio y sonrió. Se deslizó hacia ellos. "Es tan cálido aquí afuera—perfecto para un placentero interludio."

"Ah, mi querida Caro, me lees los pensamientos..."

Caro se volvió de inmediato. Ferdinand la había seguido a la terraza; él se interrumpió al ver que había otras personas presentes.

Ella cambió de dirección, interceptándolo. "El señor Anstruther-Wetherby y Elizabeth han estado disfrutando de un paseo. Ahora mismo regresábamos al salón."

Ferdinand mostró su blanca sonrisa. "¡Excelente! Ellos pueden entrar y nosotros pasear."

Ella se proponía que él regresara al salón. En lugar de hacerlo, él la volvió hábilmente. Ella tomó su brazo y se disponía a cambiar de dirección cuando sintió que Michael se aproximaba.

"En realidad, Leponte, creo que no fue eso lo que quiso decir la señora Sutcliffe."

Su expresión era educada, su tono irreprochable y, sin embargo, el acero sonaba bajo las palabras.

Poniendo los ojos en blanco en su mente, resistiendo la urgencia de dar unas palmaditas en el brazo a Michael y asegurarle que ella podía manejar perfectamente posibles gigolós como Ferdinand, sacudió el brazo de Ferdinand atrayendo su mirada, fija beligerantemente en la de Michael. "El señor Anstruther-Wetherby tiene razón—no tengo tiempo para dar un paseo. Debo regresar a mis invitados."

Ferdinand frunció los labios, pero se vio forzado a acceder.

Sabiendo que estaría malhumorado y percibiendo súbitamente una oportunidad inesperada, ella se volvió hacia Elizabeth; su rostro estaba momentáneamente oculto a ambos caballeros, le hizo señas con los ojos, dirigiendo a Elizabeth hacia Ferdinand. "Tú luces refrescada, querida. ¿Quizás podrías ayudar?"

Elizabeth parpadeó, luego consiguió esbozar una ingenua sonrisa. "Sí, desde luego." Retirando su mano del brazo de Michael, volvió su sonrisa hacia Ferdinand. "¿Quizás puede conducirme al lado de su tía, señor? He tenido pocas oportunidades de hablar con ella."

Ferdinand tenía demasiada experiencia como para dejar que se notara su disgusto. Después de la más breve vacilación, le lanzó su encantadora sonrisa y con una cortés inclinación, murmuró que lo haría con mucho gusto.

Ferdinand se inclinó para tomar la mano de Elizabeth; detrás de Caro, Michael se movió. Era un movimiento mínimo, pero tanto ella como Ferdinand lo advirtieron. La sonrisa de Ferdinand se desvaneció un poco. Tomó la mano de Elizabeth y la atrajo más hacia sí, poniéndola sobre su brazo. "Haré más que eso, mi bella. Permaneceré a tu lado y . . ."

El resto de sus planes no fue escuchado por Caro, pues se inclinó aún más hacia Elizabeth y bajó la voz.

Caro conocía a Elizabeth—y a Edward—demasiado bien como para imaginar que Ferdinand pudiera atraer a su sobrina, pero Elizabeth tuvo el sentido suficiente como para reír con placer mientras ella y Ferdinand entraban al salón.

Sintiéndose bastante complacida con el desempeño de su sobrina, Caro se volvió hacia Michael, ignorando la irritación que había detrás de su educada máscara. Era razonablemente adepto a ocultar sus emociones, pero ella era una anfitriona diplomática de larga data, ergo, una experta en adivinar las verdaderas reacciones de la gente.

Él estaba—como ella lo había esperado—no sólo frustrado sino desconcertado, y comenzaba a recelar. Ella—ellos—necesitaban que él evaluara de nuevo la situación; casi cruza los dedos al tomar su brazo de nuevo. "El duque mencionó que desearía hablar un poco más contigo."

El deber lo llamaba; la acompañó de regreso al salón.

Ella se aseguró de mantenerlo ocupado, lejos de Elizabeth.

Caro no podía estar segura de si advirtió cómo Ferdinand coqueteaba con Elizabeth, quien sabiamente jugaba a la inocente, alentando así a Ferdinand a hacer mayores esfuerzos; el duque realmente quería hablar con él. Michael le había causado una buena impresión; permanecieron enfrascados en una seria discusión durante un buen rato. Mientras continuaba vigilando a sus invitados—nunca había un momento durante las reuniones diplomáticas en el que la anfitriona pudiera relajarse—intentó mantener su vigilancia. Sin embargo, hacia el final de la velada, descubrió súbitamente que se había marchado.

Una rápida mirada al salón le hizo saber que Geoffrey también había desaparecido.

"*¡Maldición!*" Forzando una sonrisa, se aproximó a Edward. "Estás de guardia durante la próxima media hora." Bajó la voz. "Debo ir a resolver otros asuntos."

Edward parpadeó, pero había sido su representante en crisis mucho más graves; asintió y ella continuó su camino.

Lanzando una última mirada por el salón, asegurándose de que no amenazaran otros desastres inminentes, se dirigió al recibo principal. Catten estaba de guardia allí; le dijo que Geoffrey había llevado a Michael a su estudio.

Su corazón se hundió. Seguramente, después de lo que había visto de Elizabeth aquella noche, de todas las graves inquietudes que el desempeño de Elizabeth *debía* haber suscitado en su mente, ¿Michael no sería tan obstinado como para persistir en su propuesta?

No podía creer que fuese tan estúpido.

Casi corriendo, se apresuró a llegar al estudio. Golpeando apenas, abrió la puerta e irrumpió en la habitación. "Geoffrey, qué…"

Con una mirada, asimiló la escena—ambos hombres estaban inclinados sobre el escritorio, estudiando unos mapas extendidos sobre él. El alivio la invadió; lo ocultó detrás de un gesto de desaprobación. "Sé que no estás habituado a estas cosas pero, realmente, este no es el momento para"— mostró los mapas—"asuntos electorales."

Geoffrey sonrió disculpándose. "Ni siquiera para la política, me temo. Hay un bloqueo en uno de los afluentes del río. Es en los bosques de Eyeworth—sólo se lo estaba mostrando a Michael."

Con una magnífica representación de fraternal exasperación, tomó el brazo de Geoffrey. "¿Qué voy a hacer contigo?" Frunció el ceño en broma a Michael. "Tú, al menos, debieras saber cómo comportarte."

Él sonrió y la siguió mientras conducía a Geoffrey hacia el salón. "Pero los bosques son míos, después de todo."

El corazón había dejado de latirle en la garganta; los llevó de regreso al salón. Elizabeth los vio entrar y sus ojos ardieron. Caro le sonrió serenamente y se aseguró que Michael no tuviera otra oportunidad de hablar con Geoffrey al mantenerlo asido por el brazo y llevarlo a que conversara con el General Kleber.

Se aproximaba el final de la velada. Los invitados se despidieron poco a poco. El contingente diplomático, más habituado a trasnochar, era el último que quedaba. Se reunieron en un grupo en la mitad del salón, donde estaba hablando Ferdinand.

"Quisiera invitar a todos los que deseen hacerlo a unírseme para pasar un día en mi yate." Miró alrededor del círculo; su mirada se detuvo en el rostro de Caro. "Está anclado en Southampton Water, cerca de aquí. Podríamos navegar durante algunas horas y luego encontrar un bello lugar para almorzar."

El ofrecimiento era generoso. Todos los presentes se vieron tentados. Con unas pocas preguntas, Caro se aseguró que el yate fuese bastante grande, lo suficiente para acomodarlos a todos con facilidad. Ferdinand le aseguró que su tripulación podía organizar un almuerzo; era una perspectiva demasiado buena como para rechazarla—por más de una razón.

Ella sonrió. "¿Cuándo iríamos?"

Todos coincidieron en que en dos días sería perfecto. El clima era agradable en ese momento y no se esperaba que cambiara; tener un día para recuperarse antes de reunirse de nuevo para disfrutar de la compañía de los demás sería una buena idea.

"Excelente," declaró la condesa. Se volvió hacia Caro. "Aparte de todo lo demás, le dará un mejor uso a ese bote del que sospecho ha tenido hasta ahora."

Caro ocultó una sonrisa. Pronto hicieron los arreglos. Michael aceptó; ella estaba segura de que lo haría.

Cuando todos se volvieron para salir, Elizabeth la haló de la manga.

Se hizo a un lado y bajó la voz. "¿Qué sucede?"

Elizabeth miró a Michael. "¿Crees que hemos hecho lo suficiente?"

"Por esta noche, hemos hecho todo lo que razonablemente podíamos hacer. De hecho, hemos estado genial." Miró hacia el grupo que desfilaba por la puerta. "En cuanto al crucero, no hubiera podido planearlo mejor yo misma. Será la oportunidad perfecta para desarrollar nuestro tema."

"Pero…" Sin dejar de mirar a Michael, quien conversaba con el General Kleber, Elizabeth se mordió los labios. "¿Crees que está funcionando?"

"No te ha propuesto matrimonio todavía, y eso es lo más importante." Caro hizo una pausa, evaluando la situación, y luego le dio unas palmaditas en el brazo a Elizabeth. "Sin embargo, mañana será otro día y debemos asegurarnos de mantenerlo ocupado."

Con un crujir de sus faldas, regresó al grupo. Una rápida frase al oído de la condesa, un momento a solas con la duquesa y la esposa del embajador y todo fue arreglado. O casi todo.

Mientras seguía a los invitados que salían, Michael encontró a Caro a su lado.

Ella lo tomó del brazo. Aproximándose, murmuró, "Me preguntó si querrás unirte a nosotros—a mí, Elizabeth, Edward y unos pocos más—en un viaje a Southampton mañana. Pensaba que podríamos reunirnos a fines de la mañana, dar una vuelta, almorzar en el Dolphin antes de hacer una rápida visita a la muralla y luego regresar con tranquilidad a casa."

Subiendo la mirada, arqueó una ceja. "¿Podemos contar contigo para que nos acompañes?"

Otra oportunidad—más calmada—para evaluar a Elizabeth. Michael sonrió a los ojos plateados de Caro. "Me complacerá mucho acompañarlos."

No había advertido que Caro se proponía una expedición de compras. Como tampoco que Ferdinand Leponte sería uno de los invitados. Al llegar a la Casa Bramshaw a las once de la mañana, se le pidió que se uniera a Caro, Elizabeth y Campbell en el carruaje. El día era agradable, la brisa ligera, el sol cálido—todo parecía perfecto para una placentera salida.

Los otros se les unieron en Totton, camino a Southampton. La duquesa, la condesa, la esposa del embajador y Ferdinand Leponte. Como era de prever, Ferdinand intentó cambiar de lugar, sugiriendo que Michael se uniera a las damas mayores en el landó de la duquesa, pero Caro ignoró la sugerencia.

"Son sólo unas pocas millas, Ferdinand. Estamos demasiado cerca para molestarnos en cambiar las cosas." Con el extremo de su sombrilla plegada, dio un golpecito en el hombro a su cochero; él comenzó a andar. "Sólo di a tu cochero que nos siga y llegaremos en un momento; luego podemos caminar todos juntos."

Se reclinó en el asiento y miró a Michael, sentado a su lado. Él sonrió y mostró su gratitud. Caro torció los labios y miró hacia el frente.

Habían pasado la media hora que tardaba el viaje discutiendo acontecimientos locales. Caro, él y Edward estaban menos informados sobre los asuntos locales que Elizabeth; alentada, les comunicó las últimas noticias.

A Michael le agradó descubrir que estaba al tanto de los asuntos locales.

"El bazar de la iglesia es el próximo acontecimiento importante," dijo Elizabeth con una mueca. "Supongo que tendremos que asistir; de lo contrario, Muriel no nos dejará en paz."

"Siempre es algo entretenido," señaló Caro.

"Es cierto, pero odio la sensación de verme *obligada* a estar allí."

Caro se encogió de hombros y desvió la mirada. Frunciendo el ceño de nuevo en su interior, Michael siguió su mirada sobre Southampton Water.

Dejaron los carruajes en el Dolphin y pasearon por la calle principal. Luego las damas decididamente se volvieron hacia las tiendas situadas a lo largo de la Calle Francesa y Camino del Castillo.

Los caballeros—los tres—comenzaron a aburrirse. Comenzaron a advertir que habían sido inducidos a ser caballos de carga bajo falsas pretensiones, o sea, al serles agitadas elusivas zanahorias frente a sus narices.

Edward, sin duda más acostumbrado a pruebas semejantes, se limitó a suspirar y a tomar lo paquetes que Caro y la esposa del embajador depositaban en sus brazos. Michael se encontró cargando una caja de sombreros atada con una ancha cinta rosada, que le entregó Elizabeth con una dulce sonrisa.

Conversando juntas, las damas entraron a la tienda siguiente. Michael miró a Ferdinand. Sosteniendo dos paquetes envueltos en colores chillones, el portugués parecía tan descompuesto y disgustado como él mismo. Mirando a Edward, a los paquetes color café relativamente inocuos que Caro le había entregado, Michael arqueó las cejas. Encontró los ojos de Edward. "¿Quieres cambiar?"

Edward negó con la cabeza. "La etiqueta que se aplica aquí es que cada uno lleva lo que se le entrega; de lo contrario, las damas se confunden."

Michael sostuvo su mirada. "Lo estás inventando."

Edward sonrió.

Para cuando las damas finalmente consintieron a regresar al Dolphin, donde los aguardaba el almuerzo en un salón privado, Michael estaba cargado con la caja de sombreros y otros tres paquetes, dos de ellos atados con cintas. El único aspecto de la situación que le alegraba el ánimo era que Ferdinand parecía casi invisible detrás de los diez paquetes que su tía y la duquesa habían apilado en sus brazos.

Michael sintió algo peligrosamente parecido al compañerismo cuando, junto con Ferdinand, descargaron los paquetes en un arcón de madera en el salón de la taberna. Intercambiaron miradas y luego miraron a Edward, quien se había librado relativamente bien. Leyendo su expresión, Edward asintió. "Me ocuparé de dejar estas cosas aquí."

"Bien." Michael le hizo saber por su tono que cualquier otra opción precipitaría un motín.

Ferdinand sólo lo miraba enojado.

El almuerzo comenzó bastante bien. Michael se sentó en una banca al lado de Elizabeth y con Caro al otro lado; Ferdinand se sentó junto a Caro. Los demás se instalaron en la banca del frente. Quería preguntar a Elizabeth acerca de sus aspiraciones, intentando saber qué deseaba de un matrimonio, pero los dos comentarios que propuso en esa dirección terminaron, de alguna manera, otra vez en los bailes, fiestas y diversiones de Londres.

Además de eso, la condesa y la duquesa, que hablaban por encima de la mesa, lo distrajeron. Sus comentarios y preguntas eran excesivamente agudos como para ignorarlos. Es posible que no fuesen sus esposos, pero ciertamente lo estaban sondeando; debía prestarles la debida atención.

Edward vino en su ayuda en una o dos ocasiones; Michael encontró su mirada y asintió casi imperceptiblemente para mostrarle su aprecio. Elizabeth, sin embargo, parecía sumida en sus propios pensamientos y no contribuyó en nada a la conversación.

Luego llegaron los postres y las damas mayores desviaron su atención hacia la crema inglesa y las peras cocidas. Aprovechando la oportunidad, se volvió hacia Elizabeth sólo para sentir una súbita calidez al otro lado.

Volviéndose, advirtió que Caro se había desplazado en la banca y advirtió con una erupción de enojo que se había movido porque Ferdinand estaba prácticamente sobre ella.

Debió luchar contra una urgencia sorprendentemente fuerte de inclinarse detrás de Caro y golpear a Ferdinand en la oreja. Era lo que se merecía por comportarse como un patán; sin embargo...incidentes diplomáticos habían surgido por mucho menos.

Fijó sus ojos en el rostro de Ferdinand; el portugués ahora contemplaba fijamente a Caro, intentando leer su expresión. "Entonces, Leponte, ¿qué clase de caballos tienes en Londres? ¿Árabes?"

Ferdinand levantó la mirada, momentáneamente desconcertado. Luego se ruborizó levemente y respondió.

Michael continuó preguntando acerca de carruajes, incluso sobre el yate, centrando la atención de todos en Ferdinand hasta que terminó el almuerzo y todos se levantaron.

Mientras lo seguía al salir de la banca, Caro apretó su brazo levemente. Fue el único reconocimiento que hizo de que apreciaba su apoyo; sin embargo sintió una inesperada alegría, una sensación de satisfacción.

Habían planeado dar un paseo después de comer a lo largo de las viejas murallas. La vista que ofrecían sobre Southampton Water y hacia el sur a la Isla de Wight, incluyendo todos los barcos comerciales y privados que se esparcían sobre la extensión azul en el medio, era soberbia.

El viento azotaba las faldas de las damas y halaba sus sombreros; era difícil conversar. La esposa del embajador tomó el brazo de Elizabeth; con las cabezas juntas, hablaban de temas femeninos. La duquesa y la condesa caminaban una al lado de la otra, extasiadas con el paisaje. Detrás de las cuatro damas, venía Caro, Ferdinand cerca de ella. Michael tuvo la clara impresión de que Ferdinand estaba disculpándose, intentando recobrar los favores de Caro, sabiendo que había atravesado aquella línea invisible.

El portugués era extremadamente encantador; probablemente lo conseguiría.

Al final del grupo con Edward, observando la ingeniosa representación de Ferdinand, Michael no pudo dejar de preguntarse si el portugués había interpretado mal, o más bien, desconocido por completo, la ironía del apodo de Caro, y pensó que "Alegre" en "Viuda Alegre" significaba otra cosa.

CAPÍTULO

3

$\mathcal{E}$l día siguiente amaneció claro y brillante. Por sugerencia de Caro, Michael se les unió en la Casa Bramshaw. Ella, Elizabeth y Geoffrey subieron al coche; Michael y Edward seguían el paso en sus cabalgaduras durante el corto viaje hacia el muelle al sur de Totton.

Sonriendo a Michael mientras el coche avanzaba, Caro revisó sus planes para el día—el orden de la batalla. Ferdinand, ansioso por agradar después de su imprudencia del día anterior, había accedido a llevar su yate a la parte del norte de Southampton Water, acortando así el tiempo que ellos, y todos los demás, necesitaban para viajar antes de embarcarse.

Reducir el tiempo que pasaban en el coche parecía una sabia medida. Si Elizabeth pasaba demasiado tiempo a la vista de Michael en situaciones ordinarias, podría inadvertidamente comenzar a corregir la imagen que intentaban proyectar.

Tenían que andar con cuidado. Mientras estaba a solas con Michael o sólo estaban ella o Edward presentes, Elizabeth podía comportarse de una manera diferente que cuando había otras personas; la única restricción era lo que Michael creyera. Sin embargo, si en última instancia se casara con Edward y lo apoyara en *su* carrera, no podía mostrarse en público como una cabeza hueca; quienes se encontraban en los círculos diplomáticos tenían buena memoria. Cuando se encontraba con otras personas, lo único que podía hacer era equivocarse en detalles insignificantes—como el vestido blanco con los diamantes, o atorarse en la mesa—que serían perdonados por su juventud o disculpados por su falta de experiencia.

Hasta el momento se habían desempeñado extremadamente bien. Caro estaba complacida, pero sabía que no podía dormirse en sus laureles. Aún no.

Pasaron por Totton y luego se desviaron del camino principal y se dirigieron cuesta abajo hacia la orilla del agua. Los mástiles gemelos del yate de Ferdinand aparecieron a su vista, luego rodearon la última colina y apareció el yate ante ellos, meciéndose suavemente en el embarcadero.

Casi todos habían llegado ya; el embajador y su esposa abordaban cuando el grupo de la Casa Bramshaw llegaba al malecón, una plataforma de madera construida desde la ribera. Al estar situado en la orilla occidental del estuario, lejos del bullicioso puerto en la orilla opuesta, el embarcadero era usado casi exclusivamente por yates privados.

Michael desmontó, dejó su caballo al cuidado del palafrenero contratado en la taberna de Totton por el día, y luego se acercó a abrir la puerta del coche. Sonriendo con auténtica anticipación, Caro le tendió la mano; momentáneamente consciente de su fuerza, dejó que la ayudara a apearse.

Él encontró su mirada y luego contempló el yate.

"Es maravilloso, ¿verdad?" dijo Caro.

Él le devolvió la mirada, hizo una pausa y admitió, "No esperaba algo tan grande. La mayoría de los yates son más pequeños."

Ella acomodó su chal alrededor de sus hombros. "Entiendo que Ferdinand lo usa para navegar por la costa portuguesa, así que debe soportar los vientos del Atlántico. Son incluso más feroces que el Canal durante una tempestad."

El carruaje que se movía detrás de ellos le recordó a Michael sus deberes. Se volvió y ayudó a bajar a Elizabeth.

Caro caminó hacia la estrecha plancha que llevaba al yate. Mientras aguardaba a que Edward y Geoffrey se le unieran, revisó a quienes se encontraban ya a bordo. Se sintió muy complacida al ver a la señora Driscoll con sus hijas. Había sugerido que Ferdinand las invitara a ellas también; evidentemente, le había obedecido.

Todavía no podía ver si los Driscolls satisfacían sus expectativas. Mirando hacia atrás, vio la deliciosa imagen de Elizabeth en su traje veraniego de muselina, con arandelas en el cuello, las mangas y el dobladillo. Llevaba una sombrilla plegada del mismo material. El traje era perfecto para una fiesta en el jardín, o para impresionar caballeros impresionables en cualquier evento al aire libre.

Desde luego, ninguna mujer con una pizca de sentido común llevaría un traje semejante a bordo de un yate que navegara por el océano.

Advirtiendo la aprobación silenciosa pero evidente de Michael ante la presencia de Elizabeth, Caro sonrió para sus adentros; él no mostraría igual aprobación para cuando regresaran a casa. Convocó a Edward con una mirada; dejando a Elizabeth al cuidado de Michael, él se aproximó para ofrecerle su brazo y ayudarla a pasar por la plancha de madera.

"Sinceramente espero que sepas lo que haces," murmuró, sosteniéndola cuando se tambaleó.

Aferrándose con más fuerza a su brazo, Caro se rió. "Ay, hombre de poca fe. ¿Cuándo te he fallado?"

"Nunca, pero no es de ti de quien desconfío."

"¿Oh?" Lo miró y luego miró a Elizabeth, que tropezaba graciosamente camino a la plancha del brazo de Michael.

"No, tampoco de Elizabeth. Sólo me pregunto si lo estás interpretando bien *a él*."

Caro retrocedió un poco para mirar a Edward de frente. "¿A Michael?"

Mirando al frente, el rostro de Edward se endureció. "Y no sólo a Anstruther-Wetherby."

Mirando hacia adelante, Caro vio a Ferdinand, el anfitrión cordial y sonriente, que aguardaba al final de la plancha. Lucía como un lobo apuesto—mostraba un exceso de dientes. Sonriendo a su vez, dio unos pocos pasos y le extendió su mano; él se inclinó para acogerla a bordo con gracia cortesana.

Irguiéndose, levantó su mano hasta sus labios. "Eres la última, como corresponde a los más importantes, querida Caro. Ahora podemos zarpar."

Con un giro de su muñeca, liberó sus dedos. "Por favor aguarda a que mi hermano, mi sobrina y el señor Anstruther-Wetherby suban a bordo."

Con una mirada divertida, atrajo la atención de Ferdinand hacia el lugar donde Elizabeth luchaba por no perder el equilibrio en la estrecha plancha. "Es la primera vez que Elizabeth sube a un yate. Estoy segura de que será una experiencia maravillosa para ella." Dio unas palmaditas en el brazo a Ferdinand. "Te dejo para que los saludes."

Fue consciente de la mirada de irritación que le lanzó mientras ella continuaba hacia adelante. Edward la seguía de cerca; ambos eran excelentes marineros y se sentían a gusto en la cubierta que se mecía suavemente.

"Condesa. Duquesa." Intercambiaron inclinaciones y luego Caro saludó a los caballeros antes de volverse hacia la señora Driscoll. "Me alegra tanto que usted y sus hijas hayan podido acompañarnos."

Como lo había predicho—era una satisfacción haber estado en lo cierto—ambas chicas estaban vestidas razonablemente en trajes de sarga apropiados para caminar, sencillos y sin adornos. Su propio traje de sarga de seda color bronce subía en el cuello, con largas mangas estrechas y una falda de poco vuelo. Su chal era sencillo, sin flecos. Con excepción de una tira de encaje alrededor del cuello y en el borde de su corpiño—lo suficientemente seguras—no tenía volantes ni adornos que pudieran engancharse en algo.

A diferencia de las arandelas del traje de Elizabeth.

"¡Ay!"

Como si alguien les hubiera dado la entrada, una exclamación de las damas hizo que todos se volvieran. El borde del vestido de Elizabeth se había enganchado en el hueco que había entre la plancha y la cubierta. Ferdinand la sostenía con esfuerzo, mientras Michael inclinado precariamente sobre la plancha intentaba liberar la fina tela.

Controlando su sonrisa para que pareciera sólo alegre, Caro se volvió hacia los demás. Con un amplio gesto, dirigió su atención a la brillante faja azul de agua que había antes ellos, con la superficie agitada por una suave brisa. "¡Será un día magnífico!"

Ciertamente comenzó así. Una vez que Elizabeth, Michael y Geoffrey se encontraron a salvo en la cubierta, retiraron la plancha y deshicieron las cuerdas; un trío de robustos marineros arrió las jarcias; luego extendió las velas y el yate saltó delante del viento.

Con exclamaciones y ojos brillantes, todos los invitados se aferraron a las barandas curvas y observaron cómo las olas se levantaban para saludarlos. Una fina lluvia surgió cuando el yate ganó velocidad, enviando a las damas a las sillas agrupadas al frente del castillo de proa. Dejando que Elizabeth se las arreglara sola—tenía estrictas instrucciones sobre qué hacer—Caro tomó a Geoffrey del brazo y comenzó a pasearse, decidida a mantenerse alejada tanto de Michael como de Ferdinand.

Cuando pasaba al otro lado de la embarcación donde se habían reunido Michael, Elizabeth y las chicas Driscoll, Caro escuchó su conversación.

Elizabeth, con los ojos brillantes, soltaba una larga perorata. "Las cenas no son realmente algo que merezca un comentario, pero el baile, especialmente al lado de la rotonda, es muy emocionante. ¡Nunca se puede estar segura con *quién* nos estamos codeando!"

Vauxhall. Caro sonrió. Estos jardines no eran apreciados dentro de los grupos políticos y diplomáticos. Mientras avanzaba al lado de Geoffrey, vio que Elizabeth se apoyaba contra una cuerda para guardar el equilibrio; cuando intentó enderezarse, el volante de su vestido se engarzó en el basto cáñamo. Una de las chicas Driscoll vino a ayudarla.

Elizabeth ya había intentado abrir su sombrilla. Michael había tenido que asirla, luchar por cerrarla y explicarle por qué no podía usarla en aquel lugar.

Caro arriesgó una rápida mirada a su rostro; se veía un poco abrumado, incluso deprimido. Reprimiendo una sonrisa, continuó con su paseo.

Puesto que Ferdinand estaba obligado a asumir el papel de anfitrión, pasaría algún tiempo antes de que estuviera libre para perseguirla. Era consciente de sus intenciones, pero confiaba en su capacidad para mantenerlo alejado. Siendo la esposa mucho más joven de Camden Sutcliffe, había sido blanco de seductores mucho más experimentados—vividores, libertinos y nobles licenciosos—durante más de una década. Ferdinand no tenía ninguna oportunidad con ella. De hecho, ningún hombre tenía una oportunidad con ella; Caro no tenía absolutamente ningún interés en lo que ellos tan ávidamente le ofrecían. Más aún, no se mostrarían tan ávidos de ofrecer si supieran...

A su lado, Geoffrey se aclaró la voz. "Sabes, querida, estaba por preguntarte." Bajo sus pesadas cejas, estudió el rostro de su hermana. "¿Eres feliz, Caro?"

Ella parpadeó.

"Quiero decir," se apresuró a continuar Geoffrey, "no eres tan mayor, y aún no has abierto la casa de Londres y, bien..." Se encogió de hombros. "Sólo me preguntaba."

Ella también se preguntaba. Sonriendo levemente, le dio unas palmaditas en el brazo. "No he abierto la casa porque no estoy segura acerca de qué quiero hacer con ella—si realmente quiero vivir allí." Era todo lo que podía explicar. Ciertamente, expresar sus sentimientos concretó la extraña ambigüedad que sentía acerca de la casa en la calle de la Media Luna. Ella y Camden la habían utilizado como su residencia en Londres; ubicada en el sector más exclusivo de la ciudad, no era excesivamente grande ni demasiado pequeña, tenía un agradable jardín en la parte de atrás, estaba llena de antigüedades exquisitas y, sin embargo... "Honestamente no estoy segura."

Le agradaba la casa, pero ahora, cuando iba... sencillamente, algo no estaba bien.

"Yo, eh, me preguntaba si pensabas casarte otra vez."

Ella encontró la mirada de Geoffrey. "No, no tengo ninguna intención de casarme de nuevo."

Él se ruborizó levemente y le apretó la mano mientras miraba hacia el frente. "Es sólo que—bien, si lo haces, espero que esta vez estés más cerca." Su voz se tornó malhumorada. "Tienes familia aquí..."

Sus palabras se desvanecieron; su mirada permaneció fija al frente. Caro la siguió y vio a Ferdinand, al lado del timón, dando órdenes al capitán.

Geoffrey suspiró impaciente. "Es sólo que no quiero que te cases con algún sinvergüenza extranjero."

Ella se rió y le abrazó el brazo tranquilizándolo. "En verdad, no tienes por qué preocuparte. Ferdinand está jugando a algo, pero no es algo que me interese." Encontró la mirada de Geoffrey. "No voy a lanzar mi capa en este ruedo."

Él leyó sus ojos y luego suspiró. "¡Bien!"

Media hora más tarde, ella le agradecía a los dioses que Geoffrey hubiese expresado sus inquietudes antes y le hubiera dado así la oportunidad de tranquilizarlo antes de que Ferdinand hiciera su jugada. En cuanto terminó de hablar con el capitán, desplazó a Geoffrey a su lado y luego la apartó del grupo reunido detrás del castillo de proa. Ella le permitió que la llevara a caminar por la cubierta—por la sencilla razón de que era una cubierta abierta; había un límite a lo que podía pensar en hacer a plena vista de los demás.

Incluyendo a su tía, quien para sorpresa de Caro, parecía mantener una estrecha vigilancia sobre su sobrino, aun cuando no podía decir si su mirada era severamente desaprobadora o meramente severa.

"Quizás, mi querida Caro, puesto que estás disfrutando tanto del viaje, podrías regresar mañana y saldríamos a navegar de nuevo. Un crucero privado sólo para dos."

Ella asumió una expresión reflexiva, sintió que él contenía el aliento y luego negó decididamente con la cabeza. "El bazar de la iglesia se realizará pronto. Si no hago un esfuerzo, Muriel Hedderwick se pondrá insoportable."

Ferdinand frunció el ceño. "¿Quién es Muriel Hedderwick?"

Caro sonrió, "En realidad, es mi sobrina política, pero eso no describe adecuadamente nuestra relación."

Ferdinand continuó frunciendo el ceño y luego se aventuró a decir, "Sobrina política—¿esto significa que es la sobrina de Sutcliffe—tu difunto esposo?"

Ella asintió. "Así es. Se casó con un caballero de apellido Hedderwick y vive…" Prosiguió, utilizando a Muriel y su historia hábilmente, distrayendo completamente a Ferdinand, quien sólo quería saber quién era para poder contrarrestar la presunta influencia de Muriel y persuadir a Caro de que partiera con él en su yate.

El pobre Ferdinand estaba destinado al desencanto, en ese aspecto y en todos los demás. Para cuando advirtió cómo lo había distraído, se acercaban de nuevo al grupo.

Mirando hacia el frente, donde Michael y las chicas se encontraban antes, Caro vio que el grupo se apiñaba cerca de la baranda. Podía ver la espalda de Michael, los trajes de las chicas Driscoll y a Edward, todos muy cerca los unos de los otros.

Edward miró a su alrededor y la vio. La llamó con urgencia.

Tanto ella como Ferdinand se apresuraron a llegar.

"Está bien, está bien," murmuraba una de las chicas Driscoll. "Toma mi pañuelo."

"Pobrecita—qué terrible." Viendo que Caro se acercaba, la otra hermana retrocedió.

Edward lucía malhumorado mientras avanzó con rapidez, tomando del brazo a la mustia figura desplomada contra la baranda.

"*Aaayyyy.*" Gemía Elizabeth, con un tono de abyecto dolor. Michael, al otro lado de ella, sostenía casi todo su peso.

Edward le lanzó una diciente mirada a Caro; ella le devolvió la mirada. No habían pensado...

Parpadeó. Se volvió hacia Ferdinand. "¿Tienes una cabina—algún lugar donde pueda acostarse?"

"Desde luego." Ferdinand le apretó el hombro. "Haré que la preparen." "¡Aguarda!" Michael se volvió y le habló a Ferdinand. "Dile a tu capitán que regrese. Ahora estamos en el Solent—debe regresar a aguas más tranquilas, y más cerca de la orilla."

Caro advirtió que el mar estaba considerablemente más picado; habituada a cubiertas que se movían—esto era suave comparado con el Atlántico—no había notado realmente cuando habían salido de las aguas relativamente protegidas de Southampton Water y se habían dirigido al sudeste hasta el Solent.

Contemplando la blanda figura que Michael sostenía erguida, Ferdinand asintió y se marchó. Camino al timón, gritó unas órdenes a uno de sus tripulantes; el marinero se apresuró a abrir las puertas de la escalera que llevaba a la cubierta inferior. Mirando a Caro, llamó, "Ven, ven," en portugués, y luego desapareció por las empinadas escaleras.

Caro intercambió miradas con Michael y Edward, y luego se dirigió a la baranda, tomando el lugar de Edward. Acariciando la espalda de Elizabeth, intentó mirar su rostro. "No te preocupes, querida. Te llevaremos a la parte de abajo. Cuando te acuestes, no te sentirás tan mal."

Elizabeth respiró ahogadamente, intentó hablar pero sólo sacudió débilmente la cabeza y gimió de nuevo.

Se desplomó aún más. Michael la sostuvo con más fuerza. "Está a punto de desmayarse. Retírate."

Se inclinó y luego levantó a Elizabeth en sus brazos. La acomodó y luego miró a Caro. "Condúcenos. Tienes razón—necesita acostarse."

Llevar a Elizabeth—quien realmente estaba casi inconsciente—por las estrechas escaleras no fue nada fácil, pero con la ayuda de Caro y de Edward, Michael lo logró; una vez que llegó a la cubierta inferior, Caro le dijo a Edward, quien le ayudaba desde atrás, "Agua fría, un cuenco y algunas toallas."

Preocupado, Edward asintió. "Los traeré."

Caro se volvió y se apresuró para sostener la puerta a la austera cabina. Michael consiguió pasar su incómoda carga y luego avanzó hacia el camarote que el marinero había preparado apresuradamente, donde depositó a Elizabeth.

Ella gimió de nuevo. Estaba más pálida que la proverbial sábana—su fina piel lucía casi verde.

"Perdió su desayuno por la baranda." Michael retrocedió y encontró los ojos preocupados de Caro. "¿Necesitas alguna otra cosa?"

Ella se mordió los labios y negó con la cabeza. "En el momento no—sólo el agua."

Michael asintió y se volvió para salir. "Llámame cuando ella quiera subir de nuevo—no podrá subir las escaleras sin ayuda."

Distraídamente, Caro murmuró sus agradecimientos. Inclinándose sobre Elizabeth, retiró guedejas de cabello húmedo de su frente. Escuchó cómo se cerraba suavemente la puerta; mirando a su alrededor, confirmó que el marinero también había salido. Suavemente, dobló los brazos de Elizabeth sobre su pecho.

Elizabeth gimió otra vez.

"Está bien, cariño—voy a aflojar un poco tus cintas."

Edward trajo el agua en una palangana con un cuenco; Caro lo recibió en la puerta y los tomó. "¿Se encuentra bien?" preguntó Edward.

"Estará bien." Caro hizo una mueca. "Nunca se me ocurrió que podía marearse."

Con una mirada inquieta, Edward se marchó. Caro bañó el rostro y las manos de Elizabeth y luego la ayudó a erguirse un poco para que pudiera beber. Aún estaba muy pálida, pero su piel ya no se sentía tan húmeda.

Se reclinó sobre las almohadas con un suspiro y un pequeño temblor.

"Sólo duerme." Extendiendo su chal, Caro envolvió en él los hombros y pecho de Elizabeth y luego retiró los pálidos bucles de su frente. "Estaré aquí."

No necesitó mirar por las claraboyas de popa para saber que el yate había girado. El mar picado de las aguas del Solent había desaparecido; el casco cabalgaba de nuevo suavemente, deslizándose con lentitud por el estuario.

Elizabeth se durmió. Caro se acomodó en la única silla de la cabina. Después de un tiempo, se levantó, se estiró y se acercó a la hilera de claraboyas. Estudió las cerraduras y luego abrió una. Entró una débil brisa, agitando el aire viciado de la cabina. Abrió dos más de las cinco ventanas redondas; luego escuchó el estrépito de algo que caía al agua.

Mirando hacia la estrecha litera, vio que Elizabeth no se había movido. Miró luego hacia afuera, vio la playa. El capitán había lanzado el ancla. Era de suponer que servirían pronto el almuerzo.

Se debatió sobre lo que debía hacer, pero decidió no dejar sola a Elizabeth. Con un suspiró, se sumió de nuevo en la silla.

Un poco más tarde, escuchó un suave golpe en la puerta. Elizabeth continuaba durmiendo; atravesando la cabina, Caro abrió la puerta. Michael se encontraba en el pasillo, con una bandeja en la mano.

"Campbell eligió lo que podría agradarles a ti y a Elizabeth. ¿Cómo se encuentra?"

"Todavía está dormida." Caro extendió los brazos para tomar la bandeja.

Michael hizo un gesto para detenerla. "Está pesado."

Con el chal cubriéndola, Elizabeth estaba lo suficientemente decente; Caro retrocedió. Michael llevó la bandeja a la mesa; ella lo siguió, estudiando los platos cuando el lo depositó.

"Cuando despierte, deberías tratar de que coma algo."

Ella lo miró y luego hizo un gesto. "Nunca me he mariado en el mar. ¿Tú?"

Michael negó con la cabeza. "Pero he visto a muchos que se marean. Se sentirá débil y atontada cuando despierte. Ahora que hemos regresado a aguas más tranquilas, comer algo la ayudará."

Caro asintió y miró a Elizabeth.

Él vaciló y luego dijo, "Geoffrey está también un poco mareado."

Caro se volvió hacia él, con una preocupación en los ojos.

"Es por eso que no ha bajado a preguntar por Elizabeth. No está tan afectado como ella—será mejor que permanezca al aire libre."

Caro frunció el ceño; él reprimió el deseo de recorrer su frente con el dedo para hacerlo desaparecer. En lugar de hacerlo, apretó suavemente su hombro. "No te preocupes por Geoffrey—Edward y yo lo vigilaremos." Con una inclinación, señaló a Elizabeth. "Tienes suficiente por ahora."

Caro continuó mirando a Elizabeth. Él vaciló y luego se volvió para salir. Cuando abría la puerta, escuchó el suave "Gracias" de Caro. Despidiéndose, salió y cerró la puerta con cuidado.

Al regresar a la cubierta principal, se unió a los otros invitados en las mesas que la tripulación de Ferdinand había organizado para exhibir las delicias de una comida al aire libre. Conversó con el General Kleber, quien había pasado el día anterior visitando Bucklers Hard, el centro de la industria astillera local; luego pasó a hablar con el duque y el conde, profundizando su comprensión de las ideas que tenían en su país sobre una serie de asuntos comerciales de interés.

Una vez terminado el almuerzo y retiradas las mesas, las damas se reunieron detrás del castillo de proa para chismorrear. La mayoría de los hombres se acercaron a la baranda, encontrando sitios para relajarse y disfrutar del sol. La brisa, anteriormente fuerte, se había convertido en un agradable céfiro; el suave sonido de las olas estaba puntuado por los roncos gritos de las gaviotas.

Una paz se extendió sobre todo el yate.

Michael se encontró en el casco, solo por un momento. Ferdinand, privado de la compañía de Caro, se mostró inicialmente malhumorado. Ahora había atrapado a Campbell en un rincón; ambos holgazaneaban contra un cabrestante. Michael hubiera apostado una buena suma a que Ferdinand estaba tratando de descubrir más acerca de Caro a través de su secretario. Campbell parecía capaz de olérselo, tenía la suficiente experiencia y era tan apegado a Caro que seguramente no le revelaría nada útil.

Suspirando profundamente, llenó sus pulmones con el aire penetrante; luego dio la espalda al resto del yate y se apoyó sobre la baranda del casco. La unión de Southampton Water y del Solent estaba a cierta distancia de allí; más allá se veía la Isla de Wight, una silueta sobre el horizonte.

"Mira—prueba un poco de esto. Es bastante suave."

Era la voz de Caro. Miró hacia abajo y advirtió las claraboyas abiertas. Elizabeth debía haber despertado.

"No estoy segura..."

"Prueba—no discutas. Michael dijo que deberías comer, y estoy segura de que tiene razón. No querrás desvanecerte otra vez."

"¡Ay, cielos! ¿Cómo podré enfrentarlo—a él o a los demás? Qué *mortificación*."

"¡Tonterías!" Caro habló como para animarla, pero sonó como si ella también estuviera comiendo. "Cuando ocurren cosas así, la manera correcta de manejarlas es no crear más escándalo. Fue algo imprevisto, no podíamos hacer nada para evitarlo, sucedió y ya pasó. Se lo maneja de la manera más directa posible y no debes darte aires; tampoco debe parecer que te haces la interesante por tu malestar." Silencio, puntuado por el ruido de los cubiertos.

"Entonces..." La voz de Elizabeth parecía un poco más fuerte; sonaba casi normal.

"Debería sencillamente sonreír, agradecerles y..."

"Y olvidarlo. Sí, eso es."

"Oh."

Otra pausa; esta vez Caro habló. "Sabes, marearse en el mar no es una buena recomendación para la esposa de un diplomático."

Su tono era reflexivo, como si lo considerara.

Michael arqueó las cejas. Recordó su sospecha anterior de que Caro sabía de su interés por Elizabeth.

"Bien, entonces debemos asegurarnos que Edward fije sus metas en algo diferente de las Relaciones Exteriores."

Michael parpadeó. ¿Edward?

"Quizás en Asuntos Internos. O tal vez en la Cancillería."

Escuchó que Caro se movía.

"Realmente debemos considerar este asunto seriamente."

Su voz se hizo más débil mientras se alejaba de las claraboyas; ella y Elizabeth continuaron hablando de una cosa y otra, pero no escuchó nada más acerca de las esposas de los diplomáticos y de los requisitos y criterios que se les aplicaban. Enderezándose, se dirigió hacia el rincón de estribor, se recostó contra la pared, fijó su mirada en la playa e intentó imaginar qué era lo que sucedía realmente. Había pensado que Caro sabía de su interés por Elizabeth y que había estado ayudándolo. Sin embargo, claramente reconocía y apoyaba una relación entre Elizabeth y Campbell.

Interrumpió sus pensamientos—se concentró en lo que sentía acerca de que Elizabeth fuese la esposa de Campbell en lugar de su esposa. Lo único que pudo pensar fue la modesta observación de que Elizabeth y Edward ciertamente podrían entenderse.

Haciendo una mueca, cruzó los brazos y se apoyó contra una cuerda. Ciertamente, eso no era lo que sentiría si hubiese estado seriamente decidido a ganarse a Elizabeth como esposa, si estuviese persuadido de que era la esposa que necesitaba. Es posible que no fuera un Cynster; no obstante, si hubiera estado realmente comprometido con el deseo de asegurarse de que Elizabeth fuese su esposa, su reacción habría sido considerablemente más profunda.

Tal como estaban las cosas, se sentía mucho más afectado por la forma como Ferdinand perseguía a Caro que por el aparente éxito de Campbell con su sobrina. Sin embargo, esto no era lo que lo inquietaba.

Considerando los últimos tres días, desde que había regresado a casa y se había dispuesto a evaluar a Elizabeth—o, más específicamente, desde el momento en que Caro había entrado de nuevo en su vida de una forma tan dramática—las cosas habían progresado con facilidad, sin un verdadero esfuerzo de su parte; las situaciones y las oportunidades que necesitaba y quería sencillamente habían aparecido. En retrospectiva...se sintió cada vez más seguro de que Caro había estado desempeñando el papel de hada madrina, agitando su varita mágica y controlando el escenario. No obstante, su toque era tan leve, tan magistral, que era imposible estar absolutamente seguro. No tenía duda alguna de que era una jugadora consumada en juegos políticos y diplomáticos.

La pregunta era, ¿qué clase de juego había estado jugando con él?

No era un Cynster, pero era un Anstruthrt-Wetherby. Ser manipulado nunca le había agradado.

Una vez levada el ancla, el yate se deslizó lentamente a lo largo de la orilla occidental. A instancias de Elizabeth, Caro dejó su descanso y subió por la estrecha escalera hacia la cubierta principal.

Al salir al aire libre, levantó la cabeza y llenó sus pulmones; con los labios curvados, los ojos entrecerrados contra el sol poniente, se volvió—y tropezó con un duro cuerpo masculino.

Uno con el que se había conectado antes; incluso cuando registró la certidumbre de quién era, se preguntó por un momento por qué, con él, sus sentidos sencillamente parecían saberlo. Más aún, por qué saltaban, ávidos de experimentar su fuerza sólida, poderosa, ávidos de su cercanía. Había estado deslizando su mano en su brazo y caminando a su lado durante varios días—se dijo a sí misma que necesitaba la cercanía para captar su atención y dirigirla. Pero, ¿era esta su única razón?

Sin duda alguna nunca antes había deseado un contacto cercano con ningún hombre.

Levantado la vista, sonrió para disculparse. Hubiera retrocedido, pero su brazo súbitamente se cerró sobre su cintura, sosteniéndola, atrayéndola hacia sí, como si hubiese estado en peligro de caer.

Ella se aferró a sus brazos; su corazón latió fuertemente, su pulso se aceleró.

Con los ojos muy abiertos, miró el azul de los suyos—y por un momento no pudo pensar, no estaba realmente segura de qué sucedía...

Eran intensos, aquello ojos azul cielo de Michael; buscaban en los suyos—y ella hacía lo mismo. Para su sorpresa, no pudo imaginar qué pasaba por su mente.

Luego los labios de Michael sonrieron; la soltó y dijo, "¿Te encuentras bien?"

"Sí, desde luego." Apenas podía respirar, pero sonrió y le agradeció. "No te vi—tenía el sol en los ojos."

"Me disponía a preguntar cómo seguía Elizabeth." Hizo un gesto hacia la cubierta. "Geoffrey está un poco ansioso."

"En ese caso, será mejor que lo tranquilice." Resistiendo al deseo de tomarlo del brazo, se volvió.

Sólo para que él se lo ofreciera. Encogiéndose de hombros en su interior, lo tomó de la manera habitual, confiada, cercana y amistosa, de la manera como lo había tratado durante los últimos días. A pesar de sus susceptibilidades, hasta cuando perdiera definitivamente su interés por Elizabeth, sería conveniente mantener ese nivel de interacción—para poder dirigir mejor sus percepciones.

"¿Ya se recuperó?"

Caminaron por la cubierta. "Se siente mucho mejor, pero sospecho que será mejor que permanezca en la cabina hasta que desembarquemos." Encontró su mirada y no pudo leer en ella una abierta preocupación, nada más que una pregunta cortés. "Si pudieras acompañarla en ese momento, sé que te lo agradecería."

Él inclinó la cabeza. "Desde luego."

Michael la condujo hacia el grupo instalado a sotavento del castillo de proa. Para la mayor parte de ellos, el día había sido agradable—incluso Geoffrey había disfrutado de la salida, siendo su única preocupación el bienestar de Elizabeth. Caro les aseguró a todos que Elizabeth ya estaba prácticamente recuperada; con su tacto habitual, minimizó el incidente y luego desvió la conversación para alejarla de la indisposición de Elizabeth.

Reclinado contra el lado del yate, Michael la observaba. Se preguntaba. Ella había rechazado la invitación de Ferdinand para pasear por la cubierta, instalándose más bien entre la tía de él y la duquesa para intercambiar reminiscencias de la corte portuguesa.

Una hora más tarde, el yate estaba amarrado en el embarcadero. Los invitados desembarcaron. Con expresiones de buena voluntad y agradecimiento, se apilaron en los carruajes que los aguardaban.

Elizabeth y Caro fueron las últimas damas en pasar por la plancha. Junto con Caro y Edward, Michael bajó y ayudó a subir a Elizabeth. Todavía débil, pero decidida a mantener alguna dignidad, subió hasta la cubierta.

Al final de la plancha, Elizabeth se detuvo y muy cortésmente agradeció a Ferdinand, disculpándose por el inconveniente que había causado. Caro estaba a su lado; aguardando detrás de Caro, Michael advirtió que las palabras adecuadas le venían con facilidad a Elizabeth. Caro no estaba tensa ni ansiosa; no preveía la necesidad de intervenir para ayudarla.

Ferdinand se inclinó y lo tomó de la mejor manera, sonriendo y haciendo a un lado las disculpas de Elizabeth galantemente; su oscura mirada se movió al rostro de Caro mientras lo hacía.

Luego Edward tomó a Elizabeth de la mano y avanzó por la plancha; Elizabeth lo siguió insegura. Caro se hizo a un lado y dejó que Michael siguiera adelante; Michael seguía de cerca de Elizabeth, con una mano cerca de su cintura, preparado para sostenerla si perdía el equilibrio. La marea estaba entrando; el movimiento de las olas en el embarcadero era más fuerte de lo que había sido en la mañana.

Avanzando lentamente detrás de Elizabeth, Michael veía sobre su hombro el rostro de Edward cada vez que la miraba. Aun cuando no podía ver su expresión, Michael sentía que se aferraba al apoyo de Edward mucho más que al suyo.

Cualquier idea de que había interpretado mal y que no había una comprensión entre ellos dos desapareció.

Y si él podía verlo, Caro seguramente lo habría visto.

La necesidad de que ayudara a Elizabeth había dejado a Caro al cuidado de Ferdinand. Cuando Edward, y luego Elizabeth, pasaron de la plancha al desembarcadero, dejó que Edward acompañara a Elizabeth al carruaje; Geoffrey ya se encontraba dentro. Volviéndose, aguardó al final de la plancha y le ofreció su mano a Caro cuando ella llegó allí.

Ella la tomó con firmeza, apoyándose en él cuando bajó a su lado; él no aguardó a que tomara su brazo, sino que puso la mano de ella sobre su manga y la cubrió con la suya mientras ella se volvía para despedirse de Ferdinand, quien estaba claramente irritado al ver que se le negaba este momento a solas con Caro.

Sus ojos encontraron los de Michael, duros, retadores. Pero debía mantener una máscara de cortesía—es más, no tuvo más opción que aceptar la definición que había dado Caro de él, como un conocido divertido, nada más.

Exactamente cómo lo hizo, Michael no podría decirlo; sin embargo el decreto de ella estaba allí, en el tono de su voz, en la leve sonrisa que le deparó junto con la graciosa inclinación de despedida. Ni él ni Ferdinand tuvieron ninguna dificultad en interpretar el mensaje de Caro. Ferdinand se vio obligado a fingir que lo aceptaba; sin embargo, no le agradó.

Michael, por su parte, aprobó de todo corazón.

Mientras caminaba al lado de Caro hacia el lugar donde se encontraba su coche, el último que quedaba, se preguntó si, quizás, una palabra al oído del apuesto portugués—una sencilla explicación de caballero a caballero sobre la verdad que se ocultaba detrás del apodo de Caro—no sería conveniente.

A pesar de la consumada actuación de Caro, Ferdinand no se había dado por vencido.

CAPÍTULO

4

$\mathcal{A}$ la mañana siguiente, a las once, Michael se dispuso a cabalgar hasta la Casa Bramshaw. Atlas, ansioso por cabalgar de nuevo todos los días, estaba retozón; Michael dejó que el poderoso percherón sacudiera sus inquietudes en un ligero galope por el sendero.

No había hecho ningún arreglo para visitar a los habitantes de la Casa Bramshaw. El regreso a casa desde Totton el día anterior había sido calmado; Elizabeth, inusualmente pálida, había permanecido callada y retraída. Él y Edward se habían retrasado, dejando que el coche avanzara, para dar a Elizabeth cierta privacidad.

Se separaron al comienzo del sendero de Bramshaw; sin embargo, él continuaba reflexionando sobre la actitud de Caro. Había crecido en él la sospecha de que lo había manipulado, que lo había dirigido sutilmente en la dirección que ella deseaba, mientras él imaginaba que ambos se proponían lo mismo, una sospecha que ahora lo punzaba y lo irritaba. Había pasado la tarde pensando en ella, reviviendo sus conversaciones.

Por lo general, en un ambiente político o diplomático él habría estado en guardia, pero con Caro sencillamente no se le había ocurrido que debía protegerse de ella.

Traición era una palabra demasiado fuerte para lo que sentía. Irritación, sí, aguzada por el decidido golpe a su orgullo que ella le había propinado. Dado que ahora estaba seguro, independientemente de cualquier manipulación, de que decididamente no necesitaba ni quería a Elizabeth por esposa, tal respuesta era quizás un poco irracional; sin embargo era, sin lugar a dudas, como se sentía.

Desde luego, no sabía con certeza *absoluta* que Caro hubiera ejercido sus tretas manipuladoras sobre él.

No obstante, había una manera de averiguarlo.

Encontró a Caro, Elizabeth y Edward en el salón. Caro levantó la mirada; su sorpresa al verlo se transformó inmediatamente en transparente placer. Sonriendo, se puso de pie.

Él tomó la mano que le ofrecía. "Cabalgué hasta aquí para decir a Geoffrey que hemos desbloqueado el arroyo que pasa por el bosque."

"Qué pena. Geoffrey salió."

"Eso me ha dicho Catten—le he dejado un mensaje." Se volvió para saludar a Elizabeth y a Edward, y luego encontró los ojos de Caro. "Yo . . ."

"Es un día tan maravilloso." Ella señaló con un gesto las amplia ventanas, la brillante luz del sol que bañaba los prados. Le sonrió, asombrosamente segura de sí misma. "Tienes razón—es una mañana perfecta para cabalgar. Podríamos visitar la Piedra Rufus—hace años no la veo, y Edward no la conoce."

Hubo una pequeña pausa, luego Elizabeth sugirió. "Podríamos llevar un picnic."

Caro asintió ansiosamente. "Desde luego, ¿por qué no?" Volviéndose sobre sí misma, se dirigió al timbre.

"Yo organizaré los caballos mientras ustedes se cambian de traje," ofreció Edward.

"Gracias." Caro le sonrió apliamente y luego miró a Michael. Su expresión se hizo más seria, como si un súbito pensamiento la asaltara. "Esto es, si quieres pasar el día paseando por el campo."

Él encontró sus ojos grandes y sinceros, advirtió de nuevo qué ingenuamente abierta parecía su mirada azul plateado—y cómo, si se miraba más profundamente, aparecían capas que refractaban, difractaban, en aquellos ojos fascinantes. Quien tomara a Caro según su primera impresión—una mujer pasablemente bonita sin ningún poder particular—cometería un grave error.

No había tenido la intención de salir a cabalgar y ciertamente no era él quien lo había sugerido; sin embargo...sonrió, tan encantadoramente cautivador como ella. "Nada me agradaría más." Dejó que continuara pensando que era ella quien estaba en la silla, con las riendas firmemente entre sus manos.

"¡Excelente!" Se volvió cuando apareció Catten en la puerta.

Rápidamente dio órdenes para que prepararan un picnic. Elizabeth subió para cambiarse de traje; cuando Caro se volvió hacia Michael, él sonrió sin dificultad. "Anda a cambiarte, ayudaré a Campbell a traer los caballos. Nos encontraremos en la entrada."

Él vio cómo se alejaba, confiada y segura, y luego siguió a Edward.

Caro se puso rápidamente su traje de montar, y luego suspiró aliviada cuando Elizabeth, correctamente ataviada, entró a su habitación. "Bien—me disponía a enviar a Fenella a detenerte. Recuerda, es importante que no exageres—no trates de lucir excesivamente torpe o tonta. De hecho..."

Frunciendo el ceño, enderezó el estrecho corpiño de su traje granate. "Realmente creo que será mejor para todos si sólo te comportas hoy como eres en cuanto sea posible. Cabalgar e ir a un picnic sin que haya otras personas presentes es un asunto tan fácil, tan informal. Si realmente pareces imbécil, eso lucirá demasiado extraño—no habrá ningún camuflaje."

Elizabeth parecía confundida. "Pensé que habías sugerido esta cabalgata para que tuviera otra oportunidad de demostrarle que no le convengo. Todavía no ha cambiado de idea, ¿verdad?"

"No lo creo." Caro tomó sus guantes y su fusta. "Sugerí una cabalgata porque no quería que él te propusiera dar un paseo por los jardines."

"Ah." Elizabeth la siguió al pasillo; bajó la voz. "¿Era eso lo que se proponía?"

"Eso, o algo así. ¿Por qué otra razón habría venido?" Caro

enfundó sus guantes. "Apostaría mis perlas a que habría pedido hablar contigo o conmigo a solas, y ninguna de esas dos cosas habría sido una buena idea. Lo último que necesitamos en que nos comprometa en una conversación privada."

Comenzó a bajar las escaleras.

Michael y Edward las aguardaban en la entrada principal, cada uno con su caballo y sosteniendo otro. Josh, el mozo de cuadra, ataba a las sillas las bolsas en las que habían empacado el picnic. Para sorpresa de Caro, Michael sostenía las riendas de su yegua rucia, Calista, no las de Orion, el caballo de Elizabeth.

Esta imagen la preocupó aún más; si Michael se disponía a hablar con ella, en lugar de pasar más tiempo con Elizabeth seguro que... los únicos puntos que probablemente discutiría con ella eran la experiencia diplomática de Elizabeth y cómo creía que reaccionaría si él le propusiera matrimonio.

Ocultando sus especulaciones y decidida a desviarlo de proceder de esta manera, bajó las escaleras sonriendo.

Michael la vio acercarse. Dejando las riendas de Atlas, colocó las de la yegua rucia sobre la cabeza de la montura mientras se movía hacia el lado. Aguardó y se inclinó hacia Caro cuando llegó allí. Cerrando sus manos sobre su cintura, la sostuvo, la atrajo un poco hacia sí, preparándose para alzarla hasta la silla; su mano enguantada descansaba sobre su brazo. Levantó la mirada.

Súbitamente—inconfundible—ardió el deseo, como una seda caliente que acariciara su piel desnuda. Simultáneamente, él sintió el estremecimiento que la recorrió, que le hizo perder el aliento, que hizo que sus ojos plateados, por un instante, ardieran.

Ella parpadeó, se centró de nuevo en su rostro—dejó que sus labios sonrieran como si nada hubiera sucedido.

Pero todavía no podía respirar.

Con sus ojos fijos en los de ella, Michael la apretó aún más—y de nuevo la sintió perder el control.

La levantó hasta la silla y sostuvo su estribo. Después de un instante de vacilación—de desorientación, él lo sabía— deslizó su bota en el estribo. Sin levantar la mirada, sin encontrar sus ojos, se dirigió hacia Atlas, tomó sus riendas y salto a su montura.

Sólo entonces consiguió respirar con tranquilidad.

Elizabeth y Edward ya habían montado; el caos reinó por un momento mientras todos volvieron sus caballos hacia la portada. Se disponía a volverse hacia Caro—para encontrar su mirada, para ver...

"¡Vamos! ¡Salgamos!" Con una risa y un gesto de su mano, avanzó delante de él.

Sonriendo a su vez, Elizabeth y Edward partieron detrás de ella.

Durante un instante vaciló, suprimiendo el deseo de mirar de nuevo las escaleras... pero sabía que no lo había imaginado.

Entrecerrando los ojos, enterró sus talones en el costado de Atlas y los siguió.

Caro. Ya no tenía el más leve interés en Elizabeth. Sin embargo, cuando al llegar al camino principal, Caro aminoró el paso, la alcanzaron y siguieron en grupo; era evidente que ella se proponía olvidar aquel momento inesperado.

Y su reacción a ese momento.

Y aún más su reacción a él.

Caro se reía, sonreía e hizo la mejor actuación de su vida, disfrutando alegremente del día de verano, deleitándose en el cielo despejado, en las alondras que volaban muy arriba, en el penetrante olor de la hierba cortada que salía de los campos vecinos inundados por el sol. Nunca antes se había alegrado tanto de la disciplina que le habían inculcado los años; se sintió mecida hasta su alma, como por un terremoto—debía protegerse de manera rápida y absoluta.

Galoparon por el camino hacia Cadnam y luego cruzaron hacia el sur por el frondoso sendero que conducía al lugar donde Guillermo II había sido abatido por una flecha mientras cazaba en el bosque. El corazón de Caro gradualmente comenzó a latir con menos fuerza, hasta llegar a su ritmo normal; la tenaza que cerraba sus pulmones cedió lentamente.

Era consciente de la mirada de Michael que tocaba su rostro, no una sino muchas veces. Consciente de que, detrás de su expresión despreocupada, dispuesta, preparada para disfrutar las bellezas del día, estaba desconcertado. Y no enteramente complacido.

Esto último era bueno. Ella tampoco se sentía en la gloria con aquel desarrollo imprevisto. No estaba segura en absoluto de qué había ocasionado una reacción tan potente e inquietante, pero su instinto le advirtió que ella y, por consiguiente, él, era algo que sería conveniente evitar.

Dado que estaba interesado en Elizabeth, esto no sería difícil.

Edward estaba a su izquierda, Elizabeth a su derecha; justo al frente, el sendero se hacía más estrecho. "Edward." Mirando a Calista, encontró la mirada de Edward y se retrasó un poco. "¿Tuviste oportunidad de preguntar a la condesa acerca del señor Rodríguez?"

Había elegido un tema por el que Michael no tenía ningún interés; sin embargo, antes de que Edward pudiera reaccionar y retrasarse para unirse a ella, Michael ya lo había hecho.

"¿Supongo que la condesa es una vieja conocida tuya?"

Lo miró y asintió. "La conozco desde hace años. Es un miembro cercano de la corte—tiene una enorme influencia."

"¿Estuviste en Lisboa cuánto tiempo? ¿Diez años?"

"Más o menos." Decidida a poner de nuevo las cosas en su sitio, miró al frente y sonrió a Elizabeth. "Elizabeth nos visitó en varias ocasiones."

La mirada de Michael se dirigió a Edward. "¿Durante los últimos años?"

"Sí." Caro vio la dirección de su mirada; antes de que pudiera decidir si realmente quería decir algo con su comentario—si había deducido algo que ella preferiría que él no supiera—la miró y captó su mirada.

"Supongo que la vida de la esposa de un embajador será de constante y alocada disipación. Debes sentirte bastante perdida."

Ella apretó la brida; sintió que sus ojos centelleaban. "Te aseguro que la vida de la esposa de un embajador no es una serie de entretenimientos relajantes." Levantó la barbilla, sintió que se ruborizaba al tiempo con su enojo. "Una serie constante de *eventos*, sí, pero..." Se interrumpió y luego lo miró.

¿Por qué estaba reaccionando a una pulla tan poco sutil?

¿Por qué le había dicho esto él, entre todos los hombres? Continuó, de manera un poco más circunspecta. "Como tú debes saberlo, la organización de la agenda social de un embajador le corresponde en gran parte a su esposa. Durante los años de nuestro matrimonio, ese fue mi papel."

"Yo hubiera pensado que Campbell manejaba buena parte de ella."

Sintió la mira de Edward, ofreciéndose a intervenir, pero la ignoró. "No. Edward era el asistente de Camden. Lo ayudaba con los detalles jurídicos, gubernamentales y diplomáticos. Sin embargo, el campo en el que se adoptan las decisiones más importantes, los lugares donde se influye más directamente sobre estos asuntos es, como siempre ha sido, los salones, salas de baile y tertulias de las embajadas. Es decir, mientras el embajador y sus asistentes ejecutan los planes de batalla, es la esposa del embajador quien les asegura el campo donde pueden maniobrar."

Mirando hacia el frente, suspiró profundamente para tranquilizarse, echó mano de su acostumbrada e inalterable desenvoltura social, sorprendida de que la hubiera abandonado transitoriamente. Había, después de todo, una razón obvia para las preguntas de Michael. "Si el rumor es cierto y tú has de estar pronto en el servicio extranjero, debes recordar que, sin la esposa adecuada, un embajador, a pesar de cuán capaz sea, estará atado de pies y manos."

Fríamente, volvió la cabeza y encontró sus ojos azules.

Los labios de Michael sonrieron, pero esta sonrisa autocrítica no se reflejó en sus ojos. "Me han dicho que lo mismo es cierto de los Ministros del Gobierno."

Ella parpadeó.

Michael miró al frente; su sonrisa se hizo más profunda cuando vio que Elizabeth y Edward habían avanzado; el sendero se hacía más estrecho y sólo permitía pasar a dos cabalgaduras a la vez. "Todos saben" murmuró, tan bajo que sólo Caro podía escucharlo, "que Camden Sutcliffe era un excelente embajador."

Dirigió de nuevo su mirada al rostro de Caro. "Sin duda, comprendía..." Se interrumpió, asombrado al ver que estaba dolida, que una expresión transitoria de un dolor intenso destellaba en sus ojos plateados; esto le cortó la respiración. Lo que se disponía a decir desapareció de su mente. Había estado lanzando un anzuelo; quería provocar una reacción y averiguar más.

"¿Caro?" Intentó tomar su mano. "¿Te encuentras bien?"

Ella se concentró de nuevo, alejó su montura, evitando su mano, y miró al frente. "Sí, perfectamente bien."

Su voz era fría, distante; él no podía probarla de nuevo, no se sentía capaz de hacerlo. Aun cuando su tono era ecuánime, le había costado un gran esfuerzo mantenerlo así. Michael sintió que debía disculparse, pero no estaba seguro por qué. Antes de que pudiera pensar cómo arreglar lo que había salido mal, Edward y Elizabeth azuzaron sus caballos y avanzaron con rapidez cuando el sendero se abrió en un amplio claro.

Hundiendo sus talones en el costado de su yegua, Caro avanzó para unirse a ellos; cada vez más frustrado, Michael hizo que Atlas la siguiera.

El claro era tan ancho como un campo, puntuado aquí y allá de robles. Cerca del medio se encontraba la Piedra Rufus, un monumento erigido por el Conde De La Warr cerca de ocho años antes para señalar el lugar donde Guillermo II había caído el 2 de agosto de 1100. Aun cuando conmemoraba un punto decisivo de la historia, la piedra, inscrita con los meros hechos, estaba relativamente desprovista de adorno y de todo lo que representara una celebración, rodeada por el profundo silencio del bosque.

Edward y Elizabeth habían detenido sus cabalgaduras bajo las frondosas ramas de un antiguo roble. Edward desmontó y ató las riendas a una rama. Se volvió, pero antes de poder dirigirse a donde Elizabeth lo esperaba para que la ayudara a apearse, Caro los alcanzó; con un gesto imperioso—extraño a su carácter—llamó a Edward a su lado.

Sin vacilar, Edward acudió.

Deteniendo a Atlas, Michael se desmontó, vio cómo Edward levantaba a Caro y la depositaba en el suelo. Asegurando las riendas de Atlas, se dirigió hacia Elizabeth y la ayudó a desmontarse.

Sonriendo, Caro señaló la piedra y le hizo un comentario

a Edward; ambos atravesaron el césped dirigiéndose hacia ella. Con una fácil sonrisa para Elizabeth, Michael se puso a su lado y siguieron a la pareja para ver el monumento.

Aquel momento estableció el modelo para la hora siguiente. Caro parecía decidida a divertirse; sonreía, reía y los alentaba a todos a hacer lo mismo. Tan sutil era su actuación—nunca exagerada, totalmente plausible, sin una sola palabra que despertara las sospechas de nadie—que Michael se vio obligado a admitir que era sólo su instinto el que insistía en que era una actuación, un espectáculo.

Después de admirar el monumento y evocar la leyenda de cómo William había muerto por una flecha disparada por Walter Tyrrell, uno de sus compañeros de cacería, y cómo esto había llevado a que su hermano menor, Henry, se apoderara del trono por encima de su hermano mayor, Robert, y de maravillarse acerca de cómo el desvío de una sola flecha había resonado a través de los siglos, se retiraron para extender una frazada e investigar los avíos empacados en las bolsas del picnic.

Caro los dirigía a su antojo. Él se comportó como ella lo deseaba, más para aplacarla, para calmarla, que por cualquier otra razón. Desplegando su propia máscara, sonrió y encantó a Elizabeth, se instaló a su lado—al frente de Caro—y le habló de lo que ella deseaba. Ese día Elizabeth no intentó convencerlo de que era una cabeza hueca, interesada únicamente en los bailes. Sin embargo, aun cuando Michael sentía que estaba siendo auténtica, y que era mucho más atractiva sin sus rasgos fingidos, era agudamente consciente de que no poseía la profundidad ni la complejidad suficientes en su carácter como para atraer su interés, en ningún nivel.

Durante todo el interludio que pasó detrás de su máscara, su atención permaneció fija en Caro.

Al otro lado de la frazada, separada de él y de Elizabeth por el festín que habían traído, ella y Edward conversaban con facilidad, intercambiando comentarios con anécdotas sobre viejos amigos. Michael consideró que Edward debía ser unos cuatro años menor que Caro; aun cuando los observó detenidamente, no pudo advertir el menor indicio de una relación amorosa. Campbell evidentemente admiraba y respetaba las habilidades de Caro; más que cualquier otra persona, tenía evidencia sobre la cual basar tal juicio. Según la experiencia de Michael, los asistentes políticos y diplomáticos eran los jueces más astutos y precisos de los talentos de sus amos.

La actitud de Edward frente a Caro, y la impresión que recibió Michael de que la consideraba como su mentora y de que se alegraba, más aun, se sentía agradecido, de la oportunidad de aprender de ella, encajaba con la imagen que el propio Michael se estaba formando de Caro.

Esto, sin embargo, no era lo que esperaba averiguar, como tampoco la razón por la cual había permanecido tan intensamente concentrado en ella.

Algo que él había dicho la había herido, y ella se había retirado detrás de la máscara altamente cuidada que mostraba al mundo.

Era, como se lo recordó a sí mismo, como si buscara grietas y no hubiera encontrado ninguna, una máscara que ella había perfeccionado durante más de una década bajo las circunstancias más exigentes. Como una máscara de metal perfectamente lustrada, aquella fachada era impenetrable; no revelaba nada.

Para cuando guardaron los restos de su festín y sacudieron la frazada, él había aceptado que la única manera de saber algo más sobre Caro sería que ella consintiera en decírselo. O consintiera en dejar que la viera como era realmente.

Hizo una pausa mental, preguntándose por qué el saber más sobre ella, conocer a la verdadera Caro que se ocultaba detrás de la máscara, se había convertido súbitamente en algo tan vitalmente importante. No obtuvo ninguna respuesta; sin embargo...

Llegaron al lugar donde se encontraban los caballos y se pasearon un poco, atando de nuevo las bolsas. Caro tenía dificultades; él se acercó, con el propósito de ayudarla—la yegua se movió, haciendo que Caro retrocediera—contra él.

La espalda de Caro encontró su pecho, su trasero las piernas de Michael.

Él llevó instintivamente sus manos a la cintura de Caro para que no perdiera el equilibrio y la oprimió contra sí. Ella

se tensó; perdió el aliento. Él la soltó y retrocedió, agudamente consciente de su propia reacción.

"¡Ay! Lo siento." Ella le sonrió ingenuamente, pero no encontró sus ojos; acercándose a su lado, se inclinó para tomar
las cuerdas que ella luchaba por anudar.

Ella retiró sus manos con excesiva rapidez, pero él tomó
las cuerdas antes de que se soltaran.

"Gracias."

Michael mantuvo los ojos fijos en las cuerdas mientras las
anudaba. "Eso debería sostenerlas."

Con una expresión fácil, retrocedió. Y se volvió para ayudar a Elizabeth a montar en su caballo, dejando que Edward
ayudara a Caro.

Dirigiéndose hacia donde esperaba Atlas, lanzó una mirada a los demás. "Todavía tenemos algunas horas de sol."
Sonrió a Elizabeth. "¿Por qué no cabalgamos por el bosque,
rodeamos Fritham y nos detenemos en la casa para tomar
el té?"

Intercambiaron miradas, levantando las cejas.

"Sí, hagámoslo." Elizabeth lo miró de frente, con un sencillo placer en su sonrisa. "Sería un final muy agradable para
un día placentero."

Michael miró a Caro. Con una de sus encantadoras sonrisas en los labios, asintió. "Es una idea excelente."

Se subió a la silla de un salto y todos se dirigieron hacia el
bosque. Él, Caro y Elizabeth conocían ya el camino. Cabalgaron por los claros, galopando de vez en cuando, y luego
aminorando la marcha por el sendero hasta llegar a otro
claro. Quien se encontrara a la cabeza los guiaba. El sol se
filtraba por los densos follajes, cubriendo de manchas la trocha; los ricos aromas del bosque los rodeaban. El silencio
sólo se veía interrumpido por el canto de los pájaros y el
ruido ocasional de animales más grandes.

Nadie intentaba conversar; Michael se contentaba con
dejar que el agradable silencio se prolongara y se arraigara.
Sólo entre amigos no sentía Caro la necesidad de conversar;
el que no intentara hacerlo era alentador.

Se acercaron a la mansión desde el sur, saliendo de los alrededores de los bosques de Eyeworth para entrar en los esta-

blos. Hardacre se hizo cargo de sus monturas; ellos caminaron por el viejo huerto hacia la casa.

Adelantándose por el pasillo hacia el recibo de la entrada, Caro le lanzó una mirada. "¿En la terraza? Será maravilloso allí."

Él asintió. "Sigan. Haré que traigan el té."

La señora Entwhistle los había escuchado llegar; la perspectiva de ofrecer té y algo de comer a la pequeña comitiva le encantaba, recordando a Michael qué poco tenía que hacer en general el ama de llaves.

Encontró a los otros instalados alrededor de la mesa de hierro forjado. El sol, que aún se encontraba sobre las copas de los árboles hacia el occidente, bañaba el lugar de una luz dorada. Con su mirada en el rostro de Caro, retiró la última silla y se sentó, de nuevo al frente de ella. Ella parecía haberse relajado, aunque no podía estar seguro de ello.

Elizabeth se volvió hacia él. "Caro me estaba diciendo que escuchó el rumor de que Lord Jeffries pensaba renunciar. ¿Es verdad?"

Lionel, Lord Jeffries, había sido nombrado en la Junta de Comercio sólo un año antes, pero su cargo había estado marcado por un incidente diplomático tras otro. "Sí." Encontró la mirada de Caro al otro lado de la mesa. "Es inevitable después de su última imprudencia."

"¿Entonces es cierto que llamó al embajador de Bélgica extorsionista en su cara?" Los ojos de Caro brillaban.

Michael asintió. "Quemó las naves al hacerlo, pero supongo que casi valía la pena, sólo por ver la cara de Rochefoucauld."

Ella abrió los ojos sorprendida. "¿La viste? ¿Viste su cara?"

Él sonrió. "Sí—estaba allí."

"¡Santo cielo!" silbó Edward entre dientes. "Escuché que los asistentes de Jeffries estaban muy enojados—debió ser una situación imposible."

"Desde el momento en que Jeffries conoció a Rochefoucauld, la suerte estaba echada. Nada—ni siquiera el propio Primer Ministro—hubiera podido detenerlo."

Aún continuaban discutiendo el último escándalo político cuando llegó Jeb Carter con el carrito del té.

De inmediato, Caro miró a Michael; él estaba aguardando aquella mirada—para ver su comprensión en sus ojos de azogue, para deleitarse en su aprobación.

Poco a poco, paso a paso; estaba decidido a acercarse a ella, y estaba dispuesto a aprovechar cualquier herramienta que se le presentara.

- "¿Sirves el té, por favor?" preguntó.

Ella se inclinó para tomar la tetera, lanzando una sonrisa complacida a Carter; le preguntó por su madre antes de dejar que escapara, sonrojado por el hecho de que ella lo recordara.

Elizabeth tomó su taza y bebió un poco de té, frunciendo el ceño—luego su expresión se aclaró. "Desde luego—es el último mayordomo de Muriel, aquel que despidió hace poco." Su perplejidad regresó. "¿Cómo lo conociste?"

Caro sonrió y se lo explicó; Jeb había pasado tanto tiempo en Londres entrenándose que Elizabeth no lo recordaba.

Desde luego, Caro había estado ausente aún más tiempo. Bebía su té, observando, mientras le recordaba a Elizabeth otras personas del distrito, trabajadores y sus familias, y dónde se encontraban ahora, quién se había casado con quién, quiénes habían muerto o se habían mudado. Michael se preguntó si alguna vez se habría olvidado de alguien. Una memoria semejante para la gente y los detalles personales era una bendición en los círculos políticos.

El tiempo pasó agradablemente; la tarde caía. La tetera se había enfriado y los pasteles de la señora Entwhistle habían desaparecido cuando, a solicitud de Caro, él pidió que trajeran los caballos. Se había levantado y caminaban hacia la escalera de la terraza para aguardar en el patio delantero cuando el ruido y el golpe de cascos de una calesa que se aproximaba llegaron hasta ellos.

Caro se había detenido en los escalones; levantado una mano para proteger sus ojos del sol, miró para ver quién llegaba. Los efectos posteriores de su momentánea debilidad cuando se aproximaban a la Piedra Rufus se habían desvanecido poco a poco; sus nervios se habían tranquilizado—de nuevo se sentía razonablemente serena. Más tarde, cuando estuviese segura en su habitación y muy lejos de Michael, se criticaría por reaccionar como lo había hecho.

Aparte de este incidente, el día había transcurrido más o menos como ella lo había deseado; dudaba que hubiesen promovido su causa, pero tampoco le habían hecho daño—y Michael no había tenido oportunidad de hacer su propuesta de matrimonio y ni siquiera hablarle a ella al respecto.

Había sido un día positivo por defecto; se contentaba con eso.

La calesa apareció; el caballo trotaba rápidamente por la vereda con Muriel en el asiento. Era una excelente conductora; detuvo la calesa delante de la escalera con cierto estilo. "Caro. Michael."

Muriel intercambió inclinaciones de cabeza con ellos y con Edward y Elizabeth; luego miró a Michael. "Ofreceré una de mis cenas para la Asociación de Damas mañana en la noche. Puesto que estás en casa, vine a invitarte—sé que todas las damas apreciarán la oportunidad de conversar contigo."

Michael bajó para acercarse a Caro; ella sintió su mirada en su rostro. Adivinando lo que motivaba su vacilación, lo miró y sonrió. "Debes venir. Nos conoces casi a todas."

A pesar de sus anteriores contratiempos—y ella tenía que perdonarlo, él no podía saberlo—estaba en buenos términos con él. Desde aquel penoso momento, él se había comportado con un tacto ejemplar.

Él leyó sus ojos y luego miró a Muriel: su máscara de político se adaptó perfectamente a su expresión. "Me encantará cenar con las damas. Deben tener algunos miembros nuevos desde la última vez que asistí."

"Efectivamente." Muriel sonrió graciosamente; la Asociación de Damas era su orgullo y su felicidad. "Nos hemos desempeñado bien este año, pero oirás acerca de nuestros éxitos mañana."

Su mirada se movió hacia Hardacre, quien conducía los tres caballos. Muriel miró a Caro. "Si te diriges a tu casa, Caro, ¿quizás podrías cabalgar al lado de la calesa y podríamos revisar los planes para la fiesta?"

Ella asintió. "¿Por qué no?" Sintiendo que la mano de Michael se levantaba para tocarla en la espalda, miró rápidamente hacia abajo y descendió la escalera. Se dirigió hacia Calista, cuando advirtió que Muriel los observaba a todos como un halcón; lo único que no necesitaba ahora era que alguien se preguntara acerca de Michael y Elizabeth.

Suspirando profundamente, se volvió—para ver como Michael le estrechaba la mano a Edward y se inclinaba cortésmente para despedir a Elizabeth. Dejando la mano de Edward, Michael le hizo un gesto. "Vamos, te ayudaré a subir."

Su sonrisa era débil, pero no podía esperar a que Edward ayudara a Elizabeth y luego a ella también, cuando Michael se ofrecía a hacerlo. Tensando todos sus nervios, externamente serena, se aproximó al lado de Calista. Suspirando profundamente de nuevo, sostuvo las riendas y se volvió.

Y advirtió que estaba a un paso de ella.

Él se inclinó para ayudarla—y fue peor de lo que había anticipado. Sus nervios literalmente temblaron. Él era mucho más alto que ella; sus ojos le llegaban a la clavícula; sus hombros eran tan anchos que le ocultaban el mundo.

Michael la tomó por la cintura y ella se sintió débil, aturdida, como si de alguna manera su fuerza agotara la suya.

Él vaciló, sosteniéndola entre sus manos. Ella se sentía extrañamente pequeña, frágil, vulnerable. Capturada. Todo su mundo se condensó, se volcó a su interior. Podía sentir que el corazón le latía en la garganta.

Luego la levantó con facilidad y la acomodó en su silla. La soltó; sus manos se deslizaron lentamente. Inclinándose para buscar el estribo, lo sostuvo.

Ella consiguió darle las gracias; sus palabras sonaban lejanas a sus propios oídos. Acomodó su bota en el estribo y luego se arregló las faldas. Finalmente consiguió respirar, pasar saliva. Tomando las riendas, levantó la mirada. Sonrió a Muriel. "Vamos, pues."

Michael retrocedió.

Caro agitó la mano para despedirse; luego condujo a Calista al lado de la calesa de Muriel. Edward y Elizabeth agitaron también la mano y luego avanzaron detrás de la calesa.

Michael observó la pequeña cabalgata hasta que desapareció de su vista. Permaneció algunos momentos contemplando la portada; luego se volvió y entró a la casa.

CAPÍTULO
5

*P*or lo menos ahora ya sabía por qué necesitaba saber más—mucho más—sobre Caro.

Relajado en su silla durante el desayuno a la mañana siguiente, se preguntó por qué había tardado tanto en interpretar correctamente los signos. Quizás porque se trataba de Caro y la conocía desde siempre. De cualquier manera, ahora era plenamente consciente, al menos, de una de las emociones que lo mantenían tan intensamente centrado en ella.

Había pasado largo tiempo desde que, enteramente por su propia voluntad y sin la menor presión, había deseado a una mujer. Haber deseado activamente a una mujer, aun cuando ella estuviese decidida a correr en dirección contraria.

O al menos era así como interpretaba la reacción de Caro. Ella había sentido la atracción, aquella chispa que no requería pensamiento alguno y no pedía permisos; su respuesta había sido no darle la oportunidad de encenderse y, si esto no era posible, fingir que no había sucedido.

Con base en su experiencia, sabía que su estrategia no funcionaría. Mientras permanecieran en una proximidad suficiente como para asegurar que se encontrarían y que, inevitablemente, se tocarían, la necesidad sólo se haría más potente, la chispa correlativamente más poderosa, hasta que la dejaran arder.

El único problema que podía ver en ello era que la mujer implicada era Caro.

Su reacción no lo sorprendió. A diferencia de Ferdinand, él conocía la interpretación correcta del apodo de Caro. "La Viuda Alegre" era, como lo son en ocasiones tales apodos en Inglaterra, una expresión perversa. En el caso de Caro, ella era exteriormente una viuda alegre en el sentido de ser una anfitriona bastante conocida, pero su significado real era que había sido perseguida por los mejores de ellos y, sin embargo, se había negado a ser atrapada. Así como a los narizones en ocasiones se les llama "chatos", ella era, en realidad, una viuda severa y casta que nunca había alentado a nadie a imaginar nada diferente.

Era todo lo contrario de lo que la expresión "La Viuda Alegre" llevaba a suponer a los ingenuos.

Lo cual significaba que se disponía a pasar una época difícil e incómoda, al menos hasta cuando la convenciera de que su única opción era aquella que le convenía a ella tanto como a él.

Saboreando los restos de su café, consideró cuánto tiempo le tomaría persuadirla. Consideró los obstáculos que se interponían en su camino. Ser el caballero que tentaba a La Viuda Alegre lo suficiente para entrar en su cama y a su...

Un verdadero reto.

Sería un triunfo diplomático poco común, incluso si nadie conociera nunca su éxito. Pero lo harían, por supuesto; eso era parte de su plan.

Podía lograrlo; era un político por naturaleza, y estas cualidades innatas eran precisamente las que necesitaba. Sólo tenía que afinarlas para superar las defensas de Caro.

Y, en un momento determinado, cuando la tuviese indefensa entre sus brazos, sabría qué era lo que la había perturbado de tal manera y, si podía, hacerlo desaparecer.

Considerando que sería conveniente dejar pasar el día, dejar que su confianza habitual, natural, se reafirmara y le asegurara que estaba a salvo, que él no representaba una amenaza para ella y que por lo tanto no era necesario mantenerlo a distancia, se forzó a permanecer en su estudio y a trabajar en las cuentas del mes y en detalles secundarios que su agente había dejado apilados juiciosamente en su escritorio.

Dos horas más tarde, aún continuaba trabajando cuando Carter golpeó a la puerta y entró.

"La señorita Sutcliffe ha venido, señor."

Él intentó recordar. "¿Cuál de las señoritas Sutcliffe?" ¿Caro? ¿O una de las sobrinas políticas de Camden?

"La señorita Caroline, señor. Lo aguarda en el salón."

"Gracias, Carter." Se puso de pie, preguntándose por qué habría venido. Luego se encogió de hombros. Pronto lo sabría.

Cuando entró al salón, Caro estaba al lado de la ventana, mirando el jardín. Los rayos del sol brillaban en su nube de cabellos crespos, destacando destellos cobrizos y rojos en su castaño dorado. Su traje fino y ligero para el verano era de un azul pálido, unos tonos más oscuro que sus ojos y se ajustaba a su figura.

Ella lo oyó, se volvió y sonrió.

Y él supo de inmediato que ella estaba lejos de considerarlo inofensivo. Sin embargo y como de costumbre, fue sólo su instinto el que se lo dijo; la propia Caro no revelaba nada.

"Espero que no te importe—he venido a sondearte y a hacerte una consulta."

Él le devolvió la sonrisa, hizo un gesto para que se sentara. "¿Cómo puedo ayudarte?"

Caro aprovechó el momento de atravesar el salón para recoger sus faldas e instalarse con gracia en la silla; luego aguardó a que él se acomodara, relajado pero atento, en el sillón al frente de ella. Se concentró en sus pensamientos y recobró su aplomo del laberinto de pánico irracional en el que sus nervios habían adquirido el hábito de sumirse cada vez que se presentaba la posibilidad de que Michael se acercara a ella.

No comprendía su súbita sensibilidad; apenas podía creer que, después de todos aquellos años de amplia experiencia mundana, se encontrara—en lo más profundo de Hampshire—víctima de una aflicción semejante. Decidida a conquistarla, o al menos a ignorarla, se aferró a su pose de confiada serenidad. "He decidido ofrecer un baile la noche antes del bazar de la iglesia. Se me ocurrió que, con tantas personas de Londres en el vecindario, podría invitarlas y arreglar para que se alojaran esa noche cerca de aquí, para que pudieran pasar el día siguiente en el bazar antes de partir en la tarde."

Hizo una pausa y agregó, "Supongo que lo que propongo es una pequeña reunión campestre; el baile sería el evento especial, y el bazar una extensión del mismo."

La mirada de Michael permanecía fija en su rostro; ella no podía adivinar qué pensaba. Después de un momento, preguntó, "¿Entonces, tu propósito es utilizar el baile para que asistan más personas al bazar, especialmente quienes han venido de Londres, lo cual a su vez incrementará el interés local, asegurándote así que el bazar sea un gran éxito?"

Ella sonrió. "Precisamente." Era un placer tratar con alguien que no sólo veía las acciones, sino sus implicaciones y resultados. Desde luego, asegurar el éxito del bazar no era el propósito final que motivaba su más reciente proyecto. Después del día anterior, tanto Elizabeth como Edward se mostraban inflexibles sobre la necesidad de llevar la situación con Michael a una decisión; deseaban crear alguna situación que demostrara definitivamente la incapacidad de Elizabeth de desempeñar el papel de esposa de Michael.

Como un evento social importante, al que asistirían numerosos diplomáticos y personajes políticos, vinculado a un evento local. La organización que esto requeriría sería terrible y Elizabeth era, en efecto, una mera aprendiz a este respecto.

Caro, desde luego, podía manejar un reto semejante sin problemas, y lo haría; esperaban que la demostración de sus talentos centraría la atención de Michael en el hecho de que Elizabeth carecía de habilidades sociales tan altamente evolucionadas.

Él la miraba con lo que parecía un interés vagamente divertido. "Estoy seguro de que estarás ya bastante organizada. ¿Cómo puedo ayudar?"

"Me preguntaba si estarías dispuesto a alojar a algunos de los invitados la noche del baile." Ella no aguardó una respuesta, sino que continuó ingeniosamente, "Y también quería preguntarte tu opinión sobre la lista de los invitados—¿crees que la pequeña dificultad entre los rusos y los prusianos ha desaparecido? Y, desde luego . . ."

Asiendo firmemente las riendas de la conversación, se dispuso a crear su campo de batalla.

Michael dejó que conversara como quisiera, cada vez más segura de que su discurso peripatético no carecía de dirección como parecía. A pesar de su objetivo final, sus observaciones eran acertadas, a menudo, extraordinariamente acertadas; cuando ella le dirigió una pregunta específica, e hizo una pausa para darle la oportunidad de responder, fue sobre un tema que constituía un campo minado en la diplomacia. Los comentarios consiguientes se desarrollaron en una discusión de alguna profundidad.

Después de un rato, ella se puso de pie. Se paseaba alrededor de la silla mientras continuaba hablando; luego se sumió en ella de nuevo. Él no se movió, sino que la observaba, consciente del reto intelectual de manejarla en más de un nivel a la vez. De hecho, en más de dos. Él era perfectamente consciente de que sucedía algo más de lo que parecía, y estaba convencido de que ella ignoraba deliberadamente al menos un *hilo de la conversación*.

Por fin, relajada de nuevo en el diván, extendió las manos y preguntó directamente, "Bien, ¿cuento con tu ayuda?"

La miró fijamente a los ojos. "Con dos condiciones."

Un súbito recelo cayó sobre sus bellos ojos; parpadeó y le dio una mirada risueña. "Condiciones. ¡Santo cielo! ¿Cuáles?"

"La primera—es un día demasiado agradable para pasarlo aquí dentro. Continuemos esta discusión mientras damos un paseo en los jardines. Segundo"—sostuvo su mirada—"que te quedarás a almorzar."

Ella parpadeó lentamente; Michael estaba seguro de que desconfiaba de él físicamente. Temía acercarse físicamente a él.

"Muy bien—si insistes," respondió.

Luchó por contener una sonrisa. "Sí, insisto."

Ella se puso de pie. Él también lo hizo, pero se volvió para tocar la campana y llamar a Carter para instruirlo sobre el almuerzo, dando la oportunidad a Caro de escapar a la terraza.

Cuando la siguió, ella se encontraba en lo alto de las escaleras, de frente al jardín principal. Apretaba sus manos delante de sí; sus hombros se elevaron al suspirar profundamente.

Él se acercó y ella casi salta. Él encontró sus ojos y le ofreció su brazo. "Vamos al otro lado del jardín a través del seto, y podrás decirme cuántos invitados y a quiénes crees que debo alojar aquí."

Inclinando la cabeza, ella tomó su brazo; resistió el impulso de tomarle la mano, de atraerla hacia sí. Bajaron los escalones y comenzaron a pasearse.

Levantando la cabeza, Caro se centró en los árboles que bordeaban el sendero y obligó a su mente a concentrarse en los múltiples detalles de la organización del baile—a apartarse de la presencia a su lado que la distraía tanto. Le faltaba de nuevo la respiración; era un milagro que pudiera hablar. "Los suecos definitivamente." Le lanzó una mirada. "No te impondré al General Kleber—alojaremos a los prusianos en Bramshaw. La gran duquesa seguramente asistirá, y esperará alojarse en mi casa."

Continuó con la lista de los invitados; concentrarse en la logística ciertamente le ayudaba a manejar la cercanía de Michael. Él no le dio motivos para atemorizarse aún más, sino que le hizo preguntas inteligentes que ella podía responder. Él había conocido o sabía de la mayoría de las personas que ella se proponía invitar; era consciente del trasfondo de las relaciones entre los diferentes grupos.

Caminaron por el sendero entre los árboles, y luego rodearon el amplio macizo de arbustos, saliendo al sendero principal cerca de la terraza de la que habían partido.

"Tengo que hacerte una confesión," dijo Michael mientras subían las escaleras de la terraza.

Ella lo miró. "¿Ah sí?"

Él sostuvo su mirada, y ella tuvo la horrible sospecha de que él podía penetrar su escudo social. Permaneció sin aliento; sus nervios se tensaron. La mirada de Michael recorrió su rostro, pero luego sonrió con un gesto fácil, cómodo y consolador para ella.

"A pesar de haberme hecho prometer que inauguraría la fiesta, Muriel se olvidó de decirme cuándo tendrá lugar el evento." Sus ojos regresaron a los de Caro, llenos de ironía. "Rescátame—¿cuándo es?"

Ella se rió, sintió que la tensión que la atenazaba se disolvía. Encontró que podía mirarlo a los ojos con auténtica comodidad. "Es dentro de una semana."

"Entonces..."—al llegar a la terraza, Michael hizo un gesto indicándole la mesa de hierro forjado que estaba ahora puesta con los platos del almuerzo—"tu baile será la noche anterior."

"Sí." Ella se instaló en la silla que él retiró para ella y luego aguardó a que él se sentara al frente antes de entrar en los detalles del baile. Había evitado este tema para poder mantenerlo ocupado luego. "Todavía no estoy segura del tema."

Michael vaciló y luego sugirió. "Será mejor algo sencillo."

Cuando ella lo miró, explicó más. "Debe ser más informal que un baile en Londres. Todos habrán asistido a un exceso de bailes durante la temporada, pero en el campo, en el verano, no hay razón para que te atengas a todas las formalidades."

Si lo hiciera, él tendría grandes dificultades para atraer su atención aquella noche.

"Hmmm...¿aunque se trate del cuerpo diplomático?" Arqueó las cejas aún más. "Quizás tengas razón."

Hizo una pausa para comer algunos de los bizcochos preparados por la señora Entwhistle y luego, con la mirada distante, agitó el tenedor. "¿Qué te parece llamarlo Festividad de Verano en lugar de baile?"

Él sabía cuándo le hacían una pregunta retórica; no respondió.

"Hay un grupo maravilloso de músicos en Lyndhurst que sería perfecto para la ocasión. Son muy buenos para las tonadas estivales más ligeras y las danzas campesinas." Sus ojos se habían iluminado; evidentemente, imaginaba el evento. "Ciertamente, sería algo diferente..."

Él bebió su vino, y luego levantó la copa. "Un vino estival para tentar el hastiado paladar."

Ella lo miró y sonrió. "Precisamente—eso es lo que haremos."

Pasaron la siguiente media hora discutiendo posibles problemas y la mejor forma de manejarlos. Conociendo la importancia de prever tales complicaciones y de tener planes para evitarlas antes de que se presentaran, Caro había elaborado la lista de invitados pensando en resaltar la necesidad de Michael de contar con una anfitriona que comprendiera asuntos tales como las disputas esotéricas como aquella que enfrentaba entonces a los rusos con sus vecinos de Prusia.

"Entonces," concluyó ella, "¿puedo contar contigo para que mantengas vigilados a los rusos y te asegures de que no reñirán? Quiero que Edward supervise las cosas de manera más general y, desde luego, estaré en todas partes."

Michael asintió. "Me atrevo a decir que el encargado de negocios de Polonia será de gran ayuda."

"¿En verdad?" Ella arqueó las cejas. "Siempre me ha parecido una persona bastante suave, más bien inútil."

Los labios de Michael se curvaron en una sonrisa; la miró a los ojos. "Las apariencias engañan."

Internamente, se paralizó; externamente, abrió los ojos sorprendida y luego se encogió de hombros. "Si estás seguro." Retirando la silla hacia atrás, puso la servilleta sobre la mesa. "Ahora debo irme y comenzar con las invitaciones."

Michael se levantó y se acercó para retirar la silla. "Te acompañaré al establo."

Ella tomó el pañuelo de gasa que había dejado al respaldo de la silla; se disponía a ponerlo sobre sus cabellos, pero se detuvo. En lugar de hacerlo, cuando bajaron las escaleras y rodeaban la casa, lo mantuvo entre las manos, jugando ociosamente con la larga tira, evitando así que él le ofreciera su brazo.

No que él intentara hacerlo. Caminaba a su lado con largas zancadas . . . casi perezosamente.

Atravesaron el huerto bañado por el sol y ella sintió que sus nervios se relajaban. A pesar de aquel extraño pánico que sentía cuando él estaba cerca, su última estrategia se había desarrollado muy bien. Había conseguido sobrevivir a todo con bastante éxito. Seguramente, él podía ver que una joven dama inocente y relativamente inexperta como lo era Elizabeth nunca podría manejar las exigencias de eventos sociales como aquellos que su esposa debería organizar.

Como novia de Camden, Caro había sido sumergida en los círculos diplomáticos más altos incluso con menos preparación de la que tenía ahora Elizabeth; aún podía recordar el pánico que la paralizaba, el temor que sentía en el estómago—no le deseaba aquello a ninguna joven, mucho menos a su propia sobrina.

Sin duda, con todos los detalles del baile y su organización, él advertiría...

Ella suspiró profundamente y levantó su barbilla. "Elizabeth se ha ido a un picnic con los Driscolls y Lord Sommerby." Sonrió a Michael. "Ella odia escribir las invitaciones—repetir las mismas palabras una y otra vez—pero..."

Michael advirtió la tensión en su voz mientras ella buscaba la manera de atraer su atención a la juventud de Elizabeth y a su falta de experiencia sin ser demasiado obvia. Michael no dudaba que aquel había sido el propósito principal de su visita, quizás incluso del propio baile; estaba seguro de que ella actuaba de manera que él se arrepintiera de ofrecer matrimonio a Elizabeth. Sin embargo, su manipulación ya no le inquietaba—lo que la había llevado a ella, sus actitudes, sus silencios, ante todo la vulnerabilidad y el pánico ocasional y transitorio que él detectaba detrás de su máscara de suprema confianza y capacidad, eran lo que lo inquietaba.

El rostro de Elizabeth y también el de Edward pasaron por su mente como un relámpago; sin embargo fue la necesidad de evitar todo pesar a Caro lo que hizo que buscara su mano.

Ella estaba gesticulando mientras hablaba; él atrapó sus dedos en el aire, sin sorprenderse cuando calló abruptamente.

Deteniéndose, lo miró de frente, con los ojos muy abiertos, las pupilas dilatadas y apenas respirando. Él sostuvo su mirada, atrapó sus ojos plateados; era agudamente consciente de que no los veían desde la casa, protegidos por los árboles del huerto, todos llenos de un frondoso follaje. "No necesitas preocuparte tanto por Elizabeth."

Moviéndose, encerró sus dedos en los suyos y se acercó. Advirtió, por la manera en que ella parpadeó y luego frunció el ceño, mirándolo, que no estaba seguro de lo que él quería decir.

"Y no es necesario que me instruyas sobre Elizabeth." Sus labios se fruncieron irónicamente. "Me has convencido."

Caro lo contempló fijamente. Nunca antes había perdido de tal manera el equilibrio. Él estaba demasiado cerca—ella era tan consciente...

¿Cuánto tiempo lo había sabido?

Este pensamiento la liberó del efecto hipnótico que él tenía sobre ella. Entrecerró los ojos, se concentró. ¿Quería él decir lo que ella se imaginaba? "¿Has cambiado de opinión? ¿No le propondrás matrimonio a Elizabeth?"

Él sonrió. "He cambiado de opinión. No le propondré matrimonio a Elizabeth." Hizo una pausa y luego llevó sus dedos a sus labios, besándolos suavemente. "Elizabeth no es mi novia ideal."

El roce de sus labios hizo que un cosquilleo recorriera su brazo, pero esto fue superado y luego sumergido por el increíble alivio que surgió en ella y la invadió.

Sólo entonces advirtió que no había estado segura de su capacidad de salvar a Elizabeth; no había apreciado hasta entonces cuán importante era para ella salvar a Elizabeth de un matrimonio político desdichado.

Sonrió libremente, sin ninguna restricción, sin tratar de ocultar su felicidad. "Me alegro tanto." Su sonrisa se hizo más profunda. "No habría funcionado, sabes."

"Sí, me di cuenta de ello."

"Bien." No podía dejar de sonreír; si fuese más joven, habría bailado. "Será mejor que me vaya." Para darle a Elizabeth las buenas noticias.

Él sostuvo su mirada por un momento; luego inclinó la cabeza y soltó su mano. Le indicó con un gesto que prosiguieran hacia el establo.

Michael caminó a su lado, aguardó con ella mientras

Hardacre traía su calesa. Su sonrisa era radiante. Se sintió satisfecho de sí mismo de haber podido elegir las palabras correctas para decírselo directamente. Era una alegría que valía la pena contemplar; su calidez lo contagió. Permaneció allí, deleitándose en su brillo, con las manos apretadas con fuerza detrás de la espalda para evitar acercarse a ella y malograr el momento.

La calesa llegó; él la ayudó a subir. Ella continuaba platicándole de los planes para el baile; sin embargo, sus palabras estaban libres ahora de cualquier segunda intención; eran la expresión directa de sus pensamientos—había escuchado en su voz el tono de la transparencia y advirtió que había dado un paso significativo para acercarse a Caro, un paso para ganarse más profundamente su confianza.

Se despidió de ella con considerable satisfacción.

Cuando la calesa desapareció por la portada, se dirigió, sonriendo aún, de regreso a la casa.

Sus palabras le habían quitado a Caro un peso de encima; incluso si pudiera repetir el momento, no lo habría hecho de otra manera. Su felicidad había sido fascinante, un verdadero deleite, incluso si le había impedido a Caro advertir que, al retirar su atención de Elizabeth, la había fijado en alguien más.

Alguien mucho más experimentado que Elizabeth.

Con una sonrisa más profunda, levantó la vista hacia la casa y prosiguió su camino.

De hecho, le ilusionaba pensar en la cena de Muriel aquella noche.

"¡Vaya, ahí estás, Michael!"

Severamente bella en un vestido de seda color ciruela, Muriel avanzó mientras él entraba al salón.

Él estrechó la mano que le ofrecía y luego recorrió el salón con la vista. Estaba bastante lleno, principalmente de damas, aun cuando había algunos otros caballeros esparcidos entre las faldas.

"Permíteme presentarte a nuestros nuevos miembros." Muriel lo condujo a un grupo que se encontraba delante de las puertas de vidrio, abiertas sobre los jardines. "Permíteme presentarte a la señora Carlise. Ella y su esposo se han mudado recientemente a Minstead."

Con su sonrisa de político, estrechó la mano de la señora Carlise y se enteró de que ella y su esposo se habían mudado de Bradford. Siguió saludando al grupo, conociendo otras dos personas que habían llegado recientemente y renovando su amistad con las tres otras damas que lo conocían desde hacía largo tiempo.

Aun cuando no votaban, allí, como en cualquier distrito, eran las damas quienes se mostraban más activas en todos los niveles del servicio comunitario, organizando reuniones como el bazar de la iglesia, y apoyando instituciones tales como el orfanato y los refugios obreros. Michael consideraba su buena voluntad y su apoyo como un factor clave para respaldar su posición personal como Miembro local; sólo habiéndola asegurado podría dedicar su mente a los retos más importantes que el Primer Ministro se proponía entregarle. Por consiguiente, no lamentaba el tiempo que pasaba en veladas como ésta; más aun, se alegraba de aprovechar la oportunidad que le había ofrecido Muriel para sacar el mejor partido de ella.

Se encontraba haciendo precisamente esto cuando entró Caro al salón. De frente a la chimenea, Michael conversaba con dos caballeros cuando su instinto lo llevó a mirar por el espejo que había sobre la chimenea.

Caro estaba enmarcada en la entrada, mirando a su alrededor. Vestida con un traje delicado de seda estampada y estilo sencillo, llamaba la atención y, sin embargo, parecía adaptarse perfectamente al contexto. Perlas adornaban su cuello y en su muñeca que colgaba una pulsera que hacía juego con el collar; no llevaba ninguna otra joya y no la necesitaba.

Ubicó a Muriel; sonriendo, se dirigió a saludarla.

Reparando su distracción, Michael continuó discutiendo el precio del maíz; luego se disculpó profusamente y avanzó hacia otro lado del salón, para interceptar a Caro.

Ella se sobresaltó levemente cuando apareció a su lado; nadie más lo habría notado—nadie más la observaba tan intensamente. Tomando su mano, logró impedirse llevarla a sus labios y se contentó con ponerla sobre su brazo. "Me preguntaba cuándo llegarías."

Ella le devolvió la sonrisa con una que aún preservaba buena parte de su felicidad anterior. "Hace una tarde tan bella que decidí caminar." Miró a su alrededor. "¿Has conocido a alguien?"

Michael indicó con la cabeza un grupo que se encontraba a un lado del salón. "Aún no he hablado con la señora Kendall." Encontró la mirada de Caro y sonrió profundamente. "Quiere hablarme del hogar para jóvenes. Ven y me ayudas."

Se comportaba como si se propusiera proseguir; se preguntó cuánto tiempo le tomaría a Caro reconocer su nueva orientación.

Ella se tensó como si se protegiera del efecto que él tenía sobre ella, pero sin dejar de sonreír y aún destellando con su dicha interna, inclinó la cabeza. "Si lo deseas, pero no veo qué ayuda puedas necesitar de mí."

Mirando el rostro de Michael, Caro vio que pasaba por él una sonrisa como un relámpago. ¿Era su imaginación la que, por un instante, lo había visto como un depredador? Pero su expresión era tranquila cuando la miró a los ojos y murmuró, "Eres la única persona de este salón con una formación similar—eres la única que realmente entiende mis bromas."

Ella se rió; como antes, el toque de humor sedaba sus nervios alterados. Lo acompañó de buena gana mientras él conversaba con la señora Kendall quien, en efecto, deseaba hablarle del hogar para jóvenes. Luego se dirigió a hablar con otras personas, algunas deseosas de atraer la atención de Caro, otras la suya.

Aquella tarde, al regresar de la mansión flotando en la nube de un alivio sin límites, se había dirigido directamente al salón y le había informado a Elizabeth y a Edward sobre su éxito. Celebraron durante el té, felicitándose y admitiendo, ahora que podían hacerlo, que engañar a Michael—así hubiese sido inocentemente y definitivamente por su propio bien—no era algo que les agradara.

Pero él había comprendido y había estado de acuerdo con ellos; esta coincidencia los absolvía. Ella se sentía tan feliz y vindicada; haber reprimido su tonta reacción el tiempo suficiente para permanecer a su lado le parecía ahora un precio muy modesto para su éxito.

Pasó una hora con sorprendente facilidad; luego Muriel anunció que la cena estaba servida en el comedor.

Al encontrarse al lado de Michael en el largo buffet, mientras él la ayudaba a servirse tortas de verdura y langostinos en áspic, rodeada por numerosas personas y, sin embargo, de alguna manera a solas con él, se detuvo y le lanzó una mirada de reojo.

Él la sintió y la miró. Buscó sus ojos y luego arqueó una ceja, sonriendo levemente. "¿Qué pasa?"

Ella bajó la vista a una bandeja de cogollos de cohombro. "Debías mezclarte con la gente, no permanecer a mi lado."

Él aguardó a que lo mirara de nuevo y preguntó, "¿Por qué?"

Ella entrecerró los ojos. "Como bien lo sabes, es una de aquellas ocasiones en las que los Miembros deben conversar con los demás."

La sonrisa de Michael era auténtica. "Sí, lo sé."

Decidió que no deseaba cohombros y se apartó de la mesa.

Con el plato en una mano, la tomó por el brazo y la condujo hacia las ventanas que se abrían sobre el jardín. "No entiendo por qué no podemos circular juntos."

Porque cada vez que la tocaba, sus nervios se alteraban y se olvidaba de respirar.

Mantuvo la lengua entre los dientes, con una expresión serena y relajada, y luchó por ignorar la manera en que sus sentidos se fijaban en él, cómo se extendían y ansiaban su sólida fortaleza cuando caminaba, lánguidamente confiado, a su lado. Ella sabía perfectamente cuán sólido era su cuerpo; había chocado con él ya en dos ocasiones. Por alguna razón ilógica, irracional, totalmente estúpida, sus sentidos estaban fijos morbosamente, esclavizados a la idea de cómo sería la tercera vez.

Deteniéndose delante de la ventana, la soltó; al frente de él, suspiró. Antes de que pudiera protestar, como seguramente lo haría, dijo, "Piensa que estoy pidiendo tu protección."

"¿Protección?" Le lanzó una mirada que afirmaba con claridad que no estaba dispuesta a admitir tales razonamientos espúreos—como tampoco que apelara a sus emociones femeninas. "Tú, entre todos los que se encuentran aquí, no necesitas más protección que la de tu propia lengua dorada."

Él rió y ella se sintió más cómoda, sintió que detentaba un poco más el control.

Súbitamente advirtió que con él—y, en verdad, sólo con él, al menos dentro de los confines de su vida privada—no ejercía, como lo hacía con todos los demás, su nivel habitual de dominio. O, más bien, podría ejercerlo, y sin embargo, era posible que no funcionara. Su capacidad de manejarlo no estaba asegurada, no era algo que pudiera dar por descontado.

Habían estado comiendo; ella levantó la vista y lo miró. Él atrapó su mirada; había estado observándola. Estudió sus ojos y luego arqueó una ceja en una pregunta muda.

Ella apretó la mandíbula. "¿Por qué te aferras a mí?"

Sus cejas se levantaron; sus ojos se burlaron de ella. "Pensaría que eso es evidente—eres una compañera mucho más entretenida que cualquiera de las otras personas que se encuentran aquí, especialmente comparada con nuestra dedicada anfitriona."

Ella tuvo que admitirlo. Los intentos de Muriel por ayudar podían en ocasiones ser desastrosos. Sin embargo, agitó uno de sus dedos riñéndolo. "Sabes perfectamente que te agrada que ella haya organizado esta velada—has podido comunicarte con las personas de la localidad sin mover un dedo."

"Nunca dije que no estuviera agradecido—es sólo que mi gratitud tiene sus límites."

"¡Hmmm! Si ella no hubiese organizado esto, ¿qué habrías hecho?"

Su sonrisa era devastadora. "Te habría pedido que la organizaras tú, desde luego."

Ignorando el efecto de aquella sonrisa, renegó de nuevo.

Su expresión simulaba estar herido. "¿No me habrías ayudado?"

Ella lo miró e intentó lucir severa. "Es posible. Si estuviese aburrida. Sólo que ahora no lo estoy, así que debes estar especialmente agradecido con Muriel."

Antes de que ella terminara de hablar, su mirada se había

tornado reflexiva, como si contemplara algún proyecto diferente.

"En realidad, probablemente debería hacer algo acerca de la zona al sur de Lyndhurst..."

"No." Al advertir el rumbo que tomaba, su respuesta fue instantánea.

Él se centró de nuevo en su rostro y luego ladeó la cabeza, con un leve enojo en los ojos; parecía más intrigado que rechazado. Luego su expresión se relajó; irguiéndose, tomó el plato vacío de sus manos. "Podemos hablar de ello más tarde."

"No, no podemos." No estaba dispuesta a actuar como anfitriona política o diplomática para él ni para ningún otro hombre nunca más. Por derecho propio, podía disfrutar del ejercicio de sus verdaderos talentos, pero no desempeñaría aquel papel por ningún hombre otra vez.

Él se volvió para dejar los platos sobre una mesa auxiliar; cuando se volvió, ella se sorprendió al descubrir en él una expresión seria, sus ojos azules inhabitualmente duros; sin embargo, cuando habló, su tono era tranquilizador. "Podemos, y lo haremos, pero no aquí, no ahora."

Durante un instante, sostuvo su mirada; ella estaba viendo al verdadero hombre, no al político. Luego Michael sonrió y su máscara social se sobrepuso a su mirada, excesivamente decidida; levantando la cabeza, la tomó del brazo. "Ven, ayúdame con la señora Harris. ¿Cuántos hijos tiene ya?"

Recordando que, a pesar de sus recaídas ocasionales en lo que ella clasificaba como un comportamiento "masculinamente presuntuoso", estaba de buen humor con él y consintió en acompañarlo a hablarle a la señora Harris.

Y luego a otra serie de personas.

Cuando, por cortesía de una mirada especulativa de parte de la vieja señora Tricket, advirtió que el gusto de Michael por su compañía estaba suscitando suspicacias, en lugar de discutir—lo cual era, de acuerdo con su experiencia, un ejercicio inútil con un macho presuntuoso—aprovechó la oportunidad de que Muriel se encontraba en su mismo grupo para acercarse a ella y murmurar, "Gracias por una velada tan agradable."

Muriel, al advertir que estaba al lado de Michael, quien entonces conversaba con la señora Ellingham, la miró sorprendida. "¿Te marchas?"

Ella sonrió. "Así es. Quería mencionártelo... he decidido ofrecer un baile la noche antes al bazar. Hay una serie de diplomáticos que actualmente se alojan en la región—pensé que si permanecían acá, podrían asistir al bazar al día siguiente, con lo cual se aumentaría la participación."

"Ah." Muriel parpadeó. "Ya veo."

No parecía entusiasmada con la idea, pero esto seguramente se debía a que no era a ella a quien se le había ocurrido primero. Dándole unos golpecitos en el brazo, Caro prosiguió. "Dejé a Elizabeth y a Edward luchando con las invitaciones—debo ir a hacer mi parte. De nuevo, mil gracias. Mañana te enviaré la invitación."

"Gracias." Muriel asintió; su mirada se dirigió a otro lugar. "Discúlpame, hay algo que debo atender."

Se separaron. Caro se volvió hacia Michael, quien había terminado de hablar con la señora Ellingham. Dejó que se ampliara su sonrisa. "Me marcho a casa."

Se disponía a retirar su mano de su brazo y a alejarse, pero él la siguió. Ella se detuvo cuando se apartaron del grupo, pero él seguía guiándola hacia el recibo principal.

Cuando ella lo miró desconcertada, él le ofreció una sonrisa que ella sabía no era auténtica. "Te llevaré a casa."

Era una afirmación, no un ofrecimiento; su tono—decidido—era más real que su sonrisa.

Sus tacos golpearon las baldosas del recibo como ella lo había imaginado—ir a casa en su carruaje, con la noche oscura y sensual a su alrededor, su cuerpo sólido y duro tan cerca del suyo... "No, gracias. Prefiero caminar."

Él se detuvo; estaban fuera de la vista de los invitados que se encontraban en el salón. "En caso de que no lo hayas notado, ya está completamente oscuro."

Ella se encogió de hombros. "Conozco el camino."

"Son qué—¿cerca de cien yardas hasta tu portada y luego cuatrocientas o más hasta la casa?"

"Estamos en Hampshire, no en Londres. No hay ningún peligro."

Michael miró al lacayo de Muriel, que aguardaba al lado de la puerta. "Haz que traigan mi carruaje."

"Sí, señor."

El lacayo se apresuró a complacerlo. Cuando Michael miró de nuevo a Caro, vio que tenía los ojos entrecerrados.

"No quiero…"

"¿Por qué discutes?"

Ella abrió la boca, se detuvo y levantó la barbilla. "No te has despedido de Muriel. Ya estaré llegando a casa para cuando lo hagas."

Él frunció el ceño, recordando. "Ella entró al comedor."

Caro sonrió. "Tendrás que ir a buscarla."

Un sonido detrás de ellos hizo que él se volviera. Hedderwick, el esposo de Muriel, salía de la biblioteca. Sin duda había estado bebiendo algo más fuerte que jerez, pero ahora regresaba a la fiesta de su esposa.

"Perfecto," dijo Michael para sus adentros. Levantó la voz. "¡Hedderwick! Eres el hombre que necesito. Debo marcharme, pero Muriel ha desaparecido. Por favor dale mis agradecimientos por una velada excelente, y mis disculpas por partir sin agradecérselo personalmente."

Hedderwick, un hombre corpulento, rotundo, calvo, levantó la mano para despedirse. "Le daré tus disculpas. Fue un placer verte de nuevo." Inclinó la cabeza para despedirse de Caro, y se dirigió hacia el salón.

Michael se volvió hacia Caro. Arqueó una ceja. "¿Puedes ver algún otro obstáculo social?"

Con ojos que parecían pedernales plateados, abrió la boca…

"Ah, ahí estás, Hedderwick—por favor dile a Muriel que disfruté muchísimo de la velada, pero debo regresar al lado de Reginald. Se preocupará si no regreso pronto."

Hedderwick murmuró algo tranquilizador, de espaldas, mientras la señorita Trice salía del salón y se dirigía directamente hacia Michael y Caro. Una dama demacrada pero de buen corazón, hermana del vicario local, se había ocupado de la casa de su hermano durante muchos años y era un miembro activo de la Asociación de Damas.

Sus ojos brillaban mientras se acercaba. "*Gracias,* Caro,

por dar el primer paso. Es muy amable de parte de Muriel ofrecer estas pequeñas cenas, pero algunos de nosotros tenemos otras obligaciones que atender."

Caro sonrió. La señora Trice sonrió a Michael y se despidió de ambos, casi sin detenerse en su marcha hacia la puerta.

El lacayo la abrió; mientras la señorita Trice salía, llegó hasta ellos el ruido de cascos y de las ruedas sobre la gramilla.

"Bien." Michael tomó a Caro del brazo. "Puedes dejar de discutir. Está oscuro. Yo también me voy. Puedo llevarte a casa—Geoffrey esperaría que lo hiciera."

Ella lo miró. A pesar de su serena expresión, él podía ver la exasperación en sus ojos. Luego sacudió la cabeza e hizo un gesto mientras se volvía hacia la puerta. "¡Está bien!"

Sintiéndose enteramente justificado, la escoltó hasta el porche. Su carruaje aguardaba. Cuando bajaron las escaleras, ella murmuró algo; él pensó que decía "¡Maldito macho presuntuoso!"

Habiendo obtenido lo que deseaba, lo ignoró. Tomándola de la mano, la ayudó a subir al carruaje; luego tomó las riendas y la siguió. Ella se deslizó por la silla, recogiendo sus faldas para que pudiera sentarse a su lado. Él se acomodó y luego hizo que su pareja de rucios trotaran por el sendero.

Con la barbilla en el aire, Caro preguntó, "¿Y qué hay de la señorita Trice? Ella también camina a casa en la oscuridad."

"Y, ¿dónde queda la vicaría? Cincuenta yardas camino abajo, con la puerta a diez pasos de la portada."

Escuchó un sonido que se asemejaba sospechosamente a un resoplido.

Decidió responder. "¿Podrías explicarme por qué te muestras tan difícil por el hecho de llevarte a casa?"

Caro se aferró a la parte delantera del coche cuando él volvió sus caballos hacia la calle. Era una noche sin luna, negra y sensual; él podía ver que los nudillos de sus manos palidecían. Como ella lo había previsto, su peso se desplazó con el giro; su duro muslo se apretó contra ella—el calor se encendió y se hundió en su piel, en ella. El coche se enderezó; la presión cedió. Sin embargo, ella permanecía intensamente consciente de él, del duro calor masculino tan cerca de ella.

Como era de esperarse, sus nervios estaban hechos un nudo, le faltaba el aire. Nunca en su vida había estado afligida de esta manera.

¿Cómo podía explicar lo que ella misma no comprendía?

Respiró profundamente y se dispuso a mentir. "Es sólo que..."

Parpadeó, miró hacia el frente.

Había figuras que danzaban en la oscuridad delante de ellos al lado del camino. Ella miró con más intensidad.

"¡Santo cielo!" Asió el brazo de Michael, sintió que se convertía en acero bajo sus dedos. "¡Mira!" Señaló hacia delante. "¡La señorita Trice!"

Dos corpulentas figuras luchaban con la delgada mujer; un grito ahogado llegó hasta ellos.

Michael vio lo que ocurría. Con una exclamación, agitó las riendas y sus caballos partieron a gran velocidad.

Caro se aferró del costado del carruaje, con los ojos fijos en la escena que se desarrollaba ante ella. El súbito tronar de los cascos que surgía de la negra noche hizo que los dos hombres levantaran la mirada. Ella sólo captó un atisbo de sus pálidos rostros. Uno de ellos gritó; soltaron a la señorita Trice y se internaron por un estrecho sendero entre la vicaría y la cabaña vecina.

El sendero conducía directamente al bosque.

Michael frenó el carruaje, que se mecía salvajemente sobre sus resortes, al lado de la temblorosa señorita Trice.

Caro saltó sin aguardar a que el coche se estabilizara. Escucho maldecir a Michael cuando pasó corriendo delante de sus caballos. Al llegar al lado de la señorita Trice, advirtió que tiraba del freno, halando rápidamente las riendas.

Inclinándose, rodeó a la señorita Trice con sus brazos; ésta intentaba enderezarse. "¿Se encuentra bien? ¿Le hicieron daño?"

"No. Yo—¡ay!" La señorita Trice aún luchaba por tomar aire. Se reclinó contra el brazo de Caro, pero ella no tenía la fuerza suficiente para levantarla.

Luego llegó Michael; rodeó a la señorita Trice con sus brazos, la tomó de la mano y la ayudó a sentarse. "Está bien. Ya se marcharon."

Todos sabían que era inútil perseguirlos; de noche, sería fácil ocultar a un regimiento entero en el bosque.

La señorita Trice asintió. "Me recuperaré en un momento. Sólo necesito recobrar el aliento."

No la apresuraron; finalmente, asintió otra vez. "Está bien. Ya puedo ponerme de pie."

Caro retrocedió para dejar que Michael ayudara a la señorita Trice a levantarse. Se tambaleó, pero recuperó el equilibrio.

"La acompañaremos hasta la puerta." Michael mantuvo sus brazos alrededor de la señorita Trice; Caro advirtió que la mujer mayor parecía hallar consuelo en este apoyo.

El ataque había tenido lugar a unas pocas yardas de la portada de la vicaría. Una vez que la pasaron y caminaban por el sendero pavimentado, Michael preguntó, "¿Supongo que no tiene idea de quiénes eran esos hombres?"

La señorita Trice negó con la cabeza. "No son de esta región, eso puedo jurarlo. Creo que eran marineros—olían a pescado, tenían los brazos fuertes, y sus voces eran terriblemente rudas."

Estaban a poca distancia a caballo de Southampton. Aun cuando era poco habitual que los marineros se internaran en el bucólico campo, dos de ellos lo habían hecho aquella noche, decididos a atacar a alguna mujer.

Michael miró a Caro cuando llegaron a la escalera que conducía a la vicaría; la atención de ella estaba fija en la señorita Trice. Se preguntó si se le ocurriría pensar que, de no haber él insistido en conducirla a casa, y persistido hasta que ella se dio por vencida, habría sido *ella* la primera persona que pasara por aquella calle de la aldea.

Sola, en la oscuridad.

Sin nadie cerca para rescatarla.

CAPÍTULO
6

Al menos Caro había permitido que la llevara a casa sin más discusiones. Rodeado por una soleada mañana, Michael condujo a Atlas por el sendero de los Bramshaw y dejó que su mente recordara las escenas de la noche anterior.

Habían acompañado a la señorita Trice a la vicaría, hasta dejarla al cuidado espantado y solícito del Reverendo Trice. Entre ambos le habían explicado lo ocurrido; una vez que se aseguraron que la señorita Trice, en efecto, no había sufrido daño alguno y no deseaba que buscaran al médico, se marcharon.

Casi distraídamente, Caro le había permitido que la ayudara a subir al carruaje; no hizo comentario alguno cuando, unos pocos minutos más tarde, entraba por la portada de la Casa Bramshaw. El serpenteante sendero estaba bordeado de viejos árboles; solía estar cubierto de sombras la mayor parte de esa temporada. Deteniéndose frente a los escalones de la entrada, Michael rodeó el coche, ayudó a Caro a apearse y luego la escoltó hasta la puerta.

Respirando profundamente, ella se volvió hacia él; con el rostro iluminado por la lámpara del porche, Michael advirtió que no estaba, como él lo había imaginado, afectada por la impresión. Más bien estaba intrigada, tan intrigada como él. "Qué asunto más extraño."

"Sí." Ambos se volvieron cuando Catten abrió la puerta.

Ella le estiró su mano. "Gracias por acompañarme a casa.

Tal como resultaron las cosas, fue un golpe de suerte, especialmente para la señorita Trice."

La frustración había florecido. Se alegraba de que hubieran llegado a tiempo para salvar a la señorita Trice, pero... se aferró a la mano de Caro hasta que sus dedos se movieron y hubo recuperado su plena atención. Aún aguardó, hasta que ella levantó la mirada y encontró sus ojos. "Díselo a Geoffrey."

Sus ojos se entrecerraron al escuchar el tono de la voz de Michael, pero asintió—algo majestuosamente. "Desde luego."

"Promételo."

Ante esto, sus ojos lo miraron enojados. "Naturalmente que se lo diré—inmediatamente, de hecho. ¡Santo cielo! Esos hombres pueden estar escondidos en nuestras propias tierras. Con Elizabeth en casa, estoy segura de que Geoffrey se asegurará de que nuestros jardineros, empleados y guardabosques sean alertados."

Geoffrey en guardia era lo que él deseaba; mordiéndose la lengua, aceptó su afirmación y la dejó partir. "Buenas noches."

Ella se despidió con una inclinación decididamente altiva; él se dirigió a su casa. Mientras recordaba lo ocurrido durante la noche, era conciente de que, a pesar que ella hubiese comprendido otras cosas, aún no había adivinado sus verdaderas intenciones.

De lo contrario, no habría protestado por el hecho de que él deseara protegerla. Para él, protegerla ahora lo entendía más como el ejercicio de un derecho que reclamaba y no como un ofrecimiento cortés que ella caprichosamente pudiera aceptar o rechazar.

En este respecto, ella ya no tenía ninguna opción, ninguna decisión que tomar.

El canto de una alondra lo llevó de regreso al presente. Aparecieron las cabañas que se encontraban en las afueras de la aldea; hizo que Atlas aminorara el paso y trotara.

Se proponía dejar que las cosas sucedieran a la suerte y permitir que Caro advirtiera su interés por ella cuando quisiera hacerlo. Tenía todo el verano para garantizar que fuese su novia y no parecía haber ninguna razón para apresurarla. Sin embargo, para cuando se levantó de la mesa del desayuno aquella mañana, había aceptado que esta actitud ya no era la más conveniente.

Aparte de todo lo demás, descubrió que tenía mucho más en común con su cuñado de lo que imaginaba.

El que Devil protegiera a Honoria de todo y de cualquier peligro, independientemente de lo que ella deseaba, era incuestionable. Sabiendo cuánto esto irritaba a su hermana e igualmente consciente de lo implacable que podía ser Devil, y sin duda lo era en cuanto a este aspecto, a menudo se había preguntado acerca de la compulsión que motivaba a su cuñado, o más bien acerca de la fuente de ésta. En casi todos los otros asuntos, Devil era un esclavo dispuesto de todos los deseos de Honoria.

Ahora *él* se había contagiado de la misma enfermedad. Ciertamente, era ahora víctima de la misma compulsión que había reconocido tiempo atrás en Devil.

Había pasado una noche intranquila; para cuando terminó de desayunar, había aceptado que el vacío situado en un lugar debajo de su esternón no se debía al hambre.

Por suerte, Caro había estado casada antes; sin duda tomaría su reacción—su susceptibilidad—con calma.

Esto, sin embargo, suponía que reconociera y aceptara la verdadera naturaleza de su interés en ella.

Iba en camino a hablar con ella, a asegurarse de que, sin importar lo que ocurriera entre ellos, ella estuviese clara e inequívocamente convencida sobre este aspecto.

Sobre el hecho de que la deseaba como esposa.

Dejando a Atlas al cuidado del mozo de cuadra de Geoffrey, caminó hacia la casa por entre los jardines. Mientras se dirigía por el último trecho de césped que llevaba a la terraza, el sonido de una rama quebrada, seguido por un crujido, lo hizo volverse hacia la izquierda.

A quince yardas de allí, Caro se encontraba en el centro del rosedal cortando las flores marchitas de los arbustos florecidos.

Sujetando con fuerza las tijeras, Caro podaba los rosales con dedicación, arrancando los escaramujos de los cargados arbustos y dejándolos caer en el sendero de piedra. Hendricks, el jardinero de Geoffrey, los recogería más tarde y se alegraría de la laboriosidad de Caro; entre tanto, atacar los arbustos y cortar las flores marchitas, alentando a los tallos a florecer aún más profusamente, era evidentemente un placer para ella. Extrañamente tranquilizador; de alguna rara manera hacía desaparecer la irritación, mezclada con pánico, que sentía cada vez que pensaba en Michael.

Que era con más frecuencia de lo que hubiera deseado.

No tenía idea de lo que esta sensación presagiaba; no podía recurrir a una experiencia anterior, pero su instinto le advertía que se encontraba en terreno inseguro en lo que a él se refería, y había aprendido a confiar en sus instintos desde hacía largo tiempo.

El descubrimiento de que no podía estar segura de manejarlo, más aun, de que no lo había manejado realmente en ningún momento, había minado su confianza habitual. Su exasperada capitulación de la noche anterior, aun cuando en retrospectiva había demostrado ser sabia, era otro motivo de preocupación. ¿Desde cuando se había vuelto tan susceptible a las persuasiones de un macho presuntuoso?

En verdad, él se había mostrado completamente decidido; pero, ¿por qué había sucumbido? ¿Cedido? ¿Se había sometido?

Frunciendo el ceño gravemente, decapitó despiadadamente otro ramo de flores marchitas.

Hizo una pausa; el ceño desapareció... y sintió un cosquilleo de calidez, sintió una excitación creciente que encrespaba sus nervios.

Respirando con dificultad, levantó la vista—y vio a su némesis, real, reclinado contra el arco de piedra, observándola. Internamente, maldijo en portugués; el efecto que él tenía sobre ella—cualquier cosa que fuese—sólo se ponía *peor*. ¡Ahora podía incluso sentir su mirada a diez pasos de distancia!

Él sonreía. Se apartó del arco y se dirigió hacia ella.

Suprimiendo implacablemente sus sentidos descarriados, respondió con una sonrisa perfectamente calibrada, acogedora, apropiada para un viejo amigo, pero que claramente afirmaba que ese era el límite de su relación. "Buenos días. ¿Buscas a Geoffrey? Creo que se ha marchado a los campos del sur."

La sonrisa de Michael se hizo más profunda; sus ojos permanecieron fijos en los suyos. "No, no busco a Geoffrey."

Sus largos pasos lo llevaron a un paso de sus faldas antes de detenerse. Ella lo miró sorprendida, riendo exteriormente—y comenzando a sentir pánico internamente. Él la sorprendió aún más—la aterró aún más—cuando se inclinó y tomó las tijeras de su mano mientras que tomaba sus dedos con la otra mano.

Sus dedos enguantados, se recordó a sí misma, luchando por dominar la tensión cada vez más grande que la invadía.

Él sonrió sin dejar de mirarla. "Es a ti a quien vine a ver."

Levantó su mano; agradeciendo al cielo por los guantes de jardinería, se permitió arquear una ceja, aguardando a que él advirtiera que no podía besarle los dedos. Sus ojos azul cielo tenían un brillo divertido; luego volvió su mano y, con sus largos dedos, abrió el cierre del guante, inclinó la cabeza y depositó un beso—perturbadoramente firme, distractoramente cálido, excesivamente experimentado—directamente en el lugar en el que su pulso se desbocaba.

Por un instante, sintió que el vértigo la amenazaba; luego lo miró fijamente, observó cómo leía sus reacciones, vio la satisfacción en sus ojos.

"¿En verdad?" Mantener una expresión de cortés amistad le exigió un considerable esfuerzo. Retiró su mano; no era preciso que halara—él la había soltado fácilmente.

"En verdad. ¿Estás ocupada?"

No miró a su alrededor a los arbustos seriamente despojados, por lo que ella, a regañadientes, le dio varios puntos. Una dama de su condición, de visita en la casa de su hermano …si llenaba su tiempo decapitando rosas, obviamente no tenía nada más urgente que hacer.

"No." Decidida a enfrentar su reto, cualquiera que fuese, sonrió. "¿Pensaste en alguna sugerencia para el baile?"

Sus ojos encontraron los suyos; ella intentó leerlos, pero no pudo. Su expresión seguía siendo relajada; no era amenazadora. "En cierta forma. Pero ven, caminemos. Hay una serie de asuntos que desearía discutir contigo."

Michael lanzó las tijeras de podar al cesto que estaba a los pies de Caro y le ofreció su brazo. Ella tuvo que tomarlo y caminar a su lado, luchando por no parecer afectada. Sus nervios estaban excesivamente conscientes de su presencia física, de su fuerza, de aquella aura masculina que la perturbaba y la distraía que parecía, al menos a su afiebrada imaginación, brillar a su alrededor—extenderse hacia ella, envolviéndola, como si se dispusiera a rodearla y atraparla.

Se sacudió mentalmente y levantó la vista mientras él decía, "Acerca de Elizabeth."

Las palabras centraron maravillosamente sus pensamientos. "¿Qué pasa con Elizabeth?"

Él la miró. "Entiendo que tú—tú, ella y Campbell—conocían mis intenciones o, más bien, la posibilidad de que yo tuviese intenciones en esa dirección. Me pregunto cómo lo supiste."

Era una pregunta razonable, pero una que sólo habría podido formularle a un amigo de confianza. Ella miró hacia abajo mientras caminaban, considerando rápidamente cuánto le revelaría, decidiendo que, en este caso, lo mejor sería la verdad. Encontró su mirada, "Por sorprendente que parezca, fue Geoffrey quien primero nos alertó."

"¿Geoffrey?" Su incredulidad no era fingida. "¿Cómo pudo haber escuchado algo?"

Ella sonrió, auténticamente esta vez. "Sé que resulta difícil de imaginar, pero no creo que él supiera nada acerca de *tus* intenciones. Como lo entiendo—y no, bajo las circunstancias, pues no he abordado el tema con él—eran sus propias intenciones las que perseguía. Cuando Elizabeth regresó de Londres y admitió que no se sentía atraída por ningún caballero de la sociedad, Geoffrey comenzó a pensar en lo que creo consideraba como una unión ventajosa. Intentó sondear a Elizabeth, pero . . ."

Ella lo miró a los ojos. "El hecho de que Geoffrey cantara las alabanzas de cualquier caballero hizo sospechar a Elizabeth."

Michael arqueó las cejas. "Especialmente debido a su afecto por Campbell."

Ella sonrió, admirando su inteligencia. "Precisamente."

Mientras lo observaba, los ojos de Michael se agrandaron, su mirada se perdió por un momento en la distancia; luego la miró a ella de nuevo. "Resultó bien que yo no hubiera sondeado a *Geoffrey* sobre la posibilidad que vine a evaluar."

"Por supuesto que no—él hubiera tornado la presa entre sus dientes y habría corrido con ella."

"Lo cual habría sido terriblemente incómodo." Él atrapó su mirada. "Parece que debo agradecerte por no permitirme hablar con él—esa fue la razón por la que viniste a verme aquel primer día, ¿verdad?"

Una calidez que la traicionaba invadió sus mejillas. "Sí." Desvió la mirada, se encogió de hombros. "Desde luego, no era mi intención hacer una entrada tan dramática."

El comentario recordó a Michael aquel incidente anterior; una saeta de miedo puro lo recorrió. Él la mitigó, señalando a su reciente vulnerabilidad que ella estaba allí, caminando, cálida y femenina, a su lado.

Caminaron un poco más; luego él murmuró. "Pero tú—tú sabías más definitavamente mis intenciones. ¿Cómo lo supiste?" Él decidió que la mejor manera de que ella viera y apreciara lo correcto de su *nueva* orientación era llevar su mente por el mismo sendero que la suya había tomado.

"Elizabeth envió llamados frenéticos a mí y a Edward—yo estaba en casa de Augusta en Derbyshire. Ambos pensamos que Elizabeth había interpretado mal las cosas, así que nos detuvimos en Londres camino a casa. Allí, sin embargo, Edward se enteró de tu promoción inminente y de las instrucciones del Primer Ministro. Entonces visité a tu tía Harriet y ella me contó cuáles eran tus intenciones respecto a Elizabeth."

"Ya veo." Tomó nota mentalmente de hablar con su tía pero, leyendo entre líneas, parecía que Caro ya sabía todo lo que necesitaba saber sobre su estado actual y la razón que motivaba su sincera necesidad de hallar una esposa adecuada.

De hecho, no podía ver ningún beneficio en explicar más. Al menos no en palabras.

La miró. La casa de verano construida sobre el lago artificial—el destino que había elegido—aún se encontraba a cierta distancia de allí.

Ella levantó la vista, encontró sus ojos y sonrió—de manera perfectamente auténtica. "Me alegra mucho que hayas comprendido lo de Elizabeth, que tú y ella realmente no se entenderían." Su sonrisa se hizo más profunda. "Estoy aliviada y muy agradecida."

Él le devolvió la sonrisa con una que esperaba no fuese semejante a la de un lobo. No desdeñaría explotar su gratitud— por el propio bien de Caro, desde luego.

Y el suyo.

Buscó otros temas para mantenerla distraída hasta cuando llegaran a la relativa privacidad de la casa de verano. "Supongo que tienes expectativas para Campbell. Tendrá que avanzar antes de que él y Elizabeth puedan contar con la bendición de Geoffrey."

"Así es." Miró hacia abajo y luego dijo, "Pensaba hablar con algunas personas cuando el Parlamento se reúna de nuevo. Si ha de haber cambios, éste sería un momento propicio."

Él asintió. No vio ninguna razón para no agregar, "Si lo deseas, puedo sondear a Hemmings en el Ministerio del Interior, y está también Curlew en Aduanas y Hacienda."

Ella lo miró, con una sonrisa radiante, "¿Lo harías?"

Tomándola por el codo, le ayudó a subir las escaleras de la casa de verano. "La experiencia de Campbell es sólida; lo observaré mientras esté aquí y me formaré mi propio juicio, pero con tu aprobación y la de Camden, no será difícil que suba el próximo peldaño."

Caro rió, suavemente cínica. "Cierto, pero aún así necesita conexiones." Atravesando la casa de verano hacia los arcos abiertos con bajas balustradas que miraban sobre el lago, se detuvo, se volvió y sonrió. "Gracias."

Él vaciló, sus ojos azules sobre ella, y se dirigió lentamente a su encuentro.

Le faltaba el aire; con cada paso que él daba, la tenaza que sentía en su pecho se apretaba, hasta que sintió vértigo. En el tono máas severo que pudo encontrar, se dijo a sí misma que no debía ser estúpida, que sencillamente debía continuar respirando, que ocultara su tonta sensibilidad a toda costa— qué mortificante sería que él advirtiera...

Era Michael—no representaba ninguna amenaza para ella. Sus sentidos se negaron a escuchar.

Para su creciente sorpresa, en cuento más se acercaba, mejor podía leer la intensidad de su mirada. Advirtió sobresaltada que él había abandonado su máscara de político, que la miraba como si...

Él no detuvo su avance merodeador.

Súbitamente comprendió. Sintió que sus ojos se abrían sorprendidos. Abruptamente, se volvió. Hizo un gesto hacia el lago. "Es...un paisaje muy agradable."

Apenas había conseguido pronunciar las palabras. Aguardó, tensa, casi temblando.

"Sí, lo es." El profundo murmullo hizo que se erizaran los cabellos en su nuca.

Sus sentidos ardieron; él era como una llama que acariciaba y ardía en su espalda. Tan cerca. Dispuesto a estirarse hacia ella y envolverla. Atraparla.

El pánico la invadió por completo.

"Ah"—dio un paso rápidamente hacia la derecha, dirigiéndose al extremo opuesto del arco siguiente—"si te paras aquí, puedes ver el sitio donde florecen los rododendros."

No se atrevía a mirarlo. "Y, ¡mira!" Señaló. "Hay una familia de patos. Hay"—hizo una pausa para contarlos—"doce patitos."

Con los sentidos completamente extendidos, aguardó, registrando mentalmente cualquier movimiento a su izquierda.

Súbitamente, ¡advirtió que él estaba a su derecha!

"Caro."

Ella ahogó un grito; estaba tan tensa que sentía vértigo. Él estaba a su lado, justo detrás de ella; dando un paso a la izquierda, ella giró sobre sí misma. Con la espalda contra el otro lado del arco, lo miró fijamente. "¿Qué—exactamente *qué* es lo que tratas de hacer?"

Dado su pánico, sus ojos muy abiertos, no estaba en condiciones de reñirlo. Además, era Michael...

Más allá de su control, la perplejidad y cierto dolor llenaban sus ojos.

Él se detuvo. Permaneció perfectamente inmóvil, con su mirada azul en el rostro, buscando, estudiando...la impresión que ella recibió a través de sus alterados sentidos era que él estaba tan desconcertado como ella.

Él inclinó la cabeza; entrecerrando los ojos, se movió para quedar al frente de ella.

Ella consiguió respirar profundamente. "¿Qué crees que estás haciendo?"

Su tono llevaba la verdadera pregunta: ¿por qué la estaba aterrando, asustando—destruyendo la amistad fácil y cómoda, aunque distante, que habían compartido en el pasado y más o menos, hasta ahora?

Michael parpadeó; suspiró y la miró de nuevo.

Abruptamente, ella advirtió que estaba tan tenso como ella.

"Estaba, de hecho, tratando de que te estuvieras quieta el tiempo suficiente para abrazarte."

La respuesta hizo que se disparara su pánico; sin embargo, aun así, apenas podía creer lo que oía. Parpadeó, consiguió revestirse del manto fríamente altivo que necesitaba desesperadamente. "¿No lo has escuchado? Soy La Viuda Alegre. Nunca acepto juegos de ese tipo." Escuchar las palabras y su tono firme, hizo que su valor aumentara; levantó la barbilla. "Ni contigo—ni con ningún hombre."

Él no se movió, sino que continuó mirándola con cierta irritación en los ojos. Pasó un largo momento. Luego preguntó, "¿Qué te hizo pensar que yo estaba interesado en algún juego?"

La sospecha desorientadora de que estaban hablando de cosas diferentes la asaltó. Sin embargo, estaba segura de que no era así. Había una luz en sus ojos, una intención que ella reconocía...

Michael aprovechó su confusión, dando dos pasos adelante para quedar directamente al frente de ella. Ella se tensó;

antes de que pudiera escapar, cerró las manos alrededor de su cintura.

Anclándola delante de él con el marco del arco a su espalda, fijó sus ojos en ella. "No tengo ningún interés en *jugar* a nada."

Ella tembló entre sus manos, pero su pánico físico, aun cuando muy presente, la obligaba a luchar contra una fuerte sensación de asombro. Levantó las manos, presumiblemente para apartarlo; pero descansaron, pasivamente, sobre su pecho.

Él ignoró el roce extrañamente evocador, aguardó, le dio tiempo para que se tranquilizara lo suficiente como para que recordara respirar, para estudiar su rostro, aceptar que él la había atrapado, pero que no debía clasificarlo con los demás caballeros que la perseguían. Estaba actuando en un plano diferente con un propósito diferente en mente. Observó cómo sus pensamientos brillaban en sus ojos, casi ve cómo se recobraba.

Se humedeció los labios, miró por un momento los suyos. "¿Qué, entonces?"

Él sonrió lentamente y miró cómo su atención se fijaba en sus labios. Se inclinó aún más, bajó la cabeza—distraída, ella no lo advirtió de inmediato.

Luego lo hizo. Exhaló profundamente y levantó la mirada—a pocos centímetros de distancia, sus ojos se encontraron.

Él capturó su mirada. "Estoy seriamente comprometido."

Sus ojos ardieron, luego sus párpados cayeron cuando él salvó la última distancia y la besó.

Oprimió los labios contra los suyos, esperando algún tipo de resistencia glacial, completamente preparado para superarla, abrumarla. En lugar de ello... aun cuando ella ciertamente se paralizó, y no respondió, tampoco hubo en ella ninguna resistencia.

Nada que superar, que abrumar, que eliminar.

Ningún intento de mantener su distancia, menos aun de apartarse.

Ningún frío altivo y glacial. Nada. Sencillamente nada.

La prudencia le susurró a la mente, reprimió sus intenciones. Desconcertado, movió suavemente los labios, jugando sobre los de ella, intentando con aquel sencillo roce calibra y, medir sus sentimientos. El instinto le indicó que debía mantener sus manos cerradas sobre su cintura, al menos hasta que la comprendiera, hasta que comprendiera su respuesta inesperada y elusiva.

Ésta llegó finalmente, tan vacilante e incierta que casi retrocede—sólo para verificar que en realidad era Caro. Caro—la confiada y segura esposa del embajador de más de una década de experiencia.

La mujer que sostenía en sus brazos... Si no la conociera mejor, juraría que nunca la habían besado antes. Mantuvo la caricia ligera, con los labios patinando, tocando, invitando... Era como insuflar el aliento a una estatua.

Era fresca mas no fría, como si aguardara a que la calidez la hallara y la hiciera vivir. Este hecho lo centró como ninguna otra cosa habría podido hacerlo—ciertamente como ninguna otra mujer lo había hecho. Lo que descubría a través del beso, a través del calentamiento lento y gradual de sus labios, todo lo que aprendió al explorar la suavidad de botón de rosa, todo lo que advirtió súbitamente en la presión tentativa que ella finalmente devolvió, era tan totalmente ajeno a lo que había esperado—a lo que cualquier hombre hubiera esperado—que captó y mantuvo su atención totalmente.

Después de aquella breve e incierta respuesta, ella se detuvo—aguardó. Él advirtió que estaba esperando que él terminara el beso, levantara la cabeza y la soltara. Se debatió por un segundo; luego, moviéndose lentamente, inclinó la cabeza y aumentó la presión de sus labios sobre los de ella. Si la soltaba demasiado pronto... era lo suficientemente político para ver el peligro de hacerlo.

Entonces la incitó y acarició, utilizó todas las argucias que poseía para invitar una nueva respuesta de su parte. Sus manos se movían, inquietas, sobre su pecho; luego se aferró a sus solapas y abruptamente le devolvió el beso, con más firmeza, con más decisión. Un beso verdadero.

Te tengo.

Él se inclinó y devolvió la caricia; rápidamente la involucró en un verdadero intercambio—beso por beso, deslizante, presión tentadora por presión. Mientras ella estaba distraída, soltó sus dedos y lentamente deslizó sus manos, sin apretar—con cuidado, tomándola en sus brazos. Deseaba tenerla allí, segura, antes de dejarla escapar del beso.

La cabeza de Caro comenzaba a girar. Cómo se había involucrado en este juego de besos, no lo sabía. No sabía besar—era perfectamente consciente de eso—y, sin embargo, allí estaba, reclinada contra su pecho, con sus labios bajo los de él... besándolo.

Debía detenerse. Una vocecita asustada le decía continuamente que debía hacerlo, que lo lamentaría si no lo hacía; sin embargo, nunca antes la habían besado así—tan dulcemente, tan... tentadoramente, como si su respuesta fuese algo que él realmente deseaba.

Era extraño. De los otros caballeros que la perseguían, pocos habían llegado a acercarse lo suficiente como para robarle un beso. Los pocos que lo habían conseguido querían devorarla; su repugnancia había sido inmediata e innata—nunca la había puesto en duda, nunca había necesitado hacerlo.

Sin embargo ahora, aquí, en la seguridad de su hogar de infancia, con Michael... era sencillamente aquella combinación de lo conocido lo que había impedido que se desencadenara su reacción habitual, que, en lugar de ella, la había dejado expuesta a...

Este extraño e intoxicante intercambio.

Este tentador y cautivador intercambio.

Exactamente cuán tentador, cuán intoxicante, cuán completamente cautivador lo supo un momento después cuando, paso a paso, él se retiró lentamente hasta que sus labios se separaron y él levantó la cabeza. No mucho, sólo unos pocos centímetros; lo suficiente para que ella levantara los párpados y mirara el brillante azul de sus ojos ocultos detrás de la tracería de sus pestañas. Sólo lo suficiente para que ella respirara rápidamente y advirtiera que sus brazos la rodeaban—sin aplastarla ni vapulearla, pero atrapándola igualmente.

Lo suficiente para que experimentara un raudal de puro impulso—loco y emocionante y completamente sensual—

que hizo que se oprimiera contra él, se estirara y pusiera de nuevo sus labios contra los de él.

En el instante en que lo hizo, sintió su placer. Un regodeo definitivamente masculino de haberla tentado hasta ese punto.

¿Qué estaba haciendo?

Antes de que pudiera retirarse, él la apretó en sus brazos, la sostuvo contra sí y la besó de nuevo.

Lenta, fácilmente, una caricia cálida y confiada. Su lengua tocó sus labios, los recorrió, la incitó... ella los abrió, tentativamente, curiosa... ni siquiera estaba verdaderamente segura de que fuese por su propia voluntad y no por la de él.

Su lengua recorrió la parte suave interna de sus labios, no osadamente, sino seguro, confiado. Luego exploró más, encontró su lengua y la acarició...

La calidez la invadió, deshaciendo sus tensos nervios, calmando y tranquilizando sus vacilaciones, sus incertidumbres, sus temores...

Michael sintió que se relajaba, sintió que lo que restaba de su frialdad se derretía. Invadido por el deseo de tomar más, de ir más allá, de reclamar, lo enjauló tan bien que ella no lo adivinó. A pesar de cuán experimentada le decía su mente que ella debía ser, sus instintos sabían que no debía asustarla—que no debía darle ninguna excusa para huir.

Fue él quien puso fin a las caricias; se sentía gratificado de que así hubiera sucedido—ella estaba tan atrapada, tan envuelta en el placentero intercambio, que regresar al mundo real—el mundo en el que ella era la virtuosa Viuda Alegre— había perdido transitoriamente toda atracción.

Retirándose, sintiendo que sus labios se apartaban y escuchando cómo ella espiraba al hacerlo, Michael tuvo que luchar por ocultar su triunfo.

Dejó que ella se reclinara, la sostuvo dentro de sus brazos hasta cuando ella se apoyó firmemente en sus pies. Ella parpadeó y encontró su mirada. Comenzó a fruncir el ceño, que creció hasta que ensombreció las profundidades plateadas de sus ojos.

Luego se ruborizó, desvió la mirada y retrocedió pero recordó que no podía hacerlo y dio un paso al costado. Él dejó caer sus brazos, se volvió al tiempo con ella, intentó leer su expresión; deseaba saber...

Caro sintió su mirada, se obligó a sí misma a detenerse, suspiró profundamente y lo miró a su vez. Frunció el ceño, advirtiéndolo. "Entonces, ahora lo sabes."

Él parpadeó. Pasó un momento. "¿Sé qué?"

Mirando hacia el frente, con la barbilla en alto, ella se dirigió a la puerta de la casa de verano. "Que no sé besar." Era imperativo que pusiera fin rápidamente a este interludio.

Naturalmente, él la siguió, caminando sin dificultad a su lado. "Entonces, ¿qué era lo que estábamos haciendo ahora mismo?"

Su tono era vagamente desconcertado, y también levemente divertido.

"Según tus criterios, no mucho, supongo. No sé besar." Agitó una mano. "No soy buena para eso."

Bajaron los escalones y caminaron por el prado. Con la cabeza levantada, ella caminaba tan rápido como podía. "Supongo que Geoffrey ya habrá regresado..."

"Caro."

Esta sola palabra detentaba una abundancia, no sólo de sentimiento, sino de cautivadora promesa.

Sintió que su corazón latía en la garganta; decidida, lo tragó. Este hombre era un político consumado—no debía olvidarlo. "Por favor—ahórrame tu compasión."

"No."

Ella se detuvo, se volvió a mirarlo. "¿Qué?"

Él encontró sus ojos. "No, no te la ahorraré—estoy decidido a enseñarte." Sus labios sonrieron; su mirada se fijó en la suya. "Aprenderás muy rápido, sabes."

"No, no lo haré; y, de cualquier manera..."

"¿De cualquier manera qué?"

"No tiene importancia."

Él rió. "Pero sí me importa. Y te enseñaré. A besar y más."

Ella hizo un gesto de desdén, le lanzó una mirada más fuerte de advertencia y caminó aún más rápido. Murmuraba para sí. "Maldito macho presuntuoso."

"¿Qué dijiste?" Él caminaba pacientemente a su lado.

"Ya te lo dije—no tiene importancia."

Al llegar a la casa, Caro descubrió que Geoffrey acababa de regresar; con un inmenso alivio, prácticamente empujó a Michael a su estudio y escapó.

A su habitación. Para sumirse en su cama e intentar comprender lo que había sucedido. Que Michael la había besado—que él deseaba hacerlo y lo había conseguido—era suficientemente extraño, pero, ¿por qué lo había besado ella también?

La mortificación la invadió; levantándose, se dirigió al aguamanil, vertió agua fría de la jofaina y se lavó su ardiente rostro. Al secarse las mejillas, recordó, escuchó de nuevo su tono suavemente divertido. Dijo que le enseñaría pero no lo haría. Sólo lo había dicho para evitar un momento incómodo.

Regresó a la cama, sentándose en el borde. Su pulso aún galopaba, sus nervios eran un nudo, pero no un nudo que ella pudiera reconocer.

Las sombras se extendieron por el piso mientras ella intentaba encontrarle sentido a lo ocurrido, y más aún, a lo que había sentido.

Cuando sonó la campana para llamar al almuerzo, parpadeó y levantó la vista—en el espejo de su tocador vio su rostro, con una suave expresión y sus dedos recorriendo lentamente sus labios.

Maldiciendo en voz baja, bajó la cabeza, se levantó, sacudió sus faldas y se dirigió a la puerta.

CAPÍTULO
7

De ahora en adelante evitaría a Michael; era la única solución viable. No estaba dispuesta a pasar su tiempo imaginando cómo sería aprender a besar bajo su tutela.

Tenía que organizar un baile *y a muchísimos invitados que alojar.* Esto era más que suficiente para mantenerla ocupada.

Y aquella noche debía asistir a una cena en la mansión Leadbetter, donde pasaba el verano la delegación portuguesa.

La mansión Leadbetter se encontraba cerca de Lyndhurst. La invitación no incluía a Edward; dadas las circunstancias, no era de sorprender. Ordenó el carruaje para las siete y media; unos minutos después del tiempo acordado, dejó su habitación adecuadamente vestida y peinada, con un traje de seda color rosa magenta cortado a la perfección, para resaltar su pecho poco impresionante. Un largo collar de perlas mezcladas con amatistas le rodeaba el cuello antes de colgar hasta su cintura. Llevaba aretes de perla y amatista; las mismas joyas adornaban el peine de filigrana de oro que sujetaba la masa de cabellos rebeldes.

Aquel cabello, grueso, rizado, casi imposible de dominar—de hacerlo conformar a un estilo a la moda—había sido la pesadilla de su existencia hasta cuando una archiduquesa, extremadamente altiva pero bien intencionada, le había aconsejado dejar de luchar por una causa perdida y acoger, más bien, lo inevitable como una marca de su individualidad.

La mordaz recomendación no había cambiado de inmediato su actitud, pero gradualmente advirtió que la persona a quien más irritaba su cabello era a ella misma y que, si dejaba de mortificarse por él y tomaba su singularidad con calma—incluso la acogía con gusto, como lo había sugerido la archiduquesa—los demás, de hecho, se inclinaban a verlo sencillamente como parte de su personalidad única.

Ahora bien, a decir verdad, la relativa singularidad de su apariencia la animaba; la individualidad era algo a lo que se aferraba. Deslizándose hacia la escalera, escuchando sus faldas susurrando a su alrededor, confiada en que se veía bien, puso una de sus manos enguantadas en la balustrada y comenzó a bajar.

Su mirada se dirigió hasta el recibo principal, donde Catten aguardaba para abrir la puerta. Serenamente, llegó al último tramo de la escalera—una cabeza bien formada de rizos marrones sobre un par de hombros anchos, elegantemente vestidos, apareció en el pasillo que bordeaba la escalera. Luego Michael se volvió, levantó la mirada, y la vio.

Ella aminoró el paso; viendo cómo estaba vestido, maldijo en su interior. Pero no podía hacer nada al respecto; le devolvió la sonrisa y continuó bajando. Él se dirigió al final de la escalera para encontrarla y le ofreció su mano.

"Buenas noches." Mantuvo su sonrisa fija en el rostro de él mientras abandonaba sus dedos a su fuerte mano. "¿Supongo que tú también has sido invitado a la mansión Leadbetter?"

Sus ojos sostuvieron su mirada. "Sí. Pensé que, dadas las circunstancias, podría compartir tu carruaje."

Geoffrey había seguido a Michael desde el estudio. "Una excelente idea, especialmente ahora que estos pillos que atacaron a la señorita Trice siguen libres."

Ella arqueó las cejas. "Dudo que ataquen un carruaje."

"¿Quién sabe?" Geoffrey intercambió una mirada inconfundiblemente masculina con Michael. "De cualquier forma, es mejor que Michael te escolte."

Desafortunadamente, eso era imposible de discutir. Resignándose a lo inevitable—y realmente, a pesar de la tonta expectativa que tensaba sus nervios, ¿qué había de temer?—sonrió diplomáticamente e inclinó la cabeza. "Claro." Dirigiéndose a Michael, preguntó, "¿Estás listo?"

Él la miró y sonrió. "Sí." Atrayéndola a su lado, puso su mano en su brazo. "Vamos."

Levantando la cabeza y con un profundo suspiro, ignorando la tensión que había escalado dramáticamente cuando él se había acercado, hizo una majestuosa inclinación a Geoffrey y le permitió que la condujera al carruaje que aguardaba.

Michael la ayudó a subir y luego la siguió. Se instaló en la silla al frente de ella, observándola mientras arreglaba sus faldas y luego enderezaba su chal con chispas de plata. El lacayo cerró la puerta; el carruaje partió. La miró a los ojos. "¿Tienes idea de quién más estará allí esta noche?"

Ella arqueó las cejas. "Sí y no."

Él escuchó mientras ella enumeraba a las personas que sabía que asistirían a la cena, apartándose del tema para ofrecerle una historia resumida del tipo de información que le sería más útil, y luego especulando sobre otras personas que habrían podido ser invitadas a cenar con los portugueses.

Reclinado en las sombras del carruaje, sonriendo, se preguntó si ella sería consciente de su desempeño—la respuesta exacta que habría deseado de su esposa. Sus conocimientos eran amplios, su comprensión de lo que él más necesitaba saber era excelente; mientras el carruaje recorría los frondosos senderos, él continuó preguntándole, animándola a interactuar con él tanto como él lo deseaba y también de la manera en la que ella se sentía más a gusto.

Esto último era su verdadero objetivo. Aun cuando la información que le ofrecía ciertamente le sería de ayuda, su propósito principal era tranquilizarla. Animarla a centrarse en el medio diplomático al que estaba tan acostumbrada, y en el que era una participante consumada.

Habría tiempo suficiente para acercarse a ella de una forma más personal, al regresar a casa.

Consciente de que en el viaje de regreso ella estaría de un ánimo más dispuesto, más acorde con sus intenciones, si había pasado una velada agradable hasta ese momento, se dispuso, en cuanto le fuese posible, a garantizar que ella se divirtiera aquella noche.

Habían llegado a la mansión Leadbetter en buen tiempo, apeándose ante la escalera que llevaba a una puerta imponente. Él la escoltó hacia el lugar donde aguardaban la duquesa y la condesa en el recibo principal de alto techo.

Las damas intercambiaron saludos, elogiándose las unas a las otras sus trajes; luego la duquesa se volvió hacia él. "Estamos encantados de recibirlo, señor Anstruther-Wetherby. Esperamos tener el placer de hacerlo muchísimas veces más durante los próximos años."

Enderezándose de su reverencia, replicó con confiada facilidad, sintiendo la mirada de Caro en su rostro; volviéndose después de saludar a la condesa, vio su mirada de aprobación.

Casi como si ella comenzara a considerarlo como un protegido... él ocultó el verdadero sentido de su sonrisa. Con su habitual confianza elegante, la tomó del brazo y la condujo al salón.

Se detuvieron en el umbral, mirando rápidamente a su alrededor, orientándose. Hubo una breve pausa en el murmullo de las conversaciones mientras quienes ya se encontraban allí se volvieron a mirar; luego sonrieron y regresaron a sus discusiones.

Michael miró a Caro; derecha como una flecha a su lado, prácticamente vibraba de placentera expectativa. Confianza, seguridad y serenidad, todas estaban en su rostro, en su expresión, en su actitud. Su mirada la recorrió subrepticiamente, llenándose de ella; sintió de nuevo un raudal de emoción primitiva, una sencillo instinto de posesión.

Ella era la esposa que él necesitaba y que se proponía tener.

Recordando su plan, la volvió hacia la chimenea. "El duque y el conde primero, ¿no crees?"

Ella asintió. "Indudablemente."

Fue bastante fácil permanecer a su lado mientras rodearon el salón, deteniéndose ante cada grupo de invitados, intercambiando presentaciones y saludos. Su memoria era casi tan buena como la de Caro; ella había tenido razón al predecir la presencia de la mayor parte de los asistentes. Aquellos que no había previsto incluían a dos caballeros del Ministerio de Relaciones Exteriores y a uno de la Junta de Comercio y sus esposas. Los tres lo reconocieron de inmediato; cada uno de ellos encontró el momento de detenerse a su lado y explicarle su conexión con el duque y el conde, y con el embajador que aún no llegaba.

Regresando al grupo con el que conversaban él y Caro, Michael descubrió que Ferdinand Leponte se había insinuado en el mismo círculo, al otro lado de Caro.

"Leponte." Él y el portugués intercambiaron inclinaciones corteses, pero de parte de Leponte, sospechosa y evaluadora. Habiendo juzgado ya a Ferdinand, Michael se resignó, al menos exteriormente, a ignorar los esfuerzos del portugués por—¿por qué hablar con rodeos?—seducir a la mujer a quien deseaba hacer su novia.

Crear un incidente diplomático no le agradaría al Primer Ministro. Además, la formidable reputación de Caro—que Ferdinand aún no había comprendido correctamente—era prueba evidente de que no era probable que ella necesitara ninguna ayuda para deshacerse del portugués. Mejores hombres lo habían intentado y habían caído ante su fortaleza.

Mientras conversaba con el encargado de negocios de Polonia, Michael observó de reojo cómo Ferdinand desplegaba lo que tuvo que admitir era un encanto considerable para apartar a Caro de él; su mano aún reposaba en su brazo. Michael era agudamente consciente del peso de sus dedos; no se movían, no se agitaban ni se aferraban; sólo permanecían firmes en su lugar. Por lo que pudo captar de sus intercambios, el portugués estaba teniendo poco éxito.

Ferdinand: "Tus ojos, querida Caro, son las lunas plateadas en el cielo de tu rostro."

Caro arqueó las cejas: "¿En serio? Dos lunas. Qué extraño."

Había en su tono suficiente diversión como para suprimir cualquier pretensión de seducción que Ferdinand tenía. Al mirar en su dirección, Michael vio que la irritación recorría transitoriamente como un relámpago los oscuros ojos de Ferdinand; una tensión mínima de su móvil boca antes de que se formara de nuevo su máscara encantadora; continuó conversando, atacando otra vez las murallas de Caro.

Michael habría podido informarle que ese enfoque era inútil. Era necesario tomar a Caro por sorpresa para superar sus defensas; una vez que las levantaba, cuidando su virtud—en sus circunstancias, su virtud requería una preservación tan cuidadosa que él aún no había adivinado—esas defensas eran casi imposibles de penetrar. Por supuesto no en un contexto social. Habían sido forjadas, probadas y perfeccionadas en lo que debió ser una arena altamente exigente.

Regresando a su conversación con el encargado de negocios, confirmó que el señor Kosminsky seguramente asistiría al baile de Caro y estaba dispuesto a ayudar a que dicho baile no fuese opacado por ninguna ocurrencia desdichada.

El diminuto polaco infló su pecho. "Será un honor para mí contribuir a proteger la tranquilidad de la señora Sutcliffe."

Al escuchar su nombre, Caro aprovechó la oportunidad para volverse hacia Kosminsky. Sonrió y el pequeño hombre lucía radiante. "Gracias. Sé que es una especie de imposición. Sin embargo…"

Sutilmente comprometió a Kosminsky a ser su obediente esclavo, al menos en lo que se refería a impedir cualquier perturbación en el baile.

Entre ellos dos, Michael silenciosamente apreció su actuación; luego miró a Ferdinand, y de nuevo atisbó una mirada de tristeza. Advirtió que Leponte, al considerarlo un rival por los favores de Caro, no se preocupaba por ocultar su irritación ante el desdén que ella le mostraba.

Leponte, sin embargo, tenía el cuidado de ocultarle su reacción a Caro.

Al advertirlo, Michael prestó más atención. Observó de reojo cómo consideraba Ferdinand a Caro. Había una intensidad en la evaluación que hacía de ella que no se ajustaba al molde de un diplomático extranjero en vacaciones que busca un poco de diversión en la felicidad bucólica de la campiña inglesa.

Caro le hizo un comentario; sonriendo con practicada facilidad, participó de nuevo en la conversación.

Sin embargo, una parte de él permaneció alerta, centrada en Ferdinand.

Anunciaron la cena. Los invitados se organizaron en parejas y se dirigieron al espacioso comedor. Michael se encontró sentado cerca del duque y del conde; Portugal había sido, durante siglos, uno de los aliados más cercanos de Inglaterra. El interés de aquellos caballeros por conocer su posición sobre diversos asuntos y por instruirlo sobre sus ideas era perfectamente comprensible.

Menos comprensible fue el lugar que le asignaron a Caro—en el extremo más alejado de la mesa, separada de la duquesa por Ferdinand, con un anciano almirante portugués al otro lado y la condesa al frente. Aun cuando al menos un tercio de los asistentes eran ingleses, no había ningún compatriota cerca de ella.

No que esta situación, desde luego, le molestara.

A él no le molestaba.

Caro estaba consciente de la peculiaridad del lugar que se le había asignado. Si Camden estuviese vivo y ella hubiera asistido con él, entonces su posición sería correcta, al sentarla con las otras esposas de los diplomáticos mayores. Sin embargo...

Caro se preguntó por un momento si el haberse presentado del brazo de Michael y el haber permanecido a su lado en el salón había dado lugar a presuposiciones incorrectas; considerando la experiencia de la duquesa y de la condesa, rechazó esta explicación. Si hubiesen sospechado alguna conexión entre ella y Michael, alguna de ellas se lo habría preguntado discretamente. Ninguna de ellas lo había hecho, lo cual significaba que la asignación de su lugar obedecía a otras razones; mientras sonreía y conversaba y los platos iban y venían, se preguntó cuáles serían.

A su derecha, Ferdinand se mostraba encantadoramente atento. A su izquierda, el viejo almirante Pilocet dormitaba, despertándose únicamente para mirar los platos cada vez que los ponían ante él antes de sucumbir de nuevo al sueño.

"Mi querida Caro, debes probar estas almejas."

Volviendo su atención a Ferdinand, consintió que le sirvieran una mezcla de almejas y chalotas en un consomé de hierbas.

"Son almejas inglesas, desde luego," Ferdinand hizo un gesto con el tenedor, "pero el plato es de Albufeiras, mi hogar."

Cada vez más intrigada por su persistencia, decidió dejarse ir. "¿De veras?" Pinchando una almeja con su tenedor, la consideró y luego miró a Ferdinand. "Vives cerca de tus tíos, ¿no?" Se puso la almeja en la boca y vio su mirada fija en sus labios.

Él parpadeó. "Eh…" Sus ojos regresaron a los de ella. "Sí." Asintió y miró su plato. "Todos nosotros—mis padres y primos, así como mis otros tíos y tías—vivimos allí en el castillo." Volvió su sonrisa cautivadoramente brillante hacía ella. "Está construido sobre los acantilados con vista al mar." La miró intensamente. "Deberías visitarnos—Portugal ha pasado demasiado tiempo sin tu bella presencia."

Ella rió. "Me temo que Portugal tendrá que soportar mi ausencia. No tengo planes de salir de las playas de Inglaterra en el futuro cercano."

"¡Ah, no!" Las facciones de Ferdinand reflejaban un dolor dramático. "Es una pérdida, al menos para nuestro pequeño rincón del mundo."

Ella sonrió y terminó el resto de las almejas.

Los meseros levantaron los platos. Ferdinand se acercó, bajando la voz. "Todos comprendemos, desde luego, que estabas dedicada al embajador Sutcliffe y que aún ahora veneras su recuerdo."

Hizo una pausa, observándola detenidamente. Sin dejar de sonreír, ella tomó su copa de vino y se la llevó a los labios; bebió y encontró los oscuros ojos de Ferdinand. "Así es."

No era lo suficientemente tonta como para desdeñar a Ferdinand y su comportamiento, según criterios ingleses, excesivamente histriónico. Él estaba sondeando, buscando—ella no tenía idea qué. Pero aunque él era bueno, ella era mejor. No le dio el más leve indicio de sus verdaderos sentimientos y aguardó a ver adónde se dirigiría.

Él bajó los ojos, fingiendo…¿timidez? "Desde hace tiempo he abrigado un respeto que linda con la fascinación por Sutcliffe—era un diplomático consumado. Hay tanto que puede aprenderse de un estudio de su vida—sus éxitos, sus estrategias."

"¿De veras?" Ella parecía levemente desconcertada, aun cuando no era él el primero en intentar esta aproximación.

"¡Desde luego! Sólo piensa en sus primeras actuaciones cuando asumió su cargo en Lisboa, cuando..."

Trajeron el plato siguiente. Ferdinand continuó enumerando los puntos más sobresalientes de la carrera de Camden. Contentándose de mantenerlo ocupado en ello, ella lo alentaba; estaba extremadamente bien informado del catálogo de acciones de su difunto esposo.

Al agregar diplomáticamente sus propias observaciones, extendió la discusión al resto de los platos; Ferdinand levantó la mirada, levemente sorprendido, cuando la duquesa se puso de pie para conducir a las damas al salón.

Una vez allí, la duquesa y la condesa reclamaron la atención de Caro.

"¿Siempre es así de caluroso durante el verano?" La duquesa se abanicaba lánguidamente.

Caro sonrió. "En realidad, ha sido menos caluroso que otros años. ¿Es esta su primera visita a Inglaterra?"

El lento golpe del abanico se alteró, luego continuó. "Sí, lo es." La duquesa encontró sus ojos y sonrió. "Hemos pasado buena parte de los últimos años en las embajadas de Escandinavia."

"Ah, no es de sorprender entonces que el clima le parezca caluroso."

"Efectivamente." La condesa intervino para preguntar, "¿Es esta región la que habitualmente frecuentan los diplomáticos durante el verano?"

Caro asintió. "Siempre hay un buen número de personas de las embajadas en este lugar—es una campiña agradable, cerca de Londres y de los barcos que se dirigen a la Isla de Wight."

"Ah, sí." La condesa encontró su mirada. "Esta es, desde luego, la razón por la que Ferdinand quería que viniéramos."

Caro sonrió—y se preguntó. Después de una pequeña pausa, desvió la conversación hacia otros temas. La duquesa y la condesa la siguieron, pero no parecían inclinadas a dejar que conversara con las otras damas.

O al menos fue lo que ella sintió; los caballeros regresaron al salón antes de que tuviera ocasión de comprobarlo.

Ferdinand fue uno de los primeros en entrar. La vio de inmediato; sonriendo, se dirigió hacia ella.

Michael entró un poco después; se detuvo al lado de la puerta, mirando a su alrededor—la vio al lado de las ventanas, acompañada por la duquesa y la condesa.

Por un instante, Caro sintió una extraña dislocación. Al otro lado del salón, se encontraba al frente de dos hombres. Entre ella y Michael, Ferdinand sonriendo como un lobo, el epítome de la belleza latina y de un encanto avasallador, se aproximaba, con los ojos fijos en los suyos. Luego avanzó Michael. Su atractivo era más sutil, su fuerza más aparente. Caminaba con más lentitud, con más gracia; sin embargo, con sus largas zancadas, pronto estuvo al lado de Ferdinand.

Ella no tenía duda alguna sobre las intenciones de Ferdinand, pero no era el lobo quien dominaba sus sentidos. Incluso cuando se obligó a mirar a Ferdinand, con su habitual seguridad, y devolvió su sonrisa, estaba infinitamente más consciente de la forma en que avanzaba Michael lentamente, con un propósito claro.

Casi como si hubiesen coreografiado el movimiento, la duquesa y la condesa murmuraron una disculpa, una a cada uno de sus lados y tocaron su mano suavemente para despedirse; luego se marcharon. Pasando al lado de Ferdinand con un leve movimiento de cabeza, se unieron a Michael.

Él se vio obligado a detenerse y a conversar con ellas.

"Mi querida Caro, me perdonarás, lo sé, pero estás aquí." Ferdinand hizo un gesto teatral. "¿Qué harías?"

"No tengo idea," replicó, "¿qué haría?"

Ferdinand la tomó del brazo. "Mi obsesión por Camden Sutcliffe—tu presencia es una oportunidad que no puedo resistir." La hizo girar y la condujo a lo largo del salón. Con la cabeza de Ferdinand inclinada cerca de la suya, parecería que se encontraban en medio de una profunda discusión; dada la compañía, era poco probable que los interrumpieran.

Con una expresión de interés académico, Ferdinand continuó, "Si me lo permites, me agradaría preguntarte un poco más sobre un aspecto que siempre me ha intrigado. La casa de Sutcliffe estaba aquí—y debió desempeñar un papel importante en su vida. Debió ser"—frunciendo el ceño, buscó las palabras adecuadas—"el sitio al que se retiró, el lugar donde estaba más a gusto."

Ella arqueó las cejas. "No estoy segura, en el caso de Camden, que su casa de campo—la casa de sus ancestros—haya desempeñado un papel tan grande e importante como podría suponerse."

Por qué Ferdinand insistía en este tema—ciertamente un enfoque extraño para seducirla—no lo comprendía; sin embargo era un tema útil para pasar el tiempo. Especialmente si servía para mantener a Ferdinand distraído de aproximaciones más directas. "Camden no pasó mucho tiempo aquí—en la mansión Sutcliffe—durante su vida. O al menos durante sus años de servicio diplomático."

"Pero creció aquí, ¿verdad?" Y la mansión Sutcliffe era— ¿no sólo era la casa de sus ancestros, sino que le pertenecía?"

Ella asintió. "Sí."

Continuaron paseando, Ferdinand con el ceño fruncido. "Entonces dices que sólo visitó ocasionalmente esta casa cuando era embajador."

"Así es. Por lo general, sus visitas duraban poco tiempo— no más de un día o dos, rara vez hasta una semana; pero después de la muerte de cada una de sus dos primeras esposas, regresaba a la casa durante algunos meses; supongo entonces, que sería correcto decir que esta casa era su retiro final." Miró a Ferdinand. "Por deseo suyo, está enterrado aquí, en la vieja capilla que hay en la hacienda."

"¡Ah!" exclamó Ferdinand, como si esta revelación significara mucho para él.

Una agitación entre la concurrencia hizo que ambos levantaran la vista; los primeros invitados partían.

Ocupada en despedirse desde lejos del caballero de la Junta de Comercio y de su esposa, Caro no advirtió el abrupto cambio de rumbo de Ferdinand hasta que, interponiéndose entre ella y el resto de los invitados, se inclinó y murmuró, "Querida Caro, es una noche de verano tan maravillosa—vamos a la terraza."

Instintivamente, ella miró hacia la terraza que se veía entre un par de puertas abiertas cerca de ellos.

Para su sorpresa, encontró que él la conducía expertamente hacia las puertas.

Sus instintos lucharon por un momento; tenía la costumbre de no conceder terreno ni literal ni figurativamente en estos asuntos, más para ahorrar la incomodidad a sus presuntos seductores que por alguna preocupación por su propia seguridad. Siempre había salido triunfante de tales encuentros y no dudaba que siempre lo haría. Sin embargo, en este caso, él había picado su curiosidad.

Aceptó con una majestuosa inclinación de cabeza y permitió que Ferdinand la guiara por las puertas hacia la terraza iluminada por la luna.

Desde el otro lado del salón, Michael vio cómo su delgada figura desaparecía de la vista y maldijo para sus adentros. No perdió tiempo en considerar qué se proponía Leponte; con destreza—con la habilidad que había hecho que el Primer Ministro se fijara en él—se apartó del duque y de su asistente, aparentemente dispuesto a decir algo al caballero del Ministerio de Relaciones Exteriores antes de que se marchara.

Se había referido a él porque se encontraba en un grupo convenientemente situado cerca de las puertas de la terraza. Mientras evitaba a los otros invitados, era consciente de que la condesa y la duquesa lo observan con una creciente agitación. Para cuando advirtieron que no se detenía a conversar con el último grupo que estaba cerca de las puertas...

Ignorando el distante susurro de las sedas cuando avanzaron—demasiado tarde—para interceptarlo, salió con su habitual aire lánguido a la terraza.

Apenas se detuvo para ubicar a Caro y a Leponte, y se dirigió hacia ellos. Estaban al lado de la balustrada un poco más allá, envueltos en las sombras pero aún visibles; la luna estaba casi llena. Acercándose con pasos perezosos, poco amenazadores, advirtió la tensión prevaleciente. Leoponte se encontraba cerca de Caro mientras ella, en apariencia, admiraba el juego de luz y sombras que proyectaba la luna sobre los cuidados jardines. Él no la estaba tocando, aun cuando una de sus manos estaba suspendida en el aire como si se dispusiera a hacerlo y hubiera sido distraído en ese momento.

Caro, aunque no estaba relajada, lucía segura de sí misma—con su habitual calma y compostura. La tensión que lo había invadido cedió; ella claramente no necesitaba que la rescatara.

Si alguien lo necesitaba era Leponte.

Eso pareció evidente pues, al oírlo, el portugués miró hacia él. Una ofuscación, completa y total, se asomaba en su rostro.

Acercándose lo suficiente como para escuchar su conversación—o, más bien, la disertación de Caro sobre el paisajismo en los jardines tal como lo proponían Capability Brown y sus seguidores—Michael comprendió. Casi llega a sentir lástima por Ferdinand.

Caro lo sintió llegar, lo miró y sonrió. "Le estaba explicando al señor Leponte que este jardín fue diseñado originalmente por Capability Brown, y luego mejorado más recientemente por Humphrey Repton. Es un ejemplo asombroso del talento combinado de ambos, ¿no lo crees?"

Michael encontró sus ojos y sonrió levemente. "Indudablemente."

Ella continuó conversando. La duquesa y la condesa se habían detenido en la entrada al salón; Caro las vio y las llamó. Por la parte que habían desempeñado en la estrategia de Ferdinand de quedarse a solas con ella, las sometió a una conferencia sobre jardinería que hubiera hecho dormir a un entusiasta del tema. La condesa, luciendo altamente consciente, intentó escapar; Caro entrelazó su brazo con el de ella y se explayó sobre las teorías de la tala en inmisericorde detalle.

Michael retrocedió y dejó que ella se vengara; aun cuando nunca cruzaba ninguna de las líneas sociales, él estaba seguro de que se trataba de una venganza y de que éstas eran sus víctimas. Ferdinand lucía avergonzado, pero también agradecido de que la atención de Caro se hubiera desviado hacia otras personas; Michael se preguntó qué tan implacable había sido al rechazar las insinuaciones de Ferdinand.

Finalmente la duquesa, escapándose, murmuró que debía regresar a despedir a sus invitados. Aún entusiasmada, Caro consintió en seguirla hacia el salón.

Diez minutos más tarde, al ver que varios de los invitados se habían marchado, Michael interrumpió su elocuencia. "Tenemos un largo camino por recorrer—debemos unirnos al éxodo."

Ella lo miró. Sus ojos eran como plata batida, completamente impenetrables. Luego parpadeó, asintió. "Sí—tienes razón."

Cinco minutos más tarde se despedían de sus anfitriones; Ferdinand los acompañó al carruaje. Cuando Caro se detuvo delante de la puerta abierta y le extendió su mano, él se inclinó con aire cortés.

"Mi querida señora Sutcliffe, me agradará mucho estar presente en su baile." Se enderezó y encontró sus ojos. "Me complacerá mucho ver los jardines de la mansión Sutcliffe y escuchar su explicación sobre sus maravillas."

Michael le dio crédito por sus agallas—pocos se habrían atrevido. Sin embargo, si esperaba descomponer a Caro, había juzgado mal.

Ella sonrió con dulzura y le informó, "Me temo que ha leído mal la invitación. El baile tendrá lugar en la Casa Bramshaw, no en la mansión Sutcliffe."

Advirtiendo la sorpresa de Ferdinand y cómo fruncía el ceño, algo que ocultó de inmediato, Caro inclinó la cabeza con toda gracia. "Me alegrará verlos a usted y a su comitiva entonces."

Volviéndose hacia el carruaje, aceptó la mano que le tendía Michael y subió. Se instaló en la silla que miraba hacia el frente. Un instante después, su figura llenó la puerta. Él la miró; en la oscuridad, no podía ver su rostro.

"Muévete."

Ella frunció el ceño, pero él ya estaba suspendido sobre ella, aguardando a que se moviera para poder sentarse a su lado. Una discusión mientras Ferdinand se encontraba todavía lo suficientemente cerca como para escucharla sería poco digna.

Ocultando una mueca, hizo lo que le pedía. Él se acomodó, excesivamente cerca para su gusto, y el lacayo cerró la puerta. Un momento después, el carruaje se puso en marcha.

Apenas habían salido cuando Michael le preguntó, "¿Por qué estaba tan decepcionado Leponte de que tu baile no fuese en la mansión Sutcliffe?"

"No lo sé realmente. Parece haber desarrollado una fascinación por Camden—estudia qué influencias hicieron de él lo que fue."

"¿Leponte?"

Michael permaneció en silencio. Ella era agudamente consciente de la calidez de su sólido cuerpo en el asiento a su lado. Aun cuando su pierna no la tocaba, podía sentir su calor. Como de costumbre, su cercanía la hacía sentir peculiarmente frágil. Delicada.

Finalmente, dijo, "Lo encuentro algo difícil de creer."

Ella también. Se encogió levemente de hombros y miró las cambiantes sombras del bosque. "Camden fue, después de todo, un hombre de enorme éxito. A pesar de su actual empleo, supongo que Ferdinand con el tiempo ocupará el cargo de su tío. Quizás esta sea la razón por la que se encuentra aquí—para aprender más."

Michael miró hacia el frente. No confiaba en Leponte, ni en lo que se refería a Caro, ni en ningún otro aspecto; supuso que su desconfianza surgía de una fuente evidente—de aquellos instintos primitivos de posesión que ella despertaba en él. Ahora, sin embargo, a la luz de la conducta de la duquesa y la condesa, en vista de aquel último momento al lado del carruaje, ya no estaba seguro de que al menos parte de su desconfianza no surgiera de una reacción más profesional.

Había estado dispuesto a aceptar y manejar, incluso a suprimir, una desconfianza que surgiera de emociones personales; después de todo, era un político consumado. La desconfianza que surgía de sus instintos profesionales era algo completamente diferente—podía ser excesivamente peligroso ignorarla, incluso durante poco tiempo.

Reconociendo uno de los lugares por los que atravesaban, calculó cuánto tiempo le quedaba a solas con Caro en la oscuridad del carruaje. La miró. "¿De qué hablaron tú y Leponte durante la cena?"

Ella se reclinó contra los mullidos cojines y lo miró por entre la penumbra. "Al principio, conversamos sobre las nimiedades habituales; luego comenzó a proclamarse como un acólito de Camden Sutcliff con una detallada perspectiva de la carrera de Camden."

"¿Dirías que con precisión?"

"En los aspectos a los que se refirió, sí."

Michael supo, por el tono de su voz, por la manera como se detuvo, que ella también estaba desconcertada. Antes de que la animara, ella continuó, "Luego, en el salón, preguntó acerca de la mansión Sutcliffe, proponiendo la teoría de que ese lugar debió tener un significado especial para Camden."

A través de la penumbra, la estudió. "¿Y era así?"

Ella negó con la cabeza. "No lo creo—no creo que Camden lo considerara así. Nunca detecté ningún gran apego de su parte."

"Hmmm." Se reclinó y tomó su mano. Sus dedos temblaron, luego se aquietaron; él los asió con más firmeza. "Creo"—lentamente llevó su mano atrapada a sus labios—"que mantendré vigilado a Leponte en el baile y en cualquier otro lugar donde lo encontremos."

Ella lo observaba; él pudo sentir la tensión que la invadía. Volviendo la cabeza, encontró sus ojos en la oscuridad. "Por una serie de excelentes razones."

Le besó castamente los nudillos.

Ella observó; con la mirada fija en su mano, respiró profundamente. Un instante después, levantó los ojos y encontró los de él. "¿Qué...?

Él levantó de nuevo su mano, rozó los nudillos levemente con sus labios; sin dejar de mirarla, los recorrió lentamente con la punta de la lengua.

Su respuesta fue inmediata y fuerte. Un temblor la agitó; cerró los ojos por un momento.

Antes de que los abriera, él se movió y la atrajo hacia sí;

con la otra mano, enmarcó su barbilla, para inclinar su rostro de manera que sus labios pudieran cubrir los de ella.

La estaba besando—y ella le devolvía sus besos—antes de que hubiera tenido la oportunidad de retirarse.

Soltando su mano, la abrazó aún con más fuerza contra sí. Como antes, ella puso sus manos en su pecho, tensa como si se dispusiera a rechazarlo; él la besó más profundamente y la resistencia nunca llegó.

Más bien... poco a poco, paso a paso, él no sólo consiguió su aceptación sino una participación dispuesta. Inicialmente, ella pareció creer que después de aquel primer intercambio él se detendría y parecía aguardar que lo hiciera. Cuando no lo hizo sino que dejó perfectamente en claro que no tenía intenciones de parar, tentativamente, con vacilación, ella se unió a él.

Sus labios eran suaves, dulces, su boca una pura tentación; cuando ella se la ofreció, el se complació y la tomó, consciente de que una parte de su mente observaba, desconcertada, casi sorprendida... por qué, no podía imaginarlo.

Ella una delicia que él saboreaba, extendiendo los sencillos momentos como nunca antes lo había hecho.

Michael acarició, reclamó, luego jugó y finalmente incitó, y obtuvo la respuesta—una respuesta más ardiente, definida, apasionada—que deseaba, que él sabía que ella podía darle. Él quería eso y más—todo lo que ella podía darle—pero era un estratega lo suficientemente bueno como para saber que, con ella, debían luchar y ganar cada paso y cada etapa.

La Viuda Alegre no entregaría ni un centímetro sin pelear.

Probablemente esa era la razón por la cual tantos habían fracasado con ella. Presumían que podían lanzarse hacia delante, descuidar los preliminares, y al hacerlo, habían tropezado en el primer obstáculo.

Besarla.

Si como parecía, por alguna razón mística, ella estaba persuadida de que no sabía besar... era difícil seducir a una mujer que no estaba dispuesta a ser besada.

Seguro en su victoria, la acercó aún más, puso sus labios sobre los de ella. Sus senos rozaron su pecho; sus brazos comenzaron a deslizarse sobre su hombros y luego se detuvieron, tensos.

El carruaje aminoró la marcha y giró hacia el sendero que conducía a la Casa Bramshaw.

Con un grito ahogado, se retiró—susurrando entre dientes su nombre para advertirlo.

"Sssh." Inexorablemente, la sumió aún más en su abrazo. "No querrás escandalizar a tu cochero."

Sus ojos se abrieron sorprendidos. "Qué..."

Interrumpió su escandalizada pregunta de la manera más eficiente. Tenían al menos siete minutos más antes de llegar a la Casa Bramshaw; se proponía disfrutar cada uno de ellos.

CAPÍTULO

8

*C*aro se despertó a la mañana siguiente decidida a recobrar el control de su vida. Y de sus sentidos. Michael parecía decidido a tomarlos ambos—con qué fin no lo sabía—sin embargo, cualquiera que fuese, ella *no* estaba dispuesta a participar en ello.

Como lo había hecho durante la última mitad de su viaje a casa desde la mansión Leadbetter.

Suprimiendo una maldición por su reciente susceptibilidad, presa de la maraña de curiosidad, fascinación y necesidad de escolar que le había permitido tomarse tales libertades, y la había seducido para que participara como lo había hecho, cerró la puerta de su habitación, arregló sus faldas y se dirigió a la escalera.

El desayuno y un nuevo día, borrón y cuenta nueva, le darían todo lo que necesitaba para encarrilar de nuevo su vida.

Deslizándose por la escalera, sonrió para sus adentros. Probablemente, su reacción era excesiva. Sólo había sido un beso—bien, numerosos y cálidos besos—pero, aun así, no era razón para entrar en pánico. Por lo que sabía, era posible que él hubiera tenido suficiente con eso y ni siquiera era preciso que ella estuviera en guardia.

"Ah, llegaste, querida." Sentado en la cabecera de la mesa, Geoffrey levantó la cabeza. Hizo una leve inclinación a Elizabeth y a Edward, ambos sentados a la mesa, con las cabezas juntas, mirando una hoja de papel. "Una invitación de los prusianos. Me han invitado a mí también, pero preferiría no asistir—tengo otras cosas que hacer. Les dejaré estas disipaciones a ustedes."

Dijo esto último con una sonrisa afectuosa que la incluía tanto a ella como a Elizabeth; aun cuando Geoffrey se deleitaba en la prominencia social de su familia, desde la muerte de Alice ya sólo se interesaba por las diversiones más sencillas.

Catten retiró el asiento de Caro al otro lado de la mesa. Ella se sentó, estiró una mano para tomar la tetera e imperiosamente extendió la otra para que le dieran la invitación.

Edward se la entregó. "Un almuerzo impromptu al fresco—supongo que querrán decir un picnic."

Ella miró la hoja. "Hmm. Lady Kleber es prima hermana de la Gran Duquesa, y parece ser un personaje por derecho propio." Lady Kleber había escrito personalmente, invitándolos a unirse a lo que describió como "compañía selecta."

Desde luego, era imposible rehusarse. Aparte de la descortesía que esto implicaba, la esposa del general sólo estaba devolviendo la hospitalidad de Caro; había sido ella quien había iniciado esta ronda de agasajos con la cena que había ofrecido para rescatar a Elizabeth.

Bebiendo su té, suprimió su irritación. Era inútil tratar de escapar a los resultados de sus propias estratagemas. Lo único que podía hacer era esperar, casi ciertamente en vano, a que Michael no fuese una de las personas seleccionadas por Lady Kleher.

"¿Podemos ir?" preguntó Elizabeth con los ojos brillantes, en los que se reflejaba su entusiasmo. "Es un día perfecto."

"Desde luego que iremos." Caro miró de nuevo la invitación. "Casa Crabtree." Le explicó a Edward: "Es al otro lado de los bosques de Eyeworth. Nos tomará media hora en el carruaje. Debemos partir hacia el mediodía."

Edward asintió. "Ordenaré el coche."

Caro mordisqueó la tostada y terminó su té. Todos se levantaron de la mesa al mismo tiempo; cuando llegaron al recibo se separaron—Geoffrey se dirigió a su estudio, Edward a hablar con el cochero. Elizabeth se fue a practicar el piano—más, sospechó Caro, para que Edward supiera dónde encontrarla y tener una excusa para permanecer allí, que por el deseo de mejorar sus habilidades.

Esta cínica evaluación había aparecido en su mente sin pensar conscientemente en ella; casi de seguro era acertada, pero... sacudió la cabeza. Estaba demasiado hastiada; hacía demasiadas estrategias—se asemejaba excesivamente a Camden en la forma en que éste se relacionaba con el mundo.

Con pesar, renunció a la idea desesperada que había florecido en su mente. No había ninguna situación que pudiera imaginar para garantizar que Michael se encontrara ocupado en algo diferente aquella tarde.

Bloquear de nuevo el arroyo no era una posibilidad.

Entraron al sendero de Casa Crabtree a las doce y media. Otro carruaje estaba delante de ellos; aguardaron mientras Ferdinand se apeaba y ayudaba a bajar a la condesa. Luego su coche avanzó y el de ellos ocupó su lugar frente a la puerta principal.

Ayudada por Edward, Caro avanzó, sonriendo, para saludar a su anfitriona. Le estrechó la mano a Lady Kleber, respondió a sus amables preguntas y presentó las excusas de Geoffrey; luego saludó a la condesa mientras Elizabeth hacía una reverencia y Edward se inclinaba.

"Vengan, vengan." Lady Kleber los condujo a lo largo del frente de la casa. "Saldremos a la terraza donde estaremos más cómodos mientras aguardamos a los demás."

Caro caminaba al lado de la condesa, intercambiando las amabilidades habituales. Elizabeth caminaba con Lady Kleber; Edward y Ferdinand cerraban la comitiva. Mirando hacia atrás cuando llegó a la terraza, Caro vio a Edward explicándole algo a Ferdinand. Se sorprendió de que Ferdinand no hubiese buscado su atención—evidentemente, había recordado que Edward había sido uno de los asistentes de Camden.

Cínicamente divertida, siguió a la condesa. Habían instalado mesas y asientos para permitir a los invitados disfrutar la agradable vista del jardín rodeado por el verde más oscuro de los bosques de Eyeworth.

Caro se sentó con la condesa; Elizabeth y Lady Kleber se

unieron a ellas. El General salió de la casa; después de saludar amablemente a todas las damas, se unió a Edward y a Ferdinand en la otra mesa.

La conversación era animada; Lady Kleber, la condesa y Caro discutían sus impresiones de la reciente temporada en Londres. Sus temas iban desde sospechas diplomáticas hasta las últimas modas. Intercambiando observaciones, Caro se preguntó, como lo había hecho cada vez con mayor frecuencia durante las últimas horas, si Michael había sido invitado.

Casi había esperado que se presentara en la Casa Bramshaw y reclamara un lugar en el carruaje, pero una acción semejante habría sorprendido incluso a Geoffrey—la mansión Eyewood estaba más cerca de la Casa Crabtree que Bramshaw. Para unirse a ellos, tendría que haber cabalgado en dirección contraria; evidentemente, se había decidido en contra de ello.

Suponiendo que estuviese invitado.

Miró hacia las escaleras cuando escuchó pasos que anunciaban nuevas llegadas—pero se trataba del encargado de negocios de Polonia con su esposa y sus hijos. Caro apreció la previsión de Lady Kleber al invitar a los dos jóvenes—eran una pareja que se complementaba naturalmente con Elizabeth y Edward, para evidente disgusto de Ferdinand; se vio obligado a ocultarlo, inclinarse ante las damas y dejar que Edward escapara.

Caro continuó conversando mientras llegaban los otros. No había rusos, desde luego, pero el embajador de Suecia, Verolstadt, su esposa y sus dos hijas se les unieron, seguidos por dos de los edecanes del General y sus esposas.

Caro frunció el ceño en su interior. Lady Kleber era una anfitriona experimentada de la diplomacia, siempre correcta; no poseía ninguna de las excentricidades de sus parientes más famosos. Por lo tanto *debería* haber invitado a Michael. No sólo era el Miembro local del Parlamento, sino que debió haber escuchado los rumores...

Los minutos pasaban, rodeados de animadas conversaciones. Caro se sentía cada vez más inquieta. Si Michael había de trasladarse al Ministerio de Relaciones Exteriores, necesitaba estar presente en eventos como aquel—en las reuniones más informales, relajadas, privadas, en las que se forjaban vínculos personales. Necesitaba estar allí—lo hubieran debido invitar...intentó pensar en una excusa para preguntar...

"¡Ah—y aquí está el señor Anstruther-Wetherby!" Lady Kleber se levantó, con una sonrisa de evidente complacencia en el rostro.

Girando sobre sí misma, Caro vio a Michael que avanzaba desde los establos. No había escuchado el ruido de los cascos en la gravilla de la entrada—había llegado cabalgando por el bosque. Vio como saludaba a Lady Kleber y se sintió agudamente disgustada por su anterior preocupación; era evidente que no necesitaba un paladín en el ámbito diplomático. Cuando lo deseaba, podía ser asquerosamente encantador; lo observó mientras sonreía a la condesa y se inclinaba sobre su mano, e internamente hizo un gesto de desdén.

Serenamente apuesto, seguro de sí mismo, sutilmente dominante, su tipo de encanto era mucho más efectivo que el de Ferdinand.

Su mirada se dirigió hacia Ferdinand, quien avanzaba hacia ella, ubicándose de tal manera que pudiera estar a su lado cuando la comitiva bajara hacia el jardín. Mirando a su alrededor, buscó un escape...y advirtió que no había ninguno—diferente de...

Miró a Michael; ¿había perdido todo interés en perseguirla?

Él o Ferdinand—¿qué sería mejor? Lady Kleber le había dicho que el picnic se haría en un claro del bosque; Caro conocía el camino—un pequeño paseo y no estarían solos...

No tuvo que tomar la decisión. A través de una maniobra que, debió admitir, fue maestra, ella fue la última persona a quien saludó Michael.

"¡Bien, bien! Ahora que estamos todos aquí, podemos disfrutar de nuestro picnic, ¿sí?" Lady Kleber hizo un gesto hacia el prado y luego los rodeó, decidida a sacarlos de la terraza.

Michael acababa de estrechar la mano de Caro y la retuvo. Mirándola a los ojos, sonrió. "¿Vamos?" Con elegancia, la ayudó a ponerse de pie.

Sus sentidos se alentaron y esta vez no fue únicamente debido a su cercanía. Había un destello de acero detrás del azul de sus ojos, y la forma en que tomó su mano, el poder dominado detrás de la manera en que reclamó su compañía... definitivamente, no había abandonado la caza.

Ancló la mano en su brazo y luego miró a Ferdinand. "Ah, Leponte—por favor, acompáñanos."

Ferdinand lo hizo, muy a gusto; sin embargo, era Michael quien tenía su brazo. Mientras bajaban hacia el jardín y se unieron a los otros para caminar hacia el claro, Caro se preguntó qué se proponía—qué nuevo rumbo tomaba con Ferdinand.

Entraron en el bosque siguiendo un sendero bien delimitado. Ella captó el movimiento cuando Michael miró por encima de ella a Ferdinand.

"¿Entiendo que eres una especie de discípulo de Camden Sutcliffe?"

Un ataque directo—por lo general, una jugada más política que diplomática, quizás de esperar en este caso. Miró a Ferdinand y vio que el rubor cubría su piel aceitunada.

Asintió, un poco cortado. "Tal como lo dices. La carrera de Sutcliffe es un modelo a seguir para todos los que buscamos abrirnos camino en el campo diplomático." Ferdinand encontró la mirada fija de Michael. "¿Seguramente estás de acuerdo conmigo? Sutcliffe era, después de todo, tu compatriota."

"Cierto." Michael sonrió. "Pero me inclino más por la política que por la diplomacia."

Sintió que eso era una advertencia justa; había mucho del implacable toma y daca en la política, mientras que la diplomacia era, por definición, más un asunto de negociación. Mirando al frente, hizo una leve inclinación al encargado de negocios polaco. "Si realmente deseas aprender sobre Sutcliffe y lo que lo moldeó, tienes suerte—el primer cargo de Sutcliffe fue en Polonia. Kosminsky era un joven asistente del Ministerio de Relaciones Exteriores de Polonia en aquel momento; su relación profesional con Sutcliffe se remonta a 1886. Entiendo que permanecieron en contacto desde entonces."

La mirada de Ferdinand se había clavado en el atildado polaco de baja estatura que conversaba con el General Kleber. Hubo un segundo de vacilación mientras que componía una expresión adecuada. "¿En verdad?"

Sus facciones se iluminaron, mas no su mirada. Esta era curiosamente inexpresiva cuando encontró la de Michael.

Michael sonrió y no se molestó en hacer su gesto encantador—ni siquiera agradable. "Así es."

Caro comprendió lo que quería decir; subrepticiamente, le pellizcó el brazo. Él la miró, con un silencioso *"Qué"* en los ojos.

Los de ella ardiendo para advertirlo. Distraída en apariencia, miró hacia los árboles y señaló, "¡Miren! ¡Un arrendajo!"

Todos se detuvieron, miraron, pero, desde luego, nadie con excepción de Edward vio la elusiva ave. Lo cual sólo confirmó que Edward era, no sólo leal, sino sumamente inteligente.

Por otra parte, había tenido cinco años para acostumbrarse a las pequeñas tretas de su empleadora.

Ella tenía más que suficientes, Michael tenía que reconocérselo. Para cuando le había explicado a Ferdinand qué era un arrendajo y por qué ver uno era algo tan emocionante—algo que él mismo no había apreciado plenamente—habían llegado al lugar del picnic.

Fue evidente de inmediato que la visión inglesa de un picnic—cestas de comida esparcidas sobre manteles con unas frazadas alrededor para sentarse—no se traducía directamente al prusiano. Varias sillas habían sido dispuestas en el claro; a un costado, una mesa de caballete gemía bajo varias bandejas de plata y un complemento de platos, cubiertos, cristal, vinos y aperitivos que habrían enorgullecido a un almuerzo formal. Había incluso una fuente de plata en el centro. Un mayordomo y tres lacayos se encontraban al frente de ella, preparados para servir.

A pesar de la relativa formalidad, la comitiva consiguió crear un ambiente agradablemente relajado, debido en buena parte a los esfuerzos de Lady Kleber, hábilmente asistida por Caro, la señora Kosminsky y, sorprendentemente, por la condesa.

Esto último puso a Michael en guardia; algo sucedía, una conexión entre los portugueses y Camden Sutcliffe, aun cuando de qué naturaleza aún no podía adivinarlo. El comportamiento alegre de la condesa, poco característico de ella, lo decidió aún más a mantener su vigilancia sobre Ferdinand, el sobrino de la condesa.

Fingió no ver los dos primeros intentos de la condesa por llamar su atención. Permaneciendo al lado de Caro—algo a lo que parecía haberse acostumbrado cada vez más—con el plato en la mano, se desplazaba con ella cuando ella se movía, de grupo en grupo, mientras todos saboreaban las carnes, las frutas y las exquisiteces que Lady Kleber había suministrado.

La agenda de Caro pronto se hizo evidente; personalmente, no tenía ninguna—su dedicación era toda a favor de Michael. Estaba decidida a utilizar sus considerables contactos y aún más formidable talento para allanarle el camino, para darle entrada a lo que había sido su mundo, un mundo en el cual todavía, si no reinaba, al menos detentaba cierto poder. Su apoyo no solicitado lo llenó de calidez; guardó este sentimiento para saborearlo más tarde y centró su atención—más de lo que probablemente lo hubiera hecho de haber estado solo—en aprovechar al máximo las oportunidades que ella creaba para él de establecer aquellas conexiones personales que eran, en el fondo, aquello en lo que se basaba con mayor seguridad la diplomacia internacional.

La concurrencia había terminado hasta con la última fresa y los lacayos empacaban los platos cuando sintió un suave toque en el brazo. Volviéndose, encontró los oscuros ojos de la condesa.

"Ah, mi querido señor Anstruther-Wetherby, ¿puedo atreverme a quitarle un poco de su tiempo?"

Su sonrisa era segura; él no podía negarse. Con un gesto fácil, replicó. "Soy todo oídos, Condesa."

"Un dicho inglés tan extraño." Tomándolo del brazo, señaló hacia dos sillas instaladas a un lado del claro. "Pero venga—tengo mensajes de mi esposo y del duque, y debo cumplir con mi deber de transmitírselos."

Él abrigaba serias dudas sobre la importancia de los mensajes; sin embargo, el hecho de que ella apelara al deber le pareció algo que revelaba cierta verdad. ¿Qué sucedía?

A pesar de su curiosidad, fue agudamente consciente de que lo alejaba de Caro. Hubiera hecho algún esfuerzo por incluirla, incluso ante el evidente deseo de la condesa de hablar con él a solas, pero cuando miró a su alrededor, vio a Ferdinand en una profunda conversación con Kosminsky.

El pequeño polaco estaba en pleno entusiasmo; Ferdinand lo escuchaba con atención.

Aliviado a ese respecto, la siguió sin discutir, aguardando mientras ella se instalaba en una de las sillas y luego tomando la otra.

Ella fijó sus oscuros ojos en los suyos. "Ahora..."

Caro miró a Michael que se inclinaba hacia delante, relajado, pero centrado en lo que le decía la condesa.

"¿Seguro no quieres venir?"

Miró a Edward. Él encontró sus ojos, desvió la mirada hacia Ferdinand y luego arqueó las cejas.

"Ah—no." Caro miró más allá de él hacia el grupo de jóvenes que se dirigía al sendero que conducía a una hermosa hondonada.

La tarde estaba cálida; el aire era pesado, fragante con los aromas del bosque. La mayoría de los invitados mayores mostraban signos evidentes de instalarse a tomar una siesta, todos con excepción del señor Kosminsky y Ferdinand, y de Michael y la condesa, absortos en sus discusiones.

"Me quedaré con... Lady Kleber."

Edward no pareció afectado por su estrategia. "¿Estás segura?"

"Sí, sí." Agitó las manos, haciéndole señas de que se marchara al lugar donde lo aguardaban Elizabeth y la señorita Kosminsky. "Ve y disfrutas del paseo. Soy perfectamente capaz de manejar a Ferdinand."

La última mirada de Edward decía evidentemente, *¿en este contexto?* Pero sabía que de nada le serviría discutir. Volviéndose, se unió a las chicas; pocos minutos después, el grupo había desaparecido por el sendero que se internaba en el bosque.

Caro se unió a Lady Kleber, la señora Kosminsky y la

señora Verolstadt. Su conversación, sin embargo, pronto se hizo desganada y luego desapareció por completo. Pocos minutos más tarde, un suave ronquido llenó el aire.

Todas las tres damas mayores tenían los ojos cerrados, la cabeza reclinada hacia atrás. Caro miró rápidamente a su alrededor; la mayoría había sucumbido también—sólo Kosminsky, Ferdinand, Michael y la condesa estaban aún despiertos.

Ella tenía dos opciones—fingir que dormía también y ser víctima de cualquiera de los dos hombres que la perseguían y que llegara primero a despertarla, como el príncipe de la Bella Durmiente—y apostaría sus mejores perlas a que lo harían—o . . .

Levantándose silenciosamente, rodeó las sillas—y siguió vagando, en silencio, como una enredadera, hasta cuando los árboles se cerraron a su alrededor y se perdió de vista.

Qué era exactamente lo que se proponía con eso—para cuando llegó al arroyo, su lucidez había regresado.

Se sentó en una roca agradablemente caldeada por el sol, frunció el ceño ante el arroyo ondulado, y decidió que había sido su visión de la Bella Durmiente, atrapada, obligada a aguardar y a aceptar las atenciones de cualquier príncipe apuesto que apareciera para besarla en los labios . . . realmente, le había recordado demasiado su propia situación, así que hizo lo que hubiera hecho cualquier mujer en su sano juicio—incluso la Bella Durmiente, si hubiera tenido la oportunidad. Había huido.

El problema era que no podía ir muy lejos y estaba, por lo tanto, en peligro de ser atrapada por uno de los dos príncipes—perseguidores. Además de eso, uno de ellos conocía aquella parte del bosque incluso mejor que ella.

Peor aun, si estaba destinada a ser atrapada por alguno, y se veía obligada a elegir, no sabía a cuál de los dos elegiría. En este contexto, Ferdinand sería difícil de manejar; Edward había tenido razón en eso. Sin embargo, a pesar de ello, Ferdinand tenía pocas probabilidades de entusiasmarla y tentarla a un abrazo ilícito. Michael, por otra parte . . .

Sabía cuál de los dos era verdaderamente más peligroso

para ella. Desafortunadamente, era también aquel con quien se sentía inmensurablemente más segura.

Un dilema—para el que su considerable experiencia no la había preparado.

El distante ruido de una rama quebrada la alertó; concentrándose, escuchó unos pasos. Alguien se acercaba por el sendero que había tomado desde el claro. Rápidamente, registró su entorno; un matorral de saúco que crecía al lado de un viejo abedul ofrecía la mejor esperanza de ocultarse.

Levantándose, trepó por la ladera apresuradamente. Rodeando el matorral, descubrió que el saúco que crecía profusamente no se extendía hasta el tronco del enorme abedul, sino que formaba una cerca que ocultaba del arroyo a quien estuviese bajo el abedul. Más allá del abedul, el terreno se elevaba continuamente; podía ser vista desde la parte más alta de la ribera; sin embargo, si se colocaba al frente del abedul...

Deslizándose hacia el espacio oculto, se colocó delante del enorme tronco del abedul y miró hacia el arroyo. Casi de inmediato, un hombre llegó caminando por la ribera; lo único que pudo ver a través de las hojas de saúco fue un hombro, el destello de una mano—no lo suficiente para estar segura de quién era.

Él se detuvo; ella sintió que miraba a su alrededor.

Estirándose hacia un lado y otro, intentó verlo mejor—luego él se movió y ella advirtió que estaba registrando la ribera, la zona donde ella se encontraba; simultáneamente advirtió que el saco que había visto era azul oscuro. Ferdinand. Michael llevaba un saco marrón.

Contuvo el aliento, inmóvil, con los ojos fijos donde se encontraba Ferdinand... los juegos infantiles del escondido nunca habían sido tan intensos.

Durante largos momentos, todo permaneció en silencio, inmóvil; el pesado calor debajo de los árboles era una frazada que todo lo silenciaba. Se hizo consciente de su respiración, del latido de su corazón... y, súbitamente, de una desconcertante alarma de sus sentidos.

Sus sentidos ardieron abruptamente; supo que estaba allí antes de que lo sintiera realmente, moviéndose silenciosamente hacia ella desde el otro lado del árbol. Supo quién era antes de que su larga mano se deslizara alrededor de su cintura; él no forzó su espalda contra él—los pies de Caro no se movían—sin embargo, de repente estaba allí, con todo su calor y su fuerza detrás de ella, su duro cuerpo, su sólido marco masculino casi rodeándola.

Antes no había estado respirando; ahora no podía hacerlo. Una ráfaga de calor la invadió. El vértigo la amenazaba.

Levantando una mano, la cerró sobre la de él en su cintura. Sintió que él la sostenía con fuerza como respuesta. Él inclinó la cabeza; sus labios recorrieron la piel sensible debajo de su oreja. Suprimiendo un temblor, ella lo escuchó susurrar en voz baja, profunda, y sin embargo, levemente divertida, "Permanece inmóvil. No nos ha visto."

Ella volvió la cabeza, se reclinó sobre él, con la intención de decirle, ásperamente, "Lo sé"—pero, en ese momento, su mirada chocó con la suya. Luego bajó hasta sus labios, a unos pocos centímetros de los suyos...

Ya estaban tan cerca que sus alientos se mezclaban; parecía extrañamente razonable—algo que debía suceder—que se movieran, se acomodaran, cerraran la distancia, que él la besara y ella lo besara, aun cuando ambos eran agudamente conscientes de que, a unos pocos pasos de allí, Ferdinand Leponte la estaba buscando.

Este hecho mantuvo los besos ligeros; los labios se rozaban, se acariciaban, afirmándose mientras ambos continuaban escuchando.

Finalmente llegaron los sonidos que aguardaban, una débil maldición en portugués seguida por los pasos de Ferdinand que retrocedía.

El alivio invadió a Caro, suavizando su espalda; se relajó. Antes de que pudiera recobrar su compostura y retirarse, Michael aprovechó el momento, la hizo girar hasta quedar entre sus brazos, los cerró a su alrededor, abrió sus labios y se deslizó en la caverna de miel de su boca.

Y tomó, saboreó, incitó... y ella estaba con él, siguiendo su libreto, contenta, al parecer, tanto de permitir como de apreciar la intimidad que lentamente escalaba en cada encuentro sucesivo. Forjada. Una reflexión sobre el deseo que escalaba continuamente dentro de él y, él estaba seguro, en ella.

Se sentía confiado de esto último aun cuando ella era extremadamente difícil de interpretar y, al parecer, decidida a negarlo.

Recordando eso, recordando sus verdaderas intenciones, y aceptando que una mayor privacidad sería conveniente, retrocedió con reticencia del beso.

Levantando la cabeza miró su rostro, observó las sombras de las emociones que nadaban en sus ojos mientras ella parpadeaba y recobraba su compostura.

Luego lo miró enojada, se tensó y se apartó de su abrazo.

Consiguiendo no sonreír, la soltó, pero tomó su mano, impidiéndole que se marchara enojada.

Ella frunció el ceño cuando vio su mano, cerrada sobre la suya; luego levantó una glacial mirada a su rostro. "Debo regresar al claro."

Él arqueó las cejas. "Leponte está acechando en algún lugar entre el claro y aquí. ¿Estás segura de que deseas arriesgarte a tropezar con él...sola...bajo los árboles...?"

Cualquier duda que tuviera sobre cómo veía ella a Leponte—cualquier inclinación a considerarlo como su rival— desapareció, reducida a cenizas, cuando vio el fastidio en sus ojos, la naturaleza de su vacilación. Su mirada permaneció fija en la suya; su expresión pasó de un altivo desdén a la exasperación.

Antes de que pudiera formular otro plan, dijo, "Me dirigía a verificar el estanque, a asegurarme que el arroyo aún está corriendo libremente. Puedes venir conmigo."

Ella vaciló, sin ocultar que sopesaba los riesgos de acompañarlo contra los de tropezar inadvertidamente con Leponte. No estaba dispuesto a hacer ninguna promesa que no tenía intenciones de cumplir, así que permaneció en silencio y aguardó.

Finalmente, ella hizo una mueca. "Está bien."

Asintiendo, se volvió para que no viera su sonrisa. Tomados de la mano, dejaron la protección de los saucos y se internaron por el bosque al lado del arroyo.

Ella le lanzó una mirada sospechosa. "Pensé que habías dicho que el arroyo estaba desbloqueado."

"Lo estaba, pero ya que estoy aquí"—la miró—"y no tengo nada mejor que hacer, pensé que sería bueno asegurarme que hemos arreglado el problema en forma permanente."

Siguió caminando, internándose más profundamente en el bosque.

El estanque era bien conocido por la gente de la región, pero como estaba sepultado en lo profundo de los bosques de Eyeworth, una parte de los bosques y parte de sus tierras, pocas personas más sabían o sospechaban siquiera de su existencia. Estaba ubicado en un estrecho valle, y la vegetación que lo rodeaba era densa, menos fácil de penetrar que los senderos del bosque abierto.

Diez minutos de caminar por los senderos del bosque los llevaron al borde del estanque. Alimentado por el arroyo, era lo suficientemente profundo como para que la superficie pareciera vidriosa y quieta. A la madrugada y al atardecer, el estanque atraía a los animales del bosque, grandes y pequeños; a media tarde, el calor—no tan fuerte en ese lugar, pero considerable—envolvía la escena en la soñolencia. Eran las únicas criaturas despiertas, las únicas que se movían.

Miraron a su alrededor, inmersos en la tranquila belleza; luego, sin soltar la mano de Caro, Michael la condujo por la ribera hacia el lugar donde salía el arroyo del estanque.

Estaba cantando alegremente, como una delicada melodía que tintineaba en el silencio del bosque.

Deteniéndose en la cabecera del arroyo, señaló un lugar a diez yardas de allí. "Un árbol se había alojado allí—presumiblemente se cayó durante el invierno. Había desperdicios a su alrededor, casi una represa. Arrastramos el árbol y la mayor parte de los desperdicios, y esperamos que el arroyo mismo limpiara el resto."

Ella observó el agua que corría libremente. "Me parece que lo hizo."

Él asintió, apretó su mano y retrocedió. La hizo retroceder con él—sin previa advertencia, soltó su mano, cerró la suya en su cintura, la levantó y la hizo girar, depositándola luego en la base de un enorme roble, con su espalda contra el tronco; inclinó la cabeza y la besó.

Profundamente esta vez.

Él sintió que ella ahogaba un grito—supo que intentaba enojarse—sintió un raudal de deleite muy masculino cuando no lo consiguió. Cuando, a pesar de sus claras intenciones de resistir, en lugar de hacerlo fue al encuentro de su lengua, cuando en segundos sus labios se afirmaron y, para ella casi osadamente, con un destello de elusiva pasión, no sólo satisfizo sus exigencias sino que parecía decidida a ganar más.

El resultado de ello fue un beso, una serie de intercambios cada vez más ardientes que, para su considerable sorpresa, evolucionaron hacia un juego sensual de un tipo que nunca había jugado antes. Le tomó algunos momentos—le tomó un esfuerzo desprender incluso una parte de su mente como para poder pensar—antes de advertir qué era diferente.

Era posible que ella no hubiera tenido mucha experiencia en besar, al creer, equivocadamente, que no sabía hacerlo; él esperaba que ella, al haberla seducido hasta ese punto, estaría ávida por aprender—como de hecho lo estaba. Lo que no esperaba era su actitud, su aproximación a este aprendizaje; sin embargo, ahora que estaba manejándolo, labios contra labios, boca a boca, lengua con lengua, era, ciertamente, *Caro*.

Estaba comenzando a advertir que ella no poseía ni un gramo de aquiescencia en su cuerpo. Si aceptaba, avanzaba, decidida; si no lo hacía, resistía con igual tenacidad.

Pero aceptar, seguir con algo sin comprometerse realmente, sencillamente no estaba en el carácter de Caro.

Ahora que la había obligado a enfrentar la cuestión, ella obviamente había decidido aceptar su ofrecimiento de enseñarle a besar. En efecto, parecía decidida a hacer que le enseñara más—sus labios, sus respuestas, eran cada vez más exigentes. Imperiosas. Correspondiéndole paso a paso, igualándolo en cada aspecto.

Si la completa captura de sus sentidos, la total inmersión de la atención de Michael en el intercambio, la reacción cada vez más definitiva de su cuerpo eran algún indicio, ella no necesitaba más enseñanzas.

Abruptamente, él se retiró y terminó el beso, consciente

de cuán peligrosamente insistente era su deseo, del latido cada vez más fuerte de su sangre. Levantó la cabeza sólo un poco, hasta que las pestañas de Caro se agitaron y luego se abrieron—buscó en sus plateados ojos.

Necesitaba saber si ella estaba donde él creía, si estaba interpretando correctamente sus respuestas. Lo que vio... fue sorprendente primero, luego intensamente gratificante. Un grado de asombro—casi de maravilla—iluminaba sus bellos ojos. Sus labios llenos, de un rosa más sensual, ligeramente inflamados; su expresión se tornó reflexiva, evaluadora y, sin embargo, él sintió que detrás de todo aquello estaba complacida.

Caro se aclaró la voz; su mirada bajó hasta sus labios antes de que la levantara de nuevo e intentara lucir enojada. Intentó retroceder, pero el tronco estaba a sus espaldas. "Yo..."

Él se inclinó rápidamente, la interrumpió, la calló. Se acercó más, lentamente, deliberadamente, la atrapó contra el árbol.

Sintió que sus dedos se tensaron en sus hombros y luego se relajaron.

Se disponía a protestar, a insistir en que se detuvieran y se unieran a los demás—sentía que eso era lo que decía decir. No necesariamente lo que quería.

Michael había apostado a que la mayoría de sus pretendientes no habían comprendido esto. Caro jugaba según las reglas sociales, sintiéndose atadas por ella aun cuando era experta en doblegarlas para su causa. Había estado casada durante nueve años; habría adquirido la costumbre de rechazar todas las propuestas de devaneos. Su reacción, sin duda, era ahora algo natural. Como lo acababa de demostrar, la única manera de pasar sus defensas era ignorarlas, así como las reglas, por completo.

Sólo actuar—y darle la oportunidad de reaccionar. Si ella verdaderamente deseara detenerse, habría luchado, resistido; por el contrario, mientras él la besaba más profundo y, reclinando un hombro contra el árbol, moldeaba su cuerpo al suyo, ella levantó los brazos y los entrelazó alrededor de su cuello.

Caro se aferró a él, bebió en su beso, lo besó descaradamente—e ignoró la vocecita vacilante de la razón que insistía en que esto estaba mal. No sólo mal, sino que era grave y peligrosamente estúpido. En ese momento, no le importaba, arrastrada por una ola de júbilo que nunca antes había experimentado—que nunca esperó experimentar.

Michael realmente *quería* besarla. No una ni dos veces, sino muchas veces. Más aún, él parecía... ella no sabía qué era realmente la compulsión creciente que sentía en él, pero la palabra que le vino a la mente fue "hambriento."

Hambriento de ella, de sus labios, de su boca, de tomar y saborear todo lo que ella le diera. Y él podía seducirla a que se lo permitiera; sin embargo, en términos de seducción, para ella este deseo de él era la máxima tentación. Era mejor que él no lo supiera, y ella era demasiado inteligente como para decírselo.

Sus labios, duros e imperiosos, sobre los suyos, la manera como llenaba su boca con su lengua, saboreando y acariciando y luego retirándose, incitándola a hacer lo mismo, ya no era un aprendizaje sino una fascinación. Un placer sensual que ella, ahora segura, podía permitirse y disfrutar.

La idea de besar—al menos de besar a Michael—ya no la llenaba de temor. Por el contrario...

Moviendo las manos, abrió los dedos, los hundió en sus gruesos rizos y sostuvo su cabeza para poder presionar, con más fuerza, un beso que le llenó el alma. Un curioso calor crecía en su interior; ella dejó que creciera y la invadiera, la recorriera—para transmitírselo a él.

Su reacción fue inmediata, una oleada de apetito voraz que fue intensamente satisfactoria. Ella la sació, lo incitó a continuar—sintió que todo su cuerpo se tensaba deliciosamente cuando él se hundió más profundamente en su boca y saqueó.

En efecto, su cuerpo pareció calentarse aún más; la calidez se extendió en ávidas llamas bajo su piel. Sentía duros sus senos... el peso de su pecho contra ellos era curiosamente tranquilizador, mas no lo suficiente.

Michael aumentó súbitamente la intensidad del intercambio con un beso flagrantemente incendiario—que hizo que los dedos de sus pies se enroscaran y que dejó latiendo partes de su cuerpo que nunca pensó que se afectaran.

Sus senos le dolían—él retrocedió. Ella intentó recobrar su compostura para protestar...

Él soltó sus manos alrededor de su cintura; las deslizó y las puso, dura y definitivamente, con la palma extendida sobre su pecho.

Su protesta murió, congelada en su mente. El pánico se despertó de un golpe...

Su mano se cerró, firme, imperiosa; sus sentidos se quebraron. El viejo dolor cedió, luego se inflamó otra vez.

Cedió de nuevo mientras él la acariciaba.

Por un instante vaciló, insegura...luego el calor creció como una ola, la invadió—y él la besó más profundamente; ella le devolvió el beso, compartiendo abiertamente y los dedos de Michael se afirmaron de nuevo.

El pánico estaba sepultado debajo de una ola de sensación; una curiosidad profunda y muy real lo mantenía sumergido. Él había conseguido enseñarle a besar. Quizás querría, podría, enseñarle más...

Michael lo supo en el instante en que ella decidió permitirle que la acariciara; no sonrió internamente, sino que sintió una sincera gratitud. Necesitaba el contacto tanto como ella. Ella podía haber pasado hambre durante años; sin embargo, el deseo de Michael era, en este momento, el más urgente.

Se prometió a sí mismo que eso cambiaría—él tenía una visión muy definida de lo que quería de ella—pero aún no era el momento. Por ahora...

Mantuvo sus labios en los de ella, distrayéndola ingeniosamente cada vez que llevaba más lejos su intimidad. Sus instintos lo llevaron a abrir su corpiño, a saborear su piel exquisitamente fina; sin embargo, estaban en la mitad del bosque y pronto debían regresar al claro del picnic.

Este último pensamiento lo llevó a hacer más leve el beso hasta que, sin irritarla, pudiera levantar la cabeza y estudiar su rostro mientras continuaba acariciándola. Necesitaba conocer sus pensamientos, sus reacciones, para saber cómo y dónde comenzar de nuevo la próxima vez que se encontraran.

Cuando consiguiera raptarla de nuevo y atraparla en sus brazos.

Sus pestañas se agitaron; abrió los ojos un poco. Sus ojos, de plata brillante, encontraron los suyos. Ninguno de los dos respiraba calmadamente. El primer paso hacia la intimidad—el compromiso inicial de explorar lo que podía llegar a ser—había sido dado definitivamente; sus miradas se tocaron, reconociéndolo.

Caro respiró profundamente, soltó las manos de su cuello, de sus hombros y miró hacia abajo—a su mano, grande, fuerte, de largos dedos que acariciaban hábilmente sus senos, rodeando sus pezones ahora duros, enviando sensaciones que la recorrían, dejando sus nervios duros, tensos. Su fino traje de velo no era una verdadera barrera; tomando su pezón entre los dedos, lo oprimió suavemente.

Ella respiró ahogadamente. Cerró los ojos y dejó que su cabeza cayera hacia atrás—luego se obligó a abrir los ojos de nuevo y fijó su mirada en su rostro. En su rostro delgado, austeramente apuesto. Si hubiera podido fruncir el ceño lo habría hecho; tuvo que contentarse con una expresión estudiadamente vacía. "No te dije que podías... hacer eso."

Su mano se cerró otra vez. "Tampoco dijiste que no podía hacerlo."

Una débil expresión de irritación llegó por fin; entrecerró los ojos. "¿Estás diciendo que ya no puedo confiar en ti?"

Su rostro se endureció y sus ojos también, pero su mano continuó acariciándola lánguidamente. La observó por un momento y luego dijo, "Puedes confiar en mí—siempre. Esto te lo prometo. Pero también te prometo más." Su mano se afirmó alrededor de su seno; sus ojos sostuvieron su mirada. "No te prometo comportarme como esperas." Su mirada bajó a sus labios; él se acercó más. "Sólo como quieres. Como lo mereces."

Ella se habría irritado más y discutido, pero él la besó. No con voraz calidez, sino de una manera directa, profundamente satisfactoria. Que calmó algo su conciencia social, como si no hubiera razón para que ella no pudiera aceptar sencillamente todo lo que había ocurrido entre ellos, entre dos adultos, y dejarlo así.

A pesar de su comportamiento prepotente y dominante, ella no se sintió abrumada. Sabía de manera absoluta que él nunca la heriría o la lastimaría, que si luchaba él la soltaría ...Tanto sus acciones como sus palabras sugerían que no estaba dispuesto a dejar que lo negara, o a ella misma, solamente a causa de las convenciones sociales.

Si ella quería rechazarlo, debía convencerlo de que realmente no quería hacer parte de sus planes. Era bastante sencillo—excepto que...

Su cabeza nadaba placenteramente, su mente desprendida, su cuerpo cálido y ardiente bajo su mano.

Súbitamente, él rompió el beso. Levantando la cabeza, él miró más allá de ella, más allá del árbol. Ella volvió la cabeza, pero no pudo ver más allá del tronco.

Él se había congelado—todo excepto sus dedos que la acariciaban. Suspiró profundamente, preparándose para preguntar qué había allí—la mirada de Michael regresó a su rostro, con los ojos advirtiéndole.

Luego, veloz y silencioso, se movió, haciéndose a un lado, volviéndose y llevándola consigo al otro lado del árbol; él terminó con su espalda contra el tronco, más o menos contra el mismo estaque, mientras ella permanecía atrapada contra él, con la espalda contra su pecho, mirado al otro lado del estanque, protegida contra cualquier peligro que acechara.

Mirando sobre su hombro, vio que ella miraba sobre el suyo, asomándose para ver el estanque. Luego él volvió la mirada, encontró sus ojos. Bajando la cabeza, movió la de ella hasta que pudo susurrarle al oído. "Es Ferdinand. Guarda silencio. No sabe que estamos aquí."

Ella parpadeó. Él se enderezó de nuevo; ella sintió que vigilaba y, sin embargo...aun cuando su atención se había desviado y sus dedos eran más lentos, no se había detenido. Sentía su piel ardiendo, sus senos tensos, sus nervios de punta.

Peor aun, su otra mano se había levantado para ayudar en aparente distracción.

Le resultaba, descubrió ella, extremadamente difícil pensar.

A pesar de ello, no podía protestar.

Pasaron algunos minutos de nerviosa tensión; luego él se relajó. Se volvió hacia ella, se acercó y susurró, "Se aleja de nosotros."

Ignorando valientemente la preocupación de sus manos, ella se volvió y miró más allá de él; vio a Ferdinand que se internaba en el bosque, siguiendo un sendero que se alejaba desde el lado opuesto del estanque.

Michael lo había visto también. Encontró su mirada, cerró sus manos firmemente; luego la soltó, recorriendo su cuerpo con la palma de sus manos.

Ella respiró profundamente.

Él estudió sus ojos, luego se inclinó y la besó—una última vez. Un final, y una promesa—hasta la próxima vez.

Levantando la cabeza, la miró. "Será mejor que regresemos."

Ella asintió. "Así es."

Caminaron alrededor del estanque; cuando llegaron al sendero que conducía de regreso al claro, ella se detuvo, mirando alrededor del estanque hacia el sendero que había tomado Ferdinand. "Va en la dirección equivocada."

Michael encontró su mirada; su mandíbula se endureció. "Es un hombre hecho y derecho."

"Sí, *pero...*" Ella miró hacia el otro sendero. "Sabes qué fácil es perderse allí. Y si se extravía, todos tendremos que salir a buscarlo."

Tenía razón. Michael suspiró e hizo un gesto hacia el otro sendero. "Vamos—no puede estar lejos."

Con una rápida sonrisa de reconocimiento a su capitulación, ella encabezó la marcha. Quince yardas después, el sendero se convertía en una ladera cruzada de raíces; él tomó la delantera, dándole la mano para asegurarse de que no resbalara.

Estaban concentrados en el descenso, sin hablar, mirando sus pies, cuando escucharon voces. Se detuvieron y miraron al frente; ambos sabían que otro pequeño claro se abría al lado del sendero un poco más adelante.

Él miró hacia atrás, se puso los dedos sobre los labios.

Frunciendo el ceño, Caro asintió. Esta era su tierra, pero no había cercado; nunca le había impedido a la gente de la región utilizarla. Pero ambos habían escuchado el tono furtivo de la conversación susurrada; parecía conveniente no irrumpir en una situación en la que no eran bienvenidos. Especialmente no con Caro a su lado; había al menos dos hombres, posiblemente más.

Por fortuna, era sencillo salir del estrecho sendero y continuar luego entre los árboles. La maleza era lo suficientemente densa como para ocultarlos. Finalmente, llegaron a un lugar desde el cual podían mirar el claro a través de un frondoso arbusto.

Ferdinand se encontraba en él, hablando con dos hombres. Eran delgados, hoscos, vestidos con ropas gastadas. Decididamente, no eran amigos de Ferdinand; por su interacción, sin embargo, parecía probable que fuesen sus empleados.

Michael y Caro habían llegado demasiado tarde para escuchar la conversación; sólo alcanzaron a oír que los hombres harían el trabajo que Ferdinand les había encomendado y la despedida cortante y aristocrática de Ferdinand. Luego se volvió sobre sus talones y salió del claro.

Ellos permanecieron inmóviles y los observaron alejarse, de regreso hacia el estanque.

Caro haló a Michael de la manga; él se volvió a tiempo para ver cómo los dos hombres desaparecían por otro sendero, el que llevaba al camino principal.

Caro abrió la boca—él la detuvo con un gesto. Aguardó. Sólo cuando estuvo seguro de que Ferdinand estaba lo suficientemente lejos y no podía escucharlos, encontró la mirada sorprendida de Caro.

"¿Qué demonios fue eso?"

"Efectivamente." Tomándola del brazo, la condujo de nuevo al sendero.

"Me pregunté inicialmente si podrían ser los hombres que atacaron a la señorita Trice—aun cuando por qué Ferdinand hablara con ellos no puedo imaginarlo—pero son demasiado delgados, ¿no te parece?"

Él asintió. Estaban aproximadamente a la misma distancia de los hombres que había atacado a la señorita Trice; los dos que se encontraban en el claro eran también más bajos. Se lo dijo y Caro estuvo de acuerdo.

Caminaron rápidamente durante un rato y luego ella dijo, "¿Por qué Ferdinand, si deseaba contratar unos hombres, se encontraría con ellos en… bien, en secreto? Y, más aún, ¿por qué aquí? Estamos a varias millas de la mansión Leadbetter."

Las mismas preguntas que él se había estado haciendo. "No tengo idea."

El sitio del picnic apareció a la vista. Escucharon voces— los invitados más jóvenes habían regresado de su excursión, y los mayores habían revivido. Michael se detuvo, luego salió del sendero a la relativa privacidad que le ofrecía un gran arbusto.

Haló a Caro, quien lo miró sorprendida.

Él encontró sus ojos. "Creo que podemos concluir sin equivocarnos que Ferdinand trama algo—posiblemente algo que el duque y la duquesa, al menos, no aprobarían."

Ella asintió. "Pero, ¿qué?"

"Hasta que sepamos más, tendremos que mantener los ojos abiertos y estar en guardia." Se inclinó y la besó—el último, último beso.

Se proponía recordarle, evocar sus recuerdos sólo por un instante; desafortunadamente, la respuesta de Caro tuvo el mismo efecto en él y lo dejó adolorido.

Suprimiendo una maldición, levantó la cabeza, la miró a los ojos. "Recuerda—en lo que se refiere a Ferdinand, debes estar alerta."

Ella estudió sus ojos, su rostro y luego sonrió tranquilizándolo; lo acarició en el hombro. "Sí, desde luego."

Con esto, se volvió, regresó al sendero y se dirigió al claro. Con la mirada fija en sus ondulantes caderas, él maldijo mentalmente y luego la siguió, caminando tan despreocupadamente como pudo detrás de ella.

CAPÍTULO

9

$\mathcal{M}$ichael se preguntaba si alertar o no a Geoffrey sobre sus sospechas acerca de Ferdinand. Pasó una noche inquieta aun cuando no debido principalmente a esta preocupación. Durante el desayuno, llegó una nota de Geoffrey pidiéndole que cenara con su familia esa noche.

La invitación era, claramente, un signo de los dioses. Cabalgó hasta la Casa Bramshaw cuando el sol se ocultaba detrás de los árboles y el día se convertía en una cálida noche. Aparte de todo lo demás, cuando él y Caro habían regresado al claro, Ferdinand estaba interrogando a Edward. Quería saber cuál era el interés de Leponte; estaba seguro de que Caro habría interrogado a Edward al respecto.

Al llegar a la Casa Bramshaw, cabalgó directamente hacia el establo. Dejando a Atlas allí, se dirigió a la casa y halló a Geoffrey en su estudio.

En el piso superior, Caro estaba sentada delante de su tocador y ociosamente se peinaba el cabello. Estaba vestida y peinada para la cena; no que aquella noche exigiera una gran elegancia—sólo estaría la familia. Su traje de seda dorado pálido era uno de sus predilectos; se lo había puesto porque la tranquilizaba. La serenaba y le daba seguridad.

Durante las últimas veinticuatro horas había estado . . . distraída.

Michael la había sorprendido. Primero, al *querer* activamente besarla una y otra vez. Luego al querer más. Más aún, comenzaba a sospechar que quisiera todavía más, pudiera llegar incluso a *desearlo*.

El deseo era un tipo de hambre, ¿verdad? La idea de que eso pudiera ser lo que ella sentía en él, que lo invadía y crecía cuando intercambiaban ardientes besos, era una posibilidad demasiado asombrosa y reveladora como para ignorarla.

¿Podría ser así? ¿La deseaba verdadera, absoluta y honestamente—de esa manera?

Parte de ella sonrió desdeñosamente, ridiculizando la idea como una pura fantasía; la parte más vulnerable de ella deseaba desesperadamente que fuese verdad. Encontrarse en una posición que le permitía considerar activamente esta pregunta era en sí mismo un desarrollo novedoso.

Una cosa era clara. Después del interludio al lado del estanque, ella enfrentaba una decisión: seguir adelante o detenerse, decir sí o no. Si él quería más, ¿estaría ella de acuerdo? ¿Debería hacerlo?

Aquella decisión debería ser relativamente sencilla para una mujer de veintiocho años que no se había casado de nuevo, después de un matrimonio de conveniencia con un hombre mucho mayor que ella. Desafortunadamente, en su caso, había complicaciones, complicaciones definidas; sin embargo, por primera vez en su vida, no estaba convencida de que debiera rechazar sin más la oportunidad que Michael *podría* ofrecerle.

Esta incertidumbre no tenía precedentes: era lo que la había mantenido distraída todo el día.

Varios caballeros se habían ofrecido a tener aventuras amorosas con ella durante los últimos diez años—prácticamente desde su matrimonio—sin embargo, ésta era la primera vez que se había sentido remotamente tentada. Todos esos otros... nunca había estado persuadida de que su deseo por ella fuese más real de lo que había sido el de Camden, de que no estuviesen motivados por una razón más mundana, como el tedio o sencillamente la emoción de la cacería, o incluso por consideraciones políticas. Ninguno de ellos la había besado realmente, no como lo había hecho Michael.

Recordando... en ningún momento había pedido Michael su autorización. Si ella lo comprendía correctamente, si ella no decía específicamente "no," él tomaría su silencio por un "sí." Este enfoque había funcionado, para ambos. A pesar de sus reservas, él no había hecho nada, ni la había llevado a hacer nada que ella lamentara. Por el contrario. Lo que habían hecho la llevaba a contemplar hacer mucho más.

¿Qué tan lejos llegaría antes de perder su interés? No tenía idea; no obstante, si realmente la quería, la deseaba... ¿no se debía a sí misma el averiguarlo?

El sonido del gong resonó por la casa, llamándolos al salón. Con una mirada a la corona relativamente arreglada ahora de su cabello, se puso de pie y se dirigió a la puerta. Retomaría sus reflexiones más tarde; evidentemente, sería conveniente tener una idea firme acerca de cómo manejaría a Michael antes de que él tuviese otra oportunidad de estar con ella a solas.

Michael escuchó el gong y abandonó su bien intencionado pero fracasado intento de alertar a Geoffrey acerca de la amenaza potencial que emanaba de Ferdinand Leponte. Fue su culpa, no la de Geoffrey; no tenía suficientes hechos contundentes para incitar los instintos menos afinados de Geoffrey.

Aun cuando había sido el Miembro local del Parlamento durante una década, Geoffrey nunca había sido tocado por el lado más oscuro de la política. Cuando Michael había descrito el virulento interés de Leponte por la vida personal de Camden Sutcliffe, Geoffrey había arqueado las cejas. "Qué extraño." Había bebido su jerez y luego había agregado, "Quizás George debiera llevarlo a conocer la mansión Sutcliffe."

Después de eso, no se había molestado en mencionar el encuentro de Leponte con los dos extraños en el bosque. Geoffrey probablemente habría sugerido que eran corredores de apuestas de Southampton. Lo cual podría ser cierto; sólo que él no lo consideraba probable. Leponte tramaba algo, pero no se refería a qué caballo ganaba el Derby.

Inclinándose ante el destino, desvió su conversación

hacia una discusión de los asuntos de la región, ninguno de los cuales era alarmante en manera alguna.

"Sonó el gong." Geoffrey se levantó.

Poniéndose de pie, Michael dejó su copa y se le unió; juntos se dirigieron por el pasillo hacia el recibo principal y entraron al salón.

Caro, esbelta en su traje oro viejo, estaba delante de ellos, así como Edward y Elizabeth. De pie en la mitad de salón, Caro se hallaba al frente de la silla donde se encontraba Elizabeth; al escuchar pasos, se volvió.

Su mirada encontró primero a Geoffrey y luego descansó en él.

Parpadeó y miró de nuevo a Geoffrey. Aparte de aquel parpadeo, no mostró ningún signo de sorpresa en su rostro ni en su actitud.

Geoffrey la delató. "Ah—lo siento Caro—me olvidé de decírtelo. Invité a Michael a cenar con nosotros."

Ella sonrió, confiada y segura. "Qué agradable." Deslizándose hacia adelante, le tendió su mano. Miró a Geoffrey. "¿La señora Judson . . . ?"

"Oh, recordaré decírselo."

Geoffrey se dirigió a hablar con Edward. Caro miró su espalda; su sonrisa tomó un aire sutil.

Él levantó su mano a sus labios y la besó brevemente. Tuvo la satisfacción de ver su mirada y de que su atención se fijara rápidamente en él. "Espero que no lo desapruebes."

Caro lo miró a los ojos. "Desde luego que no."

Habría querido tener más tiempo para considerar su posición antes de verlo de nuevo; sin embargo, esto no ocurriría. Podía manejarlo—manejar situaciones era su especialidad.

No permanecieron durante largo rato en el salón. Una discusión de los preparativos para el bazar de la iglesia ocupó su tiempo; todavía discutían los méritos de la sugerencia de Muriel de realizar un concurso de arquería cuando se dirigieron al comedor.

La cena transcurrió sin tropiezos. Como siempre cuando Caro estaba allí, la señora Judson se esmeró especialmente. Caro simpatizaba con ella; durante el resto del año, sólo atendía a Geoffrey, y sus gustos eran increíblemente sencillos.

Aquella noche la comida fue excepcional, la conversación relajada y agradable. Michael conversaba con facilidad con todos; para ella y para Geoffrey también fue fácil tratarlo como algo cercano a un miembro de la familia.

Como invitar a Michael había sido idea de Geoffrey, no estaba segura de qué debía esperar cuando los tres hombres rechazaron la invitación a beber un oporto y todos regresaron juntos al salón. Geoffrey sugirió un poco de música; Elizabeth se dirigió diligentemente al piano.

Caro también tocaba el piano; sin embargo, se abstuvo de hacerlo, sabiendo que a Geoffrey le agradaba escuchar a Elizabeth y a Edward le gustaba estar a su lado para volver las páginas... pero eso la dejó con Michael. Le correspondía asegurarse de que pasara un rato agradable...

Lo miró y advirtió que estaba observándola. Con una sonrisa comprensiva, le ofreció su brazo. "Ven—demos un paseo. Quería preguntarte qué intentó Leponte sonsacar de Edward."

El comentario sirvió para poner de relieve cuán distraída había estado; se había olvidado por completo del extraño comportamiento de Ferdinand.

Deslizando su mano por el brazo de Michael, le permitió que la llevara hacia el otro extremo de la larga habitación y, entretanto, organizó los hechos. Mirando hacia abajo habló en voz baja, más baja que la cadencia que Elizabeth comenzaba a interpretar. "Quería saber toda clase de cosas, pero Edward dijo que la parte fundamental era que Ferdinand deseaba saber si Camden había dejado papeles personales— diarios, cartas, notas personales—este tipo de cosa."

"¿Lo hizo?"

"Desde luego." Ella lo miró. "¿Puedes imaginar a cualquier embajador de la talla de Camden que no conserve notas detalladas?"

"Naturalmente—entonces, ¿por qué necesitaba preguntarlo Leponte?"

"La teoría de Edward es que la pregunta era sólo un ardid para obtener una respuesta acerca de dónde podrín estar estos papeles."

"¿Supongo que fracasó en su intento?"

"Desde luego." Deteniéndose ante las puertas de vidrio que daban a la terraza, abiertas para dejar entrar la brisa de la tarde, retiró su mano de su brazo y lo miró de frente. "Edward es enteramente confiable—no le dio ninguna alegría a Ferdinand."

Michael frunció el ceño. "¿Qué más preguntó Leponte? ¿Específicamente?"

Ella arqueó las cejas, recordó las sobrias palabras de Edward. "Preguntó si podía tener acceso a los papeles de Camden." Encontró la mirada de Michael. "Para adelantar sus estudios sobre la carrera de Camden, desde luego."

Apretó los labios. "Desde luego."

Ella estudió sus serenos ojos azules. "¿No le crees, verdad?"

"No. Y tú tampoco."

Ella arrugó la nariz. Volviéndose, miró hacia afuera, sin ver. "Ferdinand conoció a Camden durante años—sólo ahora ha mostrado algún interés."

Después de un momento, Michael preguntó, "¿Dónde están los papeles de Camden?"

"En la casa de Londres."

"¿Está cerrada?"

Ella asintió y encontró sus ojos. "Pero no están en su estudio o en un sitio donde serían fáciles de hallar, así que . . ."

Sus ojos se entrecerraron, luego miraron de nuevo a su alrededor.

Volviéndose, ella siguió su mirada. Los ojos de Geoffrey estaban cerrados—parecía dormido; en el piano, Elizabeth y Edward sólo tenían ojos el uno para el otro.

Los dedos de Michael se cerraron sobre su codo; antes de que pudiera reaccionar, la llevó afuera.

"No estarás, por casualidad, considerando dar acceso a Leponte a esos papeles?"

Ella parpadeó. "No—desde luego que no. Bien . . ." Ella miró al frente, dejó que él entrelazara su brazo con el suyo y caminara con ella por la terraza. "Al menos no hasta que sepa exactamente qué busca y, más importante aún, por qué."

Michael miró su rostro, vio la decisión detrás de sus palabras, y se sintió satisfecho. Ella claramente no confiaba en

Leponte. "Tú debes tener una idea mejor que los demás— ¿qué puede estar buscando?"

"Yo nunca leí los diarios de Camden—no creo que nadie lo haya hecho. En cuanto al resto, ¿quién sabe?" Ella se encogió de hombros, mirando hacia abajo mientras bajaban las escaleras hacia el jardín; distraída por su pregunta, no pareció advertir...

Pero, ¿cuándo dejaba Caro de advertir algo?

Era una pregunta intrigante, pero no sentía necesidad de presionarla; si ella estaba dispuesta a seguir su dirección, no era lo suficientemente tonto como para poner obstáculos en su camino.

"Estoy seguro de que, cualquier cosa que sea, no puede ser algo diplomáticamente grave." Ella lo miró a través de la penumbra que se hacía más profunda mientras se dirigían al jardín. "El Ministerio llamó a Edward para que presentara un informe en cuanto llegamos a Inglaterra, y eso estuvo en primer lugar en las conversaciones que tanto yo como Edward sostuvimos con Gillingham, el sucesor de Camden. Pasamos nuestras últimas semanas en Lisboa asegurándonos que supiera todo lo que necesitaba saber. Si algo hubiera surgido desde entonces, estoy segura de que él, o el Ministerio de Relaciones Exteriores, se habrían puesto en contacto con Edward."

Michael asintió. "Es difícil saber qué podría ser, dado que Camden lleva dos años muerto."

"En efecto."

La expresión era algo vaga. Él la miró y advirtió que ella había adivinado adónde la llevaba.

Ella miraba la casa de verano, la oscura extensión del lago que aparecía tras ella, con sus ondas levantadas por la brisa. Las nubes corrían, unas sobrepasando a las otras, mientras centellaban y giraban por el cielo nocturno, rompiendo la luz que quedaba. Tendrían una tormenta antes del amanecer; aún estaba a cierta distancia; sin embargo, los rodeaba la sensación de que se aproximaba, el aire que temblaba ante su llegada, una advertencia primigenia de inestabilidad elemental que venía hacia ellos.

Una anticipación intensificada, los nervios tensos.

Haciendo que los sentidos se extendieran.

La casa de verano se irguió ante ellos, bloqueando el lago. "¿Crees que los papeles de Camden están seguros donde se encuentran?"

"Sí." Miró hacia abajo cuando llegaron a los escalones que conducían a la casa de verano. "Están seguros."

Se inclinó para levantar sus faldas. Él soltó su brazo y comenzó a subir.

De inmediato advirtió que ella no lo hacía; había permanecido en el prado.

Giró sobre el escalón y la miró—su pálido rostro, sus ojos en la sombra; lo miraba, vacilando.

Él sostuvo su mirada y luego extendió la mano. "Ven conmigo, Caro."

A través de la penumbra, sus ojos permanecieron fijos en los suyos; por un instante, ella no se movió—luego se decidió. Transfiriendo sus faldas a la otra mano, puso su mano en la suya.

Dejó que él la estrechara y la condujera a la suave penumbra de la casa de verano.

Sólo les tomó algunos minutos ajustar la vista; el último destello de luz en el cielo se reflejaba en el lago y en la parte de la casa de verano construida sobre el agua. Avanzaron hacia aquella media luz gris. Ella movió los dedos y él los soltó, contentándose con merodear detrás de ella mientras ella se deslizaba hacia una de las aperturas arqueadas donde una amplia banca mullida llenaba el vacío, un sitio tentador para sentarse y mirar el lago.

Él no tenía ojos para el lago, sólo para ella.

Se detuvo a unos pocos pasos; Caro respiró profundamente y lo enfrentó. Estaba consciente de la inminente tormenta, de la danza del aire cargado sobre sus brazos desnudos, de la brisa que agitaba mechones de su cabello. A través del crepúsculo, estudió su rostro—se preguntó brevemente por qué, con él, todo era tan diferente. Por qué, cuando estaban solos, aquí, al lado del estanque—sospechaba que en cualquier lugar—era como si hubiesen entrado a otra dimensión, donde las cosas eran posibles, aceptables, incluso correctas, cuando no lo eran en el mundo normal.

A pesar de todo, estaban allí.

Ella avanzó. Cerrando la distancia entre ellos, levantando las manos para deslizarlas de sus hombros a su nuca, sostuvo su cabeza, la inclinó, se estiró y lo besó.

Sintió que sus labios se curvaban bajo los suyos.

Luego se afirmaron, tomaron el control, abrieron los suyos. Su lengua le llenó la boca, sus brazos se cerraron a su alrededor y ella nunca había estado más segura de que era allí donde quería, donde necesitaba estar.

Sus bocas se fusionaron, ambas ávidas de tomar y de dar. De participar plenamente en lo que ya sabían que podían compartir. El calor floreció—en ellos, entre ellos; el intercambio pronto se hizo más exigente, más voraz, más ardiente.

Su hambre estaba allí, real, no fingida, cada vez más potente, cada vez más evidente. ¿Cuán fuerte era? ¿Era perdurable? Aquellas eran las preguntas que ardían en ella—y sólo había una manera de conocer las respuestas.

Ella fue a su encuentro, lo incitó en respuesta a su juego, lo retó y entabló un duelo. Luego se acercó, luchó por suprimir el temblor con el que reaccionó cuando sus cuerpos se encontraron. Casi se desmaya de alivio—un vértigo delicioso—ante su reacción. Instantánea, cálida, ávida—casi violenta.

Poderosa.

Sus brazos la apretaron más, estrechándola contra él; luego su mano se movió hacia su espalda, atrayéndola contra sí, y luego deslizándose más abajo, sobre el corte de su cintura, más abajo, sobre sus caderas, hacia su trasero. Para recorrerlo suavemente y luego sostenerlo, acercándola más, atrayéndola a su cuerpo para que pudiera sentir...

Por un segundo, todos sus sentidos se inmovilizaron; por un instante, su mente se negó a aceptar la realidad, se negó rotundamente a creer...

Él se movió contra ella, deliberadamente, evocadoramente, seductivamente. La cresta sólida de su erección cabalgó contra su estómago; la suave seda de su traje color oro era la más débil de las barreras, que no camuflaba en manera alguna el efecto.

El júbilo la invadió, la recorrió como una ola; su mente se paralizó, luego giró en una alegre oleada.

Él la moldeó contra sí; deleitada, ella se regodeó, tomando ávidamente cada sensación, sosteniéndolas cada una como un bálsamo para sus viejas cicatrices y, más aún, como una tentadora promesa de lo que podría ser.

Su deseo por ella era real, indiscutiblemente; ella lo había evocado activamente. Entonces ¿podrían... querría él...?

¿Era posible?

Sus senos estaban inflamados, calientes, ardientes; tan deliberadamente como él, ella se apretó contra él, sinuosamente, oprimiendo las cimas adoloridas contra el pecho de él, relajándose e invitando, seduciendo.

Michael interpretó su mensaje con incalculable alivio; nunca antes había estado motivado por una necesidad tan sencilla y potente. Ella era suya y él debía tenerla. Pronto. Quizás incluso aquella noche...

Apartó el pensamiento, pues sabía que no podía—no lo haría si era inteligente—apresurarla. Esta vez era un juego largo, cuyo objetivo era para siempre. Y aquel objetivo era demasiado valioso, demasiado precioso, fundamentalmente importante para él—para quien era y para quien llegaría a ser, una parte central de su futuro, para arriesgarse de alguna manera.

Pero ella le había ofrecido la oportunidad de presentar su caso; no la rechazaría.

Le resultó sorpresivamente difícil liberar su mente lo suficiente como para evaluar la situación, considerar las posibilidades. La visión de la banca mullida a su lado pasó como un relámpago por su mente; actuó con base en ella, reclinó a Caro lo suficiente como para que quedara sobre la banca, y luego la acostó sobre los suaves cojines con él.

Enmarcando su rostro con sus manos, ella se aferró al beso. Reclinándose hasta que sus hombros se apoyaron contra el lado del arco, Michael la arrastró consigo, acomodándola dentro de su abrazo. Ella lo siguió gustosamente, reclinándose contra él, con sus antebrazos sobre su pecho, atrapada en el beso.

Él la tomó por las caderas, la volvió dentro de sus muslos,

atrapó sus labios de nuevo, tomó su boca con más avidez, se alimentó de ella mientras levantaba las manos, le acariciaba la espalda y encontraba las cintas de su traje.

Las soltó con facilidad. Hecho esto, deslizó sus manos, empujando sus brazos por encima de sus hombros para poder cerrar sus manos sobre sus senos. Ella tembló; él la acarició y ella gimió. Él se deleitó en el sonido, se dispuso a conseguir que lo hiciera de nuevo.

Pero demasiado pronto ella temblaba de necesidad; sus manos lo tocaban ávidamente, con hambre—su cabello, sus hombros, deslizándose dentro de su saco para extenderse y flexionarse evocadoramente en su pecho.

La parte delantera de su corpiño estaba cerrada con diminutos botones; con dedos expertos los desanudó, retiró la fina tela y deslizó sus manos dentro de ella; le acarició los senos a través de la fina seda de su camisón.

La respiración de Caro se cortó; luego sus dedos se afirmaron alrededor de su nuca y lo besó con un ardor casi desesperado.

El rampante deseo de Michael escaló; satisfizo las exigencias de sus ávidos labios y luego se dedicó a consentir sus voraces sentidos. Y los suyos propios.

En minutos, ambos estaban ardiendo, ambos querían y necesitaban aún más. Sin dudarlo, tomó las cintas que ataban su camisón y, con habilidad, las deshizo. Osadamente retiró la fina barrera y puso las palmas de sus manos contra sus senos, piel desnuda contra piel desnuda.

La impresión sensual los sacudió a ambos. Sus respuestas, instantáneas, parecían mutuas, como hilos del mismo deseo que se entrelazaban y apretaban, cada vez más fuertes, ganando poder por el simple hecho de que ambos deseaban esto, lo necesitaban, de alguna manera necesitaban al otro desesperadamente, todo lo que podía traer, todo lo que podía dar.

Él no dudó que ella lo seguía cuando abrió las dos mitades de su corpiño y descubrió sus senos. Con reverencia, sostuvo los firmes, inflamados túmulos en sus manos; acariciando sus pezones con los dedos, retiró su cabeza hacia atrás, rompió el beso y miró hacia abajo.

En la débil luz, su piel brillaba como una perla; su textura exquisitamente fina parecía seda. Fina seda calentada por el rubor provocativo del deseo. Miró cuanto quiso, examinó, acarició, y ella tembló.

Caro cerró los ojos por un momento, maravillándose por un instante ante las intensas sensaciones que la recorrían, que él con tanta facilidad evocaba.

Ella había llegado hasta ese punto antes, pero esta vez se sentía inconmensurablemente más viva. La última vez... apartó los viejos recuerdos, los sepultó. Ignoró su tentación. Esta vez sentía todo tan diferente.

Abriendo los ojos, los fijó en el rostro de Michael, se extasió en sus líneas delgadas, severas, apuesto pero austero. La atención de Michael estaba completamente centrada en ella, en sus senos... no eran grandes; por el contrario, más bien pequeños; sin embargo, la concentración, la intensidad de su expresión, era imposible equivocarse. Los encontraba satisfactorios, dignos...

Como si hubiese leído su mente, su mirada se dirigió a su rostro, lo observó y luego sonrió... el tenor de aquella sonrisa hizo que la invadiera una oleada de calor.

Él se movió. Con los ojos fijos en los suyos, soltó uno de sus senos, deslizó el brazo a su cintura y la reclinó sobre él.

E inclinó la cabeza.

Ella cerró los ojos, suspiró profundamente cuando sus labios la tocaron, cuando recorrieron, firmes e incitantes, la inflamación adolorida de su pecho y luego siguieron un tortuoso camino hasta sus picos.

Él la acarició y ella sintió que su cuerpo reaccionaba como nunca lo había hecho antes. Sus nervios se desenroscaron, revivieron, buscando ávidamente la sensación—las sensaciones que él creaba mientras atormentaba su carne, hasta que dolía y latía. Extendidos sobre su hombro, sus dedos se tensaron involuntariamente. Sintió su aliento cálido en el pezón; luego él lo lamió.

Lo acarició, lo lamió y ella perdió el aliento.

"Di mi nombre."

Ella lo hizo. Él tomó el pezón entre su boca y succionó. Fuertemente. Ella casi grita.

La soltó son una suave risa. "No hay nadie que pueda oírte."

Mejor; inclinó la cabeza sobre su otro seno y repitió la tortura hasta que ella le rogó que se detuviera. Sólo entonces tomó lo que ella tan gustosamente le ofrecía y le dio todo lo que quería.

Todo lo que nunca había tenido antes.

Fue suave y, a la vez, fuerte, experimentado y conocedor. Pero aun cuando evidentemente le complacía darle placer, no ocultó en ningún momento su objetivo último.

Ella no se sorprendió en absoluto cuando su mano se deslizó de su ardiente pecho para extenderse sobre su estómago. Para acariciarla evocadoramente y luego bajar, acariciando suavemente sus rizos a través del traje, para luego ir más allá, hasta que sus largos dedos exploraron provocadoramente la hendidura en lo alto de sus muslos.

Lo que la sorprendió fue su respuesta, la ola de calor que se agolpó en la parte de abajo de su cuerpo, la tensión de músculos de los que nunca había sido consciente, el súbito latido en la suave carne entre sus muslos.

Él levantó la cabeza; su caricia se hizo más firme, más exigente. Ella escuchó la tensión que lo invadía cuando él exhaló. Sus labios tocaron su garganta, se dirigieron hacia arriba, rodearon su oreja, rozaron su sien. "¿Caro?"

Él la deseaba, no lo dudaba; sin embargo... "No sé... no estoy segura..."

El momento había llegado mucho antes de lo que esperaba; no estaba segura de qué debía hacer.

Michael suspiró, pero no retiró su mano de la hendidura ardiente entre sus muslos. Continuó acariciándola mientras verificaba la información que sus sentidos habían calculado intuitivamente. Confirmó que ella en realidad lo deseaba, que podría, si él se lo pidiera...

"Te deseo." No necesitaba embellecer esas palabras; la verdad sonaba en ellas. Estaba duro y adolorido, a un paso del dolor. Con un dedo, rodeó la suave plenitud de su carne a través de su traje. "Quiero entrar en ti, dulce Caro. No hay razón para que no lo hagamos."

Caro escuchó; las palabras cayeron, oscuras y profundamente seductoras, en su mente. Sabía que eran verdaderas, al menos en el significado que él les daba. Pero él no sabía... y, si aceptaba y luego... ¿qué sucedería si, a pesar de todo, las cosas salían mal otra vez? ¿Si se equivocaba de nuevo?

Podía sentir su pulso latiendo bajo la piel; pudo, por primera vez en su vida, imaginar que era el deseo, cálido y dulce, lo que sentía, lo que la llenaba y la urgía a aceptar, a asentir sencillamente—y dejar que él tuviera lo que quería. Dejar que él le enseñara...

Pero si salía mal, ¿cómo se sentiría? ¿Cómo podría enfrentarlo?

No podía.

Acariciándola con la mano, con una evidente promesa en cada caricia, con el deseo latiendo compulsivamente en sus venas, sería un gran esfuerzo retirarse. Convocar la voluntad suficiente para resistir, para decir no.

Él pareció intuir su decisión; habló, rápidamente, con urgencia, casi desesperadamente. "Podemos casarnos cuando quieras, pero, por amor de Dios, cariño, déjame entrar en ti."

Sus palabras la sumieron en una ola glacial, ahogando todo deseo. El pánico, plenamente desarrollado, salió de la frialdad y la asió.

Ella se sacudió de su abrazo. Horrorizada, lo miró fijamente. "¿Qué dijiste?"

Las palabras eran débiles; su mundo giraba, mas ya no placenteramente.

Michael parpadeó, miró su rostro asombrado—repitió mentalmente sus palabras. Hizo un gesto para sus adentros. Frunció el caeño. "Santo cielo, Caro, sabes hacia dónde nos dirigíamos. Quiero hacer el amor contigo."

Completamente. Muchas veces. No había advertido cuán potente era ahora esta necesidad, pero ahora era presa de ella y no lo soltaría. Hasta que... Su súbita vacilación no le ayudaba.

Sus ojos estaban fijos en su rostro, buscando... Se tensó aún más. "No, no lo quieres—¡quieres *casarte* conmigo!"

La acusación lo golpeó como una bofetada, que lo dejó desorientado. La miró fijamente, luego sintió que su rostro se endurecía. "Quiero—y me propongo—hacer ambas cosas."

Entrecerró los ojos. "Una de ellas una vez, la otra con frecuencia."

Ella también entrecerró los ojos. "No conmigo."

Apretó los labios. Tomó su camisón. "No tengo intenciones de casarme otra vez."

Él vio cómo desaparecían los maravillosos túmulos de sus seños detrás de la leve barrera; podría haber sido de acero. Reprimió una maldición, se forzó a pensar... hizo un gesto con la mano. "Pero... ¡esto es ridículo! No puedes esperar que crea que pensaste que te *seduciría*—la hermana de mi vecino más cercano—la hermana del antiguo Miembro del Parlamento—y no estuviera pensando en casarme."

Ella ataba de nuevo las cintas de su camisón, con movimientos entrecortados y tensos. Él sabía que estaba enojada, pero era difícil saber exactamente de qué manera. Ella levantó la vista; su mirada chocó con la suya. "Intenta otra cosa." Su tono era llano y desapegado. "Tengo más de siete años."

Mirando hacia abajo, se acomodó el vestido. "Soy una viuda—pensé que querías seducirme—¡no casarte conmigo!"

La acusación aún vibraba en su voz, iluminaba sus ojos plateados. Su desorientación no mejoraba. "Pero... ¿qué tiene de *malo* que nos casemos? ¡Santo cielo! Sabes que necesito una esposa, y tú eres la candidata perfecta."

Ella retrocedió como si la hubiera golpeado. Luego se puso su máscara de nuevo y miró hacia abajo. "*Excepto* que no quiero casarme otra vez—no lo haré."

Abruptamente, se puso de pie, giró y le dio la espalda. "Deshiciste las cintas—por favor átalas de nuevo."

Su voz temblaba. Con los ojos entrecerrados contempló su delgada espalda, sus manos en las caderas; fue consciente de un impulso creciente a tomarla sin más y condenarse... pero ella de repente parecía tan frágil.

Cruzó la banca con la pierna y se levantó; se colocó detrás de ella, tomó las cintas y las apretó de un golpe. La exasperación y una frustración aún más profunda le hincaban las espuelas. "Sólo responde esto." Mantuvo los ojos en las cintas mientras las apretaba y las anudaba. "Si el hecho de que mencionara el matrimonio fue tal choque para ti, ¿adónde imaginabas que llevaría lo que se desarrolla entre nosotros? ¿Qué creías que pasaría después?"

Con la cabeza en alto y la espalda rígida, ella miraba al frente. "Te lo dije. Soy una viuda. Las viudas no necesitan casarse para…"

En lugar de palabras, hizo un gesto.

"¿Complacerse?"

Apretando los labios, Caro asintió. "Efectivamente. *Eso* fue lo que pensé que estaba pasando." Casi había terminado con las cintas; lo único que ella quería era escapar, retirarse con la dignidad intacta antes de que las emociones que se arremolinaban en su interior quebrantaran su control. Su cabeza giraba de tal manera que se sintió enferma. Un frío mortal la invadía.

"Pero tú eres La Viuda Alegre. No tienes aventuras."

El dardo la hirió de una manera que él no pudo haber previsto. Respiró profundamente, levantó la barbilla. Se obligó a hablar calmadamente. "Sólo soy extremadamente melindrosa acerca de quién elijo para tener aventuras." Sus manos se inmovilizaron; ella se tensó para salir. "Pero como ese no es tu verdadero objetivo…"

"Espera."

Tuvo que hacerlo; el maldito hombre había enredado sus dedos en las cintas. Dejó salir un susurro de frustración.

"Poseerte es un objetivo muy real para mí." Habló lentamente, su tono ecuánime.

Ella no podía ver su rostro pero sintió que estaba pensando, reajustando velozmente su estrategia… ella se humedeció los labios. "¿Qué quieres decir?"

Pasó un largo minuto, lo suficientemente largo como para que ella se hiciera consciente del latido de su propio corazón, del ambiente cada vez más opresivo que precedía a la tormenta. Sin embargo, la amenaza elemental que se cernía más allá de la casa de verano no era suficiente para distraerla de la turbulencia interior, de la poderosa presencia que se encontraba en la penumbra a sus espaldas. Sus dedos no se movían; aún sostenían las cintas.

Luego sintió que él se acercaba; inclinó la cabeza para que

sus palabras cayeran en sus oídos, su aliento al lado de su rostro. "Si pudieras elegir, ¿cómo querrías que esto—que ha estado creciendo entre nosotros—se desarrollara?"

Un temblor sutil le recorrió la espalda. *Si ella pudiera elegir*... respiró profundamente para soltar la tenaza que le apretaba los pulmones. Decidida, avanzó—obligándolo a soltarla. Él lo hizo con reticencia.

"Soy una viuda." Deteniéndose dos pasos más allá, apretó las manos y luego lo enfrentó. Fijando sus ojos en los suyos, levantó la barbilla. "Es perfectamente factible—algo sencillo—que tengamos una aventura."

La miró durante un largo momento y luego dijo, "Sólo para estar seguro de que te entiendo correctamente... tú, La Viuda Alegre, ¿aceptas ser seducida?" Hizo una pausa y preguntó. "¿Es así?"

Ella sostuvo su mirada, deseó no tener que responder y finalmente, brevemente, asintió. "Sí."

Él permaneció en silencio, inmóvil, observándola; ella no podía leer nada en su rostro; en la penumbra, no podía ver sus ojos. Luego él se movió casi imperceptiblemente; ella sintió que suspiraba para sus adentros.

Cuando habló, su voz estaba despojada de toda liviandad, toda seducción, toda simulación. "No quiero una aventura, Caro—quiero casarme contigo."

Ella no pudo ocultar su reacción, el pánico instintivo, profundamente arraigado, la forma en que retrocedía desesperada ante estas palabras—la amenaza que representaban para ella. Sus pulmones se cerraron; con la cabeza en alto, los músculos tensos, lo enfrentó.

Incluso a través de la penumbra, Michael vio su miedo, vio el pánico que nublaba sus ojos plateados. Luchó contra la necesidad de abrazarla, de sostenerla entre sus brazos y tranquilizarla, calmarla... ¿qué era esto?

"No quiero casarme—nunca me casaré otra vez. Ni contigo, ni con nadie." Las palabras temblaban de emoción, cargadas, decididas. Suspiró. "Ahora, si me disculpas, debo regresar a la casa."

Se volvió para marcharse.

"Caro…"

"¡No!" Ciegamente, levantó una mano; su cabeza se elevó aún más. "Por favor… olvídalo. Olvida todo esto. No funcionará."

Sacudiendo la cabeza, levantó sus faldas y atravesó rápidamente la casa de verano, bajó las escaleras y luego se apresuró—casi corriendo—a atravesar el jardín.

Michael permaneció en las sombras de la casa de verano con la tormenta que se acercaba y se preguntó qué demonios había salido mal.

Más tarde aquella noche, con el viento golpeando los aleros y azotando los árboles del bosque, se encontraba al lado de la ventana de su biblioteca, con una copa de brandy en la mano, mirando cómo se doblaban las copas de los árboles y pensando. En Caro.

No comprendía, no podía adivinar siquiera, que motivaba su aversión—su completo e inequívoco rechazo—a otro matrimonio. La visión de su rostro cuando él reiteró su deseo de casarse con ella pasaba una y otra vez por su mente.

A pesar de esta reacción, su intención seguía firme. Se casaría con ella. El pensamiento de no tenerla como esposa se había convertido en algo sencillamente inaceptable— esto tampoco lo comprendía por completo, pero sabía con absoluta certeza que era así. De alguna extraña manera, los acontecimientos de aquella noche sólo habían afirmado su decisión.

Bebió su brandy, miro hacia fuera, sin mirar, y planeó su camino hacia delante; nunca había sido una persona que huyera de un reto, incluso de un reto que no hubiera imaginado enfrentar ni en sus sueños más descabellados.

Tal como estaban las cosas, su tarea no era seducir a Caro en el sentido habitual—parecía que ya lo había conseguido, o podría hacerlo cuando quisiera. Por el contrario, su verdadero objetivo—su Santo Grial—era seducirla para convencerla de que se casara.

Sus labios se fruncieron con tristeza; apuró su copa. Cuando se había dirigido al sur desde Somersham, decidido a asegurarse su novia ideal, nunca había imaginado que enfrentaría una batalla semejante—que la dama que era su consorte ideal no aceptaría alegremente su propuesta.

Hasta ahí llegó su ciega arrogancia.

Volviéndose, atravesó la habitación hacia el sillón. Sumiéndose en él, puso la copa vacía sobre la mesa, flexionó los dedos; sosteniendo la barbilla entre sus manos, miró hacia el otro lado de la habitación.

Caro era obstinada, decidida.

Él era aún más obstinado, y estaba preparado a ser implacable.

Sólo había una manera de debilitar su resistencia, tan fuerte y arraigada como evidentemente lo era: atacar su origen. Cualquiera que fuese.

Necesitaba averiguarlo, y la única manera de hacerlo era a través de Caro.

El mejor enfoque parecía obvio. Directo, incluso sencillo.

Primero la llevaría a su cama, luego descubriría lo que necesitaba saber y haría lo que hiciera falta para mantenerla allí.

CAPÍTULO
10

La tarde siguiente, Caro se encontraba en el asiento empotrado en la ventana del salón de atrás y bordaba, mientras, al otro lado de la habitación, Edward y Elizabeth jugaban al ajedrez.

No era buena compañía; había pasado toda la mañana tratando de distraerse con los planes para el bazar, que se realizaría tres días más tarde, pero seguía alterada y enojada.

Enojada consigo misma, enojada con Michael.

Hubiera debido prever adónde se dirigía. Ella había desplegado sus altamente desarrolladas habilidades sociales para demostrar la relativa falta de ellas en Elizabeth, así que él había apartado la vista de Elizabeth—¡y la había fijado en ella!

¡Maldito macho presuntuoso! ¿Por qué no quería sencillamente... tener... tener una *aventura* y todo lo que ello implicaba? ¿No era ella...?

Interrumpió el pensamiento; tenía buenas razones para saber que no era el tipo de mujer que inspiraba a los hombres a la lujuria—no a la lujuria real, básica, primitiva, imperiosa, sólo aquella motivada por otras razones, otros deseos. Como la necesidad de tener una anfitriona experimentada, ¡o una novia diplomática excepcionalmente bien entrenada!

Parecía destinada siempre a ser elegida, nunca deseada. Nunca deseada realmente.

Y por esta razón—porque por primera vez en su vida

Michael le había hecho creer otra cosa—pensaba que nunca lo perdonaría.

Clavando la aguja en la tela, luchó por calmar sus nervios.

La aprehensión la invadió; era muy consciente de que, a menos que él renunciara a toda idea de casarse con ella, y hasta que lo hiciera, estaba en peligro—en un peligro mucho mayor del que jamás había estado Elizabeth.

Ella había salvado a Elizabeth de una unión política sin amor, pero no había nadie para salvarla a ella. Si Michael le hiciera una propuesta formal, por las mismas razones que se aplicaban en el caso de Elizabeth, sería aún más difícil para ella rechazarlo. Como viuda, estaba teóricamente a cargo de su propia vida; sin embargo, había vivido demasiado tiempo entre sus congéneres para no reconocer que, en la práctica, no era así. Si lo aceptaba, todos sonreirían y la felicitarían; si lo rechazaba...

Contemplar el probable resultado de hacerlo no ayudó a calmar sus nervios.

Estaba organizando sus hilos de seda cuando escuchó pasos que se aproximaban por el pasillo. Era alguien con botas—no el paso lento de Geoffrey, sino un paso definido, decidido...sus sentidos saltaron. Levantó la vista—en el momento en que Michael, ataviado para cabalgar, apreció en el umbral.

Él la vio, miró brevemente a Elizabeth y a Edward, quienes levantaron la vista sorprendidos. Sin detenerse, se inclinó y atravesó la habitación. Hacia ella.

Ella recogió apresuradamente su bordado; él apenas le dio tiempo para ponerlo a un lado antes de tomarla de la mano y hacerla poner de pie.

Encontró su mirada. "Debemos hablar."

Una mirada a sus ojos, a su expresión fija y decidida, le dijo que discutir sería inútil. La manera en que se volvió y se dirigió hacia la puerta, con su mano asida fuertemente, resaltó esta conclusión.

Apenas miró a Edward y a Elizabeth. "Por favor discúlpennos—hay un asunto que debemos discutir."

Salieron de la habitación y él avanzaba ya por el pasillo antes de que ella pudiera parpadear. Él caminaba con excesiva rapidez; ella lo seguía a tropezones, tomada de su mano. Él se volvió y aminoró—un poco—la marcha, pero su decidido avance no se detuvo. Al llegar a la puerta del jardín, la hizo salir. Y continuó sendero abajo.

"¿Adónde vamos?" Ella lanzó una mirada hacia atrás, hacia la casa.

"A un lugar donde no nos interrumpan."

Ella lo miró. "¿Y dónde es eso?"

Él no replicó, pero cuando llegaron al final del sendero y él comenzó a atravesar el jardín, ella supo la respuesta. La casa de verano.

Ella retiró su mano. "Si Elizabeth y Edward miran por la ventana, nos verán."

"¿Podrán vernos cuando entremos a la casa?"

"No, pero . . ."

"Entonces, ¿por qué discutes?" La miró; su mirada era dura. "Tenemos asuntos sin terminar y ese es el lugar obvio para concluirlos. Sin embargo, si prefieres que continuemos nuestra discusión en la mitad del jardín."

Ella entrecerró los ojos. Miró la casa de verano, que se aproximaba rápidamente. Murmuró para sí, "¡Maldito macho presuntuoso!"

"¿Qué dijiste?"

"¡No importa!" Agitó la mano en dirección a la casa de verano. "Allí, entonces, si estás tan decidido."

Levantando sus faldas, subió las escaleras a su lado. Si él estaba irritado, como parecía estarlo, ella lo estaba aún más. Nunca había sido una persona irritable pero, en este caso, hizo una excepción.

Sus tacones golpeaban imperiosamente el piso cuando ella y Michael pasaron sobre los tablones de madera hacia el lugar donde se encontraban la noche anterior.

Él se detuvo a cierta distancia de la banca, la hizo volver para que quedara al frente de él, soltó su mano, levantó su rostro y lo enmarcó—y la besó.

Irreflexivamente.

Era un asalto puro y simple, pero un asalto que los ávidos sentidos de Caro saltaron a recibir; ella se aferró a su saco para equilibrarse, para anclarse en la vertiginosa confusión, el torbellino del deseo—hambriento, voraz y cálido—que él desencadenó y liberó con furor. A través de ellos dos.

Ella bebió de él, ahogándose mientras sus sentidos se extasiaban. Como si un hambre suya surgiera en respuesta.

Él hizo el beso más profundo y ella lo siguió; sus bocas se fusionaron, con las lenguas entrelazadas, casi desesperados en su necesidad de tocar, de tomar—de estar con el otro de esta manera, en esta dimensión de otro mundo.

Michael supo que la tenía, que al menos esto no lo podía negar. Extendiendo los dedos de una de sus manos, los hundió más profundamente en la maravilla fina, rizada de su cabello, sosteniéndola mientras saqueaba su boca; su otra mano se deslizó hacia su cintura, atrayéndola hacia sí, paso a paso, hasta que ella se cerró contra él.

El contacto, pecho contra pecho, cadera contra muslos, alivió una faceta de la necesidad que lo impulsaba, sólo para escalar otra. Decidido, la controló, prometiéndose a sí mismo que no sería por largo tiempo.

Fue un esfuerzo retirarse, eventualmente romper el beso, levantar la cabeza y decir, "¿Ese asunto inconcluso?"

Las pestañas de Caro temblaron; levantó los párpados. Le tomó un momento—un momento que él saboreó—antes de que la comprensión acudiera a sus ojos. Se concentró de nuevo en los de él, estudió su rostro. "¿Qué querías discutir?"

Él sostuvo su mirada. Tenía que acertar, tenía que caminar por la cuerda floja sin caer. "Dijiste que si pudieras elegir, elegirías tener una aventura." Hizo una pausa y luego prosiguió; su tono se hizo más duro. "Si eso es lo único que me ofreces, lo tomaré."

Los ojos de Caro se entrecerraron por un momento; tenía práctica en ocultar sus emociones—él no pudo ver más allá de la plata batida de sus ojos. "Quieres decir que te olvidarás de casarte conmigo y podemos solamente..."

"Ser amantes. Si es lo que deseas"—se encogió de hombros levemente—"que así sea."

De nuevo, sintió más bien que ver su sospecha. "Tienes que casarte, ¿pero aceptas que no seré tu novia? ¿No me presionarás—no me propondrás matrimonio, ni hablarás con Geoffrey ni con nadie más?"

Él negó con la cabeza. "No haré ninguna propuesta, ninguna maniobra. Sin embargo"—captó el destello de incredulidad cínica en sus ojos y ya había decidido cómo contrarrestarlo—"para que nos entendamos claramente, sin que haya malas interpretaciones, si cambias de idea en cualquier momento, sigo estando perfectamente dispuesto a casarme contigo."

Ella frunció el ceño; sosteniendo su mirada, él continuó, "Mi propuesta sigue en pie—permanece en la mesa entre nosotros, pero sólo entre nosotros. Si, en cualquier momento, decides que deseas aceptarla, sólo tienes que decirlo. La decisión es tuya, está totalmente en tus manos, sólo tú la puedes tomar."

Caro comprendió lo que él le decía, no sólo el significado de las palabras, sino la decisión que las motivaba. Se sintió mentalmente conmocionada; de nuevo, el piso se movía bajo sus pies. Esto era algo que ella no había esperado, nunca lo habría esperado. Apenas podía digerirlo. Sin embargo...

"¿Por qué?" Tenía que preguntar, tenía que saber.

Él sostuvo su mirada, sin pestañear; su expresión dura, decidida, se hizo aún más dura. "Si poner a un lado mi deseo de casarme contigo es la única forma de llevarte a mi cama, entonces lo haré—*incluso eso.*"

Ella conocía la verdad cuando la oía; sus palabras tenían aquel tono. Él sabía lo que decía, y cada palabra era deliberada.

Su corazón se detuvo; luego se hinchó, voló... lo imposible parecía posible de nuevo.

Capturada por la perspectiva, por el súbito florecimiento de la esperanza, se detuvo. Él arqueó las cejas, impaciente. "¿Y bien?" Ella se concentró de nuevo y él preguntó, "¿Tendrás una aventura conmigo?"

Atrapada en el azul de sus ojos, ella sintió de nuevo como si su mundo se ladeara. La oportunidad la llamaba; el destino la tentaba, no sólo con su sueño más querido, sino también con sus temores más profundamente sentidos—y la oportunidad de vencerlos. Temores que la tenían entre sus frías y muertas manos desde hacía once años, temores que nunca antes creyó poder desafiar... hasta pocos días antes.

Hasta cuando él había entrado en su vida y la había hecho sentir viva. La había hecho sentir deseada.

Sintió vértigo; un débil susurro llenó sus oídos. Por encima de él, se escuchó decir claramente, "Sí."

Pasó un segundo, luego se acercó a él. Él se inclinó; las manos se deslizaron—las de Michael a su cintura, las de Caro sobre sus hombros. Él inclinó la cabeza; ella se estiró...

"¡Caro!"

Edward. Quedaron paralizados.

"¿Caro?" Estaba en el jardín y se dirigía hacia ellos.

Michael suspiró a través de sus dientes apretados. "Será mejor que Campbell tenga una buena razón para llamarte."

"La tendrá."

Se separaron, se volvieron para salir; aún se encontraban dentro de las sombras de la casa de verano cuando Michael, muy cerca de ella, se inclinó y susurró, "Una cosa." Su mano se cerró sobre su cintura, aminorando su paso—recordándole que podía hacerla retroceder si lo deseaba, "Ahora tenemos una aventura, así que cuando te diga 'ven conmigo' lo harás sin discutir. ¿De acuerdo?"

Si ella quería continuar y averiguar qué era realmente posible entre ellos, no tenía opción. Ella asintió. "De acuerdo."

Sus manos la soltaron; la siguió mientras ella se apresuraba a llegar a la escalera.

"¿Caro?" Edward llegó a la escalera cuando ellos aparecieron. "Ah—ahí estás."

"¿Qué sucede?" Levantando sus faldas, bajó rápidamente.

Edward miró a Michael que la seguía, hizo una mueca y luego la miró a ella otra vez. "George Sutcliffe está aquí con Muriel Hedderwick. Preguntan por ti—parece que hubo un robo en la mansión Sutcliffe anoche."

Se apresuraron a regresar al salón donde George, el hermano menor de Camden, los aguardaba.

Si bien Camden había sido apuesto hasta que murió, George, mucho menor que él, de cerca de sesenta años ahora, nunca había podido ufanarse de ese adjetivo. Tampoco era tan brillante como Camden. A medida que se hacían viejos, los hermanos se asemejaban cada vez menos; mantenían una semejanza física superficial, pero aparte de eso era difícil imaginar dos hombres más diferentes. George era ahora un viudo adusto, recluido, triste; sus únicos intereses parecían ser sus tierras, y sus dos hijos y nietos.

Camden había muerto sin descendencia, así que la mansión Sutcliffe había pasado a manos de George. Su hijo mayor, David, así como su esposa y su joven familia vivían también allí; era una casa grande, impresionante para el gusto clásico, pero bastante fría. Aun cuando ya no residía en ella, Muriel, la hija de George, aún la consideraba su verdadero hogar; no era de sorprender que estuviera presente.

George levantó la mirada cuando entró Caro. Se inclinó. "Caro." Comenzó a luchar por levantarse; ella sonrió, acogedora y tranquila, y le indicó que permaneciera sentado.

"George." Deteniéndose al lado de su silla, oprimió cálidamente su mano; luego saludó a Muriel, sentada en el borde del diván. "Muriel."

Mientras George y Muriel intercambiaban saludos con Michael, Caro se unió a Muriel en el diván. Edward se retiró hacia la pared. Mientras Michael acercaba un asiento para unirse al círculo, Caro fijó su mirada en George. "Edward mencionó un robo. ¿Qué sucedió?"

"Anoche, al amparo de la tormenta, alguien entró por la fuerza al salón, en el extremo del ala occidental."

Cuando Camden vivía, las habitaciones del ala occidental habían sido suyas; nadie las tocaba cuando estaba ausente, siempre preparadas para las pocas semanas que regresaba a casa. Reprimiendo un signo de irritación, Caro escuchó mientras George le contaba cómo sus nietos habían descubierto una ventana forzada, y describieron las señales que indicaban que quien había entrado a la casa había registrado a conciencia las habitaciones. Sin embargo, sólo se había llevado unas pocas cosas, nada de valor.

Muriel intervino. "Debían estar tras algo de Camden, algo que él hubiera dejado allí."

George sonrió con desdén. "Creo que serían más bien unos vagabundos que pasaban por allí—seguramente, vinieron a resguardarse y aprovecharon para entrar a robar. No hicieron un gran daño, pero me pregunto si podrían ser los hombres que atacaron a la señorita Trice." Miró a Geoffrey. "Creí que era conveniente ponerte en guardia."

Caro miró a Michael.

Muriel estaba irritada. "Creo que es *muy* probable que buscaran algo que perteneció a Camden—es por eso que insistí en venir a verte." Apeló a Caro. "¿Cuáles de las cosas que él dejó en la casa podrían ser de interés para otras personas?"

Mirando a los ojos oscuros y levemente protuberantes de Muriel, Caro se preguntó si había oído hablar del interés de Ferdinand. "No," dijo, y su tono no daba pie a ninguna discusión. "No hay nada de Camden, nada valioso, en esa casa."

Miró a Edward, advirtiéndole silenciosamente que no la apoyara ni dijera nada. Camden nunca había considerado a esta casa, sepultada en el área rural de Hampshire, como una verdadera base. Ella y Edward sabían que su afirmación era absolutamente cierta, pero era una verdad que pocas otras personas probablemente conocerían o adivinarían. Muriel evidentemente no lo había hecho; no sería una sorpresa que Ferdinand creyera que los papeles personales de Camden estarían en sus habitaciones en su casa ancestral.

Muriel frunció el ceño, descontenta con la respuesta de Caro; sin embargo, no tuvo más opción que aceptarla de mala gana.

Caro hizo que Edward hiciera sonar la campana para que les trajeran té. Mientras lo bebían, George, Michael y Geoffrey conversaron acerca de las cosechas, el clima y los rendimientos; ella deliberadamente orientó los pensamientos de Muriel hacia el bazar, indagando sobre los diferentes puestos, refrescos y diversiones que se organizaban bajo el ojo de águila de Muriel.

Una vez terminado el té, Muriel y George se despidieron. Geoffrey se retiró a su estudio; Caro, con Michael y Edward detrás de ella, se dirigió al salón.

Elizabeth había tomado su té allí; puso en una mesa su taza y la novela que había estado leyendo cuando entró Caro. "Escuché la voz de Muriel." Hizo una mueca. "Supuse que si me necesitabas, me mandarías buscar."

Caro hizo un gesto. "Desde luego." Se sentó en el diván, fijó su mirada en Michael mientras él se instalaba en el sillón al frente de ella. Edward se acomodó en el brazo de la otra silla. "Aquellos dos hombres miserables que vimos hablando con Ferdinand en el bosque. ¿Crees que . . . ?"

Edward frunció el ceño. "¿Cuáles hombres?"

Michael se lo explicó. Edward lanzó una mirada de preocupación a Caro. "Crees que Ferdinand los contrató para que robaran la mansión Sutcliffe?"

"Creo," interrumpió Michael decididamente, "que nos estamos adelantando. Aun cuando estoy de acuerdo con que Ferdinand, con su súbito interés por los papeles de Camden, y reuniéndose clandestinamente con dos hombres a quienes ni Caro ni yo reconocimos y que ciertamente parecían ladrones, y el hecho de que hubieran robado anoche en la mansión Sutcliffe es sugerente, no es prueba de nada. Es más, *pudo* ser como lo sugirió George—vagabundos que buscaban protegerse de la tormenta."

Miró a Caro. "El extremo del ala occidental es la parte más aislada de la casa, ¿verdad?"

Ella asintió. "Esa era la razón por la cual le agradaba a Camden—las otras personas de la casa no lo interrumpían."

"Exactamente. Y el bosque invade el terreno por ese lado, así que si algunos vagabundos estuviesen buscando refugio, es el lugar más probable por donde entrarían."

Caro hizo una mueca. "Estás diciendo que podría ser sólo una coincidencia."

Él asintió. "No puede decirse que apoye a Leponte, pero no hay evidencia suficiente para acusarlo del robo."

"Pero podemos mantenerlo más estrechamente vigilado." El tono de Edward se había hecho más duro.

Michael encontró su mirada. "Ciertamente. A pesar de la falta de pruebas en este caso, definitivamente creo que eso sería conveniente."

Michael y Edward pasaron la media hora siguiente discutiendo posibilidades; acordaron alertar al personal de la Casa Bramshaw para que estuvieran atentos a cualquier intruso, mencionando el robo en la mansión Sutcliffe como la causa de su preocupación.

"La mansión Leadbetter está demasiado lejos como para montar una vigilancia significativa directamente sobre Leponte." Michael hizo un gesto. "Y con el bazar y el baile, hay demasiadas razones fáciles de presentar para que él se encuentre cerca de Bramshaw. Si no hemos de alertar a la mitad del condado, no hay mucho más que podamos hacer."

Edward asintió. "El baile será su mejor oportunidad de buscar aquí, ¿no lo crees?"

"Sí—debemos asegurarnos que esté vigilado todo el tiempo."

Caro los escuchó, estuvo de acuerdo cuando se lo preguntaron, pero por lo demás permaneció en silencio; ya tenía suficiente con organizar el baile sin preocuparse por Ferdinand. Además, era claro que podía dejar a Michael y a Edward a cargo de hacerlo.

El sol se ponía detrás de los árboles cuando Michael se levantó. Ella se levantó también, observó cómo se despedía de Elizabeth y de Edward; cuando se volvió hacia ella, ella le ofreció su mano y una sonrisa. "Adiós."

La discusión acerca del baile le había recordado cuánto le faltaba por hacer, por organizar, por supervisar y manejar. A pesar de su decisión de embarcarse en una aventura, no necesitaba otras distracciones en aquel momento.

Él sostuvo su mano y su mirada; luego levantó los dedos y la besó levemente en los nudillos. "Vendré a visitarte mañana en la tarde."

Ella se volvió con él hacia la puerta; él sostenía su mano todavía. "Mañana estaré muy ocupada." Bajó la voz, para que sólo él pudiera escucharla. "Tenemos que hacer muchas cosas con los preparativos para el baile y nuestra contribución al bazar."

Deteniéndose en la puerta, la miró. "No obstante, vendré a mediados de la tarde." Las palabras eran una promesa, resaltada por el peso de su mirada. Levantó de nuevo sus dedos; con los ojos fijos en los de ella, los besó y luego los soltó. "Espérame a esa hora."

Con una inclinación, se marchó.

Ella permaneció en el umbral escuchando los pasos que se alejaban... cuando aceptó una aventura, ¿qué exactamente era lo que había aceptado?

La pregunta resonaba en su mente la tarde siguiente, cuando estaba en la terraza, con las manos en las caderas, y miraba enojada a Michael.

Abrió la boca.

Él señaló su nariz con el dedo. *"Sin* discutir. ¿Recuerdas?"

Ella suspiró exasperada a través de sus dientes apretados. "Yo..."

"Tienes exactamente cinco minutos para ponerte tu traje de montar. Traeré los caballos y nos encontraremos en la escalera principal."

Con esto, se volvió, bajó las escaleras de la terraza y se alejó hacia los establos—dejándola con la boca abierta... y con la sospecha de que no tenía más alternativa que seguir sus planes.

¡Nunca antes le habían ordenado algo de esa forma!

Girando sobre sí, murmurando terribles imprecaciones contra los hombres, contra todos los hombres, presuntuosos o no, se quitó el delantal, pasó por las cocinas para verificar con la cocinera y con la señora Judson, y luego subió apresuradamente las escaleras. Diez minutos más tarde, después de recordar y entregar las instrucciones que se disponía a dar cuando la vista de Michael, que cabalgaba decididamente hacia la casa la había distraído, llegó corriendo al recibo principal.

Al mirar hacia abajo, halando sus guantes de montar, se encontró con un muro de sólidos músculos masculinos que no tuvo dificultad en reconocer.

"¡Voy, voy!" protestó, corriendo.

Él la sostuvo, luego tomó una de sus manos. "Qué bien."

Su gruñido hizo que ella parpadeara, pero ella no podía ver su rostro—él ya se había vuelto y se dirigía a la puerta, llevándola consigo. Tuvo que apresurarse para mantenerse al paso, asiendo frenéticamente la falda de su traje para no caer por las escaleras detrás de él.

"¡Esto es ridículo!" murmuró mientras él la llevaba implacablemente al lado de Calista.

"No puedo estar más de acuerdo."

Se detuvo al lado de la yegua y se volvió para ayudarla a montar. Cerró sus manos sobre su cintura y luego hizo una pausa.

Ella levantó la mirada, encontró sus ojos. Como siempre, estaba completamente consciente de la preocupación de sus sentidos con él y con su cercanía, pero ahora parecía habituarse al efecto.

"¿Has tenido una aventura antes?"

La pregunta hizo que abriera los ojos sorprendida. "¡No! Desde luego que no…" Las palabras salieron antes de pensarlo.

Pero él se limitó a asentir, melancólicamente. "Eso pensé."

Con eso la levantó hasta la silla, sostuvo el estribo mientras ella deslizaba su bota en él.

Acomodando sus faldas, frunció el ceño mientras él se dirigía a su caballo y montaba. "¿Y eso que tiene que ver?"

Tomando las riendas, él encontró su mirada. "No lo estás haciendo muy fácil."

Ella entrecerró los ojos. "Te lo dije." Ella hizo que Calista avanzara hasta estar a su lado y tomaron el largo sendero. "Está el baile, el bazar—estoy ocupada."

"No lo estás—eres veleidosa y estás buscando excusas para evitar lanzarte al agua."

Ella miró al frente; no intentó mirarlo a los ojos, aun cuando sintió su mirada en su rostro.

"Eres el epítome de la eficiencia, Caro—no puedes esperar que crea que no puedes tomarte dos horas de la tarde antes de lo que es para ti un baile relativamente secundario."

Tenía razón, al menos sobre esta última parte. Frunció el ceño, más interna que externamente. ¿Tenía razón sobre lo demás también? Ella sabía lo que temía; ¿realmente la había penetrado tan profundamente, la tenía el miedo tan aferrada que, sin pensar, instintivamente, como él lo estaba sugiriendo, evitaba cualquier situación que la hiciera enfrentarlo?

Lo miró. Él la estaba observando pero, cuando sus ojos se encontraron, ella advirtió que no estaba tratando de presionarla. Estaba, definitivamente, tratando de comprenderla; hasta entonces, no lo había conseguido.

Su corazón dio un pequeño giro, un pequeño salto; miró al frente. Insegura acerca de cómo se sentía de ser comprendida, o de su deseo de hacerlo. Después de galopar un poco, se aclaró la voz. Suspiró y levantó la barbilla. "Es posible que parezca que interpongo obstáculos, pero te aseguro que no es mi intención." Lo miró. "Estoy tan decidida como tú en el rumbo que hemos adoptado."

Sus labios sonrieron con una sonrisa completamente masculina. "En ese caso, no te preocupes." Sostuvo su mirada. "Ignoraré tus obstáculos."

Ella miró al frente, sin estar segura de que aprobara este camino; sin embargo...mientras cabalgaban por la dorada tarde, extrajo algún consuelo de ello. A pesar de las tontas vacilaciones a las que pudieran conducirla sus temores, no les permitiría evitarlo o resistirse a él—retirarse. Parecía haber encontrado un aliado en la batalla contra sus temores.

Fue sólo cuando se encontraron casi en el claro que advirtió que se habían desviado de su ruta hacia la Piedra Rufus. Cuando cabalgaron hacia un amplio prado tapizado del verde y dorado de hierba fresca y hojas, se preguntó por qué él había elegido aquel lugar, se preguntó qué se proponía.

Se detuvieron; el se apeó, ató los caballos y luego acudió a ayudarla a desmontar. La bajó lentamente; incluso cuando ya estaba firme en sus pies, no la soltó.

Ella levantó la mirada; sus ojos se encontraron. Ella sintió que la fascinación entre ellos se hacía más fuerte; mientras él la atraía hacia sí e inclinaba la cabeza, sintió que su mutua ansiedad se despertaba.

Con los labios, Michael rozó su frente; luego se inclinó más para trazar la curva de su oreja y acariciar la suave hendidura debajo de ella. Inhaló, dejó que su aroma lo invadiera lentamente, se sintió reaccionar. "Debería probablemente admitir..."

Dejó que las palabras se perdieran mientras la estrechaba contra sí.

Ella deslizó sus manos sobre sus hombros, parpadeó. "¿Qué?"

Sonrió. Inclinó la cabeza. "Habría ignorado tus obstáculos de todas maneras."

Tomó su boca, sintió que ella se entregaba—sintió que se hundía contra él. Durante un largo momento, sencillamente la saboreó, a ella y a su implícita entrega. Sin embargo, el aislamiento del claro no era la razón por la cual se encontraban allí. No obstante, capturando sus sentidos, centrándolos, y a ella, en todo lo que habría entre ellos, en la intimidad final que pronto existiría antes de que abordara su objetivo inmediato, no era una mala idea.

Eventualmente, él se retiró; cuando levantó la cabeza, ella abrió los ojos, miró en los suyos. "¿Por qué elegiste este lugar?"

Michael podía confundir sus sentidos, pero su inteligencia era más resistente. Soltándola, la tomó de la mano y la llevó consigo hacia la piedra. "Cuando vinimos aquí la última vez . . ." Aguardó hasta que ella levantó la mirada, hasta que pudo capturar sus ojos. "Cuando cabalgamos hacia el claro, te estaba incitando." Vio que ella lo recordaba. "Quería una reacción, pero la que obtuve no la pude interpretar; incluso ahora, no puedo interpretarla."

Mirando hacia el frente, ella se detuvo; él también lo hizo, pero no soltó su mano. Se movió para quedar frente a ella. "Estábamos discutiendo la vida de la esposa de un embajador, esto es, la tuya, y los deberes que tú o cualquier otra dama en esa posición tendría que atender."

Ella apretó los labios. Sin mirarlo, haló su mano; él la asió con más fuerza. "Tú me advertiste que todo embajador necesita una esposa adecuada—mencioné que lo mismo sucedía con los Ministros del Gabinete." Implacablemente, prosiguió, "Luego yo señalé que Camden había sido un embajador magistral."

Sus dedos se agitaban en los de Michael, pero ella se negaba a mirarlo; su expresión era de piedra, ominosamente firme. "Te traje aquí para preguntarte qué te había enojado. Y por qué."

Durante un largo momento, ella permaneció completamente inmóvil, como una estatua, excepto por el pulso que él veía latir en la base del cuello. Estaba enojada otra vez, pero de una manera diferente…o de la misma manera, agravada por algo más.

Finalmente, suspiró profundamente, lo miró un instante, pero no encontró sus ojos. "Yo…" De nuevo suspiró profundamente, levantó la cabeza, y fijó su mirada en los árboles. "Camden se casó conmigo porque vio en mí a la anfitriona perfecta—la mejor ayudante para un embajador."

Su voz era llana, sin ninguna inflexión; ocultaba sus ojos, sin que él tuviera oportunidad de leer sus sentimientos; se vio obligado a adivinar, a tratar de seguir su orientación. "Camden era un diplomático de carrera, un diplomático muy experimentado y astuto cuando se casó contigo." Hizo una pausa y luego agregó. "Tenía razón."

"Lo sé."

Las palabras estaban tan cargadas de emoción que temblaban. Se negaba a mirarlo; él oprimió su mano. "Caro…" Cuando ella no respondió, dijo quedamente, "No puedo ver si tú no me muestras."

"¡No *quiero* que veas!" Intentó lanzar las manos al aire, encontró que sus dedos estaban atrapados en los de Michael y haló. "Oh, ¡santo cielo! Suéltame. No puedo escapar de ti, ¿verdad?"

El hecho de que ella lo reconociera hizo que aflojara la mano. Envolviéndose en sus brazos, ella caminaba, mirando hacia abajo, alrededor de la piedra. La agitación brillaba en ella; sin embargo, sus pasos eran decididos; su expresión, lo que él atisbaba de ella, sugería que estaba luchando, pero con qué no podía adivinarlo.

Eventualmente, habló, pero no aminoró sus pasos. "¿Por qué necesitas saber?"

"Porque no quiero herirte otra vez." Ni siquiera tuvo que pensar la respuesta.

Sus palabras hicieron que ella se detuviera; lo miró por un

momento y luego continuó caminando—de un lado al otro de la piedra, dejando el monumento entre ellos.

Después de otra tirante pausa, habló; sus palabras eran bajas pero claras. "Yo era joven—muy joven. Sólo tenía diecisiete años. Camden tenía cincuenta y ocho. Piensa en eso." Prosiguió. "Piensa en cómo un hombre de cincuenta y ocho años, muy mundano, experimentado, aún apuesto y devastadoramente encantador, persuade a una chica de diecisiete años, que ni siquiera había pasado una temporada en Londres, de casarse con él. Fue tan fácil para él hacerme creer en algo que sencillamente no estaba allí."

Lo golpeó. No como un golpe, sino como el borde afilado de un cuchillo. Súbitamente se encontró sangrando de un lugar que ni siquiera sabía que podía ser herido. "Ay, Caro."

"*¡No!*" Ella lo rodeó, con los ojos plateados en llamas. "¡No te atrevas a sentir compasión por mí! Es sólo que no sabía. . ." Abruptamente, agitó las manos y se volvió. Respiró profundamente y se enderezó, levantó la cabeza. "De cualquier manera, todo está en el pasado."

Él quería decirle que heridas pasadas adecuadamente sepultadas no nos afectan aquí y ahora. Pero no pudo hallar las palabras apropiadas, palabras que ella aceptara.

"Habitualmente, no soy tan sensible a ello, pero ese asunto entre tú y Elizabeth. . ." Su voz se hizo más débil; respiró de nuevo, mirando a lo lejos, hacia los árboles. "Entonces ahora lo sabes. ¿Estás contento?"

"No." Se movió, dio la vuelta a la piedra y cerró la brecha entre ellos. "Pero al menos ahora comprendo."

Ella miró por encima de su hombro mientras él deslizaba sus manos sobre su cintura. Frunció el ceño. "No puedo ver por qué necesitas hacerlo."

Él la volvió, cerró sus brazos e inclinó la cabeza. "Lo sé."

Pero lo harás.

Escuchó las palabras en su mente mientras ponía sus labios sobre los de ella. No ávidamente, sino tentadoramente, incitándola. Ella lo siguió, al principio no con su habitual anhelo tempestuoso, pero lo siguió. Fue una progresión más lenta, más considerada, más deliberada hacia las llamas; paso a paso, él guiaba, ella lo seguía.

Hasta que ardieron. Hasta que el calor de sus bocas, la presión del cuerpo contra el otro cuerpo, ya no fue suficiente para ninguno de los dos.

Atrapados en el momento, envueltos en su promesa, necesitando su calor para desterrar el frío del pasado, Caro resintió incluso el momento que él se tomó para retroceder, sacarse el saco de encima y extenderlo en la hierba debajo de un enorme roble. Cuando se acercó y la acostó, ella vino a él ávidamente, deseosa, necesitando el contacto, la seguridad inefable que le daban sus besos, las caricias cada vez más osadas.

Como de costumbre, no le pidió permiso para abrir su corpiño, deshacerse de su camisón y dejar sus senos desnudos— sólo lo hizo. Luego se dio un festín, ofreciéndole delicia tras delicia sensual, hasta que ella respiró ahogadamente, con la piel tirante, febril y ardiente.

Él no preguntó, sino que simplemente haló su falda y deslizó su mano debajo de ella. Sus dedos exploradores encontraron su rodilla, la rodearon y luego avanzaron hacia arriba, deteniéndose acariciadores en la parte de adentro de sus muslos hasta que los músculos temblaron, hasta que ella se movió, se apretó contra él, exigiendo sin palabras . . .

Ella sabía qué quería, pero cuando él tocó sus rizos, casi expira. No sólo de placer, sino de anticipación. Él apartó sus muslos osadamente, acarició sus rizos, recorrió su suave carne en una lánguida exploración que la dejo ardiendo, húmeda y palpitante. Luego su toque se hizo más firme.

Soltó el seno que había estado succionando incitador; levantando su cabeza, con los párpados pesados, sostuvo su mirada mientras deslizaba un dedo en su interior.

La conciencia la atenazó, atormentadoramente aguda. Perdió el aliento, perdió el contacto con su mente; todos los sentidos que poseía se concentraron en aquella penetración firme, en su continua invasión mientras él la penetraba más y más profundamente.

Antes de que pudiera recuperar el aliento, él la acarició firme, deliberadamente. Luego inclinó la cabeza y cubrió sus labios, la besó como si fuese una hurí de su propiedad.

Ella devolvió sus besos como si lo fuese, ávida, ambi-

ciosa—exigiendo, ordenando, incluso deliberadamente incitándolo. Él respondió de la misma manera. Sus bocas se fundieron, con las lenguas entrelazadas, mientras él movía sus
manos entre sus muslos, la acariciaba, la dejaba sin sentido.

Aferrada a sus hombros, mantuvo el beso, súbitamente desesperada por tantas razones. Desesperada por que él la siguiera besando para que no viera, para que no tuviera la
oportunidad de ver—para que ella no tuviera la ocasión de
delatarse al revelarle qué novedosas, qué indescriptible-
mente excitantes y brillantes, qué fascinantes eran las nuevas
sensaciones que él le brindaba.

Desesperada porque no se detuviera.

Desesperada por llegar a una cima sensual, por destrozar
la tensión que crecía, se enroscaba y se acumulaba dentro de
ella.

Quiso gritar.

Incluso durante el beso, ella lo sintió maldecir; luego su
mano se movió entre sus muslos.

Ella intentó retirarse para protestar; él se negó a dejarla, la
siguió, manteniéndola atrapada en el beso—luego un segundo dedo siguió al primero, súbitamente, sorprendentemente, escalando la presión. La tensión aumentó aún más;
ella sintió que su cuerpo se endurecía contra el de él.

Él la acostó; luego su mano se movió otra vez; su dedo la
tocó, la acarició y luego se detuvo—oprimiendo al tiempo
con la caricia de sus dedos.

Ella se rompió como el cristal a la luz brillante del sol;
fragmentos de placer atravesándola, afilados, cortantes, libe-
rando abruptamente la tensión, dejando que fluyera hacia un
estanque dorado. El estanque brillaba, latía; su calor la invadió, latía debajo de su piel, en las yemas de sus dedos, en su
corazón.

La maravilla la atrapó, la acunó, la arrancó del mundo por
primera vez, flotando en el éxtasis de sus sentidos.

Lentamente regresó—al mundo físico, a la comprensión.
Al conocimiento de lo que era el deleite físico, a un atisbo de
lo que se había perdido durante todos aquellos años—a un
conocimiento más profundo de lo que había estado esperando, y de lo que él le había dado.

Él levantó la cabeza; había estado observándola y aún lo hacía.

Ella sonrió lenta, perezosamente, sensualmente saciada por primera vez en su vida. Disfrutándolo.

Su sonrisa lo decía todo; Michael se sumió en ella—decidió que era aun mejor que la sonrisa que ella le había obsequiado cuando le dijo que ya no estaba considerando a Elizabeth como su novia.

Era una sonrisa que valía todos los esfuerzos que estaba plenamente decidido a hacer—renovó mentalmente su juramento de hacerlos—para ver que adornara su rostro todas las mañanas y todas la noches. Era una sonrisa que ella merecía tanto como él.

Retiró sus dedos de ella; ella había estado tirante, muy tirante, pero Camden había muerto dos años atrás y ya era una persona mayor desde hacía tiempo. Pero cuando él bajó sus faldas, vio una irritación en sus ojos, un opacarse de la gloria plateada. Arqueó una ceja en una pregunta muda.

Su irritación se hizo más definida. "Y, ¿qué hay de ti?" Se volvió hacia él; su mano lo halló, rígido como el granito e igualmente duro. Su leve caricia lo habría puesto de rodillas si hubiese estado de pie.

Él tomó su mano, tuvo que luchar por encontrar un aliento suficiente para decir, "Esta vez no."

"¿Por qué no?"

Hubo un indicio de algo más allá de lo evidente en su decepción—una decepción lo suficientemente clara para alterar su mirada ya intensa. "Porque tengo planes."

De hecho, los tenía y no estaba dispuesto a compartirlos con ella. Dada su reconocida propensión a interponer obstáculos, entre menos supiera, mejor.

Su irritación se hizo sospechosa. "¿Cuáles?"

Acostándose, deslizó un brazo a su alrededor y la atrajo sobre sí. "No necesitas conocerlos." Inclinó la cabeza de Caro, tomó su labio inferior entre sus dientes y haló suavemente; luego susurró, "pero si quieres, puedes tratar de adivinarlos."

Ella se rió. Él recordó que ella no reía con frecuencia. Cuando sus labios se oprimieron contra los suyos y ella se entregó a su afán de persuadirlo, decidió hacerla reír más, apartar las nubes que, bajo toda su elegancia, parecían haber opacado su vida durante demasiado tiempo.

Luego ella se movió más decididamente, sobre él, puso su corazón y su alma en el beso, y él se olvidó de todo lo demás y se entregó sólo a besarla.

A pesar de sus esfuerzos, Caro no averiguó nada acerca de los planes de Michael. Cuando regresaron a la Casa Bramshaw, sus deberes descuidados la reclamaron; sólo cuando puso su cabeza en la almohada aquella noche tuvo oportunidad de pensar sobre lo que había ocurrido en el claro. Sobre lo que él había querido, lo que había aprendido, lo que la había hecho sentir.

Sólo la evocación hizo que su carne latiera por el deleite recordado; su cuerpo aún brillaba tenuemente con el momento posterior al placer. Cierto, Camden la había tocado de maneras similares; los velos que ella había tendido sobre aquellas pocas noches en las que había venido a su cama oscurecían los detalles; sin embargo, nunca había sentido en Camden lo que sentía en Michael—y nunca había reaccionado, nunca había sentido con Camden la excitación y, mucho menos, la gloria que experimentaba en brazos de Michael.

A pesar de la preocupación secreta que aún la atormentaba—que algo saldría mal que, al final, cuando llegara el momento, lo que anhelaba sencillamente no ocurriría—sintió una avidez, una anticipación, la compulsión de seguir adelante, de explorar y experimentar tanto como pudiera. Tanto como él le mostrara.

Cualesquiera que fuesen sus planes, ella lo seguiría sin importar las consecuencias.

A pesar de todo lo demás, había un punto vital que ella simplemente tenía que conocer.

CAPÍTULO

11

$\mathcal{M}$ichael se levantó temprano a la mañana siguiente. Intentó sumergirse en la tarea de actualizarse sobre las noticias de Londres, leyendo los boletines y cartas de diversos corresponsales pero, una y otra vez, se encontró sentado en su silla, con la bota sobre la rodilla, contemplando al vacío— pensando en Caro.

Ella había hablado de obstáculos que no deseaba interponer entre ellos, y luego reveló uno gigantesco que, intencional o no, él debería encontrar la manera de aclararlo.

Camden se había casado con ella por sus talentos, por sus innegables habilidades. Por lo que sabía acerca de Camden, esto no le sorprendió, si algún hombre pudiera saber qué habilidades innatas se requerían para producir una anfitriona excelente, y había sido capaz de reconocerlas en una joven de diecisiete años, éste era Camden. Ya había enterrado a dos esposas altamente talentosas.

Ese, sin embargo, no era el problema. Caro no había comprendido, había creído que se casaba con ella por otras razones, presumiblemente las habituales razones románticas con las que sueñan las jóvenes, y Camden...

Michael apretó los dientes, pero no tenía dificultad alguna en imaginar al Camden que había conocido, y del que había oído hablar tanto, desplegando su encanto y su personalidad brillante y multifacética para deslumbrar a una jovencita a la que deseaba. Oh, sí, él lo habría hecho; la habría conducido deliberadamente por un sendero de rosas, le habría permitido pensar lo que quisiera—cualquier cosa para obtener lo que quería.

Quería a Caro y la había tenido.

Pero para ella, había sido engañada.

Eso era lo que la había herido, lo que le había dejado esas cicatrices; la herida aún estaba abierta, incluso después de todos esos años.

Qué tan abierta, él lo había visto por sí mismo; no exploraría deliberadamente ese punto de nuevo. Sin embargo, no se arrepentía de haberlo hecho. De no hacerlo…al menos ahora sabía a qué se enfrentaba.

Dado que era plenamente consciente de su propia necesidad urgente y muy real del tipo de esposa que Camden había querido para sí, del tipo de mujer talentosa que ella era, conseguir que se casara con él sería una tarea extremadamente difícil.

Y allí era donde se interponía aquel obstáculo gigantesco—no en el camino llevarla a su lecho, sino entre él y su objetivo final.

Sus planes eran sólidos; paso a paso—asegurar un objetivo antes de pasar al siguiente.

Dejando el tema, apartándolo, intentó concentrarse en la última carta de su tía Harriet. Leyó un párrafo más antes de que su mente se desviara…hacia Caro.

Suprimiendo una maldición, dobló la carta y la lanzó a la pila de papeles que había sobre su escritorio. Cinco minutos más tarde, estaba montado en Atlas, galopando hacia Bramshaw.

La prudencia insistía en que el día del baile—y, a pesar de lo que había dicho, el baile de Caro, al que asistirían tantos personajes de la diplomacia, no sería un evento insignificante—no era el momento para visitar a ninguna dama. Si tuviese algún sentido común, habría hecho lo que había planeado y no se habría presentado. Sin embargo, allí estaba…

Decidió que, aparte de todo lo demás, sería injusto dejar a Edward la responsabilidad de cuidar de Caro solo. Geoffrey sin duda se habría refugiado en su estudio y no lo verían hasta la cena, así que debería haber alguien allí que tuviera una oportunidad de refrenar a Caro, si esto fuese necesario.

La encontró en la terraza, dirigiendo la ubicación de las mesas y de las sillas en los jardines. Absorta en instruir a dos lacayos para que movieran una mesa a la derecha, no advirtió que él estaba ahí hasta que él deslizó sus manos a su cintura y oprimió levemente.

"Oh—hola." Miró distraídamente hacia arriba y luego a él, levemente ahogada.

Él sonrió, dejó que sus manos se deslizaran, acariciando levemente sus caderas. El pequeño ejército que se encontraba en el jardín no podía verlos.

Ella frunció el ceño—advirtiéndole severamente. "¿Has venido a ayudar?"

Él suspiró, resignado, y asintió. "¿Qué quieres que haga?"

Palabras fatales, como pronto lo descubrió; ella tenía una lista de encargos tan larga como su brazo. El primero implicaba mover muebles en las habitaciones de recibo; algunos debían ser guardados temporalmente en otros lugares. Mientras los lacayos luchaban con aparadores y muebles más grandes, él, junto con Edward y Elizabeth, se ocupaban de las lámparas, espejos y otros extraños pero delicados y valiosos objetos. Algunos debían ser retirados, otros ubicados en sitios diferentes. La hora siguiente voló.

Una vez satisfecha con la disposición dentro de la casa, Caro salió. Era necesario erigir un toldo a un lado del jardín; Michael intercambió una mirada con Edward y pronto se ofrecieron a hacerlo. Mejor que arrastrar urnas y pesadas macetas por la terraza y a lo largo de los senderos.

Elizabeth dijo que ayudaría. La tela del toldo estaba doblada en el jardín, junto con los palos, cuerdas y estacas para anclarlos. Entre los tres—Caro estaba supervisando otra cosa—extendieron la lona y luego vinieron sus intentos, menos que exitosos, por poner las varas en la posición correcta e izar la lona. El toldo era hexagonal, no cuadrado—como pronto lo supieron, algo mucho más difícil.

Finalmente, Michael consiguió levantar una de las esquinas. Sosteniendo la vara, hizo un gesto a Edward. "Trata de colocar la vara del medio."

Edward, ahora en mangas de camisa, miró la extensión de la lona, asintió una vez, tristemente, y se hundió debajo de ella. Debía abrirse camino por entre los pliegues.

Unos segundos después, estaba perdido. Una serie de maldiciones mal contenidas salían de la pesada tela. Elizabeth, quien apenas podía contener la risa, llamó, "Aguarda—te ayudaré."

Ella también desapareció debajo de la lona.

Michael observaba, indulgente y divertido, reclinado contra la vara que estaba sosteniendo.

"¿Por qué tardan tanto?" Caro apareció por el muro de lona que él estaba sosteniendo. Ella advirtió su mano que sujetaba la vara, haciendo fuerza con el brazo y luego volvió su atención a la lona y a los sonidos ahogados, indistintos pero sugerentes, que provenían de debajo de la tela.

Llevando las manos a las caderas, lanzó una mirada enojada. Susurró entre dientes, "No tenemos tiempo para estas tonterías."

Inclinándose, la tomó por la cintura; antes de que pudiera protestar, la apretó contra sí. Ella aterrizó sobre él, las manos contra su pecho; la vara se tambaleó, pero él consiguió mantenerla erguida.

Ella perdió el aliento, lo miró; él la miró más profundamente a los ojos; casi puede ver su reproche hiriente incluso mientras sus sentidos bailaban alocadamente. Ella parpadeó, luchando por obligar a su lengua a pronunciar la protesta que su mente había formado.

Él sonrió, observó su mirada fija en sus labios. "Déjalos tener su momento—no afectará tu horario." Se disponía a agregar, "¿No recuerdas cómo es ser joven?" queriendo decir joven y en la agonía del primer amor; recordó justo a tiempo que Caro casi de seguro no lo recordaba, porque era probable que nunca lo había conocido...

Inclinando la cabeza, la besó, primero suavemente; luego sus labios se fusionaron, con creciente pasión. El suyo no era un amor joven, sino un compromiso más maduro; el beso lo reflejaba, profundizándose rápidamente.

La pared de lona los ocultaba de una multitud de personas

que se atareaban en los jardines. Edward y Elizabeth aún luchaban debajo del toldo.

Michael levantó la cabeza un instante antes de que apareciera Elizabeth, sacudiéndose las faldas y conteniendo valientemente la risa. Él soltó a Caro en cuanto estuvo seguro de que estaba apoyada en sus pies.

Elizabeth vio cómo su brazo se deslizaba de la cintura de Caro; sus ojos se abrieron sorprendidos, con una súbita comprensión estampada en su rostro.

Caro la vio; en un alboroto poco característico de ella, agitó las manos hacia Elizabeth—Edward continuaba debajo de la lona. "¡Por favor apresúrense! Debemos terminar con esto."

Elizabeth sonrió. "Edward colocó la vara central en su lugar; ya está lista para izar la tela.

"Bien." Alejándose rápidamente hacia la casa, Caro asintió. "Continúen."

Con esta exclamación desapareció—mucho más agitada que cuando había llegado. Michael la vio marcharse, con una sonrisa en los ojos y luego se volvió hacia Elizabeth. Ignorando la especulación en su rostro, le indicó una vara. "Si puedes colocar otra esquina, podremos poner la parte de arriba."

Lo consiguieron, pero con muchas maldiciones ahogadas y risas. Una vez instalado y asegurado el toldo, se presentaron ante Caro, quien les lanzó una de sus miradas más adustas.

"La señora Judson necesita ayuda para separa los cubiertos y el cristal para la cena y para la comida que se servirá en el toldo." Miró a Elizabeth y a Edward severamente. "Ustedes dos pueden ayudarla."

Sin inmutarse, la pareja sonrió y se dirigió al comedor. Caro volvió su adusta mirada hacia él. "Tú puedes venir conmigo."

Él sonrió. "Será un placer."

Ella lo miró desdeñosamente y se adelantó, con la nariz en el aire. Él la siguió, un paso detrás. El contoneo de sus caderas lo distraía. Una rápida mirada a su alrededor le mostró que no había nadie más en el pasillo; osadamente, extendió la mano y recorrió esas curvas absorbentes.

Sintió que sus nervios saltaban, que perdía el aliento. Su paso perdió el ritmo, pero continuó.

Él no retiró la mano.

Ella aminoró el paso cuando se aproximaron a una entrada. Miró sobre su hombro, luchó por fruncir el ceño. "Deja eso."

Él abrió los ojos, sorprendido. "¿Por qué?

"Porque..."

Él la acarició de nuevo y su mirada se desenfocó. Ella se humedeció los labios; luego se detuvo en la entrada y suspiró. "Porque necesitarás ambas manos para cargar esto."

Indicó la habitación con una mano. Él miró y ahogó un quejido. "Esto" eran enormes urnas y floreros llenos de flores. Dos mucamas le daban los últimos toques a los arreglos.

Caro sonrió. Sus ojos brillaban. "Estos dos van en el salón, y los otros por toda la casa—Dora te indicará cuál es el lugar de cada uno. Cuando termines, estoy segura de que puedo encontrar algo más para mantener tus manos ocupadas."

Deliberadamente, Michael sonrió. "Si no puedes, estoy seguro que pudo sugerir algo."

Ella sonrió desdeñosamente mientras se volvía; él la observó caminar por el pasillo, contoneando las seductoras caderas; luego sonrió y se volvió hacia las urnas.

Llevarlas de un lado a otro le dio tiempo suficiente para pensar y planear. Como ella se lo había advertido, había arreglos de flores para toda la casa, incluyendo el primer piso y las habitaciones aledañas preparadas para los huéspedes que pasarían la noche allí. La mayor parte de ellos llegarían al final de la tarde, lo cual explicaba aquella frenética actividad; todo lo que se hallaba detrás de la puerta debía estar perfecto antes de que los invitados subieran los escalones de la entrada.

Llevar los arreglos florales por todas partes lo familiarizó de nuevo con la casa; la conocía, pero nunca antes había tenido una razón para estudiar en detalle su disposición. Averiguó cuáles de las habitaciones estaban destinadas a los invitados, cuáles usaban en aquel momento la familia y Edward, y cuáles estarían en desuso. Había unas pocas habitaciones en esta última categoría; después de que Dora lo dejó marchar, desapareció hacia el segundo piso.

Veinte minutos más tarde bajó y buscó a Caro. La halló en la terraza, con una bandeja de emparedados en la mano. El resto del personal estaba disperso en los jardines, los escalones de la terraza, las mesas y las sillas, todos masticando y bebiendo.

Caro también lo hacía. Inclinándose a su lado, tomó un emparedado de la bandeja.

"Oh, ahí estás." Lo miró. "Pensé que te habías marchado."

Él encontró su mirada. "No sin darte la oportunidad de saciar mi apetito."

Ella captó el doble sentido pero, mirando calmadamente al frente, indicó las bandejas de emparedados y las jarras de limonada colocadas sobre la balustrada. "Por favor, sírvete."

Él sonrió y lo hizo; regresando a su lado con un plato lleno, murmuró, "Te recordaré que dijiste eso."

Desconcertada, frunció el ceño.

Él sonrió. "Más tarde." Michael permaneció allí otra hora; Caro debió admitir que había ayudado mucho. No hizo nada más para distraerla. Después de su comentario en la terraza, no tuvo necesidad de hacerlo; aquel intercambio se repitió en su mente durante el resto de la tarde.

El hombre era un maestro de la ambigüedad—un verdadero político, indudablemente. *Más tarde.* ¿Quería decir que más tarde le explicaría lo que quería decir, o que le recordaría que le había dicho que se sirviera más tarde?

Esta última posibilidad, unida a la frase "darte una oportunidad de saciar mi apetito," se interponía continuamente en sus pensamientos—pensamientos que hubieran debido estar centrados en los retos menos personales de la velada próxima. Mientras se detuvo para colocar en su puesto el delicado tocado de filigrana que había elegido, fue consciente, no sólo de la anticipación, sino de una expectativa que le ponía los nervios tirantes, algo muy cercano a una excitación que incitaba sus sentidos.

Lanzando una última mirada a su traje de seda cruda brillante, advirtiendo con aprobación cómo se aferraba a sus curvas, cómo destacaba los destellos dorados y marrones de su cabello, se puso su enorme pendiente de topacio justo sobre el escote; se aseguró de que sus anillos estuviesen en su lugar y luego, finalmente, satisfecha de lucir lo mejor posible, se dirigió a la puerta.

Cuando llegó a la escalera principal, descubrió a Catten que aguardaba en el recibo. Mientras bajaba, él se acomodó su chaleco y levantó la cabeza. "¿Debo tocar el gong, señora?"

Bajando la escalera, inclinó la cabeza. "Desde luego. Demos comienzo a este baile."

Se deslizó hacia el salón, con las palabras resonando aún, sonriendo.

Michael se hallaba al lado de la chimenea, Geoffrey a su lado. La mirada de Michael se fijó en ella desde el momento en que apareció. Ella se detuvo en el umbral y luego avanzó; ambos se volvieron cuando ella se les unió.

"Bien, querida, luces muy atractiva—muy elegante." Mirándola de arriba abajo, con afecto fraternal, Geoffrey le dio unas palmaditas en el hombro.

Caro lo escuchó, pero apenas lo vio. Sonrió vagamente en respuesta al piropo, pero sólo tenía ojos para Michael.

Había algo en ver a un caballero en traje estrictamente formal; es cierto que lo había visto en contextos formales antes, pero... ahora él la miraba, la apreciaba, la bebía visualmente, y observaba cómo ella hacía lo mismo, observando con aprobación el ancho de sus hombros, el contorno de su pecho, su altura, el largo de sus largas piernas. En severo negro, que contrastaba fuertemente con el prístino blanco de la corbata y de la camisa, parecía más alto de lo habitual, haciéndola sentir especialmente delicada, femenina y vulnerable.

Geoffrey se aclaró la voz, murmuró un comentario y los dejó; con los ojos fijos en los del otro, ninguno de ellos lo miró.

Lentamente, ella sonrió. "¿Me dirás que luzco atractiva y elegante?"

Él sonrió, pero sus ojos azules permanecieron intensos, mortalmente serios. "No. Para mí luces... *soberbia.*"

Invistió la palabra con un significado que iba mucho más allá de lo visual. Y ella súbitamente se sintió *soberbia,* tan brillante, cautivadora y deseable como su expresión la pintaba. Suspiró; una confianza adicional, poco habitual, novedosa, surgió en ella y la invadió. "Gracias." Inclinó la cabeza, volviéndose un poco hacia la puerta. "Debo saludar a los invitados."

Él le ofreció su brazo. "Puedes presentarme a los que no conozco todavía."

Ella vaciló, levantó la vista y encontró su mirada. Recordó su decisión de no ser anfitriona nunca más para ningún hombre. Escuchó voces en la escalera; los invitados estarían allí en cualquier momento. ¿Y si la vieran allí con él...

¿Si lo vieran a su lado en la puerta...?

De cualquier manera, él parecería haber asumido una posición respecto a ella que ningún otro hombre había conseguido alcanzar.

Lo cual era verdad; él, en efecto, detentaba esa posición. Significaba algo para ella, más que un mero conocido, incluso más que un amigo.

Inclinando la cabeza, deslizó su mano en su brazo y dejó que él la llevara hasta la puerta. Él había dicho que no intentaría ninguna maniobra para hacer que ella se casara con él, y ella confiaba en sus palabras. Además, los invitados eran principalmente extranjeros, que no tenían una verdadera influencia en la alta sociedad.

En cuanto a la idea de que la gente lo viera como su amante...consideró esta perspectiva no sólo con ecuanimidad, sino con una sutil emoción muy cercana a la felicidad.

Ferdinand, sin embargo, fue de los primeros en llegar. Le lanzó una mirada a Michael y frunció el ceño. Por fortuna, dado que llegaban más invitados, se vio obligado a seguir; pronto fue engullido por la conversación general, pues aquellos que pernoctarían en la Casa Bramshaw, así como aquellos otros seleccionados que habían sido invitados a cenar, se aproximaban a saludar.

Desde ese momento, ella apenas dispuso de un instante ni para sí misma ni para pensar en algo personal. Descubrió que era útil tener a Michael a su lado; él se sentía mucho más a gusto en este medio que Geoffrey y podía depender de él para que reconociera situaciones potencialmente difíciles y las manejara con el tacto apropiado.

Hacían un muy buen equipo; ella era consciente de eso y sabía que él también lo era; sin embargo, en lugar de ponerla incómoda, cada mirada compartida, de aprecio, la llenaba con una sensación de logro, de satisfacción.

De corrección.

No tuvo tiempo de detenerse en ella; la cena—garantizar que todo se desarrollara como debía mientras mantenía, a la vez, animadas conversaciones—reclamó toda su atención. Todo salió bien, sin ninguna complicación y luego la concurrencia se dirigió al salón de baile. Ella lo había programado bien; los invitados a la cena sólo tuvieron tiempo de admirar el tema floral y tomar nota de la terraza adornada con guirnaldas, los jardines y senderos iluminados por faroles, y el toldo con las mesas puestas para la comida, antes de escuchar los primeros movimientos detrás de las puertas del salón de baile.

Todo estaba como debía estar cuando entraron los invitados.

Michael regresó al lado de Caro mientras ella, en compañía de Geoffrey, saludaba a los recién llegados. Le lanzó una mirada, pero no hizo ningún comentario directo, limitándose a presentarle a las personas que entraban, asegurándose de que Michael tuviera la oportunidad de intercambiar algunas palabras con todos los asistentes. Puesto que este grupo estaba conformado principalmente por gente de la región, nadie le dio una interpretación a esta organización. Geoffrey era el antiguo Miembro del Parlamento, Caro su hermana y Michael el Miembro actual del Parlamento; para ellos, todo estaba en orden.

Cuando la ola se convirtió en un goteo, Michael tocó el brazo de Caro; con los ojos, le indicó la delegación rusa, que se encontraba en la compañía restrictiva de Gerhardt Kosminsky. Le oprimió el brazo y luego la dejó, caminando por entre la muchedumbre, deteniéndose aquí y allá para intercambiar cumplidos y comentarios, para llegar eventualmente al lugar donde se encontraban los rusos y relevar a Kosminsky. Él y Kosminsky habían acordado que uno de ellos se ocuparía de los rusos, al menos hasta que la cordialidad general del baile se afianzara.

Haciendo una pequeña inclinación al más importante de los rusos, Orlov, Michael se resignó a jugar su parte; aparte de todo lo demás, su desinteresado servicio le atraería el agradecimiento de Caro. Dados sus planes para el final de la noche, esto sería muy útil.

Entretanto, el baile había atraído suficientes diplomáticos de importancia para suplirle parejas de baile durante toda la velada. Él era lo suficientemente alto como para mirar por encima de casi todas las cabezas; mientras conversaba con los rusos, y luego con los prusianos, los austriacos y los suecos, mantuvo la delicada diadema que ella había sujetado a su cabello a la vista. Estaba en constante movimiento.

Vio a Ferdinand, reclinado contra una pared, observándola; mentalmente le deseó suerte—en este contexto, encargada de ser la anfitriona, Caro sería imposible de distraer, se mostraría totalmente implacable en negarse a ser detenida. Por nadie. Él conocía sus límites. Más tarde vio de nuevo a Ferdinand, malhumorado, y dedujo que el apuesto portugués lo había averiguado.

Había un tiempo y un lugar para todo. El único eslabón débil de su estrategia residía en asegurarse de que cuando comenzara el vals, él fuese el caballero que tuviera la mano de Caro. Durante un receso de la música, se detuvo al lado del estrado donde se habían instalado los músicos; unas pocas palabras y unas cuantas guineas fortalecieron su posición. Cuando sonaron los acordes iniciales del vals, acababa de regresar al lado de Caro, pidió su mano y le informó en voz baja mientras se inclinaba sobre ella que los rusos y los prusianos hasta entonces no se habían peleado.

Ella estaba sonriendo, aliviada y entretenida mientras discurría la música. Él atrapó su mirada. "Es mi pieza, ¿creo?" ¿Cómo podía negarse?

Riendo, aceptó y permitió que la llevara a la mitad del salón. Cuando se encontró entre sus brazos y permitió que él la hiciera girar en el círculo, él no tenía idea de que la agitaba en más de una manera.

Miró su rostro, sonrió a sus ojos, se encontró atrapado en su mirada plateada. Inicialmente, ella también sonreía, tan segura como él; sin embargo, gradualmente, mientras giraban, sus sonrisas desaparecieron, se disiparon, junto con toda conciencia de la bulliciosa muchedumbre que los rodeaba.

Bastó aquella mirada compartida, y él supo lo que ella estaba pensando. Que a pesar de conocerse durante tantos años, de frecuentar prácticamente los mismos círculos, era la primera vez que habían compartido un vals.

Ella parpadeó; él vio que su mente regresaba al pasado...

"Fue una danza campesina la última vez."

Ella se concentró de nuevo. Asintió. "En el salón de baile de Lady Arbuthnot."

Él no podía recordarlo. Lo único que sabía era que allí, ahora, el momento era muy diferente. No era solamente el vals, el hecho de que ambos fuesen expertos bailarines, de que sus cuerpos fluyeran sin esfuerzo por los giros. Había algo más, algo más profundo, que los dejaba más sintonizados, más alerta, más conscientes, más agudamente sensibles al otro.

A pesar de su entrenamiento, con exclusión de todo lo demás.

Caro sintió la fascinación, sabía que él también la sentía, y sólo pudo maravillarse. Nada en su vida había tenido nunca el poder de cerrar sus oídos, de cerrar mentalmente sus ojos, de centrar sus sentidos hasta ese punto. Era una cautiva, pero una cautiva dispuesta. Sus nervios ardían, su piel parecía viva, sensible a su cercanía, al aura de fuerza que la envolvía, no atrapándola sino sosteniéndola, prometiendo los deleites sensuales que ansiaba.

Sus sentidos la llevaban, su mente seguía.

Estaba relajada y, sin embargo, excitada; tenía los nervios de punta y, sin embargo, se sentía segura.

Sólo cuando aminoraron el paso y ella advirtió que la música estaba a punto de terminar regresó a ella la conciencia del presente. A ambos. Ella lo vio en sus ojos; la reticencia que atisbó en ellos reflejaba la suya.

El escudo que los rodeaba se disolvió y las conversaciones de su entorno los ahogaron, por un instante, en una babel de lenguas incomprensibles. Luego, sobre todo lo demás, llegó la voz estentórea de Catten invitándolos a la comida que los aguardaba en el toldo, a las mesas, a las bancas y a los senderos iluminados, a la belleza de la noche de verano.

Como una sola persona, la multitud se volvió hacia las tres puertas de vidrio dobles que se abrían sobre la terraza. Complacidos, exclamando, los invitados salieron del salón de baile, entrando en la sensual noche.

Ella y Michael se habían detenido en el lado opuesto del salón de baile, cerca de las puertas principales. Ella se había retrasado un poco, observando, asegurándose de que todos se dirigieran en la dirección correcta. Cuando vio que todos los invitados habían comprendido el llamado, miró hacia arriba, con la mano firmemente apoyada en el brazo de Michael.

Él sonrió. Su mano cubrió la suya. "Ven conmigo."

Ella parpadeó; le tomó un momento comprender sus palabras. "¿*Ahora?*" Lo miró fijamente. "No puedo…" Miró a los últimos invitados que desaparecían hacia la terraza.

Parpadeó otra vez, luego lo miró. "No podemos…" Buscó sus ojos, consciente de que su pulso había comenzado a galopar. Se humedeció los labios. "¿Podemos?"

La sonrisa de Michael se hizo más profunda, sus ojos azules fijos en los de ella. "Nunca lo sabrás a menos que vengas conmigo."

Con la mano entre la de Michael, él la llevó por la escalera principal. No vieron a nadie, y nadie los vio. Los invitados, los miembros de la familia, y el personal estaban todos afuera en los jardines, o apresurándose entre las cocinas y el toldo.

Nadie los oyó caminar por el pasillo del primer piso hasta el pequeño salón que había al final. Él abrió la puerta y la hizo pasar; ella entró esperando ver sillas, divanes y un aparador cubiertos por telas. La habitación había estado cerrada durante años; daba a la avenida lateral y al huerto.

En lugar de ello… la habitación había sido limpiada, desempolvada y barrida, y todas las cubiertas habían sido retiradas. El florero de lilas que se encontraba en la mesa delante de la ventana abierta sugería cuándo y cómo.

Ella había olvidado el diván. Amplio, confortable, estaba ahora lleno de cojines. Deteniéndose cerca de él, se volvió. Y encontró a Michael a su lado, aguardando para tomarla en sus brazos.

Con confiada facilidad, la atrajo hacia sí y la besó, separó sus labios, se sumió en su boca y reclamó su dulzura. Ella lo siguió, se hundió en su abrazo, aceptó ávidamente cada caricia, la devolvió y exigió más.

Michael tenía la cabeza inclinada sobre la suya; los dedos de Caro recorrían su cabello y se aferraban a su cabeza mientras su lengua la penetraba profundamente con un ritmo decididamente provocador. Un ritmo que tensaba sus nervios, que la llenaba de calor. Y a él. Ella se preguntó cuánto más profunda, cuánto más cerca podía ser la sencilla intimidad de un beso, cuánto más reveladora.

Las revelaciones la embriagaban—el hambre, la necesidad, el simple deseo humano, suyo y de ella. No parecía haber, entre ellos al menos, ningún disfraz, ningún velo de decoro que alguno de ellos buscara para ocultar la naturaleza primitiva de su deseo.

Deseo mutuo. Había sido su objetivo durante una década y más; en sus brazos, ella lo conoció, lo sintió, lo reconoció y lo aceptó. Perdió el aliento cuando él soltó sus labios, y luego se acercó más mientras recorría con besos ardientes el camino desde su frente hasta el hueco debajo de su oreja; sus dedos deshacían las cintas.

"Ah…" No podía pensar con mucha claridad, pero sí recordó que tenía un salón lleno de invitados abajo.

"Ten un poco de paciencia," murmuró él. "En vista de todos los agudos ojos que nos aguardan abajo, llegar con el traje ajado no sería una buena idea."

Ciertamente que no. Pero…

Sus manos habían recorrido antes sus curvas, a través de la fina seda de su traje, encendiendo con llamaradas su piel. El rubor como rocío que ella ahora comenzaba a asociar con sus caricias más osadas ya había surgido y corría por sus regiones más sensibles.

Cuando su traje cedió, su mente tardíamente alcanzó la de Michael; parpadeó, luchando por hacer que su mente funcionara mientras él retrocedía y bajaba sus brazos, con sus largas manos deslizaba las estrechas tiras de su traje sobre sus hombros y las bajaba por sus brazos; luego tomó sus muñecas y las levantó, puso sus brazos sobre sus hombros y se inclinó—no hacia ella, sino hacia su traje, a los pliegues que habían caído a su cintura.

Ella suspiró, pero la mirada en el rostro de Michael mientras deslizaba la seda cruda sobre sus caderas, mientras el traje susurraba hasta quedar apilado a sus pies, contuvo su protesta—una protesta que ella advirtió era instintiva, otro de sus obstáculos sin intención. El deseo que iluminaba sus ojos mientras recorrían su cuerpo, revelado pero aún cautivadoramente oculto por su fino camisón, hizo que ella se tensara, haciendo que la deliciosa tenaza que la oprimía se apretara aún más.

La parte de arriba de su camisón estaba recogida sobre sus senos; el borde caía a la mitad de sus muslos, coqueteando con sus ligas de seda. Su cuerpo, sus curvas y hondonadas, el fino vello en la parte de arriba de sus muslos, sólo estaban ocultos imperfectamente por la diáfana tela.

Su mirada, cálida y osada, miraba, recorría, abiertamente catalogaba; él sonrió cuando sus ojos merodeadores llegaron a sus ligas; luego levantó la mirada, lentamente, hasta que sus ojos encontraron los suyos.

El deseo ardía en sus ojos azules—ella no podía dudarlo: la misma emoción bosquejaba la lenta curva de sus labios.

"Supongo que no querrás acabar con mi infortunio y quitarte eso."

Sus ojos indicaban su camisón; luego regresaron a su rostro. Osadamente, ella encontró su mirada, arqueó una ceja interrogando.

"Me temo que si lo toco," su voz se hizo más profunda mientras su miraba bajaba a sus senos, "lo romperé."

Por un instante, la realidad—la prudencia y el decoro—la importunaron; decididamente, ella los alejó. Advirtió que él la había imaginado más experimentada de lo que era; al aceptar una aventura, al tomar el camino que había querido tomar y concentrarse en la meta que ella estaba decidida a alcanzar, había aceptado que debía someterse a su dirección.

Lo que no había esperado es que fuese tan sencillo.

Tan fácil, mientras lo observaba mirándola, levantar la mano y halar de la pequeña cinta anidada entre sus senos para desanudarla. Se deslizó entre sus dedos, luego sus extremos cayeron libremente.

Sólo los separaba un pequeño espacio; ella podía sentir la tensión que lo invadía, sintió que aumentaba cuando, levantando ambas manos, deslizó los dedos dentro del cuello del camisón y lo abrió. Hasta que se abrió lo suficiente y cayó. A sus caderas. Estremeciéndose, se liberó de él y éste se unió a su traje.

El calor la invadió—un segundo después, él se acercó también, pero ella lo detuvo con una mano en su pecho. "Aguarda."

Él se paralizó.

Por un instante, ella sintió vértigo—estaba anonadada con el sentimiento de poder que la invadía—saber que podía, sólo con una palabra, con un gesto, mantenerlo inmóvil, músculos, nervios y fuerza masculina cerrados y temblando, aguardándola a ella.

A su deseo.

La conciencia de ello hizo que una oleada de calor la recorriera. Ágilmente, se inclinó, recogió su traje y su camisón, y los extendió sobre una silla cerca. Se dispuso a retirar sus ligas.

"No, déjalas."

El tono imperioso de su voz la afectó más que las palabras. Se enderezó, se volvió hacia él, cuando sus manos tocaron su piel desnuda.

Sus dedos se extendieron, tocaron, se deslizaron; la atrajo hacia sí, contra él y luego la apretó entre sus brazos. Inclinó la cabeza y la besó, le arrancó su mente y la hizo girar.

Luego la soltó y sus manos recorrieron su cuerpo.

Las emociones se encendieron, recorriéndola en oleadas, percepciones, revelaciones y más. Antes lo había creído hambriento; ahora era voraz. Sin embargo, mantuvo su control; su toque era motivado, urgente, ávido y necesitado y, sin embargo, maestro, casi reverente al tomar todo lo que ella, sin palabras, le ofrecía.

Y se lo ofreció; su propia hambre, su propio deseo surgió para satisfacer el suyo. Se sorprendió a sí misma, oprimiéndose contra él, ávida y tentadora, invitándolo flagrantemente; no había conocido, ni en sus más locos sueños había imaginado que podía comportarse así, sensual, entregada, un poco salvaje.

Quería más—quería sentir su piel contra la suya. Él estaba tan caliente, tan caliente y tan duro. Esa necesidad se inflamó hasta convertirse en un dolor físico. Impulsada, ella retiró sus manos de donde las tenía alrededor de su nuca, las oprimió contra sus hombros e intentó retirarse.

Él rompió el beso.

"Ahora tú", susurró ahogadamente, asiendo las solapas de su saco.

"El saco, pero nada más." Unió la acción a las palabras, deshaciéndose de su saco y lanzándolo al lado de su traje. "Tienes invitados, ¿recuerdas?"

Ella parpadeó. "Pero soy yo quien está desnuda."

Michael sonrió; con una mano acarició su trasero, luego la abrazó y la oprimió de nuevo contra él, moldeándola a su cuerpo, inclinando la cabeza para murmurar contra sus labios. "No estás desnuda. Aún tienes tus medias."

"Pero..."

Él la besó—prolongadamente. "Esta noche no, dulce Caro."

Ella estaba confundida. "Pero..."

"Piensa en esta noche como el segundo plato de nuestro banquete sensual."

Un banquete sensual...el pensamiento la atraía. Sus manos encontraron sus hombros, sintieron los pesados músculos que se movían debajo del chaleco y de la camisa. Sintió que extendía sus manos sobre su espalda desnuda, acariciándola, luego explorando. Merodeando otra vez.

Sus labios regresaron a tentar a los suyos. Sus manos se movieron.

"Eres mi anfitriona, ¿recuerdas? Te dije que esperaba que saciaras mi apetito—y me dijiste que podía servirme."

Sus pulgares oprimían sus senos, incitando sus pezones hasta el dolor; su cuerpo estaba duro contra el de ella.

"Así que tranquilízate, acuéstate y disfrútalo como yo."

Ella no tenía opción—cualquiera que fuese el rumbo que había adoptado aquella noche, estaba más allá de su experiencia; sin embargo, ella quería seguirlo ávidamente, para ver adónde conduciría. No tenía duda alguna y ninguna duda coloreaba sus respuestas; lo siguió libremente, no interpuso más obstáculos, no se sintió obligada a crear ninguna restricción.

Michael interpretó su aceptación por la manera en que le permitió acostarla sobre el diván, por la manera en que se relajó sobre los cojines, aun cuando estaba desnuda, a su lado y dejó que esculpiera su cuerpo como quiso.

Fluía con él, con sus caricias; él recibió su ávida participación no sólo con un triunfo interior, sino con un sentimiento que se asemejaba a la gratitud. Él tenía su sensualidad y su deseo cada vez más intenso bajo control; sin embargo, si ella insistía... estaba cada vez más seguro de que no sería lo suficientemente fuerte como para resistir si ella buscara tentarlo.

La seguridad residía, entonces, en reducirla a la indefensión; se dispuso a hacerlo, consciente de una devoción a este ejercicio que sobrepasaba cualquier situación semejante del pasado. Ella capturaba sus sentidos, los mantenía hechizados como ninguna otra mujer lo había hecho. Cuando, con una mano extendida sobre su cintura, se liberó del beso e inclinó la cabeza hacia sus senos, no pudo recordar un momento en el que su cuerpo hubiese estado tan concentrado, tan agudamente consciente del sabor, la textura, las sensaciones táctiles.

Cuando la hubo reducido a gemidos ahogados, a arquearse sensualmente bajo él, sustituyó sus labios y su boca por sus dedos y se inclinó para recorrerla con besos hasta el ombligo. Se detuvo allí, hasta que sus gemidos se hicieron cortos y agudos; luego abrió sus muslos, bajó un poco más, y se acomodó entre ellos.

Sintió el golpe que la atenazaba. Puso sus labios en su suave carne y sintió el impulso convulsivo que la mecía, que le cerraba los pulmones, que hacía que sus dedos se aferraran a su cabello. Sonriendo interiormente, se dispuso a darse un festín—como se lo había advertido, a saciar su apetito—con ella.

Con su aroma, con la dulzura de manzana ácida de su piel inflamada.

Caro cerró los ojos con fuerza, pero eso sólo hizo más intensas las sensaciones. No podía creer—no había imaginado … sus protestas mentales, su mente misma se derritió mientras él le transmitía aún más calor, dentro de ella, imprimía su intimidad en ella a través de actos más escandalosamente íntimos y flagrantes.

Sin embargo, cada caricia era deliberada, expertamente calculada, diseñada y ejecutada con un objetivo principal—darle placer. Un placer que le nublaba la mente, glorioso, que le agotaba el alma. Su objetivo resultó más claro con cada minuto que pasaba; el deleite se agolpaba, crecía—hasta que ella sencillamente se dejó ir con la ola.

Se dejó girar, luego elevarse, girando cada vez más alto mientras él delicadamente succionaba, lamía, exploraba, mientras orquestaba un esplendor vertiginoso de sensaciones y lo lanzaba dentro de ella.

El calor creció hasta que ardió dentro de ella una hoguera. Sus nervios estaban tirantes, y cada vez lo estaban más. Sus pulmones estaban sedientos, sus senos inflamados y adoloridos, su cuerpo un inquieto nudo de necesidad. Y él continuaba incitándola. Le daba más y más…

Hasta que ella estalló.

La felicidad fue más profunda, más larga, más intensa que antes. El júbilo que latía después se prolongó y se extendió, el momento fue infinitamente más verdaderamente íntimo, infinitamente más compartido.

Cuando finalmente abrió los ojos, él aún se encontraba reclinado entre sus muslos extendidos, mirando su rostro. Sonrió con complicidad; inclinándose, besó sus húmedos rizos y luego recorrió con besos su tirante estómago.

Ella extendió sus débiles manos, lo tomó de los hombros e intentó halar. "Ahora tú."

Él contempló su rostro, encontró sus ojos, intentó sonreír pero sólo consiguió hacer una mueca. "Esta noche no, dulce Caro."

Ella lo miró fijamente. "*¿No?* Pero…"

"Ya nos hemos ausentado durante largo tiempo." Se apartó de ella, se puso de pie y la miró.

Aún anonadada, con los miembros débiles, sus pensamientos en desorden, parpadeó.

Él sonrió, se inclinó, asió sus manos y la ayudó a ponerse de pie. "Debes vestirte, y luego debemos unirnos a tus invitados."

Debía estar en lo cierto; sin embargo… tuvo que reconocer un persistente desencanto. Aceptando el camisón que él le tendía, se lo puso, intentando pensar. La ayudó a ponerse su traje, atando las cintas expertamente.

Ella se llevó una mano al cabello.

"Aguarda."

Ella se volvió hacia él, él puso su diadema otra vez en su lugar, tocó la fina masa de cabellos aquí y allá y luego retrocedió para mirarla. Se detuvo en su pecho. Levantó su pendiente de topacio y lo dejó en su sitio.

Ella encontró sus ojos cuando él levantaba la vista. Buscó en ellos. Sencillamente preguntó, "¿Estás seguro?"

Él no preguntó acerca de qué. Sonrió; inclinando la cabeza, la besó ligeramente en los labios. "Oh, sí." Se enderezó y encontró su mirada. "Cuando finalmente te tenga desnuda entre mis brazos, quiero tener al menos dos horas para jugar."

$\mathcal{M}$ichael optó por regresar al salón de baile por las escaleras que se encontraban al final del ala. Aún placenteramente radiante y un poco distraída, Caro le permitió que la guiara. Se encontraban en el rellano a medio camino cuando el sonido de una puerta que se cerraba los hizo detenerse en silenciosa atención.

Abajo, en el pasillo que conectaba la biblioteca y el estudio de Geoffrey con el recibo principal, apareció Ferdinand. Caminaba confiado; en un momento dado, miró a su alrededor, mas no levantó la vista.

Silenciosos e inmóviles, aguardaron a que desapareciera; escucharon cómo se perdían sus pasos por las baldosas del recibo.

Intercambiaron una mirada y luego continuaron bajando. La puerta de la que debió salir Ferdinand conducía a la biblioteca. Cuando llegaron al final de la escalera, se abrió de nuevo; Edward salió. Cerró la puerta, avanzó y los vio.

Sonrió penosamente, "¿Lo vieron?"

Caro asintió.

"¿Supongo que se dio cuenta?" preguntó Michael.

"Cuidadosa y detalladamente durante la pasada media hora. Lo observé desde fuera."

Caro frunció el ceño. "Sé que no hay nada allí, pero, ¿tomó algo? ¿O miró algo en particular que pudiera darnos una pista?"

"No, pero pasó por los libros con gran rapidez. Si tuviese que adivinar, diría que estaba buscando folios—aquellos que parecen libros pero son en realidad archivos de notas o cartas."

Michael hizo una mueca. "Los papeles de Camden."

Caro sonrió con desdén. "Bien, al menos ahora sabe que no hay nada aquí."

"Ni en la mansión Sutcliffe." Michael la tomó por el brazo y la llevó hacia el salón de baile, de donde salía el ruido de los invitados que se reunían de nuevo.

Edward los siguió. Cuando llegaron al salón de baile, Michael soltó a Caro; ella se dirigió a la terraza, sin duda con la intención de verificar que la cena a la luz de la luna se había desarrollado según sus planes. Él la dejó marchar. Deteniéndose en el umbral, inspeccionó el salón, por fin ubicando a Ferdinand.

A su lado, Edward dijo en voz baja, "Me pregunto dónde pensará buscar ahora Leponte."

"Efectivamente." Michael miró a Edward. "Tendremos que pensar más en ello."

Edward asintió. "Ya ha registrado el estudio, pero creo que continuaré vigilándolo, por si acaso."

Inclinando la cabeza, Michael se alejó. Cuando tuviera la oportunidad, tendría que intentar ponerse en los zapatos de Ferdinand, pero el agregado ruso estaba, posiblemente sin advertirlo, al lado de la esposa del embajador de Prusia—el deber lo llamaba.

Dos horas, había dicho. Por lo que Caro podía ver, esto significaba que tendría que aguardar hasta el día después del bazar de la iglesia para conocer la respuesta a su pregunta, desesperadamente urgente.

Sentía que deseaba hacer que engancharan el caballo a su calesa, dirigirse a la Finca Eyeworth, tomar a Michael por la corbata y arrastrarlo consigo...

¿Adónde? Ese era el problema. En efecto, en cuanto más lo pensaba, menos podía imaginar cómo resolvería Michael aquella dificultad particular en ningún momento...desafor-

tunadamente, hoy no podía dedicarse a pensar en una solución—debía ayudar a preparar el bazar y tenía a su cargo un pequeño rebaño de invitados a quienes debía pastorear.

El clima se había mantenido; el día había amanecido soleado, con sólo unas pocas nubes ligeras en el cielo. La cadenciosa brisa era apenas lo suficientemente fuerte como para hacer susurrar las hojas y echar a volar las cintas.

El desayuno se sirvió tarde debido a las festividades de la noche anterior; en cuanto terminó y los invitados, descansados, se reunieron de nuevo, Caro, ayudada por Edward, Elizabeth y Geoffrey, los pastoreó por el umbroso sendero y los llevó por la calle principal de la aldea.

Durante décadas, el bazar se había realizado en el prado detrás de la iglesia; era un claro de buen tamaño, limitaba por la parte de atrás y hacia la derecha con el bosque; había, además, otro claro más pequeño a la izquierda, perfecto para dejar los caballos y las calesas bajo el ojo vigilante del mozo de cuadra de Muriel. Los puestos instalados en un gran círculo exhibían jamones, tortas y vinos caseros, entre otra legión de productos locales. Había grabados en madera y pinturas, herraduras y bronces ornamentales; estos últimos tuvieron gran éxito entre los visitantes extranjeros, así como las acuarelas de la señorita Trice.

Las ofertas de la Asociación de Damas—carpetas, chales en crochet, bolsitas bordadas para los pañuelos, manteles bordados, antimacasar, y más—cubrían dos largas mesas de caballete. Caro se detuvo a conversar con la señora Henry y la señorita Ellerton, quienes se encargaban en aquel momento de supervisar las mercancías.

Mientras hablaba, mantuvo vigilados a sus invitados, pero todos parecían bastante entusiasmados con aquella estampa, para ellos poco usual, de la vida inglesa. Lady Kleber y el General en particular parecían en su elemento; se habían detenido a hablar con el grabador de madera.

Caro se volvía cuando otro grupo grande entró por los establos. Michael guiaba a los contingentes de suecos y finlandeses, que ella había alojado en su casa, por el claro principal, deteniéndose para señalar diversos puestos. Ella lo observó sonreír y encantar a las chicas Verolstadt pero, cuando ellas partieron, con los parasoles balanceándose alegremente detrás de sus padres, él permaneció donde estaba.

Luego se volvió, la miró directamente a ella, y sonrió.

Un cálido brillo la invadió; él había sabido que ella estaba allí. No sólo eso, sino su sonrisa—la sonrisa que él parecía guardar únicamente para ella—era bastante diferente. De alguna manera, más real. Se dirigió hacia ella; ella avanzó para encontrarse con él. Él tomó su mano; hábilmente la llevó a sus labios, la besó.

Sus ojos en los suyos le recordaban, agitaban recuerdos en lo que no se podía complacer en público. Sintió que un rubor le teñía las mejillas, e intentó fruncir el ceño. "No lo hagas."

La sonrisa de Michael se hizo más profunda. "¿Por qué no?" Él entrelazó su brazo con el suyo y se volvió hacia los vinos caseros. "Luces deliciosa cuando te ruborizas."

Deliciosa. Desde luego, él usaría esa palabra.

Ella se vengó asegurándose de que comprara dos botellas del vino de saúco preparado por la señora Crabthorpe y luego lo guió por los otros puestos, cargándolo de productos; incluso lo obligó a comprar dos carpetas a la señorita Ellerton, quien se ruborizó aún más de lo que lo había hecho Caro.

Sus ojos reían; más aun, soportó sus exigencias de tan buena manera que ella comenzó a sospechar. Luego se encontraron con la señora Entwhistle, quien lanzó una exclamación ante la carga de Michael e insistió en tomarla; todos los paquetes desaparecieron entre la amplia bolsa que ella llevaba, mientras hacía a un lado sus protestas. "No hay ningún problema, señor. Hardacre está aquí—me llevará a casa."

"Ah, bien." La expresión de Michael se relajó. "Dado que nuestros huéspedes no regresarán, insisto en lo que dije antes—por favor, pasen todo el tiempo que quieran en el bazar, todos ustedes. Regresaré tarde. Después de todo ese trabajo, merecen un poco de diversión."

La señora Entwhistle sonrió complacida. "Gracias señor. Se lo diré a los otros. Esta es una de aquellas ocasiones en las que podemos ver a nuestros primos, a nuestros sobrinos—tener tiempo para conversar sin pensar en otras cosas es un placer. Sé que Carter estará feliz de pasar un tiempo con su madre."

"Si lo veo se lo diré, pero por favor avisa a los otros."

Se separaron. Caro sintió que sus instintos ardían, pero no sabían por qué. Luego Muriel los vio y se abalanzó sobre ellos.

"¡Excelente! Justo a tiempo para la apertura oficial." Muriel recorrió a Michael con una mirada crítica, esperando encontrar algo que corregir.

Cuando frunció el ceño, derrotada, Caro ocultó una sonrisa; para este contexto, para su papel, Michael estaba impecablemente elegante en una chaqueta de montar perfectamente cortada de tweed marrón y verde, su corbata blanca nieve, de estilo sencillo, su chaleco de un discreto terciopelo marrón, sus ceñidos pantalones de montar de gamuza desaparecían entre sus brillantes botas altas. Lucía perfecto para el papel que habría de desempeñar, el papel que deseaba proyectar a su auditorio, el de un caballero habituado a moverse en los más altos círculos pero que era, también, uno de ellos, abordable, no alguien superior que cabalgaba por sus senderos, un hombre que apreciaba los placeres del campo como ellos.

¿Habría pensado Muriel realmente que fallaría en algo?

Más aún, que si lo hubiera hecho, ella, Caro, ¿no lo habría arreglado?

Entrelazando más fuertemente su brazo en el suyo, indicó con un gesto una carreta que se detenía delante de los puestos. "¿Es esa la plataforma?"

Muriel miró hacia donde le indicaba. "¡Sí, en efecto! Vamos."

Muriel avanzó, llamando a otros para que se reunieran. Viendo al Reverendo Trice, imperiosamente lo dirigió hacia la carreta.

Michael vio los ojos de Caro; la mirada que compartieron era de completa comprensión y de diversión cortésmente suprimida.

Al llegar a la carreta, Caro deslizó su brazo del de Michael y permaneció observando mientras él subía a ella, ayudaba a subir al Reverendo Trice y luego miraba a su alrededor, inclinándose e intercambiando saludos con aquellos con quienes aún no había conversado mientras aguardaba. Muriel llegó apresuradamente; ante su aguda orden, varias manos la ayudaron a subir a la carreta.

Recuperando el equilibrio, Muriel se alisó las faldas. Era una mujer corpulenta, más alta que Caro y más pesada; en su traje verde oscuro, lucía imponente y severa. Con una voz sonora, llamó al orden; mencionó brevemente la larga historia del bazar y su propósito de recabar fondos para el mejoramiento físico de la iglesia; luego, graciosamente aun cuando con cierta superioridad, agradeció a quienes habían colaborado en la organización del evento.

Muriel retrocedió, invitando al Reverendo Trice a dirigirse a la muchedumbre. Con un tono imbuido de la autoridad de su cargo, aceptó el apoyo de la comunidad y agradeció a todos los asistentes y a todos aquellos que habían venido a participar en el evento en nombre de la iglesia y del Todopoderoso.

Michael habló al final; fue evidente de inmediato que era el orador más talentoso de los tres. Su actitud era relajada, su mensaje sucinto, su tono e inflexiones naturales y confiados al elogiarlos por su espíritu comunitario, aludió a su fortaleza y a cómo debía su existencia a todos y cada uno de ellos. Con unas pocas palabras, los unió, hizo que cada persona se sintiera personalmente incluida. Luego, basándose en las tradiciones locales, resaltando así sutilmente que era uno de ellos, los hizo reír; haciéndose oír por sobre las risas, se declaró honrado de declarar el bazar oficialmente abierto.

El énfasis que hizo en "oficialmente" dejó a todos con una sonrisa en los labios; de manera auténticamente campesina, nadie había aguardado ninguna sanción oficial.

Caro había escuchado muchos discursos de este tipo, pero nunca antes uno de él. Sin embargo, reconocía el talento cuando lo escuchaba; la ayuda del Primer Ministro para promover a Michael al Gabinete, donde su elocuencia sería aún más útil para el gobierno, ahora tenía sentido.

Observando cómo le estrechaba la mano al Reverendo Trice e intercambiaba algunas palabras con Muriel, sintió que era un político que, aun cuando ya exitoso, tenía un largo camino por recorrer. Tenía el talento suficiente para ser un verdadero poder, pero todavía necesitaba desarrollar sus fortalezas; a sus ojos experimentados, eso era muy claro.

Saltó de la carreta y se unió a ella de nuevo. Sonriendo, ella lo asió del brazo. "Eres muy bueno para eso, ¿sabes?"

Michael la miró a los ojos, leyó en ellos su sinceridad, se encogió levemente de hombros. "Está en la familia."

La sonrisa de Caro se hizo más profunda y desvió la mirada; él aprovechó el momento para guardar el cumplido en su mente. Tales alabanzas de parte de ella habrían sido oro en cualquier caso; ahora, sin embargo, significaban mucho más.

La muchedumbre había regresado a los puestos y a las diversas actividades—lanzar la herradura, los concursos de cortar madera y de arquería, entre otras. A pesar de sus largas ausencias, Caro era muy popular; mientras se paseaban, la gente acudía a saludarla. Y a él. Era fácil identificarla en su traje veraniego de anchas rayas verticales blancas y doradas. No se había molestado en llevar un sombrero; tenía un chal dorado de gasa alrededor del cuello, protegiendo su fina piel del sol.

Muchos de los miembros de la Asociación de Damas los detuvieron, felicitando a Caro por la idea de llevar a los invitados del baile al bazar y, con ello, como era evidente, garantizar un éxito especial al evento. De nuevo, Michael se sorprendió por su facilidad por saber lo que ocurría en la vida de tantas personas, aun cuando rara vez residía en Bramshaw; tomaba datos de aquí y de allá y siempre parecía recordar a quién se aplicaban cuando se encontraba con esa persona.

Michael tenía más de una razón para permanecer a su lado; ella atraía su atención en tantos niveles. Por fortuna, el bazar era principalmente responsabilidad de Muriel; cuando se lo preguntó, Caro confirmó que, como él lo había supuesto, una vez que había llevado a los invitados prometidos, sus deberes habían concluido.

Y estaba libre.

Él se tomó su tiempo. Compró una selección de sabrosuras y dos vasos del vino de pera de la señora Hennessy para aplacar su hambre visceral.

Habitualmente, en reuniones semejantes, la mayoría de los participantes permanecían allí todo el día. Los invitados del baile, que habían asistido todos al bazar, habían organizado su forma de partir, instruyendo a sus cocheros para que los aguardaran en el claro cercano a determinada hora. No había razón, por lo tanto, de que él y Caro no permanecieran allí hasta entrada la tarde.

No le dio ninguna indicación de que planeara nada. Tomados del brazo, circularon por entre la considerable muchedumbre, encontrándose con otros, divirtiéndose el uno al otro con observaciones y anécdotas que, algo poco sorprendente, estaban coloreadas por su sofisticación, por el trasfondo que compartían.

Caro se hizo cada vez más consciente de ello, de qué cómoda se sentía ahora en compañía de Michael. Cuando se despidieron de la señora Carter, quien no cesaba de agradecer a Michael el que hubiera contratado a su hijo—agradecimiento que él, locuaz pero sinceramente, desechó para alabar el servicio de Carter, disipando así cualquier duda que hubiera suscitado el rechazo de Muriel de éste. Era algo que Caro estaba segura de que él sabía y comprendió lo que se proponía. Lo miró. Él encontró su mirada, arqueó levemente una ceja. Ella se limitó a sonreír y desvió la mirada.

Imposible decirle—explicarle—el placer que sentía de estar con alguien que veía y comprendía como ella, compartir asuntos insignificantes y, sin embargo, significativos con alguien que pensaba y actuaba como ella lo haría. Fue un placer emocional, no sólo intelectual, algo que la dejó con un cálido brillo interno, la sensación de un logro compartido.

Se había habituado a su fuerza, a la forma en que ésta la rodeaba, a tenerlo a su lado; sin embargo, aquel día era consciente de lo menos evidente, de las atenciones menos deliberadas que él le tributaba. Sin hacer énfasis en ello, él parecía dedicado a su placer, buscando constantemente allanar su camino, encontrar cosas para divertirla, para complacerla y entretenerla.

Si hubiese sido Ferdinand, habría esperado que ella lo notara y que se lo agradeciera; Michael apenas parecía consciente de hacerlo.

Pensó que la estaba cuidando—que consideraba que ella estaba a su cuidado, que era suya para cuidarla. No como un deber, sino más como un acto instintivo, una expresión del hombre que era.

Reconoció el papel; era un papel que ella asumía a menudo. Sin embargo, la novedad era encontrar que los papeles se habían invertido, descubrirse a sí misma como receptora de un cuidado tan discreto e instintivo.

Se detuvieron; ella lo miró. Él miraba la muchedumbre con una expresión impasible. Ella siguió su mirada y vio a Ferdinand hablando con George Sutcliffe.

"Me pregunto," murmuró Michael, "qué trama ahora Leponte."

"Cualquier cosa que sea," replicó ella, "conociendo el carácter taciturno de George, *especialmente* con los extranjeros, no puedo imaginar que Ferdinand disfrute mucho su conversación con él."

Michael arqueó las cejas. "Es cierto." La miró. "¿Estás segura de que no debemos salvarlo?"

Ella rió. "¿A Ferdinand o a George? Pero, de cualquier manera, creo que podemos dejar que ellos se las arreglen." No deseaba estropear su día teniendo que tratar con Ferdinand, dejando que él intentara seducirla para que le revelara algo más acerca de los papeles de Camden. No lo conseguiría y entonces se pondría de mal humor; lo conocía desde hacía largo tiempo y estaba segura de ello.

Michael había sacado su reloj y lo miraba.

"¿Qué hora es?" preguntó Caro.

"Casi la una de la tarde." Poniéndolo de nuevo en su bolsillo, miró por sobre la muchedumbre hacia el bosque. "Están comenzando el concurso de arquería." La miró. "¿Vamos a verlo?"

Ella sonrió y se asió de su brazo. "Vamos."

Muchos hombres habían tratado de seducirla; sin embargo, esto—este sencillo día y su solícita compañía—la habían conmovido como nadie lo había hecho jamás.

El concurso de arquería debía haber comenzado para entonces; sin embargo, los participantes, muchos ansiosos por probar su suerte, todavía no se habían puesto de acuerdo sobre la estructura precisa del concurso. Apelaron a ella y a Michael, pero ellos tenían demasiada experiencia para dejarse arrastrar; riendo, negaron todo conocimiento de la arquería y, después de intercambiar una mirada, se batieron apresuradamente en retirada.

"¡Ya basta" Tomándola de la mano, Michael la llevó de regreso hacia la muchedumbre. Rodearon el círculo central de puestos, pasaron dos más y se detuvieron para hablar con los ayudantes que habían relevado a quienes se ocupaban de ellos antes.

La muchedumbre era densa, el sol estaba alto en el cielo. Agitando una mano delante de su rostro, lamentando no tener un abanico, Caro haló a Michael del brazo. "Retirémonos un momento a un lado—para recobrar el aliento."

De inmediato, la sacó del tumulto. Había un alto abedul con el tronco liso justo en medio del claro. Al llegar a él, ella se volvió y se apoyó contra el tronco, cerrando los ojos, levantando su rostro hacia el cielo. "Realmente es un día perfecto para un bazar, ¿verdad?"

Michael se interponía entre ella y la muchedumbre; dejó que su mirada se detuviera en su rostro, en el leve rubor que el calor del sol y sus ejercicios peripatéticos le habían dado a su blanca piel. Cuando él no respondió de inmediato, ella bajó la vista y lo miró. Lentamente, Michael sonrió. "Eso es precisamente lo que estaba pensando."

Con una sonrisa más profunda, la tomó de la mano. "Ciertamente." La apartó del árbol, casi tomándola en sus brazos, mientras se acercaba para murmurar, "Como me disponía a decir..."

¡Whizz-thunk!

Sorprendidos, miraron hacia arriba. Se paralizaron. Contemplaron fijamente la flecha que temblaba exactamente en el lugar en que se encontraba Caro un instante antes.

Michael le oprimió la mano con fuerza. La miró. Lentamente, ella volvió la mirada hacia él. Por un momento, bajó sus defensas. Espanto, desconcierto, y los primeros signos de temor estaban todos en sus ojos plateados. Los dedos que él apretaba temblaban.

Michael maldijo, la atrajo hacia sí, a la protección de su

cuerpo. Una mirada a su alrededor les mostró que, con todo el ruido y el tumulto, nadie más había escuchado y mucho menos, visto, lo que había ocurrido.

La miró. "Vamos."

Manteniéndola cerca, la llevó a la seguridad de la muchedumbre, con su mano aún aferrada a la suya mientras intentaban disimular su conmoción. Caro le puso una mano en el hombro, haciendo que aminorara el paso. Estaba afectada, pálida, pero mantenía su control.

"Debió de ser un accidente."

Michael apretó tan fuertemente la mandíbula que pensó que podía quebrarse. "Ya lo veremos."

Se detuvo cuando la muchedumbre se apartó un poco y pudieron ver con claridad los blancos de la arquería, ahora adecuadamente instalados y con el concurso en pleno desarrollo. Riendo, Ferdinand puso un arco en el suelo. Parecía estar de buen humor, intercambiando comentarios con dos personas de la región.

Caro asió a Michael del brazo. "No hagas un escándalo."

Él la miró, hizo una mueca. "No pensaba hacerlo." Era posible que su instinto de protección hubiera saltado al ver a Ferdinand, con el arco en la mano, pero su mente aún funcionaba; conocía a los dos hombres que dirigían el concurso—ninguno era tan idiota como para permitir que alguien apuntara el arco hacia la muchedumbre.

Y, como lo suponía, pero quería confirmarlo, los blancos a los que apuntaban los concursantes habían sido colocados en el lindero del bosque. No había ninguna posibilidad de que siquiera una flecha desviada pudiera llegar al lugar donde se encontraban Caro y él, exactamente en dirección contraria.

Además, la flecha que habían dejado clavada en el tronco del árbol había sido adornada con plumas rayadas de negro. Todos los concursantes tenían flechas de plumas blancas. Registró las aljabas llenas; ninguna de las flechas era rayada.

"Vamos." Llevó a Caro de nuevo a la muchedumbre.

Ella respiró profundamente y se mantuvo cerca de él. Después de caminar un poco, dijo, "Entonces estás de acuerdo. Debió de ser un accidente."

A juzgar por su tono, estaba intentando convencerse a sí misma.

"No." Ella levantó la mirada; él encontró sus ojos. "No fue ningún accidente—pero estoy de acuerdo en que es inútil hacer un escándalo. La persona que disparó esa flecha no estaba entre la muchedumbre. Estaba en el bosque y ya debe de estar lejos de aquí."

Caro sentía una opresión en el pecho; el corazón le latía en la garganta mientras avanzaban por entre la muchedumbre. Pero había llegado más gente; se vieron obligados a detenerse y a conversar como antes. Tanto ella como Michael lucían sus máscaras—nadie pareció adivinar que, detrás de aquellas máscaras, estaban conmocionados y perturbados. Sin embargo, cuanto más hablaban, más se veían forzados a responder normalmente a quienes los rodeaban, a discutir las amables vicisitudes de la vida del campo, más lejos les parecía el incidente y el súbito temor que les había ocasionado.

A la larga advirtió que realmente *tenía* que haber sido un accidente—quizás algunos muchachos cazando alondras en el lindero del bosque, como suelen hacerlo los muchachos, sin tener idea de que le habían disparado a alguien. Era *inconcebible*—sencillamente no había ninguna razón—que alguien quisiera hacerle daño.

Ciertamente no podía ser Ferdinand. Incluso Michael parecía haberlo aceptado.

Sólo cuando llegaron al extremo del claro y Michael prosiguió advirtió que ella no tenía, de hecho, idea de qué estaba pensando.

"¿Adónde vamos?" Con la mano aún aferrada a la suya, se dirigía hacia el claro donde se encontraban los carruajes y los caballos.

Él la miró. "Ya lo verás."

El cochero de Muriel vigilaba; Michael lo saludó y prosiguió, conduciéndola hacia el sitio donde estaba atada una larga hilera de caballos. Avanzó un poco más y luego se detuvo. "Aquí estamos."

Al soltarla, Caro parpadeó y reconoció uno de los bayos. Luego Michael hizo retroceder a su percherón.

Sus instintos se avivaron. "¿Qué..."

"Como me disponia a decir antes de ser descortésmente interrumpido por aquella flecha"—levantó la vista y la miró a los ojos mientras la asía de la mano otra vez—*"ven conmigo."*

Sus ojos se abrieron, realmente sorprendidos. "¿Qué? ¿Ahora?"

"Ahora." Con las riendas envueltas en la mano, se inclinó y la subió a la silla.

"Qué... pero..." Se vio obligada a asirse de la cabeza de la silla, luchando desesperadamente por mantener el equilibrio.

Antes de que pudiera hacer cualquier otra cosa, él puso una de sus botas en el estribo y saltó detrás de ella. Sosteniéndola con un brazo alrededor de su cintura, la acomodó contra él y la mantuvo allí.

Ella levantó la mirada, atisbó por un momento el claro principal y la muchedumbre distante mientras Michael hacía que el enorme caballo girara. "¡No podemos irnos así!"

Michael espoleó a Altlas; el bayo partió. "Ya lo hicimos."

Había planeado para hacer que aquella tarde fuese de ellos—el único momento en que su casa estaba realmente vacía, sin ninguno de sus sirvientes en ella. Todos estaban en el bazar y permanecerían allí durante horas, felices de aprovechar el día.

Mientras él y Caro aprovechaban la ocasión.

Cuando salieron al sendero a las afueras de la aldea y él condujo a Atlas en dirección contraria a Bramshaw, Michael fue consciente del golpe de los cascos del caballo—y del eco que repercutía en sus venas.

Cuánto de la emoción que endurecía sus músculos, que incitaba su determinación de aferrarse decididamente a su plan y a su objetivo—aprovechar la hora que se había prometido a sí mismo que compartirían—provenía del incidente de la flecha, no podía decirlo; no podía en aquel momento siquiera adivinarlo razonablemente. Parte de ella ciertamente provenía de la convicción primitiva de que debía reclamarla sin demora, hacerla suya y asegurar así el derecho a protegerla; sin embargo, aun cuando era posible que el incidente hubiera sido un acicate, que profundizaba su necesidad de llevar su romance a una conclusión rápida y satisfactoria, no era la flecha la que había dado lugar a esta necesidad.

Era ella.

Ella se contorsionó delante de él, haciendo que él se estremeciera; ella intentó mirarlo, luego volvió la mirada otra vez hacia el bazar. "¿Y si alguien me echa de menos? Edward podría..."

"Sabe que estás conmigo."

Inclinándose hacia delante, se centró en su rostro. "¿Geoffrey?"

"Como de costumbre, no tiene idea, pero nos vio juntos." Mirando hacia el frente, giró hacia el sendero que conducía a su casa. La miró mientras Atlas alargaba el paso. Arqueó las cejas. "Si se lo pregunta, imaginará que estás conmigo."

Lo cual era cierto.

Caro miró al frente. Su corazón latía fuertemente otra vez, pero con una cadencia aun más perturbadora. Él la estaba raptando como un caballero en un cuento de trovadores, que subía a la doncella a la que deseaba a su caballo y partía hacia su guarida aislada.

Donde haría lo que quisiera con ella.

Era un pensamiento que la distraía.

Se concentró de nuevo en el presente—en la realidad que tenía ante ella—cuando entraron al establo. Michael detuvo su caballo, se apeó y luego la ayudó a desmontar. Rápidamente desensilló la gran bestia...

Dos horas. Eso era lo que él había dicho.

Intentó imaginarlo. No lo consiguió en absoluto.

"Vamos." Tomándola de la mano, la llevó por el patio y a través del huerto.

Ella debería protestar—¿verdad? Se aclaró la voz.

Sobre el hombro, le lanzó una mirada. "Ahórrate el aliento."

Ella frunció el ceño. "¿Por qué?"

Siguió halando de ella. "Porque pronto necesitarás todo el que tengas."

Ella frunció aún más el ceño, intentó ver su rostro. Tenía los labios apretados; las facciones que podía ver parecían granito cincelado. Ella retrocedió, se detuvo. "¿Por qué? Y, de cualquier manera, no puedes arrastrarme así, como una especie de"—con su mano libre, hizo un gesto—"cavernícola prehistórico."

Él se detuvo, encontró su mirada y luego haló, haciendo que ella cayera sobre su pecho, entre sus brazos.

Los anudó en torno a ella; mirando hacia abajo, encontró sus ojos sorprendidos. "Puedo hacerlo. Ya lo hice."

La besó; lo que no había dicho resonaba en su mente. *Y ahora te cautivaré.*

El beso lo afirmaba claramente; era un asalto que dejó sus sentidos girando y su mente en otra parte.

Que redujo a cenizas cualquier protesta que hubiera podido formular.

Sus labios se abrieron bajo los suyos, cedieron ante el devastador ataque. Él tomó su boca, la llenó y a ella con un ardor que ya era como el del hierro fundido; ardiente como la lava, le recorrió las venas. Sus manos se afirmaron en su espalda, sosteniéndola de tal manera que ella era agudamente consciente de su fuerza, y de su relativa debilidad; luego la moldeó a su cuerpo, sin ocultar su deseo ni sus intenciones.

Ella se aferró a él, lo besó, súbitamente deseándolo tanto como él a ella, consciente hasta los dedos de los pies que esto—*esto*—era lo que necesitaba. Esta era la respuesta correcta—la respuesta que había anhelado—a su pregunta. Él la quería, la deseaba más allá de toda duda. Si sólo...

Como si él hubiera sentido su necesidad, su deseo real, imposible de formular, interrumpió el beso, se inclinó y la alzó en sus brazos.

Caminó los pasos que faltaban hasta la puerta de atrás, acomodó a Caro y la abrió; luego entró con ella. Sus botas golpeaban las baldosas mientras se dirigía hacia el recibo principal; luego giró y subió las escaleras de dos en dos.

Aferrada a sus hombros, aguardó a que él la depositara, pero él ni siquiera hizo una pausa. Mirando su rostro, lo encontró apretado, su expresión decidida e intransigente. Se detuvo ante la puerta al final del pasillo; con un rápido giro de la muñeca la abrió de par en par y la llevó consigo.

Cerró la puerta con el talón; el fuerte golpe que hizo al cerrarse resonó por la habitación.

Era una habitación amplia, aireada; eso fue lo único que ella pudo captar mientras él la atravesaba con ella en brazos. Hasta la enorme cama.

Luego, ella esperó de nuevo a que él la depositara—de nuevo, la sorprendió. Sin esfuerzo, la levantó y la puso sobre el cobertor.

Ella suspiró ahogadamente—suspiró de nuevo cuando él se le unió, cuando su peso, que cayó a su lado, hizo que ella rebotara—y se deslizara hacia él. Él la ayudó, asiendo con una mano su cadera y atrayéndola hacia sí. Con la otra mano enmarcó su rostro, lo mantuvo inmóvil mientras se inclinaba y cubría sus labios con los suyos.

Fuego. Se vertió de él a ella y encendió sus sentidos hambrientos. Sus labios se movieron sobre los de ella; la oprimió contra la cama y su lengua llenó su boca. No había languidez esta vez, sólo una necesidad ardiente, que lo impulsaba y que hizo que ella se aferrara a él, hundiendo sus dedos en sus hombros y luego extendiéndolos, asiéndose a su ropa; quería—necesitaba—sentir su cuerpo bajo sus ávidas manos.

Él supo, comprendió. Se retiró lo suficiente para deshacerse de su saco; aún atrapada en el beso, con los ojos cerrados, ella buscó y halló los botones de su chaleco, los deshizo frenéticamente. Luego lo abrió y deslizó sus manos sobre el fino lino de su camisa—sobre los fuertes músculos, sobre los pesados planos de su pecho.

Sus caricias—el calor de ellas, la flagrante avidez de sus dedos—distrajeron a Michael. Con los ojos cerrados, sumido en saborear las maravillas de su boca, se detuvo . . .

Ella se paralizó. Se detuvo. Comenzó a vacilar.

Él arrancó su boca de la suya. Gimió. "Por Dios, no te detengas." Luego se lanzó otra vez a los ricos placeres de su boca de miel—y sintió que sus manos lo atacaban de nuevo.

Sintió necesidad de él de una manera flagrantemente animal.

Luego encontró el borde de su camisa donde se había zafado de su pantalón y deslizó sus manos—primero una, luego la otra—debajo de ella.

Lo acarició. Extendió sus ávidos dedos y lo devoró con el tacto. Él apenas podía creer el calor, la intensidad del deseo que despertó en él con cada evocadora caricia.

Cada evocador reclamo.

Pues era eso. No estaba seguro de que ella lo supiera, pero él lo sabía. En un rincón distante de su mente que aún funcionaba, sabía, incluso mientras gemía y la incitaba a continuar, que estaba abandonándose—entregándose a ella—que le daría todo lo que necesitara para saciarla.

El hambre de Caro era profunda—más profunda de lo que él había advertido. Él la sintió, sintió su respuesta, su poderoso anhelo, a través de su beso. Ambos se aferraron ávidamente al beso, su ancla, su medio más seguro de comunicación en un mundo súbitamente lleno de un anhelo ardiente que se había reducido, restringido a los límites de sus sentidos intensamente concentrados.

Cabalgando en la urgencia de su deseo que se desenvolvía, él gimió mentalmente y se contuvo, dejando que ella tomara el primer mordisco, al menos lo suficiente para calmar su fuerte apetito.

Consiguió deshacerse de su chaleco; con las manos entre ellos, deshizo su corbata y luego la lanzó al suelo. A ciegas, asió una punta de su camisa y luego interrumpió el beso para sacársela por la cabeza.

Ella se incorporó, oprimiéndolo contra la cama; él dejó caer la camisa a un lado, ahogado, cerrando los ojos para saborear mejor la febril urgencia de sus caricias, la manera en que extendía sus manos sobre su pecho desnudo, flexionando los dedos, buscando—como si fuese suyo y estuviese empeñada en poseerlo.

Él no tenía objeción a su dirección.

Abriendo los ojos, estudió su rostro, vio el deleite y algo semejante al asombro en su expresión. La visión le causó dolor. Ella levantó su mirada y encontró sus ojos. Plata fundida, ardiendo brillantemente; luego los veló, bajó la mirada a sus labios.

Él la acomodó sobre él; ella consintió y luego, sin que la alentara más, inclinó su cabeza y lo besó.

Él la estaba aguardando, esperando para llevarla más profundamente al beso, anclarla allí, atrapada en el calor vertiginoso y creciente de sus deseos entrelazados, mientras deshacía las cintas de su traje.

Ella se retiró por un momento para deshacerse de su chal y lo lanzó al suelo junto a su camisa. Afirmando las manos en la masa de sus suaves cabellos, él la atrajo de nuevo hacia sí. Su lengua penetró osadamente, hallando e incitando la de ella, capturando sus sentidos, manteniendo su atención en el beso mientras él hábilmente le soltaba el traje.

Cuando finalmente lo liberó y lo lanzó también al suelo, ya no pudo contener su propia necesidad de tocarla, de extender sus manos sobre sus gráciles curvas, recorrer las elegantes líneas de su cuerpo con las palmas de sus manos. Llenar sus sentidos con ella. Aprender como ella estaba decidida a aprender de él, poseerla como ella estaba decidida a poseerlo.

Ella murmuró algo en el beso; él sintió que su aliento se perdía cuando cerró sus manos sobre sus senos y los acarició. Ella respondió ladeando su boca sobre la suya y oprimiendo con más fuerza, invitándolo flagrantemente. Él la siguió, tomó sus pezones y los apretó hasta que fragmentó su atención y ella respiró entrecortadamente. Soltando sus senos, sin dejar de besarla, deslizó osadamente las manos, recorriendo sus costados como su dueño, sus caderas, debajo del borde de su camisón para acariciar su trasero. Se regodeó en el húmedo rubor que surgía cuando la tocaba, en la urgencia que crecía y la recorría.

Ella se movió provocadoramente sobre él, incitando deliberadamente su adolorida erección. Exploraba con sus esbeltos muslos su contorno, moviendo la cadera y las piernas para acariciarlo sinuosamente.

Él casi se quiebra, pero se contuvo a tiempo para recordarse a sí mismo que aún tenían varias horas por delante. Incluso más de las dos que se había prometido. Había tiempo para jugar, para saborear. Y sólo habría una primera vez.

Extendiendo una mano a la gloria de sus cabellos, ancló su

cabeza y la besó. Tan vorazmente como él—y ella—querían, tan clara, sensual y primitivamente como ambos lo deseaban.

Sin prisa.

Se tomó su tiempo para saborear nuevamente su boca, alimentándose de ella, atizando su pasión mientras que, con lenta deliberación, exploraba su cuerpo. Encontró cada depresión y la acarició, la recorrió, buscó cada nuevo punto donde latían sus nervios, donde cualquier caricia, por leve que fuese, hacía que perdiera el aliento. La parte de atrás de sus muslos—era atrozmente sensible allí. También en la parte de debajo de sus senos. Centímetro a centímetro, levantó su camisón, hasta que finalmente interrumpió el beso y lo sacó por encima de su cabeza.

Lo dejó caer en cualquier parte, la tomó y rodó con ella, oprimiendo su espalda contra la cama, inclinándose sobre ella, con la mano extendida sobre su estómago, sujetándola mientras se sumía profundamente en su boca; luego se retiró.

Y miró el tesoro que había destapado. Descubierto.

A la femenina belleza de sus ágiles miembros, las esbeltas curvas engastadas en seda marfil y ya delicadamente ruborizadas por el deseo.

Sin poder pensar, sin aliento, Caro miró su rostro mientras él examinaba su cuerpo. Vio sus austeras facciones endurecerse mientras esculpía su carne casi con reverencia. Sus nervios se tensaron con una anticipación más deliciosa de lo que había imaginado. Se sintió a punto de temblar y, sin embargo, no tenía frío.

Era una tarde gloriosa de verano; la ventana estaba abierta—una suave brisa entraba a acariciarlos. A agregar su suave calidez al calor que latía tan fuertemente dentro de ella. Y dentro de él.

Él ardía. Por ella.

Ella levantó una mano, recorrió suavemente las líneas duras, casi grabadas, de su rostro. La mirada de Michael se desvió un momento a sus ojos; luego volvió la cabeza y le besó la palma de la mano. El deseo ardía en sus ojos, haciendo su suave azul más sólido, más intenso. Era la pasión la que esbozaba su rostro, la que endurecía sus líneas mientras volcaba su atención al cuerpo de Caro.

A encender el fuego bajo su piel, con caricias cada vez más íntimas, que la llevaban al vórtice de su propio ávido deseo, tentando su necesidad—una necesidad que sólo él había evocado. Ella observó su rostro, su concentración mientras la amaba, se aferró a la evidencia de su compromiso con su objetivo compartido. La tensión que invadía su sólido cuerpo, que había tensado sus músculos hasta convertirlos en bandas de acero, que ella podía sentir a través de sus dedos aferrados a sus hombros, también la tranquilizaba. Luego él se inclinó; tomó un pezón en su boca y succionó. Profundamente.

Ella gimió; deslizando una mano a su cabeza, apretando los dedos en sus cabellos, se levantó contra él sin decir palabra. Sintió un murmullo de aprobación mientras fijaba su atención en el otro seno que ella tan sensualmente le ofrecía, aliviando simultáneamente el primero con hábiles dedos.

El sendero de esta adoración le era conocido; ella se entregó a él, intentando valientemente acallar sus gritos hasta que él murmuró, en un tono ronco y bajo, "Grita todo lo que quieras. No hay nadie que pueda escucharte... sólo yo."

Las dos últimas palabras hicieron evidente que le agradaba escuchar los sonidos que arrancaba de ella. Así era mejor; le resultaba cada vez más difícil acallarlos, gastar su mente y su fuerza en contenerlos.

Toda su atención, todos sus sentidos, estaban en llamas, en la conflagración pulsante que tan asiduamente construía dentro de ella.

Pero cuando apartó sus muslos y la tocó, recorrió los pliegues húmedos e inflamados, una súbita incertidumbre la invadió. Abriendo los ojos extendió la mano hacia él, lo encontró osadamente y lo acarició.

Él se paralizó, respiró profundamente como si su caricia fuese dolorosa; ella sabía lo suficiente—había inferido lo suficiente—como para saber que no era dolor lo que cerraba sus ojos, lo que endurecía sus facciones.

Luego abrió los ojos y la miró.

Ella encontró su mirada, brumosa y ardiente. Lo acarició; a través de sus pantalones dejó que sus dedos recorrieran y luego se cerraran. Con los ojos fijos en los suyos, humedeció sus labios, se obligó a hallar aliento suficiente para decir. "Te deseo. Esta vez..."

Él se estremeció; sus párpados comenzaron a cerrarse, pero se obligó a abrirlos. Le clavó una mirada azul ardiente. "Sí. Definitivamente. Esta vez..."

Ella sintió más bien que oír su maldición interna, vio la batalla que luchaba por ganar de nuevo su control—luego sus dedos se aferraron con fuerza a su muñeca y retiró su mano de él. "Aguarda."

Se sentó y giró sus piernas sobre la cama. Reclinándose en un codo, dispuesta a protestar si era necesario, ella lo observó—el alivio y una oleada de vertiginosa anticipación la invadieron cuando escuchó el golpe seco de una bota que caía al suelo. La segunda siguió a la primera. Él la miró mientras deshacía los botones de la banda que tenía en la cintura. Luego se puso de pie, se quitó los pantalones, se volvió, y luego cayó en la cama a su lado.

El corazón de Caro saltó, se hinchó, dolió. Era muy bello, completamente excitado, elementalmente masculino. Tenía la boca seca. No podía apartar los ojos de él, de la prueba de que su deseo por ella no había desaparecido aún. Se acercó a él, lo recorrió levemente, arrastrando los dedos por la piel ardiente, suave como la de un bebé; luego cerró su mano sobre su extensión, sintió que su peso le llenaba la mano.

Él gimió, con un sonido profundamente sentido. "¡Maldición! Serás mi perdición."

Tomó su mano, la retiró y rodó, acomodándose encima de ella, abriendo sus muslos e instalándose entre ellos. Murmuró mientras se movía. "La próxima vez lo haremos más despacio."

Caro perdió el aliento. Su corazón le saltó a la garganta. El momento había llegado finalmente; su pregunta estaba suspendida, a punto de ser respondida. Inequívocamente.

Sus sentidos se fijaron, concentrándose en la suave carne entre sus muslos, sintiéndola latir mientras él se inclinaba sobre ella; sus dedos la acariciaron, exploraron y luego separaron sus pliegues.

La amplia cabeza de su erección la tocó, se oprimió contra ella, luego penetró un poco.

Ella casi grita; levantando las caderas en muda súplica, cerró los ojos, se mordió los labios, deseando que la penetrara. Con cada partícula de su ser en tensión, aguardando en un límite emocional más alto del que nunca había alcanzado antes, agudamente consciente del abismo a sus pies, del océano de decepción que esperaba para ahogarla si él no...

Extendiendo sus manos sobre su espalda, lo sostuvo contra sí, lo oprimió con sus caderas, lo urgió a continuar.

Debajo de sus manos, los largos planos de su espalda se flexionaron. Con un impulso lento y poderoso, se unió a ellos.

Con los ojos cerrados, saboreando cada centímetro de su ardiente vaina mientras se expandía, lo acogía y lo encerraba, Michael advirtió la tirantez, luego la constricción mientras la penetraba; atrapado en su sensual telaraña, es posible que no hubiera comprendido a no ser por el doloroso ahogo que ella intentó sin éxito aplacar y por la diciente tensión que la atenazaba, la invadía.

Asombrado, aturdido, abriendo los ojos la miró, miró sus ojos, plata fundida, que lo miraban. Comprendió en aquel momento todo lo que ella había ocultado, lo que nunca había dicho, ni a él ni a nadie más.

Finalmente comprendió la verdad de su pasado, la verdadera realidad de su matrimonio.

Ella aguardaba, sin aliento...tensa, nerviosa...súbitamente Michael comprendió qué aguardaba.

Lenta, deliberadamente, se retiró un poco; luego se acomodó dentro de ella.

Vio arder sus ojos—con un asombro, un júbilo tan profundo que sintió que su propio corazón daba un vuelco. Pero no era el momento para palabras o explicaciones. Inclinándose, cubrió sus labios con los suyos y los lanzó a ambos a la hoguera.

A la danza íntima que ambos anhelaban.

No tuvo miramientos, no intentó ser suave; advirtió que eso, seguramente, no era lo que ella deseaba; definitivamente, no era lo que ella necesitaba. Se sumió en su cuerpo, la penetró profundamente y luego se retiró hasta casi liberarse de su calor persistente y sus uñas se hundieron en su piel, desesperadamente oprimiéndolo contra ella, antes de penetrarla otra vez, lenta, inexorablemente, para que ella pudiera sentir cada centímetro de su erección mientras él se sepultaba en ella de nuevo.

Ella se retiró del beso. Su gemido entrecortado, en el que resonaba el alivio, de pura felicidad, lo urgió a seguir.

Él tomó su boca de nuevo, la atrajo implacablemente hacia él, dejó que su peso la oprimiera, deslizó su mano por su cadera hasta su trasero, aferrando, anclándola precisamente en el ángulo correcto debajo de él; luego se acomodó para cabalgarla, para dejar que su cuerpo saqueara el de ella, como ambos lo deseaban. Dejando que el ritmo que lo impulsaba lo invadiera, uniendo sus ardientes cuerpos en una orgía de lujuria elemental, impulsados por el deseo, por la pasión que los envolvía, desencadenada y casi tangible.

Ella lo siguió, al mismo ritmo; en ningún momento dudó que ella quería eso. Tanto como él.

Podía ser su primera vez, pero era no era una virgen mustia; todo lo contrario. Era una aprendiz rápida; mientras sus lenguas se entrelazaban y sus cuerpos se esforzaban, aprendió en minutos a seguir sus impulsos, a cabalgar efectivamente en ellos, a estrecharlo dentro de su cuerpo y volverlo loco...Él oscuramente advirtió que, para ella, era un alivio largamente buscado—una liberación de todo lo que tenía dentro de sí, atrapado, a lo que se le había negado un escape durante tanto tiempo.

Una catarsis de pasión, de deseo, de la sencilla necesidad de la intimidad del apareamiento humano.

Él le dio todo lo que ella necesitaba, tomó todo lo que quería a cambio, consciente de que ella le entregaba—todo lo que él quería tomar—gustosamente.

Ciertamente no era la primera vez para él—había tenido más de las que podía recordar realmente, todas damas experimentadas si no verdaderas cortesanas—sin embargo, cuando se sumió en su cuerpo, en su boca, saqueando y disfrutando de su abierta acogida, había algo nuevo, algo diferente en el acto.

Quizás era la sencillez—se conocían tan bien, tan completamente de otras muchas maneras, se comprendían de forma tan instintiva, que conocerse el uno al otro de esta manera, piel contra piel, manos que se buscaban, se aferraban, boca contra ávida boca, lenguas entrelazadas, ahogándose, entrañas contra ardientes entrañas, sumiéndose, penetrando… todo parecía tan natural.

Como algo que debía ser. Sin velos ni máscaras que lo ocultaran.

El poder, alimentado por su pasión conjunta, se aposó, se derramó a través de ellos y los poseyó.

Los capturó, los lanzó a un océano vertiginoso de necesidad ávida que, súbita, abruptamente, los fusionó.

Su piel estaba viva, sus nervios tensos y tirantes; sus cuerpos se fundieron, impulsados por una urgencia primitiva. Ella se retiró del beso, suspiró entrecortadamente, con los ojos cerrados, mientras luchaba por respirar.

Él presionó más rápido, más duro; ella se irguió y, con un grito, tocó el sol. Aferrada, lo sostuvo fuertemente contra ella mientras se fragmentaba; luego se derritió, latiendo en torno a él.

Su liberación suscitó la de él; la siguió rápidamente, la penetró más profundamente, más fuertemente, vaciándose en ella, desplomándose sobre su cuerpo con un largo gemido, saciado hasta la última parte de su cuerpo.

CAPÍTULO

13

Caro descansaba al lado de Michael, llena de felicidad. Su duro cuerpo, sus pesados músculos y aún más pesados huesos, se apoyaban contra la cama; ella no creía haberse sentido jamás tan cómoda, tan... sencillamente dichosa.

Tan conectada, físicamente y de toda otra manera, con ninguna otra persona en su vida.

Un estremecimiento de excitación aún la recorría; los efectos posteriores de gloria que había experimentado aún se deslizaban por sus venas, dejando un indescriptible rastro de júbilo tras de sí.

Entonces, esto era la intimidad. Algo mucho más profundo de lo que había imaginado. También algo mucho más... *primitivo* fue la palabra que le vino a la mente.

Sonrió; no estaba dispuesta a protestar.

Durante largos minutos permanecieron sencillamente entrelazados, atrapados el uno en brazos del otro, ambos conscientes de que el otro estaba despierto y, sin embargo, ambos con la necesidad de recuperar su aliento, mental y físico. Lentamente, la conciencia de que él había adivinado su secreto, que lo sabía y lo comprendía, se infiltró.

Mirando hacia el cielo raso, ella buscó las palabras, algo adecuado para decir; finalmente, sólo dijo lo que sentía. La cabeza de Michael estaba reclinada en su hombro. Suave, casi tentativamente, pues estas tiernas caricias eran todavía algo nuevo para ella, despeinó sus cabellos con los dedos. "Gracias."

Él suspiró profundamente. Su pecho aplastó sus senos; movió la cabeza y le besó el hombro. "¿Por qué? ¿Por el mejor momento de mi vida?"

Entonces era un político incluso en la cama. Ella sonrió, cínicamente. "No tienes que fingir. No soy especialmente..." Le faltaron las palabras; sólo hizo un gesto vago.

Él levantó sus hombros, tomó su mano y la reclinó para poder mirarla a los ojos. Miró dentro de ellos, luego llevó su mano a los labios. La volvió y la besó ardientemente en la palma, mirándola a los ojos mientras lo hacía, y luego mordió suavemente la base de su pulgar.

Ella se sobresaltó. Advirtió que aún estaba duro y sólido dentro de ella...no...estaba *de nuevo* duro y sólido dentro de ella. Desconcertada, sin estar completamente segura, se centró de nuevo en sus ojos.

Su sonrisa no era graciosa, más bien prudente. "No sé cuál sería el problema de Camden, pero como bien puedes sentirlo, yo evidentemente no sufro de él."

En cuanto más pensaba en ello, más obvio le resultaba.

Como para demostrárselo aún mejor, se movió un poco, meciéndose. Los nervios que un momento antes parecían muertos de agotamiento recobraron la vida.

Se movió sobre ella otra vez, acomodando sus antebrazos a cada uno de sus costados. "¿Recuerdas"—continuó meciéndose suavemente—"lo que dije antes acerca de tomarme dos horas?"

Algo sorprendida, con la boca seca otra vez, para su considerable asombro, su cuerpo respondió—ardiente, ávidamente—al suyo, a la promesa que había en aquel suave momento repetitivo y en la realidad dura como una roca que cabalgaba dentro de ella. Se humedeció los labios, se centró en sus ojos. "¿Sí?"

Sus labios se fruncieron; él los bajó a los suyos. "Pensé que debía advertirte—estoy pensando tomarme tres."

Y lo hizo. Durante tres horas llenas de felicidad, la mantuvo cautiva en su lecho, hasta que hubieron reducido los cobertores a una espuma de seda y lino, a un campo de batalla sensual.

Al reanudar sus juegos, pasaron la media hora siguiente asegurándose de que ella comprendiera que una vez definitivamente no era suficiente—no era suficiente para saciarlo, ni a ella. Entretanto, afuera, el calor de la tarde obligaba incluso a los insectos a un silencio amodorrado; dentro de su recámara, íntimamente entrelazada con él en su cama, un calor de otra índole hacía salir de ella quejidos, gemidos y gritos apasionados.

Hasta que se sumió en un glorioso olvido y él rápidamente se unió a ella.

Él no tenía ningún interés en la sumisión pasiva; cuando la movió por tercera vez, su interacción se extendió a una travesía de exploración íntima y descubrimiento—para ambos. No sólo la animó descaradamente a mostrarse tan sensual como se sentía, como lo deseaba en sus más locos sueños, sino que la incitó a ir más allá, a olvidar toda restricción que hubiese podido imaginar, y respondiera a él tan primitivamente como él respondía a ella.

En ningún momento intentó ocultar su deseo por ella, ni dejó de inculcarle su avidez, el poder de su lujuria, su imperiosa necesidad de aliviarla uniendo su cuerpo al suyo.

Cuando ella finalmente se retorció entre sus brazos, aferrada contra él mientras él se arrodillaba en la cama, con los muslos de Caro abiertos sobre los suyos, penetrándola, ella supo finalmente lo que era aparearse—un compartir de pasiones, un dar y tomar mutuo, una fusión que iba más allá de lo físico, que tocaba cosas más profundas.

Era una lección que le había tomado más de una década aprender.

Mientras ella se desplomaba en sus brazos, Michael soltó las riendas y se elevó dentro de ella, corriendo hacia el estallido de alivio al que lo llamaba con cada ondulante contracción sobre su adolorida extensión. Su cuerpo, aún latiendo, lo incitó a seguir, lo hizo pasar aquel borde glorioso hacia una dulce inconsciencia.

Michael no se permitió sumirse demasiado profundamente bajo las olas doradas; no podía hacerlo. Sin embargo, se detuvo, regodeándose en la sensación de su cuerpo en sus brazos, en la ardiente humedad que lo apretaba tan fuertemente. Inspirando profundamente su aroma, dejó que sus manos merodearan su dulce carne. Ella estaba ruborizada, húmeda después de sus esfuerzos; sin embargo su piel seguía siendo una maravilla, como la seda más fina y delicada. Él acarició con la nariz la tierna hondonada entre su cuello y su hombro, recorrió su rostro con el suyo, sintiendo los rizos de su cabello contra su mejilla.

Las cosas entre ellos se habían desplazado; no era tanto que hubiesen cambiado, sino que se habían hecho más profundas, se habían desarrollado de maneras que él no había previsto. No obstante, los cambios sólo habían hecho que su objetivo final fuese más deseable, más precioso.

Cuando su cabeza dejó de girar, él la apartó de él y la reclinó sobre las almohadas. Con los ojos cerrados, exhausta, se desplomó como muerta; irónicamente triunfante, él la cubrió con el cobertor de seda y lentamente, con reticencia, abandonó la cama.

Caro fue vagamente consciente de que esta vez no se había unido a ella bajo las sábanas arrugadas, que este cuerpo masculino grande, ardiente, no estaba enrollado alrededor del suyo. Sonidos distantes, pequeños susurros, la tranquilizaron de que aún estaba en la habitación; sin embargo, pasaron muchos minutos antes de que pudiera convocar la fuerza suficiente para levantar sus párpados y ver en qué se ocupaba.

El sol aún era fuerte, brillando sobre las copas de los árboles, pero no por mucho; debían ser más de las cuatro de la tarde. Michael permaneció delante de la ventana, mirando hacia los árboles. Se había puesto sus pantalones, pero seguía con el pecho descubierto; mientras ella lo miraba, levantó la mano y bebió del vaso que llevaba.

Había apretado los labios. Había algo en su actitud, en la forma de sus hombros, que le indicó que algo andaba mal.

Una sensación de hundimiento la asaltó. Ella cerró los ojos... sintió sus manos sobre ella, sus dedos hundidos en sus caderas cuando le hacía el amor; abriendo los ojos, apartó decididamente su temor.

Si había aprendido algo de la vida, era enfrentar las dificultades directamente. Nada bueno salía de dar rodeos. Se enderezó. Su cabeza giró una vez, pero luego se asentó. Asió el cobertor que comenzaba a deslizarse.

Él escuchó el susurro, miró a su alrededor.

Ella encontró su mirada. "¿Qué sucede?"

Él vaciló. La sensación de hundimiento comenzó a invadirla de nuevo, pero luego él se movió, se acercó y ella leyó lo suficiente en su rostro para saber que verla desnuda en su cama no era parte del problema con el que estaba luchando.

Se detuvo al pie de la cama, bebió un poco más. Ahora podía ver que contenía brandy. Bajándolo, la contempló. Casi pensativamente, dijo, "Alguien está tratando de matarte."

Michael se había preguntado cómo reaccionaría; había adivinado correctamente—ella comenzó a sonreír tranquilizadoramente. Sus labios se curvaron, sus ojos comenzaron a iluminarse—luego la transformación se detuvo. Desapareció mientras ella leía su rostro y advertía que era en serio.

Finalmente frunció el ceño. "¿Por qué piensas eso?"

Interiormente, agradeció que su lujuria marital se hubiese fijado en una mujer inteligente. "Considera estos hechos. Primero—aquel día, cuando tu caballo, Henry, fue asustado y casi te matas en tu calesa. Hardacre encontró evidencia de que Henry había sido golpeado con perdigones, provenientes probablemente de una honda."

Ella abrió la boca sorprendida. "¿Qué?"

"Así es. Parecía inútil preocuparte en aquel momento; Hardacre y yo llegamos a la conclusión de que debían ser unos muchachos ajenos a la región cazando alondras. Era poco probable que te ocurriera otra vez." Asintió. "Y no lo hizo. Algo más pasó, o casi pasa."

Ella parpadeó, recordando.

Él la miró, luego le dijo, "Aquellos hombres que atacaron a la señorita Trice."

Ella se centró en su rostro. "¿Crees que me perseguían *a mí?*"

"Piensa en ello. *Tú* fuiste la primera en salir del salón. Si yo no hubiera discutido contigo, deteniéndote en el recibo hasta que salió la señorita Trice, y te hubiera llevado en mi carruaje, *tú* habrías sido la primera mujer sola que bajaba por la calle de la aldea. Y, bajo circunstancias normales, nadie habría estado cerca para ayudarte."

Consciente de ello, Caro se heló; se estremeció y apretó el cobertor contra sí. "Pero si se proponían atacarme—y aún no puedo ver por qué"—lo miró—"¿cómo habrían podido saber que me disponía a marcharme y que iría sola?"

"Habías llegado sola—era razonable pensar que caminarías sola a casa también, como, en efecto, te disponías a hacerlo. Y las puertas del jardín de atrás estaban abiertas— habría sido fácil para una persona acercarse y vigilar." Sostuvo su mirada. "Te despediste de Muriel y luego te dirigiste al recibo principal—los signos eran claros."

Ella hizo una mueca.

Él prosiguió. "Y ahora tenemos una flecha que se clava en un árbol precisamente en el lugar donde estabas descansando un instante antes."

Ella estudió su rostro, sabía que todos esos hechos eran verdaderos. "Aún no puedo creerlo. No hay un motivo, ninguna razón posible."

"Como quiera que sea, creo que no hay más alternativa que concluir que alguien, no sabemos por qué, está decidido, si no a matarte, al menos a causarte un grave daño."

Ella quería reír, apartar esa idea, desecharla despreocupadamente. Pero su tono y, más aún, lo que vio en su rostro, lo hicieron imposible.

Cuando ella no dijo nada, él asintió, como si reconociera su aceptación, y apuró su vaso. La miró. "Debemos hacer algo al respecto."

Ella advirtió el "nosotros" real. Una parte de ella sintió que debía molestarse por ello, pero no le incomodó. Tampoco estaba convencida; sin embargo, saber que él estaría a su lado para manejar lo que estaba ocurriendo la tranquilizó en lugar de inquietarla. No obstante . . . su mente rápidamente evaluó, luego levantó la mirada y encontró la de Michael. "Lo primero que debemos hacer es regresar al bazar."

Se vistieron; para su sorpresa, asumir su apariencia exterior de dama y caballero de la sociedad no disminuyó el reciente sentimiento de cercanía, no sólo física sino más profunda, que la había contagiado, no sólo a ella, sino también a él. Ella lo experimentó como una sensación más intensa del cuerpo de Michael y de sus pensamientos, sus reacciones; lo sintió en su mirada cuando se posaba sobre ella, en el roce ligero de su mano en su brazo cuando salieron de la recámara, en la manera más decidida, posesiva como tomó su mano entre la suya mientras atravesaban el huerto.

Presumiblemente, tres horas de juegos desnudos hacían que regresar a una distancia socialmente aceptable fuese imposible. No que a ella le importara. Su nueva cercanía era mucho más atractiva, mucho más intrigante, y no había nadie alrededor que pudiera escandalizarse.

Por insistencia de ella, él puso el arnés a su calesa y la llevó de regreso al bazar de una manera más convencional. Dejando la calesa en el claro destinado a los coches, se unieron de nuevo a la muchedumbre que aún caminaba por entre los puestos, ahora ocupada principalmente en hacer compras de último momento y en prolongadas despedidas.

Al parecer, nadie los había echado de menos. O si alguien lo había hecho, nadie pensó en comentar sobre su mutua ausencia. Caro estimó que esto era lo mejor; ya le costaba suficiente esfuerzo parecer normal, apartar una sonrisa boba, excesivamente reveladora, de su rostro. La apartaba todo el tiempo; sin embargo, cuando relajaba su vigilancia, aparecía de nuevo; además, aun cuando podía caminar bastante bien, se sentía extrañamente exhausta, como si todos los músculos de su cuerpo se hubiesen relajado.

Por primera vez en su vida, desmayarse delicadamente—o al menos fingirlo—le resultaba bastante atractivo. En lugar de hacerlo, aplicó sus formidables habilidades a presentar una buena actuación, conversando aquí y allá como si ella y Michael, de hecho, hubiesen permanecido allí toda la tarde.

Michael permaneció a su lado, con la mano de Caro anclada en su manga; aun cuando se mostraba atento a todos con quienes hablaban, ella era consciente de que se sentía, si era posible, más protector, más alerta a todo lo que los rodeaba, como en guardia.

Él lo confirmó cuando se apartaron del puesto del grabador de madera, murmurando. "Los portugueses se han marchado."

Ella arqueó las cejas. "¿Y los otros?"

"No veo ningún prusiano ni ningún ruso, pero los Verolstadts se disponen a partir." Con una leve inclinación, indicó un pequeño grupo reunido alegremente hacia uno de los costados. Juntos se acercaron a despedirse.

Al embajador de Suecia y a su esposa les había complacido muchísimo aquel evento; fueron efusivos en su agradecimiento y buenos deseos, prometiendo encontrarse con ellos en Londres después.

Partieron; Michael registró de nuevo el claro. "No hay más extranjeros, ni ninguno de los diplomáticos."

Eran cerca de las cinco de la tarde, la hora fijada para la terminación del bazar—Caro suspiró alegremente, complacida de que todo hubiese salido tan bien—en tantos aspectos. "Debería ayudar a empacar el puesto de la Asociación de Damas." Miró a Michael. "Puedes venir conmigo."

Él arqueó las cejas, pero la siguió sin protestar.

Muriel apareció cuando se acercaban al puesto. Los miró irritada. "Oh, ahí están. Los he estado buscando por todas partes."

Caro abrió los ojos sorprendida. "Hemos estado circulando por ahí, despidiéndonos de las delegaciones extranjeras y cosas así."

Muriel, de mala gana, lo aceptó. "Todos vinieron, por lo que pude ver."

"Ciertamente, y se divirtieron enormemente." Caro estaba demasiado feliz como para ofenderse; estaba dispuesta a compartir su júbilo. "Todos te enviaron sus felicitaciones." Sonrió a las otras damas que guardan en cestos las mercancías que no se habían venido.

"Y, más aún," dijo la señora Humphrey, "compraron muchas cosas. Aquellas dos señoritas compraron obsequios para sus amigas en Suecia. ¡Imagínate! Nuestros bordados en las alacenas suecas."

Siguió una discusión general de los beneficios de la novedosa idea de Caro; ella ayudó a guardar carpetas y pañuelos; estuvo de acuerdo en que si pasaba un tiempo en Bramshaw al año siguiente para la época del próximo bazar, consideraría realizar un evento similar.

Un poco detrás de Caro, Michael vigilaba el claro en general mientras registraba la muchedumbre cada vez menos numerosa. Finalmente, vio a Edward y le hizo señas para que se acercara.

Apartándose de las damas, bajó la voz. "Alguien le disparó una flecha a Caro."

Su aprecio de los talentos de joven aumentó cuando Edward se limitó a parpadear y replicó, también en voz baja, "¿No fue un accidente del concurso...? Al leer la verdad en su expresión, Edward se puso serio. "No—desde luego que no." Parpadeó otra vez. "¿Pudo haber sido Ferdinand?"

"No personalmente. Dudo que tenga la habilidad. De cualquier manera, es más probable que haya contratado a alguien para hacerlo. La flecha venía desde los blancos, pero tuvo que haber sido disparada desde el bosque."

Edward asintió, mirando a Caro. "Esto comienza a parecer muy extraño."

"Así es. Y hay más. Pasaré mañana en la mañana y podemos discutirlo todo; así podremos decidir qué hacer."

Edward encontró su mirada. "¿Ella lo sabe?"

"Sí. Pero debemos mantenerla estrechamente vigilada." Michael miró a Caro. "Desde ahora, y en el viaje a casa."

Él no podía llevar a Caro a casa; habría parecido demasiado extraño, estando Geoffrey, Elizabeth y Edward todos allí, junto con una legión de sirvientes de Bramshaw—y la entrada sólo al otro lado de la calle de la aldea. Sin embargo, mantuvo una vigilancia subrepticia desde lo alto de su calesa antes de partir, asegurándose de que ella ya estaba en el sendero a casa, rodeada por numerosas personas y de que no hubiera ocurrido ningún problema.

Por una parte, estaba completamente satisfecho; por la otra, todo lo contrario.

A la mañana siguiente, cabalgó hasta la Casa Bramshaw en cuanto terminó de desayunar. Al verlo llegar, Edward dejó a Elizabeth para que practicara sola el piano y vino a su encuentro; juntos entraron al salón.

"Caro aún está dormida," le informó Edward. Una leve irritación se asomaba a su expresión. "Debió quedar agotada por el bazar—quizás el calor."

Michael suprimió una sonrisa complacida y se sentó. "Probablemente. Eso nos da tiempo de revisar los hechos antes de verla."

Edward se acomodó en el diván y se inclinó hacia delante, centrando toda su atención. Michael tomó la silla y recitó los hechos que conocía, análogamente a como lo había hecho con Caro el día anterior.

Cuando, Caro bajó después de desayunar—muy tarde—en su habitación, ataviada para el día de verano en un traje vaporoso de muselina pálida verde manzana, no se sorprendió en absoluto al escuchar la voz profunda de Michael en el salón.

Sonriendo, aún serenamente, ensoñadoramente alegre, se dirigió hacia allí, advirtiendo que Elizabeth estaba practicando en el salón de música.

Deteniéndose en el umbral del salón, vio a Michael y a Edward, ambos con el ceño fruncido; al verla, se pusieron de pie. Ella entró, sonriendo a Edward y, de manera más privada, a Michael.

Sus ojos se encontraron; ella sintió el calor en su mirada. Calmadamente, se instaló en el diván y aguardó a que ellos se sentaran. "¿Qué están discutiendo?"

Michael replicó, "La relativa probabilidad de que Ferdinand esté buscando algo para sí mismo, o haya sido enviado a buscar algo para otra persona."

Ella encontró su mirada. "Debo reconocer que tengo una gran dificultad en creer que lo que busca Ferdinand pueda tener que ver con él personalmente. Él conoció a Camden, es cierto, pero en el mundo diplomático Ferdinand no tiene ninguna importancia." Miró a Edward, "¿No estás de acuerdo?"

Edward asintió. "Supondría que, con su experiencia, a la larga obtendrá algún cargo, pero actualmente..." Miró a Michael. "Sólo puedo verlo como un lacayo."

"Muy bien," dijo Michael. "Si es un lacayo, ¿para quién actúa?"

Caro intercambió una mirada con Michael y luego hizo una mueca. "Realmente no puedo verlo actuando para nadie diferente de su familia, al menos no de esta manera—tratando de seducirme, preguntando por los papeles de Camden, organizando el robo en la mansión Sutcliffe, buscando aquí." Encontró la mirada de Michael. "No sé qué más será, pero Ferdinand es miembro de una antigua familia aristocrática, y el honor de las familias portuguesas en ocasiones es más estricto que el de las inglesas. No arriesgaría el honor de su casa de esta forma."

"No a menos que fuese el honor de su casa lo que está tratando de proteger." Michael asintió. "Eso fue lo que pensé. ¿Qué sabes, entonces, de la familia de Ferdinand?"

"El conde y la condesa—sus tíos—fueron los únicos que conocí en Lisboa." Edward miró a Caro. "El duque y la duquesa son representantes en Noruega, creo."

Ella asintió. "He conocido a otros miembros de poca importancia que ocupan cargos secundarios, pero el conde y la condesa son quienes actualmente han sido favorecidos en la corte. Son cercanos al rey..." Hizo una pausa. "Pensándolo bien, han sido promovidos continuamente durante la última década, ciertamente desde la primera vez que estuve en Lisboa. En aquel momento eran solamente funcionarios de bajo rango."

"¿Entonces podría ser algo que perjudicara su posición?" preguntó Michael.

Edward asintió. "Eso parece ser lo más probable."

Caro, sin embargo, permanecía sumida en sus pensamientos. Cuando continuó mirando fijamente al suelo, Michael la animó, "¿Caro?"

Levantó la mirada, parpadeó. "Estaba pensando... la posición del conde y de la condesa *podría* estar en peligro, pero yo habría escuchado algo..." Encontró la mirada de Michael. "Incluso del propio conde o de la condesa."

"No si fuese algo que los perjudicara terriblemente," señaló Edward.

"Cierto. Sin embargo, se me acaba de ocurrir que el conde y la condesa *no* son las cabezas de la familia—y esa posición significa mucho."

"¿El duque y la duquesa?" preguntó Michael.

Ella asintió. "Ferdinand ciertamente me dio esa impresión, y también la condesa. Nunca antes había conocido a los duques, hasta esta última temporada en Londres, y entonces sólo brevemente, *pero*"—miró a Edward, luego a Michael—"*debería* haberlos conocido, en alguna ocasión, en algún evento en Lisboa. Pero no lo hice, estoy segura de ello."

Edward parpadeó como una lechuza. "Ni siquiera recuerdo que los mencionaran."

"Tampoco yo," dijo Caro. "Sin embargo, si son la cabeza de una casa, y esta casa es tan cercana al trono... bien, hay algo mal. ¿Podría ser que hayan sido exiliados en silencio?"

Un silencio cargado cayó sobre ellos mientras consideraban esta perspectiva; todos la aceptaron como una posibilidad.

Michael miró a Caro, luego a Edward. "De ser así, no responde mi la pregunta ¿por qué?, ni si este 'qué' está conectado de alguna manera con la obsesión de Ferdinand con los papeles de Carden."

"Esto último no es difícil de imaginar," dijo Edward.

"Ciertamente que no," Caro asintió. "Camden estaba en contacto prácticamente con todo el mundo. No obstante, Camden habría escrito cualquier cosa relacionada con un tema sensible en los archivos oficiales, y estos los tiene el Ministerio de Relaciones Exteriores o el nuevo embajador."

"Pero Ferdinand sabría eso," dijo Michael.

"Posiblemente no. Esto, potencialmente, explica su búsqueda."

Edward frunció el ceño. "Lo anterior, sin embargo, no arroja ninguna luz sobre por qué podría tratar de hacerte daño."

Ella parpadeó. "¿No pensarías seriamente..." Su mirada se volvió hacia Michael y luego hacia Edward otra vez. "Incluso si estos recientes incidentes son intentos por hacerme daño, no veo cómo puedan tener una conexión diplomática. Especialmente con el secreto de familia de Ferdinand—eso, cualquier cosa que sea, probablemente se remonta a la época en la que aún no me había casado con Camden."

La mirada equilibrada, bastante adusta de Michael, no se

movió. Después de un momento, dijo queda pero firmemente, "Esto es porque no sabes, nunca supiste o no puedes recordar—por cualquier razón, no eres consciente de saber—lo que esta gente cree que sabes."

Después de un instante, Edward asintió decididamente. "Sí—eso puede ser. En lugar de recuperar lo que sea de los papeles de Camden, alguien—presumiblemente el duque, si nuestra teoría es correcta—ha decidido que tú puedes conocer su secreto y que, por lo tanto, es preciso silenciarte." Hizo una pausa como si repasara sus palabras mentalmente, y luego asintió otra vez. "Esto tiene sentido."

"No para mí," respondió ella, de manera igualmente decidida.

"Caro…" dijo Michael.

"¡No!" Ella levantó una mano. "Sólo escúchenme." Hizo una pausa, oyendo la música distante. "Y debemos darnos prisa, porque Elizabeth está a punto de terminar ese estudio y vendrá en cuanto lo termine." Miró a Michael, "Así que no discutas."

Él apretó los labios.

"Ustedes han decidido que estos tres incidentes son intentos de hacerme daño—pero, ¿lo son? ¿No podrían ser accidentes? Sólo el primero y el tercero me involucran—es pura conjetura pensar que el segundo estaba dirigido contra mí. Los hombres atacaron a la señorita Trice, no a mí. Si habían sido enviados a secuestrarme, ¿por qué tomarla a ella?"

Michael se mordió la lengua; si disponían de una descripción vaga, a la luz engañosa del crepúsculo, tal error sería fácil de cometer. Intercambió una mirada con Edward.

"En cuanto al tercer incidente", continuó Caro, "una flecha disparada desde el bosque demasiado cerca al borde de una muchedumbre. Hacer algo así y herir con éxito a una persona particular—el arquero tendría que tener mejor puntería que Robin Hood. Fue pura casualidad que yo me encontrara allí en aquel momento, eso es todo. La flecha no tenía nada que ver conmigo específicamente."

Michael y Edward permanecieron en silencio. Era una discusión que Caro no les permitiría ganar; no tenía sentido insistir en ello, aun cuando estaban convencidos de tener la razón. Sencillamente la vigilarían de todas maneras.

"Incluso tú y Hardacre pensaron que el primer incidente con los perdigones podía atribuirse a la estupidez de unos muchachos." Caro extendió las manos. "Entonces tenemos dos probables accidentes y un ataque. Y, aunque concedo que el ataque a la señorita Trice no fue un accidente, no hay evidencia de que fuese a mí a quien buscaban aquellos hombres. Ciertamente, no hay razón para pensar que nadie me desea, específicamente a mí, algún mal."

Concluyó con una nota definitiva. Los miró, primero al uno, luego al otro. Encontraron su mirada y no dijeron nada.

Caro frunció el ceño. Abrió sus labios—pero se vio obligada a suprimir las palabras, "Bien ¿qué piensan?" pues en aquel momento entró Elizabeth.

Michael se puso de pie y estrechó la mano de la joven.

Con los ojos brillantes, Elizabeth miró a su alrededor. "¿Han estado discutiendo el bazar—o negocios?"

"Ambas cosas," replicó Caro, poniéndose también de pie. No deseaba que Michael y Edward inquietaran a Elizabeth con sus especulaciones. "Pero hemos agotado ambos temas y ahora Edward está libre. Yo voy a pasear un poco por el jardín."

Michael se inclinó y se apropió de su mano. "Una idea excelente. Después de todas esas horas entre la muchedumbre, sin duda anhelas un poco de silencio y soledad." Entrelazó su mano en su brazo. "Vamos, te acompaño."

Se volvió hacia la puerta. Ella lo miró enojada; la había sacado las palabras de la boca, y las había utilizado para su propio provecho.

"Muy bien," asintió mientras él la hacía pasar por la entrada. "Pero"—bajó la voz—"no pienso acercarme a la casa de verano."

La forma como él sonrió en respuesta, su expresión en las sombras del oscuro pasillo, no ayudó a su ecuanimidad.

Pero mientras paseaban por los jardines, y luego por los senderos exuberantemente bordeados de arietes florecidos con las hojas verdes del verano, la paz de su entorno los rodeó, apartándolos del mundo, y ella recuperó su serenidad, que trajo consigo cierto grado de comodidad, de aceptación.

Ella lo miró; él miraba a su alrededor. "Realmente no puedo creer que alguien busque hacerme daño."

Él la miró. "Lo sé." Estudió sus ojos y luego dijo, "Sin embargo, Edward y yo creemos que así es."

Ella hizo una mueca y miró al frente.

Después de un momento, Michael bajó el brazo, asió su mano y dijo, en un tono tranquilo pero bajo. "Ambos te queremos, Caro—considera... si, finalmente, se demuestra que teníamos razón pero que no tomamos ninguna precaución, que no hicimos lo que podíamos hacer y tú resultas herida o asesinada..."

Ella frunció el ceño; continuaron caminando.

"Te vigilaremos—ni siquiera serás consciente de ello."

¿Qué sabía él? Ella lo sabría a cada instante, sentiría su mirada fija en ella... ¿era esto tan malo?

Se irritó interiormente, agradecida de que él no dijera nada más sino que le diera tiempo para luchar con aquello que para ella era una situación novedosa. Nadie antes la había "vigilado" por las razones que Michael había dado. Camden se había mostrado protector, pero sólo porque ella era una de sus más atesoradas posesiones, y ella usó la palabra "posesión" a sabiendas; eso era lo que había sido para él.

Edward le tenía afecto; compartían un vínculo común a través de los años que habían pasado con Camden y su respeto por él y por su memoria. Edward y ella eran amigos tanto como asociados; no le sorprendió que le preocupara su seguridad.

Pero Michael... su tono bajo velaba y sin embargo, ella sospechó que con deliberación, no ocultaba una abundancia de emociones más profundas, una necesidad, una razón para vigilarla, para guardarla y protegerla, que surgía de una fuente diferente. Era una forma de posesividad, cierto, pero no surgía de una apreciación de sus habilidades, sus talentos o la necesidad de ellos, sino de una apreciación de ella misma, de la mujer que era, y de la necesidad que tenía de ella.

"Sí. Está bien." Su aceptación se formó en sus labios antes

de pensarlo más, distraída por un deseo—una urgencia fuerte y un deseo—de aprender más acerca de esta necesidad que él tenía de ella, de comprender la verdadera naturaleza de aquello que lo impulsaba a protegerla. Deteniéndose, lo miró de frente. Buscó en sus ojos. "¿Pasarás el día conmigo?"

Él parpadeó, estudió brevemente sus ojos como si quisiera confirmar la invitación, y luego se acercó a ella. "Con gusto." Inclinó la cabeza. "No hay otro lugar en el que prefiriera estar."

Se encontraban en un sendero oculto, protegido por densos matorrales. Ella se entregó a sus brazos, entrelazó los suyos alrededor de su cuello, y encontró sus labios. Abriendo los suyos, lo acogió ardientemente, lo incitó ingeniosamente.

Lo tentó, lo incitó flagrantemente.

Ella sabía qué quería; él también.

Pocos minutos después, la realidad era evidente; el deseo zumbaba a través de sus venas, repicaba debajo de su piel. Sus bocas ávidas, fusionadas ansiosamente, compartían el calor, el fuego, alimentando su conflagración, deleitándose en ella.

Ella se oprimió contra él, se arqueó; él se estremeció y la acercó aún más, la moldeó a su cuerpo.

Interrumpió el beso, depositó un recorrido de ardientes besos de su frente a su oreja, se inclinó para continuar a lo largo de su cuello arqueado. "La casa de verano es demasiado riesgosa." Sus palabras eran un poco apresuradas; perdía el aliento. Infinitamente persuasivas. "Regresa a mi casa conmigo. Es posible que los sirvientes se escandalicen, pero serán discretos. No hablarán...no de nosotros."

Desde el punto de vista de Michael, el asunto no tenía importancia; se proponía desposarla pronto. Más importante y urgente era su mutua necesidad de privacidad.

Caro levantó sus pesados párpados y lo miró. Se humedeció los labios, se aclaró la voz. "Conozco un lugar donde podemos ir."

Él se obligó a pensar, pero no pudo imaginar a qué se refería...

Ella vio; la sonrisa que curvó sus labios fue esencial, fundamentalmente femenina. "Confía en mí." Sus ojos se iluminaron, casi traviesos. Retirándose de su abrazo, lo asió de la mano. "Ven conmigo."

Le tomó un instante reconocer la sensual invitación, que le devolvía su propia frase seductora, multiplicada su potencia mil veces por la mirada de sus ojos, por la manera, ligera como la de un duende, en que se volvió y lo llevó por el sendero.

En ningún momento se le ocurrió negarse.

Era una ninfa de los bosques que lo descarriaba a él, un mero mortal. Él se lo dijo y ella se rió, el plateado sonido perdiéndose en la brisa—recordándole a Michael de nuevo su juramento de provocar aquel sonido mágico con más frecuencia.

Tomados de la mano, descendieron por los jardines, dejando finalmente las zonas cuidadas a través de una estrecha puerta en un seto. Más allá había una combinación de prado y bosque, en su mayor parte no perturbados por el hombre. El sendero pasaba debajo de los árboles y luego a través de claros abiertos donde crecía la hierva, reduciendo el sendero en ocasiones apenas a una trocha.

Los pies de Caro parecían seguirlo instintivamente; no buscaba hitos ni trataba de encontrar su camino, sino que avanzaba continuamente, mirando las aves que volaban entre los árboles, levantando de vez en cuando su cara hacia el sol.

En la mitad de un claro, él se detuvo, la atrajo hacia sí, la abrazó. La casa se encontraba a cierta distancia a sus espaldas; inclinó la cabeza y la besó, larga, profundamente, dejando que su verdadero anhelo se expresara plenamente—un anhelo que, como lo aprendía día tras día, poseía más profundidad y amplitud de la que jamás hubiera imaginado.

Finalmente levantó la cabeza, observó su rostro, miró cómo se agitaban sus párpados y luego se abrían, revelando el brillo plateado de sus ojos. Sonrió. "¿Adónde me llevas?" Levantando su mano, le besó las puntas de los dedos. "¿Dónde se encuentra tu enramada de felicidad extraterrenal?"

Ella se rió, un sonido alegre, pero sacudió la cabeza. "No lo conoces—es un lugar especial." Comenzaron a caminar de nuevo; un momento después, Caro murmuró, con una voz suave, baja, tan mágica como su risa. "Es una especie de enramada." Levantó la mirada, encontró sus ojos por un instante. "Un lugar apartado del mundo." Sonriendo, miró al frente.

Él no insistió; ella evidentemente deseaba sorprenderlo, enseñarle... lo invadió la anticipación, creció continuamente mientras se internaban más profundamente en los boscosos límites de la propiedad de su familia. Ella había pasado allí su infancia; conocía sus tierras tan bien como Michael conocía las suyas. Él, sin embargo, no podía adivinar hacia dónde se dirigía; no estaba perdido, pero... "Nunca he venido por este lugar."

Ella lo miró, sonrió y luego miró al frente. "Pocas personas lo han hecho. Es un secreto de familia."

Veinte minutos más tarde, subieron una pequeña ladera; más allá, un prado ondulaba hacia la ribera del arroyo, que corría velozmente en aquel lugar. El susurro del agua que avanzaba llegó hasta ellos; un fino rocío se levantaba y giraba entre las riberas.

Caro se detuvo. Sonriendo agitó la mano. "Es allí a donde nos dirigimos." Lo miró. "Adonde te llevo."

A ambos lados del prado, los bosques avanzaban hasta el borde del arroyo, enmarcando una diminuta cabaña que se encontraba en una isla en medio del arroyo. Un estrecho puente de tablas se arqueaba sobre el agua que corría; la cabaña era vieja, construida con piedra, pero claramente se encontraba en excelentes condiciones.

"Vamos." Lo haló y él, dócilmente, caminó a su lado; su mirada permanecía fija en la cabaña.

"¿A quién le pertenece?"

"Solía pertenecerle a mi madre." Ella encontró su mirada. "Era una pintora, ¿recuerdas? Le fascinaba esta luz, y el sonido del arroyo corriendo hacia la presa."

"¿La presa?"

Ella señaló hacia la derecha; mientras bajaban por el prado, un enorme cuerpo de agua apareció a la vista.

Él recordó. "La presa de Geoffrey."

Caro asintió.

Michael sabía de la existencia de la presa, pero nunca había tenido una razón para caminar hacia aquel lugar. El arroyo burbujeaba mientras entraba la presa; aun cuando era verano y su flujo era menor que en el invierno, la isla en la mitad del lecho del arroyo obligaba al agua a dividirse y a correr a lado y lado.

Deteniéndose a un paso del puente, Michael miró a su alrededor. Las riberas del arroyo eran altas, el nivel del agua en aquel momento mucho más bajo de lo que podía llegar a ser; sin embargo, incluso si el arroyo se desbordara, como lo haría con un deshielo grande, la isla se encontraba en un lugar más alto que aquel donde estaban; buena parte del arroyo fluiría antes de que los cimientos de la cabaña se humedecieran.

El puente era tan estrecho como parecía a la distancia; sólo lo suficientemente ancho como para que pasara una persona. Se arqueaba hasta la isla; una única baranda estaba fija en un costado.

Pero fue la cabaña misma la que atrajo su atención; parecía ser una sola habitación con numerosas ventanas. La puerta, las persianas de madera y el marco de las ventanas estaban pintados de un color brillante; las flores se asomaban alrededor de una pequeña zona pavimentada delante de la puerta principal.

La cabaña no sólo estaba en excelentes condiciones; estaba en uso—no estaba abandonada.

"Originalmente fue construida como un capricho," dijo Caro. Deslizando sus dedos de la mano de Michael, avanzó hacia el puente. "Es relativamente más sólida que la mayoría, pues se encuentra tan lejos de la casa y está tan aislada. A mamá le fascinaba venir aquí—bien"—avanzando sobre el puente, hizo un gesto hacia la presa—"puedes imaginar el juego de luces sobre la presa al amanecer, al atardecer y durante las tormentas."

"¿Venía al amanecer?" Michael la siguió por el puente, que parecía débil primero, pero que en realidad era bastante sólido.

Caro lo miró. "Oh, sí." Miró al frente. "Este era su escondite—su propio lugar especial." Al llegar a la isla, extendió los brazos, levantó la cabeza, giró y quedó delante de él. "Y ahora es el mío."

Él sonrió, la atrajo hacia sí mientras se bajaba del puente y la conducía por el corto sendero. "¿Te ocupas de las flores?"

Ella sonrió también. "Yo no. La señora Judson. Era la mucama de mamá cuando ella vino a vivir aquí por primera vez—solía mantener la cabaña y el jardín en perfecto estado para que los usara mamá." Miró a su alrededor; luego se apartó de sus brazos y tomó el picaporte. "Cuando mamá murió, todos los demás ya habían crecido y se habían marchado, excepto por Geoffrey. Él no la utilizaba, así que la reclamé para mí."

Abriendo la puerta, Caro entró; luego se detuvo y miró hacia atrás. Michael llenaba el umbral, su corpulento y fuerte marco resplandeciente por el sol. Con su traje en la sombra, parecía intemporal, pagano, elementalmente masculino. Un estremecimiento de conciencia, de deliciosa anticipación, recorrió sus nervios. Levantando la barbilla, fijó sus ojos en los suyos. "Además de Judson, quien pasa las tardes de los viernes aquí, sólo yo vengo."

No era viernes.

Los labios de Michael se curvaron en una sonrisa. La estudió durante un largo momento; luego, sin apartar la mirada, atravesó el umbral y cerró la puerta tras de sí.

CAPÍTULO
14

$\mathcal{E}$lla lo estaba aguardando cuando se detuvo delante de ella, cuando sus manos se deslizaron por su cintura, para anudar sus brazos detrás de su cuello, acercarse, estirarse contra él y oprimir sus labios a los suyos.

Para tentarlo, incitarlo, seducirlo.

Para moverse sinuosamente contra él, con sus suaves curvas y ágiles miembros acariciando su musculoso cuerpo en un canto de sirena tan viejo como el tiempo.

Su invitación era explícita; estaba claro en su mente—ella quería que lo estuviera en la de Michael.

Sus brazos se apretaron alrededor de ella, su lengua cubrió la suya mientras él aceptaba, mientras la oprimía incesantemente contra él, aferraba sus manos a sus caderas y se movía sugestivamente contra ella.

Ella suspiró a través del beso, se sumió, seductoramente, contra él, lo invitó flagrantemente a tomar todo lo que deseara, a mostrarle más de su hambre, y de la de ella.

El sol brillaba a través de las amplias ventanas, bañando el interior de la cabaña y a ellos en una suave luz dorada. Mientras permanecían allí, con los cuerpos entrelazados, las bocas fundidas, sabiendo que esto era sólo un preludio—que no tenían que apresurarse, que tenían todo el día para orquestarlo como lo desearan—los recuerdos de jugar allí mientras su madre pintaba se deslizaron a su mente, otro tiempo de descubrimiento, de maravillas halladas en las miles flores del jardín, en la variedad de hojas, en los extraños y variados efectos de la pintura y los pinceles...todo se fundía en una misma cosa.

Hoy estaba decidida a explorar un paisaje nuevo, allí, en el lugar de su infancia.

Ella se arqueó contra él, sintió sus manos deslizarse por sus costados; sus dedos rozaban sus senos ya sensibilizados. Era su turno de incitar, de tensar ingeniosa y hábilmente sus nervios con caricias que prometían, que comunicaban un anhelo a su carne, pero que nunca lo saciaban.

El alivio vendría después. Posiblemente mucho después. Mientras sus manos continuaban deslizándose, acariciando sus piernas, sus curvas a través de la fina muselina de su traje, como si la aprendiera de nuevo, ella sintió...no un retroceso, sino un recorrido de nuevo por pasos previos, para que ellos pudieran detenerse en lugares que habían pasado de manera algo precipitada el día anterior.

Ella no objetó; cualquier tentación de impaciencia se vio superada por la curiosidad, por su determinación de conocer todo lo que él sentía por ella, todo lo que él pudiera revelarle de su deseo—por ella, por lo que ello, juntos, podían conjurar entre ambos.

Eso se lo había enseñado el día anterior, que el poder que ambos anhelaban había sido creado de ambos, una amalgama de deseos, necesidades y pasiones que necesariamente requería la participación de dos personas. Juntos, podían crear el más maravilloso torbellino de sensaciones, las conexiones emocionales más profundas, más satisfactorias.

Ambos querían eso, una meta compartida, un deseo mutuo. Mientras permanecían aferrados el uno al otro, con el calor del sol, como una bendición que los penetraba, poco a poco, paso a paso, y dejaron que el beso se hiciera más profundo, ella lo supo más allá del pensamiento, más allá de toda duda.

Sus labios se abrieron; hicieron una pausa para recobrar el aliento. Ella sintió que su mano la rodeaba, sintió que sus dedos halaban de las cintas de su traje. Con los ojos cerrados, saboreó el momento, bebió hasta la última sensación—el contacto con su cuerpo, duro y excitado contra el suyo, los músculos de acero que la rodeaban, que se flexionaban en sus brazos mientras él soltaba su traje, mientras se preparaba para desnudarla, el aura de fuerza que, más real que todo lo demás, la envolvía, la penetraba hasta los huesos y la tranquilizaba, la sensación de seguridad que encontraba en sus brazos.

¿Qué habría sucedido si...?

El pensamiento la tentaba. ¿Qué habría sucedido si hubiesen venido aquí muchos años antes, cuando ella tenía dieciséis años—qué habría ocurrido si él la hubiera tomado en sus brazos y luego la hubiera besado con la lenta avidez ardiente con la que la besaba ahora?

Era una pregunta imposible, que no tenía respuesta; no eran las mismas personas que habían sido tantos años atrás. Era quien era ahora a los veintiocho años, confiada y segura durante tanto tiempo de que aquellos atributos formaban parte de su carácter, reconocidos y conocidos por ella, coloreando su relativa inocencia, permitiéndole explorar su sexualidad recientemente encontrada, su reciente aprecio de la interacción sexual, de la intimidad sexual, sin culpa o remordimiento. Y él... él era el hombre que tenía en sus brazos. No era un joven, no era un joven caballero de la ciudad, sino un hombre en la flor de la vida y en toda su fuerza, con deseos maduros de muchos niveles, un hombre poderoso y potente que, después de deshacer todas las cintas, la atrajo de nuevo hacia él, a su abrazo, a sus brazos.

Michael la besó; ella se sumió con gusto en la caricia, en la ola que surgía en ella. La tentación de dejarse ir y fluir con ella, de dejar que la ola y él la tomaran como quisieran, floreció, sin embargo... ella lo había conducido hasta allí aquel día, y tenía su propia agenda. Ayer, por necesidad, tuvo que seguir su dirección. Hoy... debía ser su turno.

Cuando sus manos se levantaron hasta sus hombros, ella se deshizo del traje. Dejó que él interrumpiera el beso para ayudarla; liberada de sus brazos, salió de los pliegues del traje, lo tomó de sus manos, lo sacudió y, volviéndose, se dirigió hacia una silla.

La cabaña era pequeña en el exterior; contenía una única habitación amplia. Cerca de la puerta había un tocador, junto con una jofaina y una palangana sobre una base de hierro. Otros baúles y bancas y una amplia mesa de artista se encontraban contra las paredes; la chimenea ocupaba la mitad de la pared al otro lado de la puerta. El centro de la habitación siempre había estado vació, reservado para el caballete de su madre, pero éste se encontraba ahora doblado en un rincón, dejando sólo el bello diván, dos sillas y dos mesas pequeñas, deliberadamente colocadas sobre el piso de baldosa.

Gracias a la señora Judson, dedicada a su madre y ahora a ella, todo estaba libre de polvo, brillante de limpio, siempre preparado para su uso, como lo estaba su habitación en la casa principal.

Dejando su traje en el respaldo de la silla, se volvió y miró a los ojos a Michael al otro lado de la habitación. Deliberadamente, dejó que su mirada lo recorriera todo. Mirándolo de nuevo a los ojos, arqueó una ceja. "Quítate tu saco."

Michael sintió que sus labios se relajaban, mas no en una sonrisa; sus facciones estaban demasiado tensas para eso. Se quitó el saco, preparado para jugar el juego que ella quisiera—en cuanto pudiera.

Sus ojos plateados brillaron ante su obediencia; ella caminó despacio, balanceando las caderas, acercándose; él dejó que sus ojos recorrieran las curvas que se movían seductoramente debajo de su camisón. Se detuvo delante de él hasta que él la miró de nuevo a los ojos, y luego tomó el saco de su mano. "El chaleco también."

Él obedeció. Entregándole la prenda, preguntó, "¿Puedo preguntar qué es exactamente lo que quieres?"

Arqueando las cejas, puso el saco y el chaleco sobre su traje; mirándolo, sonrió. "Puedes preguntar, pero me temo que no puedo decírtelo." Su sonrisa se hizo más profunda mientras se volvía hacia él. "Todavía."

Se estiró, osadamente deslizó una mano por su nuca y atrajo sus labios a los suyos para un beso largo, lento, cuyo propósito era encender todos los fuegos que habían preparado y aguardaban. Él la tomó en sus brazos, deslizando sus manos sobre una piel protegida únicamente por una diáfana seda.

Con las manos extendidas sobre su pecho, ella retrocedió,

interrumpió el beso. Lo miró a los ojos. "Todavía tienes demasiada ropa." Frunció el ceño. "¿Por qué usan los hombres mucha más ropa que las mujeres? Esto crea una gran desigualdad en este campo."

Él luchó por mantener un tono suficientemente lánguido. "Cierto, pero hay una ventaja en ello, después de todo."

Como se lo proponía, la alusión la intrigó. "¿Qué ventaja? ¿Cómo?"

Lucir inocente no era fácil. "¿Si pudiera hacer una sugerencia?"

Ella sonrió, tan intensa como él. "Hazla." Su tono malhumorado indicaba que había adivinado sus intenciones, pero que estaba interesada de todas maneras. Aquel mensaje resonaba en el tono plateado de sus ojos cuando lo miró, mientras él hacía una pausa para asegurarse de que su control era lo suficientemente fuerte, incluso con ella, para dedicarse a estos juegos sexuales. Una sensación de anticipación le atenazó el pecho, una avidez que no recordaba haber sentido desde su adolescencia. Lo apretó un poco más.

"Una vez que estemos ambos desnudos, no habrá ninguna razón para vestirnos hasta que partamos—dudo seriamente que alguno de nosotros se sienta inclinado a gastar energía, ¿verdad?"

Arqueó una ceja; desconcertada, ella asintió.

"Entonces, si vamos a aprovechar..." La tomó de nuevo en sus brazos, apretando su cintura antes de hacerla girar lentamente; se acercó aún más, con su pecho contra su espalda, sus muslos contra su trasero. Deslizando las manos por su cintura, la apretó contra él; inclinándose hundió su nariz en el espacio detrás de su oreja. "Entonces será mejor que lo hagamos ahora...¿no crees?"

Cerrando los ojos, Caro se reclinó contra él, deleitándose de nuevo en el hecho de estar envuelta en su fuerza. Su aliento agitó los finos rizos que rodeaban su oreja; ella luchó por contener un estremecimiento delicioso. Con la cabeza hacia atrás, descansado en su hombro, consciente de que se disponían a iniciar un juego sensual, murmuró. "Creo...que debemos aprovechar todas las oportunidades que se nos presentan...no lo crees?"

Su profunda risa contenía una promesa. "Absolutamente." Sus labios recorrieron el lado de su garganta y luego murmuró, "¿Deberíamos adoptar esto como nuestra política?"

Sus manos se deslizaron hacia arriba hasta que se cerraron sobre sus senos; era difícil respirar, más aún recuperar el aliento para responder. "Esa parece... una idea adecuada."

Las manos de Caro, sosteniendo la parte de atrás de las de él, lo habían seguido hacia arriba; cerrando los ojos, saboreó la flexión de los músculos mientras él lenta y sutilmente la acariciaba. Luego suspiró. "Entonces..." Sus palabras eran un suspiro. "¿Qué debo hacer ahora?"

Su respuesta llegó en un murmullo oscuro, profundo. "Por el momento, lo único que debes hacer es sentir."

Una tarea excesivamente fácil; sus sentidos ya estaban hipnotizados, atrapados por el hábil juego de sus dedos. Poseían, incitaban, encontraban sus pezones y apretaban... hasta que ella perdió el aliento.

Soltando sus senos, sus manos merodearon, recorriendo las curvas de la cintura y la cadera, la parte anterior de sus muslos, los redondos globos de su trasero.

"Espera."

Ella parpadeó, sintió que la afirmaba en sus pies. Luego retrocedió, hacia un lado; volviendo la cabeza, vio que tomaba la otra silla y la acercaba al lugar donde estaba ella.

La puso a su lado, y en el mismo movimiento, la tomó de nuevo en sus brazos, como antes, con la espalda contra su pecho, su trasero contra sus entrañas. Extendidas, sus manos súbitamente estaban en todas partes, calientes y duras, transmitiéndole su calor. Inclinándose, la besó en el cuello, en el lugar donde su pulso galopaba; recorrió con los labios la larga curva tensa. Al final, ella se volvió lo suficiente para encontrar sus ávidos labios con los suyos, igualmente ávidos, igualmente ansiosos.

Durante largos momentos, el beso y todo lo que incluía los atrapó; él levantó la cabeza, esperó a que abriera los ojos, la miró. "Tus sandalias—quítatelas."

Ese era entonces el propósito de la silla. La miró, movió su peso y levantó un pie calzado con una bonita sandalia griega hasta el asiento. Los lazos de la sandalia envolvían su tobillo y subían por su pantorrilla; tuvo que inclinarse para deshacer el nudo.

Este movimiento oprimió su trasero apenas cubierto más firmemente contra él—una invitación inadvertida, aunque no involuntaria—que él aguardaba para aprovecharla. Sus labios se arquearon cuando su mano acarició evocadoramente su trasero; ella advirtió qué caliente estaba ya su piel, ruborizada, qué tirantes de anticipación estaban sus nervios.

Correctamente, al parecer; mientras ella luchaba por deshacer las tiras de las sandalias, sus dedos avanzaron aún más, hallaron su suavidad, penetraron osadamente. Ella perdió el aliento; inclinada sobre su pierna levantada, sentía cada vez más vértigo mientras él exploraba, mientras se aprovechaba libremente de todo lo que, gracias a esta posición, ella le ofrecía.

Tuvo que luchar por respirar profundamente y luego enderezarse, con una sandalia colgando de los dedos. Los dedos de Michael seguían oprimiendo su suavidad, su mano clavada íntimamente entre sus muslos. Ella dejó caer la sandalia, no aguardó instrucciones, sino que respiró profundamente, levantó el otro pie sobre la silla y comenzó, tan rápido como pudo—a desatar la otra sandalia.

Él se movió detrás de ella. Sus dedos penetraron más profundamente, explorando más evocadoramente; con la otra mano, levantó el camisón, exponiendo su trasero y su espalda—luego se inclinó y depositó una larga línea de besos ardientes en su espalda.

Cada vez más abajo. Ella advirtió que había dejado de respirar—sólo podía tomar un poco de aire. Sus labios llegaron a la base de su columna; se detuvo. Sus dedos aún exploraban, acariciando su humedad ardiente, pero no tan profundamente. Su otra mano se apartó de ella y luego lo sintió moverse, acercarse más. Su mano regresó, aferrándose a su cadera, anclándola—mientras la ancha cabeza de su erección, caliente y dura, reemplazó a sus dedos entre sus muslos, penetrándola.

Ella suspiró, quería más, mucho más de él, pero no estaba segura hacia qué lado moverse.

Él se arqueó de nuevo sobre ella, recorriendo su espalda con los labios, manteniéndola inclinada, abierta a su juego.

Y era un juego; no la penetró más de una pulgada, incitando sus sentidos, haciendo que se retorcieran mientras entraba y salía. Ella cerró los ojos, escuchó las suaves exhalaciones que salían de sus labios, saboreando las sensaciones, la urgencia creciente—la pura necesidad que surgía de ella.

En la sensible piel de la espalda, sentía sus labios... advirtió que se había olvidado por completo de la sandalia. Convocar la energía suficiente para completar la tarea fue un esfuerzo. Abriendo los ojos, haló los nudos hasta que por fin los liberó.

Su risa cuando ella se detuvo hizo que la anticipación la recorriera.

La mano que la mantenía anclada la soltó; él se retiró de ella y se enderezó, permitiéndole hacer lo mismo.

En cuanto soltó la sandalia, le dijo, "Quítate tu camisón."

Sus dedos rozaron sus caderas, diciéndole que debía permanecer como estaba, de espaldas a él. Insoportablemente consciente de tenerlo detrás de ella, aún vestido con su camisa, corbata, pantalones y botas.

Lo miró de reojo; no podía ver su rostro, pero la vista de su amplio hombro, de su musculoso brazo, confirmación de su fuerza tan cercana, preparado para poseerla, hizo que un estremecimiento de necesitada avidez la recorriera.

La manera más fácil... mirando hacia delante, tomó el dobladillo de su camisón y lentamente, tomándose el tiempo de desenredar graciosamente sus brazos y liberar sus cabellos rizados, se la sacó por la cabeza.

Él la arrebató de sus dedos y la lanzó al aire. "Ahora..."

La palabra, susurrada en el lugar sensible detrás de su oreja, contenía una riqueza de promesa oscura, ilícita.

Ella sonrió internamente, deleitándose en su devoción a sus deseos, a su enseñanza, a su fascinación.

"Vuélvete."

Ella lo hizo, con presteza. Su mirada se dirigió directamente a su erección, que sobresalía fuerte y orgullosa de su pantalón. Exhaló aliviada; apreciándola, se inclinó—la habría tocado, acariciado, pero el tomó sus manos entre las suyas.

"Esta vez no."

Utilizando la fuerza de sus manos, la hizo retroceder un poco para sentarse en la silla, con las piernas abiertas. Asiéndola de otra manera, entrelazando sus dedos, la acercó a él.

"Esta vez, serás tú quien me darás placer."

Ella lo miró a los ojos.

Sus ojos la llamaban. "Llévame dentro de ti."

Era una orden a medias, una súplica también. Era imposible, descubrió Caro, sonreír, con el deseo y la pasión cabalgando en ella tan fuertemente; en lugar de hacerlo, se movió sin vacilación, sentándose sobre él, aferrándose a sus manos mientras se sumía lentamente sobre él, mientras sentía su dureza debajo de ella, se ajustaba a él y luego, encontrando sus ojos con los suyos, sosteniendo su mirada, bajaba lentamente.

El placer—de él ensanchándola, llenándola, de sentir cada centímetro de su rígida invasión—fue indescriptible. Él, y el acto evidente de unirse, llenaron su mente, ahogaron sus sentidos.

Michael la observaba; no intentó tomar sus labios ni siquiera cuando ella se sumió completamente, cerró los ojos, y dejó escapar un suspiro estremecedor. Quería que ella supiera, que sus sentidos estuviesen libres de sentir todo lo que podían experimentar.

Como ella lo deseara. Como ella lo necesitaba.

Ella era demasiado madura para dejarse ir poco a poco, para deleitarse con un sexo sencillo, con una gratificación sin complicaciones. Era confiada, demasiado segura de ella misma para satisfacerse con una visión limitada; su naturaleza insistía en que lo viera todo, aprendiera todo lo que la actividad le ofrecía. Dado su objetivo último, él estaba feliz de complacer aquella necesidad—y aplacarla.

Feliz de demostrar cualquier variación que ella pudiera disfrutar, para convencerla mejor de pasar el resto de su vida disfrutándolas con él.

Ni una sola vez, ni cuando la animó a moverse sobre él, a establecer su propio ritmo, a cabalgarlo, a usar su cuerpo para complacerlo, olvidó aquella finalidad última. Una vez que ella dominó lo básico, dejó que experimentara; soltando sus manos, ajustó su cuerpo al de ella, para aprender más de ella, para aplacar sus ávidos sentidos, para poseerlos y a ella aún más profundamente.

Reconoció el momento cuando, ardiente y casi frenética, ella advirtió las implicaciones de su desnudez y del hecho de que él siguiera vestido. Incluso bajo sus pesados párpados, sus ojos se abrieron sorprendidos, plata fundida que ardía de necesidad. Contuvo el aliento, se movió más lentamente cuando lo comprendió completamente—que, en la mitad de la cabaña, bajo el sol de medio día, ella estaba desnuda, a horcajadas sobre él, complaciéndolo con abandono—una hurí y su amo. Esclava y amo.

Ella lo miró fijamente a los ojos; él leyó su pensamiento— ella el suyo. Él aguardó sin inmutarse... luego ella cerró los ojos y se estremeció, se aferró fuertemente a él.

Soltando sus manos, la asió por la cadera y tomó el control; extendiendo los dedos, sostuvo su peso y la alentó a continuar. Ella suspiró ahogadamente, ajustándose a su penetración más fuerte; luego se aferró a sus hombros, se aproximó más.

Él le levantó la cabeza, tomó su boca y la llenó como la había llenado a ella, profunda y completamente. Minutos después estaba en llamas; su cuerpo se retorcía en sus brazos, luchando por llevarlo más profundamente dentro de sí, aferrándose a él, enmarcando su rostro mientras lo besaba.

Y volaban.

Unidos, más arriba del cielo.

Él no había esperado que lo llevara consigo, no había advertido que estaba tan profundamente atrapado, pero cuando ella se contrajo fuertemente en torno a él, ya estaba penetrándola profundamente.

Para tocar el sol un instante después de ella.

Para morir y renacer en aquel estallido de estrellas del placer primitivo.

Para ser uno con ella, sumido en su cuerpo, envuelto en sus brazos, mientras flotaban de regreso a la tierra.

Si de completar algo se trataba, era difícil algo mejor.

Desde luego, tenía todas las intenciones de ensayarlo. Cuando Caro finalmente se movió, fue para observar, en su tono más prosaico. "Hubiera debido traer un picnic."

Michael no pudo contener la risa.

Ella luchó para levantar la cabeza de su hombro. Apoyando sus antebrazos en su pecho, lo consiguió y lo miró a los ojos. "¿No tienes hambre?"

Él sonrió. "Muchísima." Tomó un rizo rebelde y lo puso detrás de su oreja, encontró sus ojos. "Pero me contentaré contigo."

El comentario le agradó, pero también pareció desconcertarla. Estudió sus ojos. "Realmente... te gusta estar conmigo."

Él sintió que su corazón se contraía. Ella no buscaba cumplidos; estaba tratando de entender. "Caro..." Con los dedos, recorrió su mejilla. "Me fascina estar contigo."

Al escuchar las palabras, él advirtió lo verdaderas—sencillamente verdaderas—que eran. Prefería estar con ella que en cualquier otra parte del mundo, ahora o en cualquier momento.

Ella ladeó la cabeza. Michael vio que no podía leer sus ojos, no porque ella ocultara sus sentimientos, sino más porque aún no estaba segura de cuáles eran sus sentimientos, o al menos eso parecía. Como para conseguir su meta deseada él estaba obligado a hacerla cambiar de idea, su evaluación mental parecía un buen signo.

Con los dedos firmes alrededor de su barbilla, atrajo su rostro.

Ella vaciló un instante justo antes de que sus labios cubrieran los suyos y susurró, "A mí también me gusta estar así contigo."

Él sonrió y la besó, complacido y tranquilizado por el toque de sorpresa que escuchó en su voz, por la sugerencia de que ella pensaba las cosas de nuevo, por su propia voluntad. La llevó a un intercambio fácil, poco apasionado, apaciguador. Se prolongó, los atrapó; él dejó que continuara. Ya la había retirado de él, adivinando cuál sería la nueva táctica de

Caro. Besándola, lánguida y lentamente, aguardando a que sus cuerpos se recuperaran y sus sentidos despertaran otra vez, esperó para ver si había adivinado correctamente.

Caro eventualmente se movió y se apartó, erguida otra vez; sus músculos ya no estaban relajados. Asiéndose a sus hombros, retrocedió, miró la sólida evidencia de que él estaba dispuesto y era capaz de satisfacerla aún más.

Sonrió mientras su imaginación se disparaba, considerando, preguntándose... por un instante se preguntó si no debiera regresar a un comportamiento más restringido. Lo consideró y luego apartó este pensamiento de su mente, lo rechazó. Todavía tenía tanto por aprender, por experimentar, por conocer; una parte tan grande de su vida había pasado, no podía darse el lujo de no ser osada.

Oprimiendo sus hombros, se levantó, complacida cuando sus músculos, un poco adoloridos pero aún fuertes, le obedecieron. Apartándose de él, encontró sus ojos, arqueó una ceja deliberadamente altiva. "Creo que es mi turno."

Él sonrió. "Como quieras."

Lo estudió por un momento, luego le ordenó, "Tus botas—quítatelas."

Ella atisbó su sonrisa cuando se inclinó e hizo lo que le pedía. En cuanto la segunda bota cayó al suelo, con los calcetines, ella lo tomó de la mano—y lo miró a los ojos.

Él permitió que lo halara para ponerse de pie.

Lo llevó al diván. Lo soltó, lo miró. "Te quiero desnudo."

Sostuvo su mirada; levantó la mano a su corbata.

"No." Ella tomó sus manos, las puso a los costados antes de soltarlas. "Déjame."

No era una pregunta—era una orden que él obedeció sin vacilar.

Acercándose, deshizo su corbata, lentamente retiró los pliegues de su cuello. Luego desabotonó su camisa, sus puños, lo ayudó a sacar los pliegues de lino por sobre su cabeza, permitiéndole liberar sus manos y hacer la camisa a un lado. Se detuvo, cautivada por la extensión de músculo salpicado de vello, estirado sobre pesados huesos. Ella había visto su pecho desnudo el día anterior, pero no había tenido tiempo de apreciar la vista, no así con él desplegado ante ella, suyo para disfrutarlo como quisiera.

Sonriendo, levantó los ojos a los de Michael y tomó su cinturón; con ambas manos, bajó sus pantalones. Los siguió con sus manos, arrodillándose para soltar los cierres debajo de sus rodillas y dejar que la prenda se apilara a sus pies. Con las manos extendidas, las palmas contra sus muslos, se levantó lentamente, recorriéndolo con las manos, paseándolas sobre los huesos de la cadera, por los lados de su cintura, por la extensión de su pecho, estirándose finalmente para enmarcar su rostro y atraer su boca a la suya.

Ella lo llenó, sorprendiéndolo, tomando la delantera; luego se retiró. Apoyando los talones en el suelo, lo besó ardientemente entre las clavículas. Tomó un momento para mirar, para gloriarse; luego extendió las manos sobre su pecho. Lo acarició de un lado a otro y luego deslizó sus manos hacia abajo, hacia su abdomen. Los músculos se movían bajo sus dedos; con los ojos brillantes, encontrando los suyos por un momento, se aferró a su cintura y se acercó más, tocó con sus labios el disco plano de su pezón, bajó los párpados y lo besó, luego lo lamió. Levemente, incitándolo... con los ojos cerrados para saborearlo mejor, para sentir el sabor ácido y salado de él; dejó que sus manos y su boca merodearan, llenando sus sentidos.

De él. De la sólida realidad de su cuerpo, una forma masculina esculpida que ella sentía la abrumadora necesidad de explorar. Flexionando los dedos, acariciando, recorriendo, siguió el toque con sus labios, cayendo otra vez de rodillas mientras seguía la flecha de vello oscuro que bajaba por el centro de su cuerpo, más allá de su ombligo, hacia el lugar donde su erección aguardaba rígidamente su placer. Su atención.

Ella casi esperaba que la detuviera cuando lo tomó entre sus manos. Con los sentidos fijos, apenas notó el ligero toque de sus dedos en sus cabellos; luego sus dedos se extendieron entre sus rizados mechones.

Absorta examinando la piel como de bebé, las venas gruesas que latían, la cabeza aterciopelada pesadamente ruborizada, fue consciente del ritmo cada vez más fuerte de su sangre, y de la de él, la urgencia que, lentamente, caricia a caricia, surgió para envolverlos.

Finalmente los habría de abatir, en aquel vórtice de necesidad con el que se familiarizaba cada vez más. Antes de eso, sin embargo...

Michael no esperaba que lo tomara en su boca—no esperaba que *supiera*...

Perdió el aliento; sus dedos se apretaron en su cabeza.

Ella succionó y él súbitamente, no podía ver.

Todos los sentidos que poseía, hasta la última partícula de conciencia, corrieron hacia aquella parte de él que ella estaba tan decidida a explorar. Saboreando. Poseyendo. Lamió, curvó su lengua y raspó levemente; él gimió y cerró los ojos. Se sentía aturdido y, a la vez, estimulado. Antes había estado tenso; ahora estaba adolorido.

El deseo de lanzarse hacia la ardiente, acogedora caverna de su boca era casi abrumador; sólo la convicción de que no necesitaba darle más pistas, especialmente en esa dirección, lo retuvo.

Le dio la fuerza para soportar mientras ella acariciaba sus adoloridos testículos, jugaba con su escroto.

Luego sus manos se deslizaron, acariciaron sus nalgas; luego se aferraron, hundiendo los dedos mientras ella se oprimía más a él, lo tomaba más profundamente.

Por un instante, sintió que estaba aferrado al borde del mundo con las uñas. Luego respiró profundamente, asió su cabeza con ambas manos. "Basta." Apenas reconocía su propia voz.

La apartó; ella obedeció y lo soltó, se meció en sus talones y se levantó con gracia. Encontró sus ojos; una sonrisa hechizadora le curvaba los labios.

La luz plateada de sus ojos prometía horas de tortura sensual.

Antes de que pudiera fortalecerse con otro respiro, atacó su pecho con todos sus dedos. "Acuéstate."

Ella quería decir en el diván. Él se sentó, la miró. Ella lo empujó por los hombros. "Acuéstate."

Ahogando otro gemido, lo hizo, subiendo las piernas. Ella

se arrodilló a su lado, luego se sentó a horcajadas sobre él. El diván tenía un diseño clásico—el espaldar, sin bordes, era un poco más ancho que un sofá. Para su presente ocupación, era perfecto; era lo suficiente amplio para que ella cabalgara sobre él, como ciertamente se proponía hacerlo.

Ella acomodó su peso, agitó su trasero, luego se inclinó, enmarcó su rostro y lo besó.

Hasta que él se encontró al borde de la locura; él no sabía que ella tenía eso en su interior—que una mujer pudiera capturar completamente sus sentidos, su voluntad, su conciencia. Ella intentó y lo consiguió, hasta que perdió por completo su mente y el único pensamiento era la estremecida necesidad de unirse a ella.

Podía sentir el calor a lo largo de su cintura—incitador pero fuera de su alcance. Hasta entonces, sabiendo que ella lo deseaba, había dejado sus manos pasivamente a los costados. Levantándolas, deslizó las palmas por su espalda, luego las bajó, acariciando los ágiles músculos que sostenían su columna, para aferrarse a sus caderas. La urgió sin palabras.

En respuesta, ella no movió para nada sus caderas, sino que movió sus hombros sinuosamente de un lado a otro, acariciando su pecho con sus inflamados senos, incitándolo con sus apretados pezones.

Con un suspiro ahogado, interrumpió el beso. "Por Dios, pon fin a mi miseria."

Ella lo miró a los ojos, con una mano recorrió suavemente su mejilla; luego sus dedos se hicieron más firmes; se inclinó y se sumió salvajemente en su boca—y bajó un poco las caderas.

Su alivio se atoró en su pecho—un duro nudo—cuando la cabeza de su erección tocó su carne ardiente.

Se inclinó para adoptar una mejor posición; antes de que pudiera hacerlo, ella se movió, ajustó su cuerpo al suyo y encontró el ángulo correcto.

En cuanto él lo registró, ella se apoyó en sus brazos y levantó los hombros, mientras a la vez se hundía, rodeándolo.

En el abrazo más húmedo y ardiente que él jamás hubiera conocido.

Caro cerró los ojos, saboreando feliz cada segundo de su

bajada, de su continua invasión, una invasión que ella controlaba.

¡Dios! Qué alegría se había perdido.

El pensamiento estaba allí sencillamente, en su mente; se apretó en torno a él, luego se movió y el pensamiento se evaporó. Como lo había sospechado, aún le faltaba mucho por aprender, por sentir, por conocer; esta posición era de nuevo diferente—ella sentía más control—de ambos.

Primero hizo lo obvio, levantándose y luego sumiéndose lentamente hacia abajo; luego experimentó. Girando las caderas, incorporando un impulso aquí, un movimiento allá.

Sintiendo que el poder surgía lentamente, se hacía más fuerte, los investía a ambos.

Abrió los ojos con dificultad, lo miró debajo de ella, miró su cuerpo, duro e inmensamente más poderoso, absorbiendo sus movimientos, tomándolos, absorbiendo el placer.

Pues había placer en sus ojos, en la forma como la observaba a través de sus pesados párpados. Sus manos descansaban pasivamente en sus muslos, dejándola que hiciera lo que deseara, dejando que ella lo tomara—se entregara—como quisiera.

Ella estaba inmensamente agradecida.

Como si él pudiera saberlo, se incorporó, tomó su nuca con la mano y la inclinó hacia abajo, levantando sus hombros para que sus labios pudieran encontrarse y él pudiera atraerla a su fuego.

Atraparla allí. Enredarla en una red de deseo que ardía cada vez más con cada caricia de su lengua, llenando su boca y sus sentidos de calor puro. Con una necesidad física devastadora de avanzar más rápidamente y arder.

Él se incorporó aún más, apoyado en un codo, con una mano sobre su espalda, sosteniéndola cerca para que su pecho inflamara sus senos. Su otra mano se aferró a su cadera, sosteniéndola contra él mientras que, lentamente, uniéndose a su ritmo, la penetró.

Continuamente. Poderosamente. Más duro. Más alto. Finalmente más rápido.

Hasta que ella estaba girando, hasta el mundo que conocían sus sentidos se deshizo; fragmentos de sensación volaban a través de ella, cortando agudamente con una gloria ardiente, que la fundía, hasta que el calor de la conflagración en la que se había convertido se consumió.

Y conoció sólo el éxtasis.

Michael la tomó, la volvió y la puso debajo de él. Abrió sus muslos, entrelazó sus piernas en su cintura y la penetró.

Ella estaba más abierta a él que antes, más vulnerable, más suya.

Él la tomó, penetrando sólidamente su calor que latía.

El ritmo continuo la excitó, como él lo esperaba. Sus ojos brillaban; una mirada de asombro, sincera y evidente, atravesó sus facciones Luego se unió a él.

Se aferró a su cabeza y atrajo sus labios a los suyos, entabló un duelo por la supremacía mientras sus cuerpos hacían lo mismo. Tenía una fuerza en ella como la del acero flexible; la utilizó, no para retarlo sino más bien para alentarlo a seguir. Para convencerlo de ir más allá, de aparearse con ella más fuerte, más profundamente, de unirse a ella sin reservas.

Él lo hizo. El resultado fue algo que sobrepasaba su experiencia, como seguramente sobrepasaba la de ella, una escalada ahogada, frenética y desesperada hacia un éxtasis más grande e infinitamente más profundo de lo que habrían podido adivinar, de lo que ninguno había esperado o imaginado, cuando sus ojos se encontraron en aquel último tenso momento antes de que la vorágine los arrastrara y los llevara fuera de este mundo.

El cataclismo los meció a ambos. Los fusionó, los hizo volar. Los marcó con una conciencia del otro de la que ninguno podría jamás deshacerse.

Finalmente, los liberó. Exhaustos, se desplomaron. Gradualmente, recuperaron sus sentidos, su entorno regresó de nuevo a su conciencia. Oscuramente. Ninguno tenía fuerzas para nada más que acomodarse en los brazos del otro.

Aún respirando entrecortadamente, con el corazón latiendo en sus oídos, Michael besó la mano de Caro, la puso sobre su pecho y dejó que se cerraran sus ojos.

Nunca, nunca antes, se había abandonado tan completamente, se había entregado de aquella manera. Mientras se sumía en la inconsciencia que lo llamaba, lo único que supo era que quería, que desesperadamente necesitaba hacerlo otra vez.

Que necesitaba asegurarse de tener la oportunidad de hacerlo.

Necesitaba asegurarse de que ella permanecería a su lado. Siempre. Por siempre.

Cuando despertó, el sol se había movido y las sombras envolvían el interior de la cabaña. El día era cálido; la falta de ropa no era un problema; sin embargo, el aire dentro de la cabaña se había tornado húmedo. Caro dormía, enroscada sobre el costado, en dirección opuesta, con su trasero contra él. Sonriendo, saboreó la sensación, la guardó en su memoria; apartándose, salió del diván.

Caminando descalzo sobre las baldosas calentadas por el sol, abrió en silencio una ventana. El sonido del arroyo que burbujeaba y corría entró por ella; el canto de los pájaros completaba la bucólica sinfonía.

Respiró profundamente y se volvió. Una ligera brisa, cálida y acariciadora, entró danzando y lo siguió de regreso al diván. Permaneció allí mirando a Caro, sus piernas delgadas y bien formadas relajadas en el sueño, la madurez de sus caderas, las lujuriosas curvas de sus senos, sus delicadas facciones levemente ruborizadas. La brisa agitaba mechones de sus finos cabellos, los acariciaba y los movía.

Ella continuaba durmiendo.

En los dos últimos días, había esparcido su semilla dentro de ella cinco veces. No había tomado ninguna precaución, no había tratado de evitarlo y ella tampoco.

Desde luego, los únicos interludios con los que ella había soñado hasta entonces habían sido con Camden, su marido. Un instinto, marcadamente primitivo, lo urgía a dejar las cosas como estaban, a dejar aquella piedra sin volver. Sin embargo...

¿Era justo dejar sencillamente que pasara lo que fuese—lo que probablemente sucedería—sin que ella lo decidiera, y después de reflexionar sobre ello? ¿Sin que ella fuese consciente y consintiera?

No obstante, si lo mencionaba... ciertamente rompería el

hechizo, y él no sabía cómo reaccionaría. Ni siquiera sabía qué pensaba sobre los niños.

Una vívida imagen de Caro con su hijo en los brazos, con dos hijas aferradas a sus faldas, llenó su mente.

Durante largos momentos, estuvo ciego, cautivo, embelesado. Luego regresó a la realidad...asombrado, inquieto. Súbitamente cauteloso.

Nunca antes una visión que hubiese conjurado le había hecho sentir que su corazón se detenía—y que lo haría hasta que la tuviera, hasta que hubiera asegurado lo que había visto y ahora tan desesperadamente, más allá de todo pensamiento o duda, deseaba.

Aquello que ahora sentía que era fundamental para él, para continuar existiendo, para su futuro.

Le tomó un momento respirar de nuevo libremente.

Miró a Caro de nuevo. La decisión estaba tomada—aun cuando no le parecía que fuese él quien la había tomado. No mencionaría el riesgo de un embarazo.

Sin embargo, haría lo que hiciera falta, daría lo que se necesitara, para hacer que su visión se convirtiera en realidad.

Caro se despertó al sentir los dedos de Michael que recorrían levemente su piel desnuda. Permaneció inmóvil, con los ojos apenas entreabiertos, registrando el sol que aún brillaba, las leves sombras que jugaban sobre las baldosas, la leve caricia de la brisa que entraba por una ventana que Michael debió abrir.

Estaba acostada sobre el costado, de frente a la chimenea. Él estaba tendido detrás de ella, sobre la espalda; los dedos de su mano derecha acariciaban ociosamente su cadera. Sonriendo, cerró los ojos para saborear mejor la calidez que aún la rodeaba y sus caricias ligeras, repetitivas.

Un cambio en su respiración o alguna tensión de su cuerpo debió delatarla; un momento después, se movió, apoyándose en un codo, acomodando su cuerpo para rodear el de ella.

Su sonrisa se hizo más profunda; él se inclinó y la besó en el lugar donde entre el hombro y el cuello, estampó un beso ardiente y prolongado sobre el pulso que allí latía.

Luego murmuró en voz baja y suave, infinitamente peligrosa, "Quiero que mantengas los ojos cerrados, que sólo sigas así y que me dejes hacerte el amor."

Sus senos se inflamaron, sus pezones se atirantaron incluso antes de que él le pusiera la mano en el costado, haciéndola subir un poco más el brazo para poder cerrar su mano y acariciarla. Lánguida, perezosamente. Como si la evaluara de nuevo.

El calor se extendió debajo de su piel, pero esta vez en una suave ola, no una marea tumultuosa y arrebatada.

La acarició—toda—con un toque firme mas no apresurado, ni impulsivo. Esto, concluyó ella, debía ser una unión lenta, en la que cada momento se extendía y luego se deslizaba sin esfuerzo hacia el siguiente, cada sensación llegaba al máximo y se extendía antes de que él la dejara recuperarse, recobrar el aliento, y luego proseguía.

A través de un paisaje, vio sólo a través del tacto, conoció sólo a través de las sensaciones táctiles. De una estimulación suave, repetitiva.

Sus manos se movieron sobre su trasero; los dedos se hundieron, acariciaron. Hasta que creció su necesidad, hasta que movió las caderas, gimió suavemente.

Ella comenzó a volverse, esperando que él la acostara y abriera sus piernas. En lugar de ello, su hombro encontró su pecho, su cadera su vientre.

"Hacia el otro lado," murmuró Michael, oprimiendo su espalda, con la voz ronca, en un susurro sensual, que agitó el denso calor que se fundía dentro de ella.

Movió su pierna un poco hacia arriba, acomodó sus caderas; luego ella lo sintió, duro, rígido, que la penetraba.

Que se sumía suavemente en ella.

Cerró con fuerza los ojos, se aferró al momento, exhaló suavemente cuando terminó, dejándolo profundamente inmerso dentro de ella.

Luego él se movió. Tan lenta y sensualmente como el sol, tan abiertamente seductor como la brisa. Su cuerpo se movió contra el suyo con un ritmo lento, cada vez más fuertemente evocador, una cadencia que se negó a variar incluso cuando ella suspiró entrecortadamente, cuando sus sentidos se enroscaron, y hundió sus dedos en su pierna.

Él cabalgó su impulso suave una y otra vez hasta que ella ya no pudo soportarlo, hasta que salió un grito de su boca; se fragmentó y la maravilla la invadió. La llenó y la anegó, dejándola felizmente libre en alguna playa distante.

Y él seguía llenándola, con cada impulso definitivo y seguro. Ella fue vagamente consciente de que él había llegado a su propio límite y el alivio lo invadió, lo sacudió; la tormenta lo arrastró y lo dejó a su lado en aquella playa dorada.

CAPÍTULO

15

Caminaron de regreso a casa por el sendero, por la gloria de la tarde que caía. Intercambiaron miradas, muchas leves caricias, pero pocas palabras; en aquel momento, un momento por fuera del tiempo, no las necesitaban.

Caro no podía pensar, no podía formarse una opinión acerca de lo que había pasado, no podía hacer que aquellos gloriosos momentos de compartir se conformaran a ningún patrón del que hubiera oido hablar o reconociera. Lo que había ocurrido sencillamente era; lo único que podía hacer era aceptarlo.

A su lado, Michael caminaba retirando las ramas para que pudiera pasar, preparado a tomarla del brazo y apoyarla si se deslizaba, pero sin tocarla, dejándola libre incluso aun cuando en su mente él reconocía que no lo estaba, que nunca la dejaría ir. Mientras caminaban por los bosques y prados, él intentó comprender, consciente de un cambio, de una nueva alineación, de un refinamiento de sus sentimientos, de una definición más precisa de su orientación.

Pasaron por la puerta del seto y caminaron por los jardines. Cuando llegaron al trecho de césped que conducía a la terraza, escucharon voces.

Levantaron la vista y vieron a Muriel hablando con Edward, quien lucía vagamente agobiado.

Edward los vio; Muriel siguió su mirada; se enderezó y aguardó a que subieran la escalera.

Mientras se acercaban, ambos sonriendo con facilidad, adoptando sin esfuerzo sus máscaras sociales, Michael vio que los ojos de Muriel se fijaban en el rostro de Caro, levemente ruborizado, bien sea por sus ejercicios anteriores o por la larga caminada bajo el sol que había brillado todo el día. Lo que Muriel concluyó de lo que veía tampoco lo podía adivinar; antes de que pudiera hacer un comentario, le extendió la mano. "Buenas tardes, Muriel. Debo felicitarte de nuevo por el bazar—fue un día maravilloso y hubo una gran asistencia. Debes sentirte completamente gratificada."

Muriel le entregó su mano, permitiéndole que tomara sus dedos. "Bien, sí. En realidad me sentí muy complacida por la forma en que se desarrollaron las cosas." Su tono era cortés, levemente condescendiente.

Intercambió una inclinación con Caro y prosiguió, "Vine a preguntar si se había presentado alguna dificultad con las delegaciones diplomáticas. Fue una idea tan poco usual animarlas a asistir—debemos calcular el éxito de esta estrategia en caso de que decidamos probarla de nuevo en otra ocasión."

Muriel fijó su mirada en Caro. "Debo decir que me resulta difícil creer que los diplomáticos, especialmente los extranjeros, hayan encontrado algo que los entusiasmara en un evento semejante. Como Sutcliffe tenemos una reputación que cuidar—no queremos que se nos asocie con cualquier sugerencia de imponer diversiones tediosas a aquellas personas que frecuentan los círculos diplomáticos."

Debajo de su elegante barniz, Michael se contuvo; Edward, quien no era tan experimentado en ocultar sus sentimientos, se tensó. La acusación de Muriel, pues era de lo que se trataba, era indignante.

Sin embargo, Caro se limitó a reir levemente, aparentemente de manera ingenua—lo cual avergonzó tanto a Michael como a Edward. "Te preocupas por nada, Muriel, te lo aseguro." Puso una mano por un momento sobre el brazo de Muriel, tranquilizándola. "Los diplomáticos, especialmente los extranjeros, se mostraron todos enormemente complacidos."

Muriel frunció el ceño. "¿No sería por pura cortesía?"

Caro negó con la cabeza. "Es de los bailes y de las funcio-nes brillantes de lo que están hastiados—los placeres senci-llos, las diversiones relajantes del campo—éstos son para ellos momentos dorados."

Sonriendo, hizo un gesto hacia la terraza; sin dejar su ex-presión irritada, Muriel se volvió y la acompañó.

"Desde el punto de vista diplomático, estoy segura de que Edward y Michael me respaldarán en esto"—con un gesto de la mano, Caro los incluyó mientras ellos las seguían—"todo salió perfectamente, sin el menor contratiempo."

Muriel contempló las losas de la terraza. Después de un momento, preguntó, sin ninguna expresión, "Entonces, ¿no tienes ninguna sugerencia sobre cómo podemos mejorar las cosas?"

Caro se detuvo, con una expresión pensativa; luego sacu-dió la cabeza. "No puedo imaginar como puede mejorarse la perfección." Las palabras tenían un brillo de acero. Miró a Muriel y sonrió graciosamente. "¿Quieres tomar el té con nosotros?"

Muriel la miró y negó con la cabeza. "No, gracias—quiero visitar a la señorita Trice. Es terrible que aquellos dos hom-bres la hayan atacado. Siento que es mi deber darle apoyo para superar su ordalía."

Todos se habían encontrado con la señorita Trice varias veces después del ataque, y habían sentido tranquilizados, no sólo por la misma dama, sino por su alegre buen humor, de que su "ordalía" no había dejado en ella marcas perdurables, así que nadie encontró algo más que decir.

Con una sensación de evidente alivio, se despidieron.

"Te acompaño a la puerta." Caro condujo a Muriel por las puertas abiertas hacia el recibo principal.

Después de intercambiar una breve mirada con Michael, Edward la siguió, justo detrás, alcanzando aquel estado de casi invisibilidad que sólo los mejores asistentes diplomáti-cos consiguen lograr.

Michael permaneció en la terraza; unos pocos minutos después, Caro y Edward se unieron a él.

Edward fruncía el ceño. "Es cierto—¡está celosa de ti!

LA NOVIA IDEAL 281

Hubieras debido escuchar las preguntas que me hizo antes de que ustedes llegaran."

Caro sonrió para tranquilizar a Edward. "Lo sé, pero no debes tomarlo tan a pecho." Cuando continuó con una expresión enfadada, prosiguió, "Sólo considéralo—habitualmente, Muriel es la más . . . supongo que "experimentada" es la palabra adecuada—anfitriona o dama de la localidad. Pero cuando vengo a casa, incluso por unas pocas semanas—sin esforzarme en lo más mínimo—asumo su lugar. Eso debe irritarla."

"Especialmente," intervino Michael, "a una persona del carácter de Muriel. Ella espera ser el centro de todo."

Caro asintió. "Ella anhela llamar la atención, su posición, pero deben admitir que se esfuerza por lograrlo."

Edward sonrió desdeñosamente.

"De cualquier manera," dijo Caro, "aunque Muriel no quisiera tomar el té, yo sí." Miró a Michael, "Estoy muerta de hambre."

Él le ofreció su brazo. "Largas caminadas por el campo tienden a producir este efecto."

Si Edward les creyó, nadie lo supo; ambos tenían demasiada experiencia para tratar de averiguarlo.

Encontraron a Elizabeth en el salón, y consumieron enormes cantidades de bollitos con mermelada; luego Michael, con reticencia, se levantó para despedirse. Caro lo miró a los ojos; vio que ella estaba considerando invitarlo a cenar y luego había decidido—correctamente a su parecer—no hacerlo. Habían pasado todo el día tan cerca—ambos necesitaban un poco de tiempo para estar a solas—al menos él lo necesitaba; sospechó que ella también. La perspectiva era algo de lo cual ambos conocían el valor.

Ella lo acompañó a la puerta del salón, le tendió su mano. "Gracias por un día . . . muy agradable."

Sosteniendo su mirada, levantó su mano a sus labios y la besó. "Realmente, el placer fue mío."

Oprimiendo sus dedos, la soltó.

Caro advirtió la última mirada que intercambió Michael con Edward antes de volverse y abandonar el recinto. Un cambio de guardia; no podía haber sido más claro. Michael había permanecido con ella todo el día; la noche era el turno de Edward.

Sonriendo interiormente, no hizo ningún comentario, aceptando—permitiendo—que la protegieran sin discutir. Les tenía afecto a ambos, aun cuando de diferente manera; si vigilarla los hacían felices, y podían hacerlo sin molestarla, no podía ver razón alguna para quejarse.

A la mañana siguiente, una hora después del desayuno, Caro se sentó en la terraza y escuchó a Elizabeth practicar una sonata particularmente difícil. Edward había permanecido en el salón para volver las hojas de música; ella sonrió y salió para sentarse en el fresco aire de la mañana—y pensar.

En Michael Y en ella.

Desde que se habían separado el día anterior, ella, deliberadamente, no había pensado en él, en ellos; quería—necesitaba—cierta distancia para ver las cosas con más claridad, para poder examinar, estudiar y comprender qué sucedía.

A pesar de todo, el día anterior había sido un día perfectamente calmado. Las horas que había pasado con Michael habían sido tranquilizadoras, exentas de toda perturbación emocional. Un momento en el cual ambos sencillamente existían y dejaban que ocurriera lo que había de ocurrir. La noche pasó de manera similar; una tranquila cena con Geoffrey, Edward y Elizabeth, seguida por el habitual interludio musical en el salón y, finalmente, una caminada en la templada noche, acompañada de Edward y Elizabeth, antes de retirarse a su habitación.

Para su sorpresa, había dormido muy bien. Largas caminatas por el campo—largas horas envuelta en los brazos de Michael.

Aquella mañana se había levantado refrescada e ilusionada. Después de desayunar, pasó un tiempo con la señora Judson hablando de los asuntos de la casa; ahora, después de cumplir con sus deberes, aguardaba con ilusión el momento de pensar en aquello que, debajo de todo lo demás en su vida, se estaba convirtiendo en una obsesión.

Michael—sí, pero no sólo él. Ella era demasiado mayor,

demasiado experimentada o nunca había sido el tipo de persona que se infatuara, que se fascinara por otra persona, por sus encantos, por aspectos de su personalidad. Después de pasar tantos años en las esferas diplomáticas, donde tales atributos eran asumidos, llevados como disfraces cuando fuese necesario, sabía que eran endebles, conocía su verdadero valor.

Su fascinación no se centraba en Michael solamente, sino en aquello que juntos habían creado entre los dos.

Allí era donde residía el poder que lo atraía tanto a él como a ella. Era algo que ella podía sentir, en ocasiones tan real que era casi tangible; surgía del vínculo que se formaba entre ellos, que se desarrollaba a partir de la amalgama de sus personas...

Frunciendo el ceño se puso de pie, se envolvió en su chal y caminó hacia el jardín.

Era tan difícil *ver* lo que ocurría—imposible reducirlo a las emociones y sensaciones, y aquella simple certeza abrumadora que la invadía cuando estaba entre sus brazos, no podían resumirse en una afirmación, en una descripción racional de la cual pudiera derivarse un argumento, definir una posición, planear una acción...

Se detuvo, inclinó la cabeza hacia atrás y miró al cielo. "Dios me ayude—realmente me estoy asemejando demasiado a Camden."

Sacudiendo la cabeza, bajó la mirada y continuó, con los ojos fijos en el sendero que tenía delante, pero sin verlo. Tratando de comprender lo que se desarrollaba entre ella y Michael... usar la lógica no funcionaría. Aquello de lo que se ocupaba operaba más allá de la lógica; de eso estaba segura.

La emoción, entonces. Esa, ciertamente, parecía una clave más probable. Necesitaba, se sentiría más cómoda si tuviera alguna idea de hacia dónde ellos—y su nueva y extraña relación—se dirigían, hacia dónde los conducía, tanto a ella como a él. Si se disponía a dejar que las emociones la guiaran...

Hizo un gesto y continuó caminando.

Tampoco allí encontraba mucha ayuda; no sabía—no

podía explicar—lo que sentía. *No* porque no estuviese segura de ello, sino porque no tenía palabras para expresarlo, no tenía medida, no reconocía los sentimientos que florecían y se hacían cada vez más fuertes cada vez que ella y Michael se encontraban, y mucho menos sabía qué significaban.

Nunca antes se había sentido así. No había sentido esto por Camden, ni por ningún otro hombre—especialmente no *con* ningún otro hombre. Este era otro aspecto del que estaba segura—lo que sentía, Michael lo sentía también. Era un desarrollo mutuo, que lo afectaba a él lo mismo y de la misma manera que a ella.

Como lo sospechó, la reacción de Michael fue igual a la suya. Ambos eran maduros; ambos habían visto el mundo, se sentían cómodos con quienes eran, confiados en su posición en la sociedad. Sin embargo, lo que evolucionaba entre ellos era un ámbito nuevo, uno en el que ninguno de ellos se había detenido antes, cuyos horizontes no habían explorado previamente.

Cuando enfrentaban un reto nuevo y diferente, ambos poseían temperamentos que los impulsaban a caminar con confianza y a examinar, analizar—evaluar cualquier nueva oportunidad que la vida les ofreciera. Ella era consciente de un ávido interés, de algo más persuasivo que la sola fascinación, una necesidad más que una inclinación a seguir adelante y a aprender más. Y, quizás, finalmente...

Rompió el hilo de sus pensamientos, parpadeó—y advirtió que estaba frente a la puerta que salía del jardín. Murmuró una maldición y miró hacia atrás; no se había propuesto caminar tan lejos, no había sido consciente de hacerlo. Había estado pensando, y sus pies la habían conducido allí.

Su destino instintivo era claro; sin embargo sabía que Edward, una vez que se liberara de la sonata de Elizabeth, la buscaría para vigilarla. Pero sabía de la cabaña y que ella con frecuencia caminaba hasta allí; cuando descubriera que no estaba en la casa, adivinaría...

Mirando hacia adelante, contempló el sendero que serpenteaba por el prado y se internaba en el primer trecho de bosque. El sendero cortaba a través de una serie de parajes boscosos, pero ninguno era oscuro o denso; con el sol cayendo a raudales, era difícil imaginar a alguien que la acechara por el camino, aguardando para dispararle o atacarla.

Y, realmente, ¿lo harían? Mirando el sendero, no podía, a pesar de cuánto se esforzaba, sentir miedo alguno. Los perdigones que habían golpeado a Henry y la flecha habían sido accidentes; admitía que la flecha que se clavó en el árbol tan cerca de ella la había atemorizado por un momento—aún podía escuchar el seco golpe en su mente—y aún podía recordar la desesperación, el glacial temor que la había invadido cuando Henry se había desbocado, pero Michael la había rescatado—había salido ilesa. En cuanto al ataque a la señorita Trice, eso había sido horrible y aterrador, pero no la había tocado en absoluto; no había razón para suponer que ella era el blanco perseguido.

Abrió la puerta y continuó su camino. Sus instintos eran correctos; quería ir a la cabaña. Quizás necesitaba encontrarse dentro de aquellas paredes para recordar los sentimientos del día anterior e ir más allá de lo superficial para ver qué había detrás. Además, estaba segura de que Michael vendría pronto—sabría a dónde se había encaminado.

Con los ojos bajos, ciega por una vez a las bellezas del campo que la rodeaba, continuó caminando. Y regresó a sus pensamientos interrumpidos. Quizás al punto más crucial. ¿A dónde, finalmente, la llevaba su relación con Michael y las emociones que le generaba? ¿Y era, considerando todos los aspectos y sentimientos, un lugar al que estaba preparada para llegar?

Michael dejó a Atlas en manos del mozo de cuadra de Geoffrey y caminó por el jardín hacia la casa. Esperaba ver a Caro salir a la terraza para recibirlo. En lugar de ello, Elizabeth salió del salón, mirando a su alrededor. Lo vio y agitó la mano, luego miró a su izquierda.

Siguiendo su mirada, vio a Edward que salía de la casa de verano. El joven agitó la mano y apretó el paso; una premonición, débil pero real, acarició la nuca de Michael.

Edward habló en cuanto estuvo a una distancia que lo pudiera oír. "Caro se ha marchado a alguna parte. Estaba en la terraza, pero..."

Miró a Elizabeth, quien había bajado de la terraza para unirse a ellos. "No está en la casa. Judson dijo que probablemente había ido a la presa."

Edward miró a Michael. "Hay una cabaña—un retiro en el que desaparece con frecuencia. Probablemente se encuentra allí."

"O camino a ella," dijo Elizabeth. "No pudo haber salido hace tanto tiempo, y tarda cerca de veinte minutos llegar allí."

Michael asintió. "Conozco el lugar." Miró a Edward. "La alcanzaré. Si no está allí, regresaré."

Edward hizo una mueca. "Si encontramos que aún está aquí, permaneceré con ella."

Saludando a Elizabeth, Michael caminó por el jardín y luego tomó el sendero que pasaba por el seto, recorriendo la ruta que él y Caro habían seguido el día anterior. Llegó a la puerta; no tenía el cerrojo puesto. Él lo había cerrado a su regreso.

Caminó rápidamente por el sendero. No le sorprendió que Caro tuviera la costumbre de caminar sola por el campo. Al igual que él, ella había pasado la mayor parte de su vida en salones de baile, salones elegantes; la sensación de paz que sentía cuando regresaba a casa, el bendito contraste, la necesidad de disfrutarlo mientras pudiera, era seguramente algo que compartían.

No obstante, preferiría que ella no anduviera sola. No sólo ahora, cuando estaba seguro de que alguien tenía intenciones de hacerle daño. Intenciones que él no comprendía, intenciones que no podía permitir en absoluto que tuviesen éxito.

No se preguntó de dónde provenía el denodado y acerado propósito detrás de "no permitiría en absoluto"; en aquel momento, los dóndes y los porqués no parecían pertinentes. La necesidad de protegerla de todo daño estaba fuertemente arraigada en él, como grabada en su alma; era parte inmutable de él.

Siempre había sido así; ahora sencillamente era.

La premonición lo golpeó, glacialmente empalagosa, de nuevo; avanzó con más rapidez. Subiendo una ladera, la vio, claramente visible en un traje de muselina pálida, con su nimbo de cabellos brillando bajo el sol mientras caminaba por el prado un poco más adelante. Estaba demasiado lejos para llamarla; caminaba sin detenerse, con los ojos bajos.

Esperó sentir alivio; pero, por el contrario, sus instintos parecieron tensarse—urgirle a apresurarse aún más. No vio ninguna razón para ello y, sin embargo, obedeció.

Un poco más adelante, rompió a correr.

A pesar de su insistencia en vigilarla, su mente racional no esperaba otro ataque, al menos no en tierras de Geoffrey. ¿Por qué, entonces, se oprimía su pecho—por qué lo invadía la aprehensión?

Estaba corriendo cuando llegó al último claro—y vio, al otro lado del prado, a Caro que atravesaba el estrecho puente. Continuaba caminando, mirando hacia abajo. Sonriendo, apartando la incómoda premonición, aminoró el paso. "¡Caro!"

Ella lo oyó. Enderezándose, levantando la cabeza, se volvió, asió la baranda mientras sujetaba sus faldas y las hacía girar. Sonrió en glorioso recibimiento. Se asió a la baranda mientras soltaba sus faldas y levantaba la mano para saludar...

La baranda se rompió. Cayó cuando la tocó.

Intentó valientemente recuperar el equilibrio, pero no había nada a lo que pudiera aferrarse.

Con un débil grito, cayó del puente, desapareciendo en la bruma arremolinada que subía de las aguas que corrían a través del estrecho paso, lanzándose a las profundas aguas de la presa.

Con el corazón en la boca, Michael corrió por el prado. Al llegar a la ribera, buscó frenéticamente, quitándose al mismo tiempo las botas. Se quitaba el saco cuando la vio salir a la superficie, un fárrago de muselina blanca que aparecía a la vista en la boca de la presa. Su chal de seda le ataba los brazos mientras luchaba por levantarlos, por bracear, por flotar.

La corriente la sumergió de nuevo.

No era una buena nadadora; la corriente, alimentada por los torrentes que pasaban a cada lado de la isla, la arrastraba hacia la presa.

Él se lanzó al agua. Unas pocas braceadas rápidas lo llevaron al lugar donde la había visto. Salió a la superficie, agitó el agua tratando de verla, de calcular con más precisión la dirección de la corriente. La resaca era feroz.

Ella emergió de nuevo, tratando de respirar, a unas pocas yardas de distancia. Él se clavó de nuevo en las agitadas aguas, nadó con la corriente, agregándole sus poderosas brazadas—atisbó una turbia blancura delante de sí y se abalanzó sobre ella.

Sus dedos se enredaron en su traje. Asiéndola, sin aliento, cerró la mano sobre él—recordó, justo a tiempo, que no debía halar. La muselina mojada simplemente se rompería; desesperado, se sumergió de nuevo, tocó un brazo—cerró sus dedos alrededor de él.

Luchando contra la fuerte corriente, batalló para no ser arrastrado hacia la convergencia de los dos brazos del arroyo. Allí el agua se arremolinaba, con una fuerza suficiente para ahogarlo a él, mucho más a ella.

Ella estaba exhausta, luchaba por respirar. Lentamente la atrajo hacia sí hasta que sus dedos hallaron sus hombros, hasta que pudo envolver su cintura con el brazo.

"Con cuidado. ¡No te agites!"

Ella respondió a su voz, dejó de sacudirse, pero se aferró a él con más fuerza. "No sé nadar bien."

Había pánico en su voz; ella luchaba por contenerlo.

"Deja de intentarlo—sólo aférrate a mí. Yo nadaré." Mirando a su alrededor, advirtió que la única manera segura de salir era desplazarse de costado hacia el cuerpo de agua más tranquilo entre las dos agitadas corrientes creadas por los brazos del arroyo. Una vez que estuviese en aguas más tranquilas, podría arrastrarla hacia la isla.

La cambió de posición, moviéndola hacia su izquierda, aún luchando contra la corriente que quería sumergirlos; luego avanzó, pulgada a pulgada, metro a metro, hacia la izquierda. Poco a poco, la fuerza que los golpeaba aminoró hasta que finalmente llegaron a aguas más tranquilas.

Atrayéndola a sí, retirando sus mojados cabellos de su rostro, la miró a los ojos, más azules que la plata, oscurecidos por el temor. Le besó la punta de la nariz. "Sólo aguanta—te llevaré de regreso a la isla."

Lo hizo, teniendo mucho cuidado de no dejarse llevar de nuevo hacia las corrientes que se precipitaban a cada lado y, cuando se acercaban a la isla, de las rocas que se hallaban debajo de la superficie.

Con un esfuerzo, ella levantó la cabeza y respiró. "Hay un pequeño embarcadero hacia la izquierda—es el único lugar donde es fácil salir."

Él miró a su alrededor y vio lo que ella le decía—un embarcadero de un metro cuadrado salía de la isla, unos pocos tablones de madera fuertes que ofrecían un medio para subir. Justo a tiempo; los costados de la isla, ahora podía verlos con claridad, gastados y cortados por décadas de inundaciones, se levantaban relativamente lisos, sin apoyos para las manos o los pies que fuesen de utilidad, y con un peñasco en la parte de arriba.

Un estrecho sendero pavimentado partía del embarcadero a la cabaña. Acomodándola de nuevo, se dirigió hacia allí.

Ella estaba agotada y temblorosa cuando la ayudó a subir. Se desplomaron lado a lado, respirando ahogadamente, aguardando a recobrar sus fuerzas.

Acostado, con los hombros reclinados contra la ribera, Michael miró al cielo sin verlo. Ella permanecía acunada en su brazo. Unos momentos más tarde, se volvió hacia él, levantó débilmente una mano para tocar su mejilla. "Gracias."

Él no replicó—no podía hacerlo. Tomó sus dedos, los atrapó entre los suyos, cerró sus ojos mientras una reacción—una conciencia—lo invadió, tan intensa que lo atemorizó, un susto que lo conmovió hasta el alma.

Luego sintió el peso de ella contra su cuerpo, la débil calidez que se esparcía a través de sus ropas mojadas, la suave presión intermitente de su pecho contra su costado cuando respiraba, y el alivio lo inundó.

Advirtió que estaba oprimiendo sus dedos; disminuyó la presión y los llevó a sus labios. Él miró hacia abajo, ella hacia arriba. Sus ojos encontraron los suyos, su plata opacada por el enojo.

"Sabes," murmuró Caro, intentando valientemente no temblar, "creo que tienes razón. Alguien está tratando de matarme."

Con el tiempo, subieron a la cabaña. Ella se negó a dejar que Michael la cargara, pero se vio obligada a apoyarse pesadamente en él.

Una vez adentro, se desnudaron; había agua limpia para lavarse el lodo y toallas de lino para secarse. Michael escurrió sus mojadas ropas y luego las colgó en las ventanas por donde entraba el sol a raudales y la cálida brisa podía secarlas.

Ella se pasó los dedos por entre el cabello secado con la toalla, y lo desenredó como mejor pudo. Luego, envuelta en los chales que su madre solía usar en el invierno, se acomodó entre las piernas de Michael que estaba reclinado contra la parte de atrás del diván, y dejó que la envolviera en sus brazos.

Sus brazos se apretaron; él la sostuvo contra sí, reclinó su mejilla contra sus húmedos cabellos, Ella cerró sus brazos sobre los suyos y se aferró a él.

Lo oprimió con fuerza.

Él no la acunó exactamente, pero ella sintió la misma sensación de seguridad, de ser amada y protegida. No hablaron; ella se preguntó si él guardaba silencio por la misma razón que ella—porque sus emociones estaban tan alteradas, tan cercanas a la superficie, que temía que si abría sus labios, saldrían atropelladamente, sin ton ni son, sin pensar lo que podrían revelar, a dónde podrían conducir. A qué podrían comprometerla.

Poco a poco, los débiles hombros que aún se sacudían—una combinación de frío y temor—se relajaron, tranquilizados por el calor del cuerpo de Michael que la invadía, por la calidez que se filtraba lentamente hasta sus huesos.

Sin embargo, fue él quien primero se movió, quien suspiró y retiró sus brazos.

"Vamos." Puso un suave beso en su frente. "Vistámonos y regresemos a casa." Ella se volvió para mirarlo; él sostuvo su mirada, y prosiguió con el mismo tono de voz decidido. "Hay muchas cosas que debemos discutir, pero primero debes tomar un baño caliente."

Ella no discutió. Se vistieron con la ropa aún un poco húmeda y abandonaron la cabaña. Cruzar el puente no fue un verdadero problema; aunque era estrecho, ella lo había cruzado con tanta frecuencia que no necesitaba realmente la baranda.

Michael se detuvo un momento antes de seguirla. Poniéndose en cuclillas, examinó lo que quedaba del poste que había sostenido la baranda en aquel extremo. Lo había mirado al pasar cuando corría ribera abajo, antes de sumergirse en el agua; lo que veía ahora confirmaba su observación anterior. El poste había sido aserrado casi por completo; apenas había una astilla buena. Los tres postes habían sido tratados de la misma manera; la parte superior de cada uno prácticamente se balanceaba sobre la sección inferior de la que casi había sido separada.

No era un accidente, sino un acto cruel y deliberado.

Irguiéndose, respiró profundamente y bajó a la ribera.

Caro encontró su mirada. "No utilizo habitualmente la baranda, sólo para cruzar. ¿La usaste tú ayer?"

Él evocó el día anterior... recordó haber puesto una mano en el poste que se encontraba al final del otro extremo del puente, cerca de donde Caro se había aferrado a la baranda. "Sí." La miró de nuevo a los ojos, la asió del brazo. "Estaba sólido entonces."

¿Sabía la persona que lo había hecho que sólo Caro y la señora Judson usaban el puente y que, siendo martes, lo más probable era que fuese Caro quien lo usara?

Apretando melancólicamente los labios, la condujo por los prados. Caminaron de regreso a casa tan rápidamente como pudieron. Entraron por el recibo del jardín; él se separó de ella en el pasillo repitiéndole adustamente que debía tomar un baño caliente.

Ella le lanzó una aguda mirada, con un destello de su actitud habitual, y replicó con aspereza, "No es probable que quiera que alguien me vea en este estado." Su gesto dirigió la atención de Michael a sus cabellos—secados por el sol, parecían tener el doble de su volumen habitual y lucían aún más indomables que siempre. "Subiré por la escalera de arriba."

Él encontró su mirada. "Entonces iré a casa a cambiarme y luego nos encontraremos en el salón."

Ella asintió y él se marchó; él la vio partir y se dirigió al salón. Como lo había esperado, la puerta estaba abierta; Elizabeth, al lado de la ventana, bordaba mientras Edward revisaba algunos papeles extendidos sobre una mesa. Desde las sombras del pasillo, fuera de la vista de Elizabeth, Michael llamó a Edward.

Edward levantó la mirada; Michael lo invitó a salir. "¿Si puedes darme un momento?"

"Sí, desde luego." Edward se puso de pie rápidamente y caminó hasta la puerta, abriendo los ojos sorprendido cuando vio el estado en que se encontraba Michael. Cerró la puerta tras de sí. "¿Qué demonios sucedió?"

Michael se lo dijo en unas pocas frases. Con el semblante sombrío, Edward juró que se aseguraría de que, después del baño, Caro bajara directamente al salón y permaneciera allí, segura en su compañía y en la de Elizabeth, hasta cuando Michael regresara.

Satisfecho de haber hecho todo lo que podía por el momento, Michael cabalgó a casa para cambiar sus empapadas ropas. Regresó dos horas más tarde, decidido y resuelto.

Mientras cabalgaba a casa y luego, mientras se cambiaba de ropas, calmando a la señora Entwhistle y a Carter, comía un ligero almuerzo y regresaba a la Casa Bramshaw, tuvo tiempo suficiente para pensar sin la distracción de la presencia de Caro. Tiempo suficiente no sólo para detenerse en lo que habría podido pasar, sino para extraer algunas conclusiones, lo suficientemente firmes para sus propósitos, y derivar de ellas cómo deberían proceder en el futuro—lo que tendrían que hacer para desenmascarar a quien se encontraba detrás de lo que ahora creía firmemente eran cuatro intentos de asesinar a Caro.

Entró al salón. Caro, al reconocer su paso, ya había levantado la mirada y se ponía de pie. Edward también lo hizo.

Elizabeth, quien aún continuaba oculta en el asiento empotrado en la ventana, sonrió. Tomando su bordado, se levantó. "Los dejo para que discutan sus asuntos."

Brillantemente confiada, salió. Él sostuvo la puerta, luego la cerró detrás de ella. Volviéndose miró—sólo miró—a Caro.

Ella agitó la mano y se sentó otra vez. "No quiero que ella lo sepa y se preocupe, y menos aún que se involucre; y lo hará si lo sabe, así que le dije que tú y yo teníamos que discutir algunos asuntos políticos, y que Edward, dadas las ambiciones que todos tenemos para él, debía permanecer con nosotros."

Edward le lanzó una mirada sufrida y se acomodó de nuevo en su silla.

Michael se sentó al frente de Caro. Quería ver su rostro; a menudo, era difícil de leer, pero dados los temas que debían discutir, quería atrapar todo lo que ella dejara traslucir.

"¿Creo," dijo Michael mirando a Edward, "que todos conocemos los hechos pertinentes?"

Edward asintió. "Eso creo."

Michael miró a Caro. "¿Debo entender que ahora aceptas que alguien está decidido a causarte daño?"

Ella encontró su mirada, vaciló y luego asintió. "Sí."

"Muy bien. La pregunta que evidentemente debemos responder es, ¿quién querría tu muerte?"

Ella extendió las manos. "No tengo enemigos."

"Acepto que no sabes que tengas ningún enemigo, pero, ¿qué hay de enemigos que no estén motivados por una relación personal?"

Ella frunció el ceño. "¿Quieres decir, a través de Camden?"

Él asintió. "Sabemos del Duque de Oporto y del interés que aparentemente tiene en los papeles de Camden." Michael miró a Edward y luego a Caro otra vez. "Podemos admitir, entonces, que posiblemente haya una razón oculta en lo que está en juego aquí, que el duque cree que tú conoces. ¿Es esto suficiente para convencerlo de que debe deshacerse de ti?"

Edward lo consideró sólo un momento, y luego asintió decididamente. "Definitivamente, es una posibilidad." Miró a

Caro. "Debes admitirlo, Caro. Tú sabes tan bien como yo qué está en juego en la corte de Portugal. Seguramente han cometido asesinatos por menos."

Caro hizo una mueca; miró a Michael y luego asintió. "Muy bien. El duque es un sospechoso—o, más bien, sus subalternos."

"O, podría ser, los subalternos de Ferdinand." Su corrección, formulada en un tono suave, hizo que ella suspirara y luego inclinara con reticencia la cabeza.

"Cierto. Entonces ese es un posible nido de víboras."

Los labios de Michael se fruncieron, pero sólo un momento. "¿Hay otros nidos de ese tipo?"

Ella lo miró, luego intercambió una mirada con Edward.

Fue Edward quien finalmente respondió. "Honestamente, no conozco ninguno." Su tono cuidadoso afirmaba que lo que decía era verdad hasta donde podía saberlo; sin embargo, era consciente de los límites de su conocimiento.

Michael observó cuidadosamente el rostro de Caro cuando ella se volvió para mirarlo. Ella lo advirtió, buscó en sus ojos, luego sonrió—ligera, auténticamente; sabía qué temía Michael. "Yo tampoco." Vaciló y luego agregó. "En verdad."

Su mirada directa lo persuadió de que era, en efecto, verdad. Con cierto alivio, abandonó la preocupación de que ella se sintiera obligada a ocultar algo que considerara diplomáticamente sensible, aun cuando fuese una fuente potencial de peligro para ella.

"Muy bien. Entonces no tenemos enemigos personales directos, y sólo uno conocido del frente diplomático. Lo cual sólo nos deja la vida personal de Camden." Reclinándose, miró a Caro. "El testamento de Camden—¿qué heredaste de él?"

Ella arqueó las cejas. "La casa en la calle de la Media Luna, y una fortuna razonable en los Fondos."

"¿Hay algo especial acerca de la casa? ¿Podría alguien codiciarla por alguna razón?"

Edward sonrió con desdén. "La casa es bastante valiosa, pero lo que hay *en* ella es lo que realmente responde a tu pregunta." Se inclinó hacia delante, con los codos apoyados en las rodillas. "Camden la llenó de antigüedades, de muebles y ornamentos antiguos. Es una colección impresionante, incluso comparada con la de otros coleccionistas."

Levantando las cejas, apretando los labios, Michael miró a Caro. "En el testamento de Camden, ¿te dejaba la casa y su contenido directamente a ti, o cuando mueras revierte a su fortuna o pasa a otra persona?"

Ella encontró su mirada, luego parpadeó lentamente. Miró a Edward. "Realmente no puedo recordarlo. ¿Lo recuerdas tú?"

Edward sacudió la cabeza. "Sólo sabía que pasaba a tu poder...no creo que supiera nada más."

"¿Tienes una copia del testamento?"

Caro asintió. "Está en la casa de la calle de la Media Luna."

"¿Con los papeles de Camden?"

"No en el mismo lugar, pero sí, los papeles también están allí."

Michael consideró brevemente las alternativas, luego afirmó con ecuanimidad. "En ese caso, creo que debemos regresar a Londres. Inmediatamente."

CAPÍTULO
16

Finalmente, el problema no fue convencer a Caro, sino persuadir a Edward de que debía permanecer allí.

"Si no lo haces," advirtió Caro, "entonces Elizabeth vendrá también—incluso si no la llevo, inventará alguna disculpa para ir a Londres y quedarse con Ángela o con Augusta. Tiene invitaciones abiertas en caso de que desee ir de compras y ahora conoce suficiente gente en la ciudad para convencer a Geoffrey de que la deje ir, a pesar de lo que diga cuando nos marchemos. ¡Entonces!" Se detuvo para recobrar el aliento; con los brazos cruzados, dejó de caminar de arriba abajo y miró adustamente a Edward, quien continuaba sentado. "Tú, Edward querido, debes permanecer aquí."

"Se supone que soy tu maldito secretario." Edward tenía los labios apretados. Miró a Michael suplicándole, algo que había conseguido no hacer hasta aquel momento. "Debes ver que es mi deber permanecer con ella—sería mejor que yo viajara a Londres y te ayudara a vigilarla."

Se negó obstinadamente a mirar a Caro, a advertir su expresión irritada.

Michael suspiró. "Desafortunadamente, estoy de acuerdo con Caro." Fingió no ver la mirada de sorpresa que Caro le lanzó. "Dado el peligro potencial, en realidad no podemos permitir que Elizabeth se involucre. Se sabe que es la sobrina de Caro; es evidente que Caro le tiene mucho cariño." Hizo una pausa, sostuvo la mirada de Edward. "Como secretario de Caro, es tu deber ayudarla y, en este caso, por extraño que parezca, la mejor forma de ayudarnos es mantener a Elizabeth lejos de Londres."

La determinación de Edward tambaleó. Michael añadió quedamente, "Con esa pista vital—bien sea en los papeles de Camden o en su testamento—en Londres, no podemos darnos el lujo de ofrecer a quienquiera que haya estado persiguiendo a Caro una manera de coercionarla—no debemos darle ningún rehén a la suerte."

La perspectiva de ver a Elizabeth como un rehén pesó más en la balanza. Michael sabía que lo haría; comprendía el dilema de Edward y también su decisión.

"Muy bien." Evidentemente sombrío, Edward aceptó. "Permaneceré aquí"—dijo frunciendo los labios, cínico por un momento, "y me esforzaré por distraer a Elizabeth."

Caro comenzó a empacar de inmediato. Michael se quedó a cenar para ayudarle a disculpar su partida intempestiva, sin Edward, a Geoffrey.

Como era de esperarse, una vez enterado de la intención de Michael de acompañar a Caro por tener asuntos que atender en la capital él también, Geoffrey aceptó los arreglos sin protestar.

Michael se despidió en cuanto retiraron los platos; debía empacar y asegurar que los asuntos que debía atender en su casa fuesen correctamente delegados. Caro, que subió a terminar de organizar sus cosas y lo acompañó hasta el recibo principal. Le tendió la mano. "Hasta mañana, entonces."

Sus dedos parecían tan delicados dentro de los de Michael; levantando su mano, los besó ligeramente y luego la soltó. "A las ocho. No tardes."

Ella sonrió de manera muy femenina y se dirigió a la escalera.

Michael la observó mientras subía y luego se encaminó a los establos.

Tres horas más tarde, regresó por el mismo camino.

Silenciosamente. Era cerca de medianoche; la casa estaba

oscura, silenciosa bajo las sombras intermitentes que proyectaban los grandes robles sobre el sendero. Permaneciendo en el césped, rodeó el patio delantero, avanzando hacia el ala occidental y la habitación que se encontraba al final de la misma.

La recámara de Caro. Se había enterado de su ubicación el día del baile, cuando ella lo había enviado a recorrer la casa.

Michael había terminado de empacar una hora antes. Se disponía a irse a la cama a dormir; en lugar de hacerlo, estaba allí, deslizándose entre las sombras como un Romeo perdidamente enamorado, y ni siquiera estaba seguro de por qué lo hacía. No era un joven inexperto, en la agonía de su primer romance; sin embargo, en lo que se refería a Caro, los sentimientos que evocaba en él lo dejaban, si no en el mismo estado vertiginoso y temerario, sí ciertamente impulsado a acciones y obras que su mente racional y experimentaba reconocía como imprudentes—y quizás excesivamente reveladoras.

Que tal conocimiento no detentara el poder de detenerlo era en sí mismo una revelación. El riesgo de revelar demasiado, de exponerse y mostrarse vulnerable, apenas lo notaba comparado con su necesidad de saber, no de manera lógica o racional, sino físicamente, a través del hecho inmediato, que ella estaba segura.

Después de sacarla de las corrientes de la presa, después de descubrir los postes cuidadosamente aserrados, no se permitiría dormir a menos que ella estuviese a su lado, bajo su mano.

La noche, suavemente fresca, envolvía la escena, impregnándola de seguridad, de calma; aparte del susurro de alguna pequeña criatura avanzando por entre los matorrales, ningún sonido perturbaba el silencio. Había dejado a Atlas en el prado más cercano, con la silla sobre la cerca debajo de un árbol.

Rodeando el ala occidental, se detuvo. A través de las sombras, estudió el estrecho balcón al que daban las puertas de vidrio de la habitación de Caro. Al balcón sólo se accedía desde esa habitación; construido sobre el saliente del salón, sólo se podía llegar a él desde aquel costado.

Miró la pared a la izquierda. Su memoria no lo había engañado; crecía allí una enredadera, gruesa y vieja. La pared orientada hacia el oeste recibía el sol; con el paso de los años, la enredadera había crecido hasta el tejado—más allá del balcón.

Abandonando las densas sombras debajo de los árboles, cruzó con cuidado el sendero que rodeaba la casa. Caminando a través de las plantas del jardín, llegó hasta la enredadera.

Su base tenía más de un metro de ancho, nudosa y sólida. Levantó la vista hacia el balcón, suspiró, apoyó el pie en una bifurcación de las ramas, y rezó para que la enredadera fuese lo suficientemente fuerte como para resistir su peso.

Caro estaba a punto de dormirse cuando una maldición ahogada flotó por su mente. No era una maldición que ella usara con frecuencia...desconcertada, su mente se concentró de nuevo, volviéndose de las nubes del sueño para preguntarse...

Un chirrido llegó a sus oídos. Seguido de otra maldición ahogada.

Se enderezó y miró hacia el otro lado de la habitación donde había dejado abiertas las puertas de vidrio abiertas para que entrara la elusiva brisa. Las cortinas de encaje se mecían, nada parecía fuera de lugar...luego escuchó que se rompía una rama—seguida de un quedo juramento que no pudo comprender bien.

Su corazón latía en su garganta.

Se deslizó de la cama. Un pesado candelabro de plata de un metro de alto descansaba en su tocador; lo tomó, tranquilizándose por su peso; luego se deslizó silenciosamente hacia las puertas de vidrio, se detuvo, y luego salió al balcón.

Quienquiera que estuviese trepando por la vieja glicinia se llevaría una sorpresa.

Una mano se asió de la balustrada; ella saltó. Era una mano masculina que tanteaba, aferrándose. Se tensó, con los tendones cambiando de posición, los músculos apretados cuando el hombre se asió y se izó...

Un anillo de sello de oro destelló en la débil luz.

Ella parpadeó, se asomó, se inclinó y, un metro más atrás, miró con mayor cuidado...

Una visión pasó fugazmente por su mente—la de aquella mano, con el anillo de oro en el dedo meñique, tomando su seno desnudo.

"¿Michael?" Bajando el candelero, irguiéndose, salió hasta la balustrada y se asomó. A través de las sombras intermitentes, vio su cabeza, el marco conocido de sus hombros. "¿Qué diablos estás haciendo?"

Él susurró algo ininteligible, luego dijo con más claridad, "Retrocede."

Ella dio dos pasos atrás, observó mientras con ambas manos, aferradas a la balustrada, se izó y luego pasó una pierna sobre el ancho alféizar y se sentó a horcajadas sobre él.

Recuperando el aliento, Michael la miró; ella lo contemplaba fijamente, desconcertada, lo cual no era de sorprender; luego advirtió que llevaba en la mano el candelabro. "¿Qué te proponías hacer con eso?"

"Dar a quien trepaba a mi balcón una desagradable sorpresa."

Frunció los labios. "No pensé en eso." Pasando la otra pierna se puso de pie; luego se reclinó contra la balustrada mientras ella se acercaba y se asomaba.

"Tu plan no era muy bueno—la glicinia no es una planta muy fuerte."

Con una mueca, tomó el candelabro de su mano. "Eso descubrí. Me temo que me dio una paliza."

"¿Cómo se lo explicaré a Hendricks—el jardinero de Geoffrey?" Caro lo miró, encontró que la mirada de Michael recorría su cuerpo.

"No estarás aquí para que te lo pregunte." Las palabras eran vagas; su mirada aún la recorría hacia abajo. Llegó a sus pies; él vaciló, luego lentamente la recorrió hacia arriba con la mirada.

"¿Y qué habría sucedido si te atrapan? El Miembro Local del Parlamento trepando a la ventana de una dama..." Se detuvo, intrigada. Aguardó con fingida paciencia a que sus ojos regresaran a los suyos y arqueó una ceja.

Michael sonrió. "Te imaginaba como una persona recatada, con un camisón de algodón abotonado hasta el cuello."

Arqueando altivamente las cejas, Caro se volvió y entró de nuevo a su habitación. "Solía serlo. Esto"—hizo un gesto hacia el delicado negligé de seda que resaltaba sus curvas— "fue idea de Camden."

Siguiéndola, Michael apartó su mirada de la transparente prenda que flotaba, coqueteaba, una traslúcida concesión a la modestia, sobre su forma evidentemente desnuda. "¿De Camden?"

Incluso en la penumbra, podía ver sus pezones erectos, las curvas excitantes de sus senos y caderas, y las largas líneas de sus muslos. Tenía los brazos desnudos, así como la mayor parte de la espalda; la seda color marfil se movía provocadoramente sobre la redondez de su trasero mientras ella lo conducía a su recámara.

Camden debía ser un glotón del castigo auto-infligido.

"Dijo que era en caso de que hubiese un incendio en la embajada y yo tuviera que salir corriendo *en deshabillé*." Caro se detuvo, se volvió hacia él, lo miró a los ojos. "Era más para proteger mi posición que la suya." Sus labios se fruncieron, reprobándose a sí misma. "Después de todo," murmuró, pasando los dedos por el camisón, "él nunca los vio."

Deteniéndose ante ella, la miró a los ojos. Luego inclinó la cabeza. "Más tonto él."

La besó y ella también pero luego, con una mano en su mejilla, se apartó un poco para mirar sus ojos. "¿Por qué estás aquí?"

Cerrando las manos sobre sus caderas, la acercó. "No podía dormir." Era la verdad, aunque sólo parte de ella.

Ella buscó en sus ojos; sus labios sonrieron tentadoramente. Dejó que ella acomodara sus caderas contra él, luego se movió seductoramente. "¿Y esperas *dormir* en mi cama?"

"Sí." *Desde hoy y para siempre.* Se encogió de hombros. "Una vez que nos hayamos complacido"—inclinando la cabeza, la besó detrás de la oreja y murmuró aun más suavemente—"y que yo haya aplacado mi deseo por ti y saciado mi apetito"—levantando la cabeza, la miró—"dormiré perfectamente bien." *Contigo a mi lado.*

Arqueando las cejas, estudió sus ojos, luego sonrió más profundamente. "Entonces será mejor que nos vayamos a la cama." Entre sus brazos, su mirada bajó a su pecho; sus manos se deslizaron de sus hombros. "Tienes que quitarte la ropa."

Él asió sus manos antes de que ella pudiera embarcarse en un diabólico juego—destinado a ser corto. La vista de Caro en su negligé—y parecía que toda su ropa de dormir era del mismo tipo, un punto en el no deseaba pensar en ese momento—y mejor no hablar de la sensación que experimentó cuando ella se apretó y se deslizó contra él, lo había llevado de la mera excitación a una pulsante rigidez. No necesitaba que lo alentara más. "Me desvestiré mientras tú te deshaces de esa creación—si la toco, es probable que la rompa. Cuando estemos ambos desnudos, podemos comenzar desde allí."

La risa de Caro era sensual. "¿Estás seguro de que no necesitas ayuda?"

"Muy seguro." La soltó. Ella retrocedió. Respirando profundamente, él se movió hacia el extremo de la cama; reclinado contra ella, se inclinó para quitarse las botas.

Llevando las manos al broche de los hombros que sostenía su camisa de dormir, Caro murmuró, "Siempre pensé que estas prendas estaban diseñadas para que los hombres pudieran retirarlas con facilidad."

"Esas prendas..."—sin sus botas, se enderezó, llevando las manos a su corbata; su voz era evidentemente tensa— "fueron diseñadas para llevar a los hombres a un intenso estado de lujuria en el cual, más allá de los límites de la sanidad, destrozan tales prendas."

Ella rió de nuevo, asombrada de poderlo hacer, de sentir su corazón tan ligero mientras sus nervios se apretaban. Con dos movimientos, se liberó de su negligé; la seda se deslizó por su cuerpo, apilándose a sus pies. "Bien, ya no estás en peligro."

Sacándose la camisa, la miró. "No sabes lo que dices." Sentía su mirada como una llama que la acariciaba, ardiente. Envalentonada, se inclinó, tomó el negligé, lo lanzó al asiento del tocador.

Él apartó la mirada, lanzó su camisa al aire, luego, como si estuviese desesperado, se quitó los pantalones de montar. Se unieron al resto de su ropa; luego se volvió y la tomó en sus brazos.

Ella se apretó contra él; toda la risa desapareció cuando sus pieles se tocaron y ella sintió su calor, sintió su necesidad—sin pensarlo, se entregó a él. A Michael.

Le ofreció su boca y sintió júbilo cuando la tomó, se sumió en él, se deleitó en su respuesta voraz, avasalladora. Sus manos la recorrieron, no suavemente, sino con anhelo evidente, con un hambre cálida que ella compartía.

Que crecía con cada suspiro, con cada caricia malvadamente evocadora.

Enterrando sus manos en los cabellos de Michael, ella se aferró a él, se arqueó contra él, fue sólo vagamente consciente de que él la levantaba y la depositaba sobre sus sábanas; estaba atrapada en las llamas, abrumada por su ávido calor, vacía, adolorida, necesitada.

Su peso cuando él se movió sobre ella fue un alivio vertiginoso; luego él separó sus muslos, se oprimió contra ella y la penetró.

La penetró profundamente y se unió a ella.

Su gemido ahogado tembló en la noche, un eco plateado los rodeaba; con los ojos fijos en los de ella, la penetró aún más profundamente: luego inclinó la cabeza, selló sus labios con los suyos, y se movió dentro de ella. Poderosamente.

Sin limitaciones pero controlado, la lanzó a la danza que su cuerpo y sus sentidos anhelaban, que una parte de ella deseaba desesperadamente. Que sus necesidades y deseos, sepultados durante tanto tiempo, finalmente liberados, ansiaban. Él la envolvió en sueño de piel ardiente que se deslizaba resbalosamente, lenguas que se entrelazaban, dureza musculosa y suavidad ruborizada que se entrelazaban ágil e íntimamente.

Ella se arqueó bajo él, con su cuerpo tensado contra el suyo; él la mantuvo acostada y la penetró más profundamente, con más fuerza. Con mayor rapidez, mientras ella se elevaba sobre la cresta de aquella ola conocida, llegando más arriba, más lejos, hasta que se rompió.

Con un gemido que Michael bebió, descendió de la cúspide a sus brazos que la aguardaban.

Michael la sostuvo, la oprimió contra sí, abrió aún más sus muslos y se sumergió más profundamente dentro de su calor que lo escaldaba, impulsándose más rápido, más fuertemente, hasta que el cuerpo de Caro lo tomó y él la siguió a una dulce inconsciencia.

Más tarde, se apartó de ella; desplomándose a su lado, relajado, con todos los músculos sin huesos por la languidez saciada, advirtió, en el instante antes de que el sueño lo dominara, que sus instintos eran correctos.

Era allí donde debía pasar la noche—en la cama de Caro, con ella dormida a su lado. Con un brazo atravesado sobre su cintura, cerró los ojos.

Y durmió.

Tuvo que apresurarse a la mañana siguiente para evitar a las mucamas, tanto en la Casa Bramshaw como en su propia casa. Regresando a Bramshaw como lo había prometido, a las ocho de la mañana, encontró el carruaje de Caro aguardando en el patio delantero, el par de caballos inquietos y preparados para partir.

Desafortunadamente para todos, aun cuando Caro estaba lista, apenas comenzaban a empacar y almacenar sus numerosas cajas y maletas. Michael hizo que su mozo de cuadra lo condujera en su carruaje, con sus dos valijas atadas atrás; ordenó que sus dos insignificantes valijas se colocaran al lado de la montaña de equipaje de Caro, y se dirigió al porche donde se encontraba ella, conferenciando con Catten y su mucama portuguesa, una señora mayor.

Catten se inclinó para saludar; la mucama hizo una reverencia, pero le lanzó una mirada severa.

Caro estaba radiante, lo cual, en realidad, era lo único que le importaba.

"Como ves"—indicó con un gesto a los lacayos que transportaban su equipaje al carruaje—"estamos listos—casi. Esto no debe tomar más de media hora."

Él había esperado esto; le devolvió su sonrisa. "No tiene importancia—debo hablar con Edward."

"Supongo que estará supervisando la práctica de piano de Elizabeth."

Con una inclinación, se alejó. "Lo encontraré."

Lo hizo, como ella lo había predicho, en el salón de música. Una mirada apartó a Edward del piano; Elizabeth sonrió, pero continuó tocando. Edward se unió a él mientras atravesaba el salón; por sugerencia de Michael, salieron a la terraza.

Se detuvo, pero no habló de inmediato. Edward se detuvo también. "¿Instrucciones de último momento?"

Michael lo miró. "No." Vaciló, luego dijo, "Más bien planeando con antelación." Antes de que Edward pudiera responder, prosiguió, "Quiero hacerte una pregunta a la cual, desde luego, querría que respondieras, pero si sientes que no puedes, por cualquier razón, divulgar esta información, lo entendería."

Edward era un asistente político experimentado; su "¿Oh?" no lo comprometía.

Con las manos hundidas entre los bolsillos, Michael miró el jardín. "¿La relación de Caro con Camden—¿qué era?"

Después de la explicación que le había dado Caro acerca de sus negligés, tenía que saberlo.

Había elegido cuidadosamente sus palabras; no revelaban nada específico y, sin embargo, era claro que sabía qué *no* había sido aquella relación.

Lo cual, naturalmente, suscitaba la pregunta acerca de cómo lo sabía.

El silencio se prolongó. No esperaba que Edward le revelara nada acerca de Caro y de Camden con facilidad; sin embargo, esperaba que Edward comprendiera que, aun cuando Camden estaba muerto, Caro no.

Por fin, Edward se aclaró la voz. Él también miraba hacia el jardín. "Le tengo un gran afecto a Caro, como sabes..." Un momento después, continuó, con un tono de reportar, "Es una práctica común que toda la información pertinente acerca de la vida de un embajador, incluyendo su matrimonio, se transmita de un asistente a su reemplazo. Se considera que es el tipo de cosa que, en ciertas circunstancias, es vital conocer. Cuando asumí mi cargo en Lisboa, mi predecesor me informó que era de conocimiento común entre el personal de la casa que Caro y Camden nunca compartían la cama."

Hizo una pausa, y luego prosiguió. "Se sabía que tal situación se remontaba prácticamente a su matrimonio—al menos al momento desde que Caro se marchó a vivir a Lisboa." Hizo otra pausa y luego, con mayor reticencia, continuó, "Se sospechaba—aun cuando nunca fue más que una sospecha—que era posible que su matrimonio nunca hubiese sido consumado."

Michael sintió la rápida mirada de Edward, pero mantuvo su vista fija en los jardines.

Después de un momento, Edward prosiguió. "Sea como sea, Camden tuvo una amante durante todos los años de su matrimonio con Caro—sólo una, una relación prolongada que existía previamente a su matrimonio. Se me dijo que Camden había regresado con aquella mujer aproximadamente un mes después de casarse con Caro."

A pesar de su entrenamiento, Edward no había conseguido impedir que la desaprobación coloreara sus palabras. Frunciendo el ceño mientras las digería, Michael preguntó finalmente, "¿Caro lo sabía?"

Edward sonrió con desdén, pero había tristeza en su voz. "Estoy seguro de ello. Algo así . . . era imposible que se le escapara. No que jamás lo revelara, ni con palabras ni con hechos."

Transcurrió un momento; la mirada de Edward se desvió hacia Michael, luego miró otra vez al frente. "Por lo que sé y por lo que sabían mis predecesores, Caro nunca tuvo un amante."

Hasta ahora. Michael no estaba dispuesto a confirmar o negar nada. Dejó que el silencio se prolongara y miró a Edward. Encontró su mirada y asintió. "Gracias. Eso era, en parte, lo que necesitaba saber."

Explicaba algunas cosas, pero suscitaba nuevas preguntas, cuyas respuestas, al parecer, sólo Caro sabía.

Regresaron al salón. "¿Enviarás a buscarme," preguntó Edward, "si surge algún problema en Londres?"

Michael miró a Elizabeth, concentrada en un concierto. "Si puedes ser de más ayuda para Caro allá que aquí, te lo haré saber."

Edward suspiró. "Probablemente lo sabes, pero debo advertírtelo de todas maneras. Debes vigilar de cerca de Caro. Ella es totalmente confiable en algunos aspectos, pero no siempre reconoce el peligro."

Michael encontró la mirada de Edward; asintió. Elizabeth interpretaba los últimos acordes triunfales; adoptando sin dificultad su sonrisa de político, atravesó el salón para despedirse de ella.

Llegaron a Londres al caer de la tarde. Había mucha humedad; el calor salía del pavimento, el sol poniente se reflejaba en las ventanas, su calor en los altos muros de piedra. A fines de julio, la capital estaba medio desierta; muchos de sus habitantes pasaban las semanas de mayor calor en sus casas de campo. El parque, que sólo albergaba unos pocos jinetes y un carruaje ocasional, se extendía como un oasis de verdor en el desierto de piedra gris y marrón que lo rodeaba. Sin embargo, cuando el carruaje giró hacia Mayfair, Michael sintió que su pulso se aceleraba—el reconocimiento de que entraban de nuevo al foro político, al lugar donde se formulaban, influenciaban, y adoptaban las decisiones.

Llevaba la política, como se lo había dicho a Caro, en su sangre.

A su lado, ella se movió, enderezándose para mirar por la ventana; instintivamente, Michael advirtió que ella también reaccionaba a la capital—la sede del gobierno—con una concentración similar, un aire más marcado de anticipación.

Se volvió hacia él. Encontró su mirada y sonrió. "¿Dónde debo dejarte?"

Él sostuvo su mirada y luego preguntó, "¿Dónde piensas alojarte?"

"En casa de Ángela, en Bedford Square."

"¿Se encuentra Ángela en Londres?"

Caro siguió sonriendo. "No—pero habrá sirvientes allí."

"¿Unos pocos?"

"Pues, sí—es la parte más calurosa del verano."

Michael miró al frente, y luego dijo. "Creo que sería infinitamente mejor que nosotros—ambos—nos alojáramos en casa de mi abuelo, en Upper Grosvenor."

"Pero . . ." Caro miró hacia fuera, mientras el carruaje aminoraba su marcha. Pudo ver un signo callejero; el carruaje giraba hacia la calle Upper Grosvenor. La idea de haber sido inadvertidamente cómplice de su propio secuestro la asaltó. Miró a Michael. "No podemos simplemente llegar a casa de tu abuelo."

"Desde luego que no." Se inclinó hacia delante. "Le envié un mensaje esta mañana."

El carruaje se detuvo. Él encontró sus ojos. "Vivo aquí cuando estoy en Londres, y Magnus rara vez sale—la casa tiene todo su personal. Créeme cuando te digo que tanto Magnus como su personal estarán muy complacidos de tenernos—a ambos—aquí."

Ella frunció el ceño. "Es forzar las convenciones demasiado que permanezca bajo el techo de tu abuelo cuando sólo él y tú se encuentran en casa."

"Me olvidé de mencionar a Evelyn, la prima de mi abuelo. Vive con él y se ocupa de la casa. Tiene cerca de setenta años, pero"—sostuvo su mirada—"tú eres viuda—estoy seguro de que guardamos todas las apariencias." Su voz era cada vez más decidida. "Aparte de todo lo demás, no hay ningún chismoso en Londres que se atreva a sugerir que algo escandaloso haya ocurrido en casa de Magnus Anstruther-Wetherby."

Esto era indiscutible.

Frunció el ceño. "Lo habías planeado todo de antemano."

Él sonrió y se inclinó para abrir la puerta del coche.

Ella no estaba persuadida de que fuese una buena idea, pero no conseguía pensar en una buena razón para oponerse; permitió que él la ayudara a apearse y luego la condujera a la entrada.

Un mayordomo corpulento abrió la puerta, con una expresión benevolente. "Buenas tardes señor. Bienvenido a casa."

"Gracias, Hammer." Michael la hizo atravesar el umbral. "Esta es la señora Sutcliffe. Permaneceremos aquí cerca de una semana mientras atendemos una serie de asuntos."

"Señora Sutcliffe." Hammer se inclinó; su voz era tan profunda como corpulento su cuerpo. "Si necesita usted algo, sólo toque la campana. Será un placer servirla."

Caro sonrió encantadoramente; a pesar de sus reservas, no podía permitir que éstas se notaran. "Gracias, Hammer." Con un gesto, indicó el carruaje. "Me temo que lo he cargado con muchísimo equipaje."

"No tiene importancia, señora—to llevaremos a su habitación en un momento." Hammer miró a Michael. "La señora Logan pensó que la habitación verde sería apropiada."

Ubicando mentalmente la habitación en la enorme mansión, Michael asintió. "Una elección excelente. Estoy seguro de que la señora Sutcliffe estará cómoda allí."

"De seguro." Caro lo miró a los ojos, intentó penetrar su máscara para saber qué estaba pensando—y no lo consiguió. Se volvió hacia Hammer. "El nombre de mi mucama es Fenella—habla corrientemente. Si pudiera enseñarle mi habitación, pronto subiré para tomar un baño y cambiarme para la cena."

Hammer hizo una reverencia. Con una graciosa inclinación, Caro se volvió hacia Michael y lo asió del brazo. "Será mejor que me presentes a tu abuelo."

Michael la condujo hacia la biblioteca, el lugar sagrado de su abuelo. "¿Lo conoces, verdad?"

"Lo conocí hace años—no creo que lo recuerde. Fue en un evento del Ministerio de Relaciones Exteriores."

"Lo recordará." Michael estaba seguro de ello.

"¡Ah—señora Sutcliffe!" exclamó Magnus en cuanto entró Caro. "Por favor discúlpame por no levantarme—maldita gota. Es un tormento." Instalado en una enorme silla colocada frente a la chimenea, tenía un pie vendado sobre un taburete. Magnus la contempló con una mirada azul, aguda e inteligente, mientras atravesaba la habitación para saludarlo. "Es un placer verte de nuevo, querida."

Extendió su mano; decididamente serena e inconmovible,

ella puso la suya entre sus dedos e hizo una reverencia. "Es un placer renovar nuestro conocimiento, señor."

Magnus lanzó una penetrante mirada a Michael bajo sus gruesas cejas. Encontrando su mirada, Michael se limitó a sonreír.

Asiendo su mano, Magnus la palmoteó levemente. "Mi nieto me dice que tendremos el placer de tu compañía por una semana o algo así."

Soltándola, se arrellanó en su silla, fijando su atención en ella.

Ella inclinó la cabeza. "Si es conveniente para usted, desde luego."

Una leve sonrisa flotó por los labios de Magnus. "Querida, soy un anciano y sólo me sentiré encantado de que, a mi provecta edad, se me alegre con la presencia de ingenio y belleza."

Ella tuvo que sonreír. "En ese caso,"—arreglando sus faldas a su alrededor, se sentó en una silla—"me complacerá aceptar y disfrutar de su hospitalidad."

Magnus la estudió, absorbiendo su confianza en sí misma, su tranquila serenidad y luego sonrió. "Bien, ahora que hemos salido de todas las formalidades sociales, ¿ de qué se trata esto, eh?"

Miró a Michael. Michael la miró a ella.

Comprendiendo que él dejaba la decisión de incluir a Magnus completamente en sus manos, Caro advirtió con un leve asombro que desde que habían decidido viajar a Londres, ella no había tenido tiempo de detenerse en las razones del viaje.

Concentrándose en Magnus, considerando su vasta experiencia, encontró su mirada. "Al parecer, alguien no está dispuesto a permitir que yo continúe con vida."

Magnus bajó las cejas; un momento después, gruñó, "¿Por qué?"

"Eso," le informó ella, quitándose los guantes, "es lo que hemos venido a descubrir."

Entre ambos se lo explicaron; fue tranquilizador encontrar que Magnus reaccionaba como ellos lo habían hecho. Tenía una profunda experiencia del mundo; si él estaba de acuerdo con ellos, probablemente estaban en lo cierto.

Más tarde aquella noche, cuando Fenella finalmente la dejó, Caro se detuvo delante de la ventana de la elegante recámara, decorada en distintos tonos de verde, y miró cómo la noche envolvía a Londres en sus sensuales brazos. Un lugar tan diferente del campo; sin embargo, se sentía igualmente en casa allí; los constantes ruidos lejanos de la actividad nocturna le resultaban tan familiares como el profundo silencio del campo.

Después de hablar con Magnus, se retiró para tomar un baño y refrescarse; luego cenaron en un ambiente casi informal. Terminada la cena, en el salón, mientras Magnus asentía, ella y Michael habían planeado recuperar los papeles de Camden y su copia del testamento de la casa de la Media Luna; ella estuvo de acuerdo en que la mansión de Upper Grosvenor, bajo la vigilancia constante del considerable personal de Magnus y dado que el anciano caballero permanecía casi siempre allí, sería un lugar más seguro que la residencia deshabitada de la Media Luna.

Su camino en este asunto era claro; ella no sentía reticencia alguna, ninguna vacilación sobre su plan para desenmascarar y, metafóricamente, silenciar las pistolas de quienquiera que le deseara mal.

En aquel punto, se sentía segura.

Sin embargo, acerca del tema de qué era lo que se desarrollaba entre ella y Michael se sentía mucho menos confiada. Se había dirigido a la cabaña intentando llegar a alguna conclusión; el destino había intervenido, desencadenando una serie de acontecimientos que, en lo sucesivo, habían dominado su tiempo.

No obstante, ahora que finalmente podía considerar de nuevo el asunto, fue sólo para advertir que no había avanzado en absoluto; el continuo deseo de Michael por ella— todo lo que estaba descubriendo emanaba de él, tanto de él como de ella, como su inesperada aparición en su recámara la noche anterior, a través de una ruta tan descabellada—todo aquello era aún tan novedoso para ella, tan emocionante, que todavía no podía ver más allá de ello.

No podía ver a dónde la conducía. O a él.

La casa estaba en silencio; ella escuchó sus pasos un instante antes de que girara el picaporte y él entrara.

Se volvió para observarlo mientras atravesaba la habitación; sonrió, pero mantuvo la mayor parte de su sonrisa oculta. Se preguntó si él vendría—llevaba otro de sus diáfanos camisones por si acaso.

Él se desvistió; al parecer no llevaba más que una larga bata de seda. Mientras se acercaba a ella sin prisa, su mirada recorría su cuerpo, absorbiendo el efecto de la gasa casi transparente, disimulada por tres rosas de tela ingeniosamente situadas—dos capullos y una florecida.

Al llegar a su lado se detuvo, levantó su mirada a sus ojos. "¿Sabes, verdad, que estos camisones me privan de la capacidad de pensar?"

Su sonrisa se hizo más profunda; una risa sensual se le escapó. Él la tomó en sus brazos, y ella levantó los suyos para anudarlos en su cuello. Por un momento, Michael vaciló, con los ojos fijos en los de ella. El ardor de su mirada le aseguró que su comentario se aproximaba a la verdad literal. Luego se inclinó, sus brazos se apretaron...

Oprimiendo una mano contra su pecho, ella lo detuvo.

Él encontró sus ojos. Fijando su mirada en ellos, ella deslizó su mano, encontró y deshizo la tira que anudaba su bata, puso su mano dentro del borde de ella y lo encontró.

Duro, ardiente, excitado de deseo por ella.

A ella le parecía aún algo asombroso; sintió que perdía el aliento, que su corazón volaba. Quería compartir su júbilo, su placer. Cerrando la mano, oprimió, acarició, vio cómo cerraba los ojos, sus facciones desprovistas de toda expresión, y luego la apretaba con un deseo más fuerte.

Con su otra mano, ella apartó la bata de seda de sus hombros, entusiasmada cuando sintió el susurro de la seda que caía. Se acercó más, lo besó en el centro de su pecho; luego, con una mano envuelta todavía alrededor de su rígida erección, usó la otra extendida sobre el cuerpo de Michael para mantener el equilibrio mientras se deslizaba hacia abajo, recorriéndolo con los labios, hasta quedar de rodillas.

Osadamente, recorrió delicadamente con la punta de la lengua la ancha cabeza; luego animada por el estremecimiento que lo invadió, abrió los labios y suavemente lo tomó en su boca.

Los dedos de Michael se deslizaron por sus cabellos, se aferraron mientras ella lo succionaba suavemente, lamía, experimentaba. Hundiendo los dedos en sus nalgas, ella lo sostuvo con fuerza, registrando su respuesta, sus reacciones—los dedos tensos, el aliento cada vez más entrecortado—y aprendió a complacerlo.

Aprendió a tensar sus nervios, como él con tanta frecuencia había tensado los suyos—y continuar, continuar...

Abruptamente, Michael respiró profundamente, cerró sus manos sobre sus hombros y la levantó. "Basta."

La palabra salió con dificultad; ella obedeció, lo soltó, apoyó ambas manos contra él, recorriéndolo hacia arriba, mientras permitía que él la pusiera de pie.

Sus ojos, cuando encontraron los de Caro, ardían. "Quítate el camisón."

Sosteniendo su mirada, levantó sus manos a los hombros, abrió el broche.

En cuanto la gasa cayó al suelo, él la atrajo hacia sí, la besó vorazmente—vertió calor y fuego en sus venas hasta que ella también ardía—luego la levantó en sus brazos.

Ella anudó sus brazos a su cuello, entrelazó sus piernas a sus caderas, suspiró entrecortadamente, con la cabeza hacia atrás mientras sentía que él se inclinaba sobre ella. Luego la bajó lentamente, penetrándola centímetro a centímetro, inexorablemente, hasta que se encontró plenamente dentro de ella, duro y ardiente y tan real.

Luego la movió sobre él; ella lo miró, dejó que él captara sus ojos, la hiciera danzar hasta que ella se fusionó completamente con él, unidos en el pensamiento, la acción, el deseo. En un momento dado, sus labios se encontraron de nuevo, y dejaron el mundo, entraron a otro mundo.

Un mundo en el que nada importaba salvo esta sencilla comunión, esta fusión de cuerpos, de mentes, de pasiones.

Ella se le entregó a esta unión, supo que él también lo hacía.

Juntos, volaron y tocaron el sol, se fusionaron, se derritieron y luego, ineludiblemente, regresaron a la tierra.

Más tarde, envuelta en sus brazos, desplomada sobre la cama, Caro murmuró, "Esto probablemente es escandaloso—es la casa de tu abuelo."

"Es la de él, no la mía."

Las palabras llegaron a ella como un torbellino, vibrando a través de su pecho sobre el que ella apoyaba la cabeza. "¿Es por eso que deseabas que me alojara aquí?"

"Es una de las razones." Sintió que jugaba con sus cabellos, la acariciaba, la tomaba por la nuca. "Tengo un problema de insomnio que esperaba que tú pudieras curar."

Riendo, débil pero feliz, ella se apoyó contra él.

Cerrando los ojos, Michael sonrió. Igualmente feliz, se entregó al sueño.

CAPÍTULO
17

*C*aro deslizó la llave en la cerradura de la puerta principal de la casa de la Media Luna. "Nuestra antigua ama de llaves, la señora Simms, viene dos veces a la semana para airear y limpiar el polvo, para que todo esté preparado en caso de que yo desee regresar."

Michael la siguió a un recibo amplio de baldosas negras, blancas y ocre, con destellos dorados en el mármol. Al regresar a Londres, Caro no había elegido llegar a esa casa; al parecer, no lo había contemplado siquiera. Cerrando la puerta principal, Michael miró a su alrededor mientras ella se detenía en un arco que él supuso conducía al salón. Las doble puertas estaban abiertas; ella miró en su interior, luego se dirigió a la puerta siguiente e inspeccionó la habitación.

Admirando el revestimiento en madera, las consolas y el enorme espejo que adornaba el recibo, se detuvo y miró sobre la cabeza de Caro y sintió una gran sorpresa. Era el comedor; tenía una larga mesa de caoba con el más maravilloso brillo, un conjunto de asientos que incluso su conocimiento, que no era el de un experto, consideró como antigüedades francesas: no podía adivinar el periodo, pero su valor era evidente.

Siguió a Caro que pasaba de habitación en habitación; cada objeto que veía era como para un museo, incluso los adornos. Sin embargo, la casa no lucía atiborrada ni fría y poco acogedora. Era como si hubiera sido arreglada con increíble amor, cuidado, y un ojo soberbio para la belleza y luego, por alguna razón, apenas la habían usado.

Mientras subía por la enorme escalinata detrás de Caro, advirtió que Edward estaba en lo cierto; la casa y sus contenidos eran extremadamente valiosos—algo por lo que alguien podría matar. Alcanzó a Caro en lo alto de la escalera. "Primero el testamento."

Ella lo miró, y luego avanzó por uno de los pasillos.

La habitación a la que llegaron había sido, evidentemente, el estudio de Camden. Mientras ella se dirigía a una pared detrás del escritorio y hacía a un lado un cuadro—que se asemejaba sospechosamente al de un antiguo maestro—para descubrir una caja fuerte, y se dedicaba a abrirla, él aguardó en el umbral y miró a su alrededor. Intentó imaginar a Camden allí. Con Caro.

Menos abiertamente masculino que la mayoría de los estudios, la habitación mostraba un sentido de equilibrio y buen gusto; como en las otras habitaciones, todos los muebles eran antiguos, las telas suntuosas. Examinó, consideró, consciente otra vez de no ser capaz de tener una imagen clara de la relación entre Camden y Caro.

Los había visto juntos en una serie de ocasiones, veladas diplomáticas y eventos similares. Nunca había sospechado que su matrimonio no fuese más que una fachada. Ahora sabía que lo había sido; aun allí, en la casa que Caro le había dicho que había arreglado Camden durante sus años de matrimonio, esencialmente para ella...

Con un pergamino doblado en la mano, cerró la caja fuerte, la aseguró y puso de nuevo el cuadro en su lugar; al observarla atravesando la habitación, Michael sacudió la cabeza mentalmente. Es posible que Camden hubiese arreglado la casa, pero era de Caro—se adaptaba esencialmente a ella, era la vitrina perfecta para ella y sus múltiples talentos.

En cuanto formuló este pensamiento, supo que era verdad; sin embargo, si Camden la había querido lo suficiente como para entregar tanto de sí—no sólo dinero, sino mucho más—para crear aquella obra de arte para ella, ¿por qué no la había tocado? ¿Por qué no la había amado, al menos físicamente?

¿Y había entregado sus atenciones más bien a una amante? Irguiéndose, tomó el grueso legajo que Caro le entregaba. "No cabe en mi bolso."

Él consiguió guardarlo en el bolsillo interior de su saco. "No soy un experto en cosas jurídicas—¿te preocuparía que lo hiciera examinar de alguno, sólo para asegurarnos que no haya algún giro extraño que no podamos detectar?"

Ella arqueó las cejas, pero asintió. "Eso podría ser conveniente. Ahora"—señaló de nuevo al pasillo—"los papeles de Camden se encuentran allí."

Para su sorpresa, no lo condujo hacia otra habitación, sino que se detuvo delante de un par de puertas dobles, un armario empotrado en la pared del pasillo.

Caro abrió las puertas, revelando repisas llenas de ropa de cama y toallas, todo apilado ordenadamente. Las dos mitades del armario eran conjuntos separados de repisas, como dos bibliotecas adosadas. Inclinándose sobre una de las repisas, Caro oprimió un pasador que las soltaba—se abrieron un poco. "Retírate."

Michael lo hizo y observó, maravillado, cómo hacía girar primero un conjunto de repisas y luego el otro, revelando una bodega en la que cajas de archivos bordeaban todas las paredes, ordenadamente dispuestas.

Retrocediendo, ella señaló con un gesto. "Los papeles de Camden."

Michael los miró, luego a ella. "Por suerte trajimos dos lacayos."

"Ciertamente." Él no había comprendido por qué ella lo había pedido.

Volviéndose, bajó la escalera, a través de la parte de atrás de la casa, y atravesó el sendero del jardín para abrir el portal de atrás. El coche más grande de Magnum aguardaba allí.

Michael se encargó. Una hora más tarde, habiendo cerrado de nuevo la casa de la Media Luna, regresaron a Upper Grosvenor y comenzaron a desempacar los archivos acumulados durante la vida de Camden Sutcliffe.

Evelyn, una silenciosa pero temible dama que Caro había conocido durante la cena la noche anterior, había sugerido que almacenaran los papeles en un pequeño salón del primer piso, cerca de la escalera principal que ocupaba la parte central de la mansión. "Es lo más seguro," había opinado Evelyn. "Siempre hay una mucama o un lacayo que tiene a la vista esa puerta."

Magnus había refunfuñado, pero estuvo de acuerdo con ella. Por lo tanto, las cajas fueron transportadas y almacenadas ordenadamente a lo largo de una de las paredes del salón, aguardando a que Caro revisara su contenido. Cuando los lacayos finalmente se retiraron, terminado su trabajo, ella contempló la tarea que le esperaba y suspiró.

Michael, reclinado contra el marco de la puerta, la observó. "Magnus te ayudaría con sólo sugerirlo."

Ella suspiró de nuevo. "Lo sé, pero en deferencia a Camden, si alguien ha de leer sus diarios y su correspondencia privada, debo ser yo. Al menos hasta que sepamos si hay algo de interés en esos papeles."

Michael estudió su rostro, luego asintió y se enderezó. Abajo, sonó un gong.

Caro sonrió. "Salvada—comenzaré después del almuerzo."

Retirando un mechón de su cara, se asió a su brazo, dejó que él la sacara de la habitación y cerró la puerta. Durante el almuerzo, estudiaron el testamento. Todos lo leyeron, incluso Evelyn, tan minuciosa como irascible podía ser Magnus, pero también astuta y experimentada a su manera. Ninguno de ellos estaba seguro de haber comprendido cabalmente el enredado leguaje jurídico lo suficiente como para emitir un juicio.

"Será mejor contar con la opinión de un experto."

Caro repitió graciosamente su consentimiento; Michael puso el testamento de nuevo en su bolsillo.

Una vez terminado el almuerzo, la acompañó de regreso al salón. Pasaron la siguiente media hora reorganizando las cajas para establecer algún orden; luego, con la primera caja abierta a sus pies, Caro se sentó en un sillón—y lo miró. Arqueó levemente las cejas, divertida.

El sonrió. "No, no me quedaré aquí viéndote leer." Se golpeó el pecho—el testamento crujió. "Haré que lo examinen. Me aseguraré de que esto se haga con absoluta discreción."

Ella sonrió. "Gracias."

Sin embargo, Michael vacilaba. Cuando ella arqueó de nuevo las cejas, le preguntó, "'¿Puedes hacer algo por mí' "

Ella observó su rostro. "¿Qué?"

"Quédate aquí—prométeme que no saldrás de la casa hasta cuando regrese."

Su sonrisa era dulce; lo miró un momento con sus ojos plateados y luego inclinó la cabeza. "Te lo prometo."

Él sostuvo su mirada un instante más, luego se despidió y partió.

No tuvo que ir lejos—sólo recorrió la calle Upper Grosvenor hasta que ésta desembocó en la plaza Grosvenor. Caminó por el costado norte de la plaza, buscando entre las damas, los niños y las niñeras que paseaban y jugaban en los jardines centrales, esperando encontrar rostros conocidos. No tuvo suerte. Al llegar a la imponente mansión en el centro de la calle, subió las escalinatas, rogando por que sus propietarios estuviesen en casa.

La suerte le sonrió esta vez; estaban allí.

Preguntó si podía ver a Devil.

Cómodamente instalado detrás del escritorio de su estudio, su cuñado lo saludó con las cejas arqueadas y una sonrisa diabólica, levemente incitadora. "¡Eh! Pensé que estabas ocupado cazando una esposa. ¿Qué te trae por aquí?"

"Un testamento." Michael lanzó el testamento sobre el escritorio de Devil y se sumió en una de las sillas delante de él.

Reclinándose, Devil consideró el pergamino doblado, pero no hizo ningún movimiento para tomarlo. "¿De quién?"

"De Camden Sutcliffe."

Al escucharlo, Devil levantó la mirada, encontró sus ojos. Después de estudiar su rostro por un momento, preguntó, "¿Por qué?"

Michael se lo dijo; como lo había esperado, relatar los ataques contra Caro fue lo único que necesitó para atraer la atención de su poderoso cuñado.

Devil tomó el testamento. "Entonces, la respuesta podría estar aquí."

"Ahí, o bien en los papeles de Camden. Caro los está revisando—me pregunto si puedes hacer que tus empleados lo examinen"—con un gesto, indicó el testamento—"con muchísimo cuidado."

Podía haberse dirigido a la firma de abogados cuyos servicios utilizaba Magnus, pero aquellos abogados eran tan viejos como su abuelo. Devil, por otra parte, Duque de St. Ives y cabeza del poderoso clan de los Cynster y, por lo tanto, constantemente envuelto en todo tipo de asuntos jurídicos, utilizaba a los mejores abogados de la fraternidad jurídica que se destacaban en ese momento. Si alguien podía identificar una amenaza potencial para Caro sepultada en el testamento de Camden, los de Devil lo harían.

Hojeando el documento, Devil asintió. "Lo pondré a trabajar en ello de inmediato." Hizo un gesto, luego dobló el testamento de nuevo. "Nos pone a pensar qué sucedió con el idioma."

Dejando el testamento a un lado, tomó una hoja de papel en blanco. "Agregaré una nota diciendo que deseamos la respuesta a la mayor brevedad posible."

"Gracias." Michael se puso de pie. "¿Está Honoria en casa?"

Una leve sonrisa iluminó la expresión de Devil. "Sí está, y estoy seguro de que tu presencia dentro de sus inmediaciones ya ha sido reportada." Miró a Michael y sonrió. "Probablemente, está preparada para abalanzarse sobre ti en cuanto salgas de esta habitación."

Michael levantó las cejas. "Me sorprende que no haya entrado." No era típico de Honoria aguardar, y Devil no tenía secretos para ella.

La sonrisa de Devil sólo se hizo más profunda; bajó la vista y escribió. "Creo que intenta contenerse para no inmiscuirse en tu vida amorosa—el esfuerzo probablemente la está matando."

Riendo, Michael se volvió hacia la puerta. "Será mejor que vaya a aliviarla."

Devil levantó su mano para despedirse. "Te enviaré un recado en cuanto tenga alguna noticia."

Michael salió. Cerrando la puerta del estudio, se dirigió por el pasillo hacia el recibo principal.

"Espero realmente"—el tono agudo, incuestionablemente de duquesa, de su hermana, llegó hasta él en el instante en que llegó al recibo—"¿que hayas tenido la intención de venir a visitarme?"

Michael giró sobre sí mismo, y levantó la vista hacia la enorme escalera; Honoria se encontraba en el rellano. Sonrió. "Iba a buscarte."

Subió las escaleras de dos en dos, y luego la apretó en un abrazo que ella, sonriendo con deleite, le devolvió.

"Ahora," dijo, soltándolo y retrocediendo para mirar su rostro. "Cuéntame tus noticias. ¿Qué haces de regreso en Londres? ¿Ya hiciste alguna propuesta de matrimonio?"

Él rió. "Te lo diré, pero no aquí."

Ella lo tomó del brazo y lo condujo a su salón privado. Volviéndose, se acomodó en un sillón y apenas aguardó a que él se sentara antes de exigir, "Ahora dímelo. Todo."

Michael lo hizo; no tenía sentido ocultárselo—cualquier indicio de evasión y ella habría saltado, y hubiera hecho que él lo confesara o se lo hubiera sonsacado a Devil. La única información que omitió mencionar, lo mismo que con Devil, fue la verdad del matrimonio de Camden y Caro. No afirmó específicamente que Caro Sutcliffe era la mujer que deseaba su corazón; no tuvo que hacerlo—Honoria hizo la conexión fácilmente.

Las noticias sobre los ataques a Caro la hicieron reflexionar—Caro y ella habían sido grandes amigas alguna vez—pero cuando le explicó cómo se proponían enfrentar el problema, ella se limitó a asentir. Con tres hijos cuyo bienestar ella supervisaba muy de cerca, Honoria tenía demasiadas ocupaciones en aquella época para interferir. Sin embargo...

"Tráela a tomar el té en la tarde." Honoria reflexionó, y luego dijo. "Hoy es demasiado tarde, pero ven con ella mañana."

Michael sabía que podía contar con Honoria para que se pusiera de su lado, para orientar con tacto y discretamente a Caro de manera que aceptara su propuesta. No podía desear mejor apoyo, pero...era un apoyo que debía ser informado. "Le he pedido que se case conmigo—no ha aceptado todavía."

Honoria arqueó las cejas. Parpadeó y luego sonrió, comprendiendo todo. "Entonces veremos qué podemos hacer para ayudarla a decidirse."

Se levantó. "Ahora ven a hacer tu penitencia—tus sobrinos están en el salón de estudios."

Sonriendo, Michael se puso de pie, perfectamente dispuesto a pagar el precio de su ayuda.

A fines de julio, Londres es caliente y húmedo; sin embargo, está relativamente libre de compromisos sociales ineludibles. Por consiguiente, se reunieron para cenar en familia—Caro, Magnus, Evelyn y él; durante la cena, revisaron los hechos y refinaron su estrategia.

"He comenzado a leer los diarios de Camden." Caro hizo una mueca. "Era increíblemente detallado en sus observaciones—es perfectamente posible que haya visto y anotado algo que alguien ahora pueda considerar peligroso."

"¿Vas lentamente?" preguntó Michael.

"Mucho. Comencé desde la primera vez que asumió el cargo como embajador en Portugal—parecía el lugar más adecuado para empezar."

"¿Y qué hay de su correspondencia?"

"La revisaré después, si no encuentro nada en los diarios."

Michael era consciente de que Magnus se estaba conteniendo para no decir que lo ayudaría con las cartas; describió brevemente su visita a Devil Cynster y cómo éste había aceptado que sus abogados analizaran el testamento.

"Debe haber algo más que puedas hacer." Magnus miró a Michael por debajo de sus enormes cejas.

Sonriendo levemente, Michael miró a Caro. "Los portugueses son sospechosos—parece probable que haya sido Leponte quien propició el robo en la mansión Sutcliffe. Sabemos que registró la Casa Bramshaw. Creo que sería conveniente descubrir si él, o alguien de su familia, ha venido a Londres."

"Y si no lo han hecho," gruñó Magnus, "debemos establecer una vigilancia."

"Así es." Michael miró de nuevo a Caro. "Debemos reunir nuestras fuente. ¿Cuál es la mejor manera de saber qué personas de la delegación portuguesa se encuentran en Londres?"

Propusieron algunos nombres de asistentes y otros funcionarios en diferentes cargos. Michael redactó una corta lista. "Haré mis rondas mañana en la mañana y veré qué pueden decirme."

"Se me ocurre"—apoyándose en un codo, con la barbilla en la mano, Caro lo observó desde el otro lado de la mesa— "que, entre ambos, tenemos numerosos contactos en los círculos diplomáticos y políticos que podríamos explotar—no tanto oficialmente, como socialmente. Podrían ayudarnos, no sólo a saber quién está en Londres, sino con recuerdos y también con cambios recientes, cualquier cambio de poder en Portugal o en otro lugar."

Miró a Magnus. "No tenemos idea de cuándo se remonta la conexión con Camden, y tampoco sabemos por qué ha adquirido súbitamente tanta importancia." Miró a Michael. "Alguien podría saber más, aun cuando no puedo ver aún cómo abordar el tema."

Magnus asentía. "Un camino razonable, incluso si no puedes ver todavía cómo podría ayudarnos. Lo primero que debes hacer es anunciar que estás de regreso en Londres."

"Dado que estamos en la mitad del verano, los círculos son más pequeños y, por lo tanto, más selectos." Caro golpeó la mesa. "No debe ser difícil agitar la bandera, salir—descubrir lo que podamos acerca de los portugueses y, a la vez, explorar cualquier otra pista promisoria."

Michael estudió su rostro, preguntándose si habría advertido por qué Magnus insistía tanto en que salieran juntos en sociedad. Sin embargo, fue ella quien lo sugirió. "Por qué no nos reunimos de nuevo mañana para almorzar y vemos cuánto hemos progresado; luego podremos hacer planes más definidos para regresar a la escena."

Evelyn retiró su asiento; utilizando su bastón, se puso de pie. "Mañana saldré a tomar el té en la mañana y en la tarde." Sonrió. "Podemos ser viejos, pero sabemos qué es qué—y, más aún, qué sucede. Tomaré nota de qué anfitrionas ofrecen eventos durante los próximos días."

"Gracias." Con una sonrisa, Caro se levantó también. Rodeando la mesa, entrelazó su brazo al de Evelyn. "Eso sería de gran ayuda."

Ambas se encaminaron al salón a tomar el té; una hora después, se retiraron a sus habitaciones.

Michael, quien se había puesto de pie, tomó asiento de nuevo. Aguardó a que Hammer dispusiera las licoreras; luego llenó la copa de su abuelo y la suya. Cuando Hammer se retiró y se encontraron a solas, se reclinó en su silla, bebió y miró a Marcus especulativamente.

Perfectamente consciente de ello, Magnus levantó una de sus pobladas cejas. "¿Y bien?"

Michael saboreó el excelente brandy de su abuelo y luego preguntó, "¿Qué sabes acerca de Camden Sutcliffe?"

Una hora y media más tarde, después de acompañar a Magnus a su habitación, Michael regresó a la suya—para desvestirse, ponerse su bata y unirse a Caro en la de ella.

Sacando el alfiler de oro de su corbata, reflexionó sobre la imagen que había descrito Magnus de Camden Sutcliffe. Magnus había conocido, desde luego, a Camden, mas no muy bien; Magnus tenía más de ochenta años; era más de diez años mayor que Camden y, aun cuando durante su larga carrera política Magnus se había visto envuelto en eventos diplomáticos, ninguno de ellos incluía a Portugal durante el tiempo que Camden había detentado su cargo allí.

No obstante, Magnus era un astuto y agudo observador; había descrito a Camden con unas pocas pinceladas, dejando a Michael con una idea clara de un caballero de nacimiento y de formación, un caballero que, como ellos, daba por sentada su posición y no veía la necesidad de impresionar a otros. Camden, sin embargo, había sido, como lo dijo Magnus, *exquisitamente* encantador, un hombre que conocía el grado exacto de brillo que debía aplicar a quien trataba con él. Un hombre que combinaba un encanto letal con un temperamento agradable y excelentes maneras al servicio de su país—y de Camden Sutcliffe.

La imagen que había evocado Magnus era la de un hombre extremadamente centrado en sí mismo pero que, simultáneamente, había sido un reconocido patriota. Un hombre que generosamente ponía a su país por encima de todo lo demás, que jamás violó su vocación de servicio y su lealtad a él, pero quien, en todo otro respecto, ante todo, pensaba en sí mismo.

Aquella visión se ajustaba bien a la revelación de Caro según la cual la había desposado únicamente por sus talentos como anfitriona. Se adecuaba también a las impresiones de Edward y a aquellas que el propio Michael había recogido a lo largo de los años, no sólo por su experiencia personal, sino de Geoffrey, George Sutcliffe y de otras personas que habían conocido bien a Camden.

No explicaba, sin embargo, la casa de la Media Luna.

Michael se encogió de hombros, anudó su bata. Sacudiendo mentalmente la cabeza, haciendo a un lado el todavía inexplicable acertijo de la relación de Camden con Caro, abrió la puerta y se dispuso a reunirse con ella.

La viuda de Camden—su futura esposa.

Al día siguiente, para la hora del almuerzo, se había enterado de que Ferdinand Leponte se encontraba en Londres. Regresó a la casa de Upper Grosvenor y se unió a los demás en la mesa del comedor. Sentándose, miró a Caro.

Ella encontró su mirada. Sus ojos se abrieron asombrados. "Te enteraste de algo. ¿De qué?"

Estaba sorprendido; sabía que no era tan fácil de leer. Pero asintió y les contó sus noticias. "Ni los duques, ni los condes están con él—al parecer, se encuentran todavía en Hampshire. Ferdinand, sin embargo, dejó su yate y el atractivo del Solent en el verano y ha viajado a Londres—se aloja en unas habitaciones anexas a la embajada."

"¿Cuándo llegó?" preguntó Magnus.

"Ayer." Michael intercambió una mirada con Caro.

Ella asintió. "Es muy sencillo ir de visita a la Casa Bramshaw, preguntar por mí y enterarse de que había venido a Londres."

Michael tomó su copa. "No me enteré de nada más que fuese de interés. ¿Averiguaron ustedes algo?"

Caro hizo un gesto y sacudió la cabeza. "Todo es muy colorido, pero no hay insinuaciones de algo nefasto—de nada que podría ser peligroso saber."

Miraron a Evelyn; ella sacó una nota de su bolsillo y la alisaba.

"Hice una lista de los eventos para esta noche." Se la pasó a Caro. "Esto debe servirte para comenzar."

Levantando la vista de la lista, Caro sonrió agradecida. "Gracias—esto es perfecto." Al otro lado de la mesa, encontró los ojos de Michael. "Tu tía Harriet ofrece una velada esta noche."

Aun cuando su rostro no reveló nada, ella estaba segura de que Michael estaba pensando en la última reunión que había tenido con su tía, y en el encuentro posterior de Caro con Harriet. Harriet creía que él perseguía a Elizabeth.

Caro sonrió. "Obviamente, debemos asistir."

Una leve mueca cruzó su rostro, pero inclinó la cabeza.

Cuando se levantaron de la mesa y se dispersaron, Caro se detuvo en el recibo, con la nota de Evelyn en la mano, planeando.

Al regresar después de acompañar a Magnus a la biblioteca, Michael la encontró allí. Se detuvo para contemplar su delgada figura, erguida, con la cabeza en alto, con la expresión concentrada, antes de caminar hacia ella. "¿Vas a regresar a los diarios, entonces?"

Ella lo miró, sonrió. "No—si vamos a lanzarnos otra vez al remolino, necesito unos guantes nuevos y más medias. Creo que iré a Bond Street." Por un momento, hizo una mueca. "Ya he tenido suficiente de los escritos de Camden por hoy."

No pudo detectar tristeza en ella, pero, ¿podría hacerlo? ¿Dejaría que se viera una reacción semejante? No tenía idea de qué tipo de revelaciones habría podido anotar Camden en sus diarios.

"Iré contigo." Las palabras, y sus intenciones, eran instintivas; no había necesitado—no necesitaba—pensar.

Ella parpadeó. "¿*Quieres* ir a Bond Street?"

"No, pero si es allí a donde vas, allá iré yo."

Pareció que transcurría un minuto entero mientras ella lo

miraba, con una leve sonrisa en los labios. Se volvió hacia la escalera. "Será mejor entonces que vayamos ahora, pero tendré que cambiarme."

Él ahogó un suspiro. "Aguardaré en la biblioteca."

Estaba leyendo un tratado sobre la historia reciente de Portugal cuando ella abrió la puerta de la biblioteca y se asomó. Él se puso de pie; Magnus levantó la vista de sus propias investigaciones, sobre temas muy similares, gruñó y se despidió de ellos.

Uniéndose a Caro en el pasillo, contempló con admiración la creación que ella había elegido, un traje de velo moteado de un delicado azul hielo. La visión del hielo en un caliente día de verano pasó por su mente; su boca se hizo agua. Con una sonrisa, ella se adelantó hacia el recibo y la puerta principal, evidentemente inconsciente del efecto que sus ondulantes caderas, vestidas en tal fantasía, tenían sobre él.

Cuando se detuvo ante la puerta que Hammer abría, y envuelta en la luz del sol que brillaba afuera, lo miró, esperando ansiosa, él vaciló por un segundo jugó con la idea de engatusarla para llevarla de nuevo arriba... Pero comprendió que ella no lo comprendería de inmediato, que a pesar de todo lo que habían compartido hasta entonces, ella aún no comprendía realmente la profundidad de su deseo por ella. No necesariamente reaccionaría de acuerdo con él, no de inmediato.

Respirando profundamente, forzando sus facciones para asumir una expresión de fácil indulgencia, la tomó del brazo. "El carruaje debe estar esperando."

Lo estaba; él la ayudó a subir y luego se sentó a su lado mientras avanzaban por las calles. Bond Street no estaba lejos de allí; pronto caminaban del brazo delante de las tiendas de moda. Caro entró sólo a dos almacenes—uno para los guantes, otro para las medias. Él aguardó afuera en ambos casos, agradeciendo en silencio que ella no fuese una de aquellas mujeres que tenían que entrar a todas las tiendas que veían.

La calle estaba menos congestionada que durante la temporada. Era agradable pasearse por allí, saludando a una dama y a otra. El grueso de la sociedad estaba ausente, retozando en el campo; si algunos miembros de la alta sociedad que estaban en Londres, era porque les resultaba necesario—porque trabajaban en alguna rama del gobierno, o eran actores esenciales en un ámbito similar.

Caro atraía las miradas, tanto de hombres como de mujeres. Tenía un estilo elegante y exclusivo—exclusivo de ella. Aquel día la atención que atrajo a menudo resultaba en reconocimiento; muchas de las damas que se encontraban en Bond Street eran anfitrionas mayores que la consideraban parte de su grupo.

Despidiéndose de Lady Holland, la anfitriona importante que habían encontrado, él arqueó una ceja cuando Caro tomó de nuevo su brazo. "¿Sólo guantes y medias?"

Ella sonrió. "Era una oportunidad obvia. Si vamos a unirnos de nuevo a la manada, estas damas son las primeras que deben saberlo."

"Hablando de oportunidades obvias, me olvidé de mencionar"—encontró su mirada cuando ella lo miró inquisitivamente—"Honoria me pidió que te llevara a tomar el té hoy. Supuse que sería algo privado—creo que, en lo que se refiere a la vida social, en el momento no está de humor para ella."

El rostro de Caro se iluminó. "No la he visto—ni hablado con ella—en años. Desde que tus padres murieron. Sólo la vi de lejos la temporada pasada en los salones de baile—nunca tuvimos oportunidad de conversar realmente." Encontró sus ojos. "¿Qué hora es?"

Él sacó su reloj, lo consultó; ella lo miró de reojo. Deslizándolo de nuevo en su bolsillo, miró a su alrededor. "Si caminamos hasta la esquina, y luego regresamos al coche, podemos ir directamente a su casa—llegaremos en el momento perfecto."

"Excelente." Poniendo su mano en el brazo de Michael, avanzó. "Veamos a quién más nos encontramos."

Dos anfitrionas más; luego, para sorpresa de ambos, Muriel Hedderwick apareció en su camino.

"Caro." Saludó a Caro, luego miró a Michael.

Él tomó su mano y se inclinó sobre ella. Muriel devolvió su cortés saludo y luego se volvió hacia Caro.

"¿Has venido a una reunión?" Caro sabía que Muriel rara vez viajaba a Londres para otra cosa.

"Así es," replicó Muriel. "La Sociedad de los Huérfanos Mayores. La reunión inaugural fue ayer. Nuestro objetivo, desde luego..." Se lanzó a una apasionada descripción de las predecibles metas de aquella sociedad.

Michael se movió; Caro le pellizcó el brazo. Sería inútil interrumpir; Muriel diría lo que pensaba decir. Cualquier intento por distraerla sólo prolongaría el ejercicio.

La elocuencia de Muriel finalmente terminó. Fijó la mirada intensamente en Caro. "Esta noche habrá una reunión del comité de promoción. Como ahora resides en Inglaterra, creo que es el tipo de asociación a la que deberías dedicar parte de tu tiempo. Te pediría encarecidamente que asistas— la reunión será a las ocho de la noche."

Caro sonrió. "Gracias por la invitación—haré lo posible por asistir." Por experiencia, sabía que se trataba de un caso en el que una simple mentira los beneficiaba a todos. Si objetaba o decía que tenía otro compromiso, Muriel se sentiría obligada a argumentar a favor de su caso hasta que Caro cediera y aceptara asistir. Caro hizo una nota mental para excusarse la próxima vez que se vieran.

Sintió la mirada de Michael, oprimió su brazo para mantenerlo en silencio. Sonrió a Muriel.

Quien se inclinó, tan altiva como siempre. "Nos reuniremos en el Número 4 de Alder Street, cerca de Aldgate."

Michael frunció el ceño interiormente; miró a Caro—no conocería a Londres tan bien; no habría salido fuera de los sitios residenciales.

Ella lo confirmó al sonreír e inclinarse. "Espero encontrarte a ti y a tu comité allí."

"Bien." Con otra firme inclinación y una mirada majestuosa hacia Michael, Muriel se despidió.

Él contuvo el impulso de decirse que si se disponía a ir a Aldgate, debería llevar a uno de los lacayos—uno corpulento—con ella; Muriel consideraría aquel comentario imperdonablemente presuntuoso.

Aguardó a que Muriel no pudiera escucharlos para murmurar, "Tú no asistirás a ninguna reunión, cerca de Aldgate."

"Desde luego que no." Caro tomó de nuevo su brazo; continuaron caminando. "Estoy segura de que el comité de promoción está lleno de miembros ávidos e interesados—se las arreglarán perfectamente sin mí. Pero Muriel está obsesionada con sus sociedades y asociaciones—no parece entender que las otras personas no están igualmente interesadas, al menos no tanto como ella." Sonrió. "Pero cada cual a sus cosas."

Él la miró. "En este caso, vamos a tomar el té."

Mucho más frívolo que una reunión de la sociedad para los huérfanos—pero también mucho más relajante.

No se instalaron en el salón principal, sino en una bella habitación que daba sobre la terraza de la parte de atrás de la mansión de la plaza Grosvenor, tomaron el té, comieron pastelitos y bizcochos, y se pusieron al día.

Unos segundos después de tomar la mano de Honoria y ser arrastrada a un cálido abrazo, Caro sintió como si el tiempo en que no se habían visto, si bien no había desaparecido, al parecía acortarse. Honoria era tres años mayor que ella; durante su infancia había sido buenas amigas. Pero luego los padres de Honoria y de Michael habían muerto en un trágico accidente; aquel acontecimiento había separado a Caro y a Honoria, no sólo físicamente.

Habían sido—aún eran, sospechaba Caro—similares en muchos aspectos; si bien Honoria había sido y aún era más asertiva, Caro era más segura, tenía más confianza en sí misma.

Había permanecido en Hampshire, la amada hija menor del feliz hogar de la Casa Bramshaw. Mientras Honoria había estado muy sola, ella, por el contrario, había sido lanzada a las posiciones sociales más altas, había luchado con las exigencias de anfitriona que, inicialmente, superaban la experiencia que tenía a esa edad. Ella lo había superado; Honoria también.

Mientras Honoria recorría los años que había pasado con parientes distantes en el campo, virtualmente sola excepto por Michael. Caro estaba segura de que aquellos años habían dejado en ella su marca, como debió hacerlo también el accidente mismo. Ahora, sin embargo, no había el más leve vestigio de una nube en los ojos de Honoria; su vida era plena, rica y transparentemente satisfactoria.

Se había casado con Devil Cynster.

Sobre el borde de su taza, Caro observó a la relajada presencia que conversaba con Michael; se habían acomodado al frente de ellas. Era la primera vez que veía a Devil realmente.

Dentro de la alta sociedad, el apellido Cynster era sinónimo de cierto tipo de caballero, con cierto tipo de esposa. Y, si bien Honoria ciertamente se ajustaba al molde de la esposa de un Cynster, Devil Cynster, por lo que veía y por todo lo que había escuchado, era el epítome del hombre Cynster.

Era grande, delgado, de duras facciones. Había poca suavidad en él; incluso sus ojos, enormes, de pesadas pestañas, de un curioso tono verde pálido, parecían cristalinos, su mirada era dura y aguda. Sin embargo, Caro advirtió que cada vez que sus ojos se posaban en Honoria, se suavizaban; incluso las austeras líneas de su rostro, sus delgados labios, parecían relajarse.

Tenía el poder—había nacido con él, no sólo físicamente, sino de todas las formas imaginables. Y lo usaba; eso lo sabía Caro más allá de toda duda. No obstante, hablando con Honoria, sintiendo la conexión profunda, casi asombrosamente vibrante que se reflejaba en sus miradas compartidas, en el roce ligero de una mano, intuyó—podía casi sentir—que otro poder gobernaba allí. Que así como Honoria parecía haberse abandonado a él, Devil también lo había hecho.

Y eran felices. Profunda, poderosamente satisfechos.

Caro puso su taza en la mesa, se sirvió otro pastel, y le preguntó a Honoria quién más estaba en Londres; Honoria le confirmó que Michael le había explicado la verdadera razón de su presencia en la capital. "Para averiguar lo que podamos, debemos hacer el esfuerzo de ser vistos."

Honoria arqueó las cejas. "En ese caso, Theresa Osbaldestone llegó hace dos días. Un selecto grupo de personas ha sido invitado para el té de la mañana." Sonrió. "Deberías venir conmigo."

Caro encontró la mirada de Honoria. "Sabes perfectamente que se abalanzará sobre mí y me sermoneará. Sólo tratas de distraer su atención."

Honoria abrió los ojos, extendió las manos. "Desde luego. Después de todo, ¿para qué son los amigos?"

Caro rió.

Devil y Michael se pusieron de pie; ella y Honoria se volvieron a mirarlos inquisitivamente.

Devil sonrió. "Te devolveré el testamento de tu difunto esposo. Aun cuando mis abogados no pudieron encontrar en él nada de importancia, hay una serie de asuntos que debo aclarar con Michael, así que, si nos disculpan, nos retiraremos a mi estudio."

Caro sonrió e inclinó la cabeza—aun cuando su mente repasó las palabras y no encontró en ellas hubiera pedido su autorización. Pero, para entonces, ya se cerraba la puerta tras ellos. Mirando a Honoria, levantó una ceja. "Dime—¿esos asuntos que debían ser aclarados estaban relacionados con el testamento, o con otra cosa completamente diferente?"

"Sé lo mismo que tú. Devil y Michael comparten otros intereses; sin embargo, sospecho que estos asuntos son probablemente preguntas acerca del testamento de Camden." Honoria se encogió de hombros. "No importa. Más tarde se lo preguntaré a Devil y tú puedes sacarle la información a Michael."

Levantándose, hizo una seña a Caro. "Vamos—quiero mostrarte la otra mitad de mi vida."

Caro se incorporó. Las puertas de la terraza estaban abiertas; podía escuchar la sonora risa de los niños que jugaban en el jardín. Tomando a Honoria por el brazo, se dirigió con ella a la terraza. "¿Cuántos?"

"Tres."

La satisfacción y la profunda felicidad que resonaban en la voz de Honoria penetraron las defensas de Caro y la conmovieron. Miró a Honoria, pero ella miraba al frente. El amor y el orgullo brillaban en su expresión.

Caro siguió su mirada hacia el lugar donde tres niños retozaban en el exuberante jardín. Dos chicos de cabellos castaños sostenían espadas de madera; bajo el ojo vigilante de dos niñeras, representaban una pelea. Una de las niñeras mecía una bebé encantadora, de cabellos oscuros, sobre sus rodillas.

Honoria bajó las escaleras. "Sebastian—a quien a veces llamamos Earith—tiene casi cinco años; Michael tiene tres, y Louisa uno."

Caro sonrió. "Has estado ocupada."

"No. Devil ha estado ocupado—yo he estado entretenida." Ni siquiera su risa podía disimular la alegría de Honoria.

La encantadora bebé las vio y agitó sus brazos regordetes. "¡Mamá!"

La exigencia era imperiosa. Se dirigieron hacia ella y Honoria tomó a su hija en sus brazos. La niña hizo un murmullo—envolvió sus brazos alrededor del cuello de su madre, y acomodó su rizada cabecita en el hombro de Honoria. Sus ojos grandes, verde pálido, de pestañas abundantes e increíblemente largas, permanecieron fijos—abiertamente inquisitivos—en Caro.

"A pesar de las apariencias"—Honoria miró a su hija— "ésta es la más peligrosa. Ya maneja a su padre con el dedo meñique, y cuando sus hermanos no están ocupados peleándose, son sus caballeros y reciben sus órdenes."

Caro sonrió, "Una damita muy razonable."

Honoria rió, meciendo suavemente a Louisa. "Le irá bien."

En aquel momento, un alarido surcó el aire. *"¡Auuuch! ¡Lo hiciste adrede!"*

Todas las miradas se dirigieron a los espadachines; se habían alejado un poco por el jardín. Michael rodaba por el césped, sosteniéndose la rodilla.

Sebastian estaba sobre él, con el ceño fruncido. "No te golpée—ese sería un golpe indebido. Fue tu propia estúpida espada—¡te heriste con la empuñadura!"

"¡No lo hice!"

Las niñeras se acercaron, dudando si deberían intervenir, pues los niños aún no habían llegado a los puños.

Honoria miró el rostro de su hijo mayor—retiró los brazos

de Louisa y la puso en los brazos de Caro. "Sostenla. En cualquier momento lanzarán un insulto mortal—¡y luego habrá que vengarlo!"

Sin otra opción, Caro tomó a Louisa, un atado cálido, flexible, entre sus brazos.

Honoria caminó rápidamente por el jardín. "¡Aguarden, ustedes dos! Veamos qué sucede aquí."

"Nita."

Caro volvió a mirar a Louisa. A diferencia de lo que había hecho con Honoria, la niñita se mantenía erguida en los brazos de Caro y la miraba fijamente.

"Nita," dijo otra vez; sus deditos regordetes señalaban los ojos de Caro. Luego tocaron su mejilla. Louisa se acercó, mirando un ojo, luego el otro.

Evidentemente, los encontraba fascinantes.

"Tú, mi amor, también tienes unos ojos muy bonitos," le dijo Caro. Eran los ojos de su padre y, sin embargo, no—un tono similar, pero más suave, más cautivador... le resultaban extrañamente familiares. Caro buscó en su memoria, luego lo supo. Sonrió. "Tienes los ojos de tu abuela."

Louisa parpadeó, luego levantó la vista al cabello de Caro. Una enorme sonrisa complacida le iluminó su rostro. "¡Niiittaaaa!"

Extendió la mano hacia la corona de rizos castaños y dorados; Caro se tensó pensando que la niña halaría de ellos— pero sus diminutas manos los tocaron suavemente, acariciándolos, luego hundiendo sus dedos en ellos. El rostro de Louisa tenía una expresión maravillada, con los ojos sorprendidos, mientras sacaba algunos mechones, asombrada...

Caro sabía que debía detenerla—sus cabellos ya eran lo suficientemente rebeldes—pero... no pudo hacerlo. Sólo podía contemplarla, con el corazón desbordado, mientras la niña exploraba, curiosa y embelesada.

La maravilla del descubrimiento iluminaba su pequeño y vivaz rostro, brillaba en sus ojos.

Caro luchó, intentó impedir que aquel pensamiento se formara en su mente, pero no lo consiguió. ¿Tendría algún día una niñita como ésta—sostendría en sus brazos a un hijo suyo así—y experimentaría de nuevo esta sencilla alegría, la de ser tocada por un placer tan abierto e inocente?

Los niños nunca habían sido parte de la ecuación de su matrimonio. Aun cuando era cercana a sus sobrinos, rara vez los había visto cuando eran bebés o incluso de niños—no podía recordar haber cargado a ninguno de ello, ni siquiera a la edad de Louisa.

Nunca había pensado en tener sus propios hijos—no se lo había permitido; habría sido inútil. No obstante, el cálido peso de Louisa en sus brazos abrió un pozo de nostalgia que nunca había sabido que poseía.

"Gracias." Honoria regresó. "Se ha evitado la guerra y se ha reestablecido la paz." Extendió los brazos para tomar a Louisa.

Caro se la entregó, consciente de un tirón de reticencia—que Louisa intensificó al hacer ruidos de protesta y reclinarse contra ella hasta que Honoria le permitió poner sus manitas en el rostro de Caro y estamparle un húmedo beso en la mejilla.

"*¡Nita!*" dijo Louisa, satisfecha, mientras se volvía hacia Honoria.

Honoria sonrió. "Cree que eres bonita."

"Ah," asintió Caro.

El sonido de las botas en las escaleras hizo que se volvieran hacia la casa; Devil y Michael habían salido a la terraza. Los niños los vieron; llegaron galopando, con las espadas al aire, dirigiéndose a la terraza y a la compañía de los hombres.

Sonriendo con indulgencia, Honoria los miró, verificó que las niñeras recolectaban los juguetes dispersos por el césped; luego, con Louisa en los brazos, se encaminó con Caro hacia la terraza por el suavemente ondulado césped.

Mientras caminaba a su lado, Caro intentaba deshacerse del pensamiento que se había instalado en su mente—o al menos suprimirlo. Casarse sólo para tener hijos era seguramente tan malo como casarse sólo para conseguir una anfitriona. Pero no podía dejar de mirar a Louisa, segura e instalada en los brazos de Honoria.

Los ojos de la niña eran grandes, su mirada abierta pero intensa, no seria, pero observadora…Caro recordó por qué aquellos ojos le habían resultado familiares. Ojos viejos, ojos sabios, intemporales y abarcadores.

Respirando profundamente, levantó la mirada cuando llegaron a las escaleras de la terraza. Murmuró a Honoria mientras subían, "Tienes razón—*ella* es la peligrosa."

Honoria sólo sonrió. Su mirada cayó sobre el mayor, al lado de su padre, relatándole algún cuento de importancia masculina. Michael hablaba con su tocayo. Hizo una nota mental para recordar que les dieran más postre aquella noche—y a Louisa también, desde luego.

No podía haber manejado mejor la escena reciente si se lo hubiera propuesto.

CAPÍTULO
18

"¿Qué dijo Devil acerca del testamento de Camden?"
Caro giró en el asiento del coche para poder ver el rostro de
Michael.

Él la miró, sonrió débilmente. "La casa te la dejó a ti directamente, a tu nombre, y no regresa a la fortuna de Camden
ni a nadie más cuando tú mueras—pasaría a tus herederos."

Ella se reclinó. "Mis herederos . . . o sea Geoffrey, Augusta
y Ángela, quienes definitivamente no están tratando de matarme. Así que no hay una razón sepultada en el testamento
de Camden para que alguien quiera verme muerta."

"No directamente. Sin embargo, hay un número inusual
de legados a personas que no están relacionadas. Deveill preguntó si te importaría que dos de sus primos indagaran discretamente sobre los legatarios."

Ella frunció el ceño. "¿Cuáles primos? Y ¿por qué?"

"Gabriel y Lucifer."

"¿Quiénes?"

Michael se detuvo para pensar. "Rupert y Alasdair
Cynster."

Caro levantó los ojos al cielo. "¡Qué apodos!"

"Apropiados, o eso he oído."

"¿En verdad? ¿Y cómo se supone que nos ayuden estos
dos primos?"

"Gabriel es el experto en inversiones de los Cynster—
nadie dentro de la alta sociedad tiene mejores contactos en

las finanzas, los negocios y la banca. El interés de Lucifer son las antigüedad, principalmente la plata y las joyas, pero su conocimiento y pericia son grandes."

Un momento después, ella inclinó la cabeza. "Puedo ver que, en este caso, tales talentos pueden ser útiles."

Michael observó su expresión. "No pensé que tuvieras objeciones, así que acepté por ti. Dada la formación de Gabriel y de Lucifer, su discreción está asegurada." Encontró su mirada. "¿Te parece bien?"

Caro estudió sus ojos—y pensó que se trataba más bien de si tal investigación lo hacía sentir a él más cómodo. Había aceptado que alguien—en su mente, una persona nebulosa a quien nunca había conocido—quería que muriera, presumiblemente para que no hablara de algo que ella pensaba que sabía; no podía considerar que la casa, ni nada de lo que había en ella, fuese una razón probable para un asesinato.

Sin embargo, él se había ofrecido voluntariamente y sin vacilar a enfrentar los terrores de Bond Street. Lo que había motivado su solicitud de que no saliera de la casa de su abuelo sin él no era difícil de adivinar. Nunca antes se había alguien centrado tan intensamente en su seguridad; no podía dejar de conmoverse y de sentirse agradecida, aun cuando averiguar sobre los legados le parecía algo completamente ajeno a los propósitos que perseguían.

Sonriendo, se reclinó en el asiento. "Si desean investigar discretamente, no puedo ver nada malo en ello."

Esa noche, entró al salón de Harriet Jennet del brazo de Michael. No habían sido invitados; sin embargo, como miembro de la familia, Michael tenía entrada permanente a esa casa y como una famosa anfitriona diplomática, Caro podía reclamar el mismo privilegio.

Había esperado detectar al menos una leve sorpresa en los ojos de Harriet. Por el contrario, Harriet la saludó con su habitual aplomo, teñido, tal vez, por una comprensión levemente divertida. Ver que Caro llegaba del brazo de su sobrino había sido precisamente lo que estaba esperando.

"¿Le mandaste un recado?" Caro pellizcó el brazo de Michael cuando, después de saludar a Harriet, pasaron al salón donde se mezclaba la *crème de la crème* de la sociedad política.

Él la miró. "No fui yo."

Ella suspiró. "Entonces fue Magnus. ¡Tenía tanta ilusión de sorprender a Harriet! Creo que nadie lo ha logrado en años."

Pasaron una agradable velada circulando dentro de la elite política, un medio al cual se adaptaban con facilidad. El mostrarse con Michael seguramente habría suscitado preguntas, pero dentro de aquel círculo, nadie llegaría precipitadamente a ninguna conclusión; eran quienes eran porque sabían que era mejor no hacer suposiciones injustificadas.

A las doce, regresaron a Upper Grosvenor, contentos de haber establecido con tal facilidad su presencia en Londres dentro de los círculos políticos. Los círculos diplomáticos eran más variados; al subir las escaleras al lado de Michael, Caro reflexionó acerca de cuál sería la manera más eficaz de hacerlo allí.

Más tarde, como se estaba convirtiendo rápidamente en un hábito, Michael se reunió con ella en su recámara, y en su cama. Ella encontraba que su continuo deseo, su hambre continua de ella, era algo glorioso y embelesador, pero también asombroso. No podía forzarse a considerar, y menos aún a creer, que perduraría.

Entonces lo disfrutaba mientras podía; tomó todo lo que él le ofrecía y lo devolvió multiplicado. La relación seguía siendo para ella una fuente de asombro; había sucedido tan rápido—su confianza inicial, inesperada, en entregarse a él, y todo lo que había seguido, tan fácil, tan naturalmente, de ello. Aún no lo comprendía, no comprendía lo que significaba, lo que sentía y por qué... le parecía ser otra persona, otra mujer, en sus brazos.

A la mañana siguiente, Honoria la llevó en su carruaje a visitar a Lady Obaldestone en casa de su hija, en Chelsea.

La casa era antigua; la terraza daba sobre el río. Las damas de la alta sociedad que se habían congregado allí—todas matronas o viudas—estaban sentadas al sol, bebiendo té y hablando de su mundo.

Tuvo que admitir que era otra vía perfecta para propagar

la noticia de que había regresado a Londres. Mientras comían emparedados delgados como hostias y galletas, le informó a las muchas señoras que se lo preguntaron, que actualmente residía con los Anstruther-Wetherby en Upper Grosvenor.

El único momento difícil fue, como era de esperarse, cuando Theresa Obaldestone la arrinconó.

"Honoria me dice que te estás quedando donde aquel viejo tonto, Magnus Anstruther-Wetherby." Theresa fijó una mirada interrogante en ella. "¿Por qué?"

Nadie más se atrevería a hacer una pregunta semejante de manera tan directa. Pero tampoco, nadie se referiría a Magnus Anstruther-Wetherby como "un viejo tonto." Caro hizo un gesto alegre. "Estaba en Hampshire en casa de mi hermano, y tuve que viajar a Londres—para unos asuntos relacionados con el legado de Camden. Michael Anstruther-Wetherby es nuestro vecino—y como debía venir a Londres por sus negocios, me acompañó." Caro rezaba por que su expresión fuese tan inocente como tenía que serlo. "Como no he abierto aún la casa de la Media Luna, y Ángela todavía no ha regresado del campo, Michael sugirió que podía alojarme en Upper Grosvenor."

Theresa Obaldestone la observó durante un largo momento y arqueó ambas cejas. "¿Realmente? Entonces, ¿no había nada especial en que llegaras del brazo de Michael a la velada de Harriet anoche?"

Caro se encogió de hombros. "Ambos teníamos interés en asistir."

Una de las cejas se alzó aún más. "Veo."

Caro temió que lo hiciera.

Sin embargo, después de otra cargada pausa, se limitó a decir, "¿El legado de Camden? Pensé que esos asuntos de habían resuelto hace largo tiempo."

"Había un asunto referente a los legados individuales." Caro no estaba interesada en discutir el asunto; su tono lo dejó claro.

Theresa pareció aceptarlo; suavemente, dijo, "Me alegré de verte esta última temporada, me alegré de que no te dispusieras a encerrarte. Creo"—sus negros ojos atraparon los de

Caro—"que no tienes excusa para no usar tus talentos y experiencia donde son más necesitados."

La seguridad residía en el silencio; Caro permaneció muda.

Theresa frunció los labios. "Ahora dime, ¿quiénes de los diplomáticos estaban merodeando en Hampshire?"

Caro se lo dijo, mencionando su baile y el contratiempo cada vez menor entre prusianos y rusos. En su época, Theresa Obaldestone había sido una de las principales anfitrionas de los círculos diplomáticos; su esposo había sido Ministro, embajador y un estadista mayor. Había fallecido hacía más de diez años, pero Theresa continuaba estrechamente relacionada con los círculos políticos y diplomáticos, tan influyente en ellos como lo era en la alta sociedad en general.

Le tenía afecto a Caro, y Caro a ella. Siempre se habían comprendido bien, comprendido los retos de la vida diplomática como no podían hacerlo quienes no estaban en ella. "Y los portugueses también estaban allí—sólo una parte de la delegación. El embajador se encuentra en Brighton, creo."

Theresa asintió. "Sólo lo conozco vagamente, pero tú debes conocerlos a todos muy bien." Ella sonrió desdeñosamente, recordando. "Los portugueses fueron siempre la especialidad de Camden, aun antes de ocupar el cargo de embajador allí."

"¿Oh?" Caro escuchó con atención. Theresa había sido contemporánea de Camden.

"No creo que te lo hayan dicho, pero Camden era muy amigo de una verdadera multitud de cortesanos portugueses. Siempre sospeché que lo habían nombrado embajador para obligarlo a tener alguna restricción a ese respecto—antes de que se involucrara en algo que pudiera lamentar."

"¿Qué pudiera lamentar?" Caro le lanzó una mirada de interés no fingido.

Theresa sacudió la cabeza. "Nunca conocí los detalles—era una de aquellas cosas, una comprensión que subyacía a una decisión que se capta sin explicación ni prueba."

Caro asintió; entendía lo que Theresa quería decir. Pero el recuerdo de Theresa era el primer indicio que habían encontrado de que efectivamente podría haber algo en el pasado de Camden, en sus papeles, que podría llevar a un portugués a matar para eliminarlo.

Caro sintió un frío glacial; se estremeció.

"Se está levantando la brisa—entremos."

Theresa se adelantó, seguida por Caro. Sería inútil interrogar más a Theresa; si supiera algo más, lo habría dicho.

Después de regresar a Upper Grosvenor y almorzar con Magnus y Evelyn—Michael aún estaba haciendo las rondas de los clubes políticos y diplomáticos—Caro se retiró al salón de arriba y se dedicó a la tarea de revisar los diarios de Camden.

Las palabras de Theresa habían renovado su propósito, haciendo más real la probabilidad de que alguna nota sepultada en aquellos papeles acumulados fuese la razón que motivaba los ataques contra su vida. Su lento progreso a través de los diarios se hacía cada vez más frustrante.

A lo anterior se agregaba la sensación cada vez más fuerte de que todo el asunto de los ataques contra ella era una mera distracción, una circunstancia irritante que la desviaba de asuntos más importantes—tales como qué estaba pasando entre ella y Michael. Tales como lo que había intuido y sentido durante su visita a Honoria, si debía seguir la idea que la había golpeado con tal fuerza mientras sostenía a Louisa.

Todas aquellas cosas—ideas, conceptos, sentimientos— eran nuevos para ella. Quería explorarlos, reflexionar sobre ellos y comprenderlos, pero resolver el misterio de quién trataba de matarla tenía, lógicamente, prioridad.

Poniendo uno de los diarios en la pila que se encontraba a su lado en la silla, suspiró; miró la hilera de cajas apiladas contra la pared. Había terminado dos.

Necesitaba ayuda. ¿Se atrevería a llamar a Edward? Él vendría de inmediato; podía confiar en él para que leyera la correspondencia de Camden.

Pero Elizabeth lo seguiría, de eso no tenía duda, y esto no podía permitirlo.

Haciendo una mueca, calculó cuánto tiempo le tomaría revisar todas aquellas cajas. La respuesta fue un número deprimente de semanas. De nuevo, se devanó los sesos pensando quién podría ayudarla, alguien en que pudiera confiar para revisar los escritos personales de Camden. No parecía haber nadie...

"Sí, ¡sí lo hay!" Se enderezó, entusiasmada por la posibilidad que había surgido en su mente. La examinó, la desarrolló. No lo diarios—contenían comentarios y notas altamente personales—pero las cartas... podía confiárselas a él.

"Conociéndolo, probablemente está en Londres..."

Vaciló; luego, afirmando la barbilla, se levantó y tocó la campana.

"Buenas tardes. ¿Está el Vizconde Breckenridge en casa?"

El mayordomo—nunca lo había conocido antes y no sabía su nombre—parpadeó. Vaciló. "¿Señora?"

Caro le entregó la tarjeta que tenía ya preparada en la mano y entró; el mayordomo cedió. "Llévele esto de inmediato—me recibirá."

Mirando a su alrededor, espió el salón a través de una puerta abierta. "Aguardaré en el salón, pero antes de llevar mi tarjeta, por favor diga a mis lacayos dónde pueden poner estas cajas."

"¿Cajas?" El mayordomo se volvió para mirar la puerta principal; miró sorprendido a los dos lacayos que se encontraban en el umbral, con pesadas cajas en los brazos.

"Las cajas son para Breckenridge. Él comprenderá cuando haya hablado conmigo." Caro les indicó a los lacayos que entraran. "Hay bastantes cajas—si tiene un estudio o una biblioteca, ese sería el lugar más adecuado.

El mayordomo parpadeó, luego se irguió y aceptó. "El estudio de su Señoría es por este lado."

Se dirigió a indicarle a los lacayos el lugar; sonriendo, Caro entró al salón. Miró a su alrededor y luego, quitándose los guantes, se acomodó en un sillón y aguardó a que Timothy llegara.

Cinco minutos más tarde, se abrió la puerta y entró Timothy Danvers, Vizconde Breckenridge. "¿Caro? ¿Qué ha ocurrido?"

Hizo una pausa, absorbiendo la forma en que ella miraba,

sorprendida, su cabello en desorden y la llamativa bata de seda que evidentemente se había puesto apresuradamente sobre sus pantalones.

Caro luchó por no sonreír mientras miraba sus ojos color avellana. "Ay, cielos—parece que llegué en un momento inoportuno."

Apretando los labios, seguramente para evitar una maldición, se volvió y cerró la puerta sobre su interesado mayordomo. Luego se volvió hacia ella. "¿Qué demonios haces aquí?"

Ella sonrió con el propósito de tranquilizarlo, pero con los ojos brillantes. Timothy tenía treinta y un años, era tres años mayor que ella, y un hombre extraordinariamente apuesto, alto, de anchos hombros, corpulento pero delgado, con las facciones de un dios griego y la gracia correspondiente; había oído decir que era excesivamente peligroso para cualquier mujer menor de setenta años. Sin embargo, no era peligroso para ella. "Debo pedirte un favor, si me lo permites."

Frunció el ceño. "¿Qué favor?" Avanzó, luego se detuvo abruptamente y levantó una mano. "Primero, dime que llegaste cubierta por una capa y con un grueso velo, y que tuviste el buen sentido de usar un carruaje sin marca."

De nuevo, Caro tuvo que luchar por no sonreír. "No traje una capa ni un velo, pero sí dos lacayos. Los necesitaba para que cargaran las cajas."

"¿Qué cajas?"

"La correspondencia de Camden." Se reclinó, observándolo mientras él la miraba. Luego sacudió la cabeza, como si se deshiciera de una distracción.

"¿Es tu coche?"

"No es mío—es el de Magnus Anstruther-Wetherby—pero no está marcado."

"*¿Dónde está?*"

Ella arqueó las cejas, sorprendida. "Aguardando en la calle, desde luego."

Timothy la miró fijamente, como si tuviese dos cabezas, luego maldijo y tocó la campana. Cuando apareció su mayordomo, gruñó, "Envíe el coche de la señora Sutcliffe a aguardarla en la caballeriza."

En cuanto salió el mayordomo, Timothy la miró directamente. "Es muy bueno que nunca hayas tratado de engañar a Camden."

Ella arqueó las cejas altivamente; tuvo la tentación de preguntarle cómo sabía que no lo había hecho.

Él se hundió en otro sillón y la contempló fijamente. "Ahora dímelo. ¿Por qué has traído la correspondencia de Camden?"

Ella se lo dijo; el rostro de Timothy se ensombrecía cada vez más a medida que ella hablaba.

"Debe haber alguien a quien le pueda sacar información…"

A Caro no le agradó la mirada de sus ojos, la forma en que apretaba los labios. "No—no puedes hacer eso." La afirmación inequívoca hizo que él la mirara; ella sostuvo la mirada. "Yo, o Michael, o alguno de los Anstruther-Wetherby, o Theresa Obaldestone podría, pero no tú. Tú no tienes ninguna conexión con los círculos diplomáticos. Si entras en ellos, todos sospecharían de inmediato."

Le dio un momento para digerir lo que le decía y luego dijo, "Vine a pedir tu ayuda, pero necesito de ti algo que sólo tú puedes hacer." Aguardó un instante y luego prosiguió, "Los papeles de Camden. La respuesta debe estar ahí, pero no puedo confiarlos a nadie más. Tú, mejor que nadie, sabes por qué."

Hizo otra pausa; sin dejar de mirarlo, continuó. "Yo leeré los diarios—están llenos de referencias que sólo yo, o tal vez Edward o uno de los asistentes anteriores de Camden, podemos comprender. Las cartas son diferentes—más específicas, más formales, más claras. *Tú* eres la única persona a quien puedo dárselas a leer. Si quieres ayudarme, entonces lee."

Él era, definitivamente, un hombre de acción; sin embargo, ella sabía que era también un hombre altamente educado e inteligente. Después de un momento, suspiró, no muy contento, pero resignado. "¿Estamos buscando referencias a algún asunto ilícito con los portugueses—¿es correcto?"

"Sí. Y por lo que me dijo Theresa Obaldestone, es probable que haya sido cuando recién fue nombrado embajador, o posiblemente, justo antes."

Él asintió. "Comenzaré de inmediato." Levantó la mirada.

Ella hizo un gesto. "Lo siento—no pensé. He interrumpido..."

"No. Eso no tiene importancia. Tú y esto sí la tienen." Hizo una mueca. "Y puedo privarme de que pienses sobre lo que has interrumpido." Apretó los labios; la miró severamente. "Tengo una condición."

Ella arqueó las cejas. "¿Cuál?"

"Que, bajo ninguna circunstancia, vendrás otra vez aquí. Si quieres verme, manda un recado—yo iré a verte."

Ella hizo un gesto. "¡Tonterías!" Se levantó y comenzó a ponerse los guantes. "Soy La Viuda Alegre, ¿recuerdas? Toda la sociedad sabe que no me seducen tan fácilmente."

Lo miró. Por un momento, él permaneció en la silla, mirándola; luego se puso de pie.

Rápidamente, en un movimiento tan lleno de poder masculino que—para su enorme sorpresa—hizo que perdiera el aliento.

Terminó muy cerca de ella, mirándola a los ojos. Sus labios sonrieron evidentemente predatorios. "Toda la sociedad sabe," susurró, con una voz seductoramente baja, "que yo no renuncio con tanta facilidad."

Ella lo miró a los ojos durante un instante, luego le dio unas palmaditas en el brazo. "Seguramente que no. Eso, sin embargo, no tiene nada que ver conmigo."

Volviéndose hacia la puerta, lo escuchó maldecir en voz baja. Sonrió. "Ahora puedes acompañarme al coche."

Él murmuró algo ininteligible, pero la siguió y abrió la puerta para que pasara. Cuando ella se volvió hacia la puerta principal, la tomó del brazo y la hizo girar en dirección opuesta. "Si insistes en visitar a uno de los vividores más conocidos de la sociedad, debes conocer el procedimiento correcto. Tu coche aguarda en la caballeriza, para que nadie te vea salir ni sepa cuándo lo haces."

Ella arqueó las cejas, luchando de nuevo por no sonreír. "Ya veo."

La condujo por un pasillo, luego por un salón hacia la terraza y de allí, por el sendero del jardín, hasta una puerta en el alto muro de piedra que cerraba la parte de atrás de su casa. Abriéndola, miró hacia fuera; luego la llevó directamente a su carruaje, que aguardaba con la puerta abierta delante de la puerta.

Se disponía a retroceder y cerrar la puerta del coche cuando ella se inclinó y dijo, "A propósito, sí me agradan los pavos reales."

Él parpadeó y miró su bata. Maldijo suavemente. La miró, con ojos de fuego. "La próxima vez," dijo enojado, "¡avísame!"

La puerta del coche se cerró con un sonido ominoso, la puerta de un golpe. Reclinándose sobre los cojines, dio rienda suelta a su risa mientras el coche se alejaba.

Ella y Michael debían asistir a una velada aquella noche— una reunión pequeña en el consulado de Córcega donde estarían presentes las delegaciones de Italia y de España.

"¿Crees que los españoles puedan saber algo?" preguntó mientras el carruaje avanzaba sobre los adoquines. "¿Podría haber sido algún incidente durante las guerras?"

Michael se encogió de hombros. "Es imposible saberlo. Lo único que podemos hacer es mantenernos atentos. Si alguien está tan desesperado por sepultar irremediablemente su secreto, debe haber alguna razón por la cual se han decidido a actuar, tanto tiempo después de lo ocurrido."

Ella asintió. "Es verdad. Podemos escuchar una pista de alguna fuente inesperada."

Con la mano cubriendo la suya, Michael sintió que su atención estaba literalmente dividida—como si fuese un espadachín que defendiera simultáneamente dos frentes. Los portugueses parecían ser los villanos más probables, sin embargo... "Devil me buscó hoy. Habló con Gabriel y Lucifer. Gabriel estuvo de acuerdo con que la larga lista de legados amerita mayor examen—ya está buscando a los legatarios, analizando si hay alguna razón para imaginar que puedan abrigar mayores pretensiones sobre las propiedades de Camden, que ahora son tuyas. Lucifer, al parecer, le dio una mirada a la lista de legados y dijo que necesita examinar los contenidos de la casa de la Media Luna."

Miró a Caro. "Devil sospechó en un principio que Lucifer sólo deseaba mirar la colección, pero Lucifer le explicó que las imitaciones—al menos de objetos tales como los que Camden legó—es un negocio floreciente. Pensó que quizás Camden no lo hubiese sabido—y que, sin darse cuenta, haya podido ser utilizado para hacer pasar falsificaciones por obras auténticas."

Ella frunció el ceño. "Yo no prestaba mucha atención a la colección de Camden—él la había estado formando durante años antes de que yo lo conociera. Sencillamente, era algo que siempre hacía. Sé, sin embargo, que trataba con la misma gente constantemente, que esas relaciones se remontaban a muchos años atrás. Sólo trataba con personas en las que confiaba." Ella encontró sus ojos. "Había aprendido a ser muy cuidadoso."

"Como quiera que sea, ¿tienes alguna objeción a que Lucifer mire los objetos de la casa?"

Ella negó con la cabeza. "No. Es más, creo que sería conveniente que lo hiciera. En cuanto más cosas haya que sepamos que no son el motivo..."

Él le apretó la mano. "Precisamente."

Recordando sus otras líneas de investigación, Caro dijo, "Por cierto, recordé a un viejo amigo de Camden, en quien confiaba mucho—lo visité hoy para pedirle que leyera la correspondencia de Camden, y aceptó hacerlo."

El carruaje se detuvo ante la entrada del consulado de Córcega; un lacayo abrió la puerta. Michael asintió para indicar que la había escuchado, se apeó y la ayudó a bajar.

La anfitriona aguardaba en la entrada; ambos sonrieron y subieron las escaleras. Fueron acogidos con gran complacencia y camaradería por los corsos. El grupo era pequeño y selecto; aun cuando superficialmente las acostumbradas formalidades se imponían, debajo de ellas reinaba un ambiente más informal. Todos se conocían entre sí, lo que hacían, cuáles eran sus propósitos; se jugaban los juegos habituales, pero abiertamente.

Caro era la única persona allí que no tenía un papel definido. Aún cuando el escenario le era familiar, se sentía extraña al no desempeñar una parte clara. Esta falta la hizo más consciente de los papeles de los demás, especialmente del de Michael. Aún cuando la velada era un asunto diplomático, había varios funcionarios presentes, aquellos con quienes interactuaba el personal del consulado para promover los intereses de su país. Cada uno de ellos se aseguró de hablar con Michael, de que supiera quién era, su cargo y su papel en las relaciones exteriores.

En ningún otro ámbito, ni siquiera en la alta sociedad, se pasaba la voz de una manera más eficiente.

Su presencia al lado de Michael fue observada por todos, pero ninguno sabía cómo interpretarla. Se presentaron como viejos amigos de familia, y fueron aceptados como tales, al menos aparentemente. Sin embargo, a medida que avanzaba la velada, ella se encontró ayudándole tanto como lo había hecho durante la cena de Muriel—era un hábito tan arraigado, algo que le resultaba tan sencillo de hacer, que parecía poco cortés no ayudarlo. Especialmente cuando él estaba ayudándole con tal dedicación en tantos otros frentes.

Cuando un miembro de la delegación española se inclinó ante ellos, ella supo instintivamente que Michael no sabía quién era. Sonriendo, le tendió la mano al señor Fernández; mientras él se inclinaba y la felicitaba por su belleza, ella le dijo su nombre, su posición, y un poco de su pasado en la conversación. Sin parpadear, Michael siguió desde allí.

Más tarde, cuando la conversación los apartó, ella levantó la vista, alertada por su sexto sentido, y vio a la esposa de un alto mandarín del Ministerio de Relaciones Exteriores excluyendo a Michael del nudo de diplomáticos con quienes había estado hablando.

Eso era peligroso—el posible futuro Ministro de Relaciones Exteriores hablando de manera excesivamente privada con la esposa de alguien que estaría compitiendo por un cargo subalterno. Una manera rápida de crear rencor en las filas. Con una breve mirada, advirtió que Michael era consciente de la inconveniencia de ello, pero tenía dificultades en zafarse de las garras de la dama.

Sonrió al cónsul de Córcega. "Por favor discúlpeme. Debo decir algo al señor Anstruther-Wetherby."

El cónsul miró a Michael y no necesitó más explicaciones. Le devolvió la sonrisa y se inclinó. "El señor Anstruther-Wetherby es un hombre afortunado."

Caro sonrió. Dejándolo, se deslizó para ponerse al otro lado de Michael.

"¡Aquí estás!" Deslizó su mano en su brazo y lo hizo girar, al parecer sólo advirtiendo entonces a su compañera. "Lady Casey." Sonrió. "Hace tiempo no tenía el placer."

Le tendió la mano; Lady Casey encontró su mirada, evidentemente deseaba que estuviese en otra parte, pero tuvo que tomarla, estrecharla y sonreír a su vez.

"Mi querida señora Sutcliffe." Lady Casey se anudó su chal. "Pensé que se había retirado de la lucha."

"Quizás ya no sea la esposa de un embajador, pero usted sabe lo que dicen...Qué casualidad," prosiguió ingenuamente, "ya se me ha dicho dos veces hoy que no debo permanecer escondida. Se me dio a entender que es mi deber continuar participando en actividades diplomáticas."

Lady Casey la miró como si quisiera rebatir esta idea; sin embargo, esposa de un embajador o no, Caro tenía una posición mucho más alta que la suya en muchos aspectos. Decidiendo que la retirada era la mejor parte del valor, Lady Casey inclinó la cabeza. "Si me disculpan, debo regresar con mi esposo."

Se separaron amistosamente.

En cuanto se alejó Lady Casey, Michael suspiró. "Gracias—estaba forzándome a aceptar una invitación a cenar."

"Muy fuera de lugar," declaró Caro. "Ahora, ¿has hablado en privado con el Monsieur Hartinges?"

Michael la miró. "¿Quién es Monsieur Hartinges?"

"Uno de los principales asistentes del embajador de Francia. Es inteligente, irá muy lejos, y está bien dispuesto."

"Ah." Cerró su mano sobre la de Caro, poniéndola sobre su brazo, anclándola a su lado. "Obviamente, es alguien a quien debería conocer."

"Ciertamente. Está al lado de la ventana. Te ha estado observando durante toda la noche, aguardando su oportunidad."

Michael sonrió. "Vamos."

Lo hicieron; él pasó los siguientes veinte minutos hablando con el francés, más inclinado a olvidar el pasado y a manejar más eficientemente el comercio—uno de los asuntos más importantes que habría de enfrentar el próximo Ministro de Relaciones Exteriores.

Disculpándose de la manera más cordial con Monsieur Hartinges, circularon otra vez, en esta ocasión con miras a despedirse.

"Debo hablar con Jamieson antes de que nos marchemos—acaba de llegar." Michael indicó a un desgarbado caballero, que lucía un poco abrumado, inclinado sobre la mano de la anfitriona, evidentemente presentando obsequiosas disculpas por su tardanza.

"Es extraño que haya llegado tan tarde," murmuró Caro.

"Sí, lo es." Michael se dirigió a interceptar a Jamieson, uno de los subsecretarios del Ministerio. Jamieson los vio cuando se apartó de la esposa del cónsul y se dirigió hacia ellos.

Se inclinó delante de Caro, a quien conocía de tiempo atrás, y saludó con deferencia a Michael. "Señor."

Michael le tendió la mano; relajándose un poco, Jamieson la estrechó. "¿Ocurre algo malo?"

Jamieson hizo una mueca. "La cosa más extraña. Ha habido un robo en la oficina—es por eso que llegué tarde. Registraron dos bodegas que sólo contenían viejos archivos." Miró a Caro. "Lo más extraño es que se trataba de archivos de Lisboa."

Caro frunció el ceño. "¿Por qué ha de ser especialmente extraño?"

Jamieson lanzó una mirada a Michael, luego a ella. "Porque acabábamos de recibir la noticia de que nuestra embajada en Lisboa había sido robada hace dos semanas. La noticia fue demorada por las tormentas, pero bien, ya llegó. Primero ellos, ahora nosotros. Nada semejante sucedió en la época de Camden." Jamieson se centró en Caro. "¿Tiene alguna idea acerca de quién podría estar detrás de esto?"

Caro mantuvo su expresión de sorpresa y sacudió la cabeza. "¿Qué buscaban? ¿Se llevaron algo, aquí o allá?"

"No." Jamieson miró a Michael. "Todos los folios de nuestros archivos están numerados y no falta ninguno. Es claro que registraron los archivos, pero más allá de eso..." Se encogió de hombros. "No hay nada remotamente útil en esos archivos, desde el punto de vista diplomático. La embajada en Lisboa es mi sector, pero los archivos registrados son anteriores a mí. Sin embargo Roberts, mi predecesor, era extremadamente puntilloso—no puedo creer que se le haya escapado algo."

"¿Qué época," preguntó Caro, "cubrían los archivos que fueron registrados?"

"Se extienden desde poco antes de que Camden asumiera su cargo allí hasta pocos años después. Nos inclinamos a creer que alguien está buscando información acerca de alguna actividad a la que puso fin Camden." Jamieson hizo una mueca. "Me alegra haberme tropezado con usted—la habría llamado en los próximos días para preguntarle si sabía algo. Si piensa en alguna posibilidad que explique estos robos, por favor hágamelo saber."

Caro asintió. "Desde luego."

Se despidieron de Jamieson y poco después salieron del consulado.

"Sabes," dijo Michael más tarde, cuando se reunió con Caro en su recámara y la tomó entre sus brazos. "Estoy comenzando a preguntarme si quizás alguien está aterrado sin razón. Si no hay nada en los archivos del Ministerio de Relaciones Exteriores..."

"Eso," admitió Caro, entrelazando sus brazos en su cuello, "es muy posible."

Ciñendo su cintura, se apartó de su abrazo y observó su rostro en la penumbra. "Detecto un 'pero'..."

Ella sonrió, no tanto con humor sino resignada ante su perspicacia. "Conociendo a Camden y su amor por las intrigas, así como sus profundas conexiones con la alta sociedad portuguesa, es igualmente posible que haya algo bastante explosivo oculto en algún lugar entre sus papeles."

Ella estudió sus ojos y luego prosiguió, "Theresa Obaldestone me recordó que Camden estaba muy involucrado personalmente con los portugueses, incluso antes de ser nombrado embajador en Lisboa. Por lo tanto, es perfectamente posible que no haya nada en los archivos del Ministerio de Relaciones Exteriores—es posible que Camden haya considerado este asunto como algo ajeno al Ministerio si el contacto se remontaba a la época anterior a su cargo."

"¿Quieres decir que ocultó toda mención de ello?"

"Si no tenía consecuencias posteriores que afectaran el cargo del que era responsable, entonces sí," asintió, "creo que lo habría hecho."

"Pero puede haberlo mencionado en sus papeles."

"Ciertamente." Suspiró. "Será mejor que dedique más esfuerzos a leerlos, pero al menos ahora sé qué época debo investigar."

En aquel momento, sin embargo, en las sombras de la noche, en brazos de Michael, los papeles de Camden no eran lo que ocupaba su mente. Apretó los brazos, se estiró contra él. "Bésame."

Michael sonrió, y lo hizo, aprovechando plenamente su invitación—tomando nota mentalmente para preguntarle luego cuál era el viejo amigo a quien le había confiado las cartas de Camden—pero luego su invitación se hizo más profunda, más extensa, expandiendo los horizontes sensuales...captándolo, sus pensamientos, su cuerpo, su mente.

Finalmente, su alma.

Con ninguna mujer había compartido una conexión semejante; no podía imaginar tampoco compartirla con otra. Cada noche que pasaba, cada día, cada velada, cada hora en su mundo compartido, parecía convertirse más definitivamente, cada vez más claramente, en las mitades compatibles de una poderosa unidad.

Este conocimiento lo estremeció y lo ilusionó. Lo invadió una impaciente exultación. No importaba que ella aún no se hubiera retractado de su oposición y hubiera aceptado casarse con él; no podía ver—ni tenía intenciones de hacerlo—ningún otro resultado. El sendero entre ahora y entonces podía estar envuelto en sombras impenetrables, incierto tanto en duración como en acontecimientos; no obstante, su destino eventual permanecía fijo e inmutable.

Más tarde, saciado y pleno, la atrajo, desmadejada y soñolienta, contra sí, acomodándose cómodamente en su cama. Quería preguntarle algo…no podía concentrarse bien…" ¿Quién te sermoneó sobre tus deberes?" Esperaba que no hubiese sido Magnus.

"Theresa Obaldestone." Caro frotó su mejilla contra su brazo. "Está complacida de que yo no me esté ocultando."

Tomó nota mentalmente de vigilar a Lady Obaldestone. No necesitaba que ella debilitara su posición, presionando a Caro de alguna manera.

Si había abrigado cualquier reserva acerca de su necesidad de ella—de ella específicamente—a su lado, las dos noches anteriores habrían puesto el asunto más allá de toda duda. Sin embargo, esa era su vida profesional; aun cuando consideraciones semejantes ofrecían un impetu importante— un motivo cada vez más imperioso para casarse con ella lo más rápidamente posible—estos mismos argumentos serían aquellos de los que ella más desconfiaría…y no podía culparla.

El matrimonio—en cuanto más pensaba en él, considerado en su totalidad, más apreciaba el hecho de que debía basarse en algo más que un interés profesional, en mucho más que un sentido del deber. No sólo Caro no se inclinaría de nuevo ante el deber, él tampoco deseaba que llegara a él por este camino. Ni por esta razón.

Ante todo, no por esta razón.

Mientras descansaba en la calidez de la cama desordenada y se dejaba llevar por el sueño, escuchando la suave respiración de Caro, sintiendo su aliento sobre su pecho, su suave calidez, sus curvas femeninas, oprimidas contra él, una promesa más clara, más poderosa que cualquier palabra, fue consciente de su impaciencia y, a la vez, igualmente consciente de la conveniencia de esperar.

De dejar que ella se decidiera por sí misma, sin presiones, sin persuasiones…

Un pensamiento pasó por su mente cuando se entregaba al sueño. Quizás podía hacer algo.

Influenciar sutilmente a la gente era el trabajo de los políticos. Él era un excelente político; a la mañana siguiente, dejando a Caro en el salón del segundo piso, ocupada en leer los diarios de Camden, se recordó a sí mismo esto mientras caminaba por Upper Grosvenor Street camino a la plaza Grosvenor.

Ni la presión, ni la persuasión, pero había otros caminos, otros medios. Aparte de todo lo demás, las acciones eran más dicientes, eran siempre más convincentes.

Honoria estaba en casa; se reunió con él en el salón. Los niños llegaron tras ella; después de admirar el nuevo bate de Sebastian y de Michael, y de pasar algunos minutos haciendo cosquillas a Louisa, miró a Honoria. Ella comprendió y eficientemente sacó a su prole a la terraza para que jugaran en el jardín donde los aguardaban sus niñeras.

"¡Bien!" De pie en el umbral, ella lo miró. "¿Qué pasa?"

Él se dirigió hacia ella, permitiéndole mantener una distante vigilancia sobre las actividades de sus hijos mientras conversaban. "Quiero casarme con Caro, *pero*…" Mirando hacia los jardines, prosiguió, "Su matrimonio con Camden estaba basado en la necesidad que él tenía de sus talentos— en lo que él correctamente percibía como sus habilidades de anfitriona. Esas, desde luego, son precisamente las mismas habilidades que *yo* necesito en una esposa, pero tal necesidad es lo último que llevaría a Caro a contraer matrimonio por segunda vez."

Honoria sonrió. "Puedo entenderla. Camden era mucho mayor que ella."

"Así es. Pero aún, fue un matrimonio acordado, principalmente para beneficio de Camden. Caro, sin embargo, no fue consciente de ello inicialmente."

Honoria hizo un gesto de dolor. "Ay, cielos." Lo miró fugazmente. "Entonces, si te acercas a ella y le ofreces la posición de esposa…"

Él asintió, un poco melancólico. "Si fuese todo lo que le ofreciera, no tendría la más mínima oportunidad de ganarla." Suspiró, afirmó su decisión. "Para ganarme a Caro, necesito ofrecerle más—mucho más que eso."

Miró a Honoria, encontró sus ojos. "Lo cual es la razón por la que estoy aquí. Quería preguntarte por qué, cuando inicialmente estabas tan opuesta a ello, cambiaste de idea y aceptaste la propuesta de Devil. ¿Qué hizo ladear la balanza?"

Honoria observó su expresión, sus ojos; comprendía exactamente qué le estaba preguntando. Su mente se remontó siete años atrás, a aquel verano pasado hacía tanto tiempo. Recordó... evocó. Mirando al jardín, buscó las palabras adecuadas para explicar qué la había persuadido de aceptar la propuesta de Devil, aprovechar la oportunidad, aceptar el reto—recoger el guante que el destino había lanzado en su camino de manera tan inesperada.

¿Cómo podía explicar la atracción, la terrible tentación del amor? De un corazón ofrecido, así fuese con reticencia, a contrapelo. Que esa misma reticencia podía, en ciertas circunstancias, hacer el obsequio aún más precioso, porque nunca podría verse como algo entregado a la ligera.

Suspiró, pensó cómo formular su respuesta. Al rato dijo, "Cambié de idea porque me ofreció la única cosa que yo más necesitaba realmente, aquello que convertiría mi vida en lo que había soñado que podía ser—e incluso en más que eso. Porque estaba dispuesto a darme eso y, a través de eso, todo lo que era más importante para mí."

Su mirada se dirigió a sus hijos. ¿Debía mencionar que Caro quería tener hijos, que anhelaba tenerlos tanto como ella lo había anhelado? Un anhelo oculto, muy privado, que sólo otra persona que lo hubiera sentido podía adivinarlo. Ella lo había adivinado y había aprovechado la oportunidad de dejar que Louisa lo confirmara, alentando a aquel anhelo a vivir.

Pero si se lo decía a Michael... él era un hombre—¿comprendería cómo hacer un uso efectivo de ese conocimiento? Podría creer que la promesa de hijos, por sí misma, sería suficiente, y no verla como el resultado, la consecuencia de aquel obsequio más precioso.

Aparte de su deseo fraternal de verlo feliz e instalado, casado con una dama del tipo que él merecía, sentía también la necesidad de hacer lo que estuviera en su mano por ver a Caro feliz también. Por hacer que su amiga de infancia experimentara la misma felicidad que ella había encontrado.

Lo último que deseaba era que el primer matrimonio desgraciado de Caro oscureciera sus oportunidades de lograr esta felicidad.

Miró a Michael y advirtió que, a pesar de su expresión impasible, estaba luchando con sus palabras, intentando interpretarlas. "No puedo explicártelo mejor. Para cada mujer, la expresión externa de lo que es más importante para ella será diferente; sin embargo, darle esa cosa fundamental que permite todo lo demás, estar dispuesto a hacerlo, esa es la clave."

Él la miró a los ojos. Sonrió con un poco de tristeza. "Gracias."

Ella suspiró. "Espero que eso te ayude."

Michael tomó su mano, la oprimió levemente. "Sí—lo hará."

Lanzando una última mirada a sus sobrinos que retozaban, gritando, en el césped, soltó la mano de Honoria e hizo un gesto de despedida. "Te dejo a tu sueño."

Ella sonrió, pero cuando él llegó a la puerta, ella ya había salido a la terraza.

Michael se detuvo a hablar con Devil, quien no tenía nada nuevo que informarle, y luego se dirigió a los clubes. Mientras caminaba, reflexionaba sobre las palabras de Honoria.

Mientras hablaba, había estado mirando a sus hijos. Dados sus antecedentes, la trágica pérdida del resto de su familia, no le resultaba difícil entender que para Honoria un hogar, una familia y, por lo tanto, tener hijos, era de la mayor importancia—que aquellas cosas eran tan importantes para ella como lo eran para él.

¿Había querido decir que también eran importantes para Caro?

Si eso era lo que había querido decir, ¿adónde lo llevaba eso?

¿Cuál era, en efecto, la necesidad más profunda de Caro?

CAPÍTULO
19

Regresó a la casa de Upper Grosvenor antes de las tres de la tarde, sin haber avanzado mucho, ni en sus investigaciones ni en sus reflexiones sobre las necesidades de Caro. Dejándolas a ambas a un lado, subió las escaleras corriendo; abriendo la puerta del salón, contempló a Caro, instalada en un sillón, absorta en uno de los diarios de Camden.

Ella levantó la mirada. Sus finos cabellos formaban un halo alrededor de su cabeza; el sol que brillaba por la ventana doraba cada mechón, haciendo una filigrana temblorosamente viva en torno a su rostro en forma de corazón con sus delicadas facciones y rasgados ojos plateados.

Aquellos ojos se iluminaron cuando lo vieron. "¡Gracias al cielo!" Cerró el diario y lo puso en la pila; extendió las manos. "Sinceramente espero que hayas venido a rescatarme."

Sonriendo, Michael entró, tomó sus manos y la ayudó a levantarse—luego la abrazó. Cerrando sus brazos a su alrededor, se inclinó; ella le tendió sus labios.

Se besaron. Larga y lentamente, profundamente; sin embargo, ambos eran conscientes de que debían refrenar su pasión, suprimir las llamas.

Sus labios se separaron sólo para encontrarse otra vez, para saborear, tomar, dar.

Por fin, él levantó la cabeza.

Ella suspiró. Abrió los ojos. "Supongo que debemos marcharnos."

Su evidente reticencia lo deleitó. No obstante... "Desafortunadamente, debemos hacerlo." Soltándola, retrocedió. "Lucifer nos aguarda."

Había acordado enseñar a Lucifer la casa de la Media Luna aquella tarde a las tres. Cuando llegaron, se paseaba alto, oscuro y desenfadadamente apuesto, frente a la balustrada.

Sonriendo, se enderezó y avanzó a ayudar a Caro a bajar del coche de alquiler; luego se inclinó graciosamente. "Su sirviente, señora Sutcliffe. Es un placer conocerla."

Ella sonrió. "Gracias—pero, por favor, llámame Caro."

Lucifer hizo una inclinación a Michael, luego señaló hacia las escaleras. "Debo confesar que me muero por ver la colección."

Caro abrió la puerta y los condujo al recibo principal. "No sabía que Camden fuese un coleccionista tan conocido."

"No lo era, pero cuando comencé a indagar, era muy conocido, especialmente por su excentricidad en coleccionar como lo hizo." Lucifer estudió un aparador y el florero que había sobre él. "La mayoría de la gente colecciona un tipo de cosa. Sutcliffe coleccionaba todo tipo de cosas, pero sólo para una casa—esta casa." Señaló con un gesto la mesa redonda del recibo, el espejo que colgaba en la pared. "Todo fue seleccionado específicamente para ocupar un lugar particular o desempeñar una función en esta casa. Todo es único—el mismo coleccionista es único."

"Ya veo." Conduciéndolos al salón, se dirigió a la ventana y abrió las pesadas cortinas, permitiendo que la luz se vertiera sobre el maravilloso mobiliario, que se refractara a través del cristal, destellara sobre los dorados y la plata martillada. "No lo había considerado como algo extraño." Se volvió. "Entonces, ¿qué necesita ver?"

"La mayor parte de las habitaciones más grandes, creo. Pero, dígame, ¿sabe usted con quién trataba? Tengo algunos nombres, pero me preguntaba si había tratado con otros comerciantes."

"Wainwright, Cantor, Jofleur y Hastings. Nadie más."

Lucifer levantó la vista. "¿Está segura?"

"Sí. Camden se negaba a tratar con otras personas—una vez me dijo que no estaba interesado en que lo estafaran, y era por ello que insistía en tratar sólo con personas en quienes confiaba."

Lucifer asintió. "Tenía razón acerca de estos cuatro; lo cual significa que podemos olvidarnos de cualquier posibilidad de falsificación. Si cualquiera de ellos hubiera descubierto que le habían vendido una imitación, le habrían devuelto su dinero. Si trataba únicamente con ellos, es un negocio ilícito que no podemos suponer que haya ocurrido aquí."

"Un negocio ilícito." Michael arqueó las cejas. "¿Hay otra posibilidad?"

"Una que parece cada vez más probable cada minuto." Lucifer miró a su alrededor. "Aguarden a que vea un poco más; luego se los explicaré."

Caro, diligentemente, lo hizo recorrer todo el primer piso, respondiendo a sus preguntas, confirmando que Camden había guardado cuidadosamente los registros de todas sus adquisiciones. En el comedor, mientras esperaban a que Lucifer estudiara los contenidos de una vitrina, Caro advirtió que un candelabro que habitualmente se encontraba en el centro del aparador ahora estaba a la izquierda. Lo puso en el centro de nuevo; recordando la ocasión en que ella y Michael habían ido a buscar los papeles de Camden, estaba segura de que el candelabro se encontraba en el lugar acostumbrado.

La señora Simms debió haber ido a la casa; el ama de llaves debió haber estado distraída para colocar el candelabro en otro lugar. Nada faltaba, no se había movido nada más. Tomó nota mentalmente de enviar un recado a la señora Simms para anunciarle que estaba de regreso en Londres; se volvió mientras Lucifer se incorporaba. "Venga—le mostraré el segundo piso."

Michael los seguía, escuchando a medias, mirando a su alrededor. No como lo hacía Lucifer, quien examinaba objetos individuales, no como lo había hecho él mismo la primera vez que estuvo allí, sino tratando de descubrir qué podía decirle la casa acerca de Caro, qué pistas podía ofrecerle sobre sus necesidades, qué pudiera anhelar que no tuviera ya. ¿Qué faltaba en esta casa aparentemente maravillosa?

Pensó en niños, pero, mientras miraba, contemplaba y comparaba, no era sólo niñitos de dedos ansiosos que corrieran por los pasillos, que se deslizaran por la baranda elegantemente tallada, lo que se echaba de menos.

Esta casa estaba vacía. Realmente vacía. Camden la había creado para Caro—Michael ya no tenía duda alguna sobre esto—sin embargo, era fría sin corazón, sin vida, sin aquel indefinible pulso de una familia, que debía haberla vitalizado y llenado de alegría. En aquel momento era una concha exquisitamente bella, nada más.

Lo único que se necesitaba para darle vida a la casa era el único obsequio que no le había dado Camden a Caro. Porque se había olvidado de hacerlo, o porque no estaba en él darlo.

¿Qué era lo que animaba una casa, que no sólo creaba una residencia, sino que la transformaba en un hogar?

Michael estaba en el pasillo del segundo piso cuando Caro y Lucifer salieron del estudio.

Lucifer indicó la escalera con un gesto. "Bajemos." Lucía un poco sombrío.

En el recibo, los miró de frente. "Hay un peligro aquí que podría explicar los ataques contra Caro. La colección como un todo no representa una tentación, pero las piezas individuales sí. Sutcliffe tenía buen ojo para la más alta calidad—muchas de las piezas que hay aquí son más que soberbias. Hay más que suficiente para tentar a un coleccionista furibundo, a uno de aquellos que, una vez que ha visto algo, debe tenerlo a toda costa."

Lucifer miró a Caro. "Dadas las razones de Sutcliffe para reunir una colección semejante, dudo que alguien habría podido inducirlo a vender una de sus piezas. ¿Estoy en lo cierto?"

Caro asintió. "Fue abordado en numerosas ocasiones en relación con diferentes piezas pero, como usted lo dice, una vez que tenía la pieza perfecta cada determinado lugar, no estaba interesado en venderla. Para él, eso no tenía sentido."

"Ciertamente. Y ese es mi punto." Lucifer miró a Michael. "Entre esos voraces coleccionistas, hay quienes, en aras de conseguir una pieza en particular, ignorarán todas las reglas y las leyes. Se obsesionan y, sencillamente, deben tener esa pieza sin importar qué tengan que hacer para conseguirla."

Michael frunció el ceño. "¿Por qué no comprársela simplemente a Caro?"

Lucifer la miró. "¿La vendería usted?"

Ella sostuvo su mirada. Después de un largo momento, dijo, "No. Esta era la creación de Camden—no podría sacar cosas de ella."

Lucifer miró a Michael. "Es por eso; *suponen* que ella no vendería, que está tan obsesionada con aquel objeto como ellos."

"¿Y por qué no entrar a la fuerza y robarlo?" Michael señaló con un gesto lo que los rodeaba. "Es posible que los cerrojos sean fuertes, pero un ladrón decidido . . ."

"Lograría poco en términos de lo que el furibundo coleccionista desea. Quiere también tener la proveniencia del objeto, y eso sólo lo puede reclamar legítimamente a través de su adquisición."

Caro lo contempló fijamente. "¿Están tratando de matarme para forzar una venta?"

"Quienquiera que la herede cuando muera—¿sentirá lo mismo que usted por este lugar? O, si se los aborda discreta y honorablemente, después de haber transcurrido cierto tiempo razonable, ¿no sentirán que pueden vender al menos parte de los contenidos de la casa?"

Caro parpadeó, luego miró a Michael.

Él no necesitaba leer sus ojos. "Geoffrey, Augusta y Ángela venderían. No inmediatamente, pero sí un tiempo después."

Ella asintió. "Sí, lo harían."

"Cuando indagué un poco, me sorprendió ver cuánta gente sabía de este lugar, y de los objetos individuales que contiene." Lucifer miró de nuevo a su alrededor. "Aquí hay definitivamente motivo suficiente para un asesinato."

En lugar de estrecharse, su red parecía ampliarse; las razones para asesinar a Caro se acumulaban en lugar de disminuir. Después de acompañarlos a tomar el té en Upper Grosvenor, Lucifer partió para investigar más, primero la lista de delegatarios, y luego de manera más general a través de sus contactos en el mundo clandestino de los anticuarios, respecto a cualquier indicio de lo que llamaba el "coleccionista furibundo" interesado en alguna de las piezas más valiosas de la casa de la Media Luna.

Durante la cena, discutieron la situación con Magnus y Evelyn; Magnus gruñó, evidentemente disgustado por no poder hacer nada más para ayudarlos; en este caso, sus contactos, que para entonces eran todos políticos, no servían de nada. Fue Evelyn quien sugirió que Magnus y ella podían visitar a la anciana Lady Claypoole.

"Su esposo fue embajador en Portugal antes de Camden— Lord Claypoole falleció hace tiempo, pero Ernestine puede recordar algo útil. Está en Londres en este momento, visitando a su hermana. No hay razón para no verla y ver qué puede decirnos."

Todos estuvieron de acuerdo en que era una excelente idea; dejando a Magnus y a Evelyn a sus planes, Michael y Caro salieron para sus rondas nocturnas; dos veladas pequeñas, la primera en la embajada de Bélgica, la segunda en casa de Lady Castlereagh.

Al llegar al salón de la embajada de Bélgica, Caro atisbó una cabeza oscura a través de los invitados. Inclinándose hacia Michael, le dijo. "¿No es ese Ferdinand, al lado de la ventana?"

Michael miró. Apretó los labios. "Sí." La miró. "¿Le preguntamos qué hace en Londres?"

Ella sonrió, con los labios mas no con los ojos. "Sí, hagámoslo."

Pero para cuando se abrieron camino entre la muchedumbre, conversando y saludando, y finalmente llegaron a la ventana, Ferdinand había partido. Levantando la cabeza, Michael registró el salón. "No está aquí."

"Nos vio y salió apresuradamente." En tal compañía, Caro tuvo el cuidado de no fruncir el ceño, pero su mirada, cuando encontró la de Michael, era severa. "¿Me preguntó qué dice esto de su consciencia."

Michael arqueó las cejas. "¿Crees que tiene consciencia?"

Encogiéndose de hombros elocuentemente, Caro se volvió para saludar a Lady Winston, la esposa del gobernador de Jamaica, quien se acercaba a conversar con ellos.

Le presentó a Michael, permaneció a su lado; luego, más tarde, circularon por el salón. Hecho esto, se dirigieron a casa de Lady Castlereagh; de nuevo, pasearon juntos por el salón. Caro no estaba segura de si su tácita decisión de actuar como un equipo se debía más a su reacción a la necesidad de Michael—una necesidad que percibía cada vez con mayor claridad, una necesidad que ella instintivamente satisfacía— o al deseo de Michael de mantenerla cerca, protegida y dentro de su alcance; su mano cubría la de Caro con fuerza en su brazo, comunicándole este deseo sin palabras.

La velada no reveló nada acerca de un secreto largamente sepultado que los portugueses pudieran tratar de sepultar aún más profundamente; pero ella se hizo consciente—más intensamente—de otras cosas.

Más tarde, cuando regresaron a la casa de Upper Grosvenor, cuando Michael se había reunido con ella en su cama, donde compartieron y se complacieron, bañados en un océano de placer mutuo, hasta que finalmente se desplomaron, con las piernas entrelazadas, saciados y relajados en su cama, con los latidos de sus corazones cada vez menos acelerados y cercanos al sueño, Caro comenzó a pensar en todo lo que había visto, en todo aquello de lo que era consciente, en todo lo que ahora sabía.

De Michael. De su necesidad de ella, no sólo de la necesidad física que tan recientemente habían satisfecho, ni de su necesidad profesional, aun cuando había llegado a comprender que era mucho más aguda de lo que había pensado inicialmente, sino en aquella otra necesidad que residía en la manera en que sus brazos se cerraban sobre ella, en la manera en que, en ocasiones, sus labios tocaban su cabello. En la manera como descansaba su brazo, pesadamente, sobre su cintura, incluso cuando estaba dormido. En la manera como se tensaba y se alertaba, preparado para dar un paso adelante y protegerla del peligro, físico o de cualquier tipo.

La necesidad que revelaba a través de su compulsión por protegerla.

Le había dicho que quería casarse con ella, y que esta propuesta seguía en pie; lo único que ella tenía que hacer era aceptarla y sucedería. Caro no había creído que algo le hiciera cambiar de idea, reconsiderar su aversión al matrimonio, especialmente con otro político; sin embargo, la elusiva necesidad de Michael había conseguido que lo hiciera. Poseía un poder contra el cual incluso su corazón endurecido—el corazón que ella había endurecido deliberadamente—no era inmune. Aun cuando ya no era tan joven, tan inocente e ingenua como para dejarse engañar por las apariencias, los años, a la vez, le habían enseñado que no era prudente rechazar sin pensar los obsequios del destino.

Tales obsequios no se ofrecían a menudo. Cuando se ofrecían...

¿Estaba preparada para enfrentar de nuevo el riesgo de amar a un político? ¿A un hombre para quien el encanto era algo intrínseco, para quien la facilidad de persuadir era una habilidad indispensable?

Sin embargo, no eran las palabras de Michael lo que la estaba persuadiendo. Eran sus acciones, sus reacciones. Y las emociones que las motivaban.

El sueño se apoderó de ella pesadamente, borrando sus pensamientos. Llamando sus sueños.

El último susurro de *consciencia* del que se dio cuenta fue la sensación del cuerpo de Michael, caliente, desnudo, pesado por la languidez de la saciedad, enroscado protectoramente alrededor del suyo, una afirmación tácita—él no era Camden.

Hundido a su lado en la cama, Michael sintió que el sueño la invadía; él intentaba evadir el suyo—luchar con su problema, tratar de ver con más claridad, identificar lo que el corazón de Caro más deseaba, cuáles eran sus más secretos sueños.

Un hogar, una familia, un marido, la posición de una anfitriona política y diplomática, la esposa de un Ministro—un escenario en el que sus brillantes habilidades serían altamente estimadas y apreciadas... podía darle todo aquello, pero ¿cuál era la clave—cuál era aquella cosa que la persuadiría de casarse con él?

El sueño se negaba a dejarlo; inmisericordemente, lo atrapó y lo dejó buscando su respuesta.

Durante los días siguientes, Caro se dedicó asiduamente a los diarios de Camden. Además de asistir a las veladas más selectas con Michael cada noche, permanecía en casa, en el salón, leyendo.

Si la clave de lo que motivaba la amenaza que pesaba sobre ella estaba en los papeles de Camden, claramente le correspondía aplicarse a descubrirla.

Magnus y Evelyn disfrutaron plenamente su excursión a interrogar a Lady Claypoole, aun cuando además de confirmar, a través de vagos recuerdos que, en efecto, *había habido* una perturbación política en Lisboa poco antes de dejar su esposo el cargo como embajador, la dama no había sido de gran ayuda. Sin embargo, la salida mejoró el ánimo de Evelyn y de Magnus, así que al menos eso se había ganado.

Michael continuó desempeñando el papel de un futuro Ministro, de la persona que probablemente dirigiría en el Ministerio de Relaciones Exteriores, explotando la disposición de otros a impresionarlo para recolectar todo lo que podía acerca de los asuntos que por entonces se desarrollaban en Portugal. No sólo sitió las oficinas del gobierno británico que se ocupaban del tema, sino a los españoles, franceses, corsos, sardos, belgas e italianos también. Todos tenían sus fuentes—alguien debía saber algo útil.

Y además estaba Ferdinand.

Michael no lo había olvidado, como tampoco al personal de la embajada de Portugal. Pero no podía actuar directamente allí; con la ayuda de Devil, organizó a otras personas para que se infiltraran y vieran qué podían descubrir, pero tales operaciones necesariamente tomaban tiempo.

Un tiempo que cada vez le preocupaba más.

Cuando regresó a Upper Grosvenor una tarde, sin haber avanzado y con pocos caminos útiles por explorar, subió las escaleras y se detuvo en la puerta del salón para mirar a Caro. Cuando ella levantó la mirada de su lectura, se acercó a ella.

Con un suspiro, se sumió en el sillón compañero del que ella estaba usando.

Ella arqueó las cejas. "¿Nada?"

Sacudió la cabeza. "Sé que la paciencia es una virtud, *pero...*"

Ella sonrió; mirando hacia abajo, regresó a su lectura.

Él la contemplaba, extrañamente complacido de que ella no sintiera la necesidad de entretenerlo como la habría sentido cualquier otra dama. Era una sensación agradable la de ser aceptado con tal facilidad, el estar juntos sencillamente sin ninguna de las acostumbradas barreras sociales entre ellos.

La sola compañía de Caro alivió su irritación, hizo desaparecer su impaciente enojo.

En la distancia, escucharon la campana de la puerta. Los pasos silenciosos de Hammer atravesaron las baldosas; pasó un momento, luego se cerró la puerta principal. Un instante después, escucharon que Hammer subía las escaleras, dirigiéndose hacia ellos.

Hammer apareció en el umbral. Se inclinó, luego avanzó, presentando una bandeja. "Una nota para usted, señora. El muchacho no aguardó ninguna respuesta."

Caro tomó la hoja doblada. "Gracias, Hammer."

Con una inclinación, Hammer salió. Michael observó el rostro de Caro mientras ella abría la misiva y la leía. Luego sonrió y lo miró, poniéndola a un lado. "Es de Breckenridge."

Michael la miró fijamente. *"¿Breckenridge?"* ¿Había escuchado bien? "¿El Vizconde de Breckenridge—el heredero de Brunswick?"

"El mismo. Te dije que le había pedido a un viejo amigo de Camden, en quien confío, que leyera su correspondencia. Timothy me ha escrito para decirme que aún no ha encontrado nada." Su mirada en la nota, su expresión se llenó de afecto. "Me atrevo a pensar que estaba preocupado de que viniera a preguntárselo personalmente, así que mandó la nota."

¿Timothy? ¿Que se lo preguntara *personalmente?* Michael se quedó de una pieza. "Ah... tú lo harías, ¿verdad?" Caro lo miró desconcertada. Él se aclaró la voz. "Irías a visitar a Breckenridge personalmente." Su voz se hizo más débil cuando advirtió su perplejidad.

Ella parpadeó. "Bien, tenía que llevarle las cartas. O, más bien, hice que dos lacayos las llevaran a su casa. Luego tuve que explicarle qué necesitaba que hiciera, qué debía buscar."

Por un momento, él se limitó a mirarla fijamente. "Entraste a casa de Breckenridge sola." Su voz sonaba extraña; estaba luchando por asimilarlo.

Ella frunció el ceño. Severamente. "Conozco a Timothy hace más de diez años—bailamos juntos en mi matrimonio. Camden lo conoció casi por treinta años."

Él parpadeó. "Beckenridge tiene apenas treinta años."

"Treinta y uno," le informó ella secamente.

"Y es uno de los vividores más famosos de la alta sociedad—¡si no el *más* famoso!" Abruptamente, se puso de pie. Pasándose la mano por los cabellos, miró a Caro.

Ella lo contempló con una mirada plateada e irritada, y le advirtió, "No comiences."

Él absorbió la forma en que apretaba los labios cada vez más obstinadamente, la luz militante en sus ojos—sintió que sus labios también se apretaban. "¡Santo cielo! ¡No puedes simplemente... *visitar* a un hombre como Breckenridge como si fueses a un desayuno matutino!"

"Desde luego que sí—aunque, ahora que lo mencionas, no me ofreció té."

"Puedo imaginarlo," gruñó.

Caro arqueó las cejas. "Realmente dudo que puedas hacerlo. Estás comenzando a asemejarte a él, cuando insistía en que debía salir por la caballeriza. Innecesariamente preocupado sin causa alguna."

Mirándolo directamente a los ojos, prosiguió. "Como se lo recordé a él, permíteme recordártelo a ti—*yo* soy La Viuda Alegre. Mi viudez está establecida—nadie, en la alta sociedad, imagina que sucumbiré fácilmente a los halagos de ningún vividor."

Michael sólo la miraba—intensamente.

Ella sintió que un débil rubor le cubría las mejillas. Se encogió de hombros. "Sólo tú lo sabes—y, de cualquier manera, no eres un vividor."

Sus ojos se estrecharon junto con sus labios. "Caro..."

"¡No!" Levantó una mano. "Escúchame. Timothy es un

viejo y querido amigo, en quien confío implícitamente, sin reservas. Lo conozco desde hace siglos—era socio—bien, más bien una conexión—de Camden y, aunque sé lo que es, sé cuál es su reputación, te aseguro que no corro peligro alguno con él. ¡Ahora!" Miró la pila de diarios. "Aunque estoy muy contenta de que Timothy haya enviado una nota, porque no tengo tiempo de visitarlo para saber cuánto ha avanzado, tampoco tengo tiempo que perder en discusiones tontas."

Tomando uno de los diarios, miró a Michael. "Entonces, en lugar de sermonearme sin razón y sin ningún propósito, puedes ayudarme tú también. Mira—lee esto."

Le lanzó un libro.

Michael lo tomó, frunció el ceño. "¿Quieres que lo lea?"

Ella había abierto el diario que estaba hojeando antes. Levantando la vista, arqueó las cejas. "Estoy segura de que puedes leer tan bien como Timothy. Le di las cartas, pero los diarios están llenos de notas, y se tarda más en revisarlos." Mirando hacia abajo otra vez, continuó, en un tono más suave, "y aun cuando confío en Timothy para las cartas, hay referencias en los diarios que preferiría que él no viera."

Michael contempló su cabeza inclinada, pesó distraídamente el volumen que tenía en la mano. Era demasiado astuto como para no reconocer una evidente manipulación cuando se la practicaba tan descaradamente con él—ella confiaba en él para aquello en lo que no confiaba en Breckenridge—¡Timothy!—sin embargo...

Un momento después, regresó al sillón, se instaló en él lentamente. Abrió el diario, hojeó algunas páginas. "¿Qué debo buscar?"

Ella respondió sin mirarlo. "Cualquier mención de la corte portuguesa, o de los apellidos Leponte, Oporto o Albufeiras. Si encuentras cualquier cosa, enséñamela—yo sabré si es lo que estamos buscando."

Descubrir que la dama a quien uno ha decidido hacer su esposa se trataba, al parecer sin ninguna precaución, con el vividor más peligroso de la alta sociedad, irritaría, pensó Michael, a cualquier hombre.

Ciertamente lo irritaba a él hasta el punto de hacer que

considerara activamente protegerla con guardias, un acción que sabía llevaría sencillamente a otra discusión, a otra discusión que tampoco ganaría.

Sabía, mejor que nadie, que, como ella lo había sugerido, Caro nunca había tenido nada en el sentido físico con Breckenridge ni con ninguno de sus compañeros. A la luz de tal conocimiento, era posible que estuviese reaccionando exageradamente; no obstante...

Mientras Caro se preparaba para cenar en casa de Lady Osterley, él aguardó en la biblioteca, leyendo el libro de linajes de Burke.

Timothy Martin Claude Danvers, Vizconde Breckenridge. Hijo único del Conde de Brunswick.

La formación habitual—Eton, Oxford—y los clubes habituales. Distraídamente, Michael avanzó en la lectura, haciendo referencias cruzadas entre los Danverse, los Elliot— la familia de la madre de Breckenridge—y los Sutcliffe. No pudo hallar indicio alguno de la conexión a la que había aludido Caro.

Al escuchar sus pasos en las escaleras, cerró el libro y lo colocó de nuevo en su lugar en el estante. Añadiendo mentalmente a Breckenridge a la lista de cosas que se proponía investigar al día siguiente, se dirigió al recibo principal.

Caro no estaba segura acerca de cómo se sentía respecto a los celos de Michael por su amistad con Timothy. Con base en sus observaciones, sabía que los hombres celosos tendían a dictaminar, a restringir, a tratar de encerrar a las mujeres; ella era, en su propia opinión, razonablemente cautelosa frente a los hombres celosos. No obstante...

Nunca antes un hombre la había celado; aun cuando era irritante en algunos aspectos, era también, debía admitirlo, algo intrigante. Sutilmente revelador. Lo suficientemente interesante para soportar el silencio de Michael durante todo el camino a casa de los Osterley. No estaba malhumorado; estaba pensativo, reflexionaba—acerca de ella más que acerca de Timothy.

Sin embargo, cuando llegaron a casa de los Osterley y él la ayudó a bajar del coche, ella fue consciente de que su atención se centraba en ella intensamente. Mientras subían las escaleras, saludaban a sus anfitriones y luego pasaban al salón a unirse a los otros invitados, independientemente de su ocupación, fue en ella que permaneció fija su atención. Fija, directamente en ella.

Lejos de irritarla, encontró que ser el centro de su atención era bastante agradable. Que un hombre estuviera celoso por ella no era tan terrible.

El salón de los Osterley estaba colmado de políticos. Aparte de todos los sospechosos habituales, la reunión incluía a Magnus, quien había llegado antes que ellos, la tía de Michael, Harriet Jennet y Theresa Obaldestone. Devil y Honoria también habían sido invitados.

"Lord Osterley está emparentado con los Cynster," le dijo Honoria mientras se saludaban.

Había pocas personas dentro de la concurrencia a las que Caro no conociera; ella y Michael pasaron algunos momentos con Honoria y Devil; luego ambas parejas se separaron, como era de esperarse, para conversar, renovar y fortalecer vínculos. Este grupo conformaba la elite política, el mayor poder del país. Todos los bandos políticos estaban representados; aun cuando los hombres del gobierno detentaban entonces el poder, todos aceptaban que esto podría cambiar en las elecciones futuras.

Renovar amistades, hacer nuevos contactos—intercambiar nombres, recordar caras, advertir a qué club pertenecía cada uno de los caballeros, su cargo actual y, aun cuando nunca se afirmara en voz alta, su ambición última—aquél era el propósito evidente de la reunión. Tales congregaciones de los poderosos tenían lugar dos o tres veces al año—rara vez se necesitaban más; quienes asistían a ellas tenían buena memoria.

Al llegar al extremo del salón, Caro miró hacia atrás evaluando, reflexionando.

"¿Qué?" le preguntó Michael, acercándose a ella.

"Estaba pensando que es una reunión muy concurrida, pero los invitados han sido cuidadosamente seleccionados." Encontró sus ojos. "Ni siquiera están presentes todos los Ministros."

"Algunos"—tomándola del brazo, avanzaron—"han manchado sus cuadernos. Otros, a pesar de cuánto me apena admitirlo, son excesivamente conservadores—no son favorables al cambio, y el cambio, definitivamente, está en el ambiente."

Ella asintió. Durante los dos últimos años, liberada de la necesidad de concentrarse en los asuntos de los portugueses, había estado vigilando las vicisitudes políticas más cercanas a ella. La reforma plebiscitaria era sólo uno de los múltiples retos que enfrentaba directamente el gobierno.

Ya no sería posible, en lo sucesivo, gobernar sin esfuerzo; la época—el futuro inmediato—exigía acción.

La diplomacia y la política eran antiguos compañeros de cama; su experiencia en uno de estos ámbitos le servía muchísimo en el otro. No tenía dificultad alguna en moverse por entre la muchedumbre, encantadora, y en permitir que la encantaran, interactuando y absorbiendo todo lo que sus preguntas y comentarios suscitaban.

Michael no necesitaba ninguna ayuda en este campo, no necesitaba que lo alentara, ni su asistencia directa; se sentía más a gusto en este ambiente que ella misma. Podía, sin embargo, aprovechar un complemento; alguien que comprendiera, no sólo las palabras sino los matices, que pudiera ingeniosamente extender un tema o introducir uno nuevo, buscando más, revelando más.

Cuando se alejaron de Lord Colebatch y del señor Harris, del Ministerio de Guerra, Caro encontró la mirada de Michael. La sonrisa que intercambiaron fue breve y privada. Él se acercó más a ella. "Formamos un equipo excepcional."

"Colebatch no quería hablarte de su relación con el nuevo ferrocarril."

"No lo habría hecho si tú no se lo hubieses preguntado. ¿Cómo lo supiste?"

"Se sintió incómodo en cuanto Harris mencionó el tema—tenía que haber una razón." Levantó la vista, encontró sus ojos. "Y la había.'

Él reconoció su astucia con una inclinación, y la condujo hacia otros grupos.

Como sucedía habitualmente en aquellas reuniones, el

tiempo que pasaban en el salón antes de la cena era prolongado; e incluso después de estar todos sentados en la larga mesa, la conversación seguía siendo brillante y aguda. En una cena semejante, la comida no era el plato principal. La información lo era.

Ideas, sugerencias, observaciones—todas tenían su lugar; en esta compañía, todas se trataban con respeto. Visualmente, el escenario era brillante, magnífico, sutil y generalmente elegante, extravagante sólo en su innegable valor, los cubiertos de oro, la vajilla de Sèvres, el cristal que destellaba imitando deficientemente los diamantes que rodeaban el cuello de las damas.

Todos notaban, pero apenas eran conscientes de ello. Para una persona, su atención permanecía fija en la conversación—era la razón por la que estaban allí.

Caro lo encontraba agotador y, sin embargo, estimulante. Habían pasado más de dos años desde la última vez que asistió a un evento semejante. Para su sorpresa, su entusiasmo, la manera en que disfrutaba los comentarios agudos como estocadas y el diálogo, de ingeniosas respuestas, todo girando, penetrando y conectando, no había muerto; por el contrario, su deleite en participar y tener éxito en estas circunstancias había aumentado.

Hacia el final de la cena, se detuvo por un momento a beber el vino y a tomar aliento después de una conversación extensa y bastante divertida con George Canning. Vio que Lady Osterley la miraba. Sentada en el extremo de la mesa, su señoría, una de las grandes anfitrionas, sonrió, inclinó la cabeza, y levantó su copa en un silencioso brindis de patente aprobación.

Caro le devolvió la sonrisa, y luego dejó que su mirada recorriera la mesa. Advirtió y confirmó que cada anfitriona reconocida—cada poder reconocido—estaba dispersa entre los invitados, de manera que cada una pudiera dominar una sección de la mesa, asegurándose de que ningún grupo hiciera lo impensable: dejar morir la conversación.

Ella había sido incluida entre las mujeres poderosas.

Su corazón saltó de júbilo, de verdadera satisfacción.

Cinco minutos más tarde, Lady Osterley se levantó y condujo a las damas de regreso al salón, dejando a los hombres para que discutieran asuntos del parlamento mientras bebían oporto.

Las damas tenían otros temas que tratar, igualmente pertinentes.

Al entrar al salón hacia el final de la muchedumbre de mujeres, Caro encontró que Theresa Obaldeston la estaba aguardando. Tomándola del brazo, indicó las largas ventanas que se abrían sobre la terraza. "Necesito un poco de aire—acompáñame a caminar un poco."

Intrigada, Caro ajustó su paso al paso más lento de Theresa mientras atravesaban el salón. Theresa estaba supremamente bien vestida, en un traje de seda granate de cuello alto. Los anillos destellaban en sus dedos cuando movía su bastón; lo usaba poco.

Satisfecha con su propia apariencia, con un traje de seda *eau de nil* hábilmente drapeado y el conjunto de ámbar verde engastado en plata que adornaba su cuello y muñecas, Caro siguió a Theresa hacia el estrecho balcón. Tenían todo el lugar para ellas solas, como, estaba segura, se lo había propuesto Theresa.

Poniendo la decorada cabeza de plata de su bastón en un brazo, Theresa se aferró a la baranda del balcón y la observó. Reflexionó.

Caro encontró aquella mirada negra, que desconcertaba a otras personas—y que, en efecto, se proponía desconcertar—con gran serenidad.

Theresa sonrió; miró hacia los jardines envueltos en la oscuridad. "La mayoría de la gente se mostraría aprensiva; tú, desde luego, no. Deseaba felicitarte por tu buen sentido."

¿Buen sentido para qué? Antes de que Caro pudiera formular la pregunta, Theresa prosiguió, "Creo que, con excesiva frecuencia, olvidamos decir a otros cuando creemos que han tomado el camino correcto. Luego, cuando aparecen los obstáculos y tropiezan, los criticamos, olvidando que no nos tomamos el tiempo de alentarlos cuando, quizás, habríamos debido hacerlo. Puedes considerar mis comentarios bajo esa luz, por favor—aun cuando no tengo deseo alguno de manejar tu vida, en tu caso"—mirándola, Theresa encontró sus

ojos—"sospecho que unas pocas palabras de aliento no se perderán."

Caro aguardó.

"Quizás no lo recuerdes, pero yo *no* fui una de las personas que celebraron tu matrimonio con Camden." Theresa miró de nuevo hacia el jardín. "Para mí, fue un caso de asaltacunas socialmente sancionado. Pero luego, con el transcurso del tiempo, cambié de opinión. *No* porque creyera que Camden era un marido apropiado para ti, sino porque advertí que era, decididamente, un *mentor* muy apropiado para ti."

Caro dejó vagar su mirada por los jardines, oscuros en la noche. Sintió la mirada de Theresa en su cara, pero no se volvió.

"Si no me equivoco," Theresa continuó, en voz baja, con un tono seco, "el concepto de tutor y discípulo es lo que describe mejor tu relación con Camden. Por lo tanto, deseaba felicitarte con entusiasmo por tu regreso a la lucha." Su voz se hizo más fuerte. "Tienes una gran habilidad, afinados talentos y experiencia—y, créeme, este país los necesita. Se avecinan tiempos turbulentos—necesitaremos hombres de integridad, compromiso y valor para capotearlos, y esos hombres necesitarán el apoyo de..."

Theresa hizo una pausa. Cuando Caro la miró a los ojos, ella sonrió débilmente, "Damas como nosotras."

Caro dejó que sus ojos brillaran de sorpresa; ser clasificada al lado de Theresa Obaldestone—*por* Theresa Obaldestone—era algo asombroso. Y un honor.

La misma Theresa era plenamente consciente de ello; inclinó la cabeza, sonriendo con desdén a sí misma. "Así es, pero tú sabes que soy sincera en lo que digo. Tu 'camino correcto', querida Caro, está en veladas como ésta. Hay sólo unas pocas de nosotras que podemos manejar las cosas a este nivel, y tú eres una de ellas. Es importante para todos nosotros y, sí, hablo por la demás también, que continúes en nuestro círculo. Sinceramente deseamos que te cases de nuevo, y que estés presente para apoyar específicamente a uno de los hombres que ahora se destacan; pero, con independencia de ello, éste—nuestro círculo—es el lugar al que perteneces definitivamente."

Caro tuvo dificultades para respirar. Theresa sostuvo su mirada; no había duda alguna de la sinceridad con la que hablaba, como tampoco del poder que aún detentaba. "Esta, querida, es tu verdadera vida—el círculo, la posición que te dará más satisfacciones, que te permitirá la mayor realización." Theresa frunció los labios. "Si fuese dada a lo melodramático, diría que éste es tu destino."

Los ojos negros de Theresa eran imposibles de leer; su expresión, como lo sabía Caro, sólo mostraba lo que ella deseaba mostrar. Sin embargo, la impresión que tuvo cuando Theresa la miró fue de afectuosa bondad.

Como para confirmar su interpretación, Theresa sonrió y le dio unas palmaditas en el brazo. Tomando de nuevo su bastón, regresó al salón. Caro caminó a su lado mientras avanzaban lentamente hacia la luz.

Justo después de las ventanas, Theresa se detuvo. Caro siguió su mirada—hasta Michael. Acababa de entrar al salón en compañía del Primer Ministro y del Ministro de Relaciones Exteriores, George Canning.

"A menos que me equivoque," murmuró Theresa, "tu 'pleamar,' como lo dijo el Bardo tan acertadamente, está llegando. Deseaba asegurarte que estás en el camino correcto, que, cuando se presente la oportunidad, no debes dejarla pasar, sino, por el contrario, animarte, armarte de valor y aprovechar el día."

Con esto, Theresa inclinó majestuosamente la cabeza y se alejó. Caro permaneció allí un momento, grabando sus palabras en su memoria, dejándolas a un lado para examinarlas más tarde, y luego se unió al grupo más cercano. Para asumir el papel para el que la habían ungido.

Michael vio que Caro se unía a un grupo de invitados en el extremo del salón. Distraídamente, la siguió con la mirada, mientras mantenía su atención en la conversación que se desarrollaba entre los tres caballeros que lo acompañaban—Liverpool, Canning y Martinbury. No intentó participar; sabía que Liverpool y Canning deseaban hablar con él, pero aguardaban a que Martinbury se alejara.

Caro avanzó, uniéndose a un grupo en el que estaba Honoria. Él captó la mirada que intercambiaron su amante y su hermana; complacido, la guardó en su corazón—otro ejemplo de lo perfectamente que encajaba Caro en su vida.

Un movimiento en otro grupo llamó su atención. Con una seguridad arrogante, Devil se apartó de dos grandes damas y se dirigió a reunirse con su esposa. Honoria le daba la espalda a Devil; sin embargo, cuando se acercó, ella se volvió.

Al otro lado del salón, Michael vio la expresión de su hermana—vio su radiante sonrisa, vio que sus facciones se suavizaban, que casi brillaban. Al mirar a Devil, vio, no la misma sino la respuesta correspondiente, la expresión externa de una conexión tan profunda, tan poderosa, que era casi aterradora.

Era aterradora, dado el hombre en quien había dejado su impronta.

Las palabras de Honoria resonaron en sus oídos. *La cosa... que me dio todo lo que era realmente importante para mí.*

El pensó que quería decir en el plano fisico y había buscado qué era importante para Caro a ese nivel. Sin embargo, quizás Honoria había querido decir otra cosa—algo más sencillo, más etéreo, y mucho más poderoso.

Aquello de lo cual dependía todo lo demás.

"¡Ah, Harriet! Bien hecho, querida."

Michael se concentró de nuevo para ver que Liverpool saludaba a su tía Harriet. Martinbury se inclinó y se alejó. Canning se inclinó sobre la mano de Harriet mientras Liverpool se volvía hacia Michael. "Oportuna como siempre, Harriet—me disponía a intercambiar unas palabras con Michael."

Los tres—Liverpool, Harriet y Canning—todos se volvieron hacia él y se acercaron; durante un momento de fantasía, Michael sintió que lo habían acorralado. Luego Liverpool sonrió y ya no estaba seguro de que su impresión fuese tan fantástica.

"Quería decirte, hijo mío, que George se dispone a pasar a otra cosa, más pronto de lo previsto." Liverpool señaló a Canning, quien continuó.

"Las extensas negociaciones con los americanos realmente me agotaron." Canning se ajustó su chaleco. "Es el momento de tener sangre nueva, nuevas energías. He hecho cuanto estaba de mi parte, pero ha llegado el momento de pasar la batuta."

Harriet los observaba con ojos de águila, preparada para intervenir si algo parecía salir mal.

Liverpool suspiró y miró a su alrededor. "Entonces tendremos un cargo vacante en la mesa del gabinete, y en el Ministerio de Relaciones Exteriores en cuestión de semanas. Quería que lo supieras."

Impasible, Michael se inclinó. "Gracias, señor."

"Y Caro Sutcliffe, ¿eh?" La mirada de Liverpool encontró a Caro; sus ojos se iluminaron con deleite. "*Todo* un hallazgo, hijo—una dama supremamente capaz." Volviendo la mirada a Michael, Liverpool se mostraba tan jovial como llegaba a serlo. "Me alegra que hayas tomado mis insinuaciones en serio. Algo difícil en esta época, promover a un hombre soltero. El partido ahora no está para eso. Y no habrías podido elegir mejor. Estaré aguardando una invitación a tu boda en las próximas semanas, ¿no lo crees?"

Michael sonrió, dio una respuesta adecuada y poco comprometedora; sospechó que sólo Harriet había comprendido su juego de palabras, la sutil evasiva. No obstante cuando, con los comentarios habituales, el grupo se dispersó, Harriet se limitó a sonreir y se marchó del brazo de Canning.

Aliviado, Michael escapó, uniéndose a otro grupo, circulando para llegar por fin al lado de Caro.

Caro levantó la mirada y sonrió cuando él se acercó. Con una palabra y una mirada, lo integró a la conversación que sostenía con el señor Collins, del Ministerio del Interior.

Se alegraba de que Michael hubiese venido a acompañarla; había una serie de personas con las que creía que él debía hablar antes de que terminara la velada. Con una sonrisa, se alejaron del señor Collins. Tomando a Michael del brazo, lo guió hábilmente.

Como solía suceder en tales eventos, el tiempo transcurría sin que se debilitaran las conversaciones. Continuaron circulando; Caro atraía más de una mirada intrigada, más de una mirada interesada. Poco a poco, advirtió que la realidad de su conexión entre ella y Michael debía ser aparente; Theresa

Obaldestone claramente no era la única que había penetrado su fachada.

Las palabras de Theresa, que resonaban con innegable sabiduría, venían a su mente... lentamente se sumían más profundamente y entraban en su corazón. Mientras conversaba al lado de Michael y desempeñaba su papel, una parte de ella estudiaba la perspectiva, de manera desprendida, impasiblemente—evaluándola casi sin emoción.

Era la vida, la posición, el propósito que deseaba, que necesitaba. En funciones como esta, la verdad relucía con claridad; era el lugar al que pertenecía.

Miró a Michael, su fuerte perfil mientras hablaba con otras personas. Se preguntaba si lo sabía, si él también había visto aquella realidad.

En cierto sentido, se trataba del poder—del poder femenino; una vez lo había tenido en su vida, y se había acostumbrado a detentarlo, a obtener satisfacción de todo lo que podía lograr con él. Eso era lo que Camden le había enseñado, su mayor y más perdurable legado a ella. Estar involucrada en el juego diplomático y político ahora era parte esencial de su felicidad, de su realización. Theresa Obaldestone tenía razón.

Miró a Michael de nuevo y reconoció que Theresa había tenido razón también en eso. Con Camden, ella siempre había estado a la sombra—él había sido el gran hombre, el celebrado embajador. Michael era una proposición diferente—un hombre completamente diferente. Una relación entre ellos sería una plena sociedad, una unión de iguales en la que cada uno necesitaba del otro—y sería reconocida como tal.

Ah, sí. Theresa tenía razón. Caro sintió una oleada de reconocimiento, el deseo de asumir la posición que estaba allí ante ella. El llamado de la marea.

Podría ser tan diferente esta vez.

Miró a Michael; cuando él le devolvió la mirada, ella se limitó a sonreír y apretó su brazo. Sintió, un instante más tarde, que su mano cubría la suya con más fuerza, mientras se disculpaban y avanzaban hacia otro grupo.

Se disponían a integrarse a él cuando vieron que Liverpool los llamaba.

Michael retrocedió, intentó llevarla consigo, pero ella se mantuvo firme. "No," dijo quedamente. "Ve tú. Puede ser algo confidencial."

Él vaciló, luego asintió y la dejó.

Dos minutos más tarde, mientras ella seguía la discusión del grupo, sintió que la tocaban en el brazo y se volvió, para ver a Harriet que le sonreía.

"Debo decirte algo, Caro, luego debo partir." Harriet miró a Michael al otro lado del salón. "Ha sido una larga velada."

Aceptando con un murmullo, Caro se hizo a un lado, reuniéndose con Harriet cerca de la pared.

Harriet habló apresuradamente; había felicidad en su voz. "Sólo quería que supieras lo emocionada que estoy—bien, que todos estamos, no sólo de que hayas regresado, sino de que lo hayas hecho del brazo de Michael." Harriet puso una mano en su brazo, tranquilizándola. "Es un alivio tan grande—no sabes qué preocupada estaba de que él no se moviera."

La suposición de Harriet era obvia. Una mirada le aseguró a Caro que Harriet no intentaba presionarla; sus ojos brillantes y su expresión abierta dejaban suficientemente en claro que había dado por hecho que Michael y Caro se casarían, una decisión ya tomada aunque no hubiese sido anunciada.

Harriet continuó. "Mi mayor preocupación, desde luego, ¡era el tiempo!"

Caro. parpadeó. Harriet prosiguió, "Ahora que Canning prácticamente ha renunciado al Ministerio de Relaciones Exteriores, el nombramiento deberá hacerse en septiembre, y ya es agosto." Suspiró, mirando a Michael. "Siempre fue de los que dejan todo para el último momento, pero ¡francamente!"

Luego sonrió, y miró a Caro. "Al menos, de ahora en adelante, será *tu* trabajo conseguir que haga las cosas a tiempo."

Agradeciendo en silencio los años de entrenamiento que tenía, Caro consiguió sonreír.

Harriet continuó conversando; una parte de la mente de Caro seguía sus palabras. La mayor parte de ella, sin embargo, estaba fija en un hecho: faltaban sólo unas pocas semanas para septiembre.

CAPÍTULO
20

Si Michael había estado silencioso camino a casa de los Osterley, Caro estuvo callada, sumida en sus pensamientos, todo el camino de regreso a casa. Michael también parecía absorto, aparentemente pensando en su inminente nombramiento; esta posibilidad hizo que sus pensamientos se agitaran aún más.

Al llegar a Upper Grosvenor, subieron las escaleras. Magnus había partido de casa de los Osterley una hora antes que ellos; todo estaba en silencio. Con un leve toque en su mano, Michael se separó de ella en la puerta de su recámara y se dirigió a su habitación para desvestirse.

Caro entró a su recámara. Fenella saltó de la silla donde había estado dormitando y acudió a ayudarla. Por primera vez desde que había llegado a Upper Grosvenor, Caro se aferraba a los momentos, dejaba que transcurrieran lentamente; Michael no vendría a reunirse con ella hasta que no escuchara los pasos de Fenella dirigiéndose a la escalera de servicio.

Caro tenía tanto en qué pensar; todo parecía abrumarla a la vez; sin embargo, sabía en realidad que no era así. Había estado evaluando de nuevo durante días, incluso semanas—desde que Michael tan definitivamente había dejado en sus manos la decisión acerca de si debían casarse. No había abandonado su objetivo, sino que había reconocido el derecho que ella tenía de elegir su propia vida. Había puesto deliberadamente las riendas de su relación en sus manos, y cerrado sus dedos sobre ellas.

Ella no había apreciado plenamente hasta unas pocas horas antes que, con plena conciencia y ciertamente, hasta entonces con inmutable decisión, le había entregado también las riendas de su *carrera*.

Vestida con una camisa de dormir diáfana cubierta por una bata de seda apenas lo suficientemente opaca para ser decente, caminó hasta la ventana, mirando hacia el jardín de atrás mientras Fenella ponía sus cosas en orden.

Deliberadamente, miró hacia el futuro—consideró si debía sencillamente aceptar y dejar que la marea la arrastrara. Imaginó, sopesó, recordó todo lo que Theresa Obaldestone le había dicho, todo lo que había visto y comprendido aquella noche, antes de suspirar y rechazar ese rumbo. Su resistencia era demasiado arraigada, las cicatrices demasiado profundas para seguir ese camino—no quería pasar por eso otra vez.

Había sido tan equivocado la última vez.

Sin embargo, ya no se oponía al matrimonio, al menos con Michael. Si tenían tiempo—tiempo suficiente para que ella estuviese segura de que lo que los unía era lo que ella creía, que aquel algo indefinible era tan fuerte, y más importante aun, tan perdurable como ella creía que podría serlo—entonces sí, podía verse felizmente convertida en su esposa.

No había ningún otro impedimento—sólo ella y las lecciones que el destino le había enseñado.

Sólo sus recuerdos y sus efectos imposibles de erradicar.

No podía, de nuevo, aceptar un matrimonio irreflexivamente. No podía permitir ser arrastrada a hacerlo con nada más que una esperanza como garantía. La primera vez se había sumido en ello alegremente y había dejado que la marea la llevara consigo; la había dejado en una playa que no tenía deseos de visitar otra vez.

No que su vida con Camden hubiera sido dura; nunca le faltaron riquezas materiales. Sin embargo, había estado tan sola. Su matrimonio había sido una concha vacía, al igual que la casa de la Media Luna. Era por eso que continuamente aplazaba su regreso a ella—porque, a pesar de su belleza, de estar llena de objetos costosos, sencillamente no había nada allí.

Nada de importancia. Nada sobre lo cual pudiera construirse una vida.

Apenas advirtió que Fenella le hacía una reverencia; despidió a la mucama con un gesto distraído.

No sabía aún si podía tener fe y avanzar. Si el amor—y sí, pensaba que era amor—que había crecido entre ella y Michael perduraba, vivía y crecía hasta ser lo suficientemente fuerte como para convertirse en la piedra angular de su futuro, en lugar de disiparse como niebla en un mes, como había sucedido con Camden.

Y, esta vez, el riesgo era mucho más grande. La fascinación de jovencita que había sentido por Camden, aun cuando hubiera podido crecer hasta convertirse en algo más con el transcurso del tiempo, no era nada, comparada con lo que ahora, a los veintiocho años, sentía por Michael. La comparación era ridícula.

Si dejaba que la marea la llevara esta vez, y el navío de su amor naufragaba, el naufragio la devastaría. Le dejaría cicatrices mucho más profundas de las que había dejado el hecho de que Camden se apartara de ella pocos días después de su matrimonio.

Escuchó el picaporte. Volviéndose, a través de las sombras vio que Michael entraba y cerraba la puerta. Vio como avanzaba fácil y confiado, hacia ella.

Sólo podía hacer una cosa.

Se enderezó, levantó la cabeza. Fijó su mirada en sus ojos. "Debo hablar contigo."

Michael aminoró el paso. Una única vela ardía al lado de la cama, demasiado lejos como para iluminar sus ojos; sin embargo, su actitud lo previno; ella no esperaba que le agradara lo que tenía que decirle. Deteniéndose delante de ella, examinó su rostro—no pudo encontrar en su expresión nada más que una implacable decisión. Arqueó las cejas. "¿Acerca de qué?"

"De nosotros." Con su mirada en sus ojos, inhaló profundamente—vaciló. Luego habló, con un tono implacablemente monótono. "Cuando nos acercamos por primera vez, me dijiste que si nos casábamos o no era exclusivamente decisión mía. Acepté que lo decías con sinceridad. Sabía que te habían urgido a casarte para permitir tu nombramiento en el Ministerio—supuse que eso significaba, como usualmente lo haría, que anunciarías tu compromiso en octubre."

Suspirando profundamente, cruzando los brazos, miró hacia abajo. "Esta noche, escuché que la renuncia de Canning es inminente, lo cual hace urgente su reemplazo." Ella levantó la vista. "Sabes que debes casarte a mediados de marzo a más tardar."

Él sostuvo su mirada por un momento, luego replicó. "Yo tampoco lo supe hasta esta noche."

Para alivio suyo, ella inclinó la cabeza. "Sí, bien . . . con independencia de ello, ahora tenemos un problema." Antes de que él pudiera preguntarle cuál, ella suspiró profundamente, se volvió hacia la ventana, y dijo. "No sé si yo pueda."

No tuvo que preguntarle qué quería decir. Una mano de hierro había aferrado sus entrañas . . . sin embargo, parecía que ella no había descartado un compromiso para octubre . . . La fría tensión se disolvió; renació la esperanza, pero . . . no estaba seguro de qué sucedía.

Moviéndose, se reclinó contra el marco de la ventana para poder ver mejor su rostro iluminado por la débil luz de la luna que se filtraba a la habitación.

Ella estaba tensa, sí, pero no alterada. Fruncía el ceño, apretaba los labios; parecía luchar con un problema insuperable. Esta comprensión lo hizo reflexionar. Con un tono calmado, sin agresividad, preguntó, "¿Por qué no?"

Ella lo miró por un instante, luego miró al frente. Luego dijo, "Te dije que Camden"—hizo un gesto—"me hizo perder la cabeza. Sin embargo, incluso entonces, yo no era una completa idiota—tenía mis reservas. Quería más tiempo para estar segura de mis sentimientos y de los de él, pero él tenía que casarse en menos de dos meses y regresar a su cargo. Yo dejé que me persuadiera—*permití* que me llevara.

"Y ahora, once años más tarde, estoy considerando casarme con otro político—y, de nuevo, debido a la presión de los acontecimientos políticos, tengo que aceptar sencillamente que todo es perfecto, tan bueno como parece." Suspiró de nuevo; esta vez, tembló. "Te quiero—muchísimo. Sabes que te quiero. Pero ni siquiera por ti—ni siquiera por lo que podría ser—cometeré la misma locura otra vez."

Él vio el problema; ella lo confirmó.

"No permitiré que mi decisión sea un resultado de las circunstancias. Esta vez, soy *yo* quien debe tomarla—tengo que estar segura."

"¿Qué te dijo Harriet?"

Ella lo miró. "Sólo que Canning se retiraba—el tiempo." Frunció el ceño, siguiendo sus pensamientos. "No me presionó—ni ella, ni nadie más." Mirando hacia el jardín, suspiró. "No es la gente la que me ha estado persuadiendo esta vez—es todo lo demás. Todas las cosas tangibles y no tan tangibles—la posición, el papel, las posibilidades. Puedo ver que todo encaja... pero la última vez también parecía hacerlo."

Él estaba tanteando su camino. Mirándola, consideró que estaba lo suficientemente calmada como para preguntar, "¿No estarás imaginando—no me sugerirás—que busque a otra persona como esposa?"

Ella apretó los labios. Durante un largo momento, no respondió; luego dijo, "Debería hacerlo."

"¿Pero no lo harás?"

Ella exhaló. Aún sin mirarlo, dijo quedamente, "No quiero que te cases con nadie más."

El alivio lo invadió. Hasta ahí, las cosas iban bien...

"¡Pero ese no es el punto!" Abruptamente, se pasó los dedos por los cabellos, luego se apartó de la ventana. "¡Tú *tienes* que casarte dentro de unas pocas semanas, así que yo *tengo* que decidirme—y *no puedo* hacerlo! ¡No así!"

Él tomó su mano antes de que pudiera atravesar corriendo la habitación. En el momento en que la tocó, advirtió que estaba más tensa de lo que parecía—sus nervios estaban mucho más tirantes. "Lo que quieres decir es que aún no."

Sus ojos, límpidos como la plata, se fijaron en los suyos. "¡Lo que quiero decir es que no puedo prometer que en unas pocas semanas aceptaré alegremente ser tu novia!" Sostuvo su mirada, sin velos, sin escudos, si nada que ocultara la perturbación, próxima a la angustia, de su mente. "No puedo decir que sí"—sacudió la cabeza, casi susurrando—"y no quiero decir que no."

Súbitamente la vio, la respuesta a su pregunta más urgente. Qué era la cosa realmente más importante para ella. Esta revelación lo cegó por un instante, pero luego parpadeó, se concentró otra vez. En ella. Con los ojos fijos en los de Caro, con la mano en la suya, la atrajo hacia sí. "No tendrás que decir que no." Antes de que ella pudiera discutir, prosiguió. "No tendrás que declarar tu decisión hasta que estés preparada para hacerlo—hasta que la hayas tomado."

La acercó más; reticente, con el ceño fruncido, ella se aproximó. "Pero..."

"Te lo dije desde el principio—sin presiones, sin persuasiones. Es tu decisión, y es sólo tuya." Finalmente vio la verdad, lo vio todo; suspirando, la miró a los ojos. "Quiero que tú tomes esa decisión—entre nosotros no hay un reloj de arena que se consume." Levantó su mano a sus labios, la besó. "Es importante esta vez—para ti, para mí, para nosotros—que seas *tú* quien tome esa decisión."

Acaba de comprender qué vital, qué esencial era aquello—no sólo para ella, sino también para él. Podía ser su compromiso lo que ella ponía en duda pero, a menos que ella tomara la decisión, activamente y no en razón de las circunstancias, él nunca estaría seguro tampoco de su compromiso.

"Haré cualquier cosa—daré cualquier cosa—para permitirte decidir." Su voz se hizo más profunda, cada palabra más intensa. "Quiero saber que has aceptado a sabiendas—que has elegido activamente ser mi esposa, unir tu vida a la mía."

Ella estudió sus ojos; la confusión inundó los de ella. "No comprendo."

Sus labios se fruncieron, irónicos. "No me importa el nombramiento."

Los ojos de Caro ardieron; intentó retroceder, como si él estuviese bromeando.

Él la tomó por la cintura, la sostuvo. "No—sé lo que estoy diciendo." Atrapó su mirada, sintió que sus labios se apretaban. "Lo digo en serio."

"Pero..." Sorprendida, buscó en sus ojos. "Eres un político... se trata de un puesto en el *gabinete*..."

"Sí, está bien—sí me importa, *pero*..." Respiró profundamente, cerró los ojos un momento. Tenía que explicárselo—y hacerlo bien; de lo contrario, ella no lo comprendería, no lo creería. Abriendo los ojos, miró los de ella. "Soy un político—lo llevo en la sangre; entonces sí, el éxito en ese campo es importante para mí. Pero ser un político es sólo una parte de mi vida, y no es la parte más importante. La otra parte de mi vida, la otra mitad de ella, es..."

Ella frunció el ceño.

Él prosiguió, "La otra parte—la parte más importante... piensa en Devil. Pasa su vida manejando un ducado, pero la razón por la cual lo hace—lo que le da un propósito a su vida—es la otra parte de ella. Honoria, su familia, ambos inmediatos y más amplios. Es por eso que hace lo que hace—es allí de donde proviene el propósito, la razón de ser de su vida."

Caro parpadeó, estudió sus ojos. "¿Y tú?" Por la tensión que sintió surgir en él, veía que no estaba disfrutando la conversación, pero estaba seriamente decidido a llevarla hasta el fin.

"Lo mismo vale para mí. Necesito... te necesito a ti, una familia, que me ancle—que me dé una base, un fundamento—el sentido de un propósito personal. Te quiero como esposa—quiero tener hijos contigo, hacer un hogar contigo, fundar una familia contigo. Eso es lo que necesito—y lo sé." Apretó los labios, pero continuó, "Si debo renunciar a esta oportunidad que se me presenta en el Ministerio de Relaciones, si es el precio que debo pagar por tenerte como esposa, lo pagaré gustosamente. El puesto no me importa tanto como tú."

Ella lo miró a los ojos; a pesar de buscar intensamente, lo único que pudo ver fue una brutal honestidad. "¿Realmente significo tanto para ti?" No fue sólo una sorpresa, sino algo que sobrepasaba sus más locos sueños.

Él sostuvo su mirada, y luego dijo quedamente. "Mi carrera está en la periferia de mi vida—*tú* estás en el centro de ella. Sin ti, el resto no tiene sentido."

Esta admisión se suspendió entre ellos, desnuda y clara.

Ella se sintió obligada a preguntar, "¿Tu abuelo—tu tía?"

"Extrañamente, creo que comprenderán. Al menos Magnus lo hará."

Ella vaciló, pero tenía que preguntarlo, "¿Realmente me quieres tanto?"

Él apretó los dientes. "Te *necesito* tanto." La intensidad de las palabras lo sacudió a él tanto como a ella.

"Yo . . ."—miró sus ojos azules—"no sé qué decir."

Él la soltó. "No tienes que decir nada todavía." Levantando las manos, enmarcó su rostro. Dejó que sus dedos recorrieran la fina piel de su barbilla, luego la miró a los ojos. "Sólo tienes que creer—y lo harás."

Levantó el rostro de Caro, se inclinó. "No importa cuánto tiempo tome, aguardaré hasta que lo hagas."

El juramento resonó entre ellos, los estremeció.

La besó.

Si fue el roce de su mano en el dorso de la suya, o el hecho de haber hablado tan abiertamente de sus necesidades, o si fue sencillamente el reconocimiento de Michael—de aquella fuerza que lo obligaba, que latía en su sangre, que se esparcía por sus venas; invadía su cuerpo—cualquier cosa que fuese, lo encendió. Redujo a cenizas los restos de su restricción, lo dejó con una voracidad evidente que lo azotaba. Un deseo potente, primitivo, de mostrarle más allá de toda duda, de toda confusión, lo que ella realmente significaba para él.

Cuán elementalmente profunda era la necesidad que tenía de ella.

Caro sintió el cambio en él. Ya estaba a la deriva en un mar sin rumbo; sus palabras la habían arrancado de la roca a la que la había encadenado su pasado, y la sumieron en las crecientes olas de lo desconocido. En la marea.

Las corrientes agitadas la hundieron. La arrastraron a un oscuro infierno donde él la aguardaba, ávido y en llamas, con codiciosa necesidad.

Sus lenguas se entrelazaron, pero él era el agresor, abiertamente, dominante. La penetró, conduciéndola, luego oprimiéndola contra la pared al lado de la ventana; sus manos soltaron su rostro; una de ella se extendió para deslizarse por sus cabellos hasta que sus fuertes dedos envolvieron su cuello, sosteniéndola para poder saquear. Para poder darse un festín en la suavidad de su boca, para poder marcarla con el ardor que parecía emanar de él. Luego su otra mano encontró sus senos, y saltaron las llamas.

Ella levantó las manos, se aferró a sus hombros mientras su mundo, sus sentidos, giraban, mientras su mano se cerraba posesivamente, la acariciaba y ella se estremecía, y el deseo y la necesidad se vertían como un elixir por sus venas.

Las de él o las de ella, no sabría decirlo.

Luego sus dedos encontraron uno de sus pezones y ella gimió. Él se hundió en su boca, apretó los dedos—ella perdió el aliento. Enterró sus dedos en sus hombros, se puso en puntillas para alcanzarlo, para alentarlo a continuar.

El duelo que resultó de eso hizo que el calor y el fuego los invadieran a ambos; hambriento, voraz, rampante y creciente. La piel de Caro ardía; la de Michael estaba aún más caliente, extendida sobre sus tensos músculos, hirviendo, marcándola donde la tocaba. Su bata y su negligé no eran ninguna protección; oprimiéndola contra la pared, sus manos merodearon, buscaron, exploraron flagrantemente, poseyeron.

Abruptamente, sus duras manos se levantaron hasta sus hombros; le quitó su bata—que cayó al suelo. Su negligé de gasa estaba diseñado para ser una tentación erótica; cuando Michael se inclinó y, a través de la fina tela, lamió su pezón y luego cerró su boca sobre él para succionar ferozmente hasta que ella gritó, Caro ya no estaba segura de quién era el tentador, quién el blanco.

Michael utilizó la tela, cubriendo con ella sus pezones atrozmente tirantes, deslizándola sobre su piel ardiente, velando sus caricias, sensualmente distractor, desconcertante. Luego se acercó más, separando con uno de sus duros muslos el de ella, abriéndola para cabalgar contra ella. Oprimió, meció, la excitó hasta que ella perdió el aliento en su beso; se aferró a sus hombros, extendiendo los dedos entre sus cabellos.

La ancló contra el fuego y el anhelo; la sensación de doloroso vacío crecía en ella, la necesidad que se aposaba, floreciente, consumiéndolo todo.

Con una mano en su cadera, sosteniéndola contra la pared,

retrocedió, puso una mano entre sus cuerpos, la extendió hacia abajo. Encontró sus rizos y los acarició a través de la gasa, luego avanzó más. A través de la seda vaporosa, la acarició, recorrió sus henchidos pliegues, los separó, exploró, oprimió un dedo, envuelto en gasa, dentro de ella, más profundamente, apretando la tela sobre ella.

La acarició, penetrando, saliendo, moviendo la ligera tela con cada movimiento sucesivo sobre el sensible capullo oculto entre sus pliegues. Una y otra vez. Rompiendo el beso, se reclinó contra ella, sosteniéndola contra la pared mientras la complacía. Su cabeza estaba al lado de la suya; ella sentía su mirada en su cara. Apenas podía pensar a través de la niebla de sus sensaciones cada vez más intensas.

Abrió los ojos con dificultad, encontró sus ojos aguardando para atrapar los suyos. Se humedeció los labios. Halló el aliento suficiente para decir, "Llévame a la cama."

"No." Su voz era ronca, profunda. "Aún no."

Había algo en su tono, algo en su expresión que era más duro, más claro, más definido. Ella lo observó, comprendió más por instinto que por la razón, se estremeció y cerró los ojos.

Sintió que sus sentidos se cerraban, sintió que comenzaban la escalada vertiginosa que ahora le era conocida.

"Michael . . ." Empujó uno de sus hombros; él no se movió un milímetro.

Implacablemente continuó.

"Ahora, déjate llevar."

Ella tuvo que hacerlo. Él no le dejó otra opción, acariciándola una y otra vez, más profundamente, hasta que la gloria la invadió y se deshizo.

Desplomada contra la pared, ella sintió que su mano la abandonaba—esperaba que él retrocediera, la tomara en sus brazos y la llevara a la cama.

Pero en lugar de esto, sintió que levantaba su falda de gasa, recogiéndola sobre sus caderas; el aire de la noche, cálido y fragante con el aroma de las cepas, acarició su piel cliente y ruborizada.

Él se movió y su bata de seda se abrió; envolviendo sus muslos con sus manos, la levantó.

La apoyó contra la pared y la penetró.

Ella perdió el aliento, levantó la cabeza mientras él entraba más profundamente, mientras su piel resbalosa y aún latiendo se extendía y lo acogía. Sintió cada centímetro de su penetración mientras la llenaba.

Instintivamente, ella enroscó sus piernas en su cintura, desesperaba por aferrarse sólidamente a un mundo que súbitamente giraba.

Luego él se movió y las llamas ardieron otra vez. En segundos, la había llevado a una profunda conflagración.

Ella sollozó, puso sus brazos alrededor de sus hombros y se aferró fuertemente a él, mientras él la lanzaba a aquel mar de fuego; con cada poderoso impulso le transmitía la doble corriente de la pasión y el deseo a su interior.

Hasta que ella ardió.

Hasta que estuvo segura de que incluso las yemas de sus dedos latían con fuego.

Luego aminoró sus impulsos. Continuó moviéndose pesada, poderosamente, dentro de ella, pero no lo suficientemente duro, lo suficientemente rápido.

La cabeza de Michael, que hasta entonces se encontraba al lado de la suya, se levantó; retrocedió lo suficiente para mirarla a los ojos. Con un esfuerzo, los abrió, sabiendo que él esperaría...

Atrapó su mirada. Se movió una, otra vez, dentro de ella, se acercó. Sus alientos se mezclaron, entrecortados y ásperos. Su mirada bajó a sus labios; luego levantó las pestañas y sus ojos se fijaron de nuevo en los suyos.

"Nunca, nunca, me alejaré de ti." Las palabras eran guturales, roncas, resonaban con el peso de un juramento. "Ni esta noche, ni mañana, ni dentro de cincuenta años." Continuó moviéndose dentro de ella. "No me lo pidas. No esperes que suceda, no imagines que algún día pasará. No lo hará. No lo hará."

Su mirada cayó; los labios de Caro temblaban.

Él los cubrió.

Y la tempestad de fuego los arrastró. Los unió. Los fundió.

Sin embargo, cuando, más allá del mundo, ella se rompió en pedazos, destrozada por la gloria, él no la siguió. Se contuvo, anclándola, penetrándola rítmicamente—recuperándola.

Cuando ella finalmente respiró y levantó la cabeza, apoyando los brazos, enderezándose, abriendo los ojos, lo miró con una perplejidad desorientada. Michael había sujetado desesperadamente las pasiones que lo azotaban, sintió que ella se contraía en torno a él, confirmando que él aún debía buscar su alivio.

Antes de que ella pudiera hablar, se retiró de ella, lentamente la apoyó en el suelo. "Primer acto." Su voz era tan ronca que no sabía si ella entendería sus palabras. Aguardó a que ella retirara sus piernas, y luego la tomó en sus brazos. Llevándola a la cama, capturó su mirada. "Esta noche, quiero más."

Mucho más.

Los ojos de Caro, que se abrieron sorprendidos, sugirieron que ella había comprendido su significado—primitivo, básico, menos que civilizado. Él no se sentía como la persona sofisticada que era habitualmente cuando se tendió a su lado en la cama. Mientras la siguió y la colocó como lo deseaba, inclinada sobre sus rodillas delante de él.

Su fachada, su máscara, había desaparecido hacía largo rato cuando levantó su camisa de dormir hasta su cintura, acarició su trasero, luego la abrió y penetró el ardiente puerto entre sus muslos.

La escuchó sollozar, respirar, sintió su silencioso gemido cuando ella se apretó instintivamente y luego se abandonó y lo acogió. Él la penetró aún más profundamente; ella se extendió, acogiéndolo, y luego se contrajo en torno a él en una ardiente caricia amorosa. Cerrando sus manos sobre sus caderas, anclándola delante de él, él ajustó su posición mientras la llenaba.

Luego la cabalgó.

Como se lo había dicho, exigió más, quería más, necesitaba más. Y ella se lo dio sin reservas. Sus nervios, ya excesivamente sensibles, saltaban ante cada caricia explícita; su camisa de dormir sólo agregaba otra capa de incitación sensual.

Sus caderas se mecían rítmicamente con sus impulsos, que la penetraban tanto como era posible—y ella le respondía. Se movía sensualmente, abandonada a su pasión, cabalgando cada movimiento, acogiéndolo dentro de sí, oprimiendo su trasero contra su vientre cuando él se le unió.

Él escuchó sus sollozos, los suaves gemidos que ella trataba de suprimir, y que luego, al abandonarse, liberó. El sonido del abandono femenino agregó aún más ímpetu a la pasión primitiva que lo impulsaba. Ya no podía pensar. No necesitaba hacerlo. El instinto lo había arrebatado, decisivo, urgente e imperioso.

Inclinándose hacia delante, tomó sus senos con sus manos, maduros y suntuosos, con los pezones duros como guijarros; la acarició y la incitó, luego apretó. Ella gritó, se levantó, y sintió sus manos en su espalda, manteniéndola abajo; sólo entonces advirtió su indefensión inherente.

Con un gemido comprendió, luego se abandonó a ella.

Se dejó ir como él lo pedía, se entregó a la ola turbulenta, dejó que ella y él la arrastraran donde quisieran. Dejó que él tomara todo lo que deseara de ella—que él diera todo lo que quisiera. Se lo enseñara todo.

Él no utilizó ninguna limitación, ninguna fineza; sencillamente, abandonó toda simulación y la dejó sentir lo que era para él, sentir los instintos primitivos que lo azotaban, que ella y sólo ella evocaba.

Dejó que sintiera a través de él, a través del poder que lo impulsaba, todo lo que significaba para él, todo lo que ella hacía surgir en él. Todo lo que ella controlaba en él.

Si ella reconocía esto último o no, no le importaba. La necesidad que tenía de ella trascendía toda lógica, toda consideración de auto-protección. Ya no concebía su existencia sino con ella.

El ritmo había escalado más allá de su control o del de ella. El deseo rugía, la pasión arremetía y los atrapaba en su abrazo de fuego.

Y ellos ardían.

Cuando ella cayó de la cima, lo llevó consigo—esta vez, él

la siguió gustoso. Abandonándose a la gloria. Abandonándose a ella.

Abandonándose al poder que los unía, ahora y para siempre.

Él la excitó otra vez en lo profundo de la noche.

Caro se despertó cuando él se movió detrás de ella. Ella estaba reclinada de costado; él debió acomodarla sobre las almohadas y debió cubrirla con las frazadas. El poder de su extensa unión latía como un débil eco en sus huesos.

Debieron transcurrir varias horas, pero ella aún se sentía envuelta en el momento, en la pasión, el hambre primitiva, el deseo urgente.

No sólo el de Michael, sino el de ella.

A pesar de las muchas veces que se habían unido, disfrutado, complacido y compartido, ella no había comprendido—no había entendido realmente de qué fuente provenía el poder que lo sometía, que lo obligaba y lo impulsaba. Sin embargo, aquella última vez... aun cuando ella no podía ver su rostro, había sentido ese poder, tan fuerte que era casi tangible, rodeándolos, sosteniéndolos, fundiéndolos. Hasta que sólo quedaron ellos—ni él ni ella, sino una sola entidad.

Ella sintió sus manos en su muslo, sintió que levantaba su camisa de dormir, enrollando la tela en su cintura. Le acarició el trasero; ella reaccionó instantáneamente; su piel se humedeció, se calentó. La mano de Michael se deslizó aún más, oprimió entre sus muslos, la encontró. La acarició, exploró; luego alzando más la parte de arriba de sus muslos, la abrió y se deslizó dentro de ella.

Ella se preguntó si sabía que estaba despierta; ciertamente lo supo cuando la penetró y ella se arqueó, gimiendo suavemente, con la cabeza echada hacia atrás, los ojos cerrados, y saboreó aquel momento increíble.

Él permanecía quieto, dejando que ella lo disfrutara plenamente.

Luego, cuando se relajó, la meció muy suavemente.

Dentro de ella, en torno a ella, con ella.

Deslizó su mano extendida sobre su estómago, sosteniéndola contra él. Ella extendió su mano sobre la suya, murmuró y perdió el aliento cuando él la penetró más profundamente.

El calor conocido surgió dentro de ellos, los invadió. La marea subió y ella se dejó arrastrar, girando suavemente, con todos sus sentidos abiertos, a su mar de sensualidad.

No había urgencia esta vez, sólo un amarse lento, prolongado, que ninguno de los dos quería apresurar.

Por su parte, el sólo sentirlo, duro, caliente, inmisericordemente rígido, entrando y saliendo de su cuerpo, era la mayor felicidad. Mientras transcurrían los minutos y el ritmo seguía severamente restringido, ella estuvo segura de que él sabía.

Pero el ritmo lento le permitía funcionar a su mente, vagar, detenerse en la pregunta. "¿Por qué?" Estaba segura de que no necesitaba elaborarla más.

Apoyado en un codo detrás de ella, él se inclinó y besó la curva de su garganta.

"Por esto." Su voz era ronca, profunda, una promesa masculina en la oscuridad de la noche. "Porque, de todas las mujeres que podía tener, te quiero a ti—así."

Se detuvo, le dejó sentir cuánto la deseaba, dejó que sus vientres se unieran y la penetró. "Así. Desnuda a mi lado en mi cama, mía cuando lo desee." Su voz se hizo más profunda, oscura. "Mía para tenerte, para llenarte con mi semilla. Quiero que tengas mis hijos. Te quiero a mi lado cuando envejezca. Porque, al final de todas las explicaciones, todo se reduce a esto—que tú eres la única esposa que quiero, y por ti, por eso, aguardaré por siempre."

Ella sintió que su corazón se hinchaba, se alegró de que él no pudiera ver su rostro, ver cómo sus ojos se llenaban de lágrimas que caían silenciosamente.

Luego aumentó su ritmo, escaló y no hubo más palabras, sino una comunión inefable. Una fusión antigua; él la sostuvo apretada contra sí, con el pecho contra su espalda mientras ella pasó la cima y cayó entre las estrellas. Él la siguió de inmediato, con ella—como él lo deseaba, como ella lo deseaba—cuando encontraron su distante orilla.

CAPÍTULO
21

*M*ichael dejó la casa al día siguiente sintiéndose, por primera vez en varias semanas, como si caminara bajo el sol mentalmente y no entre la niebla. Como si un miasma se hubiese disipado y finalmente pudiera ver con claridad.

Caro era lo único que realmente le importaba. No sólo era razonable, sino perfectamente justificable, que se dedicara exclusivamente a protegerla. Que hiciera a un lado todas las otras preocupaciones y se concentrara únicamente en eso, pues ella era la llave de su futuro.

Cuando se marchó ella aún dormía, saciada y cálida en su cama, segura en la casa de su abuelo. Se dirigió a los clubes y exploró sus contactos; ninguno tenía nada que reportar. Después de almorzar en Brooks con Jamieson, quien aún estaba desconcertado e incómodo por el robo, no tanto por el hecho de que sucediera, sino porque no entendía por qué, Michael se dirigió a la plaza Grosvenor, confiado en que no había descuidado ninguna información que pudiera obtener.

Devil lo había citado a una reunión a las tres de la tarde; Gabriel había hallado algo extraño entre los legatarios que, en opinión de Lucifer también, debía ser investigado. La reunión era oportuna; Michael podía reportar sus hallazgos, o la falta de ellos, y Devil tendría noticias acerca de Ferdinand y sus actividades.

Webster, el mayordomo de Devil, lo aguardaba; Michael supuso que Honoria no habría sido informada que se llevaría a cabo una reunión. Su cuñado tenía prejuicios profundamente arraigados que le impedían involucrar a su esposa en cualquier juego potencialmente peligroso. Michael ahora compartía—plenamente—aquellos mismos prejuicios, y otras reacciones y emociones similares de las que nunca creyó ser presa. Al pensar en Caro y en todo lo que le hacía sentir, se preguntó cómo había podido ser tan ciego respecto de sí mismo.

Devil y Lucifer aguardaban en el estudio; Gabriel llegó mientras él se instalaba en uno de los cuatro sillones colocados en torno a la chimenea. Cuando Gabriel tomó asiento en el último, Michael miró a su alrededor; había llegado a tenerle un gran afecto a todos los Cynster. Desde el matrimonio de Honoria, lo trataban como a uno de ellos; había llegado a considerarlos de la misma manera. Ayudarse mutuamente era un código tácito de los Cynster; no le parecía extraño, ni siquiera a él, que dejaran de lado otras cosas y dedicaran tiempo y esfuerzo a ayudarlo.

Gabriel lo miró. "Escuchemos primero tus noticias."

Michael hizo una mueca; no tomaba largo tiempo resumir nada.

"Leponte se ha mantenido inadvertido," dijo Devil. "Sligo está seguro de que contrató a alguien para que vigilara los edificios del Ministerio de Relaciones Exteriores, pero tiene el cuidado de trabajar a través de intermediarios. Sin embargo, la noche en cuestión, no pudimos ubicar a Leponte en ninguna parte. Es posible que haya permanecido dentro de la embajada toda la noche—pero también es posible que no lo haya hecho."

"Si está buscando algo que lo incrimina," dijo Michael, "podemos suponer que no querrá que nadie más lo lea. Mientras se encontraba en Sutcliffe House, habría podido pedir a otros que le llevaran cualquier cosa que hallaran, llevarse un archivo entero…"

Devil asintió. "Tuvo que haberlo revisado. Probablemente lo hizo, pero dado que no sale mucho, su ausencia de eventos sociales aquella noche no puede considerarse como evidencia."

Todos sonrieron de manera bastante sombría y se volvieron hacia Gabriel.

"Si esto significa algo o no, no lo sé", dijo, "pero, definitivamente, es extrañísimo. Verifiqué la lista de legados, todos los que se referían a objetos de valor. Había nueve legados de este tipo, todos de antigüedades, piezas específicas que Camden había coleccionado durante la última década.

"Todas las piezas eran de un gran valor. Ocho de ellas fueron legadas a personas a quienes Camden había conocido durante largos años, la mayor parte de ellos durante sus primeros años en la diplomacia. Esas ocho personas se ajustan al molde de un viejo y valorado amigo. Leí la lista con Lucifer...

"Todos son coleccionistas conocidos," dijo Lucifer. "Las piezas que recibieron se ajustan perfectamente a sus colecciones. Por lo que vi en la casa de la Media Luna, aquellos legados no dejaron vacíos en la colección de Camden. Es evidente que consideró las piezas como obsequios desde un principio, así que no es de sorprender que aparezcan en su testamento."

"Luego," prosiguió Gabriel, "pregunté discretamente y confirmé que ninguna de estas ocho personas está necesitada de dinero."

"Ninguna tiene tampoco la reputación de aquellos a los que llamo 'coleccionistas furibundos,'" agregó Lucifer.

"Entonces, ocho de los legados tienen sentido y no suscitan ninguna suspicacia," dijo Michael. "¿Qué pasa con el noveno?"

"Allí es donde las cosas se ponen interesantes." Gabriel encontró los ojos de Michael. "En la primera lectura, no aprecié su importancia. El noveno legado se describe como un conjunto de escritorio de la época de Luis XIV—era el conjunto de escritorio *de Luis XIV.* Vale una fortuna considerable."

"¿Quién es el noveno legatario?" preguntó Devil.

Gabriel lo miró. "Aparece como T.M.C. Danvers."

"*¿Breckenridge?*" preguntó Michael asombrado. "¿También es un coleccionista?"

"No," respondió Lucifer un poco sombrío. "No es un coleccionista en absoluto."

"Pero sabes de él," dijo Gabriel. "Busqué en todas partes, pero no pude hallar ninguna conexión entre Camden Sutcliffe y Breckenridge, aparte de que, por alguna razón, se conocían."

"Caro dijo que se habían conocido por más de treinta años—toda la vida de Breckenridge." Michael frunció el ceño. "Le ha dado a Breckeridge las cartas de Camden para que las lea, le ha explicado qué buscamos." Miró a los otros. "Confía en él completamente."

La forma en que fruncieron el ceño afirmó que, al igual que él, ellos pensaban que Caro no debía confiar en una persona de la clase de Breckenridge.

"¿Explicó cuál era la conexión entre Sutcliffe y Breckenridge?" preguntó Devil.

"No, pero no es a través de los círculos políticos o diplomáticos—yo lo sabría si Breckenridge fuese una persona asociada con en ellos, y no lo está." Michael sintió que sus facciones se endurecían. "Se lo preguntaré." Miró a Gabriel. "Si no es un coleccionista, ¿podría ser el dinero la motivación?"

Gabriel hizo una mueca. "Me agradaría poder decir que sí, pero todas las respuestas que he obtenido dicen lo contrario. Breckenridge es el heredero de Brunswick, y Brunswick es tan sólido financieramente como la roca del proverbio. En lo que se refiere al dinero, Breckenridge es hijo de su padre; sus inversiones son sólidas, incluso algo conservadoras para mi gusto, y sus ingresos exceden por mucho sus gastos. Breckenridge ciertamente tiene un vicio, pero no son las mesas de juego, sino las mujeres; e incluso en ese caso, tiene cuidado. No pude encontrar el más mínimo indicio de que alguna arpía lo tenga atrapado, mucho menos hasta el punto de chantajearlo."

Devil murmuró. "Por lo que he escuchado, Breckenridge es considerado como un hombre a quien no se debe irritar.

No parece haber razón alguna para considerarlo un chantajista, pero tampoco lo puedo imaginar como víctima de un chantaje."

"¿Obligado a actuar como un peón para chantajear a Sutcliffe?" preguntó Lucifer.

Devil asintió. "Muy poco probable, creo."

"Entonces, lo que tenemos es a un noble que no tiene ninguna conexión explicable con Sutcliffe, a quien éste lega una fortuna disfrazada pero apreciable en su testamento." Michael hizo una pausa, luego agregó. "Tiene que haber una razón."

"Seguramente," dijo Devil. "Aun cuando sabemos que los portugueses intentan eliminar algo del pasado de Camden, y podemos presumir que intentan silenciar de manera permanente a Caro, existe la posibilidad de que los ataques contra su vida provengan de algo completamente diferente."

"Como los tesoros de Sutcliffe." Lucifer se puso de pie. "Debemos averiguar cuál es la conexión entre Sutcliffe y Breckenrige lo más rápidamente posible."

"Caro sabe cual es." Michael se levantó, al igual que los otros; los miró. "Iré a preguntárselo."

Devil le palmoteó la espalda cuando se volvieron hacia la puerta. "Si hay algo potencialmente peligroso, háznoslo saber."

Michael asintió.

Lucifer abrió la puerta—en el momento en que se acercaba Honoria. Se detuvo en el pasillo, mirando a cada uno con sus ojos de avellana.

"Buenas tardes, caballeros." Su tono era el de una gran dama. "¿Qué tenemos aquí?"

Devil sonrió. "Oh, aquí estás." Subrepticiamente, golpeó ligeramente a Michael en la espalda.

Michael avanzó; Honoria retrocedió, para darle paso.

Devil eficientemente sacó a Gabriel y a Lucifer por la puerta—hacia la libertad. "Te iba a buscar para contarte las noticias que tenemos."

Michael miró hacia atrás mientras él, Gabriel y Lucifer se retiraban por el pasillo; la mirada de su hermana era de extrema incredulidad.

La forma como había dicho "¿Ciertamente?" lo mostraba.

Mientras giraban hacia el recibo principal, escucharon responder a Devil mansamente, "Ven, te lo diré."

Podían imaginar la sonrisa desdeñosa de Honoria, pero un instante después, escucharon que se cerraba la puerta del estudio.

Deteniéndose a la entrada, intercambiaron miradas.

"Me pregunto cuánto le dirá," dijo Lucifer.

Gabriel sacudió la cabeza. "Es algo sobre lo que no quisiera apostar."

Michael estuvo de acuerdo; con una sonrisa, se despidió de ellos, bajó las escaleras y se dirigió a la casa de Upper Grosvenor. Al reflexionar de nuevo en su misión, su sonrisa desapareció.

"Breckenrige." Michael estaba delante de Caro, con una expresión impasible mientras la miraba.

Ella levantó la vista. Estaba instalada en una silla en el salón, con uno de los diarios de Camden en la mano. La casa estaba en silencio, deleitándose en el sol de la tarde.

Él leyó la sorpresa en sus ojos—ella no trató de ocultarla. Michael había entrado, se había inclinado para saludarla, había cerrado la puerta y dicho llanamente, "Breckenrige."

La tensión se adivinaba en sus hombros. Mirando a su alrededor, se acomodó en una silla frente a ella.

La última vez que había visto su rostro había sido al amanecer, y su expresión estaba relajada por la pasión saciada. Cerrando con calma el diario, preguntó, "¿Qué pasa con Timothy?"

El uso de su nombre lo enervó, pero Michael contuvo su reacción. Afirmó sombríamente. "Dijiste que Breckenrige era un viejo amigo de Camden y que Camden confiaba en él, que su relación se remontaba a la época en que Breckenrige era un niño." Encontró su mirada. "¿Cuál era la base de esta relación?"

Ella arqueó las cejas, aguardó...

Era como un escudo que se baja con reticencia; casi podía ver su deliberación, la subsiguiente sumisión consciente.

"Estábamos verificando los legados del testamento de

Camden." Le explicó la información que habían recolectado Gabriel y Lucifer, el informe de Devil sobre los movimientos de Ferdinand, y su propia falta de éxito en averiguar qué era lo que buscaban los portugueses y por qué.

Ella lo escuchó sin hacer comentarios, pero cuando él explicó sus razonamientos, según los cuales los ataques contra su vida podrían provenir de la colección de Camden, se disponía a sacudir la cabeza, pero se detuvo.

Él vio, aguardó y luego arqueó una ceja.

Ella lo miró a los ojos, luego inclinó la cabeza. "Aun cuando no puedo descartar la idea de que alguien pueda estar motivado por una de las piezas de la colección de Camden, puedo asegurarte y puedo estar absolutamente segura de que Breckenrige no está involucrado de ninguna manera—ni en algo ilícito relacionado con la colección de Camden, ni en los ataques contra mi vida."

Él estudió su rostro, buscó en sus ojos, luego, algo débilmente, preguntó, "¿Tanto confías en él?"

Ella sostuvo su mirada, luego extendió la mano, entrelazó sus dedos con los suyos, y los oprimió. "Sé que no es fácil para ti aceptarlo o comprenderlo pero sí, sé que puedo confiar totalmente en Breckenrige."

Pasó un largo momento. Ella vio en sus ojos la decisión de aceptar sus palabras. "¿Cuál" preguntó, "es o era la naturaleza de la relación entre Camden y Breckenrige?"

"Es—la conexión continúa. Y aunque sé cuál es, me temo que, a pesar de lo mucho que lo deseo"—dejó que sus ojos mostraran cuánto lo deseaba, que no era porque no confiara en él que se veía obligada a decir—"no puedo decírtelo. Como lo has descubierto, la relación es un secreto, oculto del mundo por una multitud de buenas razones. No es mi secreto y por eso no lo puedo compartir."

Ella lo observó mientras él digería la respuesta ... y decidió que tenía que aceptarla. Tenía que respetar la confianza que ella no estaba dispuesta a romper, ni siquiera por él. Tenía que confiar en que ella tuviera razón.

Centrando los ojos en ella, asintió. "Está bien—entonces no es Breckenrige."

Su corazón se estremeció; no había advertido que su sencilla aceptación significara tanto, pero lo hacía.

Sonrió.

Él se reclinó en la silla, sonrió lentamente también. "¿Adónde hemos llegado con los diarios?"

Ella no podía simplemente cambiar de idea y decir que se casaría con él. No después de la noche anterior, y de todo lo que ahora compredía tanto de ella misma como de él.

Permanecieron en el salón y leyeron los diarios; aunque una parte de su mente seguía las descripciones que hacía Camden de las reuniones sociales, otra parte de ella seguía por otro rumbo.

Desde que se había despertado aquella mañana, lánguida y exhausta en el desastre de su cama, había estado evaluando de nuevo—cosa que no era de sorprender, dado el movimiento tectónico en el paisaje entre ellos ocasionado por la noche anterior. Causado por Michael. De manera deliberada.

Ella trató de decirse a sí misma que él no se proponía hacerlo. Que no le importaba realmente.

Una mirada a los moretones que tenía en las piernas, la evidencia perdurable de la intensidad que se había apoderado de él, le había traído a la mente el poder que lo animaba, que la atrapaba y la dominaba a ella también cuando estaban juntos.

Lo había sentido, experimentado, reconocido; sabía que no era inventado ni falso. En efecto, cuando se encontraba en su poder, era imposible ser falso, actuar falsamente, al menos entre ellos. Creían en él—creía que, entre ellos, ese poder existía, sencillamente era. Al recordar sus palabras, el fervor, la certeza con la que había hecho sus declaraciones, ella había llegado a creer también en ellas.

Él no hizo ninguna referencia a su decisión. Parecía haberse convertido en parte de él; evidentemente, no necesitaba tratar de persuadirla. Le había dicho todo lo que necesitaba decirle.

Todo lo que ella necesitaba saber.

Levantando la mirada, vio que Michael volvía una página y continuaba leyendo. Durante un largo momento, estudió su rostro, absorbió su fuerza, la confiabilidad y la firmeza que eran parte de él al punto que apenas se advertía, y luego bajó la mirada.

Aún faltaba algo en su ecuación. Ambos estaban en territorio desconocido; ninguno de ellos había recorrido antes este camino. No sabía qué era lo que aún faltaba por manifestarse entre ellos, pero sus instintos, instintos que tenía demasiada experiencia como para desconocer, le aseguraban que había algo más. Algo que aún les hacía falta y que necesitaban tener, hallar, asegurar, si su relación, la relación que ambos querían y necesitaba, había de florecer.

Esto último era ahora su objetivo. Al dejarla en libertad de tomar su propia decisión, le había dado la oportunidad de hacer todo bien. Más aún, le había revelado la importancia que tenía para él el que su relación fuese sólida y bien fundamentada.

Así que no perdería la cabeza—aprovecharía la oportunidad que él había creado. Aguardaría y seguiría buscando hasta encontrar aquella pieza fundamental; él le había dado la fuerza necesaria para mantenerse firme frente a la marea.

Habían ido a reportarse con Magnus y subían la escalera para cambiarse para la cena cuando entró Hammer al recibo. Levantando la vista, los vio.

"Señora Sutcliffe."

Se detuvieron en el rellano de la escalera. Con paso majestuoso, Hammer subió y luego, inclinándose, extendió su bandeja. "Un muchacho ha entregado esto por la puerta de atrás. Supongo que no desea una respuesta, pues desapareció sin decir palabra."

"Gracias, Hammer." Caro tomó la nota; tenía su nombre escrito en el frente. Mientras Hammer se retiraba, desdobló la hoja.

Miró los contenidos, y luego la alzó para que Michael pudiera leerla por encima de su hombro. Miró las palabras con más detenimiento, luego suspiró. "¿Crees que sea alguien de la embajada portuguesa?"

Michael consideró la escritura cuidadosa y la redacción—formal y diplomática.

Si la señora Sutcliffe desea saber la razón que ha motivado los extraños acontecimientos recientes, es invitada a reunirse con el autor de esta nota en su casa de la Media Luna esta noche a las ocho de la noche. Siempre y cuando la señora Sutcliffe venga sola o únicamente con el señor Anstruther-Wetherby como escolta, el autor está dispuesto a revelar todo lo que sabe. No obstante, si hay otras personas presentes, el autor no podrá correr el riesgo de presentarse y hablar.

La nota concluía con el habitual, *Atentamente,* etc., pero, como era de esperarse, no estaba firmada.

Caro bajó la nota y lo miró.

Él la dobló y la puso en su bolsillo. "Sí, estoy de acuerdo—parece como un asistente." Encontró sus ojos. "Sligo, el mayordomo de Devil, ha estado discretamente regando la voz de que buscamos información."

"Y aquí está." Sostuvo su mirada. "¿Iremos, verdad? Un asistente de embajada en mi casa—¿ciertamente no es un gran riesgo?"

Impasible, Michael señalo lo alto de la escalera. Caro se volvió y subió; él aprovechó el momento para reflexionar sobre su respuesta.

El instinto lo halaba hacia un lado, la experiencia y la evaluación de sentido común de Caro lo halaba en dirección opuesta. Aparte de todo lo demás, ya eran más de las siete; si alertaba a alguno de los Cynster, era poco probable que pudiera ocultarse cerca de la casa antes de las ocho.

Y si, por el contrario, eran vistos... no creía, al igual que no lo hacía Caro, que el presunto informante se presentara. Los juegos diplomáticos tenían reglas, como todos los otros; una muestra de confianza era esencial.

Habían llegado a lo alto de la escalera. Caro se detuvo y se volvió hacia él. Él la miró, leyó la pregunta en sus ojos, se inclinó brevemente. "Iremos. Sólo tú y yo."

"Bien." Ella miró su ligero traje de día. "Debo cambiarme."

Consultando su reloj, él asintió. "Le diré a Magnus lo que ha sucedido y lo que haremos. Estaré en la biblioteca cuando estés preparada."

Veinte minutos antes de las ocho, un coche de alquiler los depositó ante la casa de la Media Luna. Subiendo las escaleras, Michael miró hacia ambos lados de la calle. Era bastante larga, el sector lo suficientemente a la moda para que, incluso en el verano a aquella hora, se detuvieran los coches frente a las casas y otros pasaran por la calle.

Había caballeros paseando, conversando, otros caminando, otros solos. Cualquier coche, cualquier transeúnte, podía ser el hombre que buscaban: era imposible saberlo.

Caro abrió la puerta principal; Michael la siguió al recibo, recordándose controlar su instinto de protección. Quien quiera que llegara probablemente no sería una amenaza, a menos que esto fuese una especie de trampa.

Al reconocer esta posibilidad, había aprovechado los pocos minutos que pasó con Magnus para refinar un plan y ponerlo en acción. Sligo, el antiguo ordenanza de Devil y ahora su mayordomo, tenía maneras, medios y experiencia que superaban los de la mayor parte de los sirvientes; Michael no vaciló en mandarlo a buscar. Llegaría alrededor de las ocho y vigilaría desde afuera; incluso si lo vieran, nadie imaginaría que el delgado e inconspicuo hombre tuviera ninguna importancia.

En cuanto al interior de la casa . . . Michael asió con fuerza la cabeza de su bastón; la espada oculta en él era afilada como un estoque.

Caro abrió las dobles puertas que llevaban al salón.

Él la siguió, vio que se aproximaba a las ventanas. "Deja las cortinas cerradas." Aún había luz afuera. "Quienquiera que sea, no querrá correr el riesgo de que lo vean."

Caro lo miró, asintió. Dirigiéndose entonces a la consola, encendió dos candelabros de tres brazos. Las llamas ardieron, iluminando cálidamente la habitación. Dejando un candelabro sobre la consola, llevó el otro a la repisa de la chimenea. "Así está bien—al menos podremos ver."

No estaba tan oscuro, pero la luz de las velas los reconfortaba.

Michael miró a su alrededor, y tuvo de nuevo la sensación de que la casa era una concha, preparada y aguardando a convertirse en un hogar. Miró a Caro...

Un ruido—como de madera contra piedra—llegó hasta ellos.

Los ojos de Caro ardieron. El desconcierto invadió su rostro. "El ruido viene del primer piso," susurró.

Con el rostro vacío de expresión, Michael se volvió y regresó al recibo. Abriendo la puerta giratoria al final, consideró por un instante ordenar a Caro que regresara y lo aguardara en el salón. Reconoció la futilidad de hacerlo; permanecer allí discutiendo no serviría de nada. Además, es posible que estuviera más segura a su lado.

El pasillo que había más allá de la puerta era estrecho y oscuro; era relativamente corto y terminaba en un ángulo de noventa grados. Un débil ruido venía del otro lado. Caminando con cuidado, en silencio, prosiguió.

La mano de Caro le tocaba la espalda; avanzando al frente de él, señaló hacia la derecha, luego caminó con los dedos hacia abajo—una escalera salía al otro lado de la esquina. Él asintió. Consideró sacar su espada, pero el sonido resonaría en el espacio cerrado y, si la cocina estaba debajo de la escalera... un estoque desnudo en un espacio limitado podía ser más peligroso que útil.

Apretando el bastón, se detuvo en la esquina; los sonidos que escuchaban abajo se habían convertido definitivamente en pasos.

Extendiendo la mano hacia atrás, encontró a Caro; al pasar al rellano al otro lado de la esquina, simultáneamente la detuvo.

El hombre que se encontraba en la parte de debajo de la escalera miró hacia arriba. La poca luz que entraba por sobre la claraboya encima de la puerta de atrás no llegaba a su rostro. Lo único que pudo saber Michael es que era alto, delgado y de anchos hombros, de cabello castaño, levemente rizado. No era Ferdinand, pero tampoco nadie que él conociera.

Por un tenso momento, se contemplaron fijamente.

Luego el intruso subió corriendo la escalera; con una maldición, Michael bajó entonces.

El hombre no había visto su bastón; Michael lo atravesó sobre su cuerpo, tratando de detener la asesina carrera del hombre con él y empujarlo de nuevo escaleras abajo. Ciertamente detuvo la embestida del hombre, pero tomó el bastón. Lucharon y luego ambos perdieron el equilibrio, cayendo por las escaleras.

Aterrizaron trenzados sobre las losas; ambos verificaron—cada uno supo instantáneamente que el otro no estaba incapacitado. Ambos se pusieron de pie de un salto. Michael lanzó un puñetazo, pero el otro lo detuvo; debió agacharse rápidamente para evitar un puño dirigido a su mandíbula.

Agarró al hombre; una furiosa lucha se siguió, ambos tratando de dar un golpe contundente. Débilmente, escuchó a Caro gritar algo; evitando otro golpe, estaba demasiado ocupado para prestarle atención.

Tanto él como su atacante pensaron en hacer tropezar al otro al mismo tiempo; se abalanzaron, pero la forma como se aferraban el uno al otro los mantuvo a ambos de pie...

El agua helada los golpeó. Lo empapó.

Con el aliento entrecortado, escupiendo, se separaron, sacándose furiosamente el agua de los ojos.

"¡*Basta*! ¡Ambos! ¡No se atrevan a golpearse!"

Atónitos, miraron a Caro.

Con el balde de la señora Simms, ahora vacío en sus manos, los miró enojada. "Permítanme presentarlos. Michael Anstruther-Wetherby—Timothy, Vizconde Breckenrige."

Se miraron con desconfianza.

Ella susurró, llena de frustración, "¡Santo cielo! Estréchense la mano—¡*ahora!*"

Ambos la miraron, luego, con reticencia, Michael extendió la mano. Con igual reticencia, Timothy la tomó. Brevemente.

Michael lo miró fríamente. "¿Qué hace usted aquí?" Habló suavemente, pero había una amenaza inequívoca en sus palabras.

Timothy lo estudió, luego la miró. "Recibí una nota. Decía

que estabas en peligro y que, si quería saber más acerca de ello, debía encontrarme con su autor aquí, a las ocho de la noche."

Era evidente que Michael no lo creía.

Con sus infalibles instintos comenzando a actuar de nuevo, Timothy la miró a ella y luego a Michael, luego entrecerró los ojos. "¿Qué se proponen? ¿De qué se trata esto?"

Su tono hubiera debido acabar con las sospechas de Michael; resonaba con la típica enojada preocupación masculina. Ella levantó la barbilla. "Yo también recibí una nota, muy similar. Vinimos a encontrarnos con el autor." Miró al otro lado de la cocina, al reloj que la señora Simms mantenía andando. "Faltan diez minutos para las ocho, y estamos aquí, discutiendo."

"Y ahora estamos mojados." Inclinado la cabeza, Timothy se pasó las manos por los cabellos, sacudiéndolos.

Michael sacando el agua de sus hombros, no le quitaba los ojos de encima. "¿Cómo entró?"

Timothy lo miró. Aun cuando Caro no podía verlo, pudo imaginar su desdeñosa sonrisa mientras respondía suavemente. "Tengo una llave, desde luego."

"¡Basta!" Lo miró furiosa; él intentó lucir inocente y, como de costumbre, no lo consiguió. Transfiriendo su mirada al rostro de piedra de Michael, explicó. "Hay una razón perfectamente adecuada."

Michael se mordió la lengua. El más famoso vividor de Londres tenía una llave de la casa de su futura esposa—y ella insistía en que esto tenía una explicación aceptable. Consiguió no sonreír con desdén. Con un gesto exagerado, indicó a Breckenrige que lo precediera por la escalera.

Con una expresión levemente divertida, Breckenrige subió y Michael lo siguió.

Caro había desaparecido. Cuando él y Breckenrige doblaron la esquina, ella salía, sin el cubo, de la habitación del ama de llaves; cerrando la puerta, los condujo de regreso al recibo principal. "Espero que nuestro autor no haya llamado mientras estábamos en el primer piso. No estoy segura de que la campana aún funcione."

Miró a Timothy.

Él sacudió la cabeza. "Yo tampoco lo sé. No he pasado en mucho tiempo."

Michael digirió sus palabras mientras atravesaban el recibo y entraban al salón. Caro los condujo hacia la chimenea. Mientras la seguía, con Breckenrige a su lado, Michael era consciente de la mirada de Breckenrige que iba de Caro a él y otra vez a ella.

Se detuvieron en el borde de una alfombra exquisita delante de la chimenea; ambos aún goteaban.

Breckenrige estudiaba a Caro. "No se lo has dicho, ¿verdad?"

Ella arqueó las cejas, lo miró irritada. "Desde luego que no. Es *tu* secreto. Si alguien lo dice, tendrás que ser tú."

Fue el turno de Michael de mirarlos; la interacción entre ellos se asemejaba más a la de él con Honoria que a la de dos amantes.

Arqueando las cejas, Breckenrige se puso frente a él, lo estudió serenamente y luego, pronunciando claramente, dijo, "Como presumo que Caro tiene una razón para que lo sepa y como resulta difícil explicar mi presencia sin saberlo... Camden Sutcliffe fue quien me engendró."

La diversión destellaba en los ojos de Breckenrige; miró a Caro. "Lo cual hace de Caro mi...no estoy seguro. ¿Madrasta?"

"Lo que sea," dijo Caro con firmeza. "Eso explica tu relación con Camden, con esta casa y por qué te legó ese conjunto de escritorio."

Breckenrige arqueó las cejas. Miró a Michael con un poco más de respeto. "Lo descubrió, ¿verdad?"

Michael se negó a ceder. "No había ninguna evidencia de una relación..." Se interrumpió cuando las cosas cayeron en su lugar.

Breckenrige sonrió. "Ciertamente. No sólo se mantuvo en silencio, sino que fue completamente sepultada por ambas partes. Mi madre, que en paz descanse, estaba perfectamente satisfecha con su marido, pero en Camden encontró lo que siempre sostuvo que había sido el amor de su vida. Un amor que duró poco, pero..." Se encogió de hombros. "Mi madre siempre fue una persona pragmática. Camden era casado. La aventura ocurrió durante una breve visita a Lisboa. Mamá regresó a Inglaterra y dio a mi padre—quiero decir, a Brunswick—su único hijo. Yo."

Pasando al lado de Michael, Breckenrige se dirigió a la consola, donde se encontraba una licorera. Miró a Michael, agitó los vasos. Michael negó con la cabeza. Breckenrige se sirvió un trago. "Aparte de las consideraciones obvias, estaba el hecho de que, a no ser por mí, como heredero de Brunswick, el título y las propiedades revertirían a la Corona, lo cual no beneficiaría a nadie, salvo al tesoro real."

Hizo una pausa para beber el brandy. "Mi padre, sin embargo, es muy estricto—si lo supiera, podría sentirse obligado a desconocerme, sacrificándose a sí mismo, a la familia y a mí. No, debo agregar, que la decisión fuese nunca mía—fue tomada por mí por mi madre. Ella, sin embargo, le informó a Camden de mi nacimiento. Como él no tenía más hijos, se mantuvo informado de mis progresos, aunque siempre a distancia.

"Hasta cuando cumplí dieciséis años." Breckenrige bajó la vista, bebió y prosiguió. "Mi madre me acompañó a una gira por Portugal. En Lisboa, nos encontramos a solas con Camden Sutcliffe, el famoso embajador. Ambos me dijeron que él era mi padre." Una leve sonrisa apareció en sus labios. "Desde luego, yo nunca lo consideré como tal—para mí, Brunswick es y siempre será mi padre. No obstante, el saber que era Camden quien me había engendrado explicó muchas cosas que, hasta entonces, no eran fáciles de comprender. Y aun cuando Camden sabía que mi lealtad filial estaba con Brunswick—y debo reconocerle que nunca trató de cambiar esto—siempre se mostró interesado en mi bienestar. Nunca me incliné por la vida política o diplomática—me proponía suceder a Brunswick y continuar alimentando todo aquello por lo que él y sus antepasados habían trabajado. A pesar de eso, Camden era... tan dedicado como se lo permitía su forma de ser."

La mirada de Breckenrige se hizo distante. "Visité Lisboa con frecuencia hasta la muerte de Camden. Llegar a conocerlo, aprender sobre él, me enseño mucho." Vació su vaso, luego miró a Michael, "Acerca de mí mismo."

Se volvió para poner el vaso sobre la repisa de la chimenea cuando el reloj dio las ocho.

Era un reloj grande; sus campanadas resonaron por la habitación.

Se miraron.

Caro advirtió que la puerta del salón se cerraba.

Se enderezó, sorprendida. Ambos hombres lo notaron y giraron.

Muriel Hedderwick salió de las sombras; la puerta a medio cerrar la había mantenido oculta hasta entonces.

Caro la miró fijamente, literalmente sin saber qué pensar. Muriel avanzó lentamente, con una sonrisa en los labios. Al llegar a la mitad del salón, se detuvo y levantó el brazo.

Sostenía una de las pistolas de duelo de Camden; la apuntó, firmemente, a Caro.

"Al fin." Las palabras detentaban una riqueza de sentimiento; el odio que resonaba en ellas era tan intenso que los dejó en silencio.

Los oscuros ojos de Muriel brillaban con transparente satisfacción mientras los miraba. "Finalmente, tengo a las dos personas que más odio en el mundo a mi merced."

Michael se movió para enfrentarla, acercándose simultáneamente a Caro. "¿Por qué me odia?"

"¡A usted no!" La expresión de Muriel era desdeñosa. *"¡A ellos!"* Con la barbilla, indicó a Caro y a Breckenrige; la pistola no se movió. "A quienes se apoderaron de lo que, por derecho, *¡era mío!"*

Un fanatismo evangélico resonaba en su voz. Muriel miró a Breckenrige, captó su mirada igualmente atónita.

Caro dio un paso adelante. "Muriel . . ."

"¡No!" El rugido estalló por toda la habitación. Muriel lanzó a Caro una mirada brillante de ira. Breckenrige aprovechó el momento para alejarse; Michael adivinó lo que se proponía hacer—no le agradaban las posibilidades, pero no podía pensar en un plan mejor.

"No me digas que lo he comprendido todo mal—¡no trates de explicarlo!" La furia de Muriel se convertía en sarcasmo.

"Yo sólo la he conocido de pasada." Breckenrige atrajo

su atención. "Apenas la conozco. ¿Cómo habría podido hacerle daño?"

Muriel le enseñó los dientes. "Tú eras su hijo de ojos brillantes." Escupió las palabras. "Él te quería—te hablaba. ¡Te *reconoció!*"

Breckenrige frunció el ceño. "¿Camden? ¿Qué tiene él que decir sobre esto?"

"Nada—es demasiado tarde para que él repare el daño que hizo. Pero también era mi padre, y tendré lo que me pertenece."

Michael miró a Caro, vio su conmoción, su consternación. "Muriel . . ."

"*¡No!*" Los ojos de Muriel brillaron de nuevo, esta vez con patente malicia. "¿Crees que lo estoy inventando? ¿Que tu querido Camden no se acostó con su cuñada?" Lanzó una mirada a Breckenrige; sonrió. "Ves—él sabe que es verdad."

Caro miró a Timothy; él encontró por un instante sus ojos. Apretando los labios, miró de nuevo a Muriel. "Así tendrían sentido las referencias que hay en las cartas de la esposa de George a Camden."

Muriel asintió. "En efecto, mi madre le anunció a Camden mi nacimiento—nunca quiso a George; fue a Camden a quien adoró. Le dio dos hijos a George, luego Camden vino a casa a enterrar a su primera esposa. Era un momento perfecto, o al menos ella lo creyó así, pero él se caso con Helen y regresó a Lisboa—y yo nací en la mansión Sutcliffe." Muriel gruñó a Timothy, "*¡Yo!* Soy la hija mayor de Camden, pero él nunca me prestó atención—nada. Nunca siquiera me habló como si fuese suya—¡siempre me trató como la hija de *George!*"

Sus ojos destellaban. "Pero no lo era, ¿verdad? Era su hija."

"¿Cómo te enteraste de mí?" preguntó Timothy. Parecía sólo interesado, como si no le concerniera.

Caro miró la pistola que sostenía Muriel en la mano; permanecía perfectamente firme, apuntándole al corazón. Era una de un par. Esperaba que Timothy y Michael lo notaran; conocía a Muriel—era una tiradora excelente y lo había planeado todo con cuidado. Había hecho que se encontraran allí los tres; no los habría enfrentado con una sola pistola, y mantenía la otra mano fuera de la vista.

"Viniste a ofrecer tus condolencias cuando Helen murió. Te vi caminando con Camden por los jardines. No te parecías tanto a él"—Muriel sonrió con desdén—"excepto de perfil. Vi entonces la verdad. Si Camden podía acostarse con su cuñada, ¿por qué no con otras mujeres? Pero a mí no me importaba, no entonces—estaba convencida de que, finalmente, ahora que había perdido a Helen y era viejo, después de todo, finalmente Camden me abriría los brazos. No me importaba que me llamara su sobrina en lugar de su hija, pero me había preparado para asumir esa posición." Muriel levantó la barbilla. "Estaba excelentemente preparada para desempeñarme como su anfitriona en la embajada."

Lentamente, su mirada se volvió hacia Caro; la intención asesina que contorsionaba sus facciones hizo que tanto Timothy como Michael se irguieran, luchando contra el instinto de acercarse más a ella para protegerla.

"Pero, en lugar de eso"—las palabras eran profundas, ardían con una violencia apenas contenida; el pecho de Muriel se sacudía—"*tú* atrajiste su mirada. Corría detrás de *ti*—¡una joven menor que su propia hija, y sin ninguna experiencia! No me hablaba—*se negó* a hablar conmigo. Se casó contigo, y te hizo su anfitriona ¡*en mi lugar!*"

La ira emanaba de Muriel, temblaba físicamente; sin embargo, la pistola seguía apuntando firmemente. "Durante años—¡años!—lo único que escucho es qué maravillosa eres, no sólo de parte de Camden, ¡*sino de todos!* Incluso ahora, llegas caída del cielo, y todas las damas de la Asociación de Damas caen a tus pies. De lo único que hablan es de *tus* maravillosas ideas, de qué hábil *eres*—se olvidan de *mí*, pero yo soy la única que hace todo el trabajo duro. *Yo* soy la que siempre hago todo bien, ¡pero tú siempre me robas mi *gloria!*"

Su voz se había elevado a un chillido. Caro estaba tan afectada que apenas podía resistir el odio que destilaban las palabras de Muriel.

"Al regresar de la reunión en Fordingham, me harté. Advertí que tenía que deshacerme de ti. Confisqué la honda de Jimmy Bings y su bolsa de petardos el día anterior; estaban en el suelo de mi calesa cuando te seguí a casa. No pensé en ella hasta que giraste hacia la casa de Michael—era la oportunidad perfecta, obviamente, algo que debía suceder."

La mirada de Muriel se movió hacia Michael. "Pero tú la salvaste. No pensé que importara—había otras maneras, probablemente mejores. Contraté a dos pescadores para que la secuestraran y se deshicieran de ella, pero tú la demoraste y tomaron a la señorita Trice en su lugar. Después de esto, ya no confié en nadie más. La habría matado en el bazar—pero *otra vez,* la salvaste justo a tiempo." Muriel lo miró furiosa; con una expresión de piedra, Michael sostuvo su mirada, consciente de que, a su derecha, Breckenrige se alejaba un poco más.

"Y luego aserré la balustrada sobre la presa. Debió haberse ahogado, pero *otra vez,* ¡la salvaste!" Sus ojos destellaban. "¡Eres un fastidio!"

Miró a Caro. "¿Y por qué no viniste a la reunión que había organizado para ti? Desde luego, no habrías encontrado al comité de promoción, sino a otras personas que yo había contratado, pero nunca llegaste."

Extrañamente, Muriel parecía calmarse; sus labios se fruncieron en una parodia de sonrisa. "Pero te perdono por eso. Gracias a eso, vine aquí y miré todo. Había hecho una copia de las llaves hace años, pero nunca la había usado." Sus oscuros ojos ardían; se enderezó. "En cuanto vi este lugar, decidí que debía ser *mío.* *Yo* lo merecía—yo merecía su amor—pero él te lo dio a ti. Ahora lo quiero."

Breckenrige avanzó un paso más.

Muriel lo advirtió. Comprendió lo que estaba haciendo.

Todo se hizo más lento. Michael vio que parpadeaba. Vio su decisión de disparar a sangre fría—sabía que Muriel era una excelente tiradora.

Sabía, con certeza, que en segundos Breckenrige estaría muerto. Breckenrige, por quien Caro sentía tanto afecto, que, sin culpa alguna de su parte, se había convertido en el blanco del odio de Muriel.

Y su muerte no cambiaría nada; Muriel seguramente tendría la segunda pistola cargada y preparada.

No fue consciente de tomar una decisión; se lanzó sobre Breckenrige. Lo derribó por tierra cuando Muriel descargó la pistola.

Caro gritó.

Cayeron al suelo. Michael notó el estremecimiento de Breckenrige—la bala lo había alcanzado—pero luego su propia cabeza golpeó contra la pesada pata de hierro de un diván elegante. La luz explotó en su cráneo.

El dolor le siguió, bañándolo en una ola nauseabunda.

Sombríamente, se aferró a su conciencia; no había planeado esto, no se proponía dejar que Caro enfrentara a Muriel y a aquella segunda pistola sola...

Sintió que Caro se inclinaba sobre ellos; se había lanzado a su lado de rodillas. Sus dedos tocaban su rostro, palpaban debajo de la corbata, tratando de oír su pulso. Luego deshizo su corbata.

A través de una fría niebla, la escuchó decir, "Muriel, por amor de Dios, ¡ayúdame! Está sangrando."

Por un momento dudó, pero era a Breckenrige a quien Caro se refería. Se movió para ayudarlo, para tratar de contener una herida, dónde no lo sabía. Intentó abrir los ojos, pero no lo consiguió. El dolor azotaba sus sentidos; la inconsciencia negra se acercaba, abatiendo su voluntad.

"Detente." La voz de Muriel era más fría que el hielo. "Ahora mismo, Caro—te lo digo en serio."

Caro se detuvo, se paralizó. Luego dijo quedamente. "No tiene sentido matar a Michael."

"No, tienes razón. Sólo mataré a Michael si no haces lo que te diga."

Siguió una pausa. Caro preguntó, "¿Qué quieres que haga?"

"Te dije que quería esta casa, así que debes hacer un nuevo testamento. Aguarda con un abogado en su oficina, en el número 31 de Horseferry Road. El señor Atkins—no te molestes en pedirle ayuda. No te ayudará. Una vez que firmes el testamento que él ha redactado para ti, él y su ayudante serán testigos, te dará un objeto para indicarme que todo se ha hecho como yo lo deseaba.

"Si deseas que Michael viva, debes traerme ese objeto," Muriel hizo una pausa, "antes de las nueve y media."

Michael quería asegurarse de que Caro supiera que Muriel nunca le permitiría vivir, pero la ola negra lo estaba arrastrando.

Pero Muriel había pensado en eso también. "No debes preocuparte de que mate a Michael si haces lo que digo—sólo quiero lo que es mío por derecho, y cuando todo termine, cuando estés muerta, no será una amenaza para mí—te sepultará a ti y a Breckenrige y me dejará partir, porque si no lo hace dañará y herirá a muchas otras personas. A Brunswick y a su familia, a George y a mis hermanos, a sus familias—si Michael me delata, las víctimas del legado de Camden sólo aumentarán."

La memoria regresó por un segundo; tenían una oportunidad, aunque no muy buena; sin embargo, lo único que pudo hacer fue desear con todo su corazón que Caro tomara el camino correcto. Ella tocó su mejilla; él sintió que se incorporaba. Luego la ola negra penetró su escudo, se vertió sobre él y lo arrastró consigo.

CAPÍTULO
22

La mente de Caro volaba. Estaba habituada a las emergencias, pero no de este tipo. Miró el reloj—tenía menos de una hora para regresar con el objeto solicitado. "Muy bien." No tenía tiempo para discutir, y por la luz que veía en los ojos de Muriel, la expresión de su rostro, sería inútil hacerlo. "Número 31 de Horseferry Road, el señor Atkins."

"Eso es correcto." Muriel indicó la puerta con la segunda pistola. Dejó caer la que había usado; llevaba la otra en la mano, como lo había sospechado Caro. "Vete."

Lanzando una última mirada a los hombres desplomados a sus pies, rezó en silencio y se marchó.

"¡Apresúrate a regresar!" le gritó Muriel y rió.

Conteniendo un estremecimiento, Caro salió corriendo por la puerta principal. La cerró y miró la calle. ¿Dónde estaban los coches de alquiler cuando más los necesitaba?"

Bajó las escaleras. ¿Debía correr hasta Picadilly, donde había muchos coches, o dirigirse en la dirección a dónde quería ir? Se detuvo en la calle, giró hacia el norte y comenzó a correr hacia la plaza Grosvenor.

Había pasado tres casas cuando un carruaje negro sin marca se detuvo a su lado.

Un hombrecillo enjuto abrió la puerta y se inclinó hacia fuera. "¿La señora Sutcliffe? Soy Sligo, señora—estoy empleado por Su Señoría de St. Ives."

Caro se detuvo, lo miró y luego saltó al coche. "¡Gracias al cielo! Llévame a casa de tu amo inmediatamente!"

"Ciertamente, señora. Jeffers—a casa, tan rápido como puedas."

Por el camino, Sligo le explicó que Michael le había pedido que vigilara; Caro agradeció y rezó con más devoción. Entraron a la plaza Grosvenor minutos después—justo en el momento en que Devil y Honoria, vestidos para una velada, bajaban por la escalera.

Caro casi se cae del coche. Devil la sostuvo.

Ella narró su desesperada historia.

Honoria conocía a Muriel; palideció. "¡Santo Dios!"

Devil miró a Honoria. "Manda un mensaje a Gabriel y a Lucifer para que se encuentren con nosotros en el extremo sur de la calle de la Media Luna."

"De inmediato." Honoria encontró la mirada de Caro, oprimió su mano. "Cuídate." Volviéndose, subió corriendo la escalera.

Devil ayudó a Caro a subir de nuevo al coche y gritó al cochero, "Horseferry Road, Número 31. Tan rápido como pueda." Saltó en el coche, aceptó la inclinación de Sligo. Sentándose al lado de Caro, tomó su mano. "Ahora, dime exactamente qué dijo Muriel acerca de este testamento."

Regresaron al extremo sur de la calle de la Media Luna menos de treinta minutos más tarde. El viaje de ida y vuelta había sido frenético, el incidente en la oficina del abogado manejado con inexorable rapidez.

Por sugerencia de Devil, ella hizo el papel de la mujer idiota; no había sido difícil. Apoyada por Sligo, entró a la oficina del abogado; Devil se había ocultado en las sombras afuera de la ventana de la oficina. El abogado era un grasiento individuo, con un asistente tan grasiento como él; y tenía su nuevo testamento preparado. Ella lo firmó; el asistente y Sligo actuaron como testigos; luego el abogado, frotándose las manos con empalagoso deleite, le entregó la "señal"—una pluma de arrendajo.

Con ella aferrada en la mano, se volvió hacia la ventana. Devil había entrado como con oscuro dramatismo envuelto en una capa negra, había arrancado el testamento de los dedos al atónito abogado, y lo había hecho trizas.

Habían regresado al coche en un minuto, ella con la pluma aferrada entre los dedos.

Se asomó por la ventana del coche; la luz desaparecía con rapidez, el cielo se revestía de lila y azul profundo. Aún en Picadilly, el coche aminoró la marcha antes de la esquina. Devil abrió la puerta y se inclinó hacia fuera; dos grandes sombras se desprendieron de un muro cercano y se acercaron.

En voz baja, conferenciaron. Los tres se oponían a que entregara la pluma a Muriel. "Tiene que haber otra manera," insistía Gabriel.

A solicitud de Devil, Caro describió la escena en el salón. Lucifer sacudió la cabeza. "Es demasiado arriesgado entrar sin más. Debemos asegurarnos que aún esté en esa habitación."

"Yo tengo las llaves de la puerta de atrás."

Los tres hombres la miraron, intercambiaron una silenciosa mirada; luego Devil la ayudó a apearse del coche.

"Quédate con Jeffers," le dijo a Sligo. Sacando su reloj, lo miró. "Pasa delante de la casa exactamente dentro de quince minutos."

Sligo miró su propio reloj y asintió.

Devil cerró la puerta del coche, la tomó del brazo; Gabriel y Lucifer los seguían. Caminaron rápidamente por las estrechas caballerizas que había detrás de las casas de la calle de la Media Luna.

"Esta es." Caro se detuvo delante de la puerta del jardín y abrió su bolso para sacar las llaves.

Lucifer se adelantó y levantó el pestillo—la puerta se abrió.

Todos la miraron; ella miraba fijamente la puerta. "Es posible que el ama de llaves la haya dejado sin seguro." Era posible, pero, ¿era probable?

Gabriel y Lucifer se adelantaron por el sendero del jardín; a pesar de su tamaño, los tres Cynster se movían con silenciosa elegancia. El jardín estaba descuidado—Caro advirtió que hacía una nota mental para llamar al jardinero, para hacer habitable el lugar ahora que…

Interrumpió el pensamiento, miró hacia el frente. Gabriel desapareció de la vista. Lucifer se agachó; luego miró hacia atrás y les hizo señas. Devil la sacó del sendero hacia la sombra de un enorme rododendro.

"¿Qué?" susurró Caro.

"Hay alguien allí," murmuró Devil. "Ellos se encargarán."

Al escuchar estas palabras, escuchó un débil golpe, una silenciosa escaramuza; luego los otros regresaron, empujando a un hombre casi tan alto como ellos, con una mano tapándole la boca, sus brazos doblados en su espalda.

Los ojos del hombre encontraron los de Caro—y ardieron.

Saliendo del matorral, lo miró indignada. "¡Ferdinand! ¿Qué demonios haces aquí?"

Lucía obstinado; retirando la mano de su boca, Gabriel lo miró a la cara; luego hizo algo que le hizo perder el aliento.

Caro contuvo un estremecimiento, pero—Ferdinand rodeado por tres Cynster dispuestos a asesinarlo—esta era la oportunidad perfecta para obtener una respuesta sincera. "No tenemos tiempo que perder, Ferdinand. Dime qué buscas—¡ahora!"

Miró a Lucifer y luego, en la penumbra, encontró la mirada de Devil. Palideció y miró a Caro. "Cartas—un intercambio de cartas entre el duque y Sutcliffe de hace muchos años. El duque ha sido perdonado y desea regresar a Portugal, pero si esas cartas aparecen algún día…será exilado otra vez." Se detuvo, luego prosiguió con más ahínco, "Tú sabes como es esa Corte, Caro. Tú sabes…"

Ella levantó una mano. "Sí, lo sé. Y sí, te daré las cartas. Tenemos que hallarlas, si existen…" Su mirada se dirigía a la casa, su mente a Michael y a Timothy. "Llámame mañana y lo arreglaremos. No tenemos tiempo para esto ahora— algo ha sucedido en la casa de lo que debemos ocuparnos. Márchate—te veré mañana."

Ferdinand habría tomado su mano y vertido sus más sinceros agradecimientos, pero Lucifer lo empujó, de manera poco cortés, hacia la puerta.

Volvieron su atención hacia la casa. El cerrojo de la puerta de atrás estaba aceitado; giró sin un ruido. La puerta se abrió con facilidad; Caro los condujo a través de la cocina, al segundo piso, al estrecho pasillo. Deteniéndose ante la puerta que llevaba al recibo, miró hacia atrás y advirtió que Ferdinand los había seguido, pero se mantenía a cierta distancia y, más importante aún, guardaba silencio.

"El salón es la tercera habitación a la derecha—la más cercana a la puerta principal," susurró.

Todos asintieron. Silenciosamente, abrió la puerta. Devil la sostuvo mientras ella se adelantaba. Él la acompaño; los otros se mantuvieron atrás. No se escuchaba nada en el salón.

Justo ante de la doble puerta, Devil cerró sus manos sobre sus hombros y la detuvo; se adelantó silenciosamente, miró por un instante, luego se reunió con ella de nuevo y les hizo señas a todos para que retrocedieran a la puerta del servicio. Una vez allí, dijo quedamente. "Esta sentada en una silla delante de la chimenea. Tiene una pistola en la mano—hay otra en el suelo, al lado de la silla. Michael parece estar inconsciente todavía." Miró a Caro. "Breckenrige ha perdido mucha sangre."

Ella asintió. Sólo a la distancia escuchaba conferenciar a los tres Cynster; suspirando, forzó sus oídos a escuchar, luchó por ignorar el vacío en su estómago, el escalofrío que le recorría las venas.

"Tienes razón," concedió con reticencia Gabriel. "Si irrumpimos en la habitación, lo más probable es que dispare, y no sabemos a quién apuntará."

"Necesitamos distraerla," murmuró Devil,

Se miraron; no se les ocurría nada. En cualquier momento, el coche se detendría frente a la casa y Muriel esperaría que Caro entrara.

Ferdinand se inclinó y tocó a Gabriel en el hombro. Gabriel lo miró, retrocedió mientras Ferdinand se reunía con ellos, y susurró. "Tengo una sugerencia. La dama con la pistola—es Muriel Hedderwick, ¿verdad?" Caro asintió. Ferdinand prosiguió. "¿Conoce a estos tres?" Caro negó con la cabeza. "A mí me conoce—me reconocerá. Puedo entrar y actuar como 'el portugués loco,' ¿sí? Dejará que me acerque—no me verá como un peligro. Puedo quitarle la pistola."

Caro comprendió de inmediato—no sólo lo que proponía, sino por qué. Si hacía esto y salvaba a Michael y a Timothy, ella estaría en deuda con él—podía reclamar las cartas como recompensa.

Los Cynster no estaban convencidos, pero finalmente la miraron. Ella asintió. Decididamente. "Sí. Dejen que lo intente. Es posible que lo consiga, y nosotros no podemos hacerlo."

Ferdinand miró a Devil. Devil asintió. "Toma la pistola que tiene en la mano—estaremos contigo en cuanto la tengas."

Asintiendo, Ferdinand avanzó. Se detuvo delante de la puerta para ajustarse el saco; luego levantó la cabeza, se enderezó y abrió la puerta, caminando confiado, haciendo sonar sus botas sobre las baldosas.

"¿Caro?" llamó, "¿Dónde estás?"

Silenciosamente, lo siguieron hasta el recibo principal.

Él llegó al salón, luego sonrió y entró. "Ah—señora Hedderwick. Qué agradable sorpresa. Veo que también usted ha venido del campo…"

La última palabra cambió, revelando su acerada intención. Escucharon el gemido ahogado de una mujer, luego ruidos que indicaban una lucha.

Como los ángeles de la muerte, Gabriel y Lucifer irrumpieron en el salón. Caro los siguió. Devil la tomó por la cintura y la detuvo.

Furiosa, luchó. "Maldición, St. Ives—¡suéltame!"

"Todo a su debido tiempo," fue la imperturbable respuesta.

Se escuchó un disparo, que resonó por toda la casa.

Devil la soltó. Ella se lanzó hacia la puerta; él, de todas maneras, llegó antes que ella, obstaculizando momentáneamente su paso mientras observaba la habitación; luego la dejó entrar, mientras ella cruzaba el salón a toda velocidad hacia los hombres caídos.

Vio que Muriel luchaba como un demonio; los tres hombres se esforzaban por someterla. La segunda pistola había sido lanzada de un puntapié a un lado de la habitación; Devil la tomó. Aquella que había sido disparada se encontraba a los pies de Muriel.

Caro cayó de rodillas al lado de Michael y Timothy. Frenéticamente, verificó el pulso de Michael, lo sintió regular y fuerte, pero él no respondió a su roce ni a su voz.

El pulso de Timothy, cuando lo encontró, estaba débil y alterado. La sangre había empapado su camisa y su saco y se había aposado debajo de él. En la parte de arriba de su pecho, parecía que la herida hubiera dejado de sangrar. Se inclinó para levantar la manchada corbata—Devil la detuvo.

"Será mejor que no lo muevas." Le gritó a Lucifer que enviara a Sligo por un médico.

Al mirar hacia el otro lado del salón, vio que los hombres habían sentado a Muriel en un asiento y usaban las cuerdas de las cortinas para atarla.

Desde allí, sus ojos se fijaron en los de Caro. Durante un largo momento, Muriel la contempló fijamente, luego dio un alarido.

Los cuatro hombres se estremecieron. Cuando se detuvo para recuperar el aliento, Gabriel maldijo, sacó un pañuelo de su bolsillo y lo introdujo en su boca. Reducida a sonidos entrecortados y furiosos, con los ojos muy abiertos, Muriel se agitó contra las ligaduras, pero éstas permanecieron firmes.

La tensión que invadía el salón se relajó; los hombres retrocedieron. Acomodándose el saco, Ferdinand se acercó a Caro. Miró a Michael y a Timothy, luego a Devil. "¿Vivirán?"

Devil había observado la cabeza de Michael, levantado sus párpados; Caro había aprovechado el momento para mover los hombros de Michael y acunar su cabeza en su regazo. Mirando a Timothy, Devil asintió sombríamente, "Ambos deberían hacerlo. Por fortuna, la bala no entró al pulmón."

Ferdinand vaciló, luego dijo. "Será mejor que me marche antes de que llegue el médico."

Desde la posición en que se encontraba en el suelo, Caro levantó la mirada a Ferdinand. "Probablemente. Visítame mañana—la casa de los Anstruther-Wetherby está en la calle

Upper Grosvenor." Sonrió. "Fuiste muy valiente al actuar como lo hiciste."

La sonrisa habitual de Ferdinand relumbró. Se encogió de hombros. "Una mujer con una pistola—no es un gran problema."

Ella sostuvo su mirada. "Excepto cuando la mujer es campeona de tiro."

La miró, su sonrisa se desvaneció. "¿Es una broma, ¿verdad?"

Caro sacudió la cabeza. "Desafortunadamente, no."

Ferdinand murmuró una maldición en portugués. Miró a Muriel, quien aún se debatía inútilmente con los nudos de Gabriel. "¿Por qué lo hizo?"

Caro encontró la mirada de Devil por encima de Michael y Timothy. Dijo quedamente, "Creo que nunca lo sabremos—está completamente loca."

Ferdinand asintió y se marchó. Devil permaneció en el suelo al lado de Timothy y Michael; Gabriel se instaló en el diván para vigilar a Muriel. Caro estudió el rostro de Michael, recorrió con sus ojos las líneas que se habían convertido en algo tan familiar para ella, acarició sus cabellos.

Luego regresó Lucifer con el médico; ella se movió y, agradeciendo a los dioses, se dedicó a cuidar a los dos hombres que más quería en la vida.

La escena final del drama se desarrolló en la biblioteca de Magnus. Toda la familia se reunió allí tarde en la noche para escuchar el relato completo, para comprender, para tranquilizarse y, finalmente, para ayudar a proteger.

Michael se acomodó en un sillón con su cabeza, que aún latía, sobre una almohada de seda. Un chichón del tamaño de un huevo latía en la parte de atrás de su cráneo; levantó el vaso y bebió—un tónico. Caro, sentada en el brazo de la silla, muy cerca de él, había insistido en él. Todos los otros hombres bebían brandy, pero con Caro tan cerca y Honoria en el diván, con los ojos fijos en él, no tuvo más remedio que beber aquella poción.

Devil estaba allí, junto con Gabriel y Lucifer y sus esposas, Alathea y Phyllida. Magnus se encontraba en su silla predilecta, escuchando intensamente mientras le narraban los hechos, reunían las piezas. Evelyn también seguía su relato con la mayor atención.

"No lo creí realmente hasta que recordé que Muriel era una campeona de tiro." Caro miró a Michael. "Es excelente en aquellas actividades en las que las mujeres habitualmente son desastrosas—conducir, el arco y las pistolas."

"Y," agregó melancólicamente Michael, "la honda."

Ella asintió. "También en eso."

"Entonces," dijo Honoria, "cuando regresaste a Bramshaw, Muriel te habló de la reunión de la Asociación de Damas, insistió en que asistieras; luego, cuando lo hiciste y las damas locales te trataron como una celebridad, cosa que no es de sorprender, ella ¿se enfureció?"

Caro encontró la mirada de Michael. "Creo que fue más bien la gota que desbordó la copa." Miró a los demás. "Muriel siempre se consideró a sí misma como la legítima heredera de la mansión Sutcliffe. *Ella* era una verdadera Sutcliffe, la primera hija de Camden—la heredera de sus talentos, si se quiere; pero entonces, al casarse conmigo y hacer de mí su anfitriona, él me eligió a mí por sobre ella. Eso ya era malo. Luego se esforzó por convertirse en la primera dama del distrito—aquella posición era toda suya. Sin embargo, a pesar de mis largas ausencias, lo único que tuve que hacer fue aparecer y las otras damas locales me pusieron en un pedestal, desplazándola a ella. Camden la hirió, pero cada vez que yo regresaba a casa, era como frotar su herida con sal."

Michael oprimió su mano. "Eso no era tu culpa."

"No." Bajó la mirada; luego, después de un momento, levantó la cabeza y continuó, "pero en cuanto comenzó a tratar de deshacerse de mí, con su obstinación habitual, siguió intentándolo. Luego vio la casa, y también la oportunidad de arreglar sus viejas cuentas con Timothy, y . . ."

"Sin embargo," dijo Magnus, mirándola bajo sus espesas cejas, "su verdadero objetivo, la persona a quien deseaba castigar era a Camden. Pero Camden está muerto. Tú y Breckenridge eran tan sólo las dos personas con quienes podía desahogar su rencor." Adustamente, sostuvo la mirada

de Caro. "Todo esto, en realidad, se refiere más a los cabos sueltos que dejó la vida de Camden Sutcliffe que a ti o a Breckenridge."

Caro miró sus ancianos ojos; luego inclinó la cabeza.

"Como quiera que sea," dijo Devil, "ahora nos corresponde atar esos cabos sueltos." Miró a Gabriel y a Lucifer, quienes habían llevado a Muriel, aún atada y amordazada, a su casa de Londres. "¿Cómo lo tomó Hedderwick?"

Gabriel hizo una mueca. "No discutió; incluso no se sorprendió en absoluto."

"Sí se *sorprendió* por lo que ella había hecho," corrigió Lucifer. "Pero no le sorprendió que finalmente hubiese hecho algo."

"Debía saber que ella estaba completamente obsesionada," dijo Gabriel. "Comprendió lo que le decíamos rápidamente. Es un hombre sereno, pero parece bastante competente y decidido, y no dejamos ninguna duda acerca de lo que debe hacer para garantizar nuestro silencio."

"¿Entonces entiende que debe mantenerla restringida?"

Gabriel asintió. "Ella es terriblemente fuerte y, dadas sus habilidades, siempre será peligrosa. Hedderwick tiene una cabaña aislada en la costa de Cornualles a donde piensa llevarla; estará vigilada día y noche."

Devil miró a Caro. "El médico se quedará con Breckenridge esta noche, sólo por precaución, pero está seguro de que, con el tiempo, se recuperará completamente." Miró a Michael, arqueó las cejas.

Michael asintió, se estremeció, acomodó cuidadosamente su cabeza. "Bajo estas circunstancias, debemos consultar con Breckenridge, y también con George Sutcliffe, pero dejar que esto se haga público es inútil. Además de manchar la memoria de Camden Sutcliffe—y, a pesar de sus deficiencias personales, su servicio público fue ejemplar—cualquier acusación formal causará una considerable angustia y dificultades a los otros miembros de la familia Sutcliffe, y más aún a los Danverses."

Miró a su alrededor; nadie discutió. Asintió. "Es una historia suficientemente triste—será mejor que la terminemos aquí."

Todos estuvieron de acuerdo, vaciaron sus vasos y luego, seguros de que todo estaba tan bien como era posible, se despidieron.

Michael se despertó en la noche, en aquel momento en que el mundo estaba cobijado y dormía. A su alrededor, la enorme casa estaba silenciosa e inmóvil; descansaba entre suaves cobertores, con Caro enroscada a su lado.

Sonrió, sintió que el alivio y un sereno júbilo lo invadían. Advirtió que su cabeza había dejado de latir. Extendió la mano para tocar el chichón, confirmó que aún le dolía si lo tocaba, pero si no lo hacía se sentía bien.

A su lado, Caro se movió. Pareció darse cuenta de que estaba despierto; levantando la cabeza, lo miró; luego abrió los ojos. "¿Cómo te sientes?"

Apenas había podido llegar a su recámara antes de desplomarse; ella lo había ayudado a desvestirse y a deslizarse debajo del cobertor—se había quedado dormido en cuanto su cabeza tocó la almohada. "Mucho mejor." Estudió su rostro, extendió la mano para acariciar sus cabellos, sonrió. "Tu tónico funcionó."

Su mirada le dijo. "Te lo dije," pero se contuvo de decir las palabras. En lugar de hacerlo, buscó sus ojos; luego, acercándose más, cruzó los brazos sobre su pecho y se instaló a mirar su cara. "Si estás bien despierto y en plenas facultades, quiero hacerte una pregunta."

Él ocultó un fruncimiento de cejas; ella parecía terriblemente seria. "Estoy despierto. ¿Cuál es la pregunta?"

Ella vaciló, luego suspiró profundamente—sintió que sus senos se oprimían contra su pecho. "¿Qué tan pronto podemos casarnos?" Lo dijo con bastante calma; y luego continuó. "He tomado una decisión. Sé lo que quiero—no necesito esperar más. Esto es," sostuvo su mirada, arqueó una ceja, "suponiendo que aún quieras casarte conmigo."

"No tienes que preguntar." Cerró una mano sobre su cintura—sobre su última confección de seda. No la había visto todavía—pronto lo haría. "Pero..." Intentó detenerse antes de poner en duda el destino; sin embargo, tenía que saberlo. "¿Qué te convenció—qué te hizo decidir?"

"Tú. Yo." Buscó en sus ojos. "Y ver a Muriel apuntando una pistola a tu cabeza. Eso... me abrió los ojos—de repente vi todo con una gran claridad." Hizo una pausa, con los ojos fijos en los suyos, y prosiguió. "Me habías convencido de que debía casarme contigo, de que ser tu esposa era la posición adecuada para mí, pero yo sentía que faltaba un elemento, una última cosa fundamental." Sus labios se fruncieron irónicamente. "Advertí que lo que faltaba era yo, o, más bien, mi propia decisión. Tenía que, en palabras de Theresa Obaldestone, 'armarme de valor y aprovechar el día.' Hasta que lo hiciera, hasta que aceptara a sabiendas el riesgo y avanzara, lo que había crecido entre nosotros no podía desarrollarse más."

Se movió, entrelazando sus piernas con las de Michael. "Muriel y sus amenazas me hicieron comprender todo lo que arriesgaba por *no* decidirme—por no arriesgarme. La vida es para vivirla, no para odiar, pero tampoco para desperdiciar. Tú y yo, ambos hemos despreciado muchos años, pero ahora tenemos la oportunidad de seguir adelante."

Ella encontró su mirada abiertamente, sin velo o escudo. "Juntos podemos construir una familia, llenar la casa de niños y felicidad. Y la casa de la Media Luna también— puedo imaginar vivir allí contigo, ser tu anfitriona, tu ayudante en un grado mucho mayor de lo que fui para Camden."

Sus ojos brillaban como la plata pura en la noche. "Juntos tenemos la oportunidad de crear nuestro futuro como lo deseamos. Si lo que sentimos nos llevará adelante..." Ella ladeó la cabeza. "Es un riesgo, sí, pero uno que vale la pena." Ella sonrió mientras se centró de nuevo en sus ojos. "Es un riesgo que quiero correr contigo."

Él sonrió, sintió que el último vestigio de preocupación desaparecía. "Gracias." La abrazó, la estrechó contra sí, sintió que su calidez le penetraba hasta los huesos. "Nos casaremos cuando quieras—tengo una licencia especial."

Antes de que ella pudiera pensar en esto último, se inclinó y la besó—un beso que pronto salió de su control—y del de ella.

Varios ardientes minutos después, ella retrocedió, suspiró ahogadamente. "¿Y tu cabeza?"

"Estará bien," gimió. "Si sólo tú"—levantando el cobertor, tomó sus rodillas, las puso a sus costados, se acomodó debajo de ella, suspiró y cerró los ojos—"te reclinas."

Caro lo hizo, sonriendo feliz, exhalando lentamente mientras lo acogía.

Todo esta bien. Muy bien.

Manejaron aquel último cabo suelto de la vida de Camden Sutcliffe a la mañana siguiente. Después de llevar a Timothy a casa el día anterior, Caro había recuperado las cartas de Camden. Ferdinand llegó a las once de la mañana, armado con una lista de fechas; fue muy sencillo encontrar las cartas que buscaba.

Caro las leyó, confirmó que no sólo eran lo que deseaba Ferdinand, sino que también eran altamente peligrosas; se referían a un golpe de estado liderado por el duque muchos años atrás, unos pocos meses antes de que Camden fuese nombrado embajador en Portugal. Satisfecha de que nada en las cartas se refería al actual gobierno británico, las entregó a Ferdinand. "¿Por qué no me las pediste simplemente?"

Él bajó la vista, luego sonrió encantadoramente. "Querida Caro, tú eres demasiado conocida para eso. Si te las hubiera pedido, las habrías buscado y luego quizás te habrías sentido obligada a decírselo a alguien en el Ministerio de Relaciones Exteriores . . ." Se encogió de hombros. "*Podría* haber terminado mal."

Considerando lo que acababa de leer, tuvo que admitirlo; para el duque, lo que estaba en juego había sido de gran importancia, y aún lo era.

Sonriendo, Ferdinand le estrechó la mano y partió.

Ella se volvió hacia Michael, arqueó las cejas. "Si te sientes con ánimo para hacerlo, me agradaría visitar a Timothy. Dado lo que piensas acerca de mis visitas a su casa, ¿supongo que preferirías acompañarme?"

Michael encontró sus ojos. "Supones bien."

Encontraron a Breckenridge en cama, interesantemente pálido, muy débil, pero completamente consciente—y poco receptivo a las atenciones de Caro, y menos aún al tónico que ella quería que bebiera. Michael vio la súplica desesperada en los ojos de Breckenridge y se apiadó. Se quejó como si le doliera la cabeza y, cuando Caro lo advirtió, le sugirió que quizás necesitaba ir a casa a descansar.

Ella reaccionó como lo esperaba, con instantánea solicitud. A sus espaldas, Breckenrige levantó los ojos al cielo, pero permaneció mudo.

Más tarde, camino al club para encontrarse con Jamieson, Michael pasó otra vez por casa de Breckenrige. Para entonces, Timothy estaba sentado en la cama; Michael se detuvo en el umbral.

Timothy lo miró, luego sonrió débilmente. "Supongo que debo darte las gracias. No tenía idea de que fuese campeona de tiro."

"Eso supuse. Pero puedes evitar hacer violencia a tus sentimientos—te salvé por Caro. Por extraño que parezca, ella parece valorarte."

Dejando que su cabeza descansara sobre la almohada, Timothy sonrió. "En efecto. Recuérdalo para el futuro." Miró a Michael detenidamente, luego agregó, "Desde luego, no me habrías salvado si hubieras sabido que al hacerlo te incapacitarías."

Michael no sonrió. "Nunca dejaría a Caro desprotegida sabiéndolo."

Los ojos de Timothy brillaron bajo sus pesados párpados. "Exactamente." Esbozó una sonrisa.

Michael estaba seguro de que se entendían perfectamente.

"Entonces," Timothy levantó un vaso y bebió del tónico de Caro. "¿Por qué has venido?"

"Para aprovecharme de tu gratitud," replicó Michael. "Esta puede ser mi única oportunidad."

Arqueando las cejas, Timothy lo observó, luego le indicó una silla. "¿Qué quieres?"

Apartándose del marco de la puerta, Michael cerró. Avanzó hasta la silla, la volvió y se sentó a horcajadas sobre ella; cruzando los brazos sobre el espaldar, encontró los ojos de Timothy. "Quiero saber cómo era la relación entre Camden y Caro."

Los ojos de Timothy se abrieron sorprendidos. "Ah..." Parpadeó, centró su atención en Michael. Vaciló, luego dijo, "Presumo que sabes..."

"¿Qué su matrimonio no se consumó? Sí. Lo que quiero saber es por qué."

Timothy sonrió. "Eso, por fortuna, es fácil de explicar—porque el gran Camden Sutcliffe, el mujeriego más grande del mundo, tomó más de lo que podía abarcar."

Michael parpadeó. Timothy le explicó, "Camden era un experto en mujeres. Desde que puso los ojos en ella, deseó a Caro—no tanto como ella era entonces, sino por el potencial que acertadamente identificó, por lo que sabía que ella llegaría a ser. En *todos* los niveles. Eso fue lo que lo motivó a casarse con ella. Sin embargo, Camden era muy consciente de ser cuarenta años mayor que ella; en lo que concierne al aspecto sexual, se ponía tan ansioso de no poder satisfacerla, o de no poder continuar satisfaciéndola, que no podía desempeñarse en absoluto."

Michael lo contempló fijamente. "¿Estás seguro de eso?"

Timothy asintió. "Él mismo me lo dijo, muchos años después de su matrimonio. Sencillamente no podía. Con ella."

Michael absorbió esta información; finalmente miró a Timothy de nuevo a los ojos. "¿La amaba?"

"No estoy seguro de que Camden conociera el significado de la palabra 'amor,' al menos no como la usamos—no como la usaría Caro. Él estaba dedicado a ella, pero más en el sentido de estar obsesionado por los aspectos de su potencial que él podía sacar a la luz, y lo hizo. Pero, ¿amor?" Timothy hizo una mueca de desdén. "Si Camden alguna vez amó a alguien diferente de sí mismo, supongo que fue a mí."

Michael arqueó las cejas. "¿Porque eres como él?"

Timothy inclinó la cabeza. "Al menos él lo creía."

Michael sospechó que ese era otro de los errores que Camden había cometido.

"No creo que Caro supiera sus razones—me atrevería a jurar que Camden nunca se lo dijo. Era un hombre que confundía—generoso y dedicado a su país, pero, respecto de todas sus cosas personales, completamente centrado en sí mismo." Timothy miró a Michael. "Si hubiera creído que le ayudaría, yo mismo se lo habría dicho a Caro, pero . . ."

Su rostro se endureció, pero no apartó la mirada. "No podemos cambiar el pasado—créame, lo sé. Sólo podemos olvidarlo. Eso es lo que no aceptaba Muriel." Sus facciones se relajaron en una sonrisa. "Caro siempre fue mucho más inteligente."

Michael estudió su rostro, escuchó la sinceridad en su tono. ¿Sabiduría de la boca de uno de los más famosos vividores de la alta sociedad?

Timothy desvió la mirada, bebió un poco más de tónico. "Una cosa—antes de que se marche de Londres con Muriel, ¿podrías hablarle a Hedderwick acerca de mí?" Encontró los ojos de Michael. "Aun cuando tiemblo al pensar que ella es mi hermana media, me gustaría saber qué le ocurre."

Michael aceptó; era posible que Timothy deseara saber dónde se encontraba Muriel por su propia protección, pero Michael comenzaba a sospechar que era más probable que Timothy protegiera a Muriel y garantizara su bienestar, más que otra cosa. Pues aunque no se asemejaba a Camden, era, en un aspecto, el hijo de su padre—una personalidad compleja.

Timothy hizo una mueca. "Tengo dos hermanas mayores—hermanas medias. Siempre me he referido a ella en broma como mis hermanas feas, malas." Se estremeció. "Nunca lo haré de nuevo."

Apenas había pronunciado aquellas palabras, cuando un golpe en la puerta anunció a su mayordomo. "Lady Constance ha llegado, señoría. Escuchó acerca de su herida y exige verlo."

Timothy lo contempló fijamente, luego se reclinó y gruñó. Con sentimiento.

Michael rió. Levantándose, tomó la mano de Timothy, le aseguró que le comunicaría a Hedderwick su interés, y luego se batió apresuradamente en retirada.

Timothy murmuró ominosamente—algo acerca que abandonar a los camaradas caídos y dejarlos en manos del enemigo.

En la escalera, Michael se cruzó con Lady Constance Rafferty, una hermosa matrona dispuesta a cumplir con su deber; intercambiaron una inclinación, pero ella no se detuvo, entrando majestuosamente a la recámara de su hermano.

Sonriendo, Michael salió de la casa, abandonando a Timothy a los tiernos cuidados de Lady Constance.

Más tarde aquella noche, cuando se reunió con Caro en su recámara y la abrazó, sonrió y mencionó su visita a Timothy y la llegada de Lady Constance. "Parecía más fuerte. Estoy seguro de que, entre tú y sus hermanas, se recuperará muy pronto."

Caro lo miró enojada. "¿Estaba bebiendo el tónico que le di?"

"Lo presencié con mis propios ojos."

"Ojalá sea así." Se reclinó contra él, pasó su mano extendida por sus cabellos, exploró suavemente la parte de atrás de su cabeza. "Aún duele," dijo, cuando él se estremeció.

"Nada como antes." La atrajo hacia sí, la moldeó a su cuerpo. "Y mi cabeza no gira en absoluto."

Buscó sus ojos; la sonrisa de Caro era lenta, llena de sensual promesa. "Quizás yo deba arreglar eso."

"En efecto. Estoy seguro de que está incluido en la lista de los deberes de una esposa." Utilizó el término deliberadamente; sus pestañas se habían cerrado, pero ahora se abrían y lo miró a los ojos.

Leyó en ellos, suspiró profundamente. "No hemos discutido los detalles."

"Los detalles," le informó, "los decidirás tú. Lo que quieras, lo que desees. Cuando lo desees."

Ella lo observó, sonrió.

"¿Creo que mencionaste una licencia especial?"

Ella lo había recordado; él no creyó que lo hiciera. Asintió. "Tengo una."

Suavemente, dentro de sus brazos, movió las caderas de Caro de un lado a otro, hacia delante y hacia atrás; la exquisitamente decorada seda de su traje hizo un susurro tentador escudando sus esbeltas curvas. Sus ojos seguían fijos en los suyos. "Quizás deberíamos casarnos tan pronto como sea posible..." La mirada de Caro bajó a sus labios; lamió los suyos y lo miró de nuevo a los ojos. "¿Puedes ver alguna razón para esperar?"

Él podía ver todas las razones para apresurarse. "Tres

días." La oprimió contra sí, anclando sus distraídas caderas, casi gimiendo cuando advirtió cómo lo había excitado. "¿Pronto!"

Ella rió con aquel sonido leve, verdaderamente despreocupado que él había escuchado con tan poca frecuencia hasta entonces. "Es la parte más caliente del verano—casi nadie está en Londres. Y nunca nos lo perdonarán si escapamos y anudamos esta relación sin ellos."

Michael pensó en Honoria y gimió fuertemente. "Invitaciones, organización." Más demoras.

"No te preocupes—yo me encargaré." Caro sonrió. "Digamos que, al final de la próxima semana..." Su sonrisa desapareció; sus ojos permanecieron fijos en los suyos, sin embargo..." ¿Podríamos organizar el desayuno de la boda en tu casa de campo?"

"Desde luego." No preguntó por qué, dejó que ella decidiera.

Su mirada plateada seguía fija en la suya. "Cuando me casé con Camden, el desayuno tuvo lugar en la Casa Bramshaw. Pero ese es el pasado, el pasado que he dejado atrás. Quiero que nuestra boda sea un comienzo—para mí, esto es. Es un nuevo comienzo, caminar por un nuevo camino, contigo."

Él miró sus ojos plateados, claros, decididos, resueltos. Había estado vacilando sobre si debía decirle lo que Timothy le había revelado, para ayudarle a comprender que el fracaso sexual de su primer matrimonio nunca había sido culpa suya, o si debía, sencillamente, dejar que el pasado muriera.

Ella acababa de tomar la decisión por él—había dejado atrás el pasado; había cerrado la puerta y se había alejado. Y ahora estaba comprometida con el futuro, tomada de su mano, y haciendo lo mejor que podían de él entre ambos.

Él sonrió. "Te amo."

Sus cejas se arquearon levemente; sus ojos brillaban con suavidad. "Lo sé. Yo también te amo—al menos, creo que te amo." Buscó sus ojos y luego dijo, "Tiene que ser eso, ¿verdad?—este sentimiento."

Él supo que no se refería al ardor que se extendía entre ellos, calentando su piel, deslizándose por sus venas, sino la fuerza que lo motivaba—aquel poder que se manifestaba más tangiblemente cuando se unían, cuando cada uno se entregaba al otro, el poder que en ocasiones era tan fuerte que podían sentirlo, casi podían tocarlo. El poder que, días tras día, los unía cada vez más.

"Sí," dijo él, inclinó la cabeza, encontró sus labios, aceptó su invitación y se hundió en su boca. Y se dedicó a mostrarle que, para él, ella era la mujer más deseable del mundo.

A entregarse a aquel poder.

Se casaron en la iglesia de la aldea de Bramshaw. Toda la alta sociedad asistió; la elite diplomática de Londres también. Habría podido ser una pesadilla política y diplomática, pero con Caro al mando y Honoria asistiéndola, con capaces lugartenientes entre las muchas damas Cynster y sus conexiones, nadie se atrevió a irritarse por nada, y el evento se desarrolló sin un solo inconveniente.

Desde la iglesia atiborrada, bajo una guirnalda de flores y una lluvia de arroz, Caro y Michael avanzaron por entre la muchedumbre que no había conseguido entrar y luego se subieron a una calesa abierta para regresar a casa de Michael.

Allí, se había organizado un enorme festín; todos eran bienvenidos—todos asistieron. Los asistentes eran muchísimos, los buenos deseos sinceros; el sol brilló bendiciéndolos gloriosamente mientras, tomados de la mano, circularon entre sus invitados saludando, agradeciendo, hablando.

La muchedumbre sólo comenzó a partir al caer de la tarde. Aún con su traje de boda de encaje color marfil, adornado con diminutas perlas, Caro vio a Timothy, con un vaso en la mano, sentado en el muro del huerto, sonriendo mientras observaba a los más jóvenes jugando en el jardín. Se acercó a Michael, lo besó en la mejilla, lo miró a los ojos. Sonrió serenamente. "Voy a hablar con Timothy."

Michael la miró y asintió. "Yo acompañaré a Magnus a la casa. Te buscaré cuando salga."

Alejándose de su lado, consciente, sin embargo, de que una parte de ella nunca se alejaría realmente, avanzó por el prado que bordeaba el sendero y se acercó a Timothy.

Él levantó la mirada cuando ella se acomodó en una piedra a su lado. Sonrió y brindó con su vaso. "Un evento excepcional." Sostuvo su mirada, luego tomó su mano y la llevó a sus labios. "Me alegra que estés tan feliz." Oprimiendo suavemente su mano, la soltó.

Aprovecharon el sol y miraron el juego; luego ella recordó algo y murmuró. "Hedderwick te manda sus felicitaciones. Está en Cornualles con Muriel. Es un hombre silencioso, pero firme—creo que realmente la ama, pero ella nunca pareció verlo."

"O no se contentó con eso." Timothy se encogió de hombros. "Esa fue la decisión de Muriel." Mirándola, sonrió. "Tú, al menos, tuviste el buen sentido de lanzarte a la vida y vivirla."

Caro arqueó una ceja. "¿Y tú?"

Timothy rió. "Como bien lo sabes, ese siempre ha sido mi credo." Miró por encima de Caro; se levantó cuando Michael se unió a ellos.

Intercambiaron saludos.

"¿Cómo está el hombro?" preguntó Michael.

Caro escuchó mientras intercambiaban bromas, sonrió para sus adentros. No se asemejaban en nada, pero parecían haber establecido una fácil camaradería basada en mutuo respeto.

Luego Timothy la miró; ella se levantó y deslizó su mano en el brazo de Michael.

"Debo marcharme," dijo Timothy. "Viajo al norte para pasar las próximas semanas con Brunswick." Miró a Michael; luego se inclinó y besó a Caro en la mejilla. "Les deseo a ambos mucha felicidad."

Con una sonrisa casi infantil, retrocedió, luego se volvió y avanzó por el sendero.

Tres pasos más adelante, se detuvo y miró hacia atrás. Frunció el ceño a Caro. "Cuando vengas a Londres, *no me visites*—envíame un mensaje. Ya has perjudicado mi reputación lo suficiente."

Ella rió; con la mano en el corazón, se lo prometió. Timothy hizo una mueca, se despidió de Michael y se marchó.

Michael frunció el ceño. "¿Cómo exactamente perjudicaste su reputación?"

Caro lo miró a los ojos y sonrió. "La de él, no la mía." Lo palmeó en el brazo. "Debemos hablar con la señora Pilkington."

Haciendo una nota para investigarlo después, Michael dejó que lo distrajera.

Circularon entre los invitados, conversaron, aceptaron buenos deseos y despedidas. Había muchísimos niños presentes, corriendo por los jardines y el seto, corriendo por el huerto, jugando en el sendero. Michael tomó un balón que se escapaba; dejando a Caro, lanzó el balón, deteniéndose por un momento para felicitar a los niños por su estilo.

Mirándolo sonreír a un muchacho y acariciar el cabello de otro, Caro se conmovió. Pensó que quizás estaría embarazada, pero... el pensamiento la emocionó tanto que fue una batalla mantenerse seria, contener las lágrimas de felicidad que brotaban de sus ojos. Aún no; hoy disfrutaría de las alegrías de ese día. Cuando estuviera segura, compartiría la noticia con Michael—una nueva felicidad para ambos, para compartirla en privado—una felicidad que pensó que nunca conocería.

Aguardó a que él regresara, con una sonrisa en la cara, con un vertiginoso júbilo en el corazón. Cuando llegó Michael, se mezclaron de nuevo con la muchedumbre, conversando aquí y allá hasta que Theresa Osbaldestone la llamó con un gesto imperioso.

"Aguardaré aquí," dijo Michael. Levantando la mano de su brazo, besó sus dedos y la soltó.

Ella lo miró. "Cobarde."

Él sonrió. "Ciertamente."

Ella rió y se alejó. Michael la vio partir, vio la aguda mirada que le lanzó Lady Obaldestone, y fingió que no la había visto.

Gerrard Debbington se acercó. "Quería saber si Caro consentiría posar para mí algún día."

Michael lo miró sorprendido. "Pensé que sólo pintabas paisajes." Gerrard tenía una reputación espectacular como pintor de la campiña inglesa.

Gerrard sonrió. Con las manos en los bolsillos, miró a través de la gente hacia Caro, sentada al lado de Lady

Obaldestone. "Ese es mi fuerte; sin embargo, recientemente he advertido que hay un reto especial en pintar parejas—un reto que antes no había apreciado. Me di cuenta de ello cuando hice un retrato de familia para Patience y Vane. Para mí, es como una dimensión diferente—una dimensión que no existe en los paisajes."

Encontró la mirada de Michael. "Me agradaría pintarte a ti y a Caro—juntos, ustedes tienen esta dimensión adicional. Como pintor, si puedo captarla, me enriquecerá de manera insospechada."

Michael miró a Caro, pensó en una pintura que captara lo que se había desarrollado entre ellos. Asintió. "Se lo diré." Miró a Gerrard. "¿Quizás la próxima vez que viajemos a Londres?"

Complacido, Gerrard estuvo de acuerdo. Se estrecharon las manos y se despidieron.

Michael permaneció donde estaba, en el centro del patio delantero. Otras personas se acercaron a despedirse; unos pocos minutos después, Caro se acercó.

El sol caía; la siguiente hora fue de despedidas. Sólo ellos, Magnus y Evelyn permanecerían en la casa; quienes se dirigían a Londres se marcharon casi todos a la vez; la muchedumbre local los siguió poco después.

Devil y Honoria fueron los últimos en marcharse—se dirigían a Londres a buscar a sus hijos, y luego se retirarían a Somersham durante las semanas siguientes. Caro y Michael, desde luego, habían sido invitados a la celebración veraniega de la familia y, desde luego, asistirían.

Cuando el carruaje de los St. Ives salió por la portada, Caro exhaló un suspiro patentemente feliz, profundamente contenta. Igualmente contento de escucharlo, Michael la miró, miró el glorioso rizado de su cabello dorado, iluminado por el sol. Ella levantó la mirada; sus ojos plateados encontraron los suyos.

Luego ella sonrió y miró al otro lado de césped. "Fue allí donde todo esto comenzó—¿lo recuerdas?"

Caminó unos pocos pasos hacia el lugar que se encontraba cerca de la piedra conmemorativa. Con sus manos entre las suyas, Michael caminó con ella.

Levantando la mirada, sonrió, "Me llamaste estúpida."

Mirando fijamente el césped, oprimió su mano. "Me asustaste. Yo sabía, incluso entonces, que no podía darme el lujo de perderte."

Deliberadamente, desvió la mirada hacia la piedra. Aguardó... pero lo único que escuchó fue el canto de los pájaros en los árboles, el suave susurro de la brisa. Y lo único que sintió fue la calidez de Caro cuando ella se reclinó contra él.

No había caballos relinchado. No sentí un miedo frío y mortal.

El recuerdo no había desaparecido, pero sus efectos se desvanecían, habían sido opacado por otros.

Por algo mucho más poderoso.

Miró a Caro, atrapó su mirada plateada, sonrió. Levantando su mano, la besó, luego se volvió. Tomados de la mano, caminaron hacia la casa.

Miró hacia arriba, a las ventanas, a los áticos bajo la línea del tejado, y sintió que una sensación de plenitud lo invadía. Una sensación de seguridad, de anticipación—de sencilla felicidad.

Su familia perdida era su pasado; Caro era su presente y su futuro.

Había encontrado su novia ideal—juntos, el futuro era suyo.

LAS NOVELAS CYNSTER DE
STEPHANIE LAURENS
continúan con

La Verdad del Amor

Próximamente por Rayo
Una rama de HarperCollins Publishers

*A continuación, presentamos un extracto de
La Verdad del Amor, que narra la historia
de Gerrard Debbington, cuñado y protegido de
Vane Cynster, y de su apasionada aventura,
a través de la cual descubre la inesperada verdad
sobre los asuntos del corazón.*

Gerrard Debbington enfrenta un difícil dilema—desea pintar los jardines de Hellebore Hall, en Cornualles, de propiedad de Lord Tregonning, jardines de gran renombre pero muy privados; pero, para poder hacerlo, debe pintar también un retrato de la hija de Lord Tregonning. Gerrard no desea en absoluto pintar a una frívola cabeza hueca, pero sin una oferta alternativa, y animado por Patience, acepta. Hastiado de la alta sociedad, cansado de ser el blanco de demasiadas madres casamenteras, Gerrard, en compañía de su amigo, el Honorable Barnaby Adair, se sacude el polvo de Londres de sus elegantes botas y viaja a Cornualles.

Gerrard maniobró su carruaje entre el par de gastados postes de piedra que ostentaban placas proclamando la entrada a Hellebore Hall.

"Ciertamente es lejos de Londres." Relajado en el asiento a su lado, Barnaby miró a su alrededor, curioso y un poco intrigado.

Habían partido de la capital cuatro días antes, habían azuzado al par de caballos rucios de Gerrard para recorrer esta distancia, deteniéndose en aquellas posadas que les llamaron la atención para almorzar y para pasar la noche.

La entrada, una continuación del sendero por el que se habían desviado de la carretera a St. Just y St. Mawes, estaba bordeada de árboles viejos, de grandes troncos y denso follaje. Los campos que había a cada lado estaban separados del sendero por gruesos setos. La sensación de estar encerrado en un corredor viviente, un collage inquieto de marrones y verdes, los rodeaba por todas partes. Entre la parte superior de los setos y las ramas que colgaban de los árboles, veían hechizadores atisbos del mar, que brillaba como plata bajo un cielo azul. Al frente y a la derecha, la franja de mar estaba limitada por distantes cabos, una mezcla de oliva, púrpura y gris humo bajo la luz temprana de la tarde.

Gerrard se cubrió los ojos contra el brillo. "Creo que este trecho de agua debe ser Carrick Roads. Falmouth debe estar justo enfrente."

Barnaby miró. "Está demasiado lejos para ver el pueblo, pero ciertamente hay muchas velas allí."

El terreno descendía; el sendero seguía, serpenteando lentamente hacia el sur y el occidente. Perdieron de vista Carrick Roads cuando apareció el ramal que llevaba a St. Mawes a su derecha; luego los tres centinelas que habían bordeado el sendero terminaron abruptamente. El carruaje continuó rodando, hacia el sol.

Ambos contuvieron el aliento.

Antes ellos se encontraba una de las ensenadas irregulares donde un antiguo valle había sido ahogado por el mar. A su derecha estaba el brazo St. Mawes de la península de Roseland, sólida protección contra cualquier viento frío del norte; a su izquierda, se alzaba el monte más áspero del brazo sur, que cortaba cualquier embate proveniente de aquella dirección. A medida que los caballos trotaban, el paisaje cambiaba, abriendo nuevas vistas mientras descendían aún más.

El sendero los condujo a través de campos ondulados; luego se elevaba abruptamente y aparecieron al frente tejados de dos aguas y, entre ellos, las aguas azul verdosas de la ensenada. Oscilando en un arco amplio y descendente, el sendero pasaba por la casa que se alzaba majestuosamente y después se curvaba para terminar en un amplio patio de gravilla delante de la puerta principal.

Al tomar la última curva, Gerrard aminoró el paso de los caballos; ni él ni Barnaby pronunciaron palabra mientras avanzaban por el trecho final. La casa era... excéntrica, fabulosa—*maravillosa*. Había torrecillas demasiado numerosas para contarlas, múltiples balcones adornados de hierro forjado, abundantes contrafuertes de extrañas formas, ventanas de todas las descripciones y segmentos de habitaciones que formaban imaginativos ángulos en las paredes de piedra gris.

"No dijiste nada acerca de la casa," dijo Barnaby mientras los caballos se aproximaban al patio delantero y se vieron obligados a dejar de mirarla.

"No *sabía* nada acerca de la casa," replicó Gerrard. "Sólo había oído hablar de los jardines."

Extensiones de aquellos jardines, los famosos jardines de Hellebore Hall, se prolongaban hacia los extremos de valle sobre el cual estaba construida la casa y rodeaban aquella fantástica creación, pero la mayor parte de ellos se encontraba oculta en la parte de atrás de la casa. Ubicada como un centinela en el extremo superior del valle que corría hacia la costa rocosa de la ensenada, la casa obstaculizaba toda la vista del valle mismo y de los jardines que contenía.

Gerrard dejó salir un suspiro que no había sido consciente de estar conteniendo. "No es de sorprender que nadie haya conseguido deslizarse a pintar los jardines sin ser detectado."

Barnaby le lanzó una divertida mirada, enderezándose mientras Gerrard halaba las riendas, y entraron al umbroso patio de Hellebore Hall.

Sentada en el salón de Hellebore Hall, Jacqueline Tregonning escuchó el sonido que había estado esperando—el golpe de los cascos, el suave chirrido de la gravilla debajo de las ruedas de un carruaje.

Ninguna de las otras personas dispersas por el salón lo oyeron; estaban demasiado ocupadas especulando sobre aspectos de la naturaleza de los visitantes que acaban de llegar.

Jacqueline prefería no especular, al menos cuando podía verlos con sus propios ojos y decidirse al respecto.

Suavemente, quedamente, se levantó de la silla en que se encontraba al lado de su mejor amiga, Eleanor Fritham, y de la madre de Eleanor, Lady Fritham, quienes vivían en Tresdale Manor, una mansión cercana. Ambas estaban inmersas en una animada discusión con la señora Elcott, la esposa del vicario, sobre las descripciones de los dos caballeros a los que aguardaban y que habían sido suministradas por corresponsales en Londres de la señora Elcott y de Lady Fritham.

"Deben ser bastante arrogantes, ambos, dijo mi prima." La señora Elcott sonrió desdeñosamente. "Me atrevo a decir que se creen superiores a nosotros."

"No veo por qué lo harían," replicó Eleanor. "Lady Humphries nos escribió que, aun cuando ambos pertenecen a excelentes familias de la alta sociedad, son perfectamente razonables y dispuestos a ser atendidos." Eleanor apeló a su madre. "¿Por qué se mostrarían altivos con nosotros? Aparte de todo lo demás, somos la única sociedad que existe por aquí—llevarán una vida muy tediosa si no nos tratan."

"Cierto," dijo Lady Fritham. "Pero si son la mitad

de bien educados de lo que dice su Señora, no serán desdeñosos. Recuerden mis palabras"—Lady Fritham afirmó proféticamente, haciendo temblar sus múltiples papadas y las cintas de su cofia—"la marca del verdadero caballero se muestra en la facilidad con la que se comporta en cualquier compañía."

Deslizándose hacia afuera sin ser notada, y avanzado silenciosamente por el largo salón hacia la ventana que tenía la mejor vista del pórtico, Jacqueline cínicamente advirtió a las otras personas presentes; aparte de la hermana de su padre, Millicent, quien vivía con ellos desde la muerte de su madre, ninguno tenía una verdadera razón para estar allí.

A menos que se considerara a la curiosidad rampante como una razón suficiente.

Jordan Fritham, el hermano de Eleanor, conversaba con la señora Myles y sus hijas, Clara y Rosa, ambas solteras. Millicente estaba con ellos, y Mitchel Cunningham a su lado. El grupo estaba absorto en la discussión del arte del retrato, y del singular éxito de Mitchel y de su padre al haber persuadido al principal león artístico de la sociedad de agraciar a Hellenbore Hall y a ella con su talento.

Serenamente, Jacqueline se acercó a la ventana. A pesar de las ideas de su padre, de Mitchel o del león artístico, sería *ella* quien le hacía un favor. No había decidido aún si posaría para él, y no lo haría hasta cuando evaluara al hombre, sus talentos y, más importante aún, su integridad.

Sabía por qué su padre había insistido tanto en que este hombre, y sólo él, podía pintar el cuadro que él necesitaba. Millicent se había mostrado brillante al plantar las semillas en la mente de su padre y alimentarlas hasta que fructificaron. Como la persona más antenta a todos los aspectos, Jacqueline era consciente de que el hombre mismo sería fundamental; sin él, sus talentos y su proclamada integridad en lo referente a su trabajo, sus planes se derrumbarían.

Y no había otra alternativa.

Deteniéndose a dos pasos de la ventana, miró a los ocupantes del carruaje que se había detenido un momento antes al frente del pórtico; dadas las circunstancias, no sintió ningún escrúpulo en espiar a Gerrard Debbington.

Primero, debía identificar cuál de los dos hombres era Gerrard. ¿El que no estaba conduciendo? El caballero de cabellos castaños rojizos se apeó ágilmente y luego se detuvo para lanzar un comentario divertido al otro hombre, quien permaneció en el asiento, con las riendas sueltas entre sus largas manos.

Los rucios que se encontraban en el arnés del coche eran caballos finos, y habían sido bien tratados; Jacqueline captó todo lo anterior con una rápida mirada. El hombre que sostenía las riendas era de cabello oscuro, de rasgos fuertes, cincelados; el de cabello rojizo era más agraciado, el otro más apuesto.

En el segundo que le tomó parpadear, advirtió qué extraño era que lo hubiese notado; rara vez tenía en cuenta la belleza masculina. Luego miró otra vez al par de caballeros que se encontraban en el patio y admitió para sí misma que sus atributos físicos eran difíciles de ignorar.

El hombre que estaba en el asiento se movió; apareció un mozo de cuadra y él se apeó del coche, entregándole las riendas.

Y obtuvo la respuesta que buscaba; *él* era el pintor. Era Gerrard Debbington.

Una serie de pequeños detalles lo confirmaban, desde la fuerza aparente en aquellos dedos muy largos mientras le entregaba las riendas al mozo, la austera perfección de su traje, y la controlada intensidad que lo rodeaba, tan real como su saco a la moda.

Aquella intensidad la sorprendió. Se había armado de valor para manejar algún caballero frívolo o vanamente presumido, pero aquel hombre era algo diferente.

Lo observó mientras respondía a su amigo con serenas palabras; la línea de sus delgados labios apenas se curvó—el más leve indicio de una sonrisa. Un poder controlado, una intensidad contenida, una determinación implacable—estas fueron las impresiones que le vinieron a la mente cuando él se volvió.

Y la miró directamente.

Ella perdió el aliento, pero no se movió; estaba demasiado lejos del vidrio para que él pudiera verla. Luego escuchó el susurro de faldas, pisadas que provenían del extremo más alejado del salón; mirando de reojo, vio a Eleanor, a los dos chicas Myles y a sus madres que se apiñaban alrededor de la ventana que daba en ángulo sobre el patio delantero. Jordan se asomaba por sobre sus cabezas.

A diferencia de ella, se apretujaron contra el vidrio.

Mirando a Gerrard Debbington, vio que él los estudiaba y sonreía para sus adentros. Si sintió que alguien lo observaba, pensaría que eran ellos.

Gerrard contempló el grupo de caras que lo contemplaba fijamente desde las amplias ventanas que daban al patio. Arqueando una ceja, se volvió; evitando la mirada de la mujer que estaba un poco retirada de la ventana más cercana al pórtico, miró a Barnaby. "Parece que nos aguardan."

Barnaby podía ver también la muchedumbre apiñada en la ventana, pero el ángulo de la ventana más cercana le ocultaba a la otra mujer. Señalo la puerta con un gesto. "¿Hacemos nuestra entrada?"

Gerrard asintió. "Toca la campana."

Avanzando hacia una manija de hierro que colgaba cerca de la puerta, Barnaby haló.

Volviendo la cabeza, Gerrard miró otra vez a la mujer. Su inmovilidad le confirmó que ella pensaba que no podía verla. La luz entraba a la habitación por las ventanas que había a sus espaldas, en diagonal al lugar donde se encontraba; gracias a ello era, en efecto, principalmente una silueta, apenas iluminada. Era lo suficientemente inteligente, entonces, para haberlo advertido.

Pero había olvidado, o quizás no conocía, el efecto de la madera pintada. Gerrard habría jurado que el marco que rodeaba la ventana era al menos de ocho pulgadas de ancho y estaba pintado de blanco. Reflejaba suficiente luz, ciertamente suave y difusa, pero luz al fin, como para permitirle ver su rostro.

Únicamente su rostro.

Ya había visto tres caras femeninas jóvenes, tan poco inspiradoras como lo había esperado, en el otro grupo. Sin duda, el personaje de su retrato era una de ellas; sólo Dios sabía cómo se las arreglaría.

Esta dama, sin embargo... podría pintarla. Lo supo en un instante, con una única mirada. Aun cuando no podía distinguir sus facciones con claridad, había una cualidad—de quietud, de profundidad, de complejidad detrás del pálido óvalo de su cara—que exigía su atención.

Así como en su sueño del Jardín de la Noche, la visión de su rostro se extendía hacia él, lo tocaba, apelaba al artista que era su alma.

La puerta principal se abrió y él se volvió. Externamente, se entregó a la tarea de saludar y ser saludado. Cunningham estaba allí, haciendo los honores; Gerrard le estrechó la mano, con una expresión suave, su mente en otra parte.

Una institutriz o dama de compañía. Estaba en el salón, cuyas puertas ahora podía ver, así que, a menos que ella se retirara rápidamente, la conocería. Luego tendría que encontrar la manera de asegurarse de que ella estuviera incluida, junto con los jardines, en los otros motivos que se le había permitido pintar.

"Este es Treadle." Cunningham le presentó al mayordomo, quien se inclinó. "Y la señora Carpenter, nuestra ama de llaves."

Una mujer de expresión adusta, competente, le hizo una reverencia. "Cualquier cosa que necesite señor, por favor pídala." La señora Carpenter se enderezó. "No he asignado todavía las habitaciones, pues no estaba segura de lo que requerirían. Quizás, una vez que hayan visitado la casa y decidido cuáles habitaciones les convendrían más, podrían hacérnoslo saber a Treadle y a mí, y tendremos todo organizado en un santiamén."

Gerrard sonrió. "Gracias. Lo haremos." El encanto de su sonrisa produjo su magia habitual; la señora Carpenter se relajó y Treadle se sintió un poco más a gusto.

"Este es el señor Adair." Gerrard presentó a Barnaby quien, con su aire habitual de cordialidad, hizo una inclinación a los dos sirvientes y a Cunningham.

Gerrard miró a Cunningham.

Quien, de repente, se mostró nervioso. "Ah... por favor acompáñenme. Les presentaré a las damas e informaré a Lord Tregonning que ya se encuentran aquí."

Gerrard permitió que su sonrisa se hiciera un poco más intensa. "Gracias."

Cunningham se volvió y los precedió a las puertas dobles que se abrían sobre lo que Gerrard supuso debía ser el salón.

Estaba en lo cierto. Entraron a una habitación lo suficientemente grande como para ostentar tres zonas diferentes para conversar agradablemente. En uno de los extremos, ya no al lado de la ventana sino reunido en torno a las sillas instaladas delante de una enorme chimenea, estaba el grupo de jóvenes que los había observado y, en el otro, una mujer de edad madura a quien no había visto antes.

Directamente al frente, en el diván que se encontraba delante de las puertas, había dos matronas, una de las cuales los miraba a Barnaby y a él con incipiente desaprobación.

Aun cuando no miró en su dirección, Gerrard fue inmediatamente consciente de la dama que estaba sola y los contemplaba serenamente al otro lado del salón.

Controlando su impaciencia, se detuvo al lado de Cunningham, quien se encontraba a un paso del umbral. Barnaby se detuvo justo a sus espaldas. Gerrard observó el grupo de señoritas, esperando a ver cuál de ellas se adelantaba—a cuál de las tres odiaría pintar. Para su sorpresa, ninguna se movió.

La mujer de edad madura, con una expresión de bienvenida en su rostro, avanzó a su encuentro.

Como lo hizo la dama a su izquierda.

La mujer madura era demasiado vieja; no podía ser la dama del retrato.

La dama más joven se acercó; ya no pudo resistir y la miró directamente.

Y la vio, vio su rostro por primera vez bajo una buena luz.

Encontró sus ojos y advirtió su error.

No era una institutriz. No era una dama de compañía.

La dama a quien sus dedos se morían por pintar, era la hija de Lord Tregonning.